끓일 수 없는 가마

끓일 수 없는 가마

북한이라는 하나의 폭력에 관한 자전적 실화 소설

이도건 지음

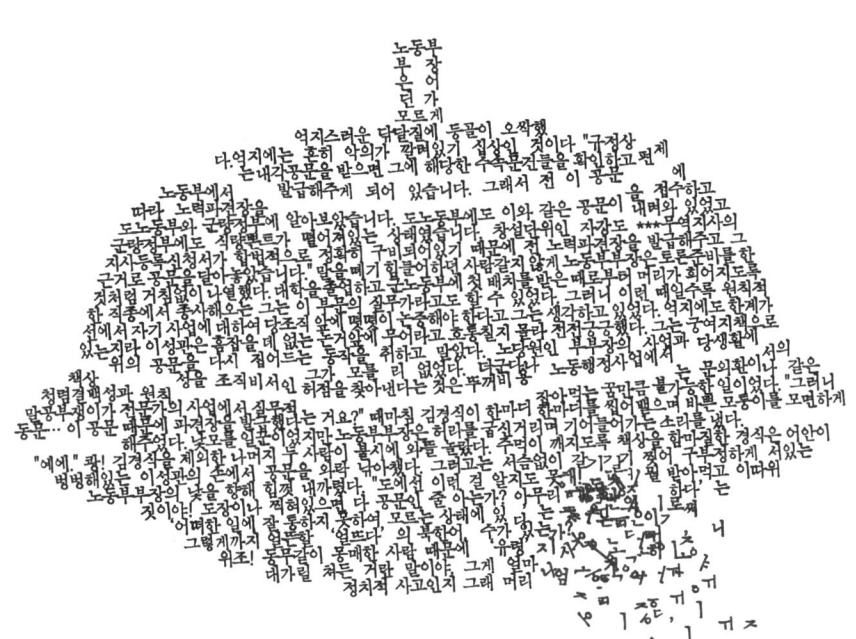

　원고를 품고 압록강을 넘은 지 4년 만에야 책을 내면서 초심을 돌이켜 보게 됩니다. 저는 작가가 아닙니다. 문학을 전공한 적도 없는 평범한 사람입니다. 그래서 저의 글이 평범해지지 않을까 우려되기도 합니다.

　이 책을 쓰기 시작한 것은 2017년 8월, 북한 어느 북부지방에서입니다. 2019년에 1부와 2부(미완성) 원고를 가지고 탈북했죠. 아마 믿기 어려우실 겁니다. 북한에서 반체제 글을 썼다고? 말에 비할 바 없이 위험한 게 글이라는 걸 우리는 알고 있으니 말입니다. 사실 생각하기조차 두려운 일입니다. 책은 고사하고 글자 하나를 잘못 써도 몰살당하는 게 북한의 현실입니다. 평범한 사람이 쓴 글이 다소 평범하지 않은 이유라고 봅니다.

　출입문을 걸고, 창문을 가리고, 가족의 눈조차 피해야 하는 불안, 불의의 강제 수색에 가슴 졸이는 고비들을 넘겨야 했고, 정치범수용소로 이어진 아슬아슬한 심문과 철창 속 횡포도 이겨 내야 했습니다. 가정과 가문의 운명을 사지에 내걸고 칠성판에 쓰는 글, 이것도 과연 창작일까요? 항변이었고, 반항이었습니다.

　백성은 나이가 벼슬이라는 말이 있지요. 북한에서 40년을 살면서 언제인가부터 사회와 개인의 관계에 대해 생각하게 되었습니다. 자연의 원리에 부합되는 사회원리는 무엇일까? 내가 사는 사회는 과연 어떤 사회일까? 그 속의 나는 어떤 존재일까? 나의 운명은 어디서부터 잘못된 걸까?

　저는 '가마'에서 그 답을 찾았습니다. 물과 불이 발견이라면, 가마솥은 가장 위대한 발명품이라고 봅니다. 왜냐하면 가마솥은 세상의 본질적 요소인 물과 불을 융합했기 때문입니다. 인류의 모든 창조물이 물과 불에서 비롯된다면, '가마'는 그 필수조건입니다. 물과 불의 상극관계와 상생관계, 국가와 인간의 관계도 이런 원리가 아닐까요?

국가가 불이라면 인간은 물. 불이 물을 말릴 수도 있지만, 물이 불을 멸할 수도 있습니다. 사회가 그 모순적인 관계를 유기적으로 맺어 주는 가마 격입니다. 물과 불이 상대적으로 불변(不變)한 반면에 가마솥은 얼마든지 변할 수 있습니다. 자본주의, 사회주의, 공산주의 등 다양한 사회가 존재하듯이 말입니다. 그에 따라 국가의 유형도 규제됩니다. 중요하게는 사회 속 인간들의 삶과 질이 달라집니다. 다 같은 인간으로 세상에 왔어도 어떤 '가마'에 드는가에 따라 전혀 다른 운명을 살게 됩니다.

자본주의가 스테인리스 가마라면, 사회주의는 구멍 난 무쇠 가마입니다. 불이 활활 타오를 수도 없고, 물이 펄펄 끓을 수도 없습니다. 북한은 바로 '끓일 수 없는 가마'입니다. 이 책은 구멍 난 무쇠 가마 속의 이야기입니다.

대대로 충성하던 집안에서 태어난 제가 부조리한 인생을 깨닫기까지 40여 년. 철들어 보니 예순이라고 너무 긴 시간이었습니다. 평양이 고향인 저는 비교적 바르게 성장했습니다. 김일성이 생존하던 일명 사회주의 시기였죠. 모든 게 풍족하지는 않아도 안정적이었고, 꿈과 희망도 컸습니다. 수석이나 마찬가지인 '7.15 최우등상'을 수상하여 대학 입학 및 선택권까지 조기에 얻었습니다.

지금 보면 제 인생이 탈선되기 시작한 건 바로 그때, 김일성이 사망한 시점부터였습니다. 학생회장 격인 학교청년동맹위원장이었던 제가 대학까지 포기하면서 전교의 졸업생들을 인민군 탄원에 선동한 것입니다. 대단한 충성이었죠.

한 치의 작은 편차는 인생의 큰 탈선으로 이어졌습니다. 결국은 북한군에서 10여 년이나 청춘을 혹사했고, 힘들게 얻은 4번의 대학 기회마저 모두 잃고 말았습니다. 주요한 변곡점마다 기괴한 변수들이 운명을 희롱했던 것입니다.

그래서 저는 책벌레가 되고 말았습니다. 책이 쌀보다 더 귀한 어려운 시기에 자습을 목표로 자신에게 도전한 것입니다. 고단한 북한군 일과를 마치고 등잔불 밑에서 밤새 책을 보고 나면 콧구멍이 새까맣게 구슬리곤 했습니다. 그것도 몰래 보다시피 해야 하는 이상한 독서였습니다.

"책은 나의 사랑, 글은 나의 님." 20대 시절 저는 책과 첫 연애를 했습니다.

제대 후에는 서해를 종횡무진으로 누비며 '총각 기지장', 국가보위성 '블랙 요원', 검찰소, A무역회사 지사장 등 북한 사회의 다양한 영역을 복잡다단한 운명선을 따라 누볐습니다. 그 길에 남은 건 희생과 배신, 좌절과 원한뿐이었습니다.

이 책은 하필이면 북한에 태어난 죄 아닌 죄로 고통받는 주인공 하나의 이야기가 아닙니다. '어머니 당'이라 자처하는 붉은 깃발에 감춰진 추악한 음모와 기만, 폭압과 만행에 대한 절규이고, 고발입니다. 이를 통해 북한 사회의 깊은 병폐와 구멍 난 무쇠 가마 속의 한 부분이나마 투시할 수 있기를 기대합니다. 누구라도 동시대를 사는 한 민족으로서 북한인권 문제에 조금이라도 공감한다면 그것으로 족합니다. 같은 언어지만 다르게 전달되는 감흥으로 읽어 주시면 좋겠습니다.

추억은 아름답지 못한 기억도 아름답게 꾸며 주나 봅니다. 생각하고 싶지 않은 기억들에 잊지 못할 모습들이 장식되어 있으니 말입니다. 보고 싶고, 만나고 싶고, 함께 살고 싶은, 다시 가고 싶지 않은 그 땅에 다시 가고 싶을 정도로 그리운 사람들이 있습니다. 낳아 주신 부모님과 40년을 함께해 준 형제들과 친지들에게 감사와 애정을 보냅니다. 저로 인해 삶의 고통이 더해지지 않기를 삼가 죄스러운 마음으로 빌고 빕니다.

2024년 첫눈 오는 겨울날 북녘을 향한 창가에서

등장인물

1. 리열   주인공, 당시 무역성 A지사 지사장/일명 '첨단'사장

2. 김명선   주인공의 처

3. 김경식   자강도당위원회 7과 부원

4. 남궁윤   자강도인민보안국 상급감찰원 소좌

5. 한봉구   초산군보위부 경리과장 대위

6. 강태걸   자강도인민위원회 무역관리국 부국장

7. 최미화(崔美华)   중국 길림성 C무역회사 부원

8. 김대광(金大光)   중국 길림성 C무역회사 사장

9. 서인준   자강도보위부 대열보위처 상급지도원

10. 송두성   초산군보위부 행정부부장

11. 김태호   초산군당위원회 책임비서

12. 김상록   초산군 영화보급소 노동자

13. 김영숙   김상록의 처

14. 박동수   초산군인민보안서 주민등록과장

15. 김성철   자강도보위부 대열보위처 책임지도원

16. 최송애   초산군보위부 정치부장의 처

제1장

혁명적 수탈

1

눈에서 불이 번쩍 일었다.

별로 투박해 보이는 싸늘한 손이 리열의 볼을 향해 날아든 것이다. 순간, 크지 않은 삼각 눈에 섬광이 번뜩이더니 주먹이 으스러진다. 10여 년이나 특수훈련으로 장알진[1] 남다른 주먹이었다. 불의의 타격에 얼빠진 비명이 제격이련만 지금은 그렇지 않다. 사리문 이가 무너질까 볼편 근육을 꿈틀거리며 부르튼 입술은 더욱 옹 다물어졌다. 눈썹 한 오리 까딱하지 않는 꼿꼿한 눈살이 무언의 허공을 꿰찌르며 매섭게 날아갔다. 부드럽다가도 일순에 상대를 경직시키는 감정 냉각술은 리열의 특이한 독기였다.

그 위세에 눌려서인지 푸르뎅뎅하던 남궁윤의 기세가 졸지에 위축되는 듯싶었다. 좁은 공간에 묵직한 침묵이 쿵, 떨어졌다. 일반 온돌방인 초산군 인민보안서(당시) 감찰과 대기실이었다.

볼품없는 쪽상에서 글을 쓰던 당직보안원이 어쩔 바를 몰라 한다. 미리 자리를 피하지 못한 후회가 컸다. 그가 그럴 만도 하다. 한쪽은 상급단위인 자강도인민보안국 감찰작전처 상급감찰원 소좌였고, 다른 쪽은 근래에 좁은 오지에서 코홀리개도 외울 정도로 유명짜한 '첨단 사장'이었다. 대위(당직보안원)로써는 두 쪽 모두 무람없이[2] 말을 건넬 수 없는 대상들이었다.

연한 반짝 줄무늬의 청색 쯔메르[3]를 깨끗이 차려입은 리열이 숨 막히는 분위기를 깨뜨렸다. 진중한 체취처럼 무게 있는 목소리였다.

"얻다 대구 손찌검? 끝내 이성을 잃었는가?"

"언제까지 도고하나[4] 보자! 똥간에 들어가면 다를 걸! 홍찌 갈겨 봐!"

1 　'掌알'은 '손바닥에 박힌 굳은살'을 가리킨다. 따라서 '장알진'은 '손바닥에 굳은살이 박이도록 열심히 단련을 한'이라는 뜻을 가진다.

2 　예의를 지키지 않으며 삼가고 조심하는 것이 없게.

3 　'닫긴 깃양복'의 북한말.

4 　'道高하다.'는 '스스로 높은 체하여 교만하다.'는 뜻.

'똥간'이란 일명 보안서의 철창 속을 의미한다. 대기실이든 구류장⁵이든 마찬가지다.

한쪽 말에 비해 다른 쪽 말은 거칠고 악의가 풍겼다. 보안서 정문에 들어서기 전까지 이들의 언행은 그런대로 예의적이었다.

"내…가? 거긴 왜 들어가? 들어갈 일도 없고, 들어갈 짓 한 것도 없소."

"말재간 그만큼 피웠으면 대가를 치러야지. 시비 걸 생각 말구. 넌 공무집행방해죄로 억류됐어!"

"공무집행방해? 허어… 참! 대체 무슨 공무? 억지스럽기란… 난 오늘 바쁘오!"

리열의 언성에 역점이 찍혔다.

"자, 읽어 보구… 지장 눌러! 바쁘니 뭐니 일 걱정 안 해도 되고, 들어가면 생각할 시간 많으니 뭘 방해했는지는 천천히, 곰곰이… 흐흐흐….'

리열은 본능적으로 손바닥만 한 종잇장을 받아들었다. "어서!" 하고 재촉했지만 어이가 없어 그냥 들고만 있었다. 이어 냉담하고 정색한 눈빛이 남궁윤의 얼굴을 빗질했다. 도대체 무슨 도깨비판인지 선뜻 이해되지 않았다. 이른 새벽에 리열의 지사에 난입한 불청객들, 알아볼 게 있다는 터무니없는 요구와 강압에 이끌려 여기까지, 그 걸음이 곧장 철창으로 이어진다?

리열은 훈연증⁶이 온 사람처럼 흐려지는 사고를 가다듬지 못했다. 시꺼먼 종잇장에는 '단속조소'라는 표제 아래 조선민주주의인민공화국 단속법 제○○조에 의하여 공무집행방해죄로 억류 처분한다는 내용이 작성되어 있었다. 날짜 옆에는 '남궁윤'이라는 수표(사인)가 무척 요란했다.

리열의 입가에 쓴 웃음이 스쳐 갔다. '억지로 씌우는 베감투⁷'라는 혐오감에 침을 탁 뱉고 싶었다. 올려 미는 매캐한 덩어리를 울대가 절구질하고 있었다. 뜨끈한 입김만이 침착한 리열의 목소리를 안고 쏟아졌다.

---

5   구류장(拘留場).

6   熏煙症. 연기를 들이마셔서 정신이 혼미한 상태.

7   '두건'을 이르는 북한말.

"매도 알고 맞으랬다고, 놀음이 아닌 듯싶은데… 속심이 뭐요?"

호기와 달리 남궁윤은 눈길 건사가 어려웠다. 흔히 떳떳치 못한 사람들이 그러하듯이.

"대체 무슨 공무를 방해했다는 거요?"

"몰라서 물어? 또 소리치지 그래. 왜 단번에 기 죽어? 재미없게스리."

"푸하하… 그렇게 보입니까? 덩치 큰 법관 노는 꼴이 원…. 꼭 애들 울뚝밸[8] 같구려."

"야, 그냥 쩰쩰대갔나?"

"경고하건대 언행 바로 가지기 바랍니다. 난 동지를 모욕한 적도 없고, 이런 모욕 받아 본 적도 없습니다. 모욕 받고 이렇게 참아 본 적은 더더구나 없는 사람이오. 허나새나[9] 명색이 도보안국 상급감찰원인데, 이렇게 몰상식할 수가 있소?"

"뭐…야!"

남궁윤은 초점을 잃고 허둥거렸다. 독재의 마당에 끌어오고도 더 이상 감을 내지 못하는 자신이 민망했다.

"좋아, 좋아! 계속 말씀해! 넌 수준 있고 수양 있는 사람인데, 똥간에서 어떻게 주절댈지가 더 궁금해지네. 맛 좀 보면 성인군자가 따로 없거든. 손 내밀어!"

남궁윤은 리열의 오른손을 와락 잡아당겼다.

"창고 문 빨리 못 연 게 공무집행 방해라, 결국 그 논리겠소?"

"꽤 빠르구먼. 의식적일 테니까."

리열의 엄지손에 인즙을 묻혀 우악스레 누르며 남궁윤은 비양적[10]인 쾌감을 감추지 않았다. 강제다 싶었지만 이쯤 되면 거부할 수 없는 사회의 보편적 상황이었다. 호랑이도 수족을 묶은 다음에는 주무르기 탓이라는 법관다운 변태가 그의 호기에 번들거렸다.

---

8   화를 벌컥 내어 말이나 행동을 함부로 우악스럽게 내놓는 성미. 또는 그런 짓.

9   '그래도' 혹은 '그나저나'의 뜻.

10   非良的. 얄미운 태도로 빈정거리는 것.

"걷어 넣어!"

물건짝 다루듯 태도가 돌변했다.

지시를 받은 당직보안원(대위)은 주춤거리더니 표지가 터실터실한 장부를 내밀었다.

"보안서장(당시) 동지 비준이 있어야 합니다."

"비준? 이제 받을 테니 우선 처넣지 그래?"

대위는 선뜻 움직이려 하지 않았다.

속내를 들여다본 남궁윤은 모자를 쓰며 일어났다.

문이 닫히자 대위는 의아한 표정으로 리열을 바라보았다. 이게 어찌된 영문인가 하는 말 없는 의문과 걱정이 눈썹에 짙게 어려 있었다. 손에 엿을 묻히고 머리를 잡는다 해도 발가락조차 잡을 수 없을 만큼 사회경제생활이 깔끔하여 노련하다고밖에 평가할 수 없는 '첨단 사장'(A지사 지사장) 리열. 그가 어지러운 잡범들이나 끌려오는 '똥간'에 왔으니 놀랍지 않을 수 없었다. 직접 대상한 적은 없지만 모를 수 없을 정도로 근래에 화제인 인물이다. 더군다나 협소한 오지에선 한두 해 살다 보면 풋낯은 다 익기 마련이다.

"저…."

대위는 제 편에서 미안한 표정을 지어 보였다. 겨우 새 나온 풀 빠진 소리에는 머릿속에 꽉 찬 물음표들이 모두 함축되어 있었다.

리열은 애써 평온한 안색으로 예사로운 오해라는 듯 어깨를 으쓱해 보였다.

"새벽부터 창고 열라 야단인데… 창고장도 출근 전이고… 막무가내구면. 허… 참… 똥간, 똥간 하는데, 변소문도 두드리지 않는 게 법인가?"

앞뒤가 없어 잉어인지, 붕어인지 도무지 짐작할 수 없는 요약이다. 어딘가 모를 아리송한 배포에 대위는 어줍게 응수하고 말았다.

"법관과 틀려야 좋은 양 없지요. 며칠 혼낼 모양인데…."

"글…쎄요. 혼내는 법도 있는가 보죠?"

끓일 수 없는 가마

얼마 후 방문이 열리고 남궁윤이 들어섰다. 대위에게 장부를 던지며 쳐다보지도 않는다. 무안당한 대위는 애써 모르쇠를 놓으며 보안서장의 수표(사인)를 확인했다.

방구석 낡은 책상에 마주 앉은 남궁윤은 기고만장한 손짓으로 리열을 불렀다.

"주머니 털어! 아예 뒤집어."

"그건…?"

"아직 느낌이 안 와? 똑똑한 사람이 모르는 척하는 거야, 뭐야?"

"지금 법이 바로 가오, 외로 가오?"

"보다시피… 왜? 신소할려구?[11] 호호… 이리 오라닌깐…."

남궁윤은 못 박힌 듯 서 있는 리열의 옷섶을 끄당겼다. 주머니마다 처참히 구역질 당하고, 담뱃갑과 외화 인민폐(RMB)[12] 8,000위안이 나왔다.

리열은 적법이라고 도저히 믿어지지 않는 날벼락이 너무도 적법인 양 난동치는 종잡을 수 없는 현실 앞에 완전히 포로가 되고 말았다. 몸이 조금씩 흔들릴 때마다 박자를 맞추듯 삐걱거리는 의자 소리가 들려왔다. 초상 휘장(김일성, 김정일 배지)도 떼고 옆구리에 찼던 사무실 열쇠와 허리띠까지 뽑혔다. 졸지에 백정의 손에 도륙당하는 짐승 꼴이 되고 말았다.

"거기, 신발 끈 좀 빼 주지!"

함께 도륙당하듯이 얼떠름해 있는 대위에게 남궁윤은 일부러 억살[13]을 부리며 지시했다.

"예…에." 하고 은연중 대답하고 느직이 출입문을 젖힌 대위는 왜인지 두리번거릴 뿐 동작을 잇지 못한다.

마가을[14]의 찬 기운이 확 밀려들어 상기된 리열의 얼굴을 선뜻하게 베었다. 그제야 눈정기가 바르르 떨며 냉기를 더듬었다. 상서롭지 못한 그 기운

---

11 '伸訴하다.'는 '고하여 하소연하다.'는 뜻.

12 人民幣. 중국의 법정 통화. 중국 인민 은행이 발행하며 단위는 元(Yuan)이다.

13 잘 안 될 일을 무리하게 기어이 해내려는 고집.

14 '늦가을'의 북한어.

은 남궁윤의 허파에도 창살을 꽂아 동일한 방향으로 눈길을 이끌었다. 두 시선이 맞닿는 곳에 구두를 양손에 들고 기웃거리는 대위가 서 있었다. 어쩔 수 없이 말려든 시선들도 그의 양손을 오락가락하며 부딪쳤다.

"이쪽 거요!"

남궁윤의 빠른 눈치에 대위는 확인하듯 왼쪽 신발을 쳐들어 보였다. 창문으로 들어오는 햇살이 조명처럼 비쳤다. 반들거리는 앞코가 빛을 부수어 반사하고 금빛 장식 띠가 번쩍거리는 굽 높은 고급 구두다.

"제 겁니다."

리열의 대답에 이번에는 바른쪽 신발이 들리었다. 방금 들렸던 구두보다 어망없이[15] 큰 데다가 수채화로 장난친 듯 뿌옇다. 스프링 내려앉은 트럭마냥 질펀한 적재함에 불쾌감을 가득 실은 낡은 구두. 남궁윤의 넙적한 얼굴이 대번에 소태 씹은 상으로 일그러졌다.

그 바람에 대위는 당황했다. 양손을 올렸다 내렸다 하더니 복도로 쑥 내밀며 두덜거렸다.

"끈이 없습니다."

"꺾어 신어! 어험…!"

남궁윤은 심술이 아닌 야료[16]를 부렸다. 그렇다. 그것은 현시대에는 있을 수 없는, 있다고는 생각 못 할, 있어서는 안 될 무지의 모욕이었고 무법의 횡포였으며 남용의 칼부림이었다.

"당신은… 꼭 후회할 거요!"

참을 수 없는 모욕에 리열은 침 뱉듯 경종을 울리며 스스로 문가로 향했다.

대위가 호위병마냥 날렵하게 문을 열며 길을 안내했다. 이런 사려 깊은 경호가 700여 일 동안 계속되리라고는 꿈에도 생각 못 한 리열이었다. '법'이라는 칼자루를 쥔 일개인의 난폭한 직권남용이 단죄되고, 이내 사죄하

---

15 '어망없다.'는 것은 '너무 많거나 커서 대강 짐작조차 할 수 없다.'는 뜻.

16 惹鬧. 생트집을 잡고 함부로 떠들어 댐.

끓일 수 없는 가마

게 되리라는 천진한 '동심'이 심중에 꿈틀거리고 있을 뿐이었다.

시어미 역정에 개 배때기 찬다[17]고 리열은 예나 다름없이 반기는 산뜻한 구두에 짓뭉개듯 발을 들이밀었다. 대가 센 뒤축이 쉬이 꺾이지 않았다. 대위가 거듭 옆구리를 찔렀지만 그는 안하무인이었다. 프레스에 눌리듯 끝내는 주저앉으며 가냘프게 신음하는 구두. 어찌 보면 리열은 남궁윤의 허세와 객기를 면전에서 비웃고 있었다.

어휴! 대위의 눈가에 깊은 주름이 그물을 쳤다. 애처로운 구두에 대한 위로였다. 경제생활이 넉넉지 못한 일반 보안원의 입장에선 십분 가능한 아쉬움이었다. 일반적인 제복에 유독 신분 차이로 구별할 수 있는 것은 구두다. 개인 부담으로 착용하는 보안원의 각종 구두는 언제부터인가 발밑에 깔고 다니는 '나의 높이'로 되고 말았다.

"이성 잃은 분노는 후회로 끝나기 마련이오…!"

일개 법관의 엽기적인 행태라 단순하게 평하고 있는 리열이었다. 사람 위에 사람이 있고, 하늘 위에 하늘이 있는 게 사회 이치가 아니겠는가. 법 다루는 자가 법을 휘둘러 일순 우세할 수 있지만, 다음 순간엔 진정한 법이 그자를 휘둘러 열세하게 만드는 게 사회관계의 윤리라고 말해 주고 싶었다.

큰 철문 안에는 좁은 복도가 있었다. 리열은 시키는 대로 신발을 벗었다. 허리 높이의 살창문이 쇠를 긁으며 열렸다. 등골이 오싹했다. 어떻게 들어섰는지…. 더 이상 느낌이 없었다. 이미 맹목된 감각이었다. 꿈만 같다. 그보다는 꿈이 아닌 게 통탄할 일이다.

마술 같은 반전, 과연 어디서부터 잘못되었는가? 물음표 사슬이 리열을 묶다 못해 아예 묶어 버리고 말았다. 음침한 공간엔 숨소리조차 울리지 않았다.

---

17 '시어미 역정에 개 옆구리를 찬다.'는 것으로, 엉뚱한 데 가서 노여움이나 분을 푸는 경우를 비유적으로 이르는 말.

2

보안서정문을 나선 남궁윤에게 난데없이 쌀쌀한 바람이 먼지를 들씌웠다.

"제…기랄…!"

그는 거칠게 옷을 털었다. 여전히 개운치 않은 심기는 리열에 대한 찜찜한 예감 탓이다.

'녹록지 않아.'

하지만 엎지른 물이었다. 칼을 뽑았으니 반드시 쳐야만 했다. 옳든 그르든 진실은 중요치 않다. 치면 살고, 놓으면 죽는 게 법계의 교리다. 날리는 먼지를 후, 하고 부는 입바람이 한숨처럼 들렸다. 직업적인 촉기엔 불안이 그득했다.

초산군에 내려온 건 남궁윤 혼자가 아니었다. 일명 '잣상무'라는 자강도 당이 파견한 비상설그루빠[18]와 동행했었다. 현 상황도 상무책임자인 도당 7과 부원의 지시에 준한 것이다. 물론 지시라고는 하지만 판세가 바뀔 경우, 법 집행자에게 전적인 책임이 돌아오기 마련이다. 위법 정황조차 없는 리열을 강제 구속한 것부터가 위법이었다. 그래서 더욱 불안했다.

'후유….'

가운데 끼어 이러지도 저러지도 못하고, 이래도 저래도 죽는 궁색한 처지처럼 느껴졌다.

'잣상무'에 지명되어 자못 우쭐했던 자신이 옳았나 싶기도 하다. 당시는 도당이 요구한 유능한 감찰원이라는 평판만으로도 흐뭇했었다. 시국이 시국인지라 '잣'이라면 누구든 사등뼈[19]를 내대는 것도 사실이었다. 개인뿐 아니라 국가기관들도 마찬가지다. 잣은 그대로 공짜로 횡재할 수 있는, 날아가는 돈이기 때문이다. 더욱이 도급 이하의 경제 사정으로는 무시 못 할

---

18 '그루빠'는 영어 'group'의 북한식 발음.

19 '척추뼈'를 가리키는 북한어. '사등뼈를 내대다.'는 것은 온몸과 열성을 바쳐서 무언가에 몰두하는 것을 말한다.

만큼의 큰 수익원이다. 잣은 더 이상 예사로운 산열매[20]로 치부되지 않았다. 언제부터인가 개인과 권력의 온갖 결탁과 추행이 난무하는 사회적 '문젯거리'가 되고 말았다.

그런 노다지판[21]에 칼 들고 풍덩 뛰어드는 행운이 법관 아무에게나 차려지는 건 아니었다. 떡을 만져야 떡 꼬투리라도 얻어먹는다는 원시적인 위치 경쟁은 그대로 칼 쥔 자들의 사투다. 그렇게 기고만장했던 남궁윤이 한숨이라니.

이틀간의 역사(役事)질에 지치기도 했다. 무거운 발걸음은 멀지 않은 군당위원회청사로 옮겨졌다. 생각 같아서는 아무 데나 엎혀 푹 꼬꾸라지고 싶었다.

"처…넣었나?"

군당 7과 사무실에는 칼칼한 질문이 기다리고 있었다.

김경식. 그는 두툼한 안경 뒤에 움츠린 작은 눈으로 현 상황을 주도하는 수장이다. 자강도당위원회 7과 부원이며 '잣상무' 책임자로서, 지금은 남궁윤의 상관 격이다.

자리도 권하지 않고 재촉해서인지 남궁윤은 심드렁한 태도였다.

"펄펄 뛥디다…. 이젠 어쩌렵니까?"

"어쩌긴? 그놈 창고 터는 거지. 잣 말짱 들어내!"

"?"

"사건 처리하면 돼!"

"사…건요?"

"반응이, 뭐 이래? 시작부터 이런 흐름 아니었나?"

"굳이 그럴 필요가…. 사건 심리에 맞지도 않습니다."

---

20 산열매는 산과 들에 절로 나서 자라는 나무에 열리는 열매로 누구라도 쉽게 따서 먹을 수 있는 것을 말한다. 여기에서는 은어적 표현으로 쓰였다.

21 '노다지'는 근대개화기에 생겨난 말로, 서구 열강이 우리나라에서 금광을 개발할 때 금맥을 발견하고 나면 외치는 소리였다. "No touch!"를 우리나라 사람들이 듣고는 음차하여 발음하게 된 것이 '노다지'이고 그것이 곧 '귀한 것'을 가리킨다고 인식되어 쓰이게 된 것이다.

"뭐…이 안 맞아?"

김경식이 살짝 언성을 높였다.

그에 비해 남궁윤의 목소리는 "사람까지 잡는다는 게 좀… 잣 뺏들면 그만 아닙니까." 하고 할 소리는 다 하며 잦아들었다.

"그 회산지 지산지, 그거부터 '유령'인데? 파면 구린내 나지 않으리. 외화벌이란 게 뻔하잖아. 그 바닥에 청백한 놈 어딨어? 그렇지…?"

코끝의 안경을 들썩이던 김경식이 누군가에게 지원을 청했다. 고랑 패인 주름살로 볼품없는 얼굴에 금세 평온의 물결이 출렁인다. 기다렸다는 듯 미모의 여성이 해사한 교태로 수긍했다.

"있는 구멍에다 코뚜레 뀁니까? 그냥 막 꿰는 거지."

서른 미만의 반듯한 모습에 비해 언행은 그다지 바르지 않았다. 초산군 당위원회 7과 부부장 량정실이었다. 많은 남성들을 녹여낸 촛물 위에 공명의 심지를 꽂고 출세의 불을 단 흔치 않은 여성혁명가. 군당조직비서(당시)로부터 아래위로 추문의 물망에 오른 일꾼들이 적지 않았다. 물론 모두가 남성들이다. 현실이 그러할진대 량정실의 바로 윗기관 지도일꾼인 김경식이라고 올방자[22]를 틀고 중노릇할 리는 만무했다.

비록 쉰이 넘은 육체는 바지가 홀렁하게 기름이 빠지며 마르지만, 그래도 수태 먹은 요염한 자태에 쏟을 음욕의 촛물만은 줄줄 흐르고 있었다.

공과 사가 명백치 않은 두 사람의 행실을 남궁윤은 씁쓸하게 외면하고 말았다. 젊었을 때 권투(복싱)를 한답시며 운운하던 고상한 체육(스포츠) 정신의 여운이 더러 남아 있는지 아양 떠는 여성들을 대할 때마다 마흔 줄에 들어선 그는 제 편에서 먼저 어색해지는 것을 어쩔 수 없었다. 한편으로는 프롤레타리아 독재의 제복을 입고 체면에 눌리어 아닌 보살 피우는지[23]도 모른다.

"그래도 강짜로야 어떻게…?"

---

22 '책상다리'의 평안도 방언.

23 '아닌 보살 하다.'는 것은 '시치미를 떼고 모르는 척한다.'는 뜻의 관용구.

"무슨 소릴 하는 거요, 강짜? 우린 지금 도당위원회결정을 집행하고 있단 말이오! 올해 자강도가 자체로 잣을 수출하라는 건 원수님 방침이고 배려인데, 그걸 몰라 그러는가? 방침관철에 저해를 주는 자를 법으로 다스리는 게, 뭐…이 강짜요, 뭐이? 잣 55톤이 작소? 보나마나 못된 짓 하려구 은닉한 게 뻔…한데, 주저할 게 뭐 있소?"

"은닉이라고까지야 뭐…. 아직은 시기상조지요."

"위치부터가 영… 눈에 거슬리거든. 압록강이 옆이면 코 닿을 데요. 그래, 날고기 안 먹는 승냥이 봤소? 돈이라면 미국 놈도 따라갈 판에! 낮엔 혁명이랍시고 돌아가구, 밤엔 중국 넘나들었는지 누가 알겠소? 참, 정실동문 여기 사람이니 귀동냥한 게 좀 있겠구먼?"

속눈썹을 진하게 그린 올롱한[24] 눈으로 마주 보던 량정실은 한참 후에야 "밀수… 안 한다는 게 더 이상하지요." 하고 제사 앞지른 생각을 입에 올렸다.

"'데고꾼'도 밀수해야 번다는 게 구혼데, 이 바닥치고 속 까 보면 밀수 안 하는 사람 몇 되겠습니까? 모름지기 굉장할 겁니다. 지사 건설만 봐도 그렇지요. 돈이 어디서 나겠습니까? 웬만한 사람 엄두도 못 냅니다."

극성에 비하면 그다지 만족지 않았다. 넓적다리(허벅지)도 보지 못하고 그랬을 것이라는 억측만 부채질할 뿐 다르게 들으면 도리어 과찬 같기도 했다. 하다못해 그러한 소문이 돌았다거나, 뭐사뭐사한 전적이 있다는 등의 한 가닥 긍정을 바랐던 김경식이었다.

한동안 침묵이 흘렀다. 이미 아이를 낳고 둘러치는 잔치 격이었다. 물론 결과를 먼저 만들고 모든 과정을 짜맞추는 게 처음은 아니었다. 하지만 이번만큼은 달랐다. 잣의 수량과 그 대상에 있어서 기전(其前)과는 대비가 안 된다. 그래서 망설이나 싶은 좌중에 "속전속결! 오늘 작살내지 못하면 불리해!" 하며 김경식이 냉기를 뿌렸다. 당의 방침을 관철한다는, 당의 결정을 집행한다는 절대적인 특권을 상기시키는 것이다.

---

24 '유별나게 회동그랗다.'는 뜻의 북한어.

"가둔 놈은 가둔 놈이구…. 외국인이 문젠데…. 무역성(당시) 담당부원이란 양반두 가만있진 않을 거요. 이렇게 합시다."

명령조로 말하는 김경식의 신중하고 단호한 태도에 두 사람은 의자를 끄당겨 자세를 바로 했다.

"난 위에 보고하겠소. 형식은 차려야지. 남 동무는 보안서 기동타격대를 끌구 그놈 지사라는 걸 아예 진압하오! 완전무장시켜서 반항하거나 불복하는 자는 즉석에서 체포하시오. 진압이오, 진압! 그리고… '유령' 지사라는 명분을 꼭 밝히오. 오전 중에 잣이라고 생긴 건 몽땅 실어 내야 해."

"노동자들은 어떻게 처리합니까?"

"'유령'인데 뭔 말라빠진 노동자요? 싹 다 쫓아내. 무장 보초 세우구."

"알았습니다. 그런데… 외국인은 어떡할지…? 오늘은 아예 죽이자고 접어들 텐데…."

"외국인? 음…."

뾰족턱을 만지작거리는 김경식의 뱁새눈이 코끝에 떨어질 듯 걸려 있는 안경알을 뜀박질하며 넘나들었다.

"외국인이면… 어쨌다는 거요? '특별기동대'라는 걸 알려 주구, 질서문란시키면 우리 법대로 처리한다구 을러메오![25]"

"외국인은 치외법권적이라 우리가 다루지 못합니다."

"우리 질서 위반하는데 왜 못 다뤄? 으름장 놓으라는데…!"

"알았습니다."

왜인지 남궁윤의 응수에는 핏기가 없었다.

"정실동문 주민 대장 싹 까서 이력을 파야겠소. 밑뿌리까지. 대체 어떤 놈인지 한번 보기요."

말도 채 끝나기 전에 남궁윤은 절도 있게 자리를 털었다. 별스레 저들끼리 각근한[26] 게 눈치가 다르다.

---

25 '을러메다.'는 '위협적인 언동으로 을러서 남을 억누르다.'는 뜻.

26 '恪謹하다.'는 '매우 극진하다.' '마음가짐과 몸가짐을 조심하다.'는 뜻.

군보안서로 향한 그의 걸음은 올 때와 달리 속도감이 있었다. 토의된 내용들은 석연치 않았으나 '속전속결'이라는 알맹이만은 뇌리를 쪽 째고 들어와 배겼다.

김경식의 말이 옳았다. '속전속결'하지 못하면 점심상을 마주할 새도 없이 역공당할 수도 있었다. 경기는 시작되었고, 반칙적인 선방을 적수에게 날린 뒤다. 이제 주저한다면 다음번은 맞아야 한다. 몸에 밴 권투(복싱) 감각은 숨 쉴 틈을 주면 안 된다고 감독인 양 고함치고 있었다. 완전넘어뜨리기(KO), 그게 답이다.

'승자는 정의, 패자는 불의!' 이것이 스포츠 신조가 아닌가? '목적이 수단을 정당화한다.'는 파쇼[27]의 교리가 의미심장하게 떠올랐다.

"어디서 오는 길이오?"

군보안서장이 정문을 들어서는 남궁윤의 상념을 깨웠다. 흠칫하며 걸음을 멈춘 남궁윤은 상좌 제복을 입은 보안서장을 알아보고 어설프게 경례를 붙였다.

"아닌 게 아니라 찾아가던 참입니다."

"나 역시 찾던 중이오."

"절 말입니까? 무슨 일로…?"

"'첨단 사장'은 어떻게 된 거요? 이거, 남의 관할지에서 너무한 거 아닌가? 윗기관도 지킬 건 지켜야지?"

"저…."

리열을 구속하고도 이렇다 할 주견이 없는 남궁윤은 잠시 난감했다.

이 시각 리열은 우연히 그들의 대화를 듣게 되었다. 구속된 건물이 보안서 정문 바로 옆이었고, 창문 앞에 그들이 마주 선 것이다. 대화는 거의 생생하게 철창 속으로 흘러들고 있었다.

"도당 소관이니 별 수 있습니까? 넣으라면 넣고, 꺼내라면 꺼내고…."

"뭐…요? 그게 상급감찰원 입에서 나올 소리요? 법적으론 동무 책임 아

---

[27] fascio. 이탈리아의 정당.

닌가? 세 살 난 애라구 시키는 대루 망탕해?[28] 그게 법이오?"

"어쨌든… 지사가 '유령'이니만치… 위법성은 충분합니다."

남궁윤은 바쁜 나머지 귓가에 그득한 김경식의 '유령론'을 정면에 꺼내 들었다.

"유령? 허!, 뭔 낮도깨비 같은 감투요?"

"기구나 소속이 명백지 않고, 어중이떠중이들이 모여 위법행위를 왕왕 하는데, 그게 '유령' 소굴이 아니고 뭡니까?"

남궁윤은 이왕지사 마주쳤으니 없는 소리, 있는 소리 꾸며대서라도 군 보안서의 거두를 납득시키려 들었다. 다음 일을 위해서도 유익한 짓이지만, 물정이 뻔한 서장이 넘어가겠는지가 문제다.

"소속이요, 어중이떠중이요, 위법이요, 그거 다 근거 있는 소리요?"

"저… 아직은 근거라기보다… 하지만 기구 수속이 완료되지 못한 건 사실이고, 붕… 떠다니던 무직자가 태반인 것도 확인했습니다. 게다가 잣까지 위법적으로…."

"오늘은… 어케 된 거유?"

"예…에?"

"면박 주자는 게 아니구… 하두 이상해서. 학력, 경력 좀 작소?"

"그럼, 도당에서 잘못 처리한다는 겁니까?"

흔히 부실하거나 궁지에 몰린 자식이 부모 생색을 내는 법이다. 비루먹은 늑대같은 김경식의 처사가 자강도당의 의도라는 데 대해 남궁윤도 으름장 놓듯 내색했다. 그래도 수그러들지 않으면 중앙당의 정책집행이라고 대놓고 줴칠런지도[29] 모른다.

"당이 아니라 동무가 잘못한다는 거요, 동무가! 내 알기론 편제기구는 내각에서 결정했고 해당 공문은 이미 떨어졌소. 노동부 노력 편제는 물론 양 정부 식량 폰트(식량공급계획)도 내려오고. 이렇게 수속 중인데, 생뚱맞게 '유

---

28 '망탕하다.'는 '되는대로 마구 한다.'는 뜻.

29 '줴치다'는 것은 북한어 '쥐여치다'의 준말. '쥐어치다'는 것은 '조리 없이 쓸데없는 말을 함부로 자꾸 지껄이다'는 뜻.

끓일 수 없는 가마

령'은 무슨 '유령'! 애 낳재도 열 달은 걸려! 기구 하나 내오는 게 하루이틀에 뚝딱 될 일이오? 그래서 법적 수속 기간이 있는 게지. 6개월씩이나…."

우람한 체구에 큼직한 눈이 두드러진 서장은 생긴 그대로 목소리 또한 웅글었다.[30] 자기 관내에 큰 '유령' 단체가 존재한다는 어마어마한 주장에 어지간히 격한 모양이다. 군의 치안을 담당한 그로서는 십분 그럴 수 있었다. 정말로 '유령'이 웅크리고 있었다면 현존사업은 물론 승승일로의 복무사에 통째로 엎어지는 잉크단지나 다름없다.

하지만 '유령'이란 있을 법도 하지 않은 일이다. 조직적으로 짜이고, 층층으로 매이고, 부문별로 통제하고, 겹겹으로 감시하는 사회에서 '유령' 단체가 공개적으로 존재한다는 것 자체가 어불성설이다. 둘 이상의 침묵(寢默)조차 허용하지 않고, 사소한 기미도 맹아(萌芽) 시기에 짓뭉개 버린다. 요란하게 떠드는 '제도 수호'라야 빠개고 보면 이런 소인배 짓이다. 별의별 촉수들이 가지 치고, 아지(兒枝)를 쳐서 바늘 떨어지는 소리까지 감출 수 없는 철저한 감시사회, 그 속에 '유령'이 버젓이 배회했다니 그 억지가 도리어 모독으로 느껴질 지경이다.

"내각 공문이 있단 말입니까?"

"몰랐소? 8월 말에 떨어졌던데?"

"공문도… 따져 봐야지요. '유령'인지, 아닌지…."

"으…응? 이 동무가…?"

두 시선이 부딪쳐 알릴 듯 말듯 불꽃이 일었다. 이들은 차츰 실무적인 태도로 변했다. 남궁윤이 비록 소좌 계급이지만 상급 단위 직분으로는 군급의 상좌에게 아무런 복종 관계도 존재하지 않는다. 오히려 군사칭호에 무관하게 직무상으로는 서장의 윗자리인 셈이다. 그의 거동에 그런 우위감(優位感)이 확 살아났다.

"좋소! 내 상관할 바가 아니오만, 관내 일이니 알 건 알고, 할 건 해야겠소. 그래야 후환 없을 테니까."

---

30 '옹글다'는 '소리가 깊고 굵다'는 뜻.

남궁윤의 노골적인 태도에 체면 구기지 않게 서장은 담담하게 말을 이었다.

　"하나 묻기요. 당신네가 말하는 위법행위란 게 대체 뭐요?"

　"'유령'인가 아닌가는 더 따져 보겠습니다. 하지만 잣은 그것만으로도 위법입니다. 올해 잣 상황은 서장동지도 아시잖습니까? 자강도가 독립적으로 배려받은 수출계획을 도무역관리국이 총괄하는 걸 말입니다. 당적, 법적으로 도우려고 저희가 내려왔고. 잣 한 알이라도 무역관리국에 수매해야 자강도에 돌려주신 원수님의 배려가 은이 나게 됩니다. 그런데… 그 지사에는 55톤의 잣이 은닉되었습니다. 이게 과연 방침에 어긋나지 않는단 말입니까? 티끌만큼이라도 어긋난다면, 그게 위법이 아니고 뭡니까?"

　"새삼스레. 한두 번 떨군 지시라구 모르겠소?"

　서장의 수긍이 남궁윤의 기를 돋구어 주었다.

　"알면서 왜 두둔합니까? 이미 군보안서가 대책했어야 할 문제를 우리가…."

　"여보! 그렇게 걸지 마오!"

　서장의 준말이 남궁윤의 말허리를 강냉이대(옥수숫대) 베듯 뭉텅 잘라버렸다.

　"촌구석엔 동무보다 못한 사람들만 있는 줄 아오? 방침 방침 하는데, 잣 있는 사람은 다 방침에 어긋나오? 그게 좌경이 아니구 뭔가? 우리 군에 잣 임지가 얼만지나 알어? 자그마치 3,000정보여, 3,000정보!"

　남궁윤의 눈구멍을 찌를 기세로 굵직한 손가락 세 개가 삼지창마냥 내들렸다.

　"동아시아에서 인구 1인당 잣나무 대수가 제일 많은 데가 바루 여기요. 헌데, 동무 말대로면 군 주민 몽땅 잡아와야 하는데? 여보시오, 보안서 통째로 감방 써도 모자라!"

　"…?"

　"지나가다 아무 집 문이나 홀, 열어 보라우. 잣알이 툭 튀어나오질 않나.

싹 다 방침에 걸어 참형하시려우? 도무역국이 전적으로 책임졌다면 당초에 산에 올라가 지키고, 따구 저들이 다 할 노릇이지. 왜 팔짱 끼구 자빠져 있었는가? 애매한 사람들 범죄자 만들지 않나? 모리간상배[31]같은 것들….”

연줄 퍼붓는 말 소나기에 남궁윤은 물 밖에 나온 금붕어처럼 눈알만 데굴데굴 굴렸다. 폭설(瀑說)에 겨우 연명하듯 드문드문 입만 쩝쩝댄다.

“시행세칙두 있던데? 철저히 해설 교양해서 수매할 것! 창고에 있는 잣이 뭐이 범죄요? 성격이나 있소? 수매하면 그만이지! 불복한다면 몰라두. 그게 아닌데야 굳이 원수 만들 필요 있는가? 미연에 방지하고 교양해서 묶어세우는 게 보안 사업 원칙 아닌가?”

남궁윤은 대꾸할 엄두를 내지 못했다. 서장의 말이 옳다. 한 계절 비상설적인 '잣상무'의 활동은 도무역관리국이 잣을 수매하도록 도와주는 것이다. 개인 밀수꾼들에 비해 수매 가격이 저렴하고, 즉시 지불도 못하는 점을 고려해 해설과 함께 일련의 자극을 줄 목적으로 법을 동행시킨 것이고. 원칙이 그러할진대 리열에게는 잣을 수매하라고 권고한 적도 없었거니와 그가 거절한 적은 더욱 없었다.

그러하다면 왜 칼집을 쩔렁거리는가? 이미 씌워 놓은 망건이라서? 아니면 너무 도고하다고 감정적으로?

“후….”

남궁윤은 괜히 모자를 벗고 모나게 모양 잡힌 머리칼을 뒤로 쓸었다. 서장과 시비를 따지는 자신이 어리석었다. 법에 암둔한 평민도 아니고, 뉘 앞이라 입방아냐? 어쩌다 보니 발가벗긴 풋내기 꼴이 되고 말았다. 더한 수치를 당하기 전에 이 자리를 모면하고 싶었다.

남궁윤은 연거푸 헛기침하더니 모자를 꾹 눌러썼다.

“리열은 공무집행방해죄로 구속됐습니다. 물론… 창고에 있는 잣이 범죄로 되지는 않습니다. 하지만 출처를 따지면 팔고 사고. 그게 위법이 아니

---

31 謀利奸商輩. 공익이나 상도덕 따위는 아랑곳하지 않고 갖은 방법으로 자기의 이익만을 꾀하는 사람. 또는 그런 무리.

고 뭡니까? 그만한 수량이면 위법적인 상적 행위로 범죄가 구성되고도 남습니다."

"팔고 사면, 그게 왜 위법이오?"

"경영 성격에 맞지 않는 상적 행위가 아닙니까?"

"성격에 안 맞는다? 공문을 보니 창설 목적이 89호 제품 생산을 위한 외화벌이던데…. 외화로 국가계획을 한다, 그 소린데… 팔고 사고 안 하면 외화는 어떻게 벌어? 샀다 팔았다가 일이지. 과정에 법을 어기면, 위법인 거고."

"조건이 샀다면, 명백하지 않습니까? 결과는 판다!"

"…?"

"현시점에선 도무역국 수매가 아닌 모든 거래를 위법적인 상적 행위로 판별해야 한다고 봅니다."

"그래서…? 그 양반 구매만 하구 판 적두 없구, 시도하다 적발된 적두 없소. 자꾸 성격 성격 하는데, 여기 무슨 범죄적 성격이 있소?"

"서장 동진 모르시는군요. 그 잣, 오늘 없애려 했습니다. 선(先) 손 썼게 망정이지 지금쯤은 아마…."

"하하하… 모르는 건 동무야! 없애는 게 아니라 수출하려 했겠지? 내 알기에 합법적인 수출계획이 있어! 누가 수출하든 국가계획에 따른 거면 위법도 아니고, 국가 수중에 돈 들어가니 문제 될 건 없지. 너도 나도 다 국가 일인데, 너무한 거 같구려…."

서장은 조소하듯 일깨우며 동태를 주시했다.

남궁윤은 과묵한 입술이 꺼멓게 죽도록 힘을 주고 있었다. 눈길을 반쯤 내리깔고 마치 보호틀을 입에 물고 경기장에 선 권투(복싱)선수를 방불케 했다.

"사실 전… 이번 사건을… 군 보안서에 넘기려 했는데…."

"뭐…요?"

힘들게 나온 말이 맺기도 전에 서장은 펄쩍 뛰며 손을 휘휘 내저었다.

"'사건'이라… 허허… 참, 일은 당신들이 쳐놓고, 우리더러 밑 씻어 달라?

그런 일엔 껴들지 않아!"

서장의 언행이 거칠어지자 남궁윤은 바빠났다.[32]

"서장 동지, 그런 게 아니라…."

"그만두오! 하겠으면 동무나 실컷 하오. 우리까지 끌어들일 생각 말구!"

서장은 더 이상 갑을논박하고 싶지 않은 듯 돌아서 버렸다.

"아니 저…."

남궁윤은 급기야 몸을 내대며 막아섰다.

"미안합니다. 하지만 우리와 협력해야 하지 않습니까?"

"누가 방해하오?"

종전과는 달리 딱딱한 서장에게 남궁윤 역시 정색한 티를 보였다.

"그런 게 아니라, 도움이 필요합니다. 지금 당장!"

"…."

"지사를 진압하는데 타격대를… 도당 7과 부원 동지 지십니다."

"웃기지 마오. 대체 뭘 진압한다는 거요? 점점 한다는 짓들이… 쯧쯧… 그리고 도당 7과가 뭐길래 이래라, 저래라요? 우린 껴들지 마오!"

"방금 협력하신다고 하지 않았습니까?"

"협력? 물론 도와야지. 근데, 그게 어디 협력이오? 우리가 전면에 나서는 거지. 그럼 책임은 누가 지오, 누가? 우리가?"

"책임은, 제가 지겠습니다. 저두 솔직히 지금은 뭐가 뭔지 모르겠습니다. 하지만 도당의 지시니 집행할 의무가 있잖습니까? 군보안선 협력할 의무가 있구요."

서장은 안하무인격으로 나서는 그를 새삼스럽게 바라보았다.

"동무… 다시 보게 되누만. 그런 의무엔 동무나 충실하우."

도보안국 내에선 나름 인정받는 남궁윤이다. 스포츠인다운 기질과 영민한 기지, 그에 어울리는 속통머리…. 큰 사건들을 제끼는 신망있고 노련한

---

32 '바빠나다.'는 '몹시 바쁘게 되다, 형편이 딱하게 되어 몹시 거북하거나 급하게 되다.'는 뜻의 북한어.

감찰원… 별로 상대한 적은 없지만 서장에게 인 박인 남궁윤의 모습이었다. 그런데 지금은? 예리한 분석과 명석한 판단, 사고의 신축성과 공정성은 고사하고 초보적인 주견조차 세우지 못하는 일반 보안원의 경망한 감성만 진하게 풍긴다. 무엇이 그의 분별력을 저렇듯 너절하게 휘저어 놓았는지 이해되지 않았다.

"솔직한 말로 동무네가 뭘 하든 상관하고 싶지 않소. 윗기관 일이니 상관할 수도 없구. 그래서… 누구더라… '사장'이란 양반 잡아넣을 때도 군말 없이 수표(사인)한 거지. 대기실 내준 것도 협조구 협력이니까. 그렇지 않소?"

"고맙습니다."

서장의 익살인지, 조롱인지 분간하기 어려웠지만 남궁윤은 인사를 차렸다.

"좋소. 어디까지나 협조요. 그러니 요구사항을 정확히 밝히시오."

"이제 당장 타격대 10명, 차 한 대가 필요합니다. 타격대는 모두 무장을 갖추고… 빠를수록 좋습니다."

"무장? 허허… 타격대가 생겨 이런 실제 정황은 처음이오. 좋소! 그런데 인원은 다른 게 없지만 차가 문제요. 보다시피 작전 대기차가 있긴 한데, 연유가 없소. 저마끔[33] 쓰는 놈이 넣을 내기지. 알아서 하우."

언제 그랬냐 싶게 시원스런 서장은 잠시 망설이다 손세[34]를 던졌다.

"겸해서 한마디 권고하는데, 수학 공식도 아무 데나 다 맞는 건 아니야. 자고자대하는[35] 목수가 제 손가락에 망치질 더 잘하거든. 그리고 어중이떠중이란 소린 더 안 하는 게 좋겠소. 없는 계층 자꾸 만들지 말자구."

서장은 마당이 떠나갈 듯 직일관(보안서 당직보안원)을 호출하며 청사로 향했다.

남궁윤은 담배를 꺼내 물었다. 입안이 초들초들[36] 말라 도무지 맛이 나

---

33 '저마다'의 북한어.

34 '손짓'의 북한어.

35 自高自大. '스스로 자기를 치켜세우며 잘난 체하고 교만한 것'을 말함.

36 입술이나 목이 마르면서 타들어가는 모양을 가리키는 북한어.

지 않는다. 어느 방이든 뛰어들어 물 한 컵 청하고 싶었지만, 서장에게 받은 경시 때문인지 마당 안의 사람들이 자신을 달갑지 않은 불청객으로 치부하는 것 같아 용기가 나지 않았다.

3

철근을 촘촘하게 엮어 만든 쇠살창 앞에는 폭이 서너 걸음 되는 좁은 복도가 있었다. 창문은 보안서 마당을 마주하고 있는데, 유리에 붙인 흐림종이가 테두리마다 떨어져 너덜너덜하다. 그래서 생긴 가느다란 틈으로 보안서장의 뒷모습이 멀어져 간다.

우연히 듣게 된 서장과 남궁윤의 의미심장한 대화. 사리에 맞지 않던 지금의 상황이 어렴풋이 윤곽을 드러낸다. 불길한 예감이 들었다. 단정할 순 없지만 어딘가 모르게 조직적이고 계획적인 느낌이 들었다.

리열은 그제야 주위를 둘러보았다. 한 점 온기도 느낄 수 없는 썰렁한 쇠살창 안에 다른 인적은 없었다. 바닥이고 벽이고 둘러보는 미간이 절로 찌푸려진다. 안쪽엔 한 뼘[37] 정도의 턱 위에 변기가 보였다. 가장자리마다 누런 얼룩이 다닥다닥해 불쾌한 냄새의 근원임을 설명 없이도 알 수 있었다. 거기서 만연되는 역겨운 악취에 밀려 뒤로 흠칫하던 리열은 양말 바람이라는 생각에 껑충 뛰어 무언가에 올라섰다. 때를 맞춰 푹신함이 그의 발을 덥석 물었다. 대충 뭉그린 색 바랜 담요와 허술한 동복(패딩)이었다. 분명 인간의 자취였다.

리열은 얼른 내려섰다. 사람을 짓밟는 무례를 범한 거 같아 사죄하듯 정히 포개어 놓았다. 그러고는 마룻바닥을 몇 번 불더니 거기에 털썩 주저앉았다. 방금 들은 기막힌 대화가 다리 맥을 쭉 뽑아 버렸다. 그보다는 환경

---

37 엄지손가락과 다른 손가락과의 사이를 한껏 벌린 거리를 가리키는 북한어.

에 대한 순응이라 해야 옳을 것이다.

헝클어진 의문의 실토리[38]에서 겨우 하나의 끄트머리를 찾아 쥔 리열은 그로부터 엉킨 매듭들을 풀기 시작했다. 제일 먼저 멀지 않은 어제의 일이 상기된다.

10월 26일.

그날은 평범한 날이었지만 리열에겐 평범치 않은 하루였다. 고행의 덤불을 헤치며 고락을 함께한 동료들 또한 고진감래의 진미에 흥취되어 즐겁기만 한 날이었다.

'요런 맛에 일하고, 요런 멋에 혁명하느니라!'

누구에게나 물어보면 그래서 뿌듯한 마음이 붕 뜬 거라 대답할 것이다. 선각자적 행로엔 난관이 있기 마련이다. 그걸 이겨 내는 데는 높은 각오가 필요하며 헤아릴 수 없는 고생이 따르게 된다. 떠났다고 다 승자로 되는 것도 아니다. 마지막까지 이겨 내는 자, 끝까지 쓰러지지 않는 생존자가 결국 승자다. 그때 느낄 수 있는 환희로운 쾌감이 이곳에 흐르고 있었다. 1년 넘게 바쳐 온 노력과 헌신이 바야흐로 첫 열매를 거두게 되었으니 그 기쁨, 어이 헤아릴 수 있으랴! 보람찬 시기의 즐거운 날이었다.

무역실무를 위해 무역성(당시) 김현일 담당부원과 자강도 주재 최승기 부원이 지사에 내려와 있었다. 그들은 리열과 함께 이틀 전(금요일)에 있은 중국 무역 대방과의 실무 접촉에 준해 잣 수출을 위한 세관 수속을 완료하고 월요일을 기다리는 중이었다.

주말 개념이 아니라 첫 무역이라서 지사 전체의 기세가 충천했다. 그 기세는 애꿎은 배구공에 참기 어려운 폭행으로 이어지고 있었다. 마당 안은 낭만적인 고함소리로 차고 넘쳤다.

불현듯 차 경적이 길게 울렸다. 상하가 뒤섞인 열의에 찬물을 끼얹는 불쾌한 소리다. 폐병 환자마냥 그르렁거리는 남색 소형트럭이 미완성 정문

---

38 나무나 수지, 종이로 실을 감게 만든 것 또는 거기에 감은 실뭉치를 가리키는 북한어.

으로 곧장 들어왔다. 거개(擧皆)의 시선을 받으며 아귀 맞지 않는 차 문이 열렸다. 여럿이 우르르 내린다. 행색으로 보아 사복과 정복이 뒤섞인 유(類)다른 일행이었다. 그중에서 검은색 코드를 걸친 갱핏한[39] 사람이 거만스레 입을 열었다.

"여기, '첨단 사장'이 누군가…?"

도수 있는 안경을 끼고 쉰이 퍽 지나 보이는 그를 위시로 보안 제복이 둘러서는 걸 보아 거두인 모양이다.

"이것 보지… 촌구석에 이런 건물 있었어?"

그는 별로 대답을 재촉하지 않고 하나의 예술 작품처럼 형상된 아담한 건물을 감상하며 거드름을 피웠다.

"멋있군, 멋있어…. 그래, 책임자가 누구지?"

목적을 알 수 없는 불청객 앞에 근육이 펄떡거리는 상체에 흰 반티를 씌우며 혈기방장한 사람이 나섰다.

"접니다."

"오, 동무가… 리열이오?"

"예, 그렇습니다…?"

"도당서 왔소. 만날 수 있을까?"

"예…에. 그럼, 안으로….""

리열은 주인다운 친절성으로 청했다.

"들어갈 필요는 없구. 함께 가기요. 두루 알아볼 게 있어서….""

리열만이 아니라 마당 안의 분위기가 일순 긴장되었다.

흔히 법관의 예외적인 왕래를 그다지 달가워하지 않는 게 사회적 분위기다. 생트집 걸어 못살게 군다든가, 일명 '쫄구기'가 상투적 행태다. 여하튼 법관의 방문은 좋을 게 없는 나쁜 일의 암시다. 잘못 저질러서가 아니라 만들기 탓이기 때문이다. 믿기 어려워도 법전을 펼치면 안 걸릴 사람이 없고, 또 그럴 수밖에 없는 사회구조다.

---

39 '갱핏하다.'는 '몸집이나 생김새가 여윈 듯하고 칼칼하다.'는 뜻의 북한어.

법 자체가 제도와 특정 계급의 이익을 위한 '타도'가 사명이고, '타도'의 1순위인 자본주의 요소는 사회생활 전역에 만연되어 있다. 사회는 그대로 이론과 현실이 상반되는 모순덩어리다. 입은 사회주의를, 손은 자본주의를 해야 살 수 있다. 사람들은 말과 행동의 타협할 수 없는 두 대립물 사이를 사회주의와 자본주의라는 '짝짝이' 신발을 신고 수시로 오가야만 한다. 먹자면 반드시 자본주의를 해야 하고, 살자면 사회주의를 해야 하는 필연적인 상황에서 너도나도 따지면 범죄자다.

결국 법이란 재수 없는 참새들이 치우는 덫이고, 아무 때, 누구든 도륙낼 수 있는 백정의 칼이었다. 사회성원 모두는 검질긴[40] 사냥꾼의 추적을 받는 산짐승처럼 항시적인 법의 위협 속에 마음 졸이며 살아 가고 있다. 바늘 장사도, '차판' 장사도 심정은 매일반이었다. 살통 난 건 칼자루 쥔 형리들뿐이다. 즐거운 분위기가 일순에 위축되는 건 그래서이다.

다만 불청객의 무례한 요구에도 여전히 태연자약한 리열의 모습이 다소 위안을 준다. 하지만 그도 같은 환경에 구속된 일원인지라 읍으로 달리는 차 안에서 지은 죄 없이 전전긍긍하고 있었다. 이들은 누구이고, 대체 어디로 가는 걸까?

소위 견장의 두 보안원이 옆구리에 권총까지 차고 양옆에 붙어 있었다. 기세로 보아 가벼운 문제가 아니라는 생각이 들었다.

리열은 그런 허세엔 흥미가 없다는 듯 눈을 감아 버렸다. 복잡다단한 근래 현황을 법적 견지에서 대충 여과해 봐도 걸리는 게 없었다. 그렇다고 안심할 수는 없었다. 현실은 현실이니만치 아무쪼록 조심해야 했다.

차는 초산군 검찰소 마당에 멈춰 섰다. 리열에게 이곳은 구석까지 손금 보듯 알 수 있는 옛 일터였다. 대다수가 술잔을 허물없이 나누던 구면지기들이다. 그래서인지 차에서 내린 그를 반기는 눈인사들이 더러 있었다. 이상한 건 그 미소들이 예전처럼 자연스럽지 않아 보인다. 선입견 때문인가?

일행 중에서 소좌 견장의 보안원이 안경 낀 도당 부원이라는 사람과 몇

---

40 '검질기다.'는 '성질이나 행동이 몹시 끈덕지고 질기다.'는 뜻.

끓일 수 없는 가마

마디 수군대더니 서로 눈을 끔적거리며 약속된 듯 움직였다. 그의 안내로 청사로 향하는 리열의 뒤에서 불안정한 엔진소리가 멀어져 갔다.

이내 눈에 익은 어느 사무실에서 리열은 소좌와 마주 앉았다. 그는 자강도인민보안국 감찰작전처 상급감찰원 남궁윤이라고 자기소개를 했다. 큰 키에 우람한 체구가 제복과 잘 어울리는 전형적인 법관 상이었다. 이목구비가 시원한 얼굴 구도에 굽실한 반곱슬머리가 어딘가 아쉬워 보이기도 했다.

남자다운 외관상이 곱슬머리처럼 고부라진 속내를 잘 위장할 테고, 그래서 남의 속 뽑는 데는 능수일 듯싶고, 수사원으로는 노련한 기질로 두각을 낼 수 있는 이상형인데…. 총평 사내답게 개방적인 통짜배기 같으면서도 내적으로는 대단히 섬세하고 내성적인 성격의 소유자일 거라 리열은 초진했다.

가방에서 꺼낸 종이에 일언반구도 없이 쓰는 '진술서'라는 활달하면서도 정교한 필체를 얼핏 보고 나서 더욱 그렇게 확신할 수 있었다. 불안하고 초조한 심리를 단번에 정복하려고 우정[41] '진술서'라는 어마어마한 종잇장을 노출하는 상투적 수법이었다. 이런 뻔한 풋수에 순진한 주민 대다수는 자포하곤[42] 한다. 그럴 때면 예상치 않던 횡재가 쏟아지기도 하고.

이 사회에서 '진술서'란 범죄를 확정하는 무서운 증언이다. 공정성이 아니라 편견이 득세하고, 물적 증거보다 서술적 증언이 중시되는 법률 환경에선 더욱 그러하다. 말마디의 무게를 따지려는 암묵적인 위협, 평범한 사람치고 눈 도둑[43]으로 감촉한 그 기미에 어찌 공포를 느끼지 않으랴. 자기만 알고 있는 사소한 잘못까지도 스스로 범죄로 오인하고 번뇌의 늪에 풍덩 빠지기 일쑤다. 만만치 않은 법관과 마주 섰다고 판단한 리열은 창가로 시선을 던지며 건방질 정도로 무관심을 내비쳤다.

"이름?"

---

41 '일부러'의 방언.

42 '自暴하다.'는 '절망에 빠져 자신을 스스로 포기하고 돌아보지 아니하다.'는 뜻.

43 '눈 도둑'은 눈으로 먼저 살펴본 것만으로 지레짐작하는 것을 말함.

"리열."

"난 날?"

"1900년 OO월 OO일."

"OO년이면, 서른…다섯…? 난 곳?"

"평양시 대동강구역 문수동."

"현직?"

"무역성(당시) A지사 지사장."

"간단한 경력?"

"실례지만, 눈 감고 아웅하는 놀음… 그만하지 않겠습니까?"

"뭐…라구요?"

"그런 문서가 무슨 소용 있습니까? 시기상조가 아닐까요? 말은 바른대로, 진술서야 일반조서가 아니지요. 용건도 밝히지 않고, 절 너무 무시하는 거 아닙니까? 요즘 인권, 인권 물망에 오른다더니 달라진 게 없군요."

"제가 뭐, 침해한 게 있습니까?"

남궁윤은 표정 관리에 애썼다. 뜻밖에 날아든 창끝처럼 정통을 찌르는 언사에 사뭇 당황한 기색이다.

"아, 그런 건 아니고… 저야 법을 압니까? 그저 느낌이 좋지 않다 그 소립니다. 꼭 범인이 된 거 같아서… 뭐 그런, 모욕이 느껴지는 걸 어쩌겠습니까."

"이건 정상적인 절차입니다. 인권은 무슨 인권? 오해하지 않길 바랍니다."

남궁윤은 앞으로 쑥 나와 있는 진술서 용지를 슬그머니 가리며 끌어당겼다.

"미안합니다. 원래 시간 낭비가 질색이라서. 제게 검찰이나 보위부 경력도 있다는 점 참작하시면, 많이 단축되지 않을까요?"

남궁윤은 40대 중반의 눈언저리에 주름을 그으며 리열을 찬찬히 더듬었다. 선뜻한 투시다.

"담배 한 대 피워도 되겠습니까?"

끓일 수 없는 가마

"어서."

"청해 놓고 푸대접이니 찾아 먹는 수밖에. 같이 한 대…?"

남궁윤은 가볍게 머리를 흔들며 턱짓으로 재차 권했다.

그다지 즐기지 않는 담배로 리열은 연기를 고아 올렸다. 걸탐스런[44] 연막이다. 그 바람에 매서울 듯싶던 남궁윤의 투시가 의미를 상실하고 말았다. 뭉게뭉게 괴어오르는 연기와 태연자약한 리열의 안광이 도리어 그럴싸하게 어울린다.

남궁윤은 어색한 궁지에 점점 빠져드는 자신이 놀라웠다.

"진술서라… 사전 요해(了解)가 전혀 없었나 봅니다? 설마 유도신문, 뭐 이런 거 아니겠지요? 직방[45] 갑시다. 직방!"

남궁윤은 천천히 일어나 창가로 다가갔다. 그러고는 제 담배를 꺼내 물었다.

"역시 듣던 바대로군요. 노련하고, 말 잘하구, 아는 게 많고…. 옳습니다. 깊게 요해는 못 했습니다. 그럴 새도 없었고. 그저 책을 돈보다 중히 여기는 학구적인 사람, 자존심이 세고 신용은 철칙, 그래서 흐지부지한 관계는 애초에 베고, 법에 잡힐 일은 전혀 하지 않는, 뭐 요즘 세상엔 보기 드문 '난돌이'고, '깨끗한 사람'? 귀는 열렸으니 대충 이렇게 들리던데…. 법에 잡힐 일 안 한 건지, 안 잡힌 건지는 두고 봐야겠구."

남궁윤은 유치하게 너스레 피우며 구겨진 체면을 슬슬 문질렀다.

'깨끗한 사람'이라는 찬사에 가시가 있었지만, 리열은 화평의 의사로 받아들였다.

"이런 느낌이군요. 여론이란 게 뒷소리라 지저분해야 정상인데, 과찬이 심합니다. 제가 그리 인물은 아닙니다. 허, 허…."

"그래두 이 바닥에선 다들 감탄하던데…?"

처음과 달리 서먹서먹한 분위기가 다소 해소되었다.

---

44 '걸탐스럽다.'는 '무엇을 받아들이려는 의욕이 강한 데가 있거나 몹시 강하다.'는 뜻의 북한어.

45 '直放'은 '어떤 결과나 효과가 지체 없이 곧바로 나타나는 일'을 말함.

"말마따나 직방 말합시다."

남궁윤도 담뱃불을 끄며 자리에 와 앉았다. 그러고는 "에….." 하고 말머리를 뗐지만, 쉬이 본론에 들지 못하고 주저했다. '진술서' 위에 포갠 손에서 볼펜만 연속 굴렀다. "이야기하십시오."라고 리열이 부추겨서야 말길이 이어졌다.

"동무네 지사에… 김상록이… 잣이 있지요?"

리열은 그제야 어마어마한 행차와 위협의 속내를 대뜸 간파할 수 있었다. 편협하기 짝이 없었다. 그런 시시껄렁한 문제 때문에 여태 치졸한 허세를 부렸단 말인가?

리열은 별 게 아니라는 심사로 의자 등받이에 몸을 젖혔다.

"의술 없는 의사, 가방이 요란하다더니….."

"예…에?"

남궁윤은 중요한 해답을 찾으려는 듯 주의를 집중했다.

"?"

리열은 결판내지 못한 배구 경기가 아쉬웠다. 이제 곧장 돌아서도 끝났을 것이다. 아니, 차가 떠난 이후 해산되었을지도 모른다. 괘씸한 생각이 들었다.

"그 때문입니까?"

"예, 그렇습니다."

"아…니, 거기서 물어보면 될걸, 구지 예까지 온 이유가 뭡니까? 분위기만 흐리면서….."

"뭔 소리요?"

"보지 못했습니까? 노동자들 경기하는 거. 명색이 일요일인데… 인민들 염통 좀 살겠수? 별거 아닌 걸 갖구….."

"그러니… 잣이… 있다는 겁니까, 없다는 겁니까? 김상록이 잣 말입니다."

"있습니다."

"예…에? 있다구?"

끓일 수 없는 가마

"네…에. 20톤이나 있습니다. 20톤!"

이번엔 너무 놀란 나머지 당황스러운 남궁윤이다. '잣상무'가 머리를 맞대고 예측한 상황과 전혀 다른 것이다. 불 보듯 뻔히 부정할 거라는 전제부터가 틀렸었다. 게다가 리열의 태도는? 죄의식이라고는 조금도 없어 보인다. 상상 이상으로 노련하다고 판단하기에는 순진함이 너무 짙다. 리열은 제 편에서 의아한 표정이었다.

잠시 침묵이 흘렀다. 그 짧은 시간에 각자는 나름의 생각에 잠겼다.

흔히 '잣'이라고 하면 가을 한 계절 제일 첨예한 화젯거리로 사회 전반을 도배한다. 말만 들어도 누구든 예민하게 반응하며 무턱대고 목부터 들이민다. 1년 치고 유일한 노다지판으로 간주하는 사람이 군 주민 전체라고 해도 과언이 아니다. 돈 있는 자는 돈으로, 권세 있는 자는 권세로, 근력 있는 자는 근력으로 그 전역에 뛰어든다. 하니 온갖 이해관계로 얽힌 처절한 사투 뒤에 또 얼마나 구린내 나는 부정부패의 암투가 살벌한가?

내색하지 않아도 노회한 수사원이 역으로 놀라는 심정을 충분히 이해하는 리열이었다.

"무슨 문제라도…?"

리열이 먼저 입을 열었다.

"네…에. 이거, 미안하게 됐습니다. 휴식을 방해해서."

이제는 그들 사이에 한결 화기가 돌았다. 범상한 듯싶었지만 범상치 않게 정리된 좌석이었다. 일종의 후회가 남궁윤을 깍듯하게 돌변시켰다.

"저한테 미안할 게 있습니까? 노동자들이 안 됐지요. 밤낮 건설, 건설하다 보니 휴일이 따로 없었습니다. 그건 그렇구… 잣이 문제라니… 그럴 리가 없는데…?"

"올해 우리 도가 '잣 와크[46]'를 배려받았습니다. 국토성 독점 와크가 아니었습니까?"

"저도 알고 있습니다. 도무역관리국이 수출계획을 받았더군요."

---

46 'work'의 북한식 발음. 국가수출계획.

"물론 벌어들인 외화는 도에서 소비하지요. 이를 위해 도당위원회는 '잣 상무'를 조직했습니다. 비상설이긴 하지만 연합이라서 '특별상무'라고도 합니다. 도무역관리국에 잣 원천을 집중시키라는 거지요. 그래서 말인데….'"

남궁윤은 잠시 동안을 두었다. 슬쩍 동태를 살피더니 다음 말에 속도를 부가했다.

"그래서 그 잣이 물망에 오른 겁니다. 이놈, 저놈 많지만 김상록이 워낙 큰놈이라 결국, 동무와 이렇게 만나게 된 겁니다."

리열은 덤덤히 머리를 조아렸다.

"본인은 만났습니까?"

"아직은….'"

"아직이라니요?"

"다르게 생각진 마십시오. 사실 여부를 확인한 후에….'"

남궁윤은 조심스레 자세를 낮추었다.

"네…에… 솔직히 사실 여부나 확인하는 행차치고는… 머리보다 감투가 크다 할지. 지내[47] 요란하긴 하네요.'"

"동행하는 게 원칙이다 보니. 허, 허… 좀 많아졌는가?"

"아무튼, 확인은 했으니 전 이만."

"가만, 좀….'"

리열이 자리를 털고 일어나려 하자 남궁윤은 급기야 자세를 높이며 만류했다.

"다른 문제가 또 있습니까?"

"우린, 그 잣을 처리해야겠습니다."

"처리? 어떻게요?"

"방금 말씀드리지 않았습니까? '잣상무'에 대해."

"통 영문을 알 수 없군요. 에돌지 말구 직방, 직방! 그러니, 김상록의 잣을 처리한다? 어떻게?"

---

47 '지내'는 '너무'라는 뜻의 부사어.

"실어 내겠습니다. 지사에 있는 잣을. 물론 동무와 합의 후에."

"승인이 필요하다 그겁니까?"

"네에. 바로 그거."

"승인하고 말구가 있습니까? 방침이고, 도당 결정인데, 이러구 저러구 의견 없습니다."

"헉! 그게 정말입니까?"

시름 주머니가 펑, 터지는 듯한 뜨거운 숨이 남궁윤의 입에서 길게 뿜어 나왔다. 보매 많은 고심이 있었던 모양이다. 그는 자리에서 일어나 다시 창가로 향했다.

"이렇게 쉽게 풀릴 걸 괜히… 쯧쯧…."

"무슨 소립니까?"

"솔직히 잣 문제 다루면서 처음입니다. 이렇게 쉽게 이해하고 접수하는 사람이 없습니다. 날 죽여라! 하고 사등뼈 들이대야 정상이지요. 동무처럼 국가 입장에서… 이게 얼마나 좋습니까? 역시는 역십니다."

"집행 원칙이나 시행세칙 같은 게 있을 게구, 설마하니 공짜 뺏는 건 아니겠지요?"

"그럼요. 원칙은 수매! 도무역관리국에. 해설도 하고, 교양도 하고, 돈도 지불하고. 수매조직은 이미 됐습니다."

"어디 팔든 피차일반인데 교양은 무슨? 밀수꾼 돈 벌어 주느니 누이 좋고 매부 좋고, 이왕이면 그쪽이 백번 낫지요."

"영 그렇지만은 않습니다. 문제는, 밀수 가격보다 수매 가격이 썩 싸다는 겁니다. 그러니 강제 집행하기 전엔 누가 응합니까? 그저 강짜가 답입니다."

"개인이 손해 봐야 국가가 이득 보는 원리인데, 둔한 놈이 엇드레질이지요."

"푸하하하!"

두 사람은 구면지기처럼 허물없이 웃었다. 리열은 '잣상무'를 훤히 꿰뚫어 본 게 시원해 웃었고, 남궁윤은 고심하던 매듭이 쉽게 풀린 게 통쾌해 웃었다. 능력은 능력이었다.

"엊그제 내려왔다고 들었는데, 얼마나 수매받았습니까?"

"아직 없습니다. 마수걸이라고 할 수 있지요."

"예에. 아마 군을 다 쑤시자면 뻐근할 겁니다. 말마따나 사람 설복한다는 게 조련합니까? 마수걸이라⋯ 큰 구지(舊地)부터 골라 치는 격이군요."

"⋯."

"용건이 더 있습니까?"

"없습니다. 이거, 미안하게 됐습니다. 곁에서 괜히들 심각해서 욱욱대는 바람에⋯ 내 참!"

'진술서' 용지를 뭉개어 휴지통에 넣으며 남궁윤은 어색한 변명을 늘어놓았다. 이어 "잠시만 더 기다려 주십시오. 얼른 다녀오겠습니다." 하며 가방을 거들었다.

문가로 사라지는 뒷모습에 리열은 콧김이 절로 나갔다. 제 마음대로 결론할 수 없는 허수아비에 불과한 사람이었다. 2층 창가에서 마당을 내려다보니 정문을 나선 남궁윤은 곧장 군당 청사로 향하고 있었다.

'안경쟁이한테 가는 게지? 흥!'

쓴웃음 짓는 눈길에 방금 호송하던 두 소위의 서성거리는 모습도 걸려들었다. 이제껏 검찰소 마당에 대기한 모양이었다.

'뭐지?'

리열은 냉철함을 유지했다. 거동을 보면 분명 대기시킨 인력이었다.

'왜? 어떤 결과를 예상하고?'

살짝 오싹했다.

리열은 자리에 돌아와 앉았다. 눈을 지그시 감고 뾰족한 두 손가락으로 콧날을 내리 쓸었다. 상황을 판단한 건 김상록의 '잣' 소리가 남궁윤의 입을 벗어난 즉석이었다. 급기야 본인과 타인의 피해를 최소화하는 방안을 고민했고, 임기응변으로 유리한 곬도 째 놓았다.

'뭐, 사등뼈 내댄다구? 흥! 목 내댈걸. 어느 미물이 똥값에 판대? 국가 입장? 놀리는군. 근데, 하필 상록인 뭐야! 재수없게시리….'

이내 돌아온 남궁윤은 칭찬받은 모양으로 기분이 좋아 보였다. 곧 따라서겠다며 운전사에게 리열을 태워 주도록 지시까지 준다.

성의에 사의는커녕 응당 그래야 한다는 듯 리열은 주저 없이 차 문을 열었다. 창 너머로 주절거리는 손시늉이 보였지만 리열의 생각은 이미 다른 오솔길로 질주하고 있었다.

4

리열과 김상록은 서로 술 한잔을 나눈 적 없는 초면이었지만, 최근 화제의 중심에 선 두 인물은 서로의 명성을 공경하고 있었다. 집안과 세력, 학력과 경력, 그리고 토대와 줄기에 대한 모종의 대항력이 그들의 공통점이었다.

41세의 김상록은 개성이 뚜렷하고 침착한 사내였다. 비록 작은 공장의 노동자였지만, 잣 분야에서는 최고의 경영자였다. 잣 임지에 대한 예찰과 확보, 인력 채용과 경비조직, 생산 및 판매, 식생활 보장과 인건비 지출에 이르는 전 과정을 능숙하게 총괄한다. 3개월 이상 150명이 넘는 임시 인력을 통솔하는 그의 능력은 놀라울 경지다. 그는 다양한 배경의 오합지졸들을 '실적 대 보수'라는 하나의 원칙으로 통제하고 복종시켰다. 규율은 군대보다 엄격했고, 노동 강도는 교화소를 뛰어넘었다. 몇 푼 돈 때문에 욕을 본 사람들이 네발을 번쩍 들었다가도, 계절이 되면 다시 돌아와 빌붙는다고 한다. 앞면은 '노동자', 뒷면은 '자본가', 그것이 김상록이었다.

당시 초산군에서는 남포시에 주둔한 국가보위성 소속 무역회사에 150정보의 잣나무림을 3년째 임대하고 있었다. 군당책임비서인 김태호는 로더[48] 한 대를 받는 조건으로, 초산군이 잣나무림을 5년 동안 임대해 주는 계약을 체결했다. 50~60년생의 조림지는 항상 쟁탈 1호 대상으로 매우 호재인 임 지였다. 회사의 무도한 선택권 행사로 첫해에는 엄청난 사회적 물의가 일었 다. 이미 배정된 임지에서 '주인'들이 경비를 서고 있었기 때문이다.

초산군은 당, 행정, 법 등 모든 공권력을 총동원했고, 회사 측은 만포시 에 있는 국경경비총국 29여단의 군인들까지 동원했다. 쫓아내야 했고, 쫓 기지 말아야 했다. 산야는 대격전지로 변했다. 잣나무가 있는 곳이면 민간 인들이 몽둥이로 싸우고, 군인들이 도끼로 격돌했다. 곳곳에서 피해가 속 출했다.

돈과 생존을 위해 모두가 필사적이니, 살아남는 자가 승자요, 죽는 자는 패자였다. 약육강식의 원시사회를 재현한 듯한 유혈사태는 인간의 동물적 인 잔혹성을 여실히 드러내고 있었다. 이는 푸른 행성을 아름답게 장식하 는 인류의 고상한 현대 이성에 대한 심각한 모독이었다.

500만 년을 거친 인류의 진화 속에 어쩌다 이런 '무리'가 남은 것인가? 고대 정글의 식인종무리가 21세기를 난무하고 있다면 쉽게 믿기 어려울 것이다. 전쟁 상황도 아니고, 적아(敵我)도 아닌 이곳에서, 고대 로마의 검 투사들마냥 서로 찌르고 찔리는 일이 벌어진다. 이른바 '혁명동지'들 사이 에 말이다. 이성적 진화가 억제된 이 땅에서는 이런 참극이 너무도 흔한 일 상으로 자리 잡아 버렸다.

당시 리열도 피해자의 한 사람이었다. 주민들의 원성이 높아지고, '21세 기 이완용'이라는 비난이 군당 책임비서를 향해 쏟아졌다. 나라를 팔아넘 긴 자나 군을 팔아먹은 놈이나 다 같은 '매국노'라는 지탄이었다. 게다가 이익을 보는 장사라면 왜 이리 격분하겠느냐며, 실리를 따지는 여론이 3년 째 이어지고 있었다.

48　loader. 동력삽처럼 짐을 싣는 데 쓰는 기계. 선적용, 토목 작업용 따위가 있으며 특히 광산에 서 쓰는 것은 채탄 기계와 하나로 되어 있는 것이 많다.

보통 잡관목이 없는 잣나무림 150정보에서는 1년에 50~70톤의 잣 생산을 예상한다. 그런데 회사 측은 계약 당해에 이미 90여 톤의 잣을 생산해 로더의 거래가격 $45,000의 두 배에 달하는 이득을 챙긴 것으로 알려졌다. 그것도 모자라 4년간 더 수탈당해야 한다는 사실에 주민들이 치를 떨 수밖에 없었다. 하지만 책임 일꾼들의 입장은 달랐다. 군 살림에 처음 생긴 재산을 놓고 나름 큰일을 했다고 자찬하고 있었다. 중국산 로더를 끌어다 놓고 김태호 책임비서를 위수로 벅적거리는 모양에 주민들의 온갖 조소가 날아들었다.

"두부 장사 할미 시켜두 저보단 낫겠수다!"

"바가지에 비지만 꽉 차서 눈 뜨구 속는구려."

"돈 냄새 참겠수? 메사구[49]처럼 덥석 물었겠지."

"아따, 주머니 먼저 찔린 게지. 밑지는 걸 왜 몰라? 써클(쇼)이야, 써클!"

"하기야 배운 게 없겠소, 아는 게 없겠소?"

주머니 공략에 바보짓은 당연하다는 개탄이었다. 민심이 〈시일야방성대곡〉을 무색케 하는 가운데, 해마다 그쪽 산판을 겨냥하던 시골뜨기들의 '애국심'도 끓어올랐다. 끝내는 3년 만에 김상록이 전위 투사로 나섰다.

… 이 땅의 잣은 우리가 다뤄야 한 푼의 돈이라도 제 사람 주머니에 들어간다. 촌구석이라고 결코 인물이 없지 않다. 그런 방식이 통한다면 우리도 군당과 거래했을 것이다. 군에 더 이롭게! 힘을 모아 '외세'를 내쫓고 우리 땅을 되찾자!

김상록의 이런 호소에 잣새처럼 동반자들이 모여들었다. 김상록은 군 주민들의 마음을 대변하여 최하층 노동자의 처지에서 김태호에게 정식 거래를 청했다. 마치 호랑이 수염을 만지겠다는 듯, 사뭇 큰 어불통이었다.

군당책임비서 김태호는 크지 않은 중키에 지방만 잔뜩 붙어 둥글둥글

---

49 '메기'의 함경도 방언.

한 모습이었다. 술과 담배를 전혀 입에 대지 않아 아랫사람들로부터 '숫처녀 얼리기보다 더 말째다.[50]'는 뒷소리를 귀 간지럽게 듣는 사람이었다.

흔히 그런 유형의 간부들은 청렴결백한 티를 잘 내고 혁명성과 초당성을 외치기 좋아한다. 술과 담배를 하지 않으니 아랫사람들에게 흠 잡힐 것이 없고 더군다나 실수하지 않는다는 것이 이런 간부들이 제창하는 충실성의 가장 든든한 바탕이었다.

김태호가 술이라고는 입에 대지 않는 사람처럼 둔갑했지만 실상은 집에서 몰래 한 잔씩 한다는 가정비밀이 새어 나와 뭇사람의 비웃음을 자아내기도 했다. 겉과 속이 다르게 자기를 감추려는 사람은 남달리 처세술에 능한 법이다. 김태호도 위로는 뛰어난 아첨으로 신망을 얻고 아래로는 원칙이 강한 듯 허세를 피우며 들볶아대는 그런 유형의 인간이었다.

김상록의 거래제의와 때를 맞추어 임대 측의 오만무례한 태도가 군을 자극하는 일이 발생했다. 그를 기화로 군 안의 주민들뿐 아니라 간부들 속에서도 불만이 터지자 김태호는 호미난방[51]으로 전전긍긍하던 차에 제사 김상록을 불렀다. 그러고는 7월 중에 로더 한 대를 먼저 가져다 놓으면 임대 주었던 잣 임지를 통째로 빼앗아 넘겨주겠다고 약속했다. 그것이 바로 올해 6월이었다.

무역기관도 아닌 노동자 개인에게 한 달이라는 시한부로 내건 김태호의 요구는 너무하다고밖에 달리는 말할 수 없었다. 하지만 김태호로서는 제 딴의 속궁리가 있었다. 부나비처럼 날뛰는 김상록과 같은 백성들의 청원을 무시해 버리기보다는 접수하는 편이 민심에 유리했고, 믿지는 않았지만 만약 로더를 정말로 들이댄다면 논란과 비난의 대상으로 되고 있는 임대 관계를 파기해 버리면 되는 것이다. 그렇게 되면 오히려 똥 싼 기저귀를 털어 버린 것만큼 시원할 것 같았다.

---

50 '(여자와 고성관계를 한 번도 가지지 않은) 숫되고 깨끗한 총각 구슬리기보다 더 까다롭다.'는 뜻. '말째다.'는 '사람이나 일이 다루기에 까다롭다.'는 뜻.

51 虎尾難防. '한번 잡은 호랑이의 꼬리는 놓기가 어렵다.'는 뜻으로, 위험한 일에 손을 대어 그만두기도 어렵고 계속하기도 어렵다는 것을 비유적으로 이르는 말.

끓일 수 없는 가마

보통 7월 말이면 잣 임지 배정이 끝나고 경비성원들이 산으로 오른다. 그러니 반드시 7월 중에 결과가 있어야만 낭패 없는 결심을 내릴 수 있었다. 관을 본 다음에야 곡성을 터치는[52] 격이니 김태호는 이래도 저래도 실책을 범하지 않을 것이라고 타산했었다.

야박한 요구조건에 "꼭 그렇게 하겠습니다." 하고 주저 없이 대답은 했지만 김상록에게 있어서 그것은 말처럼 쉬운 일이 아니었다.

아무리 사회주의적 경제생활환이 마비되어 유명무실하다 해도 의연히 건재해 있는 사회주의 사회였다. 국가의 통일적인 분배원칙과 공급 규정량에 매달려 살아야 한다는 사회주의 생활방식에 관한 정치적 원칙과 제도적 제한은 여전히 존재하고 있었다.

그런 조건에서 살기 위한 명분으로 비사회주의 밧줄을 부지런히 탄다고 해도 4만5,000 US$의 금액이 개인 수중에 저축되기는 힘든 일이었다. 물론 큰돈은 총구 앞에서 번다는 도외지의 갑부들에게는 겉주머니의 거스름돈일지는 모르나 산골의 나무꾼 총각처럼 밸통[53]만 센 시골내기들에게는 거액의 돈이 아닐 수 없었다.

김상록은 사실 자기의 능력을 믿고 김태호가 한 번의 기회를 먼저 준다면 잣 임지를 경영하여 올해 중에 로더 한 대를 순수한 군의 소유로 만들어 외부 세력과 그에 편승한 내부 세력에게 산골내기들의 본때를 보여 주려고 작정했었다. 설사 올해는 벌지 못한다 쳐도 다음 해부터는 '외세'가 더는 발붙이지 못할 것이며 저들이 주인으로, 무시할 수 없는 세력으로 등장하여 군과 더 폭넓은 거래를 할 수 있으리라는 전략적 목적을 실현하려고 했다.

그런데 김태호는 일개 노동자의 '애국심'에 감복하여 날개를 달아 준 것이 아니라 오히려 큰 돌덩이를 매달아 주며 날아 보겠으면 날아 보라고 하는 것이다. 자존심이 꿈틀거려 자신만만하게 대답은 했지만 불덩이를 안

---

52 '터치다.'는 '터뜨리다.'의 방언.

53 '심통'의 북한어.

고 들어갔다 시한탄을 안고 나온 격이 되고 말았다.

약속을 지키지 못하면 당 앞에 허풍을 친 이색분자, 불평 불만자로 낙인 찍히게 된다. 그러면 군 바닥에서 그의 앞날은 불 보듯 뻔하다. 개미도 만 마리면 망돌[54]을 굴린다고 강심을 먹은 김상록과 그의 동반자들은 끝내 보름 만에 돈을 마련했다. 그러나 조선 땅에서는 돈을 가지고도 개인이 어디 가서 마음대로 살 수 없는 물건인지라 그는 별수 없이 김태호 앞에 현금을 가져다 놓았다. 군에서 공식무역통로를 통해 합법적으로 사 오도록 도와 달라는 것이었다.

김태호는 무역 관세까지 타산했다는 5만 US$의 외화를 보며 흐뭇해했다.

"난 신용 있는 사람 좋아해! 해 달라는 걸 다 해줄 테니 한번 본때 있게 해 보라우. 신용만 있으면 내년에도 계속 밀어줄 수 있어. 괜찮아, 괜찮다 니까! ⋯."

첫 거래에서 김상록은 모든 명예와 가산을 통째로 저당 잡히고 신용을 보장했다.

8월 초에 군의 자립이 산생(産生)시킨 새 로더가 군당마당에 들어서고 계약서를 휴지처럼 파기당한 낡은 로더는 기침을 쿨럭거리며 쫓겨 갔다. 사실 한 개 군의 명의로 체결된 계약이 너무 값없이 사멸되는 비극이기도 했다. '계약'에 대한 초보적인 견해나 책임 같은 것은 안중에도 없는 후안 무치한 처사였던 것이다. 그렇다고 법적으로 담보해 주는 법률적 제도도, 상소장을 들고 두드릴 온전한 문도 없으니 그럴 만도 했다.

물론 법전을 펼치면 탁상공론에 불과한 조문과 조항들은 시시콜콜 명시 되어 있다. 하지만 그런 상소를 들고 다니는 사람이 오히려 눈총을 받는 판 이다. 할 일이 없어 사람이나 잡으러 다니는 불손한 불평분자처럼 '혁명가' 들의 시기를 산다.

김상록은 마침내 '외세'가 틀고 앉았던 수려한 재부(財富)를 점거했다. 김태호는 그에게 정보당 50kg의 종자잣만 바치고 나머지는 군에서 상관하

---

54 '맷돌'의 방언.

지 않겠다고 담보했다. 당면 목표와 전망 목표를 모두 달성할 수 있는 대통로가 활짝 열리고 누구도 다칠 수 없는 튼튼한 토대와 믿음직한 배경이 마련된 이상 장끼를 발휘하여 수익성을 최대한 높이기만 하면 그것부터가 순이윤으로 상록의 수중에 들어올 수 있었다.

그때로부터 석 달 후, 리열이 억류되기 나흘 전이었다. 조선에 사사(司事)여행 명목으로 나와 있는 조선족중국인대방인 최미화(崔美华)와 함께 김상록이 리열의 지사를 찾아왔다. 몇 년 동안 좁은 읍 소재지에 함께 살면서도 그들이 마주 서 보기는 이때가 처음이었다.

"와… 정말 일 많이 했군요. 눈이 다 뒤집힙니다. 장마 때면 압록강에 침수되는 몹쓸 땅을… 아예 몰라보겠는걸. 직접 와 보니 머리가 숙여집니다."

원래 도덕적 측면에서 밝은 데다가 가식을 모르는 김상록은 인사말에 감탄 부호를 가득 담았다.

"과찬입니다. 솔직히 군을 위해 큰일을 한 게 누군데요? 숱한 재부가 수탈당하는 걸 보면서 저도 얼마나 격분했는지 모릅니다. 원래 무역쟁이들은 하나같이 등치고 간 빼먹는 놈들이지요. 저도 다를 바 없고요. 주의하십시오. 하하하…."

그들의 청대로 지사를 한 바퀴 돌아 보고 잘 꾸려진 객실로 들어선 김상록은 관청에 온 촌닭처럼 어리둥절해했다.

"앉으십시오. 미화 선생도 어서!"

물을 권하는 리열에게 그는 놀라움을 담아 선뜻 물어보았다.

"미안하지만 어느 대학을 나왔습니까?"

"대학이라니요? 중6졸이 제 학력의 전붑니다."

"아니, 그럼? 건설부대에서 복무했습니까? 그리고 저 많은 뱀이며 기름개구리, 특종버섯들, 오미자재배, 온실이랑, 가축들… 뭐 대강 눈에 띄는 것만도 다 기술이 필요할 텐데 그걸 누가 합니까?"

"원, 별걸 다 물어봅니다."

"솔직히 칭찬에 야박한 사람인데 오늘만은 마음이 별스럽군요."

곁에서 가벼운 미소를 머금고 쉰 고개를 훨씬 넘어선 나이에 비해 고유한 매력을 유지하고 있는 최미화가 자랑 조로 대답을 대신했다.

"우리 사장, 인재요, 인재! 여기 있는 사람, 짐승 할 것 없이 숨 쉬는 건 다 이 손 쳐다봐. 이 사람이 책임자구, 기술자지 뭐야. 설계두 다 하구."

늙어도 기생이라고, 풍만한 육체미에 어울리지 않게 억양과 말투는 간장을 녹여 듣기 간지러웠다.

"삼촌 어머니한테 많이 들었지만 이렇게까지… 정말 대단합니다."

오랫동안 조선과 무역 거래를 하면서 해마다 사사여행으로 넘어오는 최미화와 어지간히 안면있는 젊은 사람들은 "삼촌 어머니!"라고 친척처럼 불렀다.

외국인 접촉이 항시적인 감시와 통제 속에 있고 주위 사람들이 별로 색다르게 보는 저속한 풍이 그런 외피술을 고안해 낸 모양이었다.

"저 같은 건 정말 보잘것없고 부끄럽습니다. 사장 동지가 사회와 너무 담쌓고 있으니 이제야 알게 된 게 아쉽습니다."

자존심이 센 김상록의 입에서 탄성이 튀어나올 때마다 최미화는 기쁨을 감추지 못했다.

"내 말했잖아. 30년 가까이 조선하구 무역하면서 별별 사람 다 상대해 보구 속 썩어 운 적 엄청이네만, 우리 사장 같은 사람 처음이라니! 똑똑하구 신용 제일, 아는 게 많구요. 우리네 중국 같으면사 필경 갑부 되구 남았어! 에크, 내 또 잡아갈 소리한다, 호호호…."

"나이라도 비슷하문 반했다고 하겠수다."

"반하지 않으면. 내 나이에 사장, 마지막 희망이야. 못 벌문 못 벌었지 조선하구 무역, 이젠 진절머리나!"

"자자, 본인 앞에 놓고 꿀 발린 소리 암만해도 맹물밖에 대접할 게 없으니 비행긴 그만 태우시고 용건이나 말하십시오."

그들은 한바탕 웃었다.

"오늘 첨단 사장 동질 찾아온 건…."

"가만!"

리열이 김상록의 서두를 밀막았다.[55]

"미안합니다. 다음부턴 그저 리열이라 불러 주십시오."

"아니, 그건?"

"좀 민망한 일이지만 '첨단'은 공식 명칭이 아닙니다. 별명 같은 겁니다. 처음 보는 신비한 일이 많고, 하룻밤 자고 나면 몰라보게 변하는 최첨단이라고… 허허, 저한테 '첨단 사장'이란 별호도 붙었지요. 헌데 발도 없이 어느새 속속들이 퍼졌는지 책임비서까지 그렇게 부릅니다."

"그럼 더 좋지요. 원래 민심은 정확해도 혹독한 법 아닙니까. 별명치고 그런 좋은 별명은 듣다 처음입니다."

다시금 가벼운 웃음소리가 방안에 퍼져 서먹한 분위기가 밝아졌다.

초면의 예의적인 틀[56]을 빨리 깨 버리려는 듯 최미화가 다시 서두를 뗐다.

"상록이 온 건 잣 때문이라우. 날 찾아와 도움 청하길래 여길 가라 일렀는데 혼자 가겠다 해야 어쩌지… 에럽다구[57] 자꾸 졸라서 동행하구 말았다우."

머리를 끄덕이는 리열을 보며 김상록이 말을 이었다.

"올해 제가 잣 임지를 받은 건 더 말하지 않아도 아시리라 봅니다. 이제 겨우 잣 털기를 끝냈고, 아직 150명 넘는 인원이 산에서 철수하지 못한 상태입니다. 모이다 모이다 평남도 개천, 순천 애들두 수두룩한데… 사방에 보안원들이 지키고 서서 잣이라문 이유 불문하고 뺏드는 판이라 딱 현금으로만 노력비 총화 달라니 이게 난사 아닙니까? 있는 돈 싹 털어 로더 샀지, 빈털터린데… 까짓거 밀수하문 단카이[58] 풀리겠지만, 올해야 좌중하는 게 상책이지요. 솔직히 이젠 식량 보장도 베찹니다."

"숱한 입이 여직 상록 형 살려둔 것만도 천행이군요. 말 났으니 말이지 밀수는 하면 안 되지요. 좋은 일 하고 뒤가 지저분하면 안 한 것만 못하지

---

55 '밀막다.'는 '못 하게 하거나 말리다.'는 뜻.

56 듬직하고 위엄이 있는 겉모습.

57 '어렵다.'의 북한어.

58 '단번에'의 북한어.

않습니까? 근데… 때가 언젠데 아직도 산에 있습니까?"

"남들처럼 송이채로 실어 내고 술이나 푸다 털면 좀 좋소? 죽 그릇에 파리 끼듯 어뜩케나 뎀비는 놈 많은지 막 숨어 다닙니다. 김상록이 잣은 뭐, 하늘에서 뚝 떨어진 줄 알지요."

그는 소파 등받이로 벌렁 자빠지며 벌 둥지를 쑤셔 놓은 곰처럼 손을 휘휘 내저었다.

"군에 회사한 게 얼만데… 어느 철딱서니 없는 것들이 주머닐 벌립디까?"

"아이구, 말 마시우. 국가에 들어가는 금덩인 계산이나 하우? 제 거시기 들어오는 금가루만 계산하지, 힝! 잣은 상록이 이름으루 따고 처리가 골 아파 돼질 지경입니다. 철 있는 '어르신'부터 철없는 부원 나부랭이까지 손에 쬐금 풀기만 있어도 달라붙는 판이지요. 한몫 끼우겠다고. 오죽하문 출석 다 그어 봤수다."

"하하하… 출석을요? 한번 봤으면 좋겠는 걸…? 어떤 뻔뻔한 양반들인지."

"누구랄 거 없이 군당간부과(인사과) 가 보시우. 거기 명단이나 내 출석부나 비등할 거우다. 더러워서…."

"설마하니…."

"하긴, 믿기 어려울 겝니다. 내 그래, 산적 두령처럼 틀구 앉아 송진이 질질 나오는 걸 인력으로 두들기다 보니 이제 겨우 땅에 내려왔지요. 보십시오. 이 꼴이 어디 사람같은 데 하나나 있나? 산짐승이지, 산짐승…!"

김상록의 곁에 앉아 입술을 짓씹으며 숨소리를 높이던 최미화가 불현듯 부피 큰 엉덩이로 의자를 절구질하며 두 손을 마주쳤다.

"아니, 조선에선 이! 간부들 체면두 없어. 어케 아래 사람 보구 달라유, 달라유 하능 기여? 양심들 있어, 양심들! 다 돈 들어간 건데, 공짜루 달라는 게 그게 말이여? 그러다 안 주문 또 못살게 굴구. 나 이젠 이, 조선 너무두 잘 알어. 이케 말하문 안 되지만 조선 그래서 발전 못해! 백성들이 어뜩게 살아, 어뜩게!"

리열이 물컵을 들어 그를 저지했다.

"미화 선생, 아무 말이나 막? 사회주의 조국에 와서 좋은 인상만 가지고 좋은 말만 해야지… 공식 석상이 아니라도 그렇지요."

리열의 농기(弄氣)어린 충고에 최미화는 제 편에서 눈을 흘겼다.

"내가 뭐 못할 소리 했소? 우리 중국에선 '호금도(후진다오) 개자식!'라구 하겠으면 하구, 말하는 건 자유야, 자유! 중국에서 어느 관리가 그렇게 놀다간 단판에 떨어지구 말아유!"

나오는 웃음을 참으려고 건기침을 컥컥 했지만 소용이 없었다.

리열은 할 수 없이 "됐수다!" 하고 눈을 끔적거리며 두루뭉술한 그의 어깨를 달래듯 두드려 주었다.

"고생 많았겠군요. 저라도 도울 게 있다면 돕고 싶습니다. 그래야 죽 쓸 잣이라도 얻어먹지요."

"말만 해도 고맙습니다."

리열이 담배를 꺼내 권하는데 문 두드리는 소리가 다급하게 울렸다.

"사장 동지! 성혁이가 뱀에 물렸습니다."

"뭐…이?"

리열은 양해를 구하고 뱀 사육장으로 달음박질쳤다.

뱀독을 추출할 때마다 비상 치료 대책을 강구해 놓도록 질서를 엄격히 세운 덕에 즉시 응급처치를 할 수 있었다. 이내 위험도 해소되었다.

"고무장갑은 왜 안 꼈어? 그만큼 강조하는데 왜 채심[59] 못해? 위생은 둘째치구, 죽지 않갔으면 끼라구 했잖아?"

코밑이 겨우 거뭇거뭇한 엄성혁은 손가락을 꼭 잡은 채 별로 욕 타는[60] 기색 없이 새물거렸다.[61] 홍안의 초반기에 아직 겁이라고 모르는 애송이는 독뱀에 물린 것이 오히려 장한 듯이 으쓱해 했다.

"너 그러다 장가도 못가 보구 고자 돼! 양식 뱀은 자연 뱀하고 달라서 독 퍼지면 10분 내에 쟁기부터 마비 온단 말이야! 무섭지 않아? 빨리 가 오줌

---

59   '採心하다.'는 '정신을 차리어 가다듬다.'는 뜻.

60   '욕 타다.'는 것은 '노여움을 타다.'는 뜻.

61   '입술을 약간 샐그러뜨리며 소리 없이 자꾸 웃는 것'을 말함.

싸 봐. 어서!"

청춘의 보검이며 기상인 쟁기가 마비된다는 리열의 폭탄 같은 부추김에 성혁은 기겁하여 바지춤을 헤집었다.

지사에서 제일 막냉이[62]인 17살 난 햇총각이 돌아서는 둥 마는 둥 하고 미거(未擧)를 부려 자줏빛 철갑모를 쓴 방망이를 닁큼 꺼내 들었다. 쬐고만 몸에 비해 제법 큼직했다. 급기야 오줌을 쭉 갈기더니 별일 없다는 듯 씩, 하고 안도의 소웃음을 짓는 바람에 폭소가 터졌다.

리열은 어리광을 받아주는 맏형처럼 한 손으로 붙잡고 있는 허리띠를 바로 조여 주었다.

"자식, 그래도 장가는 가고픈 게지? 쫄랑거리지 말구 규정대로 해! 그러다 다음번엔 쟁기를 정통 물리지 않나 봐라! 오줌이 제대로 나가니 이번엔 천만다행이야. 알았지?"

"예…에."

또다시 폭소가 터지더니 젖비린내 풍기는 성혁이를 이구동성으로 골려 댔다.

"사장 동지, 이제야 10분입니다. 한 번 더 봐야 마음 놓지 않겠습니까?"

"동의보감에 이르기를 독을 독으루 다스려 양기를 돋군다 했은즉, 화가 복이라… 성혁이 불알이 이제 굉장히 커질 게다."

"와하하!"

"엎어져도 떡함지라구 성혁인 정말 좋겠어. 뱀한테 물린 덕에 이담에 색시가 여간 좋아하지 않겠다야!"

"여여, 불알두 맞춤해야지 지내 커도 사달이라니…."

"으하하하!"

이제는 염소 누린내가 나는 텁석부리 익살꾼들이 곰 잡은 듯이 왁작거렸다.

색이라는 세계를 추상적으로만 상상하고 있는 순진한 총각은 미처 깨

---

62 '막내'의 방언으로 우리말 표준어에서는 잘 쓰지 않고 흔히 막내를 귀엽게 부를 때 사용한다.

도[63]가 가지 않는 듯 눈썹도 찡긋 않더니 불현듯 변성기를 채 벗지 못한 왜가리 소리를 꽥 질렀다.

"그럼 아바이들두 한 번씩 물리라요! 할무니들 좋아하게! 씨!"

또다시 "와하하!" 웃음소리가 터졌다.

"우린 이젠 더 크지 않아! 20살까지만 효험 있다니!"

엄성혁은 더는 참지 못하고 익살꾼들 속에 육탄으로 돌입했다. 리열은 엉켜 돌아가는 인파 속에서 벗어나 현관에 나와 선 손님들에게로 돌아왔다.

"미안하게 됐습니다. 큰 사고는 아닙니다."

배를 그러쥐고 눈물을 찔끔 짜고 있는 최미화 곁에서 김상록은 부러운 눈길을 감추지 못하고 있었다. 느닷없이 "종업원들이 사장 동지를 어려워 안 하누만요? 척 보면 상하를 분간하지 못하겠습니다." 하고 입을 열었다.

"왜? 그게 뭐, 나쁩니까?"

"아니, 그런 의미가 아니라… 노동자들과 그렇게 허물없이 휩쓸리는 게 보기 드문 광경이라서?"

"저한테 망치가 약하다고 귀띔하려는 건 아니지요? 채찍으로는 하나를 얻을 수 있지만 마음으로는 전부를 얻을 수 있다고 봅니다."

"오해하지 마십시오. 그런 게 아니라…. 솔직히 겉보기엔 사장 동지가 몹시 차 보이는데…."

"땅은 차가워도 그 속의 용암은 뜨겁지요. 내 딴의 지론입니다. 입씨름은 그만하고 얘기나 계속합시다."

"진심으로 하는 말인데 전 오늘…."

"너무 그러지 마십시오. 그래, 제가 도울 일이 뭡니까?"

그들은 방으로 들어가지 않고 시원한 가을바람에 몸을 식히며 현관에 그냥 서 있었다.

"산에서 철수해야겠는데 20톤이나 되는 잣을 보관할 맞춤한 장소가 없습니다. 돈덩이를 아무데나 척척 맡기지도 못하고…."

---

[63] 깨달음. 생각하고 궁리하다 알게 되는 것.

"그야 그렇지요. 한 알 한 알이 피 같은데 돈 놓고 믿을 사람 하나도 없습니다. 20톤이라… 이렇게 합시다. 적당한 방을 하나 내줄 테니 필요한 기간은 본인들이 관리하십시오. 물론 쇠도 잠그고… 사고가 나지 않도록 우리도 대책을 강구하겠습니다."

"이거 정말 고맙습니다. 그리고 저…."

"또 있습니까?"

김상록은 끝내 말을 잇지 못하고 최미화에게 애원의 눈빛을 던졌다.

"그럼 내 말하리다. 오늘은 왜 이리 쭐났어?[64]"

최미화는 우물거리는 그를 곱게 나무라며 나섰다.

"그러니까 이 사람 말은 잣씨를 여기 가져오문 그걸 내가 가지구, 당장은 게 뭐라더라… 오! 노임(임금) 줄 돈만 먼저 지불하구, 나머지 돈은 잣씨 넘긴 다음에 그때 시세루 지불해 달라, 그게유."

최미화는 마디마디 꼭꼭 씹어 침착하게 설명했다.

리열은 잠시 미간을 모으고 음미해 보았다.

"한마디로 미화 선생에게 잣을 팔겠는데 여기 실어 오면 얼마간의 돈을 먼저 선대해 주고, 잣을 중국에 넘긴 다음, 그때 가격으로 나머지를 청산해 달라… 뭐 이런 거?"

"뚜이 뚜일라. 맞어, 맞어."

손님인 두 남녀의 얼굴에 생기가 반짝 빛났다.

"그런데… 넘기는 건 어떻게 넘깁니까? 미화 선생이 비행기로 강 건네겠소?"

화로에 물을 끼얹은 듯 석상에 김이 물씬 올랐다. 피기 시작했던 불씨가 삽시에 사그라지며 곧 섥[65]이 삭고 말았다.

"설마 여기서… 밀수하자는 건 아니겠지요?"

리열의 눈심지에 방금 평했던 차가운 냉기가 살얼음을 씌웠다. 당황한

---

64 '쭐나다.'는 우리말에서는 '혼쭐나다.'에만 화석처럼 남아 있는 말이다. 야단을 맞거나 의기소침하여 주눅이 들어 있는 모양을 가리키는 듯하다.

65 불끈 일어나는 감정.

김상록은 튀어 오르려는 용수철을 붙잡듯 그의 한쪽 팔을 무람없이[66] 덥석 잡았다.

"나두 남자요. 죽으면 죽었지 일구이언하지 않으니 그런 생각일랑 당초에 버리십시오. 이 상록이 밀수할 생각이면 방울 달고 예까지 왔겠소? 다른 연선(沿線)으로 뽑아두 열두 번 뽑지…."

"미안합니다. 제가 실언했는가 봅니다."

리열은 격해지는 그에게 담배를 권했다.

두어 모금씩 들이키며 상록은 굴뚝같은 마음을 삭이었다.

"사실 저한테 그런 딱지가 늘 붙어 다닙니다. '왕밀수꾼'이라고… 까짓것, 젊어 한때 무슨 짓인들 못 했겠소? 까놓고 말해서 우리야 〈고난의 행군〉으로 금쪽같은 청춘을 혹사당한 불운한 세대가 아닙니까? 시국을 잘못 만난데야…."

왜인지 상록의 눈가에 추연한[67] 빛이 서렸다.

'〈고난의 행군〉으로 금쪽같은 청춘을 혹사당한 불운한 세대'라는 구절이 리열의 가슴에 묻혀 있는 쓰라린 과거사를 아프게 건드리는 줄 손님들은 모르고 있었다.

"군대 가 봤으니 알지 않습니까. 철없을 때 마음이나 의지할까 싶어 신발 바닥에서 고무 탄내 나도록 한 처녀를 따라다녔는데, 글쎄 그의 어머니가 기를 쓰구 반대하더군요. 왜 그랬는지… 참. 고심하다 못해 술 마시고 노친네 고집 좀 꺾어 놓으려다 그만에야 덜컥, 죽이지 않았겠소. 멀쩡하게 나자빠지면서… 허, 참! 송장치고 살인났지요. 원래 환자다 보니 비들비들했으니까요."

김상록은 상처 자리에 말라붙은 가제천[68]을 뜯는 것처럼 참기 힘든 마음의 동통 속에서 불우지탄으로 뒤섞인 회억(回憶)의 조각조각을 떼보이고

---

66 '무람없다.'는 '예의를 지키지 않으며 삼가고 조심하는 것이 없다'는 뜻.

67 '惆然하다.'는 '처량하고 슬프다.'는 뜻.

68 '가제'는 '거즈(gauze)'를 말함.

있었다.

"그래 나머지 청춘을 노동교화소에 묻고 출소자가 되어 고향에 돌아와 보니 암담하기란 참… 어데 가나 경계하고 배척하구, 제 먹고 살기 힘든 판에 나 같은 걸 누가 거들떠나 봅니까? 속통머리 바르지 않은 놈 어디 참을 수가 있어야지요. 걸치는 대루 치고 넘어지는 대루 맞고, 그저 나한테 잘못 걸리면 화풀이 대상이 됐지요. 그 덕에 김상록이 이름이 소문 꽤나 좌, 했습니다. 그러다 삐또[69]가 바뀐 게 돈을 벌어야겠다는 생각이 들더군요. 돈이 있어야 짓밟히지 않고 다시 일어나 잃어버린 모든 걸 봉창할[70] 수 있다는 내 딴의 진리를 깨달았거든요. 달린 게 없는 몸인지라 주저할 것도 없고 죽든 살든 나 혼자라 무섭지도 않더군요. 그래 별의별 못된 짓은 다 하다시피 했습니다. 중국도 제집 드나들듯 했고요. 요행 '탕생(蕩生)'이라 법에 치우지 않는 간교술은 좀 터득했나 봅니다. 꼬리에 보위부랑 전문 붙어 다녔지만 여태 이렇게 멀쩡하니 말입니다. 허허허…."

가슴 아프면서도 상상해 보지 못한 이야기였다. 흔히 사람은 '겉볼안'이라고 겉을 보면 속도 알 수 있다고 한다. 그런데 사회적으로나 생활적으로 평판 있는 그의 현재에 비추어 볼 때 너무도 천양지차로 판이한 과거사였다.

그 후 아내를 얻고 아들을 낳은 다음에야 철이 들기 시작하여 '사람'이 되려고 무진 애를 써 온다고 한다. 명절 때마다 가족이 인민군대를 원호[71] 하는 것이 가풍으로 되었고 중앙에서 군에 이르기까지 중요 대상 건설장들을 물심양면으로 지원한다고 한다. 그뿐 아니라 금수산태양궁전 지원사업과 김일성-김정일 기금 등 여러 모심사업들에 정치적인 지지는 물론 많은 돈과 식량을 기증하는 것으로 하여 군에서 손꼽히는 '선군모범가정'이 되었다는 것이다. 과거에 나쁜 짓으로 번 검은돈이 현재에 흰색을 사는 데 쓰는 것으로써 속죄하려는 양심의 발현이라고 봐야 할 것이다.

그러나 사회적으로는 그의 소행에 대해 찬양이 아니라 각양각색의 비평

---

69 '기분 또는 생각'을 나타내는 말로 주로 목포 등지에서 사용하는 '삔또'와 같은 말.
70 '봉창하다.'는 '손해 본 것을 벌충하다.'는 뜻.
71 '援護하다.'는 '돕고 보살펴 준다.'는 뜻.

이 낭자했다. 교화 갔다 온 '감투'를 벗으려고 그런다느니, 후에 법에라도 걸리면 도움이 될 수 있게 미연에 좋은 일을 해 놓는 현명한 사람의 가열성이라느니, 밀수로 번 돈을 뭉치로 깔고 있으니 이제는 정직한 척 보이려는 교활한 흉내라느니….

하여튼 누가 잘 되는 것을 배 아파하며 비방 중상하고 뒷다리를 잡아당기는 조선 사람의 고질적인 악습은 민족의 전통처럼 집단주의 사회에 이른 오늘날에 와서도 개화되지 못하고 여전히 물려 오고 있었다.

역사에 얼룩진 모해(謀害)의 핏자국과 파종 싸움의 쓰라린 교훈이 부족한 듯 아직도 시기 질투와 반목질시를 생존의 중요 방식으로 삼고 있는 구태의연한 사회풍조야말로 문명시대에 유물처럼 남아 있는 고리타분한 사회주의 조선의 치졸한 민속이 아닐 수 없었다.

"자식이 클수록 걱정도 함께 큽니다. 새끼를 아무리 잘 키운들 뭐 합니까? 교화 출소자인 애비 때문에 앞날이야 불 보듯 뻔하지 않습니까? 이제 커서 발전 못 한다고 원망하면 애비로써 자식 앞에 어떻게 머리 들겠습니까? 생각하면 소름이 끼치지요. 늦게라도 사회와 자식 앞에 떳떳하려고 노력은 하는데… 그게 그리 헐치 않구만요, 이번 일도 그렇습니다. 아마 제 말이 잘 이해되지 않을 겁니다."

인정 많은 리열의 동정심이 눈물을 머금고 있었다.

"예, 솔직히 너무 예상 밖의 이야기라… 하지만 자식 앞에 떳떳하기 위해 사회 앞에 떳떳한 일을 해야 한다는 그 말만은 충분히 공감이 갑니다."

"이거 초면에 쓸데없는 말 너무 늘어놓은 거 같습니다. 어떻게 이런 말까지 하는지 자신이 의문스럽습니다."

"꿍지고 있던 보따리를 쫙 펼쳐 보이니 초면인 제가 오히려 고마울 뿐입니다. 좌우간, 남자는 남잡니다. 자, 우리 손이나 한번 잡아 봅시다!"

리열은 두 눈이 벌긋하게 충혈된 상록의 손을 정 깊게 잡아 쥐었다. 그도 새로 터진 샘마냥 솟아나는 알지 못할 감흥에 휩싸여 힘껏 손을 흔들었다. 그 모양을 지켜보던 최미화는 손수건을 안경 밑으로 살며시 밀어 넣었다.

"바람이 찬데 안으로 들어갑시다."

리열은 새 손님을 맞아들이듯 그들을 안내하여 객실로 들어갔다. 그러고는 보온병의 물을 컵에 따르며 호방하게 웃었다.

"내 뭐랬습니까? 등치고 간 빼 먹는 게 무역쟁이들이라고요. 하하하."

최미화와 김상록은 권하는 대로 물컵을 받아들면서도 그 웃음의 의미를 간파할 수 없어 의아해했다.

그러거나 말거나 더운물을 슬슬 불어 마시는 리열의 다음 말을 기다리는 수밖에 없었다.

"정말 미안합니다. 제 정식 사과합니다."

리열의 의외적인 반성에 그들은 더욱 어쩔 바를 몰라 했다.

"사실 미화 선생이 말했을 때 모든 걸 간파했습니다. 그러고도 아닌 보살 피우다 상록형의 아픈 상처만 헤집었군요."

자세를 앞으로 숙여 보이는 리열에게 상록은 맞절을 하듯 허리를 굽히며 옹색해 했다.

"너무 이러시면 오히려 제가… 이거 촌놈, 정신 못차리겠구만요."

"하하하…."

"잣은 아무 때건 실어 오십시오. 그리고 두 분이 계획한 대로 일을 조처하십시오. 제가 도와드리겠습니다."

"예? 그건…?"

두 쌍의 눈이 서로 마주 보며 화등잔처럼 커졌다. 서로 바라보는 눈에서 영문을 풀려고 노력했으나 모두 허사였다. 두 화등잔이 약속이나 한 듯이 리열을 향해 비쳐졌다. 그러나 사려 깊은 정이 흐르는 그의 눈에서 나온 빛은 도리어 반사되어 그들의 눈을 부시게 했다.

두 마음을 합쳐 최미화가 구루[72]를 박듯 물어보았다.

"사장은 우리 요구 뭔 줄 알구 도와주겠다는 기요?"

"미화 선생도 참, 그만큼 리열이 대상했으면 모릅니까? 한다면 하는 거

---

[72] '그루'의 방언.

지요. 다 두 분을 위한 일이니 나야 어느 쪽을 보든 응당 도와야지요. 미안할 거도 없습니다."

"아니, 그게 아니라… 잣은 지사에 실어 온다 치구…."

"정 그렇다면 시원히 대답드리지요. 한마디로 그 잣을 우리 수속으로 넘겨 달라, 그거지요? 옳습니까?"

최미화는 꿀 먹은 벙어리처럼 입을 다문 채 머리만 가볍게 찧었다.

"하하하…."

리열은 벽이 울리게 큰 소리로 웃었다. 그 웃음소리에 눌려 두 사람은 기대하던 답변을 받고도 오륙[73]을 펼 수가 없었다. 예사롭지 않게 하는 대답의 가치를 그들은 잘 알고 있었다.

김상록은 조선에 나온 최미화와 직접 거래함으로써 현재 급한 금액을 해결하면서도 잣 처리에서 기회를 노리고 있는 많은 '작살꾼'들에게 아무런 턱거리도 주지 않으려는 것이다. 합법적 경로를 이용하는 것과 동시에 국내 시세보다 높은 국가 무역 가격에 가깝게 판매를 실현하여 최종 수익을 높이려는 이상적인 계획을 추구하고 있었다.

한편 최미화는 전체 지출 금액의 20퍼센트에 해당하는 선불금만 지불하고 전량을 구매할 수 있었으며 판매가 실현된 다음에야 가격 제정과 완전 지불이 진행되므로 아무런 위험부담도 없었다. 그뿐 아니라 선불금을 먼저 주는 조건에서 무역가격보다 좀 눅은[74] 가격을 선정하기로 약속하였기에 유리한 가치공간을 놓치려하지 않았다. 청탁 내용을 쥐어짜면 리열에게 위탁하여 수출을 진행하고 그가 가져야 할 무역 이윤까지 말짱 나누어 먹겠다는 것으로, 이는 천만부당한 요구라고 할 수 있었다.

경제 타산이 밝기로 소문난 리열은 대뜸 그들의 의도를 일목요연하게 꿰뚫어 보았다. 그래서 "비행기로 중국에 넘기겠는가?" "밀수로 넘기려 하는가?" 하고 아닌 보살을 피웠었다.

---

73 '五六'은 오장과 육부라는 뜻으로 '온몸'을 이르는 북한말.

74 '눅다.'가 가격과 함께 나올 때는 '싸다.'는 의미로 쓰인다.

"실무적 견지에서는 제가 받아들이기 힘든 청탁입니다. 하지만 이렇게 걸음을 떼기까지 생각 많이 하고 용단을 내렸겠으니 구태의연하게 시시콜콜 꼬집을 필요가 없지요. 제 먹다 남아서 남 줄 게 어디 있습니까? 할 수 있는 걸 도와주는 거야 진짜 도움이 아니지요."

"그래서 토론하자는 겁니다. 물정이 뻔한 놈이 염치없는 줄 알면서두… 그저 사업에 지장 없게 가능한 선에서 도와주시면 더 바랄 게 없습니다."

김상록은 진심으로 감사를 표시했다.

"상록이 말이 맞어. 우리 잇속만 챙기구 '사장' 난처하게 하자는 건 아니요. 토론해서 합리적으루 하자는 게지. 요즘 이해관계 없이 도와준다는 건 말두 안 돼."

최미화는 변명하듯 구구히 말을 늘어놓았다. 조국의 실태를 그런대로 파악하고 있는 그의 말은 백번 지당했다.

사회에서 흔히 돌아가는 '뉴턴의 제4법칙'만 보아도 그렇다.

'뉴턴의 제4법칙'이란 사회생활 영역에서 부정부패의 산물인 뇌물 행위가 너무 노골화되어 하나의 법칙처럼 배회하는 것이 현실 속에서 발견되고 입증된 고유한 사회 물리적 법칙이었다. "고이면 움직인다." 이것이 어느 과학자에 의해서가 아니라 사회성원 전체에 의하여 발견되고 증명되었으며 사회생활 전반에 통용되고 있는 일명 '뉴턴의 제4법칙'이었다.

"고이면 움직인다." 즉, 힘이 가해지면 물체가 움직인다는 것이 물리적 법칙이듯이 돈을 고이면 그 어떤 사람도 움직인다는 것이 바로 사회 물리적 법칙의 기본 내용이었다. 그 '고임'이 없으면 작은 사람이든 큰 사람이든 누구도 움직일 수 없으며 작은 일이든 큰일이든, 그 어떤 현상이나 결과도 기대할 수가 없다. 가까울수록 그런 사회생활의 법칙을 지키는 것은 당연한 도덕으로 묘사되었다. 특히 간부 하는 사람이라면 누구나 그 법칙을 엄격히 준수하는 아랫사람들을 일 잘하고 똑똑한 사람, 도덕이 밝고 전도가 촉망되는 측근으로 각근히 대해 준다. 하여 아부아첨이라는 사대주의적이고 기회주의적이며 종파주의적인 풍조는 사회의 윤활제로서 층층으로 흐르며 사회 전반에 결정적인 영향을 미치고 있다.

양심적으로 일만 잘해서는 '진짜 숨은 영웅'이지만, 사실은 '살 줄 모르는 똑똑한 반편'이라며 보이지 않는 뒷손가락질과 비웃음밖에 차례질 것이 없다. 그래서 "아첨은 발전의 무기이다."라느니, "할 때는 어색해도 하고 나면 시원한 게 아첨이다."라느니, "일보다 아첨 배우는 편이 낫다."라느니 등 사전에도 없는 성구(成句)들이 무더기로 쏟아져 사람들의 온전한 심리를 멍텅하게 흐려 놓고 있다. 물이 그러다 보니 누구라 할 것 없이 제 잇속 관계를 척도로 하여 이익을 위해서라면 수단을 가리지 않는 것이다.

유치한 판국이라, 하물며 부모에게도 아첨을 잘해야 얻어먹을 수 있고 자식에게도 발라맞춰야[75] 봉양받을 수 있는 세월이다.

"이치로 보면 미화 선생 말이 옳지요. 헌데, 말이 무역이지 깊이가 없지 않습니까? 잣을 사서 그대로 넘기는 원시적인 방식에 이윤이 얼마나 있겠습니까? 허울만 요란하지요. 나까지 나눠 먹을 게 있겠소?"

"그렇다구 어떻게…?"

"됐습니다. 두 분이 토론한 대로 초기 목적이 달성되면 그것만도 당창이지요."

리열과 마주 앉은 두 사람은 좀처럼 입을 열지 못했다. 차라리 쥐꼬리만 한 양심도 없는 욕심바가지들이라고 비난을 받으면 더 좋을 듯싶었다. 사정사정 받아 낸 도움이라면 이렇게까지 송구스럽지 않을 것이다. 바라던 것을 너무 쉽게 이루면 사람은 되레 불안해지는 모양이다. 그들의 심중은 올 때와는 달리 리열의 몫을 챙겨 주고 싶었다.

한참 만에 열리는 김상록의 입에서 뜨끈한 열기가 느껴졌다.

"솔직히… 그런 속내였는데 정작 와 보니 생각이 달라집니다. 힘들기야 사장 동지도 마찬가지지요. 그러니…."

"한쪽이 득세하면 한쪽은 열세하고, 한 명이 이득을 보자면 누군가 한 명은 손해를 볼 수밖에요. 이 사회의 균형의 원리가 아닙니까? 우주의 대 법칙

---

[75] '발라맞추다.'는 '말이나 행동을 남의 비위에 맞게 하다.'는 뜻.

인 생자필멸(生者必滅)도 어쩔 수 없는 균형의 조화라고 받아들여야죠."

"그러니 손해를 도맡아 균형을 맞추겠다는…."

김상록은 끝말을 맺지 못하고 꿀떡 소리가 나게 울대를 삼켰다.

"아무리 그런들 어케 알짜 맨입으루 돕겠수? 우리가 난처하지…."

"제가 정말 손해 보는 줄 압니까? 세상에 밑졌다는 장사꾼 말 곧이들을 사람 어디 있소? 하하하…."

리열은 우정 분위기를 돋구었다.

"어유, 말은 그래두 그게 손해지 이득이유? 고맙긴 하네만 마음이 개운치 않아."

술 한 잔 들어간 것처럼 불그스레 피어오르는 얼굴에 차돌 같은 흰 이가 가쯘히[76] 어울려 풍신이 좋은 최미화가 진정을 표했다.

리열은 그 마음이 고마워 빙그레 미소 지었다. "들어 보시우다, 노친네." 하고 허물없는 석상에서 그러하듯이 최미화를 '노친네'라 정답게 불렀다.

최미화도 "시원히 들어 봅세." 하고 노친 흥내를 내며 손자의 어리광을 받아 주듯 대견하게 응수했다.

"설마하니 수속비까지 나보고 처당하라는 건 아닐 테지요?"

"무슨 벼락 맞을 소리! 그게야 응당 우리가 내야지!"

"그러면 국가 수출 계획상의 손해는 없고. 또 한 가지! 나한테 계속 투자하시려우?"

"무슨 정신 빠진 소리! 사장 말구 누구 또 있어? 그게 내 일이지."

"결국 노친네 주머니 돈이 내 돈이나 마찬가지니, 그쪽으로 흐르는 게 손해는 아니구만 뭐…."

"원, 사람두… 언제 봐야 이렇다니. 노친네 슬슬 굴리면서…."

"왜, 내 말이 틀리시우, 노친네?"

"틀리다니, 맞아, 다 맞아! 호하하…."

모두가 따라 웃었다.

---

[76] '층이 나지 않고 가지런하게'라는 뜻의 북한어.

리열은 어성버성하던[77] 좌석에 애애한[78] 화기가 돌자 이내 정색하여 말을 이었다.

"지사의 외화계획이 더러 지장 받는 건 사실입니다. 하지만 미화 선생이 3년 나마[79] 많은 물적 도움을 주었지요. 제 밥 먹구 컸다고 은혜를 잊으면야 사람의 도리가 아니지요. 덕분에 좋은 벗도 사귀고. 그렇지 않습니까?"

김상록은 선망의 눈길로 굳어진 채 묵묵부답이었다. 무엇인가 말하고 싶었으나 도무지 말귀가 떠오르지 않았다.

사회생활에서 세부를 매우 중시하는 그는 인간적으로 신망이 높아 그 폭이 자못 넓었다. 김상록이라면 모르는 사람이 없었고 또 그가 모르는 사람이 없을 정도였다. 그런데 각계각층의 한다하는 사람들을 수많이 대상해 오면서 이렇듯 자신을 잊고 넋이 빠져 본 적은 없었다.

항상 자기 우월감으로 자신만하던 그였다. 그러던 그의 얼굴에, 달리는 차 위에 올려 놓은 물그릇처럼 명명하기 힘든 감정의 잔물결이 무수한 떨기를 일으키는 것은 무엇 때문인가?

"헌데, 보관까지 맨입으론 좀… 죽 쑬 잣은 꼭 내야 합니다. 알겠지요?"

거개[80]는 낮으나 무게 있게 웃었다.

"고맙다는 말밖엔 할 소리가 없습니다. 잊지 않겠습니다."

"도무지 80톤 수출계획을 받았는데, 눈 뜨고 20톤이나 털렸으니 속이 다 알짝지근합니다그려.[81] 하하하…."

"여기 일도 시작에 불과한데 저 때문에 지장 받으면 마음이 편할 것 같지 못합니다. 잣 놓친 다음에야 뭘루 벌어 국가계획을 맞춥니까?"

"잣이라…. 좋긴 하지요. 그런데 제 이념엔 맞지 않습니다."

---

77 '어성버성하다.'는 '분위기가 어색하거나 사람을 대하는 것이 부자연스럽고 사이가 서먹서먹하다.'는 뜻.

78 '藹藹하다'는 '부드럽고 포근하다.'는 뜻.

79 여기에 쓰인 '나마'는 '크기, 수효, 부피 따위가 어느 한도에 차고 조금 남는 정도임을 나타내는 말'을 지닌 의존명사.

80 거의 대부분. 대체로 모두.

81 '알찌근하다.'는 '알짝지근하다.'의 준말.

"이념이요? 돈 버는데 이념은 또 뭡니까?"

"…그런 게 있습니다. 사실… 올해 잣 수출계획도 제가 요구한 게 아닙니다. 위에 있는 고태(故態)먹은 양반들이 어부지릴 얻겠다고 너무 성화먹여서 수속비를 올려 보냈지요. 여긴 시일이 좀 걸리는 일인지라 윗사람들 비위도 맞추면서 돈은 '노친네'가 벌면 누이 좋고 매부 좋고가 아닙니까. 물이 제 곬으로 흐르는 셈입니다. 하하하…."

리열의 호방한 웃음이 미안함을 가라앉혀 주려는 고마운 인정의 향기임을 감수하는 마음들은 그대로 심취되고 말았다.

몇 번이고 사례하는 그들을 바라보며 리열은 놓친 것이 있는 듯 상록에게 물었다.

"현재 군당과의 관계는 어떻습니까? 지사가 군 소속이 아니어서 심중한 면도 있습니다."

"군에는 약속대로 정보당 50㎏씩 종자잣을 모두 바쳤습니다. 로더를 넣은 데다 종자 계획까지 완수했으니 안심해도 됩니다."

"역시…! 잣이 들여올 땐 우리 창고장을 붙여 주겠습니다. 인계인수는 하지 않고 마대 개수만 서로 확인하고 직접 창고를 봉인하십시오. 이후의 일들은 두 분이 토론해서 조처하면 되고, 전 상관하지 않겠습니다. 그저 때가 되면 넘겨주겠습니다. 만족합니까?"

5

빵·빵!

마을 길에 들어선 반짐차(픽업트럭)가 경적을 울리며 들추는 바람에 리열은 상념에서 깨어났다. 차창 밖에서 안경 낀 미남자처럼 멀쑥한 지사의 본청사가 정답게 반기었다. 천고마비의 계절이라 청색기와를 씌운 본청사

끓일 수 없는 가마

는 높고 청청한 하늘을 통째로 지붕으로 삼은 듯 잘 어울리고 선대 하나 없이 시원스레 터친 푸른빛의 통창문은 깊은 홈이 쭉쭉 패인 곰보유리[82]로 하여 마치 무수한 잔물결이 출렁이는 바다를 연상케 했다. 창문의 중심 윗부분에는 떠오르는 태양이 이글거리게 부각되었고 10마리의 학이 붉은 노을 속에 태양을 향해 날아가도록 조각되었다.

양옆의 현관벽은 풍요한 대지마냥 진녹색으로 펼쳐져 내리고 창문 밑부분에는 억센 소나무와 주렁진 산열매가 섬세하게 부각되어, 맑은 아침의 나라의 아름다운 대자연을 그대로 옮겨 놓은 듯싶었다. 총대마냥 비껴 있는 곧은 참대부각과 검은색과 흰색의 천연돌을 조화롭게 붙인 기초단이 드놀지[83] 않는 초석처럼 그 모든 것을 믿음직하게 떠받들고 있었다. 마치 동해에 솟는 아침햇살에 비쳐든 조국의 아름다움을 철학적으로 형상화한 하나의 예술 작품처럼 깊은 감명을 불러와 단순히 건물로만 보이지 않았다.

아담한 본청사 건물은 한쪽에서 꺾이어 큰 지하 저장고와 위층의 온실로 연결되고, 그에 잇달아 길게 자리 잡은 $700m^2$의 온실은 명예 위병대마냥 난간을 번쩍거리며 정렬해 있었다. 그 앞에 이미 살림살이를 시작한 그만한 크기의 뱀 사육장 4동이 있었는데 온실이 끝나는 곳에서 다시 꺾여 각종 창고건물이 정문까지 이어졌다. 정문 맞은 편에는 큰 명제 판과 잇닿아 반유개식 생물질연료탄생산공정과 차빠르크[84]가 자리잡아 청사 건물의 다른 쪽과 손을 맞대었다.《ㅁ》자로 구도 잡힌 넓은 마당에 조성한 우량종 오미자밭의 한옆에 기름개구리 부화못이 있었다.

오미자넝쿨 밑에서는 10만 마리의 1년생 기름개구리들이 집단생활에 퍽 익숙해져 한가로이 뜀박질한다. 가로수로 심은 은행나무들도 푸른 잎 설레며 고산지대에 적응하기 위한 풍토순화 과정을 성과적으로 이겨 내고 있었다.

흔히 사람이라고 하면 체현(體現)하고 있는 사상을 행동으로 구현한다.

---

82   표면을 오톨도톨하게 만든 유리.

83   '드놀다.'는 '흔들리고 들썩이며 움직이다.'는 뜻.

84   차고(車庫)를 가리키는 말.

해야 하기에 하는 일이나 해 놓은 일을 보면 그 사람의 사상정신 상태는 물론 인간의 내적이고 외적인 모든 감성을 그대로 엿볼 수 있다. 바로 한 품에 안을 수 없는 이 창조물은 리열의 사상과 감정, 꿈과 이상이 현실로 타번지는[85] 이글이글한 넋이었다. 그에게 있어서는 그 무슨 재산이기에 앞서 피와 살로 빚어 낸 귀중한 자식이었다.

리열은 키 낮은 개구리 도주 방지용 담장 안을 살펴보고 나서 뱀사로 걸음을 옮겼다. 배구장이 조용한 것으로 보아 그가 떠난 다음 인차[86] 흐지부지된 것 같았다. 일요일 휴식을 오래간만에 주었으니 모두 퇴근하고 없는 모양으로 구내는 조용했다. 사납기로 소문난 개들도 주인의 언짢은 심사를 눈치챘는지 꼬리조차 젓지 않았다.

리열이 향하는 뱀 사육사는 종종 마음의 준비 없이 들여다보던 사람들이 기겁하여 벌렁 나뒹구는 '무서운' 곳이었다. 동네 아이들은 물론 안면 없는 사람들도 호기심에 끌려 찾아와 한 번만 보여 달라고 간청하는 때가 많았다. 건설 및 생산토대를 함께 내민 것으로 하여 울타리도 구비하기 전에 이곳으로 이주해 온 첫 세대 뱀들은 동네 아이들과 뭇사람들의 몽매한 돌세례를 많이 받았었다. 지사에는 개 마릿수가 늘어나고 밤낮으로 경비를 담당하느라 수고 또한 허다했다.

뭇사람들에게 '무서운 곳'으로 불리는 뱀사였지만 주인들에게는 정다운 일터였다. 하루라도 보지 못하면 허전할 정도로 뱀들은 그들의 생활 영역에 든든히 자리를 틀었다.

사람의 정이란 참으로 이상한 감정이다. 비위가 약한 리열은 아이 때 동물원 견학을 가서도 뱀 사동에는 가지 않았고 TV에서 뱀을 소개하는 동물세계가 방영되면 들었던 밥술도 놓고 구역질하곤 했었다.

뱀을 기본 생산지표로 선정하기까지 많은 자료를 연구하면서 책에 그려

---

85 '타오르다.'의 북한말.
86 '이내'의 함경도 방언.

진 그림마저 인상을 쪼프리고[87] 얼른 번지곤[88] 하던 그가 지사에 처음으로 뱀을 가져왔을 때에는 며칠이 지나도록 들여다보지도 못하여 웃음을 자아내기도 했다. 종업원 대다수 역시 산골내기임에도 불구하고 리열과 다를 바 없었다.

어쨌든 뱀이라는 물건은 누구에게나 섬찍한 표상을 주는 것만은 사실이었다. 하지만 그것은 반드시 넘어서야 할 심리적 계선(界線)이었다. 이를 악물고 숨 쉬는 생명체인 뱀과 의사소통을 해야만 했다.

열흘을 기한으로 리열은 지사에 선포했다.

"뱀을 다루지 못하는 사람은 스스로 정문을 나서라!"

사람은 마음먹기 탓이다. 한 주일도 되기 전에 종업원 모두가 맨손으로 뱀을 다룰 수 있게 되었다. 그렇게 교감하는 과정에 생명체로서의 뱀에 대해 더 깊이 파악하게 되었으며 마음과 마음들에 정이 샘솟게 되었다. 이제는 누구라 할 것 없이 자기 살점처럼 여기고 있다.

그때에야 비로소 리열은 평양중앙동물원의 70살 난 공훈뱀관리공 할머니가 하던 말을 다소 이해할 수 있었다. 그곳은 리열이 경험을 배우려고 찾아갔던 곳이었다. 통나무만 한 금사를 안고 입 맞춰 주며 손주보다 더 곱다고, 하루 못 봐도 지랄이 나서 연로보장[89]이 훨씬 지났지만 매일 출근한다던 주굴주굴한 얼굴이 지금도 눈에 선히 안겨 온다.

리열은 뱀 사육사를 돌아보며 월동 준비에 대해 생각했다. 월동이 처음이어서 경험은 부족했지만 절대로 실책이 있어서는 안 되었다. 생명체를 다루는 문제에서는 더군다나 단 한 번의 실수도 허용되지 않는다. 그것은 물질적 손실과 함께 만회할 수 없는 시간의 손실을 가져오기 때문이다. 아직은 맹아적 단계라 계절에 매이게 되는 생물 양식업에서 한 번의 잘못은

---

87   '찌푸리다.'는 뜻.

88   여기에서 '번지다.'는 것은 '책장 따위를 한 장씩 넘기다.'는 뜻.

89   年老保障. 나이가 많아서 노동할 수 없는 사람들을 집에서 편안히 쉬게 국가가 보장해 주는 것으로서 북한의 복지정책이다.

옹근[90] 1년이라는 시간을 공허하게 만들며 시간이 곧 돈인 지금 시대에 엄청난 물질적 손실을 초래하게 된다.

근 8,000여 마리의 살모사들과 구렁이들의 생명이 아직 완비되지 못한 시설에서 엄혹한 겨울과 대결하게 되었다. 시급히 임시대책을 철저히 강구해야 했다. 푸른 주단 같던 뱀사의 금잔디에 벌써 냉기가 돌아 사동마다 뱀들이 활동을 저어하고 뱀집의 구석구석에 무지[91]를 이루고 있었다. 그것들은 온도가 상승하는 한낮에만 흩어져 돌아갔다. 금년생 새끼호동에는 이미 박막[92]이 씌워졌다.

구원의 손길을 학수고대하고 있는 귀중한 재부들, 그것은 단지 뱀뿐만이 아니었다. 월동 준비는 기름개구리나 새로 채취한 숭숭갓버섯의 원균 보존 등 지사 안의 모든 생명체들에게 절박한 초미의 문제였다.

다음날 있게 될 1차 잣 수출만 끝내고는 거기에 주되는 역량을 기울여야 한다.

"언제 오셨습니까?"

뱀사육반 반장인 박영수였다. 그의 뒤로 현관문을 우르르 뛰어나오는 모습들이 멀찌감치 보였다. 무척 걱정하며 기다린 모양들이었다. 그들은 정답고 미더운 노동자들이었고 친지들이었고 동지들이었다. 수수하고 텁텁하고 살림은 쪼들리는 사회의 최하층 사람들이었지만 마음은 뜨겁고 진실한, 둘도 없는 힘의 원천이었다.

리열은 밝은 웃음이 가득 넘치는 얼굴로 그들과 마주 섰다. 그는 원래 자기의 감정, 특히 힘들거나 어려운 내색을 겉으로 절대 내비치지 않는 성품이었다. 그래서 어떤 난관이 닥쳐 와도 태연자약하고 배포(排布) 유(有)한 그의 모습은 연관된 사람들의 모든 근심과 걱정을 가뭇없이[93] 날려 보내고 든든한 뱃심만 남아 있게 한다.

---

90 '모자라거나 빠진 것이 없이 본디 있는 그대로의'라는 뜻의 관형사.

91 무더기로 쌓여 있는 더미.

92 薄膜. 동식물의 몸 안의 기관을 싸고 있는 얇은 막.

93 '가뭇없다.'는 눈에 띄지 않게 '감쪽같다.'는 뜻이다.

더욱이 집단 안에서는 지휘관의 그러한 성품이 더욱 필요하다. 왜냐하면 어려울 때일수록 아랫사람들이 지휘관의 얼굴을 쳐다보는 것이 집단의 고유한 성질이기 때문이다. 그러하기에 지휘관의 얼굴에 비끼는[94] 한줄기 웃음이나 혹은 수심이 대오 전반에 미치는 영향은 자못 치명적인 것으로 되기가 일쑤이다.

"무슨 일입니까?"

"일은 무슨 일? 좀 도와달라누만. 맨날 그런 소리지 뭐….."

"예…에… 그런 걸 우린 너무 어마어마하게 거들먹거리길래 걱정들 했습니다."

"걱정? 하하하… 그만큼 같이 일했는데 아직도 심장이 얄팍해, 얄팍해!"

리열은 정색해서 물어보는 박영수의 가슴을 툭툭 쳤다.

다 큰 아들이 둘씩이나 있는 건장한 남자가 아직도 온순한 숫총각처럼 내우(內憂)가 많은 박영수는 그제야 뒤통수를 긁적거리며 멋쩍어했다.

뒤따라 나온 사람들 중에서 입심이 뾰족하기로 소문난 엄정룡이 균형 맞지 않게 비뚤어진 도수 안경 속에서 어린애처럼 곱게 눈을 빨며 참견했다.

"심장이 암만 돌덩이래두 걱정 안 할 수 있습니까? 아바질 잡아갔는데… 그래서 새끼들이지. 아마 애비 염통은 유전된 놈이 없는가 봅니다. 하긴 유전됐으면야 내가 '사장' 하구 말지….."

그는 지사에서 내일모레 당장 환갑상을 받아야 할 좌상 아바이였다.

"하하하…."

얄영감이 곱게 비양거리자 모두는 리열을 빙 둘러싸고 저마끔[95] 좋다는 소리를 냈다.

"심장이 오돌오돌 떨려 보나 마나 배구고 뭐구 싹 걷어치웠겠지. 그렇지?"

"배구가 다 뭡니까? 다리 맥이 서야 뜀뛰기도 하지요."

"꼴좋다. 손님들이 얼마나 비웃었겠어. 토끼 심장으로 어케 범대가리 만

---

[94] '비까다.'는 '비스듬히 비치다, 얼굴에 어떤 표정이 잠깐 드러나다.'는 뜻.

[95] '저마다'의 북한어.

들었나 묻지 않습데? 쯧쯧… 개는 짖어도 행렬은 간다구 얼마나 말했나. 머리 큰 것들이 수두룩하면서… 당장 뽈[96] 내와! 내 오늘 그 모자걸개[97]들을 몽땅 들부시구[98] 말아야지!"

와! 하고 젊은 측들이 배구장으로 뛰어가며 저마끔 소리를 쳤다.

"보라요, 엄아바이! 계속하자는데 우리 말 안 듣다가 싸지요, 싸!"

"우리 보고 철없다구 쎈 척하더니… 하하하… 모자걸개를 박살 내자! 박살!"

총각패들이 배구공을 땅에 치고 하늘에 치고 하며 엄정룡을 놀려댔다.

"너, 너… 이 녀석들, 좋아 어디 박살나 보자."

엄정룡이 꽃동산을 짓뭉개는 호랑이처럼 배구장에 뛰어들자 순진한 어린 양들이 기겁하여 "날 살려라!" 했다.

근심과 불안 속에 어둡던 지사가 대번에 밝아졌다. 손님들도 다시 나와 열띤 도가니[99] 속에 뛰어들었다. 겨눔내기[99]로 저마다 박살 낸다며 쿵덩거리는 풍에 내용도 모르면서 그들까지 박살 내겠다고 야단을 쳤다.

경기가 금시 끝날 무렵 아침에 왔던 진남색 반짐차(픽업트럭)가 또다시 정문으로 들어섰다.

"영수 동무, 손님들이랑 먼저 식사하오. 밖엔 나다니지 말구…."

이미 자초지종을 들은 손님들이나 깊은 내막을 모르는 종업원들이 나름 대로 일행을 흘겨보며 휴게실로 들어갔다. 아침에 비해 화장을 곱살하게 한 여성 한 명이 더 늘어난 일행이었다. 리열은 사무실로 그들을 청하려 했다.

"아니, 우린 여기가 좋소. 구경이랑 하면서… 구경해도 일없겠지?"

도당 7과 부원 김경식은 아침보다 좀 너그러운 태도를 보였다.

"그러십시오. 건설 중이다 보니 특별히 볼만한 건 없습니다. 엄아바이! 안내해 드리오."

---

96 ball. 배구공을 말한다.

97 '모자걸이'의 북한어.

98 '들이부수다(마구 부수다).'의 방언인 '들이부시다.'의 줄임말.

99 '조준한다.'는 뜻을 가진 북한어 '겨눔'에 '내기'가 붙은 말.

“동무 그새 남 동무와 일 보오. 남 동무! 우린 돌아볼 테니 일 보라구!”

리열의 사무실에 들어선 남궁윤은 감탄을 금치 못했다.

“이거 밖에서 보기하군 딴판이군요. 안은 안대로 특색 있습니다.”

“별로 볼만한 건 없습니다. 그저 새 건 새 멋이 있어야겠기에 좀….”

“새 멋이요?”

“후생가외(後生可畏)라고는 하지만 후자들이 하는 일이야 아무래도 전자들이 놓은 돌다리를 짚고 한 걸음 내짚는 일이라 응당 발전이 있어야지요.”

“흔치 않은 관점입니다. 다 동무 같으면 나라가 발전한지 옛날이지요. 그저 손가락 하나 놀리지 않고 먹겠다는 놈뿐이니….”

리열이 권하는 담배를 꺼내 들며 남궁윤은 방안의 구석구석을 살펴보았다. 멋있다기보다는 모든 세부가 정교했다.

“사장 동무의 속이 그렇게 깊으니 생각과 달리 이번 일도 쉽게 풀리는 거군요.”

남궁윤은 그를 추어올리며 본론으로 들어갔다.

“동무에 대해선 도당부원 동지도 좋게 생각합니다. 역시 현명한 사람이라더군요.”

“현명하다? 허, 처음 듣는 평인데요. 현명하다…. 의미가 잘 안겨 오지 않습니다.”

“의미랄 게 있습니까? 괜찮다는 소리지요.”

“어쨌든 고맙습니다. 칭찬이… 일은 어떻게 계획합니까?”

“이제 차가 옵니다. 저레[100] 실어 내야지요. 상차 노력이 문제인데… 이왕지사 돕는 바에 깨깨[101] 신세 져야 할 것 같습니다.”

“그래야지요. 줄 바엔 속곳까지 다 벗어 주라는데… 물론 주인도 함께 오겠지요?”

“주인이요…?”

---

100 ‘어떤 시기가 되기 전에, 혹은 즉시’라는 뜻을 가진 함북 방언.
101 ‘충분히’의 뜻을 지닌 평북 방언.

"잣 주인 말입니다. 상록이!"

"예…에… 아직 만나지 않았습니다."

"만나지 않았다니?"

리열은 담뱃대를 끼운 손을 입으로 가져가다 말고 뚫어지게 남궁윤을 바라보았다. 갑자기 새새[102] 직시하는 바람에 남궁윤은 영문을 몰라 어색해졌다. 그러다 시선을 내리깔고 옷매무시를 훑어본다. 혹시 거기에 문제가 있나 해서….

잠시 후 좀 묵직해진 목소리가 그를 제지했다.

"만나지 않은 겁니까, 아니면 만나지 못했습니까?"

"만나지 않았습니다. 만날 필요가 있습니까?"

남궁윤은 제사 놀라워하는 기색이었다.

"필요 없다니? 대체 무슨 말 하는 겁니까? 주인과 상의 없이 어떻게 물품을 처리합니까?"

"아니, 동무가 실어 가라고 하지 않았소? 이제 와서 모르쇠하면…?"

"모르쇠하는 건 제가 아니라 그쪽 아닙니까? 저한테는 사실 확인을 하겠다면서요? 그래서 김상록의 잣이 있다고 분명히 확인해 드렸고, 실어 가든 말든 원칙대로 하라고 했는데… 무슨 내 물건이라고 가져가라 마라 제가 결정합니까? 결정할 권한도 없고요."

"뭐…라구요?"

남궁윤의 눈살이 일순에 꼿꼿해졌다. 리열 역시 피차일반이었다.

한참 후에야 남궁윤이 가방을 열었다 덮는 군동작을 했다. 어떤 방법을 쓸지 몰라 당황한 기색이었다. 그러더니 안색에 어울리지 않게 하소연 비슷한 말마디가 쏟아져 나왔다,

"와… 이렇게 돌변할 줄은… 천만뜻밖입니다. 아침까지만 해도 협조적으로 나오지 않았습니까? 그래서 상무에서도 동무에 대해선 좋게 보고 있는데… 이제 와서 태도를 바꿔 버리면 저희는 어떻게 합니까?"

---

102 자세히. 사이사이.

"전 태도를 바꾼 적이 없습니다. 당신들이 잘못 이해했나 보군요."

"그러지 말고, 저희 계획대로 쭉 내밀도록 도와주십시오. 믿을 만한 사람인 줄 알았는데… 이게 대체 뭡니까, 이게… 저 완전 실망입니다."

리열은 어처구니없다고밖에 표현할 수 없었다. 정말 유치한 구걸이었다.

"상무에서 어떤 엄청난 계획을 세웠을지 갑자기 궁금해집니다."

"계획이랄 게 있습니까? 약속한 대로 상록이 잣을 실어 내면 그만이지요. 새삼스럽게 모르는 사람처럼 그럽니까?"

"몰랐지요. 잣을 실어 낼 계획이 아니라, 참새 굴레 씌울 계획이라는 걸…. 명백히 말해 두는데, 저는 동지가 말하는 그런 약속을 한 적 없습니다. 아무리 칼날 위에 서도 사람은 정확해야지요. 이런 소리 들어 봤습니까? 왜곡 중에 가장 큰 왜곡은 살짝 왜곡이다!"

남궁윤은 점점 당황하고 분하여 격해지는 심사를 감추지 않았다.

리열 역시 이렇듯 무법천지의 강도적 방법으로 달려들 줄은 꿈에도 생각지 못했던지라 놀라움과 함께 격분이 끓으며 터질 분화구를 찾고 있었다.

"참새 굴레 씌운다니? 아무 말이나 망탕… 우리 일의 중요성과 정책적 요구는 이미 다 아는 거구. 도대체 그 말을 어떻게 받아들여야 하오?"

법관다운 기질이 되살아난 듯 남궁윤은 태도를 점점 달리하며 말꼬리를 물고 늘어졌다.

"정책적 요구를 너무 잘 알아서 하는 말입니다. 잣이 있다고 확인했으면, 응당 본인을 만나 해설하는 게 다음 절차가 아닐까요? 시집은 딸이 가는데 엄마가 승인한다고 일이 성사됩니까? 무턱대고 실어 가면, 나중엔 내가 상록이와 피 터지게 싸우라우? 나한테 맡겼으니 나한테 따지고 들 게고, 책임이야 내가 지는 게 이치지요. 이게 참새 굴레 씌우는 게 아니면 도대체 뭡니까? 당신들은 돌아앉아 '가져가라니까 가져갔다'고 발뺌할 건 뻔하고… 하, 정말! 살다 살다 별일 다 보네. 이 리열이 악하지는 못해도 어리숙하지는 않습니다. 그렇게 봤다면 서운합니다요. 난 그래도 허심탄회하게 임했는데…."

속내가 여실히 밝혀지자 남궁윤은 얼굴이 화끈 달아올랐다. 얼렁뚱땅 실어 내면 그만이라던 계획도 사실이며 임자들의 미친 듯한 반항을 피해 책임을 유도하려고 리열을 끼어 들인 것도 사실이었다.

빠개 놓고 보면 죽을 것처럼 날뛰던 처녀도 엎어져 홀딱 벗긴 다음에는 고분고분 별도리가 없다는 변태성욕자의 강간 논리를 당정책 관철의 기본 방식으로 도용한 것이었다. 덮어 놓고 뺏들어 삼키면 상록이고 새고 천하 없어, 난다 긴다 하는 놈이라도 코 끌려온다는 치사한 계획이었다.

"상록이가 동무보고 해 볼 건 없을 겁니다. 우리가 도망가는 것도 아니고… 뒤탈 없이 처리할 테니까, 걱정 꽝 놓으라는데요?"

"…."

"이렇든 저렇든 잣은 무조건 실어 내야 합니다. 지금 우린 방침을 집행하는 중이라는 걸… 다시 한번 상기시키는 바요!"

남궁윤은 칼을 뽑고 위협하듯 단호하게 결론했다. 입을 쩍 벌렸다가 코앞에 있는 고깃덩이를 놓고 그냥 다물지 않겠다는 으름장으로 들려왔다.

리열은 앞에 있는 실체가 막강한 권력의 비호 밑에서 무슨 짓인들 마음 먹은 대로 할 수 있는 '지옥의 사자'처럼 느껴졌다.

아침까지만도 좋은 감정을 의식적으로 앞세운 탓에 그들의 사업을 그런대로 동경했었다. 헌데 지금은 드러낸 송곳니를 직접 보았다. 분명 방침을 등대고 굶주린 창자에서 피비린내를 풍기며 달려든 '지옥의 사자'였다. 그 사자가 제일 먼저 노린 것이 바로 큼직한 김상록의 잣이었던 것이다. 뼈도 남기지 않고 통째로 삼키려는 그 아가리에서 어떻게든 구원해 내야겠다는 정의감이 리열의 심신에 불을 지피고 있었다.

김상록, 얼마나 악전고투하며 군을 위해 큰일을 해 놓았고 사회와 집단에 유익한 '사람'이 되려고 얼마나 갈망하며 분투하는 인간인가? 그 깨끗함을, 그 순결함을 방침이라는 망돌로 일률적으로 죽탕치려[103] 한다면 이거야말로 어폐(語弊)가 아니냐? 엄연한 의미에서 상록이 개인이 아니라 국

---

[103] '죽탕치다.'는 '볼품없이 만들어 놓다, 쳐서 몰골 없이 만들다.'는 뜻을 가진 북한어.

가적 견지의 잣이라고 봐야 옳다. 로더는 국가 재산으로 꿀꺽하고 숨도 돌리지 않고 잣까지 몽땅 뺏들겠다니. 이게 과연 승냥이도 낯간지러울 망동이[104] 아니란 말인가?….

리열은 끓어오르는 분격을 애써 누르며 다음 방책을 생각했다.

꿀 먹은 벙어리처럼 조용한 군당의 태도가 의문스러웠다. 아마 도에서 특권을 부여받고 하는 일이어서 군에 통보하지 않은 모양이라고 생각한 그는 시급히 해당 일꾼들에게 알려 주는 것이 급선무라고 판단했다. 그러자면 시간을 얻어야 했다.

"방침, 방침 하는데 그럼 저도 하나 물어봅시다. 그 방침이라는 걸 집행하는 데 원칙이 대체 뭡니까? 설마… 무상몰수입니까?"

"원칙? 하아…."

남궁윤은 대답 대신 긴 숨을 내쉬며 자리에서 일어섰다. 압록강 너머 중국 땅이 한눈에 바라보이는 뒤창문으로 다가간 그는 함구무언이었다.

리열은 지금 원칙이라는 단마디로 정통을 찔러 침대 꽂은 사람처럼 숨쉬기조차 힘들게 만들어 놓았다. 자가당착이란 이런 걸 두고 하는 말이었다.

아침에 허심한 태도에 탕개[105]를 풀고 리열이 이끄는 대로 속옷까지 다 벗어 보여주면서도 자기 능력에 대해 자찬했던 그가 제 입으로 뱉은 말 때문에 꼭장[106]을 당할 판이다.

그렇다. 원칙은 수매였다. 몰수나 압수가 아니라 해설과 설복을 통한 수매였다. 그를 알면서도 물건 주인을 배제하고 막무가내로 실어 내려는 저들의 처사는 수매는커녕 압수나 몰수도 아닌, 법적으로 아무런 대의명분도 없는 무뢰한들의 강도 행위였다. 수탈과 좀 다르다면 혁명적인 것이다.

하지만 권력의 으리으리한 모자를 뒤집어쓴 그들 앞에서 눈치 챌 사람도, 설사 알아차렸다 해도 전면에서 도전해 나설 용기와 배짱이 있는 사람

---

104 분별없이 함부로 날뛰는 것.

105 물건의 동인 줄을 죄는 물건. 동인 줄의 중간에 비녀장을 질러서 틀어 넘기면 줄이 졸아들게 된다.

106 장기에서 상대편을 꼼짝 못 하게 장군을 부르는 일을 일컫는 북한어.

도 이 사회에는 흔치 않은 것이었다. 그런데 지금? 저 사람은!

남궁윤은 고개를 돌려 여전히 한본새[107]인 리열의 여유작작한 모습을 이빨 사리물고 노려보았다. 비단 보자기로 가리고 있던 흉악무도한 광기가 그 눈뿌리에서 꿈틀거렸다. 하지만 억제해야 했다. 아직은, 아직은….

"원칙은 수매지요. 이미 말했는데….'

"혹시 잊었는가 해서요."

"잊다니요. 우리 사업의 지침인데….'

"아, 다행입니다. 그렇다면 더더욱 본인이 있어야지요. 주인이 있어야 수매도 하고 수매도 받는 거 아니겠습니까? 당장 잣이 하늘로 날아가는 것도 아닌데, 그렇게 서두를 필요는 없지요. 본인과 합의될 때까지 제가 이 잣을 책임지겠습니다. 단 한 알이라도 없어지면 전부 변상하지요."

"일단 실어 낸 다음에 상록이와 합의할 거고, 거긴 상관없다는데… 간단한 일을 자꾸 복잡하게 만드누만."

"복잡한 건 내가 아니라 잣이지요. 아침에 말하지 않았습니까, 잣이라면 사등뼈를 내댄다고… 김상록이 결코 몰상식한 사람은 아니니, 저보다 더 쉽게 이해하고 받아들일 겁니다. 그리고… 아시는지 모르겠지만, 제 생각엔 그 잣을 단순히 '개인 잣'이라고 보기에는 좀….'

"그건 또 무슨 소립니까? 개인 잣이 아니면…?"

"따기는 개인이 땄지만, 그는 올해 초산군에 로더 한 대를 들여놓았고 잣은 그 사업의 연장일 뿐입니다. 그러니 순수 개인 잣으로 보면 안 되지 않을까요? 상무에서도 이 내용을 모를 리 없겠는데요? 아무쪼록 편향이 없도록 조처하는 게 좋지요."

남궁윤은 더 말을 잇지 못했다. 이미 다 드러낸 뒤라 새롭게 꺼내 들 대응책이 그에게는 없었다.

"잠간 나갔다 오겠소."

리열이 담배 한 대를 채 피우기도 전에 사무실 문이 다시 열렸다.

---

107 처음과 나중이 같다는 뜻의 북한어.

매 맞은 아이가 부모를 데려다 편역들려는 듯 남궁윤은 김경식과 젊은 여성을 신주처럼 앞세우고 들어왔다. 기상이 자못 엄엄하다. 방금 전까지만도 참기름 바르고 칭찬하던 김경식의 안색이 언제 그랬는가 싶게 이지러진 말상이었다. 정치인들이란 정말 카멜레온 한가지였다.

"동무, 지금 우리 놀리는 거요? 우리하고 놀자는가?"

서두부터 언행이 쌍스러웠다.

"이거 이거, 허심하게 나오는 줄 알았어. 법적으로 처리하려다 고려한 건데, 뭐가 어쨌다구?"

쓸 소리 못 쓸 소리 험하다고 생긴 잡소리들이 연줄 쓸어 나왔다. 책에 쓰인 당 일꾼[108]다운 풍모라고는 꼬물만큼도 찾아볼 수 없는 무례한 언사였다. 게다가….

'봉건관료배 호통치듯 떡떡거리긴 젠장!'

리열은 조용히 자리에서 일어나 냉정하게 바라볼 뿐 아무런 감정 변화도 나타내지 않았다. 기가 꺾이기는커녕 실컷 주절대라는 식으로 한마디 대꾸조차 하지 않는 침묵의 항변에 오히려 열 올리던 사람이 밸통만 더 꼬였다.

흔히 리열은 논란의 탁류 속에 말려들면 깊이를 알 수 없는 침묵으로 대항한다. 그러면 상대방은 제풀에 할 말을 다 해 버리고 말문이 막히고 만다. 밑바닥까지 있는껏 다 퍼내는 사이 예리한 촉수들은 수다한 허점들을 골라 반박의 총탄으로 장약(裝藥)하고 맨 나중에 연발로 쏴 갈긴다. 상대방은 그 총탄들을 한 알도 막아 내지 못하고 모조리 맞는다. 그러면 결과는…!

폭발을 전제로 하는 리열의 참을성이, 높은 자제력으로 그렇듯 때를 판별하고 있었다. 이를 알 리 없는 김경식은 결이 오르는 만큼 목청을 높였다.

"방침을 뭘로 아는가? 여긴 뭐, 특수야? 왜서 당의 사상과 정책이 내리먹지 않는가, 왜? 이런 무풍지대가 어디 있어? 여, 정실 동무! 동무네 군당은 일을 어떻게 하길래 이 꼴이요, 엉? 분명 문제가 있단 말이야. 보라우! 도당 지시도 알기를 우습게 알지 않나? 제 잘난 척하면서 말이야…."

---

[108] 당의 사업을 가장 주요한 과업으로 여기고 행동하는 사람을 가리키는 북한어.

박꽃같이 해사한 얼굴로 교태를 부리며 서 있던 여성이 애매한 두꺼비 망돌에 치이듯 얼결에 통망을 맞았다. 그는 대뜸 노색을 띠며 입술을 발발 떨더니 요사스러운 눈을 여전히 할기작거리며[109] 퇴매하게 종알대었다.

"처신 바로 해야지요! 괜히 군당까지 두들겨 맞잖아요? 제발 푼수를 가리세요. 겁이 없는 건지, 센 건지는 모르겠지만…."

"뭣…이?"

목석같던 리열의 머리가 뻑 돌더니 매서운 눈초리가 무수히 날아가 나풀대는 입술을 순간에 꿰매 놓았다.

"당신 누구요?"

용접하듯 샅샅이 지져대는 눈빛에 도고하던 자태는 어색한 채로 고정되고 말았다.

"이 동문, 군당 7과 부부장요. 량정실이라구…."

김경식이 역성들려 했지만 리열은 그러거나 말거나 바싹 다그어댔다.[110]

"당신도 잣상무요?"

"상무 성원은 아니고, 에… 우리가 실정을 몰라 동행한 거요. 그러니 무례하게 굴지 마오."

이번에도 대답은 김경식이 대신했다.

"실정? 흥! 실정은 고사하고 가갸다리도 모르는[111] 사람 같아 그럽니다. 아는 주정하는 건 아니지요?"

"누굴… 조롱하는 거예요?"

량정실이 용기를 내어 대들었다.

"구경꾼 셋에 풍각쟁이[112] 열둘이라고, 입이 불어 도움 될 건 뭐요? 방청

<small>109 '할짝거리다.'는 '혀끝으로 잇따라 조금씩 가볍게 핥다.'는 뜻.</small>

<small>110 '다그다.'는 '어떤 대상이 있는 쪽으로 몸을 움직여 그 대상과의 거리를 가깝게 하다.'는 뜻.</small>

<small>111 '가갸 다리도 모른다.'는 속담으로, 반절본문의 첫 글자인 '가'와 '갸'의 세로획조차도 쓸 줄 모른다는 뜻이다. 사리에 몹시 어두운 사람을 놀림조로 이르는 말이다.</small>

<small>112 風角쟁이. 시장이나 집집마다 돌아다니며 노래를 부르거나 악기를 연주하여 돈을 구걸하는 사람을 얕잡아 이르는 말.</small>

이야 방청다워야지. 흥!"

리열은 텁텁한 입을 다시며 다시 냉각 상태로 돌아갔다.

'방청'이라는 신랄한 조소에 량정실은 화롯불을 뒤집어쓴 것처럼 얼굴이 화끈 달아올랐다.

"이 사람 보자 보자 하니까, 무슨 말 그렇게 해? 뭐, 풍각쟁이? 방청?"

몸 둘 바를 몰라 하는 량정실을 힐끗 넘겨다 본 김경식은 제사 결이 올라 펄펄 뛰었다. 여편네[113]도 아닌데 마음은 왜인지 애자자했다.[114]

"남 동무! 당장 조서 묶어! 좋게 말해선 안 되가서. 그리고 차 오는 즉시 몽땅 실어 내!"

김경식은 토끼 앞에서 기강을 자랑하는 스라소니처럼 기름이 반질거리는 여우를 거느리고 기가 등등하여 나갔다.

사무실에는 둘만이 남았다. 리열은 그냥 한 본새로 눈썹 하나 까딱하지 않았다. 먼저 자리 틀고 앉은 남궁윤은 멋쩍게 가방을 열고 진술서 용지를 꺼내 놓았다. 힐끔힐끔 눈치를 살피면서….

모욕을 참을 수 없어 매캐한 것이 목 밑에 쌉쌀하게 맺혔으나 리열은 좌중했다. 아직은 그래야만 했다. 그만큼 도당은 수월히 감당하기 힘든 큰 파도였다. 그러나 큰 파도나 잔 파도나 다 같은 인간임이 그의 가슴을 더 아프게 파고들었다.

칼자루를 잡았다고 약자의 자존을 마구 짓밟아 모욕하고 또 그런 수난을 묵묵히 감수해야만 한다면 이게 과연 옳은 세상이치인가? 그를 반대하여 세운 세상이, 평등과 민주주의를 지향하여 건설한 사회가 다름 아닌 우리 사는 사회주의사회가 아니더냐! 그런데, 그런데 어떻게 되어 현실에서는 독재의 끄나풀들이 사회의 제왕인 듯 행세하며 약자의 모든 것을 공공연히 수탈하고 제패하려 드는 것인가? 그러하다면 수탈에 반항하는 자가 사회주의자인가, 아니면 수탈을 강요하는 자가 사회주의자인가?

---

113 '여편네'의 황해도 방언.

114 '애자자하다.'는 '애자지다.'는 말과 같은 것으로 '가엾고 불쌍하여 마음이 슬프다.'는 뜻.

김경식만 놓고 보아도 자강도당위원회의 전권을 위임받은 작지 않은 인물이다. '공산당'의 지도적 지위에 있다면 이념적으로는 두말할 것 없이 사회주의자다. 진정 사회주의자가 분명할진대, 그러하다면 그가 강요하는 수탈이 곧 사회주의의 본성적 요구라는 결론에 떨어지지 않는가?

리열은 방침을 전면에 내들고 봉건관료배들마냥 마구 수탈하려 드는 김경식 일당의 횡포를 놓고 그것이 참말로 당정책이고 그것이 진정 사회주의 사회에서 허용될 수 있는가에 대해 자문자답하며 혼자 모대기었다.[115]

풍설은 더러 들은 적 있었지만 직접 겪어 보지는 못했던 무서운 정치와 권력의 회오리가 가슴속 깊은 곳에 품고 있던 삶의 주춧돌을 통째로 흔들어댔다. 이 나라 어느 바닥에나 흔하디흔한 순박한 세계관은 그래서 모순에 빠져들고 있었다. 평범한 사람으로서 정책적으로나 법적으로 옳고 그름을 자신만만하게 판단할 수는 없었지만 사회주의 사회에서 태어나 사회주의적 교육만을 받으며 비가 오나 눈이 오나 배곯고 못살면서도 제 집 처마 밑에서 뼈대를 굳혀 온 리열에게 있어서 양심이 지지하는 자존과 뱃심은 곧 사회주의적인 것이었고 정의라고 확신하는 신념이었다.

그런데 오늘날 진짜 사회주의자들의 '타도' 속에 그것이 한갓 비사회주의적인 똥고집이었음을 깨달아야 하니 과연 이론과 현실 중에 어느 것이 진리의 기준인가?

모순에 허덕거리는 리열의 고심을 접들기 시작한 심리적 주눅으로 오판한 남궁윤은 제법 동정을 담아 위안하려 들었다.

"이젠 그만 앉게. 약속대로 했으면 이런 봉변도 당하지 않지? 괜히…."

조서를 묶으라는 불호령에 리열의 얼이 갈피를 잡지 못하고 갈팡질팡하는 줄로 그는 잘못 생각하고 있었다.

"암만 그래봤자 소용없어. 잘 말해서 좋게들 생각하고 있었는데… 제 눈을 제가 찔렀지. 이름?"

남궁윤은 진술서용지에 필을 박으며 기고만장한 실무적 태도를 취했다.

---

[115] '모대기다.'는 '괴롭거나 안타깝거나 하여 몸을 이리저리 뒤틀며 움직이는 것'을 말하는 북한어.

"이름?"이라는 끝말이 긴 동침마냥 뇌리에 푹 박혀 사색 중이던 리열의 신경이 대번에 발작을 일으켰다.

"뭐, 요?"

벼락 치는 소리에 남궁윤은 와뜰[116] 놀랐다.

"걷어치우시오! 얻다 대구 진술서요, 진술서! 사람 나질하게 봐도 분수지… 당정책이나 법은 당신들만 아는 특정한 무기가 아냐! 공화국 밥 먹을 만큼은 먹었으니까, 옳고 그른 건 가르치지 않아도 돼! 지금 인민들이 썩은 새끼줄에 끌려다니던 50년대 신천 사람들[117]이 아니라는 걸 당신이 모르는 게 유감이요. 코 꿴 송아지처럼 무턱대고 순종하는 게 준법성인가?"

불의적인 항변에 대항할 염을 못 하고 사발눈만 꿈뻑거리는 남궁윤을 거들떠보지도 않고 리열은 문을 박차며 나가 버렸다.

처음 보는 리열의 쇠된 기상이어서 남궁윤은 일순에 어안이 벙벙해졌다.

한나절 대상하면서 직업적 감각을 총동원하여 분석했던 리열의 모상[118]에는 그런 개성이 전혀 없었다. 그저 침착하고 이지적이며 이기지 못할 싸움은 당초에 피하려는 노련하고 현명한 사람으로서, 관직으로 평한다면 문관형이라는 견해가 주류였다. 그런 형의 사람들은 이론적으로는 강하나 일단 이론이 통하지 않는 막다른 궁지에서는 제때에 굽어 들 줄도 안다. 그것 역시 상대성이론에 근거한 현명한 처사이기 때문이다.

그런데 진술서 용지를 휘두르는 법관을 허수아비처럼 무시하고 퇴장해 버리는 돌발적인 행동은 리열에 대한 모든 예상을 뒤집어엎었다. 칼자루를 쥔 이래 처음 당해 보는 강경한 태도였고 무참한 모욕이었다. 남궁윤은 상대의 개성과 기질을 너무도 모르고 있었다.

리열의 모든 침착성과 이지적인 참을성은 언제나 폭발을 전제로 하며 일단 자제력이 이해와 아량의 한계를 넘어서면 뚝 터진 물처럼 사정없고

---

116 갑자기 소스라치게 놀라는 모양을 가리키는 북한어.

117 황해도 信川을 말한다. 1950년대 미군에 의해 신천읍에서 주민 3만을 불태워 죽인 양민 학살이 일어났다. 이를 계기로 북한은 미군을 증오하게 된다.

118 模相. 대상의 겉모습을 있는 그대로 본떠서 나타낸 것.

무자비했다. 그때에는 전혀 새로운 모습을 보게 된다. 마치 성격이 극적으로 상반되는 쌍둥이를 보는 것처럼….

밖에서 오토바이 발동 소리가 울렸다. 의아한 수개의 눈초리들이 끈덕지게 매달렸지만 리열은 그러거나 말거나 흙먼지를 말아 올려 들씌우며 정문을 벗어났다. 나는 듯이 군당으로 향하는 질주에 마가을의 찬 공기가 아우성치며 찢어지고 가로수들이 기겁하여 나자빠졌다. 잠깐 사이에 군당에 도착한 그는 책임 일꾼들이 없다는 말을 듣고 내친걸음으로 조직부 내부 사무실에 뛰어들었다.

"아니 이런, 사장 동무가 어떻게…?"

소속이 군에 매여 있지 않아 특별한 일이 아니고서는 군당 출입을 삼가는 리열을 조직부 내부부장이 반색 절반, 의문 절반으로 맞아들였다.

"도 '잣상무'가 우리 지사에 온 걸 군당에서 알고 있습니까?"

리열은 단도직입적으로 들이댔다.

"'잣상무'가 내려온 건 아는데… 거기 갔소? 가선 또 뭘 한다는 거요?"

"엊그제 상록이가 잣을 보관시켰는데 그걸 당장 실어 내겠다는 겁니다. 나보고 막 해 보는데…?"

조직부의 젊은 측들인 부원들이 사무를 보다 말고 일제히 올려다보았다. 제일 윗자리에 앉아 있던 내부부장은 몸을 움쭉[119] 일으킨다.

"?"

"글쎄 그건 그렇다 치고, 상록이가 잣을 떼우면 어쩝니까? 솔직히 저랑은 상관없는 일이지만, 그래도 같은 초산군 사람인데…. 손 놓고 보고만 있을 수는 없지요. 본인에게 알리지도 않고 애꿎은 나한테만 해 보는데, 군당에서 빨리 대책 좀 세워 주십시오."

"거, 참… 일이 공교롭게 된다. 하필 상록이가 걸려들다니… 이거 도당에서 하는 일인데, 군당이 꽤 삐쳐 낼가…?"

"뭐라구요? 삐치다니? 책임져야지! 로더를 들여놨으니 말이야 바른데

---

[119] 몸의 한 부분을 움츠리거나 펴거나 하며 한 번 움직이는 모양. '움죽'보다 센 느낌을 준다.

로 상록이 개인 일이라고 할 수 없지요. 엄연히 초산군의 일이지!"

리열은 내부부장의 회의적인 태도에 저도 모르게 화가 치밀어 "나 혼자는 얼마 못 버티니 그리 알고 조처하십시오." 하고 명령조로 훈시했다.

놀란 김에 생각 없이 발설한 내부부장은 깔죽깔죽한 성미를 제꺽[120] 바로잡았다.

"고맙습니다. 이렇게 우정 와 주어서… 책임비서 동지에게 보고해서 인차 대책하겠습니다."

왜인지 내부부장은 "그 양반들 골 아프게 노누만. 잣이라문 이젠 진저리 나는군… 에, 에….' 하며 시답잖게 전화통을 끄당겼다.

6

"대체, 어찌 됐다는 기유?"

군당을 나서 지사로 향한 노상에서 리열은 최미화를 만났다.

바퀴 작은 운동용 자전거에 몸을 싣고 허둥지둥 달음박질치던 최미화는 만나자마자 숨을 헐떡거리며 다우쳐[121] 물었다.

"잣을 실어 가겠답니다."

"무슨 잣?"

"무슨 잣이라니요? 잣이 잣이지…."

"우리 잣 말인가?"

"상록이 잣 말입니다. 아니, 연락 못 받았습니까?"

"사장이 몰래 보냈다면서 사람이 왔더군."

"헌데 금시초문처럼…."

---

120 부사 '제꺼덕'의 준말. '제꺼덕'은 '어떤 일을 아주 시원스럽게 빨리 해치우는 모양'을 가리킨다.
121 '다우치다.'는 '다그치다.'의 북한어.

"그 말 듣구야 무스개 무스갠지 알 재간 있수?"

"하긴…."

설사 명확히 설명했더라도 외국인의 사고에 선뜻 이해가 닿지 못할 통신이었으니 그럴 만도 했다.

"누가 그러는 기요, 왜? 어느 얼빠진 놈이 그딴 개수작이야?"

두서없이 소리치는 속에 얼굴이 갸름하고 안색이 창백한 낯모를 여성이 고개를 가볍게 숙여 인사를 했다.

"현성이 어머닙니다."

"현성이?"

"상록이 안사람이야. 현성인 아들이구."

"예, 그렇습니까? 이거 초면이다 보니… 그런데… 상록형은 왜 보이지 않습니까?"

"현성이 아버진 산에 가고 없습니다."

"산에요? 아직도 거기에…?"

의문스러운 시선이 와닿기도 전에 "돈이야 요구한 만큼 그날루 줬지." 하고 최미화가 단마디로 까밝혔다.[122]

"그런 게 아니라, 총화도 그렇고 뒷일을 마무리하고 내일쯤에야 철수할 겁니다."

"내일이 뭡니까, 내일이! 여기 잣이 통째로 날아간다고요. 당장 연락해요."

"아니…! 그건 내래 돈 주구 산 물건인디… 개인재산 누가 뺏들어, 누가? 어느 쓸개 빠진 녀석이?"

"이러구 저러구 설명할 새가 없습니다."

일단 밸머리[123]가 뒤집어지면 최미화는 여느 때와는 아주 다른 사람이 되고 만다. 현숙한 부인의 자태는 온데간데없이 사라지고 기골이 센 농촌 아낙네 찜 쪄 먹을 승악[124]이 살아난다.

---

122 '드러내어 밝히다.'의 뜻.

123 북한어 '밸(배알)'을 속되게 이르는 말.

124 '성질'의 비표준어인 '승질'의 어근에 '惡'이 결합한 단어.

끓일 수 없는 가마

리열이 말허리를 꺾어 밀막는 것은 그래서였다.

"당장은 제가 시키는 대로 움직이십시오. 우선 현성이 어머닌 상록 형을 빨리 데려와야 합니다. 군당엔 이미 통고했으니 곧장 지사로 오라고 하십시오. 최대한 시간을 단축해야 합니다."

상록의 처 김영숙을 태운 오토바이가 시야에서 멀어지자 리열은 신중하게 최미화에게 신칙했다.[125]

"미화 선생, 선생은 조국에 체류하고 있는 외국인입니다. 서두부터 격하지 말고 자중해서…."

"격하지 않을 수 있나? 됐네, 됐네. '사장' 말 듣지… 듣겠다니…!"

리열은 감정을 건드릴 수 있는 내용들을 듣기 좋게 가공하며 잣상무에 대해 간단히 언급했다. 같은 나라말이었지만 '통역'을 해서 최미화에게 전달했다. 이렇게까지 하는 것은 누구의 비위나 맞추기 위해서가 아니라 더 큰 일을 미연에 방지하기 위함이었다. 아직은 문제가 극단은 아니라고 생각하기 때문이었다.

군당에서도 나오고 김상록이도 내려오면 십중팔구 좋은 방향으로 해결되리라고 리열은 순진하게 전망하고 있었다.

말이 사사여행이지 체류기간동안 외국인의 활동은 제한된 범위에서조차 엄격한 감시와 통제 속에 있다. 하여 그와 거래했다고 하면 김상록에게 오히려 누가 미칠 것은 뻔했다.

작년 봄까지만 하여도 보위부 마당을 드나들던 리열은 외국인 접촉의 심중성(深重性)에 대하여 누구보다 잘 알고 있었다. 외국인에 대한 국가보위성의 감시체계는 엄격하고 조밀하다. 오죽하면 사사여행을 마치고 외국인이 출국하면 거처하고 있던 친척집 내외까지도 삼사일 동안이나 보위부에 호출되어 문초를 받아야 한다. 다녀간 사람은 누구이며 무슨 말을 하였는가, 전화가 자주 오는 대상들은 누구이며 어디 어디 갔댔는가, 목적은 무

---

125 '申飭하다.'는 '단단히 타일러서 경계하다.'는 뜻.

엇인가, 중국이나 한국에 대해 이야기한 것은 없는가, 조국에 대해 뭐라고 이야기했는가 등 속속들이 문초를 받고 서면으로 제출해야 한다.

더군다나 이 사회에서 외국인이라고 하면 중생대의 공룡을 본 것만큼이나 신기하고 희한(稀罕)하여 다시 돌아보지 않는 사람이 없을 정도로 신비한 존재였다. 마치 별나라에서 온 외계인처럼….

하긴, 1년 가야 여기 자성땅에서 먼지 이는 토사도로를 활보하는 자유 외국인을 보았다면 묻지 않아도 최미화라고 단정할 수 있을 정도로 세계와 담을 쌓은 고장이니 더 말해 무엇하랴!

아무리 수수하게 차려입은 조선족 외국인이라고 해도 온몸에 기름이 번질거려, 새까맣게 타고 까실까실한 얼굴에 하나같이 빼빼 마른 조선 사람들과는 판이하게 구별되어 못생긴 오리처럼 어디가나 표가 났다. 그러니 외국인이라면 걸음새까지도 큰 화잿거리로 일순에 짜하다.

모름지기 지금 언성을 높이며 푸들거리는[126] 최미화와 리열에 대해서도 영문 모르는 여론은 저녁쯤이면 제딴의 어림짐작으로 별의별 억측을 다 돌릴 것이다. 거미줄 같은 보위부의 안테나들은 그 전파를 잡아 과장 분석할 것이고… 그래서 항상 주의해야 하는 것이다. 잘못이 있어서가 아니라 잘못 감촉될까 봐….

체류하고 있는 외국인과 무역대방관계인 리열에게는 더욱 신중한 문제라고 할 수 있었다. 지사의 업무까지 얽히면 좋은 결과는 없기 때문이다. 그래서 리열은 최미화에게 연락은 했지만 이성을 잃지 않고 처신하도록 깊은 주의를 주는 것이다.

지사로 들어서는 리열을 상서롭지 못한 눈길들이 노려보았다. 달갑지 않은 손님들의 기분 따위는 개의치 않고 리열은 오토바이를 정차하고 사무실로 들어갔다. 뒤따라 남궁윤이 들어섰다. 옆구리에 찬 권총을 뽑아 당장 객기라도 부릴 기세였다.

"주인이 곧 올 테니 후환이 없도록 합시다. 마음도 편하고, 남은 인생도

---

[126] '푸들거리다.'는 '자꾸 몸을 크게 부르르 떨다.'는 뜻.

즐겁게 말입니다."

리열은 무람없는 사이처럼 빙긋 웃어 보이고는 평온하게 사업일지를 펼쳤다. 책상을 마주하고 정상 업무를 보려는 듯이….

그 모양을 한참이나 응시하던 남궁윤은 문을 쾅, 닫으며 나가 버렸다.

이내 복도에서 웅성거리는 소리가 들려왔다. 그중 김경식의 목소리가 제일 높았다. 소음이 점점 가까워지는 것으로 보아 사무실로 향하고 있었다.

리열은 사업일지를 책상 서랍에 밀어 넣으며 자리에서 일어섰다. 또 한차례, 더 강하게 격돌할 것이다. 두려운 기색이란 찾아볼 수 없는 온화하고 담찬[127] 모습이 문가로 마주 향해 있었다.

밀물 들듯 우르르 쓸어진[128] 형체들은 절벽을 허비는 맹랑한 파도처럼 욱욱 소리를 내며 저마끔 혀춤을 널름거렸다. 이따금 "주인이 곧 옵니다." 하는, 바위 홈에 바닷물 괴어오르는 듯한 웅클진 쏠음[129]이 섞일 뿐 음색은 일방적이었다. 표리부동한 리열의 무표정은 잘 놀아댄다고 야살[130]을 까며 웃어대는 처녀애의 놀림보다 더 애잡짤하게[131] 거개의 부아를 돋구었다.

이때 밖에서 둔탁한 차 소리가 들려왔다. 마당으로 들어서는 대형화물차의 엔진소리였다. 김경식은 기다리던 큰 무당이나 온 듯이 쾌재를 올리며 소리쳤다.

"이젠 됐어! 잣 몽땅 실으랏!"

누구에게라 없이 줴친[132] 고함소리가 모두를 밖으로 튀어나가게 했다.

마당 안에서 긴 트레일러를 단 20톤급 화물 짐차가 허리를 꺾지 못해 끙끙거리고 있었다. 먼저 들어와 한옆에 정차한 매끈한 흰색 반짐차(픽업트럭)에서 내린 듯싶은 사람들이 화물차를 인도하느라 왁작 떠들어댄다. 마

---

127 '膽차다.'는 '겁이 없이 대담하고 여무지다.'는 뜻.

128 '쓸어들다.'는 '한꺼번에 마구 몰려들다.'는 뜻의 북한어.

129 '솔(sol)흠'의 북한어이다.

130 얄망궂고 되바라진 말씨나 태도.

131 '가슴이 미어지듯 안타깝다. 또는 안타까워서 애가 타는 듯하다.'는 뜻의 북한어.

132 '쥐어치다.'의 준말로 '이런 저런 소리를 마구 하다.'는 뜻의 북한어.

치 점령군의 요란한 수도 입성을 방불케 했다.

이쯤 되고 보니 김경식은 허리춤에 두 팔을 얹고 사령관 행세를 했다. 난잡한 무쇠발굽소리에 휴게실에서 동태를 살피던 종업원들까지 모두 뛰쳐나와 다른 음색으로 웅성거렸다.

이때 "야, 박영수! 오늘 경비 누구야?" 하는 벼락같은 호령이 마당을 들었다 놓았다. 리열의 참을성이 끝끝내 자제와 아량의 틀거리를 박살내 버렸다. 술렁대던 종업원들이 순식간에 전기에 감전된 개구리처럼 **빳빳하**게 굳어져 설설 기었다. 그들은 리열의 개성적인 기질을 너무도 잘 알고 있었으며 흔치 않은 체험자들이기도 했다.

열 번의 이해와 열 번의 아량으로 한량없이 너그럽다가도 일단 인간됨의 너절함을 확언한 다음에는 구실 한마디 주어 붙일 새 없이 자기 세계에서 이름마저 일필구지(一筆句之)해 버리는 사람, 바로 리열! 그때에는 추호의 용서와 자비를 모르는 특유한 성품으로 하여 그를 조금이나마[133] 알고 대상하는 사람들은 허물없는 통속적인 유머도 항상 진중하게 대한다.

"나서라! 누구야?"

벌둥지만큼이나 소연하던[134] 구내가 물 뿌린 듯이 조용해졌다. 엉거주춤 앞으로 나선 것은 희끗희끗한 반백머리에 낡은 도래찌모자[135]를 올려놓은 엄아바이였다.

"여! 경비 선다는 게 뭘 해? 저따위 어중이떠중이 제 마음대로 들어오는데 뭘 하구 자**빠졌어?** 말이야!"

할아버지 꼴로 노쇠해 보이는 엄정룡은 새파란 젊은이 앞에서 고양이 앞의 쥐처럼 꼼짝하지 못한다. 그저 잘못을 저지른 아이처럼 겨우 웅얼거릴 뿐이다.

---

[133] 여기에서의 '나마'는 어떤 상황이 이루어지거나 어떻다고 말하기에는 부족한 조건이지만 아쉬운 대로 인정됨을 나타내는 보조사로 쓰임. 각주 77에서 쓰인 의존명사 '나마'와 함께 본 작품에 여러 번 쓰이고 있다.

[134] '騷然하다.'는 '떠들썩하게 야단법석이다.'는 뜻.

[135] '캡(cap)모자'를 일컫는 말.

"못 들어온다고 했는데, 도에서 왔다면서 막….”

"여! 먹은 나이 얼마여? 도에서 왔다니까 무서워? 똥개도 제집에선 으른 대! 비실비실… 당장 내보내, 당장!”

그야말로 불호령이었다. 눈에서 시퍼런 빛이 뿜어 나왔고, 마주 보면 전율할 서슬 푸른 기상이었다. 이쯤 되면 무언가 박살 나던가 동강 나야 한다는 것을 종업원들은 모두 알고 있었다.

"박영수! 아직 그러구 있어?”

"와…!”

심상치 않은 정세를 관망하던 종업원들이 화물차를 들어 내칠 기상으로 달려들었다. 안내자들이 가리키는 대로 좁은 마당으로 긴 차체를 겨우 들이밀었던 운전수는 왁자지껄 달려오는 사람들을 보고 안절부절못했다. 깨지고 부서지고 요정날[136] 것만 같았다.

"차 당장 빼랏, 빨리!”

연방 날아드는 창날 같은 재촉에 긴 꼬리가 제대로 움직이지 않는 것이 안타까워 큰 화물차는 이리저리 몸을 비틀며 모지름[137]을 썼다. 덩달아 기세를 올리며 입성하던 외인들도 쫓기기 시작했다. 북새통에 흰색 반짐차(픽업트럭)로 다가간 것은 눈이 올롱하고 애티 나는 엄성혁이었다.

"빨리 나가십시오!”

차 옆에는 풍채 좋은 젊은 양반이 넥타이를 맨 셔츠에 점퍼를 걸치고 틀지게[138] 서 있었다. 그는 햇강아지 같은 엄성혁의 요구에 어처구니가 없었다. 그래도 체면은 유지해야겠기에 마치 귀여운 아이를 대하는 듯 어른스레 처신하려 했다.

"너 몇 살이니?”

"너어? 제 말 못 알아들었습니까? 차 빨리 뽑으십시오. 그리고 여기서 당장 나가구요.”

---

136 '了定하다.'는 '결판을 내어 끝마치다.'는 뜻.

137 '모지름'. 고통을 견디어 내려고 모질게 쓰는 힘.

138 '틀지다.'는 '겉모습이 당당하고 위엄이 있다.'는 뜻.

"허 허 허…."

"이거, 어리다고 우습게 보나? 눈치 빠르면 절간 가도 조개젓 얻어먹는 대요. 더 망신하지 마시고 좋게 말할 때…."

엄성혁은 거드름의 외피를 와락 잡아 벗기었다.

"뭐, 뭣이? 이런 졸망스러운[139] 놈 봤나? 야! 저리 가!"

"여긴 우리 마당입니다. 누가 주인이게? 나가십시오."

"허, 참… 나중엔 별일 다 보는군… 야, 시끄럽게 놀지 말구, 저리 가! 혼나기 전에…."

육중한 화물차를 뒷걸음질로 내쫓은 사람들이 욱 밀려왔다. 그 완력이면 장난감 같은 반짐차(픽업트럭)를 닁큼 들어 내동댕이칠 것이다.

그 바람에 거만한 차 주인은 안절부절못했다. 총 찬 수행원들조차 돌변한 정세에 어안이 벙벙해 아무런 도움도 줄 수 없는 판세였다. 다만 "여! 그찬 내가 들어오라구 했어!" 하고 김경식이 몇 번 소리친 것이 고작였다.

마이동풍인 노동자들은 차를 에워쌌다.

"보매, 막 사람 같진 않은데 품행은 낙제(落第)우다. 몸통 쬐꼬마문 다 아이유? 쟨 그래뵈두 여기 노동자우다, 제 값은 해유!"

지사에서 두 번째 좌상인 머리 허연 신아바이가 뜨직뜨직 차 주인을 꾸짖었다. 웬만해서 말참례(僭禮)를 하지 않는 고정(固定)한 사람이 노는 꼴이 하도 역겨워 침 뱉듯 뇌까렸다. 더 이상 내버려두면 노동자들이 격분을 참지 못할 것이다.

"다들 물러나오!"

리열이 그들을 제지하며 다가섰다. 그러나 대통에 다져 넣은 담배처럼 불 달기는 힘들어도 일단 달리면 굴뚝같은 연기를 피워 올리는 게 노동자들의 타도력이다. 누구도 들은 염(念)을 하지 않고 금시 싸움을 떼놓은 황소들처럼 씩씩거리며 눈을 부라리고 있었다.

"못 들었어? 모두 저리 가. 어서!"

---

139 '拙妄하다.'는 '옹졸하고 잔망하다.'는 뜻.

우악스러워 보이는 그들이 어떻게 된 판인지 전기 곤봉 앞의 맹수들처럼 고분고분했다.

"미안합니다. 제 여기 지사장입니다. 차를 뽑으십시오."

리열의 언성은 낮았으나 저력이 있었다. 차 문이 벌컥 열리더니 운전수가 불쑥 상체를 내밀었다.

"동무! 누군 줄 아오? 도무역국 부국장 동지란 말이요!"

리열의 절구통 같은 목이 소리 난 방향을 향해 무겁게 돌아갔다.

"뭐, 동무? 야! 동무야? 돼먹지 않게 얻다 대구? 차 당장 못 뽑아?"

리열이 씹어 삼킬 듯이 몸을 앞으로 흠칠하자[140] 운전수는 냉큼 차 안으로 움츠러들었다.

"신사 대접이 싫다? 별수 없지. 여, 박영수! 당장 들어내!"

기다렸다는 듯이 노동자들이 우르르 달려와 차를 밀고 닥치고 했다. 단판에 장난감 같은 차가 벌렁 뒤집힐 것 같았다. 혼비백산한 차 주인은 빨리 차를 정문 밖으로 뽑으라고 야단쳤다. 리열이 그를 향해 "대체 누구십니까?" 하고 씁쓸하게 물었다.

"내 도무역국 부국장… 강태걸이오."

그는 손수건을 꺼내 축축한 얼굴을 문지르며 리열의 예의에 상반되게 호기를 부렸다.

"동무, 도덕 교양 좀 바루 하라우! 노동자들이 저게 뭐요? 위턱 아랫턱 없이… 노는 꼴 좀 보우. 미개하기란, 쯔쯧쯧…."

"뭐요? 그리 도덕 잘 아시는 분이 남의 기관마당에 막 뛰어듭니까? 노크도 없이? 변소도 문 두드리는 게 도덕 아닌가? 오르는 도덕은요, 내리는 도덕만큼입니다. 제 대접 제가 받는 거지요. 누굴 훈시합니까. 당신 말처럼 무지막지한 노동자들한테 뿌리 뽑히지 말고 제 발로, 곱게…."

리열은 노동자를 업신여기는 사람을 제일 질색한다. 그가 누구든 애당초 상종하지도 않는다.

---

140 '흠칠하다.'는 '몸을 반사적으로 움직이며 갑자기 놀라 떠는 모양'을 가리키는 북한어.

어느 구멍에서 나온 줄도 망각한 놈이 어머니를 사랑하면 얼마나 사랑하겠는가? 근본을 따지면 저 사람도 노동자로부터 사회생활의 첫걸음을 뗀 어젯날의 노동자가 아니겠는가?

그런데 권력의 작은 의자라도 차지한 지금은, 간부하는 하느님의 밑구멍에서 애당초 양반 감투를 쓰고 삐져나온 특수한 존재처럼 변해 버리고 말았다. 변하는 것은 객관세계의 이치이지만 어떻게 변하는가는 인간세계의 이치이다. 처한 사회적 환경의 요인으로 사람의 변화는 서로 다르게 이뤄진다. 하여 강태걸의 변화도 비정상적인 사회환경에서의 정상적인 진화라고 보아야 옳을 것이다.

어색하고 창피하여 부자연스러운 몸을 억지로 이끌고 정문으로 향하는 강태걸의 뒷모습은 왜인지 가련해 보였다. 노동자를 천시하는 사람은 만물의 자양분인 대지를 멸시하는 어리석은 자라는 것을 뒤늦게나마 깨닫는다면 얼마나 다행스러운 일이랴! 하지만 그 같은 사람들은 죽을 때까지 깨닫지 못할 쑥대 끝에 오른 민충(民蟲)이들이다. 어느 때인가는 폭풍우에 떨어진 그 민충이들을 호함진[141] 땅이 흔적 없이 삼켜 버릴 것이다.

리열은 양미간이 팽팽한 채로 자리에 못 박혀 있는 김경식에게로 다가갔다. 아마 그는 불문곡직하고 매를 들고 싶을 것이다.

"소리쳐서 죄송합니다. 방역 때문에 구내 출입은 워낙 지나칠 정도로 예민합니다. 양해해 주십시오. 아마 조금 더 기다리시면 상록이가 올 겁니다. 저도 돕는 심정이니 조급해 마시고 사무실에서 다리쉼 하십시오."

리열은 대답을 바라지 않고 종업원들이 있는 곳으로 향했다. 한입에 통째로 씹어 삼키고 싶은 충동이 김경식의 부아를 끓게 했다. 그러나 고슴도치처럼 옹송그리고[142] 콕콕 찌르는 통에 도무지 어쩔 수가 없다. 오직 여우의 간교와 승냥이의 이빨이 동반될 때만이 씹어 삼킬 수 있었다.

"아까부터 미화 선생이 정문 밖에서 찾습니다."

---

141 '호함지다.'는 '흐뭇할 만큼 탐스럽다.'의 북한어.
142 '옹송그리다.'는 '춥거나 두려워 몸을 궁상맞게 몹시 옹그리다.' 또는 '입술을 움츠리어 꽉 깨물다.'는 뜻이다.

끓일 수 없는 가마

박영수가 리열에게 마주 오며 속삭이듯 알려 주었다.

"왜?"

"모르겠습니다. 차 따라 막 들겠다는 걸 겨우 막았습니다."

종업원들은 섭섭한 기색을 감추지 않았다. 그들은 동고동락하는 형제이고 친지들이었다. 영문 모를 일을 혼자 안고 부대끼는 리열의 정상을 속수무책으로 보기만 하자니 안타까웠다.

리열은 그들을 미덥게 둘러보며 더 이상 감추려 하지 않았다. 그것은 급작스러운 침범에 놀라고도 남을 순박한 심리들을 안정시키기 위해서가 아니었다. 잠자고 있는 노동계급의 배짱을 깨워 주고, 미개한 취급을 받는 약자의 처지를 각성시켜 주기 위해서였다.

7

정문 쪽에서 리열을 부르는 소리가 들렸다. 최미화였다. 정문 한가운데 나서서 언성을 높이는 것으로 보아 이미 탕개가 풀린 모양이다. 리열도 더 이상 저지하고 싶지 않았다. 주인들이 하나, 둘 출현하면 일은 이제부터 시작인 셈이다. 값을 지불한 최미화로는 잣의 주인이기도 했다.

리열은 그가 점점 더 고아대도록 못 들은 척했다. 그는 어디까지나 치외법권적인 외국인이었다. 더군다나 한갓 사사여행자를 놓고도 대외적 영상을 운운하는 판인지라 그의 출현이 문제 해결에 훨씬 유리할 수도 있었다.

리열의 감성은 어느새 잣을 지키기 위해 끓는 것이 아니라 짓밟히고 뜯기는 약자들의 존엄과 생계를 지키기 위해 잣을 절대로 내놓을 수 없다는 정의감에 불타고 있었다. 이런 모욕과 수탈을 인간의 자존으로서는 도저히 용의할 수가 없었다.

리열은 철들어서부터 '억강부약(抑强扶弱)'을 생활의 신조로 삼고 있었다. "강한 자는 누르고 약한 자는 도우며 살라!"는 신조가 세계관의 세부마다 아지를 치어 뚜렷한 개성을 형성했다. 그 특이한 개성으로 하여 그는 남보다 더 뜨거울 수 있었고 남달리 더 차가울 수 있었다.

분별 잃은 아낙네의 행악질처럼 최미화는 애매한 화물차 운전 칸에 대고 고래고래 소리치기 시작했다.

"나 깔구 지나가면 갔지 절, 대 못가! 이런 무법천지가 어디 있어? 얻다 대구 뺏들어 가겠다는 거야! 그게 강도지 다른 게 강도냐!"

청사 쪽에 대고 한 번, 운전 칸에 대고 한 번 눈먼 사냥꾼마냥 어방[143]으로 갈겨대는 소리포에 운전수는 바늘방석에 앉은 것처럼 콩당거렸다. 그래도 무역차로 세관출입 꽤나 하는 그로서는 외모나 말씨로 보아 대번에 중국인이라는 것을 알 수 있었으니, 내려가 욕도 못하고 끙끙 앓기만 했다. 어디라도 대피하고 싶었지만 차 문을 열고 나서면 바람으로 털 한 오리 남기지 않고 다 뽑힐까 두렵다.

"세상에 도대체 법이 있는 데야, 없는 데야? 무슨 죄가 있다구 뺏들어? 대답해 보라, 대답해 봐! 내가 돈 내고 산 거니깐 그건 외국인 거야, 외국인 거! 강도처럼 뺏들어두 돼? 어느 나라두 그렇진 않아! 이거야 날강도판이지! 그게 너네 사상이냐? 말해 보라! 나도 양심적으로 조국에 기증할 만큼은 다한 교포 상공인이야. 이 너절한 것들아!"

최미화는 가슴을 쾅쾅 두드리더니 가방에서 약통을 꺼내 들었다. 리열은 심장병을 앓고 있는 그가 걱정스러워 박영수에게 눈짓했다. 그가 얼른 뛰어가서는 최미화를 보조건물이 있는 그늘 밑으로 부축하여 앉혔다. 그러고는 무슨 말인가 주어대며 진정시키려고 했다.

"사장 동무!"

김경식이 협의적인 말투로 리열을 찾았다.

"저 여자는 누구요? 우리 사람 같진 않은데…?"

"초산에 사사여행으로 나온 조선족 중국인 최미화입니다. 중국 측 우리

끓일 수 없는 가마

무역 대방이기도 합니다.”

“저 여자가 여기 자주 오곤 하오?”

“종종 오곤 합니다. 지사 건설에 그의 투자도 들어가 있으니 관심하는 거야 당연하지요.”

“외국인이 그렇게 막 나돌아다녀도 되오? 지사에도 막 들어오구… 동무 지금 보니 틀려먹었구만. 아까는 생명체요, 뭐요 하면서 지사 출입을 엄금한다고 야단치더니 어떻게 외국인은 제 마음대로 드나드오. 엉? 외국인이 마음대로 드나드는 곳에 제 사람들은 들어오지 못한다? 참 가관이요. 문제가 있어, 문제가!”

“사사여행 나온 외국인은 무슨 대표단이 아닙니다. 일단 우리 땅에 들어와서는 원칙상 자유입니다. 강계나 만포도 아니고 도착지가 초산인 것만큼 군내에서의 내왕은 제한할 수 없습니다. 더욱이 우리 무역 대방이고 투자자인데, 책대로 말하면 이 지사의 주주나 같습니다. 그가 지사에 몇 번 왔다고 문제 될 게 없고, 접촉했다고 엄중 시 될 것도 없다고 봅니다.”

김경식은 다시금 그를 뜯어보았다.

아무 면을 쳐도 주눅 들지 않고 이치에 맞는 원칙적인 논리로 반박하곤 하는 그였다. 그것도 더 논의할 여지없이 사리 정연하게….

그쯘한[144] 경력이나 학력을 갖춘 사람들도 무색해 할 지경이었다.

한마디로 녹록지 않았다.

“그런데 저 여자가 상록이 잣과 무슨 관계가 있어서 저리 소동이요?”

“상록이 잣은 여기 가져다 놓을 때 벌써 최미화 선생이 선금을 지출하고 구매한 상태입니다. 그들끼리의 거래이니 구체적인 내용은 모르겠습니다. 전 그저 창고를 빌려주었지요. 그래서 결정 못하는 게 아닙니까? 전 그저 뒤탈이 없게 주인들과 맞세우면 그만입니다. 팔겠으면 팔고, 뺏겠으면 뺏고, 제가 상관할 바가 아니지요.”

리열은 자존심을 꺾으며 품 들여 기회를 마련하지 않고 자기의 견해와

---

144 ‘그쯘하다.’는 ‘그만하다.’의 북한어.

입장을 명백히 밝히었다. 최미화가 출현한 이상 주인들에게 주사위를 밀어 놓으며 무방한 태도를 취하는 것이 더 유리할 것 같았다.

"선금을 주었다면 아직 잔금이 남았다는 소리가 아니요? 옳소?"

"음… 정확히 얼만지는 모르겠지만, 돈 들어간 건 사실입니다."

"그럼, 잣은 어떻게 넘긴다는 거요?"

"그래서 여길 택하지 않았습니까? 우리 무역 대방이니 우리 수출 계획분으로 넘기지요. 아무튼 국가 수출 계획은 먹으니까 회사가 손해 볼 건 없습니다. 그간 최미화 선생의 도움도 많이 받았기에 상급 기관과 토론하고 넘겨주기로 했습니다."

"음….".

얼렁뚱땅해서 삼켜 버리려던 잣에 하나하나 정확성이 부여될수록 김경식은 불리해지는 형세로 하여 초조해짐을 어쩔 수 없었다.

"빨리 나가서 소란 피우지 못하게 하오. 그리고 정문 밖에 있는 무역부 국장을 좀 들여보내 주오."

"…."

이제는 시간도 픽이나 흘러 땅거미가 깃들기 시작했다. 그런데 이미 오고도 남았어야 할 김상록은 통 무소식이다. 초산군당 역시 머리 한번 끼우둥거리지 않고….

이쯤 되고 보니 '잣상무' 일행에게는 다시금 기염을 토할 수 있는 턱거리[145]가 충분했다. 그들은 마치 리열의 요구대로 아량 있게 잣주인을 기다려 주기라도 한 것처럼 분기가 차서 접어들었다. 나중에는 외국인을 끌어들여 우정 헝글 방망이를 논다고[146] 까탈을 부리는 판이었다.

대조적인 것은 잘 깎은 서방님처럼 말쑥하고 단정한 리열의 변함없는 본새였다. 하지만 그들의 혀끝에서 최미화라는 이름이 졸땜을 받을 때마다 내심은 의연 만수산의 츼넝쿨처럼 근심에 엉켜 돌아갔다. 몇 차례나 마

---

145 남에게 무턱대고 억지로 떼를 쓸 만한 근거나 핑계.

146 '우정 헝글 방망이를 논다.'는 '우정을 무너뜨릴 계략을 짠다.'는 뜻.

　　　　　　　　　　끓일 수 없는 가마

당으로 돌입했다가 우직스럽게 저지당한 최미화가 소리칠 기력조차 없는 지 정문 앞에 아예 퍼더그리고 주저앉고 말았던 것이다. 김상록에게 지불 한 돈은 그에게서 퇴송(退送)받으라는 언어도단(言語道斷)과도 같다는 결 론에 도달한 지금 그의 숨길을 마구 집씹고 있었다. 억울하고 분하여 혈압 이 오를 대로 올라 답답한 가슴만 두드리고 있는 최미화의 신상이 리열은 무척 걱정스러웠다.

객실 안방에 움츠리고 있는 회사부원들인 김현일과 최승기 역시 그들대 로 속 썩이고 있었다. 왜인지 그들은 중재로 바깥 형편을 요해하는 데만 그 칠 뿐 이 일에 선뜻 끼어들려 하지 않았다.

해가 짧아지는 계절이라 일찍 황혼이 깃든 사무실에서 끝내는 분별 잃 은 악청들이 요란스럽게 터지고 말았다. 1대 4로 무차별적인 난투 직전의 난투가 벌어졌다. 김경식, 남궁윤, 강태걸, 량정실….

어둠이 가리운 흑막 속에서 일꾼이라는 체면의 너울마저 벗어젖힌 그들 이 감추었던 별의별 흉기를 다 꺼내 들고 리열을 공격했다. 당장 창고 문 을 열지 않으면 완력으로 까부수고 실어 내겠다는 강도의 본성을 더는 감 추려고도, 위장하려고도 하지 않는다.

"다시 말하는데, 동무는 신경 쓸 필요 없어! 그래도 동무를 존중해서 지 금까지 기다렸는데, 상록이가 나타났는가? 계속 방해하면 강제를 동원할 수밖에…! 우리한테는 그럴 권한이 얼마든지 있단 말이야. 창고 문을 부수 기 전에 더 이상 나서지 않는 게 동무한테도 좋아. 무슨 말인지 알겠소? 실 어 내구 도무역국에서 돈을 지불하면 그만인데, 복잡할 게 뭐가 있다구 그 래? 부국장 동무, 그렇지 않소?"

김경식의 마지막 말은 리열을 얼리려는 미사여구였다.

"그럼, 부국장 동지에게 제 한 가지 여쭤봐도 되겠습니까?"

아직도 차분한 리열의 목소리.

"그러우. 실무자들끼리야 문맥이 통하겠지… 부국장 동무가 좀 설복해 보시구려. 이 동무, 보기와 달리 벽창호요, 벽창호!"

량정실이 냉큼 향내 나는 손수건을 내밀었다. 틀지게 받아든 김경식은 질적한 입 주변을 문지르며 강태걸과 교대했다.

이제는 리열도 겉등이 달아 심리가 화끈거렸다. 그러나 분별을 잃어서는 안 되었다. 설령 자볼기[147]가 들어온다 하더라도 방패들 수 있겠지만, 그렇지 않고 대화가 다른 데로 튕기기만 하면 이건 문제가 단단히 될 것이다. 한마디 한마디를 심사숙고하여 그들에게 언질을 잡히지 말아야 했다. 그러기에 여지껏 신중하려 애썼으며 자극적인 요설에도 이상할 정도로 말려들지 않고 자제해 온 그였다. 증원을 기다려 12시간 동안 지탱하느라 기력도 어지간히 소모되었다. 하지만 그는 남은 정력을 모두 모아 이제는 저력 있게 울부짖어야 했다.

"도무역국에서 현금을 지급한다는 게 사실입니까?"

"그렇소. 사실이오."

"그러니 분명 수매 받는 게 옳겠습니다?"

"내가 몇 번 말했나? 이건 수매라고!"

강태걸 대신 하루새 퍽 늙어 보이는 남궁윤이 신경질적으로 말꼬리를 물었다.

"미안합니다. 전 부국장 동지에게 듣고 싶습니다."

"나서지 말구 동문 여기와 앉소."

김경식이 가리키는 의자에 남궁윤은 무너지듯이 털썩 주저앉으며 "윽, 윽…!" 하고 승냥이 울음소리 같은 괴상한 소리를 냈다. 물어뜯지 못해 발광하는 것이다.

"여! 너 정말 혼나 보겠어? 이게 아직 무서운 걸 몰라, 오?"

남궁윤은 목단추를 뜯어내듯 헤치며 미친 사람처럼 소리쳤다. 그것은 결코 위협이 아니었다. 칼집이 쩔렁거리면 법도 입을 다문다는데 법관이 흔들어대는 칼집소리는 더 말해 무엇하랴!

리열은 주위 세계의 어지러운 소음들에 전혀 반응하지 않았다. 오직 필

---

147 자막대기로 때리는 볼기.

끓일 수 없는 가마

요한 시기에, 필요한 대상과 필요한 만큼만 상종하려 했다.

"어서 대답해 주십시오, 부국장 동지."

"옳소, 수매가 옳소."

리열의 여기[148]를 지르려다 오히려 여지사름[149]을 당하고 쓴 입을 다시는 남궁윤을 힐끔 곁눈질해 보며 강태걸은 핏기 없이 대답했다.

"그럼 수매 가격은 얼마입니까?"

"킬로당 인민폐 16위안이요. 이건 도당이 규정한 가격이요."

"지금 돌아가는 가격보다 한 30%는 눅은데요? 뭐, 가격이야 제 소관이 아니긴 하지만… 그럼 그 가격 한도 내에서 현금으로 바로 지급해 줍니까?"

"아… 그건 저… 저희는 그저 에… '잣상무'가 넘겨주는 잣만 인계받으면 됩니다. 돈은 나중에… 에…."

강태걸은 말을 얼버무리며 난처해했다. 좌중을 일별하며 도움을 청했지만 날고기도 통째로 삼킬 듯이 날뛰던 사람들이 이때는 어떻게 된 노릇인지 목석이었다. 강도의 빈 자루만 들고 온 이들 중에 떳떳이 대답할 만한 사람이 있을 리 만무했다.

"됐습니다. 그건 그렇고. 그러니까 어쨌든, 잣 20톤을 실어 가면 킬로당 인민폐 16위안씩은 무조건 본인한테 준다는 말이지요? 맞습니까?"

"그럼, 그럼! 그건 무조건 주지? 걱정 말라니까!"

이번에는 김경식이 제꺽 끼어들어 홍수를 털었다.

"부국장 동지는…?"

리열은 영악스럽게 강태걸을 물고 놓아주지 않았다.

강태걸은 목에 맨 넥타이가 올가미처럼 점점 조여드는 것 같아 매듭을 쑥 내리 당기고 침을 꿀꺽 삼켰다.

"옳소. 그 가격으로는 현금은 무조건 지급될 겁니다."

"혹시 그 외 또 다른 제약조건은 없습니까? 수매만 하면 그 가격으로 현

---

148 아직 남아 있는 버릇이나 관습.

149 '餘地'는 '어떤 일을 하거나 어떤 일이 일어날 가능성이나 희망'을 말하고 '사름'은 '사르다.'의 명사형으로 '어떤 것을 남김없이 없애 버리다.'의 뜻.

금 바로 주는 걸 확실히 담보하는가 말입니다."

강태걸은 옆에서 끄덕거리는 머리새들을 육감으로 감수하며 힘을 얻었다.

"수매만 하면, 가격이 좀 눅긴 해도 현금은 반드시 나갈 거요."

"허허허… 하하하…."

리열은 밑도 끝도 없이 혼자서 허구프게[150] 웃어댔다.

"'잣상무'에서 모든 수매와 관련된 모든 실무는 부국장 동지가 맡았겠죠?"

"그렇소."

"좀 외람된 말인 줄 압니다만… 무역일꾼이 맞습니까?"

"뭐…요?"

"여기 지사에 품질이 중간인 잣이 좀 있는데, 이 기회에 그것도 함께 수매할까 생각 중입니다. 그 가격대로 받으시겠소?"

"그건… 어…."

"아니, 원래 외화 원천을 수매할 때는 품질평가가 제일 중요한 거 아닙니까? 당연히 품질에 따라 가격이 정해지고. 도대체 일률적인 수매 가격이라는 게 있을 수 있습니까? 품질투쟁이자 가격투쟁이고, 가격투쟁이 또 품질투쟁이 아닙니까? 이건 기본 중의 기본인데, 품질은 논하지도 않고 무턱대고 인민폐 16위안이라니, 전 도무지 이해가 안 갑니다. 솔직히… 의심스럽단 말입니다."

"그게 뭐, 무턱대고 주는 거겠소… 품질평가는 우리도 하오."

"그것 보십시오. 창고에 김상록의 잣이 20톤 있다고 해도, 수량이나 품질은 제대로 넘겨받은 적이 없습니다. 그러니 품질은 주인만이 알 수 있는 겁니다. 열 번 찔러보면 열 번 다 다른 게 잣 품질이 아닙니까? 그 잣들도 보나 마나 품질이 똑같을 수 없습니다. 아마 품질별로 구분되어 있을 겁니다. 수량이 꽤 되는 만큼 품질평가가 조금만 달라져도 금액 차가 크게 날 텐데, 이걸 제가 어떻게 책임질 수 있습니까? 다른 사람이라면 몰라도, 직접 실무를 담당한 부국장 동지는 제 심정을 이해하리라 봅니다. 수매야 오늘

---

150 '허구프다.'는 '허전하고 어이없다.'는 뜻.

당장 못 받았다고 큰일 날 것도 없지 않습니까? 전 그저 모든 걸 정확하게 하자는 겁니다. 설마하니, 도무역부국장이 시시하게 그런 푼돈이나 만들려고 일부러 얼렁뚱땅 넘어가려는 건 아니겠지요? 제 말이 지나쳤다면 용서하십시오. 아 참, 수량은 또 어떻게 계량하렵니까? 저울은 가져왔겠지요?”

“저울이요? 가져온 건 없고, 에….”

“수매받으러 왔다는 사람들이 저울도 준비하지 않았다니…. 뭐, 침통을 가져오지 않은 의사구만요. 허!”

그들의 검은 속내가 적나라하게 드러났다.

멋쩍은 눈치들이 저마끔 허공의 어두운 구석을 찾아 헤매었다.

‘하긴 뺏드는 데야 저울이 필요없지….’

리열은 후줄근하게 김빠진 장내에 타협적으로 바람을 불어 넣었다.

“기본은 최미화라고 생각합니다. 조선 사람은 교양한다 치고, 외국인에게 통할지가 걱정입니다. 까짓것 상록이 나타나지 않으니, 콱! 실어 내도 변명 거리는 충분하지만, 정문 밖에 최미화가 떡 버티고 서 있으니, 저도 참 호미난방(虎尾難放)입니다.”

그 말에 일리가 있다는 듯 고개를 가볍게 찧으며 골몰하던 김경식이 자리를 박차고 일어섰다.

“사장 동무는 나하구 같이 갔다 옵시다. 그리고 동무들은 여기 그냥 대기하시오.”

얼마 후에 리열을 데리고 군당조직부 사무실에 들어선 김경식은 자강도당 7과 부부장을 전화로 찾았다. 그러면서 리열에게 벽 쪽의 의자에 앉으라고 각근하게 손짓했다. 그는 현재 상황에 대하여 상급에게 상세히 보고했다.

“예, 예… 떡 버티고 있는데, 외국인이라 건드릴 수 없지 않습니까? 예, 예… 20톤입니다. 20톤! 현물은 직접 확인했습니다. 예, 예… 알았습니다. 그렇게 진행하겠습니다.”

수화기를 놓은 고양이 낮짝만 한 얼굴에 불현듯 살기가 번뜩거렸다. 동요하던 자신이 의문스럽기도 하고 혐오스럽기도 했다. 어떻게 되어 자기가 여기까지 오게 되었는가? 지금 생각해 보면 애송이한테 물리어 한다하는 모사들과 법관들이 권력의 막강한 후원이 있음에도 불구하고 진종일 창고문 하나 열어젖히지 못했다는 것이 창피할 정도로 어처구니없는 일이었다.

그는 곧 전화한 것을 후회했다. 스스로 자신의 무능함에 대해 상전에게 일러바친 셈이었다. 실은 도당의 위상을 빌어 리열을 숨 못 쉬게 압박하려던 노릇이 얻은 것보다 잃은 것이 더 많은 격이 되고 말았다.

강도는 두목도 강도이고 졸개도 강도였다. 그러니 그가 받은 훈시란 말 그대로 강도적인 것일 수밖에 없었다. 전화를 통해 받은 쌍스러운 삿대질이 지금껏 앉아 뭉개던 찬탈의 야망을 무섭게 채찍질했다.

주저한 것이 결국 무능한 것임을 뒤늦게야 깨달은 그에게 있어서 이제 남은 것이란 포악을 부려 수치를 씻고 '기대'에 충실하는 것뿐이었다.

'프롤레타리아 독재가 어떤 것인지 톡톡히 맛보게 할 테다…!'

이미 면밀한 계획 밑에 단행되는 조직적인 수탈이었음을 도간도간[151]의 귀동냥으로 단정하게 된 리열은 가슴이 뜨끔했다. 자기에게 직시되고 있는 김경식의 매서운 눈찌[152]에서 폭풍을 예고하며 뒤집히는 작은 가랑잎을 보고 있었다. 뇌리에는 벌써 착잡한 상념의 해일이 세차게 고패쳤다.[153]

'초산군당은 왜 침묵을 지키고 있는가? 도당이 하는 일이 돼서? 아니, 설사 도당이라고 해도 산하 군당의 일을 무시하면서 우격다짐을 부릴 수는 없다. 군에서 로더를 들여온 것도 도당이 모를 리는 만무하고… 하다면? 나타나고도 남았어야 할 상록은 왜 감감무소식인가?'

길지 않은 하루 일을 정립해 볼수록 당초에 그릇된 수수께끼에 말려든 감이 들었다. 어찌 보면 상관없는 일에 중뿔나게 나서 우국지사처럼 의의

---

151 '공간적으로나 시간적으로 조금씩 사이를 두고 이어지는 모양'을 가리키는 북한어.

152 흘겨보거나 쏘아보는 눈길.

153 '고패치다.'는 '(원을 그리듯이) 세차게 올랐다 내렸다 하다.' 또는 '심정 따위가 격하게 굽이치다.'는 뜻이다.

없는 고생을 하는 듯싶었다.

"가기요!"

비록 낮게 들렸지만 사리문 이빨 틈새로 나오는지라 결코 낮은 소리가 아니었다. 뒤를 따라서던 리열은 방으로 들어서는 군당조직부 내부부장과 마주치게 되었다. 아침에 왔다간 이후로 시집보낸 딸 소식만큼이나 애타게 기다리던 마음이다 보니 밸굽[154]이 동하였지만 형편이 용의치 않았다.

내부부장은 제사 먼저 미안해하며 일꾼들이 좀 전에 들어왔다는 것과 방금 보고하려던 참이라는 것을 얼굴표정으로 전하려고 눈과 입을 씰룩거렸다. 리열 역시 무언으로 재삼 부탁하며 김경식의 뒤를 따라 물었다. 어두침침한 복도로 다그치는 발밑에서는 '구실이 아닐까?' 하는 의문의 먼지가 풀썩풀썩 일었다.

지사에 도착하자 그 길로 김경식은 "모두 나오라!" 하며 고함을 쳤다. 그러거나 말거나 리열은 차에서 내리는 길로 정문으로 달려갔다. 들어오는 길에 정문 앞에 서 있는 오토바이가 전조등 빛에 얼핏 스쳤던 것이었다. 주변 마을이 정전인 데다 그믐밤이어서 칠흑 같은 어둠이 거대한 먹물 단지처럼 인간 세상을 통째로 삼키고 있는 음산한 가을밤이었다. 지금 시간이면 혼자 길가에 다니기도 으쓸한 때였다.

아직 미장을 하지 못한 담장 옆의 음침한 곳에서 인기척이 났다. 야금야금 침습하는 찬바람을 피하려고 구석에 의거한 사람의 형체였다.

"누구요?"

그들은 최미화와 김상록의 처 영숙이었다. 반갑기도 하거니와 밸이 곤두서는 것을 꾹 참았다.

"왜 이제야 옵니까? 밤 11시가 지났는데…. 상록이 형은요…?"

어둑시근한 사위를 두루 살펴보았지만 다른 인기척은 더 이상 없었다.

"저….'

영숙은 만 가지 대답을 대신하여 꼬깃꼬깃 접은 쪽지편지를 내놓았다.

---

154 '밸(배알)'을 낮잡아 이르는 북한말.

"아니, 그럼…?"

리열은 편지와 함께 그가 내미는 손전지를 받아들었다.

간단히 쓴 짧막한 글줄이 희미한 전지불에 비쳐들었다. 내용인 즉은 급한 사정으로 나가지 못하니 자기 일처럼 생각하고 잘 처리해 달라는 부탁과 거듭 믿겠다는 간청이었다.

"허, 허! 이거야말로 소똥에 미끄러져 개똥에 코 박을 일이군…. 후유~!"

"?"

리열은 어떻게 된 일인지 통 갈피끈을 알 수 없어 맹랑하기 그지없었다.

'이따위 쪽지나 받자고 종일 악전고투하며 버티다니….'

"음….".

리열은 사내로 믿었던 김상록이 몸을 사리는 꼴이 분명하여 더 나서고 싶지 않았다. 하지만 아무리 텁텁한 입을 다시며 내리 쓸려고 해도 괘씸한 생각은 자꾸만 감정을 불러 일으켰다. 김상록이 여기 있었더라면 당장에 덜미를 눌러놓고 졸경[155]을 쳤을 것이다.

'흥! 사장을 믿는다고? 그러니 남의 손 빌려 싸움하고 후에 가서 결과가 어떻소 하고 나한테 덜미를 씌우겠다는 심산인데….'

제대 후 쓴맛, 단맛 다 보며 사회놈은 누구도 믿지 않겠다고 염불처럼 외워 오던 자신이 그만에야 그 잘난 인정에 못 이겨 또 너절한 일에 말려든 것이 통분했다.

리열은 궁금해하는 최미화에게 내던지듯 편지를 넘겨주었다. 12시간 만에야 너절한 편지 한 장이 겨우 날아온 데는 필경 문제가 있었다. 그것이 어떤 문제인지는 아직 알 수 없었으나 초산군당이 얼굴을 비치지 않는 것도 우연이 아니라는 것을 그는 그제야 깨달았다. 금전의 더러운 녹이 나닥나닥 앉은 권력의 흑막 속에서 보이지 않는 암투가 벌어지고 있다는 불길한 예감이 화광처럼 어두운 공간에 번쩍 일었다.

"이젠 어쩌면 좋나?"

---

155 '卒更'. 지독하게 맡는 고문 또는 벌.

끓일 수 없는 가마

편지를 읽고 난 최미화는 더위 먹은 노파처럼 매사사했다.[156] 누구에게라도 할 것 없이 넋두리를 늘어놓고 싶었지만 그럴 기운조차 남아 있지 않았다. 마주 보기 무안할 만큼 정상이 말이 아니었다. 연로한 몸으로 장시간을 객지에서 뒹굴었으니 아마 견디기가 조련치 않을 것이다. 남은 기력이란 게 있어 보이지도 않는 뚱뚱한 몸이 자주 균형을 잃고는 한다. 이러다가는 잣은 잣이고 상사(喪事)부터 먼저 치를 것 같았다.

리열은 가볍게 그를 안아 주었다. 자기 힘이 모자라는 죄스러움으로 응당 관례적인 위안이나 사과를 해야겠으나 당장은 한 가닥의 온기로라도 부모뻘되는 그를 육신으로 위해 주고 싶었다.

마당에서 리열을 찾는 소리가 소연하게 들려왔다.

"미화 선생은 더 이상 나서지 마십시오. 사람 붙여 줄 테니 돌아가십시오. 내일은 우리 잣도 출하해야 하지 않습니까? 이 잣이 아니래도 잣은 얼마든지 있습니다. 말이야 바른대로 수출와크(수출계획)가 없어서 못 넘기지요. 마음을 늦추십시오. 선금은 상록이와 정리하면 되고, 저 잣도 수매할 거라서 돈은 나올 거니까, 선생 돈은 위험하지 않습니다. 제 말 무슨 말인지 알겠지요?"

최미화는 고개를 끄덕거렸다. 이해보다 육체를 견지하기 힘들어 항복하는지도 모른다.

"그저, '사장'이 시키는 대로 하겠네."

"그리고 현직이 어머니는 저와 함께 들어갑시다."

"네에? 제가요? 제가 어떻게…?"

"주인은 당신들입니다. 응당 주인이 결정해야지요. 주인을 데려온다면서 여태 골 받기를 했는데… 제가 뭐가 됩니까? 제 양심은 여기가 한계입니다. 제가 좀 미거[157]를 부렸다는 생각도 없지 않습니다만…."

리열은 여인들 앞에서 쓸데없는 말 주머니를 터뜨리고 싶지 않았다. 다

---

156 '매사하다.'는 말은 '(사람이) 몸에 기운이 없고 나른하다.'는 말의 평북 방언 '매시근하다.'는 말의 다른 표현이다.

157 未擧. 철이 없고 사리에 어두움.

만 불꽃 튀는 논단에 더는 오를 수 없다는 것을 시사하려 했다.

"저… 안에 들어가면… 대체 뭘 어떻게 해야 합니까?"

"시키는 대로 응할 수밖에 없지 않을까요? 초산군도 나서지 않고… 더 버텨 봤자 좋은 꼴은 못 볼 것 같군요. 죽느니 까무러치는 게 낫다고, 아예 공짜로 뺏기지 않는 게 지금은 최선입니다. 길게 말할 새 없으니, 결심하십시오."

최미화를 오토바이에 태워 떠나보내고 돌아서려는데 난데없는 전조등이 리열을 비쳤다. 곧 마을 길에서 승용차 한 대가 삐져나왔다. 차는 경적을 두세 번 치며 멈춰서더니 이내 전조등을 껐다. 리열은 형체가 뚜렷치 않은 그곳으로 엉거주춤 다가갔다. 차에서 얼굴이 넙죽하고 틀이 큰 사람이 엉기적거리며 내리고 있다.

'누굴까? 아…니!'

초산군당조직비서 고성관이었다. 무등 반가워 리열의 머릿속을 파고들던 번뇌가 가뭇없이 사라졌다.

'아무럼, 군당이 가만있을 수 없지!'

"어쩌구들 있나?"

"당장 실어 내겠다고 야단입니다. 군에서 빨리 나서야지, 저로선 더 방법이 없습니다. 조직비서동지가 오셨으니 이젠 숨이 나갑니다."

고성관은 한동안 응수가 없었다. 어둠이 연막을 치고 있어 그의 심사를 가늠하기 어려웠다. 사업적으로 종속되어 있지 않아 인간상 파악은 없었지만 예까지 왔을 때에야 증원하러 온 아군으로 판단하는 것이 당연했다.

그런데 기껏 나온다는 소리가 "똑똑치 못해!" 하는 입방귀였다.

"…?"

고성관은 의미를 가늠하기 힘든 아리송한 말 한마디를 남기고 가타부타 없이 다시 차에 올랐다. 그러고는 총총히 사라져 버린다. 마치 나뭇가지에 앉았다 홀쩍 날아가 버리는 새처럼….

'똑똑치 못하다? 도대체 무슨 개도깨비 같은 소리야?'

학수고대하며 기다리던 구원의 손길이 남은 한 가닥의 닻줄마저 뭉청 잘라 버리고 꽁무니를 사리었다. 이거야말로 희망이라고는 꼬물만큼도 남지 않은 무서운 조난이었고 표류였다.

'대체 누가 똑똑치 못하다는 거야? 상록이가? 혹시 내가? 목적이 뭘까…?'

암만 생각해 봐야 꼭 누구의 중정을 떠볼[158] 셈으로 행차한 듯싶었다. 능청스러운 사람 앞에서 새빠지게 속내를 드러내 보인 것 같아 리열은 정신이 얼떨떨했다. 짙어 가는 어둠이 종잡을 수 없는 불안과 모순의 깊은 미궁 속으로 그를 끌어들이고 있었다.

뒷일은 말할 나위 없이 뻔하게 번져졌다. 연약한 김영숙이 칼도마에 올라 울고 까무러치며 항변했지만 소용없었다. 밤새 잣 20톤이 모두 도륙당하는 것으로 문제는 속결되고 말았다. 새벽 4시가 훨씬 지나 꼬리 긴 화물차가 무겁게 움직였다. 마을의 개들이 저마끔 짖어대며 수탈자들을 지탄했다.

8

초산군당조직비서 고성관은 내의 바람으로 사무실 소파에 누워 있었다. 이마에 손을 얹고 지그시 눈을 감았으나 결코 잠든 것은 아니었다. 그는 지금 소식을 기다리고 있었다.

새벽 4시가 지날 무렵에야 복도에서 잽싼 발걸음 소리가 들려왔다. 뒤축을 야무지게 때리는 것으로 보아 여성이 분명했다. 드디어 기다리던 '매파'[159]가 온 것이다.

희끄무레한 복도 한끝에서 쭉 빠진 몸매에 살짝 올라붙은 엉덩이를 한들거리며 걸어오는 눈부신 여성의 모습이 고성관의 머릿속에 상상이 되었

---

158   '中庭을 떠보다.'는 '(사람이) 수단을 써서 넌지시 남의 속마음을 알아보다.'는 뜻의 관용구.

159   媒婆. '중매쟁이'를 뜻하지만 여기에서는 '소식을 가져오는 사람'을 일컫는 듯하다.

다. 가벼운 문기척이 나더니 량정실이 방으로 들어섰다. 누구나 어려워하는 높은 문턱을 그는 제집 안방 출입하듯 대수롭지 않게 넘어섰다.

군당조직비서라는 직분은 한 개 군의 '쏘왕'[160]이면서도 책임비서의 당생활과 뒷생활까지 요해 장악하는 '조직지도부'라는 특권으로 하여 '따왕'[161]도 꺼려하는 내적인 '따왕' 자리였다. 그런 사람의 사무실을 아무리 공적인 일이라고 해도 야밤삼경에 여성의 몸으로 거리낌 없이 들어서다니….

환한 조명이 소파를 가득 채운 고성관의 육체를 공중 들어 량정실의 까플진 두 눈에 철썩 붙여 주었다. 속내의 바람인 상급 남성의 속생활 면에 불현듯 부닥쳤지만 량정실은 당황하고 무안한 기색이라고는 전혀 없었다. 오히려 깊은 잠에 든 듯싶은 풍만한 자태를 살뜰한 정부인의 사려로 조용히 감상한다.

살구색 나는 춘추내의가 몸에 짝 달라붙어 형광불 밑에 드러난 우람한 육신은 곡선미가 선명하여 마치 벌거벗은 듯이 보였다. 이마를 무겁게 짓누르고 있는 팔뚝 아래로 번질거리는 근턱이 축 늘어져 목이 보이지 않았고 만삭이 된 여성의 유방과 배를 연상케 하는 살진 상체는 주책머리 없이 천정을 향해 개방되어 있었다. 거기서 가랭이진 통나무 같은 넓적다리 사이에는 큰 고구마알을 감춘 듯이 불두덩이 불룩하게 웅크리고 있다.

눈길이 거기에 미치는 순간 소변 뒤끝의 잔경련처럼 오금이 바르르 떨리더니 큰 숨이 량정실의 가슴을 팽팽하게 불구었다. 때를 맞추어 불두덩도 어떤 감촉을 받았는지 꿈틀거리며 급기야 천막을 친다.

음침한 곳마다 수팜송이같은 검정 털만 무성했더라면 황홀한 나체상에 대조할 수 있는 량정실은 그만에야 건몸이 달아[162] 견디지 못했을 것이다. 그러나 실상 건몸이 단 것은 무료한 감상에 지친 고성관이었다.

"늦었군?"

이미 천막치기를 끝낸 그는 지체 없이 말부리를 헐었다.

---

¹⁶⁰ 主牌. '트럼프'를 가리키는 북한어. '쏘왕'은 주패의 '에이스' 패를 가리킨다.

¹⁶¹ '따왕'은 주패의 '킹' 패를 가리킨다.

¹⁶² '건몸달다.'는 '공연히 혼자서만 애쓰며 몸이 달다.'는 뜻.

"예. 좀 쉬셨습니까?"

"기다리다 선잠 들었었지. 들어왔으면 깨울 게지, 그렇게 서서 뭘 하나?"

"그저 좀… 요사이 몹시 수척해 보이십니다."

"그래?"

고성관은 일어나 앉으며 볼품없이 처진 배를 내리쓸었다.

"요즘 신경 쓸 일이 많아서 밤을 좀 밝혀 그러겠지. 왜 그러구 서 있어? 어서 이리 와. 거, 문은 잠그고…. 일하면서두 이런 꼴을 누가 보면 또 말밥에 올라."

그는 겉옷을 입기 시끄러워 그러듯이 능글능글 형상해 보였다. 응큼한 추파가 량정실의 염통을 간지럽혔다. 아는 둥 모르는 둥 량정실은 호들짝거리며 자물쇠를 걸었다. 그러고는 "아이고, 힘들다!" 하고 암고양이마냥 엄살을 피우며 고성관의 옆에 난딱[163] 앉았다.

고성관은 뿜어 나오는 개군침을 꿀떡꿀떡 삼켰다. 그 소리가 얼마나 게걸스러웠던지 량정실은 실눈을 지으며 깨드득거렸다.[164] 입을 옹다물고 깔깔거리는 복상스러운 상이 남성의 새벽 욕정을 고무 방망이처럼 땡땡 불구어 주었다.

"저녁 식사 못 하셨습니까?"

"아니…."

"근데 웬 군침을 그렇게…."

"정실일 통째루 삼키구파서. 헤헤헤…."

량정실은 거침없이 어깨 위에 올라앉는 무겁고 흐물쩍한 팔을 "아무 데서나…." 하고 곱게 나무라며 끄집어 내렸다.

태가락[165]은 홍취를 더욱 돋구어 주었다. 무턱대고 순종한다면 정복자의 쾌감은 그만큼 작아질 것이다.

이번에는 구렁이 같은 팔이 허리를 스르르 감는다. 개미처럼 가느다란

---

[163] 냉큼 딱.

[164] '주로 아이나 여자들이 명랑하고 천진하게 웃는 소리가 자꾸 나다.'는 뜻의 북한어.

[165] 맵시를 부리는 몸짓이나 몸가짐.

허리를 한 바퀴 돌아 두 다리 짬으로 쑥 들어간 손은 조개 까는 칼처럼 틈새기를 면바로 찔렀다. 그 바람에 량정실은 "어머!" 하고 바르르 떨며 궁둥이를 꼼지락거렸다.

"보고는 받지 않구… 아, 음….."

팔뚝을 마구 꼬집어 뜯으며 뿌리치는 몸을 병아리 덮치듯 하여 무릎 위에 올려 앉힌 고성관은 다짜고짜 봉긋한 가슴에 얼굴을 콱 묻었다. 향긋한 체취가 정신을 핑 돌게 했다. 량정실은 빠져나오려는 듯 안간힘을 쓰며 이 악스럽게 몸을 비틀었다. 그러자 응하지 않는 숫처녀를 올라타려 헐떡거리던 총각시절의 강렬한 욕구가 무심중 고성관의 온몸에 되살아났다. 끓어오르는 양욕은 모든 것이 늘어 처진 비대한 육신에 자못 정력을 부어 주었다.

그의 음정에 맞추어 순정을 지켜온 깨끗한 몸을 절대로 허용하지 않으려는 듯 량정실의 모지름 또한 필사적이었다. 단추를 헤치고 돌입하면 옷깃을 잡아 당겨 저지하고 바지 지퍼를 내리그으면 벌어지는 바지춤을 손으로 모아쥐고… 그러나 그것은 음과 양이 뒤엉켜 돌아가는 한갓 변태적인 놀음에 불과했다.

몰아쉬는 황소숨 못지않게 바들바들 떨리는 토끼숨도 점점 높아졌다. 각본을 미리 짜놓은 군사 연습처럼 공격자는 난공불락의 방어선을 하나하나 승리적으로 돌파했다. 이미 불퇴의 방어선인 가슴띠의 걸개가 뜯어지고 위성도시인 '유방시'는 점거되었다. 우윳빛 안개가 흐르는 두 산봉우리는 주름살 하나 없이 윤택하고 호함졌다.[166] 정점에 있는 밤알 같은 봉화대에서 화산을 뿜어 올리려는 듯 흐느적거리는 탐스러운 살뭉치는 점령자의 눈뿌리를 아득히 잡아끌었다.

혼 빠진 손이 부드러운 살갗이 벗겨지도록 사정없이 젖몸을 주물러 댔다. 손가락짬으로 연한 살이 삐여져 나오고 모질고 모진 손아귀에서 풍선

---

166 '호함지다.'는 '탐스럽다.'는 뜻.

같은 젖통이 당장 터질 것처럼 뇌롱당했다.[167]

비명소리도 아니고 환호소리도 아닌 괴상한 신음소리가 고요한 방안에 지적지적 떠돌았다. 고성관은 그것마저 허용하지 않으려는 듯 소리 나는 부위를 걸탐스러운 입으로 덮어 버리더니 제사 맥주병 따는 소리를 연방 내었다.

불공자파(不攻自破)라고, 들이치지 않아도 스스로 무너질 것을 그는 강기를 부리며 돌진하고 있었다. 마지막 지탱점인 얄팍한 팬티가 때 아닌 홍수에 젖어 무맥해지자 점령군은 약간의 손세로 여성의 '수도'에까지 무혈입성했다. 량정실의 실 한 오리 없는 알몸이 쌀자루같이 퍼자자한 사타구니 위에서 더는 반항할 수 없게 되었다. 파리끼리한 형광빛 속에 황홀한 우유빛을 발산하는 여인의 완나체상은 금시 발굴해 낸 이조백자기를 방불케 했다. 고성관은 숨을 헐떡거리며 증기빵처럼 오동통한 엉덩이를 철썩철썩 때려 양 떼 몰듯 털가시 숲으로 몰아 갔다. 그러고는 철갑모를 씌운 포신으로 맞붙은 중기빵 사이를 연방 올리받고 찌르고 했다. 어망결에[168]… 음과 양이 망좆처럼 쏙 들어가 맞는 감촉을 느끼는 순간 우주의 검은 구멍 같은 깊은 함정골로 팽창된 음경이 쑥 빨려 들어갔다.

"으~흐!"

"아으…으!"

동공이 풀린 음남음녀의 눈앞에 무수한 별찌[169]들이 흩날리며 짜릿한 전류가 합선을 일으켰다. 기름이 나오도록 쥐어짜는 희말큰한 엉덩이에 시뻘건 손자리가 인묵되었다. 오르내리며 연속 방아질하고 비비고 문지르고 깨물며 음탕한 펌프질 소리가 쿨쩍거렸다. 융합된 쾌락은 그들을 끝없는 무아경에로 이끌어 갔다. 삼라만상이 잠든 깊은 밤에도 휴식을 모르는

---

167 '牢籠하다.'는 '남을 교묘한 꾀로 휘어잡아서 제 마음대로 놀리거나 이용하다.'는 말로 새장과 고삐라는 뜻에서 나온 말이다.

168 '정신이 매우 얼떨떨한 판에'라는 뜻의 북한어.

169 '타격을 받거나 어지럼증이 일어날 때 눈앞에 번쩍하고 어른거리는 불빛'을 비유적으로 이르는 북한어.

당 일꾼의 '헌신성'으로 군 당청사의 창문가에는 불빛이 꺼질 줄 몰랐다. 누구든 그 불빛을 보고 있다면 헌신적인 노고에 머리를 숙일 것이다. 인민을 위해 복무하는 참된 당 일꾼의 모습을 그려 보면서….

장시간에 걸친 흥겨운 격전이 정전조인(停戰調印)같은 걸죽한 방사 끝에 휴전상태에 들어갔다. 소파 위에서의 회합은 그야말로 그들을 만족시켜 주었다. 널직한 침대보다 불비(不備)한 조건에서의 성교는 마치 2인 조형을 하는 교예사[170]와 같이 재기와 안삼불이 동반되어야 하는 특이한 기교처럼 느껴져 변태적인 쾌감은 그토록 감미로운 것이었다.

"갔던 일은 어떻게 됐어?"

방사의 여운으로 혼미해 있던 량정실은 그게야 팬티며 늘어난 가슴띠(브래지어)를 찾아들었다.

"말도 마십시오. 오늘처럼 진이 다 빠진 건 당 기관에 들어와 처음입니다."

주섬주섬 걸치는 가슴띠 짬으로 종전보다 갑절 불어나 보이는 벌깃한 젖몸이 결박을 거부하며 비집고 나왔다. 숨막히는 바가지 속에 또다시 갇혀야 하는 애원의 절규를 후줄근한 양기로는 구원할 수 없어 고성관은 슬그머니 외면하며 사무 책상으로 자리를 옮겼다.

"왜?"

"그 첨단 사장인지 하는 사람, 정말 여간내기가 아닙니다. '잣상무' 명분으로 별난 오그랑수[171]를 다 써 봤지만 허사였습니다. 새빠지게 난짝 나섰다가 코만 떼웠습니다. 내 참…."

"제 물건도 아닌데 왜 극성이래? 못 신게 하던가?"

"그랬으면 좋기나 했게요. 콱 걷어 넣기라도 하게…. 말로는 가져가라면서 묘하게 간능[172]을 부리니 삼키지도, 뱉지도 못하고 종일 고생했습니다. 도당 부원 동지랑 악이 받쳐서 막…."

---

170 巧藝師. '곡예사'를 가리키는 북한말.

171 오그랑手. '겉과 속이 다른 말이나 행동으로 나쁜 일을 꾸미거나 남을 속여 넘기려는 수법'을 가리키는 북한어.

172 幹能. '일을 잘하는 재간과 능력', 또는 '재간 있게 능청스러움'을 나타내는 말.

옷을 다 입은 량정실은 주전자의 물을 따라 고성관의 책상 위에 섬겨 놓으며 넉살털듯 조잘거렸다. 그런데 애교가 찰찰 넘치는 상기된 얼굴을 올려다보던 고성관의 입에서 생뚱 같은 말이 흘러나왔다.

"경식 지도원? 참, 그… 어젯밤엔 그 사람 숙소에 늦게까지 있었다며?"

"예…?"

량정실은 잘 다듬어 멋 부린 속눈썹을 부챗살처럼 활짝 펼치었다. 그 밑에서 유리알 같은 눈동자가 올롱하여 좌우로 흔들린다.

"식사를 같이 하고… 자꾸 앉았다 가라기에…. 호호…. 위에서 내려왔으니 시시콜콜 알고 싶은 게 많지 않습니까? 게다가 여느 땐 모르겠더니…. 에이, 지루해서 혼났네…."

두서없이 주어대는 아닌 보살에 고성관은 흥그럽던 기분이 말짱 깨었다. 누가 실컷 파먹다 버린 수박껍데기를 핥은 것 같아 속이 메슥메슥해진 그는 그만에야 골딱지가 났다.

"하긴… 요강이야, 한 사람만 타는 물건이 아니지…. 푸!"

"예에?"

고성관은 후닥닥 일어나 옷걸이의 바지를 벗겨 들며 "왜? 내 말이 틀리나?" 하고 거슬거슬한[173] 성미를 부리기 시작했다.

과묵한 볼편이 심술사납게 푸들거린다. 흔히 외도질하는 남자들은 정부에게 춘향이 같은 절개만을 요구한다. 하지만 외간여자를 타고 앉아 수욕(獸慾)을 채우는 저같은 오입쟁이들이 없다면 모든 여성들이 춘향이보다 더 굳센 송죽 같은 절개의 숙녀로 될 수 있다는 것을 그런 남성들은 생각지 못하고 있다.

자기는 볼 장을 다 보면서도 남의 볼 장은 추잡한 짓으로 비꼬려는 고성관 역시 같고 같은 자들의 저열한 성 독점 심리에 빠져 있는 유치한 음물이었다. 그런 욕심에서는 아마 수탉도 이기려 하지 않을 것이다.

---

[173] '거슬거슬하다.'는 '성질이 부드럽지 못하고 매우 거칠다.'는 뜻.

젖은 치마에 이슬을 가리지 않는다고 남성들의 못난 게정[174]에 숙달된 량정실은 그쯤한 트집에는 아랑곳없이 가살을 빼었다.

"어제 오후에 내려온 사람들이 상록이 잣에 대해 얼마나 구체적으로 알던지…. 누구 만난 적도 없는데 말입니다. 모름지기 군당 몰래 누가 위에 쏜 거 같습니다. 이거 꼭 알아볼 필요가 있다고 봅니다."

고 높은 배에 겨우 바지를 졸라매던 고성관은 눈을 치뜨며 혀를 굴렀다.

"짜, 짜…. 놀구 있다. 너 왜 거기다 붙여준 줄 알아? 똑똑한 줄 알았더니 첨단 사장이나 뭐이 달라? 얼뜬해[175]가지구…. 정신 바짝 차려! 아무한테나 흡진갑진[176] 행방 없이 놀아대지 말구!"

방금 전까지만 하여도 조갯살을 맞대고 비벼대던 사람같지 않게 고약스레 비양거리는 훈시였다. 하루 종일 고역을 치른 심신으로도 성의껏 수욕을 채워 주었는데 차려지는 건 익살스러운 조롱뿐이다. 화끈 타오르는 모멸감에 량정실은 눈물이 날 지경으로 서러웠다. 하지만 발길질을 당하면서도 승냥이의 비위를 맞추며 살아야 하는 것이 어쩔 수 없는 여우의 운명인 것이다.

음기가 채 가라앉지 않은 가슴속에서 열백 개의 뾰족한 손톱들이 불시에 일어섰다. 단판 날아가 뻔뻔스러운 고기점들을 쪼각쪼각 뜯어내며 행악질을 해댄다. 그러나 눈과 입은 낫날 같은 초생달 모양으로 전혀 상반되게 곱게 늘어났다. 이름난 배우도 극단한 감정의 모순 속에서 저런 훌륭한 연기를 보여 줄 수는 없을 것이다.

"그럼 비서 동지 생각은…?"

"그 '사장'이란 놈도 똑똑한 줄 알았더니, 풋내기더라니까. 어디서 날아오는 살인지도 모르고 허둥대기나 하고… 나보고 뭐, 상록이 좀 도와줘야

---

174   불평을 품고 떠드는 말과 행동.

175   '얼뜨다.'의 북한어.

176   '이러쿵저러쿵 마냥 이야기하거나 흥정하는 모양', '할 듯 말 듯 애매한 태도를 취하며 쓸데없이 시간만 끄는 모양'을 가리키는 북한어.

한다냐? …흥! 쓰거워서[177]…."

"저도 오늘 그 사람 처음 상대해 봤는데, 아직 영 설었습니다. 제까짓 게 도당하고 맞서서 좋을 게 있습니까? 경식 부원 동지가 어떤 사람인데, 쳇! 도에 앉아 말짱 내려다보는 게… 꼭 귀신 한가진데 잘못 걸렸지요, 뭐. 호호호…."

량정실은 그의 입장이 납득되지 않았지만 그게 문제가 아니었다. 무릇 발라맞추기에는 이해가 필요 없었다. 그저 무턱대고 긍정하고 지지하고 맞춰 주면 되는 것이다.

발라맞추는 걸 싫어하는 간부를 여태 본 적 없는 그는 이치를 모르는 우둔한 이들이 자꾸 까박[178]을 붙여 윗사람의 심기를 자극하고 종당에 눈 밖에 날 때면 줄곧 비웃곤 했다.

제때에, 맞춤하게 발라맞출 줄 아는 것이 다름 아닌 아첨의 기교였다. 바로 그 기교를 떡에 꿀 바른 듯이 생큼한 육체에 찰찰 바르고 있는 그였기에 그토록 달고 감미로운 별미로 뭇간부의 애무를 앗아내는 것이 아니냐? 그러나 아첨은 줄타기와 같은 것이어서 실수하는 때도 종종 있는 법이다. 지금 량정실의 경우가 바로 그러했다.

"이거 진짜! 경식 부원, 경식 부원… 설익은 건 너야! 넌 뭐 똑똑히 알구나 덤벼? 뭐, 뭐, 귀신이 어드래서?"

량정실은 엄청난 실책을 범했다. 발라맞춘다는 노릇이 먹다 버린 수박껍데기를 핥고 끙끙 속 앓고 있는 몽매한 게심[179]을 다시금 건드렸던 것이다.

설사 명배우라 할지라도 이런 상황을 모면할 적중한 연기가 더 이상 있을 성싶으랴만 여성에게는, 특히 량정실에게는 최후의 무기가 있었다. 뾰로통해서 앵돌아진 채로 가랑가랑 눈물을 짜내는 바로 그런 무기 앞에서 지성 있는 남성이라면 누구나 두말없이 손을 들고 만다.

고성관의 함지입에 통째로 들어앉아 빨리고 물리며 연지가 다 지워지도

---

177 '쓰다. 쓴 맛이 있다. 마음에 달갑지 않고 언짢다.'는 뜻의 함경도 방언.

178 '말대꾸'라는 뜻의 평북, 함남 방언.

179 '심술'의 방언.

록 깨끗이 목욕한 량정실의 붕어입술이 안으로 말려들어 잴근잴근 씹혔다. 홍조가 비낀 두 볼에는 보조개가 깊게 패이고 외로 비틀어 가츨하게[180] 내리깐 속눈썹은 이슬방울을 살살 굴려 여물킨다.[181]

"으, 음…."

어색해진 고성관은 눈길이 닿는 대로 고개를 돌리었다. 그러자 벽에 붙여 놓은 진밤색의 소파가 두 팔을 쩍 벌리고 도주하려는 시선을 막아 나섰다. 거기서는 벌거벗은 음부탕자가 경쟁적으로 궁둥이를 흔들어대고 있었다. 손과 손으로 주무르고 힘과 힘으로 마주 쪼면서…. 환영에 비껴 오는 좀 전의 음탕한 모습이었다.

고성관은 저도 모르게 계면쩍어졌다. 농촌마을의 수캐도 저보다는 철면피하지 않을 것이다. 초면에 추를 붙고도 떨어진 다음에는 정답게 교감하며 헤어지는 게 개들이다. 하물며 고급 정장을 차려입고 사무실에 틀고 앉아 점잔을 빼던 신사 간부가 껍질을 쪽쪽 벗겨 다 뚫어 먹은 여성 앞에서 언제 그랬냐 싶게 뻔뻔스러우니 개보다 나은 것이 무엇이냐?

"내가 좀 너무했지? 이리 와 봐…." 하며 그는 새뜩해 있는 량정실을 곁으로 끌어당겼다. 그러고는 어린애 달래듯 팬티혼설이 두드러진 볼기짝을 가볍게 다독여 주었다. 량정실은 물에서 금방 나온 오리 새끼처럼 궁둥이를 잽싸게 흔들며 곁을 주려 하지 않았다.

"경식이를 여기로 내려오게 한 건 나야, 나! 거기에 보낸 것도 나구…. 김상록이 그 자식, 책임비서 턱밑에 딱 붙어서 짝짜꿍이 하는 꼴이 눈에 거슬리거든. 로더니 뭐니 하는 건 다 구실이고, 심보야 뻔하지. 자기 돈주머니 챙기겠다는 건데, 실컷 해 보래! 두고 보자는 거야! 헌데, 똑똑한 정실이가… 그만큼 날 섬겼으면 눈치가 있고도 남겠는데… 그래서 좀 섭섭했던 거야. 이제 노여움 풀어. 응?"

량정실은 무척 놀라웠지만 이내 정신을 가다듬었다. 짐승도 한번 빠진

---

180 '가츨하다.'는 '가지런하다.'는 뜻의 함남 방언.

181 '여물키다.'는 '과실이나 곡식 따위를 알이 들어 딴딴하게 잘 익게 하다.'는 뜻의 방언.

끓일 수 없는 가마

구뎅이에 다시 빠지지 않는다. 책임비서를 메치겠으면 메치고, 잡아먹겠으면 잡아먹고 상관할 바가 아니었다. 자기는 자기대로 자기식의 수단과 방법에 의거하여 터를 넓히고 울바자[182]를 든든히 치면 그만이다.

하긴 고성관이 13년 동안 초산군당 조직비서로 사업하는 기간에 책임비서가 4명이나 바뀌었다. 그중 제일 잘된 사람이라야 조그마한 지방산업공장 당비서로 미끄러진 것이 고작이고 다른 사람들의 운명은 그야말로 추풍낙엽 신세였다. 이는 고성관의 혁명적인 사업실적인 동시에 그 과정은 프로적인 권력계의 암투 속에서 무섭게 살아 지탱할 수 있다는 실력의 과시이기도 했다. 하여 사회라는 개념을 인식할 수 있는 나이의 사람이라면 누구나 쉽게 감수하리만큼 육안적이고 공개적인 실적과 실력은 언제부터인지 군의 내적이고 실권적인 '따왕'으로 그를 군림하게 했다.

그러다 보니 터가 없는 '신관사또'들이 가물 때를 벗지 못한 곡식처럼 새들새들 마르다가 세 번째 설눈을 맞아보기 힘들게 꺼꾸러질 수밖에….

음모와 음탕으로 얼룩진 조직비서사무실의 창문가에서 무수한 불빛이 촉수마냥 뻗어나가 좁디좁은 초산군을 숨 막히게 거머쥐고 있었다.

푸짐한 주안상을 마주한 '잣상무' 일행은 기고만장하여 술잔들을 높이 쳐들었다. '잣상무'가 여러 군을 순시하면서 이렇게 큰 성과를 거둔 적은 여태 없었다. 그것도 속전속결로 멋지게!

김경식은 속으로 고성관에게 감사를 드렸다.

남의 불에 게를 잡는다고 그의 덕택으로 큰 고깃덩이를 뼈 하나 남김없이 삼켜 버리지 않았는가? 게다가 어떻게 침을 놓았는지 초산군당에서 코도 내밀지 못하는 것만 봐도 역시 묵은 구레미[183]가 달랐다.

"오늘 남궁윤 동무가 제일 수고 많았소. 다른 동무들도 같구!"

김경식은 격식 없는 석상에서 틀 없이 총화하는 소탈한 당 일꾼의 외피

---

[182] 바자로 만든 울타리. '바자'는 대, 갈대 수수깡, 싸리 따위로 발처럼 엮거나 결어서 만든 물건으로 울타리를 만드는 데 쓰인다.

[183] '구렁이'의 평북 방언.

를 슬그머니 꺼내 입었다. 필요한 때 필요한 대상에게만 입고 나서는 제스처적인 정치 연미복이었다.

"그런데 강 동무는… 고 애송이 앞에서 쩔쩔매더구만. 한다하는 도무역 부국장이란 사람이 말이오. 동무도 '잣상무' 성원이 아니오? 도당이 밀어주는데 뭐가 무서워 주저하오, 응? 뭐가 무서워? 뭐가?"

김경식은 마치 강철의 대오 안에 부실한 대원 하나가 있듯이 나무람투로 열거했다. 강태걸은 그의 충고가 무척 아니꼬웠다. 도당의 큰 명함을 직접 가지고 있는 그나 법의 권한을 통째로 부여받은 남궁윤이나 쩔쩔 매기는 매일반이 아니었는가?

'그런데 뭐가 어쨌다고?'

강태걸은 좌중에 권하지도 않고 술 한 고뿌[184]를 쭉 들이키고 나서 소리 나게 잔을 내려놓았다.

"남의 처녀 나이도 모르고 성숙하다고 헛소리한다더니, 내 참… 말이야 바른 대루, 피스톤 찬 사람도 어쩌지 못하는 걸, 낸들 용뺄는 수가 있습니까? 말이야 바른 대루… 저야 빼앗으면 인계받으라고 상무에 망라된 사람이 아닙니까? 뺏는 거야 명백히 제 소임이 아니지요."

"그건? 그럼… 내가 구실 못했다는 소리요?"

그렇지 않아도 하루 종일 줄 당기기를 하며 시원히 칼 한 번 휘둘러 보지 못한 의분을 새기지 못하고 있던 남궁윤이 대뜸 반응했다.

"딱히 그렇다기보다는… 현실이 그렇지 않소? 아, 돼지도 잡아서 각을 떠야 시장에 내다 팔 게 아니요? 말이야 바른 대루…."

느질거리는 야지[185]가 더 약을 올린다. 점액질의 느린 성미인 강태걸이 올챙이배가 볼록한 스프링 바람으로 상우의 음식을 걸탐스레 먹어대며 건취기를 올리는 꼴이 여간 괘씸하지 않았다. 유감이라면 내숭떠는 그의 반죽이 틀리지 않는 것이었다.

---

184 '컵'이란 뜻의 일본어 koppu에서 온 말로 북한에서는 '잔(cup)'을 이렇게 말한다.

185 야유, 조롱, 훼방하는 말 등의 뜻을 가진 일본어.

"까놓고 말해서… 나도 총을 쥐고 있다뿐이지 방아쇠 당기는 사람은 따로 있으니… 그저 멋에 치여 중 서방질이지… 체!"

남궁윤은 말 그대로 멋에 치여 화술을 쭉 들이켰다. 그 통에 난처해진 것은 체면에 몰린 김경식이었다. 선손은 제가 떼고 한 바퀴 돌아와 자기 이마를 쪼았으니 이것이야말로 자가당착이었다. 결국은 진짜로 쩔쩔맨 사람은 다름 아닌 자기라는 부하들의 신랄한 조소가 아니더냐? 시작이 좋던 술좌석의 분위기가 어쩌다 이렇게 번져졌는가?

겉으로 너나없이 올리는 쾌재를 아마 술단지에 모두 쓸어 넣는다면 내려가지 않는 울기를 자체위안하려는 웅웅 소리가 귀뿌리를 뽑을 것이다. 나름대로의 허세로 자기한테 오는 밤송이를 네밀등 내밀등하다 그만에야 괴수인 김경식의 손 위에 넌떡[186] 놓이게 하였으니 이제 또 누구에게 던지겠는지…?

"됐소, 됐소. 그 얘긴 그만 하기요. 술맛 없게시리… 자, 들기요!"

거개는 화평을 요구하는 김경식의 제의에 군말 없이 호응했다. 심중에 다 같은 화병을 안고 있는 동병자들의 헛된 다툼이라는 것을 누군들 모를 리 없었다.

쓴 술 한잔으로 다시 규합된 '잣상무'의 술상에는 당연히 리열이 통채로 올라앉았다. 말 못 하고 끙끙거리는 가슴앓이의 원인이 모두 그 때문이 아닌가. 리열에게 집중된 화제는 이야기라기보다는 온갖 악담과 험담의 불소나기라고 해야 적중했다.

흉악무도한 음모와 모략의 서막이 밝아오는 여명과 더불어 서서히 막을 올리고 있었다.

때아닌 전화 종소리가 고성관의 사무실에 울렸다. 요행 궁색한 공기를 환기시켜 주는 반가운 소리였다. 수화기에서는 김경식의 호기 있는 목소리가 울려나왔다.

---

186 닁큼 떡.

"새벽부터 주무시는데 깨워서 미안합니다."

"아니, 그렇지 않아도 소식을 기다리던 참이오. 일은 잘됐겠지?"

"정실 동무가 가지 않았습니까?"

고성관은 여직 새무룩해 있는 량정실을 힐끗 올려다보았다. 응큼한 눈길이 자기 뒷생활을 들여다보기라도 하는 것처럼 괜히 속이 켕기었다.

"그 동무가 밤중에 여긴 왜? 그야 동무한테 붙여 주지 않았소?"

"보고하러 올라가겠다기에 읍까지 태워 줬는데…. 그래서 혹시나 해서…?"

"여긴 안 왔소. 아침에나 나타나겠지. 그건 그렇구. 어떻게 됐소?"

'개도 기름 먹곤 짖지 않는다고 육갑치는 꼴들이란 참…!'

량정실은 보조개를 깊이 파고 쓴 침을 꼴깍 삼켰다. 다 같은 철면피한들이다.

"김상록의 잣을 말짱 실어 냈습니다. 아침에 곧장 세관에 올려 밀려는데…."

"얼마나 되오?"

"대충 계량했는데 한 20톤 정도…."

"20톤…? 내가 알기론 더 있을 텐데…."

"있는 건 몽땅 실었는 걸요."

"창고들을 다 봤소?"

"건설 중이라 창고라고 할 만한 곳은 딱히 없던데요?"

"모르는 소린 하지도 마오! 밖에서 잘 알 수 없게 설계된 큰 지하창고가 있다던데… 자기들 잣은 거기에 보관한다더구만, 뭐."

"예? 그럼 '첨단'에도 따로 잣이 있단 말입니까? …아니, 그러지 않아도…."

고성관은 터질듯이 떨리는 수화기를 닁큼 귀에서 떼며 양미간을 쪼프렸다.

"왜 그렇게 놀라는 거요? '첨단'잣을 말하는 게 아니라, 지하창고에 상록이 잣이 더 있을 수 있다는 거요."

끓일 수 없는 가마

"미안합니다. 그저 좀… 조직비서 동진… 그 '첨단'이라는 데 대해 어떻게 생각합니까?"

"응?"

그제야 고성관은 무엇인가 감이 떠올랐다. 줄수록 양양이라고[187] 고기맛을 본 중처럼 벼룩이고 빈대고 가리지 않겠다는 흉포한 암시였다. 아무리 망짝 같은 권한을 등에 졌어도 너무 크게 입 벌리는 그 어불통이 그로서는 가소롭게 느껴졌다. 하면서도 까마귀 호통이나 친다고 나무의 사과 알이 절로 입에 들어오랴만, 말하는 깐을 봐서는 당장 범을 물어 메칠 것 같기도 했다.

고성관은 자벌레 뛰듯 허리를 구부렸다 펴며 재빨리 속궁량했다.[188] 원래 '첨단 사장' 리열은 그와 딱히 맺힌 것이 없었지만 그렇다고 특별한 인맥 관계 또한 없는 사람이었다. 대상한 적이 있다면 언젠가 맡은 건설대상 때문에 시멘트나 화물차를 몇 번 신세 진 적이 있었다. 그러나 지금 시점에서 볼 때 그의 지사에 김상록의 잣이 들어간 이상 책임 비서 김태호와 한 줄에 연결되어 있지 않다고 단정할 근거는 없었다. 그런 측면에서는 오히려 좋지 않은 감정이 앞선다.

손에 든 수화기에서 전류 흐르는 소리가 조용히 울리며 두 사람 사이의 침묵을 끊지 않고 연결해 주고 있었다. 아무렇든 간에 본시 '잣상무'가 주관하는 일인지라 고성관에게는 후환이 없을 것이며 남의 칼을 빌어 제 목적을 달성하려던 초기의 계획은 이미 달성된 셈이었다. 차라리 이 기회에 첨단까지 들쑤셔 놓는다면 문제는 더 복잡하게 뒤엉켜 김태호에게 집중되는 화살이 보다 위력해질 것은 자명한 이치였다. 더욱이는 김상록의 잣만이 아닌 다른 잣들도 한 몽둥이로 초토화할 때 이번 일이 '잣상무'의 원칙적인 전임 사업처럼 극구 묘사될 수 있었다.

그때에야 비로소 "군당 몰래 누가 올리 쏜 것 같다."는 여론이 해소되고

---

187 '줄수록 양양이다.'는 '주면 줄수록 부족하게 여기고 더 요구하게 된다.'는 뜻의 관용구.
188 '속궁량하다.'는 '속으로 궁리하다.'는 뜻.

고성관의 맘도 편해질 것이다. 그를 위해서라면 '첨단'이라는 순진한 양을 서슴없이 죽음으로 떠밀어야 한다. 그러자니 비인간적인 양심에도 옹이가 박혀 고성관은 마음에 걸렸다. 허나 그것은 순간에 지나지 않는 서 푼짜리 동정에 불과했다.

'하긴, 남의 엠병이 내 고뿔만 못하지…!'

비록 동상이몽 할지라도 한 이불 속에 든 몸인지라 그들은 장시간에 걸쳐 쑥덕공론을 했다. 더 정확히는 '첨단'에 대한 고성관의 구체적인 자료 통보였다. 차후의 행동계획은 '잣상무'의 작전가들이 세울 것이다.

옆에서 애써 귀를 강구던 량정실은 지루한 통화를 자장가 삼아 소파에 기대어 잠들어 버렸다. 얼마나 걸렸는지… 흔들어 깨워서야 눈을 번쩍 뜬 그는 이내 머리모양을 손더듬질하며 자세를 바로 가졌다. 해는 이미 떠올랐고 창 너머에서는 길가의 소음이 높아 갔다.

"몹시 곤해 보이는구만?"

"아니, 괜찮습니다. 그저 좀….''

낮과 밤의 구별이 명백하듯이 그들은 공과 사가 엄격한 당 일꾼의 자세로 변신했다. 사사로운 개인 감정을 모두 제쳐 놓고 실무적으로 마주 선 모습들은 고지식하고 지멸이 있는 당 일꾼의 전형 그대로를 연상시켰다.

"정실 동무는 오늘도 '잣상무'와 함께 동행해야겠소. 누가 묻거든 도당 7과 사업이라서 동원되었다고 하구. 내가 시켰다는 말은 말고…. 무슨 말인지 알겠지?"

전화 내용의 서두를 대충 귀동냥한지라 맑은 쇠를 띠고 있는 량정실은 대뜸 의도를 간파했다.

"첨단에 대한 모든 자료를 구체적으로 뽑아서 넘겨주시오. 다음 일은 그들이 알아서 조처할 테니까….''

"알았습니다."

량정실은 거의 2시간 만에야 자물쇠를 열고 지긋지긋한 소굴에서 해방될 수 있었다.

끓일 수 없는 가마

량정실이 조반도 건너 뛰고 필요한 자료들을 수집하고 있을 때 '잣상무'에서 보낸 반짐차(픽업트럭)가 왔다. 운전수가 볶아치는 통에 준비된 것만큼 걷어가지고 차에 오른 그는 얼마 후 김경식의 앞에 나타나게 되었다.

"저런, 매무새도 다듬지 못한 걸 보니, 또 밤을 꼬박 설친 게 아니요?"

량정실은 지정머리[189]가 사나운 아침 인사말에 답례 대신 종이문서 몇 장을 내밀었다.

'흥! 이틀째 잠 못 자게 성화 먹인 건 누군데? 고양이 쥐 생각이지…!'

화술에 매달려 새벽녘까지 쟁북을 맞춘[190] 상무성원들 역시 다그어대는 김경식의 지청구에 행장은 갖추고 나섰지만 누구누구 할 것 없이 시뻘겋게 충혈된 눈과 정신이 게슴츠레하기는 피차일반이었다.

"피곤해도 견딥시다. 다시 강조하지만, 오전 10시까지는 모조리 결딴내야 하오. 신속히 처리하지 못하면 행차 뒤 나발이요. 각자 분담한 대로 철저히 준비하고 있다가, 통째로 해치워야 돼! 다들 알겠소?"

이미 전에 조직사업이 있었는지 물어보는 사람은 없고 제각기 고개만 끄덕거렸다.

"그 자식, 오늘도 뻔히 꼼수 부릴 테니, 기회를 봐서 남 동무부터 시작하시오. 회사에서 내려왔다는 양반들은 내가 맡을 테니까."

그들은 새벽까지 있은 전투 이후 적이 해산된 틈을 타서 재차 기습을 가하려는 그 무슨 군사행동에 임하는 것 같았다.

예견한 대로 불의에 지사마당에 돌입한 '습격조'를 내의바람인 리열이 적수공권으로 맞이했다. 전혀 예상치 못했던 놀라운 상면은 리열을 자못 긴장시켰다. 그러나 태연하고 도고한 자세는 여전히 헝클지 않았다.

---

189 무엇을 하는 짓이나 행동을 낮잡아 이르는 말.

190 '쟁북'은 꽹과리와 북을 아울러 이르는 말로 '쟁북을 맞추다.'는 '어떤 일이나 이야기 따위가 잘 되도록 서로 말을 주고받다.'는 뜻의 관용구.

"안녕하십니까? 무슨 일로 또 일찌감치 오셨습니까?"

"동무를 만나려구. 왜, 그걸로 끝날 줄 알았나? 호호호…." 하며 김경식의 비꼬는 투가 자못 심상치 않았다.

"그래요? 지금 손님들과 한창 식사 중이었는데…."

"그럼 기다리지, 어서 가 보오."

마각은 드러나고 말 것을 그래도 감춰 보려고 김경식은 본의 아니게 밉성을 부리지 않았다.

"식사 전이면 함께 들어가시죠."

"아니 아니, 우린 신경 쓰지 마오. 여기서 기다릴 테니 어서…."

리열은 거듭 양해를 구하고 식사실로 들어갔다.

놀란 것은 그만이 아니었다. 전날부터 벌어지는 일들을 착잡한 마음으로 주시하고 있던 회사담당부원 김현일과 최승기도 밥술을 놓고 기다리고 있었다.

"왜 또 왔다오?"

리열은 좀 무례한 줄 알면서도 손님식사를 구실로 얻은 짧은 시간에 범상치 않은 그들의 방문 의도를 간파해야 했다.

"아직 정확한 내용은 모르겠습니다. 저 사람들 목적이야 잣밖에 더 있겠습니까? 그런데…?"

오늘 있게 될 잣수출 때문에 피곤을 무릅쓰고 일찍부터 서두르던 거개의 내심에 의문의 불티가 날아와 앉았다. 목적은 딱히 모르겠으나 오늘은 당초에 그들 풍에 휩쓸릴 시간조차 낼 수 없는 리열이었다.

'혹시 김상록이 소동을 일으킨 것은 아닌지…?'

"자, 자! 걱정이 반찬이면 상발이 무너진답니다. 맞들어 보면 알겠지요. 입맛 더 떨어지기 전에 얼른 식사나 합시다."

리열은 화두를 돌리며 먼저 수저를 들었다. 하지만 그는 밥을 먹는 것이 아니라 수많은 의문표들을 숟가락으로 퍼올려 하나하나 까 보고 있었다.

마당은 마당대로 들썩거렸다. 화를 끓이고 있던 남궁윤이 그 누구의 태도

끓일 수 없는 가마

를 빙자하며 당장에 오라지을 기상으로 볼꼴 사납게 씩씩거렸던 것이다.

화딱지가 터지기는 마찬가지였지만 그래도 그를 저지한 것은 김경식이었다.

"오늘은 또 어떻게 나오나 지켜보자구. 마지막 술잔 정도는 들게 해야지…." 하며 마치 황천길에 오르는 자에게 마지막 술잔을 들도록 은총을 베푸는 하느님의 사도처럼 행세한다.

한참 후에 닫긴정장을 단정하게 차려입은 리열이 현관문을 나섰다.

"기다리게 해서 미안합니다."

"괜찮소. 우리가 좀 일찍 온 탓이겠지."

"그런데 무슨 일로 만나자고 합니까? 상록이 잣 문제가 아직 끝나지 않은 겁니까?"

"아니, 상록이 잣 문제가 안 끝난 게 아니라… 그냥 '잣' 문제가 끝나지 않았소."

"예?"

서로 마주 보는 눈빛이 허공에서 부딪쳤다.

"의미를 모르겠습니다. 무슨 잣 문제가 또 있는지…?"

"허허허… 모르겠다? 그럼 하나 묻지. 여기 지사에 지하창고가 있지?"

"있습니다."

"그걸 좀 보여 줄 수 있겠소?"

"이건, 수색입니까?"

"아니요. '잣상무'의 정상적인 사업이오."

"정상적인 사업에도 법적 절차는 있겠지요? 하물며 개인 집 창고라도 말입니다. 뭐… 검찰소의 수색영장 비슷한 거라도 가져오셨습니까?"

"그래? 우리한텐 권한이 얼마든지 있어. 상급 당 기관에서 왔는데 얻다 대고 불손하게! 그래서, 안 보여 주겠다는 거요?"

김경식은 기다렸다는 듯이 대번에 강기를 올렸다.

리열은 이것이 엄중한 도발이라는 것을 직감했다.

"안 보여 주겠다고 말한 적은 없습니다. 하지만 속바지를 벗어 보여 달라고 하면 선뜻 응할 바보가 어디 있습니까? 이유 정도는 밝혀야지요. 지금 회사 일꾼들도 내려와 있는데, 저도 보고해야 할 것 아닙니까?"

"그렇단 말이지? 그럼 똑똑히 보고해 주오. 도당에서 파견된 상무가 창고를 보자고 한다고!"

"창고는 대체 왜 보자는 겁니까? 뭐, 제기된 거라도⋯."

"제기됐지. 그것도 크~게! 직방 물어보기요. 지하창고에 잣이 있소, 없소?"

이제는 더 다른 설명이 필요 없었다.

김상록의 잣 문제로 화증이 오를 대로 오른 이들이 정면으로 보복하려 달려드는 것이다. 지사와 리열과 잣을 목표로⋯!

"있습니다."

놀랍지 않은 물음에 놀랍지 않게 대답하는 듯한 담담한 표정이었다.

"수량은?"

"35톤 정도 됩니다."

"35톤?⋯ 음⋯!"

정말로 놀란 것은 김경식과 그 일당이었다. 김상록의 잣을 먹어 치우고 최고 기록을 세웠다고 쾌재를 올렸던 그들로서는 놀라지 않을 수 없었던 것이다. 이거야말로 절대로 놓칠 수 없는 천재일우의 기회였다.

예상밖에 맞다든 큰 횡재 앞에서 무서운 욕구는 벌써부터 군침을 흘리며 송곳니를 핥고 있었다. 그러나 겉은 더 점잖아지려고 애쓰는 신사들이다.

"빨리 창고 문을 여시오!"

김경식은 강압적인 명령조로 지시했다.

"그럴 필요가 있습니까? 제가 이미 말한 것 같은데요."

"우리 눈으로 직접 봐야겠소. 어서!"

"잣 구경 못 해 본 사람들처럼 왜 이러십니까? 내가 있다면 있는 거고, 없다면 없는 거지⋯."

"도섭[191] 부리지 말구 어서 열어!"

도끼눈을 한 남궁윤이 주독이 들어 뻘겋게 익은 코를 쑥 내밀며 엄포를 놓았다.

리열은 그 입부리질에 부레가 끓었지만 새살을 떨고 있는 김경식의 얼굴에서 시선을 떼지 않았다.

"정 보고 싶다면야 얼마든지… 대신 확인만 하면 그만입니다?"

"음, 어쨌든 빨리 여오. 우선 봐야겠어."

"그럼 잠시만 기다려 주십시오. 아시다시피, 새벽 늦게까지 잣 싣는 일에 동원되느라 창고장이 아직 출근 못 했습니다."

"그럼 당장 연락해서 부르면 될 거 아니오!"

"제가 알아서 조처하겠습니다."

리열은 경비원에게 창고장을 데려오도록 지시를 주고는 현관으로 들어갔다. 초조하게 기다리고 있던 김현일과 최승기가 급기야 다우쳐 물었다.

"왜 왔소?"

"작정하고 온 것 같더군요. 창고 문을 열라는 걸 잘라 버렸습니다."

"뭐요? 그 사람들은 법도 없답디까? 남의 기관에 와서 창고 문을 함부로 열라니… 그게 어디 될 말입니까? 여긴 특수기관이기 때문에 외부 사람은 일체 출입 금지입니다. 금지! 한창 건설 중이라 눈감고 가만있으려니… 어디 감히!"

평양 무역성에서 내려온 김현일은 전문교육을 받은 무역일꾼으로서 젊은 사람치고 품행이 바르고 사리에 밝았다. 그런데 무역성(당시) 89호관리국 자강도지사의 책임부원으로 강계시에 거주하는 최승기는 무언가 골몰하며 침묵을 지키고 있었다.

원래 무역성 89호관리국은 '모심사업' 단위로써 국가 최고급층의 생활상 보장을 위한 전문 생산 및 무역을 담당한 중요기관이었다. 흔히 '89호제품'이라는 명분으로 각 지방의 이름난 특산물들과 농토산물, 건강식품과

---

191 주책없이 능청맞고 수선스럽게 변덕을 부리는 짓.

약재, 생활필수품 등 그 품종을 헤아릴 수 없는 각양각색의 제품들을 격폐[192]된 지역에 선발된 인원들로 철저한 위생안전보장체계 내에서 생산 보장하고 있었다. 일명 '모심사업'이라는 특수성으로 하여 망라된 산하 단위들은 모두 무장보초까지 세우며 그 어떤 권한을 가진 사람이라 할지라도 특정한 통행증이 없이는 출입할 수가 없었다. 한마디로 비밀보장과 안전보장을 엄격히 준수하는 특수기관이었다.

게다가 '충실성'이 사회정치생활의 제일 생명으로 치부되고 있는 사회주의 사회에서 '모심사업'이라고 하면 '충실성'과 직결되어 의연 89호 제품 생산은 '충실성'을 과시하려는 지방당 책임 일꾼들의 사활적인 관심사로 여겨지고 있었다. '건강과 안녕을 위한 일'로 우선시되는 이 사업에 잘못 걸려들면 제 아니 세도 있는 양반 감투라도 일순에 서리맞은 호박잎처럼 되고 마는 것이다. 역적으로 모해 당하지 않으려면 싫든 좋든 받아들여야 하며 충신으로 둔장하려고 해도 진실이든 가식이든 초당적인 열성을 발휘해야 하는 그런 억지스러운 사업이다.

그래서 지방당 책임 일꾼들은 자기 지역에 '89호'라는 특수기관이 존재하는 것을 내심으로는 좋아하지 않았다. 직접 관할도 못하면서 헌 바지 좆 걸리듯이 잘못된 일은 두말없이 지방당이 두들겨 맞아야 하기 때문이다. 초산군당 역시 울며 겨자 먹기로 '건강과 안녕을 위한다!'는 간판에 눌려 무역성 89호관리국 산하의 초산무역지사 설립 요구를 거절하지 못한 것이다.

그런데 지금 마당에서 칼을 빼 들고 휘두르는 사람들은 그렇게 제창하던 '충실성'의 가면마저 어느 학습 노트에 끼워 놓고 온 모양이다.

'89호' 부문에서 다년간 사업해 온 김현일이 경악을 금치 못하는 것은 바로 그래서였다. 많은 '89호' 단위들을 다녀보고, 숱한 일꾼들과 마주 서 보았지만 여기서처럼 무법천지는 처음이었다.

설사 건설 중이고 수속 기간이긴 하지만 여기는 엄연히 '89호' 단위이다. 아무리 높은 권좌에 앉아 있는 사람들도 '건강과 안녕을 위한 일!'이라는

---

[192] 隔閉. '서로 통하지 아니하고 따로따로 갈라지게 사이를 가로막음'이라는 뜻의 북한어.

말 한마디면 자막대기로 자기의 충실성을 재겠다고 다가든 것처럼 자세를 바로 가지며 가열성이나마 보여 주곤 한다. 그런데 조국의 이정표에서 길이 막히는 막바지 초산땅에 와서 부닥친, 명색이 도당부원이라는 나부랭이의 어망차망한 전횡은 억이 막힐 지경이었다.

"어쩌면 좋습니까?"

리열은 그가 더 흥분하지 않도록 조심히 물었다.

"어쩔 게 있습니까? 절대 보여 줄 수 없습니다. 책임은 제가 질 테니 두려워 마십시오. 얻다 대구 감히 난동질이야!"

글방도련님 풍인 애젊은 김현일은 무지막지한 처사가 도무지 이해되지 않았다. 정치가 오다 멋은 곳이 아니고서야 어떻게 이럴 수 있단 말인가?

"내가 좀 나가 보고 오겠습니다. 같은 강계 사람들이니 낯은 있습니다."

격해지는 상급 앞에 그냥 서 있을 수가 없어 최승기가 슬쩍 자리를 피해 밖으로 나갔다. 한참 후에 들어온 그의 안색은 그리 개운치 않았다.

"'잣상무'라고 특권을 내대는 꼴이 당초에 물러설 잡도리가 아니구만요. 뭐, 도당이 파견한 '전권대표'라나요. 더러워서…."

"전권대표? '89호'가 뭔지 알고 덤빈답니까?"

"모를 리가 있습니까? 보통 송사리들이 아닙니다. 어쩌면 어제 일 때문에 분별을 잃은 건 아닌지…. 그렇지 않다면야…?"

"말 같지 않은 소리 그만하오! 도당 일꾼인데? 이건 모심 사업이요, 모심 사업!"

"글쎄, 낸들 알겠습니까? 방침관철이라고 제 편에서 을러메는 판에… 하긴, 방침에 빙자하면 못 할 일이 있습니까? 아무 때나 주패장처럼 꺼내 들기 탓이지요. 지금도 결국 '찌크'[193]를 낸 셈입니다."

"'찌크'요…?"

"평양하고 여긴 또 다릅니다. 속 각각 말 각각. 겉으론 충실한 척해도, 실상은 제 잇속만 챙기는 '방침 거간꾼'들이지요."

---

193 주패에서 '숫자 2' 패를 말한다.

최승기는 책상머리 샌님에게 말귀를 틔워 주려고 김빠진 넋두리를 늘어놓았다.

"글쎄… 해외 생활을 많이 한 저로서는 아직 모르는 게 많습니다. 하여튼 지방도 방침이야 같겠지요? 그런데 거간이라니…? 지도원 동무의 말이 납득은커녕 놀랍기만 합니다. 어쩜 그런 말을 망탕….."

"차, 이런! 방침이야 같지요. 하지만 방침이 어디 한두 개입니까? '정승 집 개도 삼 년이면 육갑을 친다'고, 나루 당 일꾼 해먹는 저런 사람들은 방침을 염불처럼 달달 외워 통달하고 있지요. 그러고는 주패(카드) 치듯이, 때마다 딱 들어맞는 패를 골라 착착 내면, 누군들 이기겠습니까? 지금도 그런 식으로 '찌크'를 냈다 그 소립니다."

"아니, 아니! 전 용의할 수 없습니다. '찌크'고 뭐고… 모심 사업에 누가 감히 훼방을 놓는단 말입니까? 무염지욕(無厭之慾)[194]해도 분수가 있지…!"

"체!"

김현일이 말 본전도 못 찾게 코를 세우는 바람에 최승기는 은근히 속이 뒤틀렸다. 그들은 저도 모르는 사이에 심사 틀린 말투로 서로 비꼬듯 했다. 그냥 두었다가는 의가 날 정도였다.

리열은 주토광대를 그린 듯이[195] 얼굴이 붉게 상기된 그들에게 담배를 한 대씩 권했다. 두 상급의 과민반응을 한시바삐 진정시켜 지각을 차리게 해야 했다. 담배를 피우지 않는 김현일도 사양하지 않았다.

"이거 미안하게 됐습니다. 나이가 어린 놈이 언성을 높여서….."

그래도 연령이 제일 작은 김현일이 상급이라고 말자루를 먼저 잡았다.

"아닙니다. 저도 이런 일은 처음 당하다 보니 그만 아래위턱도 없이 수다를 떨었군요."

"그, 잣상무라는 건 대체 뭡니까?"

김현일은 어제부터 귀에 선 '잣상무'라는 낯선 말에 더럭 의심이 갔다. 최

---

[194] 싫증이 나지 않는 욕심. 만족할 줄 모르는 욕심.

[195] '주토광대를 그리다.'는 것은 '술을 마셔서 얼굴이 붉어진 사람을 놀림조로 이르는 말'의 관용구.

승기는 들은풍월이 있는지라 그런대로 수월하게 해답을 줄 수 있었다. 자강도 직할시인 강계시에서 살면서 당조직생활이 도당에 매여 있는 턱이다.

김현일은 일언반구도 없이 입을 봉하고 들었다. 한참 만에야 좌중을 둘러보며 "제 생각에는⋯." 하고 말부리를 헐었다.

"잣상무가 우리 잣에 덤벼들 근거는 없다고 봅니다. 우리 회사도 당당히 국가수출계획에 따라 잣 수출계획을 받은 것이니, 너무 서둘러 단정하지는 맙시다."

"방금 만나 보니 그럴듯한 근거를 들이밀던데요. 올해 자강도에서 나는 잣은 죄다 자강도에서 수출하게 방침을 받았다고 대놓고 걸고 듭니다. 도둑에게 열쇠(키)를 쥐여 준 셈이지요. 그러니 우리더러 자강도가 아닌 타지방 89호지사들에서 생산한 잣을 가져다 수출하라는 겁니다. 허, 참⋯."

"그런 생억지가 어디 있습니까? 자강도에도 엄연하게 89호지사가 있고, 자강도 내 세관으로 수출 수속도 마쳤는데⋯."

최승기는 더 이상 말 참례를 하지 않았다. 그는 속으로 어떤 입장을 취할 것인지 가늠잡고 있었다. 그리한 것은 이들의 처지가 서로 대동소이하기 때문이었다. 총적으로는 같은 회사성원이었지만 김현일은 평양 사람이고 최승기는 강계 사람인 것이다. 더 따지고 든다면 김현일은 자강도와 당적으로나 행정적으로 완전히 동떨어져 있는 사람이어서 아무렇게 소리쳐도 무방하지만 최승기는 그렇지 않았다.

강계시에 존재하고 있는 자강도 89호지사는 행정적으로만 평양의 본사와 연결되어 있을 뿐 당적으로는 자강도당에 철저히 얽매여 있었다. 간부(인사) 사업 자체가 자강도당의 권한 안에 있으며 도당 내에 전임 89호 담당부장이 있어 장악 지도한다.

당권이 행정권에 대한 절대적인 지배력을 행사하고 있는 사회주의 권력구조 안에서 사회경제생활의 크고 작은 모든 일은 실제에 있어서 당권에 의하여 좌우지 된다. 형식적으로나마 존재하고 있는 행정권이란 한갓 당권의 비위에 맞게 전면에서 바람막이나 해야 하는 꼭두각시 권한에 불과하다. 하기에 정치경제생활에서 당적으로 얽매이면 행정적으로는 아무리 분리되어 있어도 소용이 없다.

이를 너무 잘 알고, 수다하게 체험해 온 최승기로서는 자강도당의 결정이라고 올러메는 '잣상무'의 처사가 원칙에 맞든 안 맞든 논할 문제가 아니었다. 비단보에 싼 개똥 같은 이기심이 제일 두려워하는 것은 이로 인해 일신상에 미치게 될 파국적인 후과였다.

'잣상무'가 혹 부정적인 반영을 한다면 어차피 두들겨 맞을 것은 자강도 지사였고 직접적으로는 이번 잣 출하를 담당 조직한 최승기에게 모든 책임이 돌아오기 마련이다.

서두부터 방침을 빗대고 늘어지는 품이 자칫 잘못하다가는 밥줄이 끊길 수 있는 아슬한 형세임이 위협조로 느껴지지 않는가? 그렇다고 목돈을 앞에 놓고 물러서는 것 또한 원통한 미물 짓이 아닐 수 없었다.

호미난방의 와중에서 최승기는 눈앞에 벌어지는 모든 현실을 고쳐 보아야 했고 도당이라는 거상에 대하여 철저히 유의해야 했다. 오직 자기를 기준으로 유리한 시점에서 상대적인 입장을 추구해야 한다. 먼 데서 으르렁거리는 범보다 밑에서 바짓가랑이 무는 개가 더 무서운 법이다!

결국 코를 맞대고 있는 세 사람의 생각은 각기 달랐다. 최승기는 양다리를 걸기로 내정한 사람인지라 주섬주섬 속 들여다보이는 타결안을 슬쩍 삐쳐 보였다.

"어… 마찰을 피하고 무탈하게 가려면… 이번 일은 우리가 좀 양보하는 게… 상책이 아닐까 싶은데…?"

"생뚱맞게 그게 무슨 소립니까? 제 물건 가지고 양보라니요…?"

"그게 아니라… 여기가 행정 수속은 마쳤지만, 아직 당 수속을 못 한 상태라서 현재는 89호 단위가 아니라고 들이댈 겁니다."

"사실, 당 수속이라는 게 행정 수속에 자연히 따라서는 게 아닙니까? 당원이 아니라서 자세히는 모르겠지만… 이치상 '기관 등록'이라고 하면 행정 수속을 의미하는 거지요. 조직편제가 내려오고 노력과 식량뽄트[196]가 떨어져 수속이 완료되면, 당 조직 구성은 군당에서 해 주면 그만 아니겠습니까? 내각 공문이 떨어진 날부터 철저히 89호 단위로 되는 겁니다."

최승기는 천천히 연청색 안경을 벗어 손수건으로 닦았다.

"후우… 담당지도원 동지! 솔직히 그건 책에 있는 소리구요… 현실은 그렇지 않습니다. 내각 공문도 당 기관에서 비틀면 맥을 못 쓴다니까요. 기관 등록이라면 그래도 제가 지도원 동지보다는… 글쎄, 성·중앙기관은 어떨지 모르겠지만, 어딜 가나 마찬가지일 겁니다. '행정'이라는 거야 그냥 '당'의 심부름꾼이지요. 길게 설명할 새가 없으니 제 말대로 합시다. 밑에 실정은 제가 더 잘 아는 거 아니겠습니까?"

최승기는 애원하다시피 구걸했다.

어릴 때부터 해외에서 대사관 생활을 하면서 조선 된장보다 치즈를 더 먹었고 귀국 후에는 국제관계 대학을 졸업하고 대외사업 부문에서 일해 온 김현일로서는 쉽게 이해할 수 없는 현실이었다. 외교적 범주에서 문명을 지향하는 사고에만 매달려 사회를 통찰하고 입각하는 데 인 박인 그에게는 전혀 다른 세계였다. 자기가 사는 사회를 너무도 모르고 일률적이고 이론적으로만 보아왔다고 김현일은 새삼스레 느끼고 있었다.

"대체 승기 동지 의견은 뭡니까? 터놓고 말하십시오."

"여기 있는 잣을 도 무역국에 수매시키자는 겁니다."

"?"

"?"

"어제 보니 킬로당 인민폐 16위안이 수매가라는데, 좀 눅기는 해도 수매하고, 그 돈으로 양강도나 평안도에 있는 우리 지사들에서 더 눅게 수매받으면 결국 비슷이 될 겁니다. 단지 한 일주일 정도 시간이 더 걸릴 텐데, 중국 측은 리열 동무가 맡아야지요."

---

[196] '뽄뜨'는 북한에서 식량 배급이나 대학 입학, 노동당 입당 등에서 각 지역이나 학교에 배당되는 정원 비율을 의미한다. 즉 특정 학교나 기관에 배정된 인원 수를 나타내며, 이는 국가의 정책에 따라 결정된다.

"저 사람들이 돈을 줄까요? 만약 진짜 돈을 준다면야, 트집 잡힐 일 없이 힘들어도 그렇게 할 수는 있겠지만… 저는 정말 시간이 없습니다. 3일 후에는 해외 출장을 떠나야 해서, 늦어도 모레까지는 평양에 올라가야 하거든요."

"세관 수속은 이미 끝냈으니 우리끼리 넘겨도 무방할 텐데…."

김현일은 난감한 표정으로 유감을 표시했다.

"그게 문제가 아니라… 솔직히 빈손으로 올라갈 수는 없지 않습니까? 자강도 지사의 올해 외화 계획에서 다문 얼마라도 가지고 가야 하고… 이미 그렇게 상의가 된 부분이구요."

가마에 쌀도 들어가기 전에 그들은 벌써 빙공영사(憑公營私)[197]적인 분배 몫을 챙긴 모양이었다. 피천 한 잎 들이지 않고 실리 같은 것은 안중에도 없이 그저 빨아가기만 하면 그만이라는 심산으로 '지도'의 쪽박을 차고 '시주'하러 온 그들은 장발한 중님들이었다.

놓고 보면 무역 수속을 위한 문건 종이나 몇 장 들고 기어든 빛 좋은 개살구 같은 두 손님의 속통머리도 밖의 사람들과 다를 바 없었다. 치사하고 파렴치하기는 떠나 똥이었고 너나 할 것 없이 빈 자루 들고 허세 피우기는 중과 거지였다. 그런데 동냥이 아니라 빼앗으려 한다. 하긴 아침 식사를 하면서 자강도지사가 5년째 국가 외화 계획을 한 푼도 들여놓지 못했다는 김현일의 개탄이나 계획은 고사하고 당장 은행에 납부할 전기세조차 없는 궁벽한 재정 형편이라는 최승기의 한탄을 들었을 때 이미 놀라지 않을 수 없었던 리열이었다.

짧으나 긴 시간이 흘렀으나 적절한 대책안이 나오지 않았다. 털어 먼지밖에 없는 주객의 주머니들에서 무슨 뾰족한 수가 나오랴! 어쨌든 바빠난 것은 주인인 리열이었다. 용기가 백배해도 쉽지 않은 대결에서 붙어보기도 전에 주눅 들어 비실거리는 나리들의 정상을 보면 승패는 불 보듯 뻔했다.

---

197 공적(公的)인 일을 빙자하여 개인의 이익을 꾀함.

아직 무역실무와 경영 경험이 얕은 리열에게 있어서 그들의 우유부단하고 나약한 입장은 심각한 문제가 아닐 수 없었다. 이런 대선 없는 허재비들을 믿고 목에서 단내가 나도록 일한 자신이 어리석지 않았는가 하는 생각이 굴뚝 같았지만 그래도 명색이 실무가들인 그들이 사태의 추이를 더 예리하게 통찰하기를 그는 기대했다. 존중하고 중시하며 아직 함봉하고 있은 것도 그 때문이었다. 그런데 이들의 신경은 저들대로의 이해관계에만 급급해 있지 않은가?

성격으로 보아 일이 아주 복잡하게 번져지기 전에 시급히 탁방[198]을 지어야 한다는 예감이 리열의 뇌리에 갈마들었다.[199] 모든 것이 무난해진 다음에 시비를 가르고 그때 가서 실리적인 문제들을 수습해도 늦지 않는다. 그래서인지 리열은 가난한 양반 씨나락 주무르듯 어물거리는 무료한 역설들을 뚝 꺾어 버렸다.

"대체 얼마나 가져가야 합니까? 저와 토론된 건 없는데….."

"…."

음특한[200] 거두들은 무등 귀 맛이 당겼지만 가는 귀가 먹은 사람들처럼 선뜻 입을 떼지 못했다. 비록 동냥중이어도 큰 절간에서 왔다는 체면이 입들에 헝겊을 틀어막은 것이다. 서로 슬금슬금 눈치 보며 밀치닥거렸지만 아무래도 나서야 할 것은 작은 중인 최승기였다.

"그저… 못해도… 3만US$ 정도는….."

"3만US$? 그러면 지금 이 상황을 수습할 수 있습니까?"

"그렇다면야 OK이지!"

최승기는 탄성을 지르듯 목청을 터쳤지만 원숭이 볼기짝이라 김현일은 도리어 얼굴을 붉혔다.

"돈 문제는 중국 측과 제가 해결할 테니, 빨리 여길 정리하십시오."

"…!"

---

198 拆榜. 어떤 일 따위의 결말을 비유적으로 이르는 말.

199 '갈마들다.'는 '서로 번갈아들다.'의 뜻.

200 '淫慝하다.'는 '성질이 음란하고 방탕하고 간악하다.'는 뜻.

두 사람은 정말로 가는귀가 먹었는지 이번에도 눈만 멀뚱거렸다. 하지만 기색은 반색이었고 입은 터진 팥자루처럼 헤벌쭉했다.

밖에서 리열을 찾는 악청이 연방 들려온다. 리열은 얼레발치는[201] 그들을 믿고 용기 있게 문을 나섰다.

"아직 창고장이 안 왔나?"

억지를 부리는 김경식을 향해 "집이 읍이어서 시간이 좀 걸립니다." 하며 리열은 보채는 아이 달래듯 천연스레 대꾸했다.

"이제 겨우 20분도 안 걸렸는데…."

김경식은 조건반사처럼 시계를 들여다보더니 "7시 15분이라…." 하고 소 새김질하듯 입아귀를 새기었다.

"좋소, 차에 타오!" 그의 딱딱한 명령조.

말뚝처럼 서 있던 남궁윤이 황새걸음으로 오금을 뗐다. 차로 다가가더니 우직스럽게 차 문을 열어젖혔다.

"차에 타라니까…!."

"저 말입니까?"

무섭다니까 바스락대는 격으로 "동무 아니면 누구겠나?" 하고 남궁윤이 덩달아 왜가리청[202]을 질렀다.

"창고장 마중 가기요."

"전 시간이…."

"우리도 바쁜 사람들이야!"

리열은 거드름을 빼며 앞서는 김경식의 꼴을 아니꼽게 흘기며 걸음을 뗐다. 평범한 이 걸음이 천 길 벼랑으로 내짚는 절망의 걸음으로 될 줄이야! 시나리오 없이 흑막을 올린 모략의 서장(序章)이 음모가들에 의해 연출되고 있었다. 차는 곧바로 초산군인민보안서 정문으로 들어갔다.

'설레발치다.'의 방언.

202 왜가리聽. '왜가리처럼 떠드는 목소리'를 뜻하는 북한어.

끓일 수 없는 가마

자물쇠 여는 소리가 귓결에 들려왔다. 명좌하고 있던 리열은 눈까풀을 무겁게 들어 올렸다. 고패치던[203] 상념의 물결도 가뭇없이 사라져 버린다.

군보안서장이 당직보안원을 뒤에 달고 대기실(유치장) 복도로 들어섰다. 철창 속이어도 지킬 예의는 있는지라 리열은 자리에서 일어났다. 그러나 뒷짐 진 서장은 못 본 척 외면하면서 대위에게 깡지[204]를 일구었다. 어지럽다느니, 변기통 구린내가 난다느니….

대위에게는 그 훈시질이 귀 따갑게 들렸다. 옆집 마실 가듯 걸핏하면 들리곤 하는 서장이 여느 때와 달리 별스럽게 노는 것이다. 그가 왜 철창 주위를 맴돌며 지드럭거리는지[205] 모르는 대위로서는 십분 그럴 만도 했다.

원래 취급 중의 구금자를 담당자가 아닌 다른 보안원이 만나거나 이야기하는 것은 보안사업규정에 어긋나는 일이다. 하물며 보안서장이라고 해도 규정에서는 예외로 될 수 없었다. 더군다나 도급 대상인 리열의 경우에는 더욱 그러하다. 괜히 지저분한 말밥에 오를 수 있었다.

서장은 이내 리열에게 시선을 던졌다. 철창을 사이에 놓고 그들은 한참이나 마주 보았다. 죽음과도 같이 아무런 예고도 없이 순간에 돌변 된 극적인 인간관계였다.

법과 죄!

양자는 말귀를 찾지 못하고 흉벽을 두드리는 박동 소리만을 듣고 있었다. 공식적인 담화나 상면이 아닌 것만큼 서장은 맥도 모르고 졸졸 따라다니는 대위가 마뜩지 않았다. 눈치가 없다구야…!

늘 입버릇처럼 훈계하던 규정을 부하가 보는 앞에서 공공연히 어기기는 자못 힘든 노릇이었다. 하지만 그는 끝내 입을 열고야 말았다.

"내각 공문이 내려온 건 사실이지?"

---

203 심정 따위가 격하게 굽이치다.

204 생트집과 유사한 의미로 아무런 이유 없이 불평을 하거나 말썽을 부리는 행위, 불필요한 시비를 거는 상황을 비판적으로 가리킨다.

205 '지드럭거리다.'는 '남이 몹시 귀찮아하도록 자꾸 성가시게 굴다.'는 뜻.

리열은 법에 대해 다는 몰라도 법의 테두리 안에서 벌어지는 일들에 대해서는 보고 들은 바가 더러 있었다.

어떤 형태의 철창이든지 간에 독재적인 사회주의 형법의 테두리 안에서는 들어서는 순간에 벌써 누구를 막론하고 인간이기를 절반은 상실하고 만다. 그 철창이 더 굵어지고 더 깊은 곳으로 들어갈수록 인권은 그만큼 상실되게 된다. 마치 역사의 구시대를 재현하여 인간의 가치에 대한 참회의 기회를 인의로 마련해 주는 듯싶다.

머리꼬리 없이 묻는 서장의 준말에 리열은 가볍게 고개를 찧었다. 어느 정도 표상은 있었지만 쉽게 접수할 수 없는 환경과 대접이어서 분개하지 않을 수 없었다. 요행 서장이 나무라지 않는 것이 다행이었다. 모름지기 다른 구금자가 이렇듯 방자하게 논다면 옆에 선 대위가 면전에서 버릇을 가르쳤을 것이다. 하지만 그도 서장의 눈치만 볼 뿐이다.

"외화로 국가계획 하는 것도 사실이구?"

"예."

리열은 두말하면 잔소리라는 듯 단마디로 수긍했다.

"잣 수출계획이 떨어졌다는 건?"

"그것도 사실입니다. 80톤… 말하면 안 되는 일이지만…."

"음…."

서장은 무겁게 고개를 방아질하며 자기 생각에 옴해[206]있었다.

보매 죄를 엮으려는 남궁윤과는 근본이 달라 보였다. 예민한 촉감으로 느끼는 순간 리열은 멀기치는[207] 걱정을 누를 길 없었다.

"그런데 '잣상무'는… 동무보고 왜… 해 보나?"

어디든 터놓지 못해 안타까웠던 리열의 언사가 격절하게[208] 꼬리를 물었다.

"낸들 알겠습니까? 창고 문 빨리 안 열었다고 공무집행 방해라니… 정

---

206 '옴하다.'는 '熱中하다.'의 평안도 방언.
207 '멀기'는 '바다의 큰 물결'을 가리키는 북한어. '멀기치다'는 '바다의 큰 물결이 치듯하다'는 뜻.
208 '激切하다.'는 '말이나 글 따위가 격렬하고 절실하다.'는 뜻.

말 억지도 분수가 있지, 이런 무법한 일이 어디 있습니까? 급하면 관세음보살 외운다고 구실 대는 것 같습니다만, 명색이 89호 단위가 아닙니까? 뭐라 뭐라 해도 '건강과 안녕을 위한 일'인데…. 도대체 어느 나라 혁명가들인지 모르겠습니다. 외화를 벌면 모심 사업에 쓰일 혁명자금으로 들어간다는 걸 모를 리 없겠는데, 어쩌면 이럴 수가…."

"그런 말 삼가오! 모심 사업이니 뭐니 그러루한 정치적 발언 말이오."

"아니, 해야겠습니다. 서장동지도 작지 않은 책임 일꾼이고, 그보다는 가슴에 당증을 품고 사는 당원이 아닙니까? 방침을 내세우며 자강도에 돌려주신 배려라고 말은 번지르르하게 하면서도, 그 사랑과 은혜는 추호도 에누리 없이 받아먹겠다고 충성스럽게 떠들어대면서도, 정작 베풀어 준 은덕의 단 1%라도 '건강과 안녕을 위한 일'에 바칠 수 없다고 날뛰는 그런 사람들을 도대체 뭐라고 해야 합니까? 충신? 아니면 혁명가? 흥! 배은망덕한 역적이라고 하면 옳겠는지…!"

"아, 아… 그런 말 말라는데! 여기선 일체 정치적 발언이 금지되어 있어!"

서장은 부정할 수 없는 열변을 밀막으려 했다.

"정치적 발언? 설마… '사상 강국'이라 일컫는 우리나라에서, 법이 사상을 제쳐 놓고 오직 현상만을 논한다는 의미는 아니겠지요? 사상이 사람의 모든 행동을 규제한다는 게 우리가 지침으로 삼고 있는 주체철학의 정수가 아닙니까? 그 사람의 사상을 배제하고 어떻게 행동의 정치적, 법적 성격을 옳게 규제할 수 있습니까?"

서장은 그만 말문이 막혀 버렸다. 아무것도 모르는 책상물림인지, 아니면 책을 통달하고 항거하는 '의로운 선비'인지 가늠할 수가 없었다. 그저 말하는 품이 어느 문집에서 베껴온 듯이 격식 바른 것이어서 듣고 있는 사이 어느새 어리둥절해진다.

명백한 것은 리열이 이론과 현실 간에 존재하는 엄청난 차이를 맹렬히 부정하고 있는 것이다. 이상적인 설교가 나열된 책을 손에 들고도 책대로 말할 수 없는 현실, 책대로 행동할 수 없는 사회정치적 모순을 터놓고 말

못 하는 서장의 가슴은 왜인지 저릿저릿했다. 총명하다 자처하는 리열의 사유가 미처 가닿지 못하는 미구의 결과에 대하여 지레짐작해 보는 그였기에 더욱 모골이 송연한 것이다.

"소란 떨어서 될 일이 아니지. 이건 법의 요구야! 괜히 섣불리 덤볐다간 끝나! 흥분하지 말고 머리를 정돈하라구. 벙어리가 서방질해도 제 속이 있다는데, 하물며 그 사람들이 멀쩡한 사람 철창에 넣었겠나? 에~그…!"

서장은 대위가 들으라는 듯이 또 한 번 "그럴 수 없지!" 하고 제 말에 그루를 박으며 돌아섰다. 말속에 말이 있는 말이었다. 그의 뒷모습이 문가로 사라지도록 리열은 눈썹도 찡긋하지 않았다.

소두레²⁰⁹를 씌우듯 멀쩡한 사람의 입에 헝겊을 틀어박는 것이 사회주의 법의 요구라면 귀 맛이 당기게 키질하던 '언어의 자유'란 도대체 어느 정치에서 제창한 이론이란 말인가?

'뭐, 정치적 발언? 벙어리가 서방질한다?'

아직은 법의 기름 가마 밖이라고 할 수 있었지만 당하는 모든 일은 상상 밖이었고 들리는 말마다 예상을 뒤엎는다. 금덩이를 놓고도 책을 먼저 잡을 정도로 고질적인 독서가인 리열이 근대 사회과학의 어느 갈피에서도 읽은 적 없는 황당무계한 논리들이었다. 그러하다면 설마 공개하지 않은 '신사회주의론'이 있는 것은 아닌지?

'백문이 불여일견이라더니….'

시간이 흐르고 사색이 지내 오래면 모순은 그냥 커지는 법이다. 리열은 자기가 빠져들기 시작한 모순의 진펄²¹⁰이 얼마나 더 깊어지고 얼마나 더 넓어질 것인지 아직은 모르고 있었다.

---

209 소의 코뚜레.
210 땅이 질어 질퍽한 벌.

10

행처없이 사라진 리열을 놓고 죽가마 끓듯 뒤숭숭한 첨단지사에 남색 반짐차(픽업트럭)가 또다시 나타났다. 뒤이어 초산군보안서 하사관들이 무리로 달려들었다. 이것은 치열한 격전과 난투극의 전주곡이었다.

무장한 기동타격대는 남궁윤이 지휘하고 있었다. 그들은 가타부타 말도 없이 지사를 수색하고 안에 있는 모든 사람들을 정문 밖으로 내쫓으려 했다.

사변적인 불의의 기습에 반 정신이 나갔던 노동자들이 차츰 반발하기 시작했다. 지렁이도 밟으면 꿈틀한다고, 참는 데도 한계가 있었다. 제 아니 정치적으로 암둔하고 짓밟히는 것을 숙명으로 감수하고 살아오는 뿔 구부러진 노동계급이지만 1년 나마 피땀을 바쳐 가꿔 온 삶과 노동의 터전을 속수무책으로 강탈당할 수는 없었다.

물론 계급투쟁의 전 역사에 붉은 두 주먹으로 참전하여 온 프롤레타리아트 (Proletariat)의 억센 철의 기상은 아니었고 무쇠 팔뚝으로 압제의 쇠사슬을 끊어버리던 인터내셔널(International)의 노래는 부르지 않았다. 그저 저조한 투정과 무언의 항변에 불과했다.

그러한 것은 '집회와 시위, 언론의 자유'라는 것이 사회과학 분야의 학자들이나 외우는 학술용어에 지나지 않았고 국제무대에서 사회주의를 미화 분식하려는 선전적인 미사여구에 지나지 않기 때문이다.

현존 사회정치 생활에서는 그 어떤 유형의 자그마한 자유나 불만의 기미도 허용되지 않았고 자칫 잘못하다가는 '사회주의 수호'라는 무자비한 작살에 꿰여 인간 세상 밖으로 내동댕이 당하고 만다. 때문에 사람들은 스스로 말할 줄 아는 벙어리, 느낄 줄 아는 목석이 되어 자기 울타리만을 높이 치는 것이다. 설령 살기 위해 먹는 것이 아니라 먹기 위해 사는 식객이 태반인 속에도 입 한번 잘못 놀리고 일생을 망치려는 바보는 없었고 주먹 한번 잘못 들었다가 가문을 망하게 하려는 천치는 더욱이 없었다.

사실상 백성들은 제도가 건재하든 멸하든은 개의치 않았고 상관하려고
조차 하지 않았다. 왜냐하면 "기관차가 바뀌어도 객차와 승객은 그대로 남
는다."는 현대판 깨달음이 다름 아닌 주체사상이 깨우쳐 준 시대적 사조이
기 때문이다. 사회주의면 어떻고 자본주의면 어떻단 말인가?

땅도 그 땅, 백성도 그 백성 그대로일 것이다. 어제도 백성, 오늘도 백성,
이래도 백성, 저래도 백성인 것이 바로 백성이다.

가난 구제는 임금도 못한다고 했은즉 각자는 자기 운명의 주인으로서
당장은 코 아래 포도청을 담당해야 했고 미래적으로는 세상이 어떻게 변
하든 살아날 수 있는 든든한 개인 옥좌를 마련해야 했다.

그렇게 놓고 볼 때 자기 운명의 주인다운 개인주의적 활동이야말로 자
주적이고 의식적이고 창조적인 사회운동의 발단이고 '주체'의 발현이라
고 할 수 있었다. 그런데 사회주의 사회에서의 개인주의는 자본주의 사회
에서의 개인주의와는 달리 계급적 성격을 띠고 무자비하게 '타도'당한다.

그것은 개인주의가 사회 유형에 따라 서로 다르게 작용하는 바, 전자는
개인적 개인주의로 제동 작용을, 후자는 집단적 개인주의로 추동 작용을
하기 때문이다. 그래서 백성들은 '타도'의 망치를 겨려 숨 쉬는 로봇마냥 '만
세!'를 부르라면 '만세!'를 부르고, 주먹을 흔들라면 주먹을 흔들며 당대의
색조에 맞추어 사회의 주역이 아니라 옵서버(observer)로서의 역을 훌륭
히 수행하고 있다.

무턱대고 복종하는 무저항주의로 삶의 초보적인 안정을 보장하려는 영
민한 어리숙함은 백성들에게 있어서 유일한 생존 방비책이었고 다름 아
닌 노예 굴종적인 '충정과 애국'이었다. 반항이 없을수록 더욱 살판치고 득
세하는 것은 권력의 하수인들이었고 범람하는 것은 폭압의 전횡이었다.

보라! 어제까지만 하여도 책상물림이던 애송이 소년들까지도 법의 제복
을 입혀 놓으니, 마치 부모의 머리 꼭대기에 올라가 오줌을 누려는 불효막
대한 개아들처럼 되어 버린 것을! 난동을 부리는 저 하사관들이 과연 그

끓일 수 없는 가마

런 시러베자식[211]들이 아니란 말이냐?

이제 겨우 20대 문턱에 한 발을 들여놓은 홍안의 젊은이들이 물인지 불인지 모르고 경망스럽게 날뛰며 돌아갔다. 몇 년 전 사회적 소요를 즉시 진압한다는 명목하에 각 도, 시, 군 보안서마다 새로 생겨난 '기동타격대'에 입대하여 전문교육을 받아 오던 그들로써는 말마따나 첫 '실전'이었으니 그럴 만도 하다. 그래서인지 오만스러운 얼굴빛들에 살기가 돌았다. 아직도 그들의 귓전에는 출발 전 남궁윤이 역설하던 일장 훈시가 쟁쟁히 울리고 있었다.

"첨단지사는 비법적인 '유령기관'이다. 이런 '유령'이 우리 사회에 존재한다는 것은 대단히 무서운 일이다. 소왕국을 차려놓고 반정부 음모를 꾸미던 장성택 일당을 보라! 수령보위, 제도보위, 인민보위를 생명으로 하는 공화국의 보안전사들인 우리가 어찌 용납할 수 있겠는가? 설사 그 어떤 안면관계나 인맥관계가 있다 해도 절대로 총대가 흔들려서는 안 된다. 무자비하게 진압하고 송두리째 뽑아 버리라!"

핏대 돋군 훈계는 제법 철부지 하사관들의 가슴을 쾅쾅 두드렸다.

'장성택!'이라고 하면 인척으로는 수령님의 사위이며 장군님과는 매부 처남 지간으로서 당과 국가의 요직에서 원로적인 인물이었다. 지구가 깨져도 끄떡없을 든든한 배경과 줄기를 타고 승승장구하던 그가 조카벌인 김정은대에 반당반혁명분자로 낙인되어 하루아침에 형장의 이슬로 맺히고 말았다.

먹을 것 없는 제사에 절만 많다고 그 정치적 여파에 죽은 놈만 도리어 편안하고 산 사람들이 갑절 고달파졌다. '장성택' 여독을 뿌리 뽑는 대센세이션이 벌어졌던 것이다. 혈연적 줄기를 막론하고 사적이든 공적이든 실오리만큼이라도 연관된 곁가지들을 숙청의 한 몽둥이로 쳐갈기는 새 세기의 '문화대혁명'이 일었다.

항렬 높은 족벌에 올라 있는지조차 모르던 숱한 사람들이 장성택과 사

돈에 팔촌에 고모사촌 뼈다귀가 된다는 죄명 아닌 누명을 쓰고 쥐도 새
도 모르게 실려 가고, 한 번 만나보거나 아첨도 피워보지 못한 애매한 일
꾼들이 같은 부문에 종속되어 일했다고 하여 가문이 매장당하는 일이 허
다했다.

3대를 멸족시켰다는 중세기적인 형벌에 대해서는 역사책의 갈피에서
종종 볼 수 있었지만 3대가 아니라 9대를 멸족시키고도 모자라 그 잔재를
숙청한다는 미명 하에 무고한 사람들까지 세상 밖의 다른 세상에 매몰해
치운 예는 세계사적으로 전무후무한 것이었다.

노상 겪는 일이어서 그만하면 만성화된 백성들이었지만 이번에는 사정
이 달랐다. 귀신처럼 배회하는 귀신 올가미가 언제 목줄을 당길지 몰라 불
안해하는 와중에 하룻밤 자고 나면 누가 실려 가고 누가 떨어졌다는 뒤숭
숭한 소문만 돌 뿐이었다.

시국 풍조가 그러하니 첨단에 가 붙은 '장성택'이라는 악몽의 대명사가
하사관들의 심장에 박동을 높여줄 만도 했다. 그런 심각한 정치투쟁에 직
접 참여한다는 것 자체가 옛말할 일이었다. 사상교양과 계급교양을 골수
에 배기도록 받으며 자라난 새 세대들, 그러기에 지금 '인민보안원'이라는
고상한 품성은 꼬물만큼도 찾아볼 수 없는 무자비한 진압을 달이 떠서 단
행하는 것이다.

너나없이 궁둥이에서 비파소리가 나게 돌아가며, 환각제를 먹은 용사들
처럼 아직 제대로 벼리지 못한 뭉툭한 독재의 칼을 마구 휘둘러 댄다. 그
앞에서는 힘이 없어서가 아니라 힘은 있어도 맞아야만 하고 경우가 없어
서가 아니라 경우는 있어도 무릎 꿇고 져야만 하는 것이 사회적 윤리였다.
해서 힘발이 센 노동자들이 바윗돌마냥 떡 뻗치고 무언으로 밖에 대항하
지 못하는 것이다.

주제에 일꾼이랍시고 허겁을 떨던 김현일과 최승기는 헌바지 취급에 아
예 얼혼이 나가고 말았다.

이러한 때 갑자기 먼지 피지 않은 아침 대기를 치째며 기함할 정도로 놀

끓일 수 없는 가마

라운 여자의 아악! 소리가 구내를 들었다 놓았다. 보다보다 못해 창고장 박혜영이 발작적으로 넉살을 부리기 시작한 것이다. 죽살이를 치는 항거에 장내는 대번에 어수선해졌다.

"이게 무슨 짓들이야! 우리가 왜 쫓겨나야 돼, 왜? 세상에 이런 법이 어디 있어? 너흰 도대체 누구냐? 누구?"

하사관 셋이 달려들었다. 전간환자[212] 다루듯 무참히 꺾어 뭉개고는 마구 손찌검을 해댄다. 사정을 두는 헛장질이 아니었다. 거레대[213]같은 깍지손에 끼운 입에서 꺼져들어 가는 목소리가 처절하게 새어 나왔다.

"대체… 뭘 잘못했냐 말이야! 놔라…! 더러운 손… 놔…!"

모지름치는[214] 그에게서 더 이상 여성다운 색을 찾아보기가 힘들었다. 곱게 빗어 식을 차렸던 곱실곱실한 머리칼은 대포쑤시개처럼 흉하게 부스스했고, 지퍼가 뜯어진 앞섶에서는 찔 늘어난 속옷이 물고 있던 빵짝을 왈칵 뱉어 헨둥하게[215] 드러내었다.

비록 다 꿰진 명분이라도 여성이라는 현물이 눈확을 찔러서인지 총각들의 심장이 색을 머금고 멋쩍게 쿵당거렸다. 그 틈에 결박이 늦춰지는 듯싶었는데 "뭐야? 그년 사정보지 말구 활 들어냇!" 하는 악다구니 소리에 다시금 탕개가 비틀렸다.

잰걸음으로 정문을 들어서는 김경식의 악청이었다.

"뭐, 년…?"

박혜영은 안간힘을 쓰며 눈을 치떴다. 입이 불룩해 보이고 이마가 받은 게 먼발치에서도 심술바르잖게 생긴 여원 놈이 다가들고 있었다.

"네가 난 딸이라구… 년이야? 네 여편네라구 년이야? 개 핥은 죽사발처럼 멀끔한 대갈통에, 야, 야…! 감투가 아깝다야! 감투가 아까워!"

---

212 '간질환자'를 가리키는 말.
213 글경이. 여러 가닥의 쇠줄이 묶여져 있어, 풀이나 낙엽 등을 쉽게 긁어모을 수 있는 도구로 갈쿠리와 같은 것을 말한다.
214 모질음치다. '괴로움을 견디어 내거나 무엇을 이루려고 안타까이 모대기는 것'을 말한다.
215 '헨둥하다.'는 '뚜렷하고 명백하다.'는 뜻의 북한어.

"뭐, 뭐… 이 년이…?"

똥 밟은 상으로 일그러진 김경식은 오금이 붙어 제대로 걷지 못했다. 계집의 악담은 오뉴월 서리보다 무섭다더니 입질 한 번에 뜨물바가지가 통째로 들씌워졌다.

"이노므 간나, 주둥이질이면 다야! 주리 틀어서 싹 끌어내랏!"

폭력은 끝내 박혜영을 개처럼 땅바닥에 질질 끌리게 했다.

시허옇게 드러난 허리통이 사방 갉히는 참상은 불측하기 이를 데 없어 정조를 유린당하는 여성 그대로를 연상케 했다.

"날 죽여라, 죽여! 너희두 인민의 보안원이냐? 이 개~색끼들아! 죽여라, 죽~여!"

먼발치에서 목격하는 피압박 군중의 눈이 아프게 충혈되었다.

"저런, 저런! 저걸 어쩌누…!"

"저러다 사람…! 어머!"

별안간 "아, 앗!" 하는 벼락같은 소리를 지르며 누군가 오구탕²¹⁶ 속으로 육박해 들어갔다. 박혜영의 남편 리혁찬이었다.

'꽃사슴'이라 불릴 정도로 마음 착한 사람이었지만, 한 여성을 책임진 남성이라면 누구인들 참을 수 있으랴!

"개새끼들아, 놔라, 놔!"

리혁찬은 오기를 부리며 필사적으로 달려들었다.

그러나 워낙 체소한 몸인 데다 한 사람의 근력으로는 도무지 우악스러운 손탁²¹⁷에서 아내를 구원할 수가 없었다. 불원간²¹⁸ 그의 등허리로 시꺼먼 총탁이 날아들었다. 시원히 토하지 못했던 하사관들의 밸이 미두리²¹⁹째 들씌워진다.

"헉!" 하고 외마디 비명을 지르며 포복절도하는 입에서 "개… 새… 끼

---

²¹⁶ 매우 요란스럽게 떠드는 짓. 또는 그런 무리.

²¹⁷ '손아귀'의 평북 방언.

²¹⁸ 不遠間. 앞으로 오래지 아니한 동안.

²¹⁹ '몽땅'의 함경 방언.

끓일 수 없는 가마

들…." 하는 숨넘어가는 절규가 선지피처럼 쭈룩쭈룩 쏟아졌다.

"아~악!"

뒤이어 온 구내에 소름 끼치는 여인의 곡성이 메아리쳤다. 그 곡은 통곡이 아니라 아수라 같은 야만의 만행을 만천하에 고하는 방성곡이었다.

볼썽사나운 하사관들이 만부당한 힘에 떠받기어 휘청거릴제 박혜영은 눈뜨고 절명하려는 남편을 그러안았다. 금시 백지장처럼 하얗게 질린 얼굴에서 당장에 튀어나와 터질 것만 같은 두 눈이 핏발을 곤두세웠다. 모진 아픔에 질곡된 육체를 가까스로 지탱하며 리혁찬은 온몸의 힘을 모아 손가락을 꼿꼿이 치처들었다. 주춤거리는 한 놈을 겨누고 분노에 차서 또다시 "개… 새… 끼…!"

"와악!"

순간 뚝배기 깨지는 듯한 걸걸하고 투박한 함성소리가 양심과 존엄의 호소에 호응하여 화답했다. 막혔던 물목이 터진 듯 가슴속에 소용돌이치는 뜨거운 격랑이 비실비실 쫓겨나던 노동자들의 분노를 일시에 치솟게 했다.

인간의 감성이란 풍선과 같은 것이어서 일단 불어나기 시작하면 터지고야 만다. 제 아니 제약 많은 사회에서 할 소리조차 못하고 사는 구속된 인생이라 할지라도 그들은 어디까지나 갈 데 없는 감성 동물이었다. 그래서 한계를 넘어선 감성이 무엇인가 부수고 패며 앞으로만 달리고 싶은 행위의 욕망을 촉발한 것이다.

갑작스러운 고함소리와 함께 노도와 같이 달려드는 기세에 하사관들은 허겁지겁 뒷걸음질 쳤다. 달려간 무쇠망치들이 땅을 뻗치고 모질음 쓰는 부부를 담벽처럼 에워쌌다. 가슴속에 용암마냥 끓어 넘치는 울분 같아서는 단매에 요정내고 싶었으나 굳은살이 박인 주먹을 으스러지게 틀어쥐며 그들은 이빨만 부드득 갈았다.

뒤미처 괴상하게 울부짖으며 김경식이 달음박질쳐 오고 그 앞서 무장한 보안원들이 와르르 쓸어와 또 한 겹 에워쌌다.

누가, 언제 명령을 내렸는지 거밋번뜻한 총구들이 경고선을 긋듯 빙 둘러서서 아구리를 쩍 벌리었다. 적수공권을 겨누고 있는 총구가 한갓 위혁[220]이 아니라는 것을 직감한 노동자들은 머릿가죽이 오싹하게 좁아들면서 털이 곤두섰다. 귀로 향한 신경이 마비된 것은 이미 전인지라 고래고래 고아대는 김경식의 쌍스러운 입질을 가려듣는 사람은 하나도 없었다.

총! 저들이 빼든 총은 과연 어떤 총인가?

우리 인민들이, 우리 백성들이 귀중한 자식들에게 사탕 한 알 변변히 먹이지 못하면서, 연로한 부모들에게 쌀밥 한 그릇 변변히 대접하지 못하면서 허리띠를 조이고 못 먹고 못 입으면서 푼돈을 모아 마련해 준 총이 아니던가? 우리 같은 백성의 피와 기름으로 빚어 한 자루 한 자루 쥐여 준 귀중한 무기가 아닌가? 바로 그 백성을 지키고 보호해 달라고, 앞으로 잘살게 될 그날을 앞당겨 달라고…. 그런데 지금 저들은 누구에게 총부리를 내대는 것인가? 감히 누구에게?

만약 적이 내댄 총구라면 핏줄이 시퍼런 팔뚝으로 죽더라도 싸우련만, 분노로 가득 찬 가슴으로 증오의 불구멍을 통째로 막아 버리련만…!

일촉즉발의 숨 막히는 가스가 이슬 걷힌 대기에 자욱하게 서리었다. 작은 불꽃이라도 튕긴다면 활화산 같은 용트림이 쏟아져 나올 심상치 않은 분위기였다.

"너희들 반항하는 거야? 법에 순종하지 않는 건 제도에 대한 반항이야, 반항! 어디라구 감히 집단적으로 소요야, 소요! 사장이란 놈이 그렇게 가르치던가?"

"우린 반항한 것도 없구, 소요를 일으킨 것두 없수다. 감투라구 막 씌우면 되우? 더욱이 우리 사장은 걸구 들지 마시우. 솔직한 말루 이거야 너무하지 않수?"

"뭐야? 얻다 대구? 여, 남 동무! 이제 조금이라도 더 엇서는 자들은 두말 말구 걷어 실으랏!"

"뭐라구요? 우리가 뭐 물건짝인 줄 아시우? 권세깨나 있다구 사람 너무 업신여기지 마시우. 내일모레 환갑이 동동이래두 잡혀갈 일 한 꼬투리 안하구 여태 살았수다. 거시기 앞방통[221] 뒤방통두 모르구 어디서 제일 못돼먹은 지랄만 골라서 배웠수다레…?"

웬만하면 말참례를 모르는 신아바이가 빠진 이빨 틈으로 침방울을 튕기며 뜨직뜨직 씹어 깨깨 꼬집었다.

"이 영감태기가…?"

"영감? 에끼, 이놈! 내 70년대 노당원이다! 거시기 밥상 밑에서 똥걸레 차구 벌렁거릴 때 이래뵈두 낙하산 타구 하늘을 날았어! 못난 망아지 엉덩이부터 뿔난다더니… 거시기 당 일꾼이 옳긴 옳소?"

"뭐, 뭐야…?"

김경식은 미친 듯이 삿대질을 해대며 길길이 날뛰었다. 그럴수록 노동자들의 숨소리는 부채질 당하듯이 점점 더 거칠어졌다.

막무가내인 하사관들에게 메주를 먹고[222] 애초에 정문 밖으로 피신했던 김현일과 최승기가 그제야 나타났다. 그들 역시 감성을 가진 인간이었으며 현재는 아비 없는 집안에 양아비 격이었다. 이제야 겨우 쪽숨을 내쉬는 리혁찬과 주제가 말이 아닌 박혜영을 눈 쓰리게 바라보는 그들 또한 목석이 아니기에 치미는 격분은 누구에 못지않게 불끈했다. 하지만 폭발하려는 노동자들의 심기에 불찌[223]를 튕겨 줄 수 있어 당장은 자제해야 했다.

아무튼 칼자루를 잡은 자들과 더 험악하게 대항해서 이날 것이란 조금도 없다는 나약한 타산도 없지 않았다.

김현일은 손상된 체면을 바로 잡으며 대표마냥 총구 앞에 썩 나섰다. 늘씬한 키에 젊디젊은 호남아형의 그는 마치 혁명 영화에 나오는 20세기 초엽의 청년공산주의자 같았다.

"도당부원 동지! 아니, 이럴 수가! 여기가 우리나라가 옳긴 옳습니까?

---

[221]　旁通. 자세하고 분명하게 앎.

[222]　'메주를 먹다'는 '창피나 꾸지람을 당하여 톡톡히 망신을 당하다'는 뜻의 북한 관용구.

[223]　불티나 불똥을 이르는 북한말.

사회주의제도가 맞는가 말입니다?"

"뭐요? 이 동무…! 아무 말이나 탕, 탕!"

"물론 제 말이 지나쳤는지는 모르겠습니다. 그렇다고 덮어놓고 틀리다고 할 수는 없지요. 이런 기막힌 현실을 그렇게 보지 않으면, 어디 아귀가 맞습니까?"

"맞지 않는 건 또 뭐요? 동무 말 참, 까다롭게 하누만."

"그럼 맞는 건 또 뭡니까? 이 난장판에 사회주의적인 게 꼬물만큼이라도 보입니까?"

"보자 보자 하니까, 이 동무! 그래 뭐이 사회주의 같지 않다는 거요, 뭐이? 목 날아가구파서 몸살이오?"

대중이 하고 싶은 말을 빌려 명통을 찌르자 김경식은 분별을 잃고 입에 게거품을 물었다. 더는 그들의 대화가 언쟁이나 논쟁 정도로 일반적인 것이 아니었다. 심각하다고 할 수 있는 사상적이고 정치적인 색채가 홧김에 엎지른 물감통처럼 그들 사이를 질펀하게 채색하였던 것이다. 붉다거니 검다거니 범의 수염을 장난치듯 위험천만한 아귀다툼으로 이미 도수를 넘어섰다.

김현일로서는 밸뚝이 미는 대로 뻗댄 것이지만 말마따나 그것은 목을 내놓고 터치는 신랄한 사회적 비평이고 불만이었다. 언질잡기가 전업인 김경식은 때를 놓칠세라 말먹을 물고 늘어졌다.

"이 사람 캐 볼 필요 있구만. 해외물 좀 먹었다더니 뭘 선동하자는 거요? 뭐, 여기가 어느 나라냐구? 몰라서 묻는가?"

"모르는 게 아니라 당신이 잊었나 해서요! 다른 나라가 아닌 바로 사회주의 우리나라이기 때문에…!"

"허허… 말은 좋소. 해가 도오, 지구가 도오? 그렇게 말하니 마치 내가 나쁜 사람 같구만. 푼수 없이 놀아대지 마오! 이건 사회주의를 지키는 일이야! 이런 '유령'들을 가차없이 쳐 없애라구 공화국 법이 있는 거구!"

"간첩 소굴 숙청하듯이 불문곡직하고 탄압하는 게 사회주의 수호전이

끓일 수 없는 가마

란 말입니까? 목을 쳐도 죄명이야 명백해야지요?"

"동무! 말이면 다 하는 줄 알아? 겁대가리 없이…!"

소리가 높아지고 언행이 사나워졌지만 누구 하나 끼어들지도, 말리지도 않았다. 시도 때도 없이 귀에 붙어 돌아가던 '사회주의'라는 문구였지만 정작 물망에 올리고 보니 아리숭 까리숭한 게 뭐라 딱히 찍어 편들기가 난처하여 거개는 망주석처럼 구경만 했다. 알기에 정치를 논하는 학문이 있다고는 하지만 언제 그러한 책을 들고 맹자왈, 공자왈 해볼 기회가 없었던 하사관들이나 그런 적 없는 노동자들이나 참례질이란 당치도 않는 짓이었다. 헌데, '사회주의'란 척 듣기에는 민중적이고 단순한 개념 같더니 이때 보면 풀수록 엉켜 돌아가는 실뭉치가 아니냐?

저들의 주견대로 치는 것이 사회주의인지, 아니면 맞는 것이 자본주의인지 딱히는 모르겠지만 환상적인 사회주의에 기만된 백성의 시점에서는 좋으면 사회주의요, 나쁘면 자본주의라 좋은 것은 덮어놓고 사회주의적인 것이고, 나쁜 것은 무턱대고 자본주의적인 것이라고 평할 수밖에 없었다.

그러하다면 이 자리에 참석한 군중심사원들의 평은 과연 어떤 것이겠는지?

김경식이 항시 위협조로 호통쳤지만 김현일은 조금도 수그러들지 않았다.

"정말로 생판 모르는 건 당신입니다. 89호가 뭔지나 압니까? 남의 모가지 걱정하기 전에 제 머리 붙어 있는지나 만져 보시지요? 여기가 어디라고 감히 총부리질이야!"

"걱정해 줘서 고맙소만, 흥! 어떤 특수기관이든 법은 에누리가 없어! 독재가 뭔지 알기나 해? 사회주의법은 본시 프롤레타리아 독재를 실현하려고 있는 거란 말이야. 사회주의법이 징벌하는데, 뭐이 사회주의답지 않다는 거야? 뭐이!"

"풋내기라 사회주의 독재가 어떤 건지 더 논하고 싶지 않습니다만, 독재에도 초보적인 논거나 명분은 있어야 하는 거 아닙니까? 아니할 말로… 현대판 파쇼 독재라고 주장하고 싶은 건 아니겠지요? 지나치게 감정을 앞세우지 마십시오."

"그만하시오!"

김경식은 '파쇼 독재'라느니 '감정'이라느니 하는 말에 제사 속이 뜨끔했다. 쥐새끼처럼 약삭빠른 그는 인츰[224] 자기의 실언을 알아차린 듯 얼른 말투를 바꾸었다.

"우리가 개인감정이나 품고 이 난리를 피우는 줄 아오? 어제 일 때문에 그런다고 선입견 가지는 모양인데, 천만의 말씀!"

"아닌 게 아니라 그런 생각도 없지는 않습니다. 하지만 설마 그럴 리가 있겠습니까? 만약 정말 그렇다면 그게 어디 당 일꾼입니까? 반동이지!"

김 안 나는 숭늉이 더 뜨겁다고 젖살이 아늘아늘한 삼십 미만의 소년이 곱살스레 비아냥거리며 김경식의 부아통을 쑤셔놓았다.

"여, 동무! 그럼 우리가 반동이란 말이요? 어엉? 동무 그 말, 책임지라우! 방침 관철하는 우리가 반동이면, 이것들은 대체 뭐야, 뭐냐 말이야? 당의 사상과 의도에 저항해 나서는 이런 자들이 바로 반동이란 말이야, 반동!"

김경식은 갑자기 헤쳐놓은 비단보자기에서 두엄무데기가 드러난 듯 억지로 점잔 빼던 표정마저 험상궂게 일변했다. 붉으락푸르락 어쩔 줄을 모르며 손가락을 빼들고 노동자들에게 마구 삿대질을 해댄다. 목 터지게 지르는 소리에 박자를 맞추어 안경알이 부지런히 오르내렸고 그 속에는 온통 부릅뜬 눈뿐이었다.

'반동!'이라는 소리가 "쏴앗!" 하는 구령으로 들렸던지 김경식이 먼저 말포성을 터치더니 뒤이어 준말, 반말이 막 뒤섞인 불측한 말줄기들이 방사포(다연장로켓포)의 일제사격처럼 그에게 날아들었다. 입 가진 사람이라면 너도나도 말문을 열고 노동자를 천시하는 악담에 반격을 퍼부었다.

김현일도 목청에 힘을 부가하였지만 해말쑥하고 차분한 소년티가 엿보여 위엄기는 그닥 풍기지 못했다.

"당신이야말로 반동이요, 반동! 그래, 인민들에게 총구를 들이대고 전횡

---

224 '이내'의 함남 방언.

끓일 수 없는 가마

을 부리는 게 당의 사상이고 당의 정책이요? 자, 저길 좀 보시오!"

김현일은 별안간 몸을 휙 돌리며 정문을 가리켰다. 거기에는 어느새 모여든 숱한 사람들이 인산인해를 이루고 큰 구경거리를 만난 것처럼 술렁거리고 있었다. 모두의 시선이 군중에게로 쏠리자 그 속에서 약삭스레 기미를 알아차린 웬 아낙네가 항소하듯이 고아댔다.

"아니, 사람을 어쩜 그렇게 때려! 인민들 구박하라구 줴 준 총이야? 쳐죽여두 시원치 않을 것들…!"

담찬 질타에 여럿이 덩달아 빈정거렸다.

"정말 법 돌아가다 외 돌아가는 세상이군! 어수선한 게… 백성은 언제가야 기 펴고 살아보겠는지 원….'

"그러게나 말이우다. 일꾼이랍시구 관료배 행세하지 않는 양반 없구먼!"

"아따 이 아주머니, 고자치구 수염 난 놈 봤수? 고자 사타구니에 털 나오면 공산주의야유, 공산주의~!"

태반이 동네아낙네들인 무리 속에서 멀쩡한 청년이 시침을 뚝 따고 유식한 척 훈계조로 끼어드는 바람에 올롱한 눈망울들이 멋쩍게 곁눈질해 보았다. 안에서 '주의' '주의'하며 싸우니 나중엔 사타구니에까지 '주의'를 가져다 붙이는 양이 우습강스러웠지만[225] 말하는 색이 천연스러운 데다가 의미심장하게 느껴지기도 하여 내쳐 놓고 웃지들은 못한다.

"이 아저씨, 공산주의라는 말 없어진지가 언젠데…?"

엉덩이와 무릎이 툭 삐어져 흉해 보이는 내의 바람으로 개채머리 없이[226] 설레발치던 아낙네 하나가 올갑지 않게 까박[227]을 붙였지만, 청년은 "털 나올 수 없으니 저리 없애 버린 거지유!" 하고 능통하게 받아넘겼다.

이번에는 다른 아낙네가 "이마때기에 써 붙여야 반동인가? 인민들 못살게 구는 놈이 반동이지!" 하고 지탄하니, "좋~은 반동이지유!"라고 밥 먹고 숭늉 마시듯 덤덤한 표정으로 주해를 단다.

---

225 '우습강스럽다.'는 '우스꽝스럽다.'의 북한어.
226 '가채머리없다.'는 '채신머리없다.'의 평안 방언.
227 '말대꾸'의 평북, 함남 방언.

"아유, 앓느니 죽는 게 낫다구, 이꼴데꼴 보기 싫어 이내 죽는 것두 괜찮겠습메. 지지리 살날이 많은 쌩쌩한 아덜이 불쌍허지! 쯔쯔쯧…."

초췌하게 졸아든 몸이 금시 북데기[228]속에서 기어 나온 것처럼 먼지투성이인 파파 늙은 노친이 꺼시시한 까치둥지를 뒤집어쓴 것 같은 조막만한 머리를 바들바들 떨며 입방정을 떨었다.

여자 셋에 게사니[229] 한 마리면 장마당이라고, 눈에 띄는 게 온통 여자 천지인 정문 앞은 차츰 와자지껄 웅성거렸다. 비록 맥살 없는 백성의 입이라도 정작 막자고 하면 냇물 막기보다 더 어려운 법이다.

금란을 치듯이[230] 한 몽둥이로 혼쭐을 내지 못하는데 분이 받쳐 제만 제노라 하던 김경식은 시통머리가 터졌다.

'저 놈팽이들을 그저… 으윽!'

"당 일꾼이라면 민심이 두렵지 않습니까?"

김경식의 헛생각을 알 리 없는 김현일은 진정을 담아 물었다.

"민심이 어쨌단 말이요? 여긴 유령 소굴이야! '장성택'의 소왕국이나 뭐가 달라? 노동자들 대드는 꼴 좀 보라우! 어떤 영향을 받았길래 저리 뻐정뻐정해?[231]"

김경식의 부당당한 논조는 여전히 식어들지 않았다. 도리어 이마에 내 천자(川)가 더 진하게 그려지고 입가에는 푸들푸들 경련이 지나갔다.

"제가 보기엔 부원 동지가… 더 위험한 사람이구만요."

"뭐요? 난 오히려 동무에게 문제가 있는 것 같구만."

맹렬한 눈총 싸움이 벌어졌다.

흡사 독이 오른 독사처럼 '흑흑!'대는 김경식을 겁에 질려 마주 보지도 못하는 최승기가 김현일의 옷자락을 뒤로 잡아당기기에 여념이 없었다.

---

228 짚이나 풀 따위가 함부로 뒤섞여서 엉클어진 뭉텅이.

229 '거위'의 방언.

230 '禁亂을 치다.'는 '禁制를 어긴 사람을 모조리 잡다.'는 뜻의 관용구.

231 '뻐정뻐정하다.'는 '뻐득뻐득하다.'의 평북 방언. '뻐득뻐득하다.'는 '(사람이) 하는 말이나 행동이 고분고분하지 않다.'는 뜻.

꿇일 수 없는 가마

김현일은 무역성 89호관리국의 자강도 담당부원이었고, 이 지사의 창설에 직접 관여한 사람으로서 무역에 이르기까지의 모든 합법성을 정책적으로 담보할 수 있었다.

그런데 저들은…?

한 개 국가의 전반경제를 총괄하는 내각의 결정으로 지사 창설에 관한 국가공문이 하달되고, 그에 입각한 모든 행정 절차가 완료된 합법적인 경영기관에 '유령'이라는 정치적 험테기를 씌워 교수대로 잡아끌지 않는가? 과연 내각 공문의 법적 지위를 저 사람이 몰라서 그런단 말인가? 아니면 모르는 척한다? 아니, 도당부원의 직분이 소학교 학습반장 자리가 아니다. 그는 알고 있다. 알아도 너무 잘 알면서 어째서 이렇듯 망동을 부리는 것인가? 왜, 왜, 왜?

뇌리가 터지도록 뜀박질하는 의문을 한 움큼 그러쥐고 김현일은 쉽게 물러서지 않았다.

시간이 흐를수록 논거를 내대며 실무적으로 까밝히는 통에 궁지에 몰리게 된 김경식은 단발마적으로 발악했다.

"가타부타할 것 없어! 봉인하구 봉쇄하라! 무장보초를 세우고 개미 한 마리 얼씬하지 못하게 하랏!"

누구에게라 할 것 없이 허공에 대고 악청을 뽑고 나서 김현일을 향해 비꼬았다.

"당신도 상급이 있을 테니 보고하오. 난 나대로 할 바를 할 테니까….."

"후과를 책임질 수 있습니까?"

"흥! 그 책임, 동무랑 나누는 일은 없을 거요!"

"좋습니다. 어제부터 이해도 했고, 양보도 했고…. 제 잘못이 큽니다. 누구처럼 당적 원칙이 강하지 못했지요. 애초에 허용하지 말았어야 했는데…. 승냥이를 개로 착각하고 양우리에 들여놓았지요."

"이, 이게?"

김현일은 험상궂게 일그러지는 얼굴을 외눈으로도 쳐다보지 않았다.

"운전수! 차!"

암팡지게 생긴 멋진 '진베이'[232] 승용차가 깜찍스러운 바퀴를 살살 굴려 다가왔다.

"미주알고주알 해야 '유령' 감투 속에서 구린내밖에 더 나겠소? 강도랑 시시비비를 가르려는 내가 어리석지! 지금은 총을 휘두르니 별수 없지만, 이내 다른 차원에서 가름을 내 봅시다."

머리털이 난 이래 처음 당해 보는 수치와 모멸이 밤송이처럼 한 벌 깔린 시트에 엉덩이를 던진 김현일은 서너 번 뭉개 자리를 틀더니 뒤따라 차 안 으로 머리를 들이미는 최승기를 저지했다.

"동문 여기 남아 입회를 서오. 봉인하겠다니까 정확히 확인시킬 건 시키 고… 일단 봉인한 다음에는 모래 한 알 내가지 못하게 해야 해! 무장보초 를 세우든 말든, 우린 우리대로 경비를 세우시오."

"예에…"

최승기는 풀기 없이 대답하며 엉거주춤 내려섰다. 날아오는 돌을 피해 뛰려던 노릇이 그만에야 정통에 맞은 격이었다. 사실 말이지 그에게는 김 경식과 마주 설 용기가 쥐꼬리만큼도 없었다. 움씰 떠나려던 차가 멈춰 서 며 차창이 스르르 내려가자 그는 행여나 하여 눈길을 던졌다.

"마음들을 가라앉히고 더 이상 저들이랑 맞서지 마십시오. 경비는 철저 히 서면서 바깥에서 맡은 일들을 합시다. 생명체에 피해가 가면 절대로 안 됩니다."

차가 조용히 떠난 후 노동자들은 정문 쪽에 있는 보조 건물에서 작업을 시작했다.

긴장을 더 야기시키지 않으려는 듯 타격대 측에서도 그 이상 계선으로 는 내몰려 하지 않았다. 그저 문마다 서둘러 봉인 딱지를 붙이고 구획을 갈 라 무장보초를 배치했다.

그 사이 김경식을 위시로 한 '잣상무' 성원들은 죽가마에 파리 붙듯 오구

---

[232] 중국의 소형 상용차 브랜드. Jinbei. 金杯.

구 모여 헌수작을 털고 있었다. 정문 쪽 마을길을 힐끔힐끔 주시하는 그들 가운데 낯을 펴고 있는 사람은 하나도 없었다. 모두 초조하고 불안한 기색이 땀으로 범벅되어 면상에 게발려[233] 있어 꼭 두들겨 잡은 부엉이 몰골이었다.

"이러다간 안 되겠어. 빨리 데려오든가 해야지…. 해가 중천인데 여태 차를 안 대고 뭘 꾸물대는지 원…!"

많은 시선들이 고대했지만, 화물차는 흔적도 보이지 않았다. 늑장을 피우는 강태걸에게 뒷욕이 바가지로 들씌워졌다. 날래지는 못해도 충실하면 그만인 줄 알았더니 이런 때 보면 뚱뚱한 충견보다는 갑삭한[234] 삽살개가 더 쓸모가 있었다.

이제는 김경식의 거드름도 밑창이 나서 안달복달했다. 초산군이 손전화를 사용하지 못하는 산골군인 것이 천행 중 요행이라는 자체 위안이 겨우 그를 부추기고 있었다.

모름지기 김현일이 유선전화를 하려고 군 체신소에 갔을 것이다. 무역성에 보고되고 위에서 충충으로 내리꽂기 시작하면 일이 좋지 않게 끝날 수도 있다. 아니, 끝나는 정도가 아니라 도리어 두들겨 맞기가 십상이다. 닭 쫓던 개 지붕 쳐다보는 격이 아니라 병아리 물려던 개 몽둥이질 당하듯이….

"헌데, 남 동무! 내가 데려온 상차 노력들이 왜 보이지 않소? 짐꾼들 말이오."

김경식이 눈살을 쪼프리고 정문 밖의 사람들을 일별해 보며 물었다.

"모두 돌아갔습니다."

"가다니? 10명 다?"

"아마 판을 보고 끼고 싶지 않은 모양입니다. 시간이 바빠 돌아가야겠다고 나한테 슬쩍 퉁기고는…."

"나쁜 놈들…!"

---

233 '게발리다.'는 '게바르다.'의 피동사로서 '지저분하게 발리다.'는 뜻의 북한어.
234 '어떤 물건이나 사람이 매우 몹시 가벼운 듯하다.'는 뜻의 북한어.

김경식에게 뭣 모르고 끌려왔던 일반 짐꾼들은 첨단지사를 초토화하는 돌격대로 고용되었음을 알고는 서로 눈짓하며 슬금슬금 빠지고 말았었다.

가재는 게 편이고, 초록은 동색인 것이다. 게다가 한 숟가락만 맛봐도 바닷물 짠 줄 안다고 겉에 내발린 흉심을 그들이라고 간파 못 할 숙맥이 아니었다. 노략질에 이골난 강도들! 백성을 터는데 백성의 손을 빌리려 하다니…. 퉤이!

11

김경식이 예견한 대로 군체신소에서 전화통과 씨름하던 김현일은 맥이 풀렸다. 공교롭게도 무역성 89호관리국 부상이 전날부터 해외 출장 중이었다. 그를 할애비처럼 믿고 큰소리쳤던 김현일은 아연실색했다. 구렁텅이에 내려올 썩은 새끼줄조차 더는 기대할 수 없다는 것을 깨달은 그는 형언하기 힘든 압박감을 느끼었다. 이론이라면 몰라도 붉은 기폭에 가리어진 사회의 어두운 바닥은 그에게 있어서 더군다나 엄두도 내지 못할 오리무중이었다.

그는 점점 두려워졌다. 손님으로 대접받을 때는 먹은 나이 없이도 제일 높은 존대를 응당하게 받아들이던 그였다. 그래서 차례지는 윗자리에도 사양치 않고 앉으면서 승진 면에서 조숙형인 자신을 자부하기도 하였었다. 그런데 정작 쌓아놓은 새알처럼 위태로운 형세에 이르고 보니 그 상좌가 통째로 머리 위에 얹혀 지긋게[235] 내리누른다.

밑구멍도 먹은 것은 안다고 받은 대접이 있는지라 대가를 치러야 할 마당에서 그는 맥없이 후회만 한다. 이렇게 큰 기대와 책임이 부여된 상좌인 줄 좀 더 일찍 알았더라면 더러더러 양보하였을 게 아닌가?

---

235 '지긋이'의 의미와 같다.

대접을 받아들일 뱃집은 얼마든지 있어도 그만한 책임을 감당할 만한 능력과 자질은 부족하다는 것을 김현일은 눈물 나게 깨우쳤다. 자화자찬 하던 자신이 협소하게만 느껴져 자꾸 장신의 체구가 졸아드는 환각에 빠져 오금을 세우기가 힘들었다. 희떱게[236] 헛장담을 치며 관료 틀을 차리던 꼴이 상상할수록 창피스럽다. 갈피를 종잡지 못하고 모대기는 그의 눈앞에 리열의 모습이 언뜻 떠올랐다.

얼마나 강단 있는 사람인가? 학력도 일반교육 정도이고 경력 또한 일반적인 그의 모든 언행은 얼마나 자신만만한 기상인가? 막 굴러먹은 속대라고 하기에는 논리와 주견이 너무도 정연하다. 분명 그에게는 무엇인가 믿는 것이 있고 절대적으로 확신하는 것이 있다. 그것이 무엇일까?

리열에게 있는 큰 무엇이 자기에게는 없었다. 하여 뒤집어쓴 벙거지가 자랑할 만큼 크고 화려하지만, 근량은 아바이 노동자가 쓴 너덜너덜한 도래찌모자보다도 겁석한[237] 허울에 지나지 않았다.

"어디로 가잡니까?"

곁김에 주눅이 든 운전수의 목소리가 김현일의 심리적 균형을 얼마간 조절해 주었다.

"세관으로…!"

차는 또다시 가벼우나 무겁게 굴러 만포세관으로 향했다.

적·아가 대치된 최전선처럼 서로 노려보며 동태를 살피고 있는 '첨단' 지사에 긴 트레일러가 또다시 거무틱틱한 몸뚱이를 들이밀었다. 지사 안의 모든 생명체가 일각에 굳어졌다. 그것이 제2의 격전을 시사하는 전략적 움직임이기 때문이다. 항공모함전단이 전쟁의 불구름을 밀고 다니듯이 가증스러운 저 괴물이 가는 곳 마다에서 수탈의 야성이 터진다는 것을 적아는 모두 알고 있었다.

---

236 '희떱다.'는 '실속은 없어도 마음이 넓고 손이 크다.'는 뜻.

237 '겁석하다.'는 '어떤 물건이나 사람이 몹시 거벼운 듯하다.'는 뜻의 북한어.

급줄이 나서 내리내리 안달하던 '잣상무'패들이 기다리던 큰 무당을 맞이하듯 법석거리며 돌아갔다. 더는 감출 수도, 감추려고도 하지 않는 명백한 사실이 모두의 눈앞에서 펼쳐지고 있었다.

설레발치는 꼴들이란 참으로 눈꼴이 시어 작업을 하던 노동자들은 공구를 으스러지게 틀어잡았다. 메기가 눈은 작아도 제 먹을 것은 알아본다고 아무리 식견이 얕은 노동자들도 꽃보자기에서 꺼내놓는 검은 자루가 제 밥통을 노린 것임을 쉬이 직감할 수 있어 저도 모르게 손이 푸들푸들 떨렸다. 결국 '유령'이요, '방침'이요 하는 따위는 오직 잣을 빼앗기 위해 사전에 뿌려 놓은 기만과 연막에 불과했다.

혁명을 보위하는 전위투사마냥 쭐내는 저들의 똥집에는 금욕에 체한 역한 가스만 가득 차 있으리라!

생각할수록 더럽고 치졸하기 그지없어 무쇠덩이 같은 노동자들의 가슴가슴은 다시금 용광로 속으로 뛰어들었다. '어머니'라 자처하는 집권당의 간부가 저 꼴이고 '인민의 수호자'라 외쳐대는 법관들이 온통 저 지랄이니 백성들은 과연 누구를 믿고 어떻게 산단 말인가?

몇몇이 모여 쑥덕거리던 '잣상무' 쪽에서 드디어 도발을 걸어왔다.

"창고장이 누구야! 창고장! 이리 좀 오라우!"

불호령 같은 김경식의 호출이 노동자들로 하여금 최승기의 얼굴을 일시에 쳐다보게 했다. 유일하게 남은 지휘관이라고는 현재 그밖에 없었다.

그러나 최승기는 선망의 눈길들을 외면하며 일언반구도 하지 않았다. 희멀뚱한 피부 속으로 대선이 약한 뼈대가 금시 들여다보이는 것 같아 노동자들은 "에그그~!" 하며 도리머리를 쳤다. 거드름 피울 때 같아서는 제법 일꾼 같더니 말마따나 체통값도 못 나가는 뀌온 보릿자루였다.

하지만 그렇게 비웃을 일만도 아니었다. 바로 가는 세상이 아닌 사회에서 가령 큰 갓이든 작은 갓이든 뒤집어쓴 관리에게 평민과 다른 특별한 점이 있다면 그것은 저런 능란한 양면술이라고 해야 옳을 것이다. 제 욕심에 미칠 때는 저쪽처럼 대인이요, 자기 보신에 옴할 때에는 이쪽처럼 소인이

끓일 수 없는 가마

라 시국을 따를 줄 아는 양면술이 중인이라고 할 수 있는 평민에게는 없는 간부 특유의 개성이라고 할 수 있다.

그래서 보통 아래서 올려다볼 때에는 더 포악스럽고 위에서 내려다볼 때에는 더 곰살스러운 자들이 간부로 제발되고[238] 능력 있고 수완 있는 일꾼으로 통치계급의 치사를 받으며 독판치는 것이 아니더냐!

노동자들이 숭상할 정도로 리열을 따르는 것은 그런 관리들과는 전혀 다른 한 모습, 한 본새의 깨끗한 진정과 정의로움이 천성처럼 인간상에 흐르기 때문이다. 하지만 기수이고 지휘관이던 그는 이미 여기에 없었다.

있다면 그의 깨끗한 넋과 그 넋으로 불타고 있는 심장들뿐이다. 그러기에 이 시각, 노동자들은 최후의 결사대로 스스로 자각하며 마음들을 다잡았다. 비록 순박하고 어리숙해 보이지만 강한 장수 밑에는 결코 약졸이 없다. 하물며 존경에 앞서 정이 통하고 복종에 앞서 마음이 끌리는 정의로운 지휘관을 누군들 닮지 않으며 강한 인간을 닮음에야 누군들 강하지 않으랴! 이념도 배짱도, 일 본새와 품성은 물론 말투와 걸음새까지도 본뜨려고 의식적으로 노력하던 고상한 풍조는 저도 모르는 사이에 기백과 용기가 넘치는 자기 힘의 숭배자들로 모두를 성장시킨 것이다.

최후의 결전을 앞둔 용사들처럼 그들은 근엄한 표정으로 서로를 바라보았다. 잃고 보니 더없이 귀중한 사람, 더없이 강인한 사람이었음을 폐부로 절감한 그들, 이제는 두말할 것 없이 그들이 나서야 할 때였다.

이념이 검은 것이 아니고, 흘린 피땀이 맹물이 아닐진대 무지렁이처럼 그냥 짓밟힐 수는 없었다. 리열이 기회마다 자극 시켜주던 '인간의 존엄'이 모두의 흉중에서 묶은 낙엽을 헤치고 머리를 쳐들었다.

그렇다! 우리에게는 아무것도 없다. 권력도, 재력도, 지력도! 허나, 인간의 존엄만은 있다. 깨끗한 양심으로 싸고 또 싸서 가슴속 깊이 고이 간직한 '인간'이라는 그 소박한 존재 의식이! 그것마저 짓밟힌다면 그야말로 짐승보다 못한 사람 밑의 사람이다!

---

238 '提拔되다.'는 '(사람을) 뽑아 올려 쓴다.'는 뜻.

노동자들은 무언으로 마음을 합치고 눈빛으로 고무했다.

"존엄을 지키기 위해서는 각자가 자신을 부각해야 한다."고 하던 리열의 깨우침이 귓전에 쟁쟁히 울려오고 있었다.

볼품없이 흐트러진 머리칼을 손다듬질하며 "제가 가겠어요." 하고 박혜영이 담차게 앞으로 나섰다. 말이 적은 것이 아마도 노동계급의 본성인지 더 꾹 다물어지는 입들이 그 제의를 침묵으로 수락했다.

박혜영은 옷매무시를 바로 하고 담판장에 나서듯 당당하게 전선을 넘었다. 밉다면 깨꼬! 한다고, 악살스러운 계집과 또 맞다든 김경식은 "동무가… 창고장이오?" 하고 진저리를 털었다.

"맞긴 맞어?"

뱉어놓았던 쉰밥을 다시 입에 넣은 듯 오만상을 찡그린다.

"예, 그렇습니다. 제가 창고장 박혜영입니다."

면전으로 냉랭한 대답이 곧바로 날아갔다.

"그래? 그럼… 지하창고 문을 열어."

"대체 왜 그럽니까?"

"네가, 아니 동무가 상관할 바가 아니야! 열라면 열면 되는 게지…."

짐짓 '동무'라는 속없는 호칭까지 쓰는 생색에 박혜영은 그만 배알이 울컥 치밀었다. 방금 당한 치욕을 생각하면 당장에 달려들어 개기름이 번들거리는 낯가죽을 빠득빠득 허벼 놓고[239] 싶었다. 그 상판을 조금 더 마주 보다가는 끝내 참지 못하고 울화를 터질 것 같아 고개를 외로 비틀고 말았다.

"왜? 무슨 의견 있나?"

"있습니다."

"말해 봐!"

"전, 우리 사장 동지의 지시가 있기 전에는 창고 문을 열 수 없습니다. 도당이 아니라 천하 없어 국제당 하내비[240]래도, 절, 대, 로!"

---

239 '허비다.'는 '손톱이나 날카로운 물건 따위로 긁어 파다.'는 뜻.
240 하나비. '할아비'의 북한어.

가시를 잔뜩 꽂아 던지는 끝말이 그만에야 벌거벗고 환도 차기 격으로 어울리지 않게 겨우 틀을 되잡고 있던 김경식의 허파를 여지없이 찔렀다. 대번에 흉하게 대파(大破)나고 만다.

"뭐 어드래서? 야! 이게 아까부터 보자 보자 하니까, 입에서 구렝이(뱀) 나오는 줄도 모르구 망탕 재잘거려? 사장은 무슨 말라빠진 사장이야! 그놈은 이젠 나오지도 못해! 경고하는데, 이노무 간나 혼나지 않겠으면 푼수 없이 날뛰지 말구 처신 똑바로 하는 게 좋아. 알겠어?"

박혜영은 물론 귀청을 지끈하게 찌르는 쐑소리²⁴¹에 노동자들의 가슴이 철렁했다.

나오지 못하다니? 그건 대체 무슨 날벼락 소리인가? 그러니 포악무도한 저자들이 역적 죄인으로 몰아 잡아갔단 말인가? 철혈²⁴²가슴들이 터지지 못해 모질음을 썼다.

박혜영은 거짓을 부정하려는 듯 완강하게 대들었다.

"말 삼가십시오. 당신이 낳은 딸 간나가 아니라지 않습니까? 당신이 뭐길래, 이 간나, 저 간나 하며 사람을 막 모욕합니까? 대체 뭐길래!"

"야, 너 정말…."

"나도 당원입니다. 원수님께서는 우리 전체 당원들에게 인민을 위해 멸사복무하자고 호소하시지 않았습니까? 그런데 명색이 도당 일꾼이라는 동지가 어쩌면 그렇게 쌍스럽게 인민들에게 전횡을 부릴 수 있습니까? 그건 당의 사상과 의도에 대치되는, 대단히 엄중한 행위라고 봅니다!"

물 밖에 나온 망둥이처럼 김경식은 입만 쩍 벌리고 미처 대꾸하지 못했다. 구새 먹은 고목²⁴³처럼 더 맥을 출 것 같지 못했다.

옆에 장승처럼 서 있던 남궁윤이 그제서야 발광에 편승했다. 인중에 힘을 주어 두툼한 입술을 코밑으로 발그러 올리더니 역시 "쌍노므 간나, 주둥

---

²⁴¹ '인위적으로 내는 거칠고 탁한 소리'를 가리키는 북한어.

²⁴² 鐵血. 쇠와 피. 전쟁에서 쓰는 무기와 흘리는 피를 비유적으로 이르는 말.

²⁴³ '구새 먹은 고목 같다.'는 '맥을 추지 못하고 실속 없음'을 비유적으로 이르는 북한 관용구.

이 다물지 못해? 너 진짜 재미없어?" 하고 궁글지고[244] 쌍스러운 욕지거리를 왝 토한다.

같은 개입에서 "야옹!" 소리가 나올 리 만무하였지만 짖어대는 소리마다 연약한 여성의 가슴팍에 칼끝을 대고 으르렁거리는 협박 투성이었다. 미친개를 마주한 것처럼 박혜영은 소름이 으쓸[245] 끼쳤다.

"이건 위협입니까?"

"아니, 위협이 아니라 현실이야, 현실! 이런 땐 정신 똑바로 차리는 게 좋아… 사장 녀석, 맥없이 끌려가는 거 너도 분명히 봤잖아?"

순간 비분강개한 빛이 박혜영의 두 눈에서 섬광처럼 번쩍이었다. 폭탄이라도 한 배낭 있었으면 가증스러운 무리들을 싹다 그러안고 주저 없이 황천으로 오르고 싶었다. 여태껏 무모한 광기라고 속비난하던 '자폭정신'을 직접 체험하고 있는 그의 뜨거운 심리에서는 '무서움'이라는 이슬이 흔적도 없이 말라 버리고 있었다. 이래서 자폭하겠구나…!

"열겠어, 안 열겠어? 방법이 없어서 너한테 말하는 게 아니야."

김경식은 이미 사람이기를 단념한 인두겁을 쓴 짐승이었다.

"흥! 잡아갈 거면 잡아가고, 칼탕 쳐 죽이겠으면 죽여라!"

"뭐야? 쌍, 넌! 야, 당장 끌어내!"

남궁윤과 사병들이 먹잇감을 만난 이리떼처럼 욱, 달려들었다.

"이 날강도들아! 승냥이… 종자새끼들아! 으으으… 날벼락 맞지 않나 봐라!"

견딜 수 없는 모진 악행이 정신과 육체를 알알이 찢으며 참혹하게 죄고 비틀수록 처절한 비명이 아니라 단죄의 외침이 경종을 울리었다. 아니나 다를까 그의 '희생적인 미거'에 감복한 노동자들이 일격에 때려눕힐 기세로 달려들었다. 시꺼먼 총구들이 그에 못지않게 강고한 진을 치며 대항해 나선다.

---

244 '궁글다.'는 '소리가 웅숭깊다.'는 뜻.

245 '두렵거나 춥거나 하여 몸이 움츠러드는 모양'을 가리키는 북한어.

끓일 수 없는 가마

연기만 뿜던 분노의 활화산이 드디어 분출했다. 뜨거운 용암이 작은 마당에 범람하여 열화의 광풍이 일었다. 검붉은 가슴들이 총구를 향해 서슴없이 육박해 들어간다. 허나 아쉬운 것은 뚜렷한 지향이 없고 똑똑한 목표가 없는 것이다. 아무리 폭발된 감성이라고 한들 보안원들을 까눕히지는 못한다. 아니, 절대로 까눕혀서는 안 된다. 설사 까눕힌들 그다음은?

하여 노도와 같은 돌진은 무엇을 까부시고 무엇을 뒤집고 무엇을 쟁취할 수 없는 무모한 태질로 이어진 것이 고작이었다. 보이지 않는 무저항주의의 속박을 용감하게 깨버린 그 반발만으로도 그들의 운명은 사회정치적 징벌의 칼도마 위에 벌써 올라 있었다.

소박한 목적이 있다면 단지 횡포한 마수에서 박혜영을 구원하는 것이었다. 주먹은 들었어도 치지는 못하고 울분은 찼지만 규탄하지 못하는 비분스러운 몸부림으로 노동자들은 복통을 터뜨렸다. 사생결단하지 못할 바에는 차라리 매라도 실컷 맞고 싶은 심정들이었다.

아비규환(阿鼻叫喚)의 수라장을 목격하는 정문 밖의 군중들이 이구동성으로 욕설을 퍼부우며 합세할 기세로 들썩거렸다.

"저걸 어쩌나…! 저러다 사람 죽이겠다야!"

"때리지 마아아악!"

"개자식들아, 너희는 부모형제도 없어? 이 불한당들아!"

웬만해서 대들 줄 모르는 민심이 이쯤 격해지고 보니 김경식은 몹시 급급해졌다. 격노한 군중이 청황(聽況) 중 뛰어드는 날이면 사태는 걷잡을 수 없이 험악하게 번지게 된다. 어리숙한 놈팽이들이라고 홀시해 오던 백성들에게 어디서 저런 배짱이 생겼는지 의문스러웠지만 언제 그런 수수께끼에 골을 썩일 겨를이 없었다.

"타격대는 물러나라, 물러나! 못 들었는가? 떨어지라앗!"

따져놓고 보면 양측이 다 어쩌지도 못할 맹랑한 힘내기였다. 보안원을 때려죽일 수도 없고 인민을 쏴 죽일 수도 없는, 그래도 사회주의 사회라는 큰 가마 속에 함께 끓고 있는 작은 물방울들의 아귀다툼에 지나지 않는 싸움이었다. 맹탕 붙들고 돌아갔지만 열받은 몸들인지라 좀처럼 떨어질 염(念)을 하지 않았다.

하는 수 없이 김경식은 난장판에 뛰어들어 동네 아이들 싸움 말리듯 하나하나 잡아떼며 돌아갔다. 쌍욕도 귓등으로 듣지 않고 럭비 경기에 참가한 선수들처럼 승벽내기[246]로 몸싸움에 여념이 없는 하사관들에게 그는 눈알을 부라리며 야단을 쳤다. 어떤 병사는 귀뺨을 맞고서야 억울하다는 듯 투덜거리며 떨어졌다.

얼빠진 사람처럼 눈알만 데굴거리며 판이 어떻게 돌아가는지도 미처 감별하지 못하고 있던 최승기도 그 김에 덩달아 노동자들을 떼 말리었다.

불원간(不遠間) 조용해진 구내에 화끈한 숨결과 거친 맥동만이 자욱하게 서리었다. 하사관들은 굽인돌이[247] 돌아가는 수퇘지 눈깔을 하고 마뜩잖게 김경식을 흘겨보았다. 유령이요, 뭐요 하면서 절대로 총대가 떨려서는 안 된다고 역설하며 부추긴 건 누구인데 난탕 좀 치려니까 제 편에서 역정이다. 얼려 좆 먹기로 내용도 모르면서 맥만 뽑은 것이 메사할[248] 일이 아닐 수 없었다.

"놔주랏!"

김경식은 오만상을 찌푸리며 역겹게 소리쳤다. 저편에서 아직도 박혜영을 붙들고 싱갱이질[249]하는 우둔한 질꾼이 있었던 것이다. 소위 견장을 단 햇티나는 보안원이었다.

'머저리 같은 자식…!'

그렇지 않아도 노동자들이 밀려가 박혜영을 낚아채는 참이다.

정상이 말이 아니었다. 사방 찢어진 옷주제는 말할 것도 없고 연약한 팔목에는 굴뱀[250]이 칭칭 감겼다. 모름지기 옷섶에 가린 부드러운 살갗에도

---

[246] 勝癖내기. 남과 겨루어 지지 않으려고 기를 쓰는 일을 나타내는 북한어.

[247] '굽어 돌아가는 모양'을 가리키는 '굽이돌이'의 북한어.

[248] '메사하다.'는 '하는 행동이나 모양이 어울리지 않게 싱겁고 쑥스럽다.'는 뜻의 북한어.

[249] '경쟁이나 경기에서 서로 지지 않으려고 기를 씀'이라는 뜻의 북한어.

[250] '매를 맞은 자리가 구불구불 뱀이 휘감긴 모양으로 벌겋게 부풀어 오른 것'을 가리키는 북한어.

피가 몰려 꺼멓게 멍든 자리가 곳곳에 퉁퉁 부어 있을 것이다.

"도당부원 동지, 암만 그래도 사람을 이렇게까지야…. 89호 특수성은 제쳐 놓고라두…."

"입 다물어!"

족제비도 낯짝이 있다고, 하도 보기 불측했던지라 한 조각의 체면이라도 건질 겸 비굴한 투로 한껏 치장시켜 겨우 꺼내놓던 최승기의 말이 서두에 중동무이(中東無異)[251]당하고 말았다.

"꼴에 수캐라구 다리 들고 오줌 누겠다는 거야? 얻다 대구 갖지 않은 게 참견질이야? 반성할 준비나 해! 네 자린 뭐, 돈 주고 산 자리라구 이따우 짓만 하구 돌아가? 놀아대는 꼴들 좀 보라우! 대체 뭘 믿구 이케 날쳐!"

요리조리 기회를 엿보던 최승기가 소나기 피하려다 우박 맞는 격으로 숨도 변변히 쉬지 못하고 쩔쩔매는 꼴이란 참, 마치 "나를 상대하여 화를 푸십사!" 하는 심복의 가련한 정상을 방불케 했다.

보다 못해 박혜영을 둘러싸고 있던 노동자들 속에서 색 바랜 도래찌모자 밑으로 귀밑머리가 희긋하게 보이는 엄정룡이 편역을 들었다.

"거… 제발, 말 좀 삼가하시우. 노동자들이야 믿을 게 있수? 자기밖에…! 불집은 거기서 일구고, 자꾸 정치적으로 끌구가지 마시우다."

"아바이가 정치를 알면 얼마나 안다구 헌수작이요? 영감두 좀 보라우! 저 쬐꼬만 것까지 주먹 들구 나선 게 그래, 우리 사회에 있을 법이나 한 일이요? 에에?"

김경식이 내찌른 손가락 끝에 다람쥐 같은 까만 눈을 깜박거리는 성혁이가 찌를 테면 찌르라는 듯이 홍벽을 당돌하게 내대고 있었다.

"여보, 어르신님! 늙었다구 너무 허술하니 보지 마시우다. 백성은 나이가 벼슬이외다. 이 나이 먹두룩 살아 봤으면사, 정치가 뭔지 말은 못 번져두, 눈치로 깨닫지야 못했겠수? 저 녀석이 덩치는 좀 작아두, 쟤네들이랑 고만고만한 동갑이우다!"

---

251 하던 일이나 말을 끝내지 못하고 중간에서 흐지부지 그만두거나 끊어 버림.

엄정룡은 주저하는 기색 하나 없이 억대우[252]같은 하사관들을 향해 낫질하듯 손가락을 휘둘러대더니 마뜩잖은 수개의 눈길들을 향해서는 "내 말이 마깝지[253] 않지?" 하고 골려대기라도 하는 것처럼 콧바람을 횡, 불었다.

"그러니 어르신 말인즉, 저 쬐꼬만 게 주먹 들구 나선 건 우리 사회에 있을 수 없는 일이구, 이 덩치 큰 것들이 총 들고 나선 건 우리 정치 하에 있을 수 있는 일이라… 그 말씀이웨까? 허 허, 그거 정말 고견이외다. 창고장 하도 오래 하느라문 쥐새끼 인상 쓰는 걸 본다더니만, 나두 오래 살긴 살았나 보군. 희한한 '사회주의 논리'를 다 들어 보구. 허허, 참!"

뾰족뾰족한 침대들이 혈에는 관계없이 망탕 찔러대는 속에 어느 침이 명통을 찔렀는지 김경식은 안면이 뻣뻣한 게 언어 신경이 장애를 받았다. 그래서 혈전 환자처럼 입을 한쪽으로 찌그러뜨리고 경풍을 일으키며 "어, 음…." 하고 혀 넘어가는 소리를 지른다. 말씨름으로는 망신밖에 얻을 것이 없다고 속단한 그는 법의 몽둥이를 쉐 던지고 프롤레타리아 독재의 장칼을 번쩍 뽑아 들었다.

"마지막으로 경고하는데, 이제 또 소요를 일으킬 땐 누구든 막론하고 용서치 않는다는 걸 명심들 하라우! 법이, 아니 권력이 절대로 지지 않아! 여, 남 동무! 창고문 당장 까라우! 열쇠 필요 없어. 모두 몰아내~앳!"

감정에 극한된 초기의 목표가 이미 달성되어 박혜영이 구원된 지금에 와서 노동자들의 이성은 키 잃은 쪽배 신세가 되고 말았다.

이제는 어떻게 해야 하는가? 또 싸워야 하는가? 싸운다면 무엇을 목표로? 잣을 지킨다?

하지만 잣이라고 하면 그들과는 거리가 먼 문제였다. 상급들이 편히[254] 눈 뜨고 있는데 푼수 넘게 관여할 수도 없었고 또 그들이 간섭 못 할 복잡한 실무적 문제들이 얽혀 있었다. 게다가 총구 앞에 가슴을 내댔던 상상

---

252 덩치가 매우 크고 힘이 센 소.

253 '딱 알맞다.'는 뜻을 지닌 '맞갖다.'의 평북 방언.

254 끝이 아득할 정도로 넓게.

못 할 용기도 배우가 연기를 반복하듯 인의적으로 괴올릴[255] 수 있는 감정이 아니어서 다시 폭발하자면 그만큼 배가의 축적이 요구되었다.

쉬파리떼[256]처럼 달라붙어 자물쇠를 들부수는 망치질 소리가 가슴 가슴에 대못을 쾅쾅 박았다. 그러나 그 못에 아예 고정되는 듯 누구도 움직일 염(念)을 하지 못했다. 까부수는 소리는 이내 사라지고 "권력이 절대로 지지 않는다!"라고 하던 김경식의 호언장담이 만천하에 과시되었다.

노동자들은 설움과 비분에 북받쳐 소리 없이 흐느꼈다. 겉으로든, 속으로든 그 눈물은 각양각색이었지만 하나같이 껍짓껍짓한 피눈물이었다.

12

갓 미장한 시멘트 기둥이 대문 없는 정문에 보초마냥 서있는 곳에 사람 사태가 일었다. 돈 내고 구경하기 힘든 광대극이어서 길손들과 동네 사람들이 만사를 제쳐 놓고 관람했다. 자본주의를 비방하는 TV프로에서만 보아오던 폭력과 비폭력 간의 싸움이 이곳에서 실물로 재현되고 있지 않는가? 어떤 사람은 영화를 찍지 않는가 하고 비아냥대기도 했다.

그때 누군가가 인산인해를 헤집고 서슴없이 격전 현장으로 뛰어들었다.

"어떻게 된 일이에요? 애 아버지는…? 데려갔다니 그게 무슨 소리냐구요?"

가쁜 숨을 톺아 쉬며 헤덤비는[257] 여인은 다름 아닌 리열의 아내 김명선이었다. 붙잡은 사람은 리열의 맏형 리혁찬이고….

묻기는 그를 향해 물었지만, 대답은 모두에게 요구하고 있었다. 그러나 선뜻 누구도 입을 열지 못했다.

---

255 '울분 따위의 감정이 속에서 끓어오르다.'는 뜻의 북한어 '괴여오르다.'의 준말.

256 '쇠파리'의 방언.

257 '헤덤비다.'는 '헤매며 덤비다.' 또는 '공연히 바쁘게 서두르다.'는 뜻.

"동생!"

생뚱같이 박혜영이 허겁지겁 그를 덮쳐 안았다. 그러고는 불상사라도 난 것처럼 목 놓아 곡성부터 터졌다.

"저 사람들이 흑흑… 저 상문지 뭔지… 아 유, 어쩜 좋아…. 꼭두새벽에 와서, 잡아갔어! 아, 으으…."

"잡아갔다니…? 어디로? 누가? 무슨 얼빠진 소릴?"

"잘 모르겠는데…, 흐읍, 저들 말이 다시… 못 온다면서…, 흑흑…!"

"뭐…라구요? 헉…! 왜, 왜에?"

그제야 김명선은 그가 가리키는 낯선 사람들을 한 명 한 명 뜯어보았다.

대체 누구들이기에 일밖에 모르는 사람을, 가정보다 사회에 더 헌신하려는 평범한 양심의 인간을 잡아간단 말인가? 어느 하느님이 보낸 천사들이기에 행복한 가정의 단뿌리를 송두리째 뽑아 간단 말인가?

김명선은 눈길이 닿는 대로 쏘아보았다. 낯익은 모습이 누군가의 귓가에 속살거리는 모습도 비껴들었다.

최승기였다. 아마 리열의 아내라고 귀띔하는 모양이다. 가볍게 고개를 젓는 사람은 김경식이다.

이때 지하창고와 연결된 청사의 출입문이 벌컥 열렸다. 거기서 큼직한 잣마대가 어깨에 들리어 넝큼 튀어나왔다. 곧장 차 적재함 위에 내동댕이 당한다.

"이건, 뭐예요? 어쩐다는 겁니까? 예?"

김명선은 갈피를 종잡을 수 없는 상황에서 노동자들을 향해 단마디 해답을 간청했다. 여전히 박혜영만이 울며불며 도간도간[258] 끊기는 말마디들을 뽑아 섞겼다.

"우리 같은 건… 아예 사람 취급도 안 하니…. 흑흑…. 말이나 해야 알지? '유령'인지 뭔지… 도깨비 소리만 줴치면서…. 흐읍… 물어볼 것도 없어. 속심이야 뻔하지 뭐. 잣 뺏어가겠다는 거야! 날강도들이야, 날강도!"

---

258 공간적으로나 시간적으로 조금씩 사이를 두고 이어지는 모양을 가리키는 북한어.

넋두리를 들으며 김명선의 작은 가슴은 형언할 수 없는 분노의 쇳물이 펄펄 끓는 도가니로 변해 버렸다.

일각에 이해할 수는 없었다. 그러나 '날강도!'라는 낙인과 눈앞에서 움직이는 잣마대들이 신통히 부합되지 않느냐? 정체가 분명했다.

'잣을 뺏겠다?'

남편이 사회의 복잡다단한 제약의 숲을 어떤 피와 땀으로 헤쳐 오늘에 이르렀는가를 그 누구보다도 직접 목견한 아내, 깨끗한 이념과 뜨거운 정열, 무한한 사랑으로 자신을 불태우는 대바르고 목강한²⁵⁹ 경륜을 공감하고 지지하고 떠밀어온 둘도 없는 인생의 반려자 김명선!

연약한 여성의 힘으로 미친 승냥이무리를 이긴다는 것은 상상조차 할 수 없는 일이다. 하지만 지켜야 했고 또 지키려 한다. 남편의 고결한 이상을, 순결한 창조물을 지켜 필요하다면 죽음도 불사하고 싸울 그였다.

김명선은 바람같이 몸을 날렸다. 금방 들려나오던 잣마대가 허공으로 곤두박치고 메나르던 병졸이 허양²⁶⁰ 나뒹굴었다. 이어 적재함에 실은 잣마대들이 닿는 대로 끄집혀 떨어진다. 50kg이나 되는 마대들이 가벼운 솜통구리처럼 공중제비로 날아 엎어졌다. 어디서 그런 힘이 생겼는지….

떨어지며 터진 마대에서는 찬연한 붉은 밤색의 잣알들이 좌악! 쏟아나와 낭자했다. 노략질당하는 마대들도 땅을 치며 피를 토하는 듯싶었다.

그 서슬로 김명선은 지하창고를 향해 거슬러 돌진하며 허공에 떠 있는 잣마대들을 삼대베듯 엎어뜨렸다. 마치 필마단창(匹馬單槍)으로 적진 속에 뛰어드는 용맹한 여걸의 기상이었다. 그 뒤를 따라 박혜영이 사등뼈를 내대고 육박했다.

지하창고까지 뚫고 들어간 김명선의 시야에 확 안겨든 것은 몸집이 절구통 같은 두 여인이었다. 그들은 형식상 마대를 계량하며 메워 주고 있었다. 그 뻔뻔스러운 년들의 사기등등한 꼴을 목격하는 순간 불시로 얼굴을

---

²⁵⁹ '木强하다.'는 '억지가 세고 만만하지 않다.'는 뜻.

²⁶⁰ 맥없이 그냥. 또는 곧바로 손쉽게.

검붉히며 "아앗!" 소리쳤다. 이어 도톰한 입술을 사리물고 풍산개마냥 암팡지게 덮쳐들어 유들유들한 두 '불독'의 몸뚱이를 악살스레 물어뜯는다.

불의적인 타격에 그만에야 혼비백산한 년들이 아부재기[261]를 쳤다. 그러다가 정신을 차려보니 아니, 요런! 저들과 다름없는 계집인데다 약하디 약한 가시몸이 아닌가? 요게 얻다 대구!

축구공 같은 젖통이며 드럼통 같은 허리, 굵직한 다리가닥이며 팔뚝시, 꼭 프로레슬링의 타이프를 연상시키는 거물급 년들이 목대를 꺾으며 자세를 수습했다. 일명 도무역국 수매원이라는 헝겊을 쓰고 어부지리를 추구하는 기생충들이었다.

전등 빛에 투영된 우직스러운 그림자들이 막 덮쳐들려는 찰나, 뒤미처 들어서던 박혜영이 내처 몸을 날려 평펌한 뒤통수들을 맵짜게 줴박았다. 곧 프로 선수들과 아마추어 선수들 간의 무차별급 난투가 벌어졌다.

급기야 뒤쫓아온 김경식의 숱한 일행이 추격을 멈추고 문가에 촘촘히 진을 쳤다. 구경꾼인지, 아니면 코치진인지 명백지 않은 명분으로 그들은 지켜보려는 것이다. 그들대로의 본심은 여자들끼리 붙었으니 요행이라는 심산이었다. 이제 잠깐이면 다루기 말쩨던 계집들이 육백공수들에게 편포 짝 되어[262] 혼쭐이 날 것이다. 그때 가서 넉다운(knockdown)된 '시체'들을 질질 끌어내면 그만이다.

보기만 해도 묵은 체증이 되살아나는 물함지 같은 년들이었지만 지금은 그렇지 않았다. 거느리고 다니면서 언제 한번 쫌상을 펴본 적 없는 김경식의 안면에 희색이 만연하지 않느냐. 중고품도 하다못해 밑닦개라도 쓸데는 다 있다는 생각에 충실한 '불독(bulldog)'들이 별로 대견스레 보였다.

그러나 형세는 기대와는 전혀 다르게 번져졌다. 몸집이 클수록 기동이 뜨고 대신 목표는 컸다. 날파람 있고 무자비한 공격에 두 년은 허둥허둥거리다 끝내는 머리끄댕이를 잡히고 말았다. 불알통 잡힌 나부[263]마냥 꼼짝

---

261 요란스럽게 악을 쓰며 소리를 지르는 일. 또는 그 소리.
262 '편포 짝이 되다.'는 말은 '편포(납작하게 말린 고기)처럼 납작하게 하다.'는 뜻의 북한 관용구.
263 懦夫. '겁이 유난히 많은 사내'라는 뜻.

을 못하고 뒤틀리다 콘크리트 바닥에 털썩 어푸러진다. 치고 허비고, 맞고 뒹굴고….

하지만 그것은 동작의 민첩성에 관한 결과가 아니었다. 그들은 서로 다른 정신세계에서 이 격투에 임하고 있었다. 수판알을 튕기며 날아가는 돈을 겨냥하던 사리사욕의 저열한 심리가 참되고 굳세고 막강한 자존의 정신심리적 힘과 대결한 것이다. 그 격전에서 너절한 정신과 육체가 참패를 당하는 것은 자명한 이치였다.

지하창고의 넓은 공간이 김명선이 토로하는 분노의 화염으로 활활 타고 있었다.

"네 년들이 감히 더러운 손을 대? 이게 순수 잣인 줄 알아? 네 년들은 한 인간을 물어뜯고 있어! 저런 너절한 것들과는 대비도 안 되는, 참사람을 말이야! 천하의 기생충 같은 년놈들아!"

기울어진 판을 보고 하사관들이 달려들었다. 겨우 구출된 두 못난이는 사방 긁힌 희멀건 상통[264]이며 흉하게 흐트러진 머리털을 치억치억 매만졌다. 더 달려들 엄두는 내지 못한다.

'에익! 물자루 같은 년들…!'

제 얼굴 못나서 거울만 깼다고 김경식은 바닥에 뒹구는 양동이를 걷어찼다. 공개적인 치매[265]였다. 그 김에 주위에 진을 친 총검들이 바싹 도사리고 구령을 기다렸다.

썹으라는가, 뱁으라는가?

분명 썹으라는 칙령이 내릴 것이다. 그땐 이전처럼 어정쩡한 힘내기를 하지 않을 것이다. 심신에 넘치는 혈기를 한바탕 쏟아, 귀에 못이 박히도록 받은 교육처럼 무자비한 보검이 되어 본때를 보이리라!

각일각[266] 심지가 타들었다. 당장 폭발하기 직전이다.

꽝!

---

264 相通. '얼굴'을 속되게 이르는 말.

265 嗤罵. 비웃으며 꾸짖음.

266 刻一刻. 시간이 지나감.

그런데 예상외로 굉음은 창고 밖에서 먼저 터졌다. 지하에서 들려오는 비명소리에 노동자들이 욱! 뚫고 들어오는 것이다. 사선을 헤치듯이 결사적이다. 마침내 창고문은 돌파당하고 뭉툭한 주먹들이 김명선이네를 에워쌌다.

리열은 지켜내지 못했지만 그의 처까지 수모당하게 할 수는 없다! 비록 종업원은 아니었다. 그러나 지사와 떼어놓고 생각할 수 없는 제2의 리열, 그가 바로 김명선이다. 젊은 나이에 젖먹이 애까지 달린 여성의 몸으로 남다른 경륜을 치받들어 바쳐온 헌신은 얼마이고 치른 대가는 또 얼마더냐! 창조의 초석마다 그 희생의 자욱이 역력하다.

생활의 구석구석에 이르기까지 미치던 육친[267]적이고 세심한 손길과 정성, 짐승도 돌봐주면 안다. 하기에 나서는 것이다. 인간의 도리를 지킬 수 있는 지상의 기회, 늦게나마 바칠 수 있는 최후의 의리!

긴장한 순간들이 다시금 대치된 두 역량 사이를 비집고 달아났다.

"이거 미친 거 아니야? 무슨 난동이야?" 김경식의 먹 찢는 호통.

"미치지 않으면! 미치지 않게 됐나?" 맞받아치는 김명선의 댕댕한 호령.

"미친 것들이 쳐들어와 미친개처럼 물어뜯는데, 어떻게 미치지 않을 수 있냔 말이야?"

"야! 이게, 말버릇 좀 봐?"

이번에는 남궁윤이 핏대를 돋구며 나섰다.

"말버릇? 엿 바꿔 먹을 도덕? 사람 비슷해야 차리지…? 이 마당에 도덕 타령이야? 허, 흥! 개지랄 치면서 꼴에 대접은 받고파?"

"이, 이게… 정말? 국가 일하는 사람 보구…."

"국가일? 제 사리사욕(私利私慾) 챙기자고 극성인 나라 일? 더럽다, 더러워!"

김명선은 정말로 미친 것 같았다. 아니, 이미 제정신이 아니었다.

"백성들 등쳐먹으면서 뭐, 국가일? 이건 부처님 위해 불공하는 거 아니

---

267 肉親. 조부모, 부모, 형제 등과 같이 혈족 관계에 있는 사람.

끓일 수 없는 가마

잖아? 다 제 뱃속 채우려는 불공이지!"

"야! 당 일꾼 모욕하면 그것도 범죄야, 범죄! 형사책임이 뭔지나 알고 입부리질이야?"

"범죄라고? 아주 '보안원 동지' 납셨네요!" 하고 급작스레 겁석해진 억양이 남궁윤의 볼편을 살짝살짝 다독여 주었다.

"아무 감투나 막 씌우라고 당에서 제복 입혀 줬어요? 당 일꾼 모욕하는 게 범죄면, 우리 백성 모욕하는 건… 그건 대체 뭔데?"

다시금 있는 힘을 모아 "그건 범죄가 아니냐고?" 하고 터지는 목청.

"인민들이 말이야, 왜정 때 순사보다도 더하다고 보안원들 손가락질해! 알기나 하고 날쳐? 귀가 있으면 양심에 손 얹고 민심을 들어 봐! 들어 보라니까! 뺏는 게 정당한지, 뺏기는 게 마땅한지…? 어느 게 범죄인가 똑똑히 가르란 말이야! 자기 집 창고 터는 날강도들을 깍듯이 대하라고 어불성설(語不成說)하지 말구요!"

"뭐, 뭐, 뭐…야?"

남궁윤의 얼굴이 완전히 수수떡처럼 시뻘겋게 피가 죽었다. 위에서 비치는 촉수 낮은 백열등 빛이 굴곡마다 음영을 던져주어 더더욱 험상궂게 보였다.

김명선은 무서운 것이 아무것도 없었다. 기둥 같고 하늘 같던 남편을 무참히 빼앗긴 여성, 이제 두려울 것이 과연 무엇이랴? 하물며 죽음도 함께 택하려는 그것이 부부의 정이고 그것이 진정한 사랑일진대…. 모름지기 최후의 시각을 맞이한 사람처럼 심정이 비장할 것이다. 누가 누구인지 감별할 수 없었지만 구태여 알고 싶지도, 또 알려고도 하지 않았다. 낯선 사람이라면 그에게는 모두가 원수였다.

멸적의 불줄기마냥 노호[268]한 토로는 꺼질 줄 몰랐다.

"난 누구보다 남편을 잘 알아요! 법에 저촉되거나 사회에 해로운 일을 절대로 하지 않는다는 걸… 아내가 아니라 인간으로서 그의 결백을 담보

---

[268] 怒號. 성내어 소리를 지름. 또는 그 소리.

할 수 있어요. 목을 내대고라도!"

진정으로 동감하는 각양각색의 몸짓들을 육감으로 느끼며 김명선은 절절함을 가득 담아 저력 있게 말을 이어 나갔다.

"당신들은 아뇨? 뭔가 유익한 일을 해 보겠다고 스스로 걸머쥐고²⁶⁹ 얼마나 고생하고, 얼마나 가슴 아픈… 흑 흑… 상실과… 고충을 겪으면서 예까지 온 줄… 당신들 눈에는… 그저 잣마대밖에 안 보일지 몰라도, 우리에겐 이 모든 게… 피와 땀으로 빚어낸 살점이고… 자식이란 말입니다. 어떻게, 한 인간의 고심 어린 창조물을… 눈썹 하나 까딱하지 않고 뭉개 버릴 수 있습니까, 어떻게? …심장이 떨리지도 않아요? 손들이 떨리지 않냐고요! 아~아! 죽는 한이 있어도… 속절없이 짓밟히게 할 수는 없어요. 날… 죽이고 가져가요. 죽이고…! 그 잘난 권세로 지렁이 밟듯이… 죽여 보란 말이야, 죽여라!"

피의 절규가 만장을 들었다 놓았다. 적·아를 불문하고 함께 눈물짓는 사람이 있는가 하면 동정하는 사람도 있었고 기가 꺾여 비실거리는 사람도 있었다.

울분과 비탄이 무져 놓은 잣마대를 빡빡 허비였다. 손끝에서 피가 묻어났다. 눈물은 수돗물처럼 좔좔 흐르고….

"도대체 당신이… 무슨 죄가 있나요? 아아! 뭉칫돈을 긁어모아 농짝 밑에 깔고 있는 저런 인간들이… '애국자' 행세를 하고… 동기와(나무기와) 집에서… 가산 다 팔아 바친 바보는… 범죄자가 되어야 하니…. 이게 과연, 과연 무슨 사회란 말이냐? 아…하아!"

"닥치는 대로 죄다 끌어내랏!"

불호령이 떨어졌다. 그것은 치열한 격전의 개시를 알리는 폭언이었다. 총칼 이상으로 종주먹²⁷⁰ 역시 더는 무의미한 몸싸움으로 임하지 않을 것이다. 피 절은 절규가 가슴 가슴에서 격노의 불길로 타 번지고 있었다. 우리

---

²⁶⁹ 걸치어 움켜잡다.
²⁷⁰ 쥐어지르며 을러댈 때의 주먹을 이르는 말.

끓일 수 없는 가마

가 바친 피와 우리가 흘린 땀과 우리가 묻은 양심의 분풀이라도 속 시원히 하자!

드디어 격렬한 싸움이 터졌다. 적수공권과 무쇠주먹, 폭력과 비폭력 간의 그야말로 피 터지는 싸움이었다. 권투(복싱)선수 출신인 남궁윤까지도 가방을 집어던지고 혼탕 속에 뛰어들었다. 총탁으로 내리 까고 주먹으로 조지고… 비명소리, 고함소리, 째지고 부딪치는 온갖 불미스러운 불협화음들이 교향곡 〈모순〉을 연주하고 있었다.

붉은 기폭에 가리어진 사회주의 진면모, 말과 행동이 다른 정치적 모순과 겉과 속이 대립한 제도적 모순으로 말미암아 초래되는 사회와 성원 간의 크고 작은 일체 모순들이 음과 색을 이루고 역사에 없는 이데올로기적인 교향곡을 손색없이 연주했다.

달걀과 바위가 부딪치면 달걀이 깨지기 마련이다. 하지만 그 달걀은 바위를 어지럽혔다.

밖으로 끌려 나온 노동자들의 정상은 말이 아니었다. 머리에서 피가 흐르고 옷이 찢어지고 안경알이 깨지고….

김명선이나 박혜영은 아예 정신이 없는 것 같았다. 어느 무쇠총탁에 짓이겨졌는지, 아니면 울화에 숨 막혀 질식되었는지….

노동자들이 그들을 부여안고 통탄했다. 천하의 날강도 심보를 더는 감출 수 없게 된 김경식은 계량이고 뭐고 형식을 차리던 허울마저 다 벗어던지고 가차 없이 잣을 신도록 지시했다. 하사관들도 제풀에 격해진 심기로 잣마대를 씨엉씨엉[271] 메날랐다.

"다치지 말라! 다치지 마! 그 잣 다치지 마~아!"

침침한 정적이 흐르는가 싶던 구내에 누군가 고래고래 강청으로 외치는 소리개가 또다시 울려 퍼졌다. 어쩐지 귀에 선 음색이었다.

아니나 다를까 잣 출하를 위해 세관에서 기다리던 최미화가 황급히 온 것이다. 김현일의 차를 타고 금시 도착하는 길이었다.

---

[271] 걸음걸이나 행동 따위가 기운차고 활기 있는 모양.

차는 그 자리에서 돌아섰다. 세관에서는 지금 중국인 김대광(金大光)과 김현일의 면담이 한창이다.

급변한 사태를 어떻게 설명할지 몰라 김현일은 여간 급하지 않았다. 하기야 집안싸움을 옆집 사람에게 뭐라고 터놓는단 말인가? 야단은 야단이다.

"비키여! 난 외국인이유! 세상에, 세~상에 이런 법 어디 있어!"

최미화는 정문을 버티고 선 사병에게 막무가내로 입심을 털었다.

"외국인?"

몰려 있던 사람들이 희한한 구경거리가 더 불어난 듯 일시에 초점을 집중했다. 사병 역시 어쩔 바를 몰라 한다.

전무후무한 쇄국정치로 말미암아 철조망을 늘여 놓은 하나의 큰 '집단병영' 안에 사는 절대다수의 사람들은 현실에서 외국인을 한 번도 보지 못하고 세상을 하직한다. 그러니 '외국인'이라는 존재는 참으로 신비스러운 별세계 사람이었다. 그 앞에 서면 현대인을 만난 고대 원시인처럼 목을 움츠리며 부끄러워 몸 둘 바를 몰라 한다.

그런 꼴불견을 내외(內外)하고 수줍음을 잘 타는 고상하고 순진한 조선 민족의 개성인 양 그럴듯하게 포장하며 변명하고 있다. 중국말, 조선말을 유창하게 섞어 가는 최미화가 그래서 무대에 나선 경극 배우처럼 선망의 시선에 붕 들린 것이다.

민심에 주는 영향이 좋지 않다는 것을 감촉한 김경식은 도무역국 부국장 강태걸을 불렀다.

"동무 저 여자를 좀 알겠구만?"

"예. 세관이란 게 뭐… 빤드름합니다.[272] 왔다갔다 중국 대방이라야 손가락 꼽을 정도라서… 면목은 있습니다."

"좋구만. 그럼 동무가 빨리 나가 보오. 어떻게든 저 입을 막소."

"제가요?"

강태걸은 난감한 표정으로 바라보았다.

---

272 '뻔하다.'의 방언.

끓일 수 없는 가마

왜 똥 싼 데 개 불려 다니듯 막다른 모퉁이마다 나만 내세우는가 하는 의견의 빛이 움푹 꺼진 눈가에 짙게 비껴 있었다.

"동무 말고 나설 사람 있소? 당 일꾼은 외국인 접촉이 안 되지!"

'에그! 그놈의 당 일꾼 감투, 아무 데나 다 들어맞는군. 더러워서, 홍!'

강태걸은 더 말했댔자 소용없다는 것을 알고 있었다. 울며 겨자 먹기로 어차피 나서야 한다. 사실 그로서는 정말로 따분한 일이 아닐 수 없었다.

조선 사람이라면 몰라도 무역 대방들 사이에 갈등이 생기면 앞으로의 사업에 지장이 간다. 자칫 하다가는 국가의 대외적 권위를 훼손시켰다는 오명까지 쓰게 된다.

그래서인지 뜨직뜨직[273] 정문으로 향하는 강태걸의 걸음은 무척 무거웠다. 채 당도하기도 전에 최미화는 제 편에서 먼저 그를 불러댔다.

"부국장 선생, 부국장 선생!"

강태걸은 대답 대신 그쪽을 향해 소리쳤다.

"들여보내라우!"

보는 눈 많은 데서 마주 서기가 그는 두려웠다. 격하면 괴벽하다는 정도 이상으로 개성이 과격한 최미화다.

강태걸은 이렇다 할 실마리도 잡히지 않는 뭉툭한 궁량을 이리저리 굴리며 정문 가까운 곳에서 걸음을 멈추었다. 최미화가 시에서 벗어난 화살마냥 날다시피 다가왔다.

마주 바라보는 강태걸의 인상이 저도 모르게 공포로 이지러졌다. 틀이 큰 몸까지 짐짓 뒤로 제쳐져 자세가 무척 부자연스럽다. 그는 지금 날아드는 화살을 마주한 섬찍한 심정이었다.

"부국장 선생! 어쩜 이럴 수 있수? 요새 세관에 살다시피 하는 선생이 우리 공사가 오늘 넘길 잣인 줄 모를 턱 있시유? 예에? 그래, 그 좁디좁은 마당에서 최미화 투자가 들어간 걸 모르는 사람 있나 말이유? 무역이 애들 바꿈질은 아니지 않수?"

---

[273] 말이나 행동이 매우 느리고 더딘 모양을 가리키는 북한어.

"미화 선생, 좀 진정하고 조용조용 이야기합시다."

"진정하라구? 이 상황에 진정해? 세관 수속 다 하구, 차까지 건네왔는데? 저 건너편에 판매 계약 다 하구, 예약금까지 다 받아났는데, 아… 이런데 조용하게 됐나? 조선이야 어떨지 몰라두, 우리 중국에선 말이지, 계약 못 지키면 손해 보상이 따라유! 부국장이 그걸 모를 리 있잖아?"

강태걸은 적절한 말귀를 찾지 못해 안절부절 못했다. 땀도 나지 않는 이마에 손수건만 맹탕 오르내린다.

"압니다. 알아요! 제발 진정하십시오. 이거, 뭐라고 말해야 좋을지… 저도 참 딱합니다."

"선생이 차 대구 실어 내면서 웬 모르쇠유?"

최미화는 진물이 날 때까지 따지고들 판이었다. 큰 우환거리를 만난 강태걸은 후! 하고 한숨을 길게 지었다.

"사실 전… 에… 그…."

최미화의 목청이 또 터질까 두려워 서두는 떼놓았지만, 도무지 다음 말을 이을 수가 없었다. 무슨 말로 어떻게 달랜단 말인가? 중국이라는 강 건너 다른 세계 사람에게 이해시키려야 이해시킬 수 없는 현실을 무슨 재간으로 납득시킨단 말인가? 사상가나 철학가, 말 잘하는 변호사라고 해도 처지는 마찬가지일 것이다.

바른 해명을 주자면 궁극에는 기필코 사회, 그 자체를 지탄해야만 하는 뿌리 깊은 모순에 아름다운 보자기를 씌워 기만해야 하는 정치적 환상요술을 돈이나 몇 푼 주무르는 일개 장사꾼 따위의 두뇌로 창안하고 각색한다는 것은 그야말로 허망한 짓이었다.

말 한마디 잘못했다가 밥줄이 끊길 수도 있는 예민한 곤경에 빠진 강태걸은 심사숙고해야 했다. 지금 그는 최미화를 이해시키면서도 국가의 영상이 손상되지 않는 공통약수를 도출해 내려고 고심하고 있었다. 그러나 그것은 정수와 부수 사이에 같기(=) 부호를 놓으려는 낙제생의 저능아적인 기도였다.

"선생은 외국인이라 정치적 문제는 제가 말할 수 없고…. 그저 국가적인 조치라고 알아주면 되겠습니다. 저로서도 어쩔 도리가 없으니… 부디 이해를 바랍니다."

"정치 따위는 알고 싶지두 않아유. 돈만은 시시콜콜 알아야겠수다. 난 직접 투자한 사람이니까. 내 소중한 투자금이 위험한데, 팔짱 끼구 속수무책 하라우? 국가적 조치라니 그에 대한 정확한 해명과 이해를 정식으로 요구해유!"

최미화는 명백하고도 즉각적인 해답을 바라고 있었다. 호상 관례를 존중하여 억지로 자중하려는 태도가 척 보기에도 민망할 정도였다.

그러나 강태걸의 입에서는 그 이상 다른 해설이 나오지 않았다. 그로서도 이해시킬 수 없는 것이 확연한 이상 괜히 후에라도 말 잘못했다는 오명까지 만들어 쓰고 싶지는 않았다. 죽느니 까무러치는 편이 낫지. 망신 좀 당하더라도 중요한 건 후환이 없어야 해!

침묵으로 행악질을 다 받아주면서 그냥 붙잡고 있기로 내심 작정했다. 그것이 고심 끝에 찾아낸 유일한 방책이었다.

해서 강태걸은 잇달아 퍼붓는 험한 시비중상도 마다하지 않고 묵묵부답이었다. 당초에 몸뚱이만 마주 섰을 뿐 생각은 딴 곳으로 열성껏 날려 보내고 있었다. 구태여 들은들 필요가 없었고 또 듣지 않는 편이 훨씬 나았다.

망신이나 수치도 일단 각오하고 당하니 별로 창피한 줄 모르겠다는 당당한 느낌까지 들어 불원 간에는 격에 어울리지 않게 씨물씨물거렸다.[274]

"내 말 듣소, 먹소?"

몸 새, 손 새를 써 가며 혈압이 튀도록 항변하던 최미화는 너부적한 사각 턱에서 지렁이마냥 길게 늘어나는 뻘건 입술을 보고 분개했다.

"얘기하십시오. 듣고 있습니다."

"듣는다는 분이 한마디 응수가 없으시우?"

---

[274] '씨물거리다.'는 '입술을 약간 씰그러뜨리며 소리 없이 자꾸 웃다.' 또는 '한데 어울리지 아니하고 자꾸 능청스럽게 굴다.'의 뜻.

"뭘 말입니까?"

"예에? 부국장 선생, 이게 뭐지유? 생각은 딴 데 있지 않수? 사람 앞에 놓구 지금 예의가 됐소?"

제 딴에 둘러쳤던 작은 감흥의 울타리가 꽥, 소리 한마디에 가랑잎처럼 날려가 버렸다.

"아하, 이거 미안합니다. 사실 제, 몸이 좀 찌뿌둥해서… 집중 못 했지 뭡니까!"

강태걸은 이마에 손수건을 가져가며 삽삽하게 낮추 붙었다.

"방금, 뭘 물었던가요?"

최미화는 그의 옅은 수가 뻔히 들여다보여 "사장 왜 잡아갔나 말이유? 왜?" 하고 도리어 언성을 배로 높이었다.

"이거 정말…. 아, 말이야 바른 대루…. 그런 문제는 제가 알 수 없지요."

"그럼, 누가 안다는 게유, 누가?"

"따분하게 왜 자꾸 나한테 이러는 겁니까? 에휴, 저 사람들이면 또 모를까…. 말이야 바른 대루 나 같은 거야…?"

"하긴, 선생이 경찰은 아니지… 내 그럼 저들한테 좀 따져야겠소!"

바로 어제도 나타나 김상록의 잣을 송두리째 실어 간 '경찰'들을 벼르고 있던 찰나였다. 최미화는 가타부타 없이 청사 쪽으로 걸음을 내짚었다.

"아니, 저, 미화 선생!"

미처 붙잡을 새도 없었다. 아무렇게 둘러친다던 노릇이 숨어 있는 막후 인물들에게 제사 떠밀어 주다니….

강태걸은 씨엉씨엉한 뒷모습을 퀭하니 바라보았다.

'에라, 모르겠다! 저들이 쑨 죽이니 저들이 먹으라지. 말이야 바른 대로…!'

그는 애써 저지하려 하지 않았다. 그 통에 김경식이 대번에 긴장해졌다. 먼발치에서 보매 강태걸이 능글거리기에 뭐 좀 돼 가는가 싶어 안도의 숨을 내쉬던 그였다. 그런데 기껏 시를 당겨서 이쪽으로 쏘다니…. 미처 꼬리 사릴 새도 없었다.

'밥통 같으니, 덩치가 아깝군! 씨알이 없어, 씨알이! 쯔쯧….'

점점 다가드는 최미화를 못 본 척하며 그는 태연하려고 애썼다. 외국인과 마주치기는 이번이 처음이다. 마음과는 달리 심장 근처의 탄력 없는 젖살이 잔 경련을 일으켰다. 사지도 뻣뻣해진다.

'어쩐다? 가만… 이 사람에게 가면 좋겠는데?'

곁에 서 있는 남궁윤을 힐끗 곁눈질해 보았다. 형세를 모르는지 그는 덤덤해 있었다. 마침이다.

김경식은 슬금슬금 뒤 걸음 물러섰다. 그랬더니 남궁윤의 뒷자리다. 역시 꼼수는 그의 특기였다.

"실례지만, 저 좀 뵙시다."

"저… 말입니까?"

화살은 정확히 유도되었다. 장신의 남궁윤에게 면바로 들어가 맞은 것이다.

'임기응변이라, 이런 걸 보고 하는 말이지…!'

속으로 자찬하는 김경식의 몸이 별안간 나른해졌다.

남궁윤은 난데없는 요청에 어리둥절했다.

'하필 나를…? 외국인 문제에 개입할 일이 뭐가 있다고…?'

두리번두리번 주위를 둘러보았다. 엉? 금시까지 옆에 있던 김경식이 어느새 뒤에 물러나 있었다. 쓸데없이 부스럭대며 슬슬 눈치를 살핀다. 그제야 깨도가 든 남궁윤은 "허허, 참…!" 하며 얼뜬한 자기를 방패로 삼았다는 생각에 경멸감을 금할 수 없었다. 지내 발칙한 불여우라 솔직히 인간적으로는 끌리는 데가 없는 인물이다.

남궁윤은 "음!" 하고 아프게 목구멍을 긁어냈다. 그러고는 몸가짐을 바로 가지고 정색하며 최미화와 마주 섰다. 그 모습은 신통히 망두석과 한가지였다.

"전 중국 C무역공사 최미화입니다."

"예? 예… 전 자강도인민보안국 감찰작전처 상급감찰원입니다. 이름은 남궁윤이고."

예상과는 달리 예의적인 최미화의 언행이었지만 남궁윤은 여전히 뚝뚝했다. 오히려 제 편에서 먼저 도전을 걸듯 뻣뻣한 태도를 보인다. 피할 수 없는 마찰임에야 강경하게 맞서는 것이 주도권을 쥘 수 있는 방도라고 무관답게 타산한 모양이었다.

"서두에 말씀드린다면… 외국인도 우리나라에 체류하는 동안은 공화국법을 준수해야 합니다. 이렇게 소란 피우면 되겠습니까?"

심중하고 엄엄한 경고였다. 그러나 위세를 한껏 돋구어 꺼내 놓은 그 말이 도리어 최미화의 형식상 예의마저 불필요하게 만들어 버렸다. 기다렸다는 듯이 거추장스러운 관례를 활활 벗어던지며 대든다.

"내래, 조국에 한두 번 나왔수? 소란 피우게 누군데 제사 흰소리시유, 흰소리가? 내 물건 건들지 않으면, 나두 삐치구 싶지 않아. 대답해 봐유, 내 잣 왜 뺏들구, '사장'은 또 어데 잡아갔는지. 왜? 에에?"

청이 어찌나 센지 망두석이라도 귀청이 째질 것 같았다.

"소리는 왜 치시오? 법에서 하는 일이니 거기선 상관 마시오!"

듬직해 보이던 남궁윤이 아낙네처럼 경망스레 맞받아 대항했다.

"소리 안 치게 됐나, 됐어?"

이번에는 더 찢어지는 고함이 터졌다. 당장 최미화의 눈알이 안경 밖으로 튀어나올 것 같았다. 주위 사람들이 하던 일과 하던 생각을 멈추고 쾡하니 바라보았다. 그러나 누구도 터진 입을 막을 엄두는 내지 못했다. 너무도 사품치고[275] 태질하며[276] 세차게 쓸어 나오는 탁류를 막아 낼 용사가 그들 속에는 없었던 것이다.

"말끝마다 국가의 조치요, 뭐요 하는디, 이게 정말 공화국정치 맞긴 맞아유? 일 잘하는 사람은 잡아가구, 해외 공민 재산은 강~도처럼 뺏드는 게, 여기 정치냐구요? 자본주의도 그러진 않아!"

---

[275] '사품치다.'는 '물살이 계속 부딪치며 세차게 흐르다.'는 뜻으로 비유적인 표현으로 '마음이 세차게 부딪쳐 움직이다.'는 뜻의 북한어.

[276] '태질하다.'는 '세게 메어치거나 내던지다.'는 뜻.

끓일 수 없는 가마

"말조심하시오! 누구더러 강도라는 거요?"

"강도 아니문, 저게 강도 아니문 뭐유? 에? 뭔가?"

잣 무지 위에 우구구 몰켜[277]있는 하사관들뿐이랴. 그들을 빗댄 신랄한 낙인이었다.

"이 아주머니가 점점…! 법은 외국인도 예외가 없어요! 엄연히 공무집행이니 방해하지 마시오!"

제 버릇 개 못 준다고 남궁윤은 원체 말투가 엄포였다. 게다가 주절주절 말이 길어지면 여러모로 좋을 게 없는 상면을 빨리 깨 버리기 위해서였다.

"공무집행이라면 내래, 정식으로 묻기유, 경찰 선생! 대체 잣을 어쩌려는 기유?"

"아줌마가 다 말하고 뭘 또 물어요?"

더 말할 게 없다는 듯 남궁윤은 "됐수다!" 하고 짜증을 냈다.

"아줌마, 아줌마 하지 말라우! 내래, 동네 안까인가[278] 하우?" 하며 눈을 부릅뜨는 최미화. 몰상식해도 분수지… 채머리를 화들화들 떤다. 이성이 떠는 격분이었다.

"어쩜 개인재산을! 범 날고기 덮쳐 먹듯 하냐 말이여? 세상 다 둘러 봐유. 이런 무법천지 나라가 또 있나. 없어, 없어! 없다구! 아이고, 아이고…! 으윽, 으으윽…!"

가슴을 움켜쥐며 최미화가 몸을 쭈그렸다.

'아니 저런…!'

미욱부리는[279] 남궁윤을 속으로 치사하고 있던 김경식의 눈알이 불시로 동그래졌다. 체질로 보아 혈압이 높을 것 같은 그를 긴장하며 주시한다. 저러다 여기서 쓰러지면 그땐 정말 큰 난사[280]였다.

물에 빠진 놈 지푸라기 잡는다고 정문 근방에서 어슬렁거리는 최승기

---

277 '몰키다.'는 '한곳에 빽빽하게 모이다.'는 뜻의 북한어.

278 '안까이'는 '아낙네'의 함경 방언.

279 '미욱하다.'는 '하는 짓이나 됨됨이가 매우 어리석고 미련하다.'는 뜻.

280 難事. 처리하기 어려운 일이나 사건.

가 눈에 띄자 그는 얼른 손짓했다. 급히 오라는 신호였다.

경중만 살피며 바람세 따라 돛을 조절하던 최승기는 이미 전향한 사람처럼 곰상스럽게[281] 응했다. 잘 보이기라도 하려는 듯 빠른 걸음도 성차지 않아 체면을 불구하고 종달음치는 흉내를 낸다.

이제라도 제 살아날 방도는 얼마든지 있었다. 그러자면 우선 변절자든 삽살개든 좌우간 저들이 좋아하는 모양새로 아무렇게든 탈바꿈해야 했다. 그래 영문도 모르면서 극성을 보이는 것이다.

헌데 김경식은 채 당도하기도 전에 차갑게 손가락으로 지시했다. 최미화를 안정시켜 데리고 나가라는 무언의 내리 기압이었다.

역시 비굴함이 받는 대접이란 제집 똥개 다루듯 하는 멸시와 굴종적인 요구뿐이었다. 최미화의 눈에 뜨일까 두려워 쥐구멍만 찾아다니던 배신자에게는 아찔한 임무였다. 시공간에서 아물아물 별찌가 일었다. 하지만 개가 된 이상 뜨물도 먹으라면 먹어야 할 처지였고 또 그런 면에서는 뜨물도 들이마실 기질이 있는 그였다.

순순히 방향을 바꾸어 속도감을 늦추는 걸음걸이에 자못 틀이 잡혔다. 외교는 어디까지나 외교다. 카멜레온 같은 변신술과 예술적인 기만이 외교의 속성이라는 것이 최승기의 견해였다. 항시 자세를 허물면 안 되고 말투 역시 무게를 유지하고….

"미화 선생, 일없습니까? 저와 함께 병원에 가 보는 게 어떻습니까?"

가늘고 맥이 약한 숨줄을 겨우 움켜쥐고 동통을 참느라 신고하던 최미화가 비스듬히 고개를 쳐들었다. 3일 전 면담 석상에서 보았던 우리 사람, 시국에 어울리지 않게 태평스러워 보이는 번번한 모습이 작은 안경알에 비쳐 들었다. 그런데? 어찌하여 그의 권고는 좋은 날, 좋은 일로, 좋은 좌석에서 표하는 신사적인 호의로밖에 들리지 않는 것이냐?

최미화는 몸을 움쭉 펴며 무척 놀라워했다. 척 보매 언제 아팠냐 싶다.

---

281 '곰상스럽다.'는 '성질이나 행동이 싹싹하고 부드러운 데가 있다.' 또는 '성질이나 행동이 잘고 꼼꼼한 데가 있다'는 뜻.

끓일 수 없는 가마

"아니, 거긴 어데 계셨수?"

"세관엔 담당부원만 올라가고 전 여기 있었습니다."

놀라움에 못지않게 평온한 대답이었다.

"아니, 선생이 계시면서… 이 개판 치두룩 뭐 하셨수? 여긴 선생네 공사(公司)가 아니시우? 잣 수출두 거기가 제안한 거구… 대체 이건?…! 다들 답변 피하는데, 선생이 좀 시원하게 얘기해 주시우. 잣은 대체 어쩐다는 게구, 여기 공사(公司)는 또 어찌한다는 건지? 글구 우리 사장은… 사장은 어케 되는 기유?"

많이 상대한 적 없는 최승기가 어딘가 모르게 철면피처럼 느껴져 최미화는 비양조를 한껏 담았다. 외모나 거동이 구면지기 노동자들과는 대조되어 산뜻한 게 도리어 눈에 거슬렸다. 여기 있었다면서 폭풍은 왜 그만을 다치지 않고 지나갔느냐? 촉감으로도 한배에 탄 사람이 아니라는 것을 대뜸 알 수 있었다.

그러나 최승기는 뻔뻔스럽게 주절거렸다.

"오늘은 약속을 지키지 못하지만, 다음 주 안으로 꼭 잣을 올려 밀겠습니다. 제발 절 믿으십시오. 그리고… 지사 문제는 아직, 에… 한마디로 선생이 나설 일이 아닌 것 같습니다."

"최 선생! 당신 혹시 유다는 아니시우?"

"허허, 그건 또 뜬금없는 유머입니까?"

"유머가 아니라 유다요! 유다! 유다를 어케 믿어요, 어케…?"

"미화 선생, 그건 너무 심한 말인 거 같습니다. 저도 제 선에서 최선을 다하고 있습니다. 하지만 도당에서 직접 내려와 처리하는 일인데, 제가 용뺴는 수가 있겠습니까? 상황을 명백히 해명하려면 시간이 필요합니다."

최승기는 얼떨결에 슬슬 자리를 피해 가며 동태를 살피는 김경식을 가리켰다.

"도당? 그러니, 저 사람… 도당서 내려온 간부유?"

"아니, 그게… 차아, 이거 참….'

다그쳐 따지는 바람에 최승기는 난감해졌다.

아차 실수라고 '망책'을 폭로시키는 엄중한 실책을 범했으니….

"그런 게 아니라, 미화 선생… 제 말 좀 들어…."

최미화는 막아서려는 그를 활 밀어제쳤다.

"그러니… 저 어른이 총책임자라는 거겠수?"

어제까지만 하여도 미처 몰랐었다. 사복차림에 안경을 낀 갱핏한[282] 사내가 안개처럼 주위를 배회했지만, 딱히 눈에는 들지 않았었다. 그런데 지금 와서 이 모든 험악한 사태가 저 말라빠진 몸뚱이에서 뿜어나오는 마술과도 같은 힘으로 빚어졌다지 않는가?

"도당… 도당?"

몇 걸음 내짚는 최미화의 입이 주문을 외우듯 씰룩거렸다. 더는 정체를 감출 수 없게 된 김경식은 천연스레 움씰 돌아섰다.

"선생! 선생도 조국에 대해 잘 알고 계신다니 구태여 설명하지 않겠습니다. 방침에 따라 도당 결정으로 진행하는 사업인 것만큼 선생도 좌중하시길 권유합니다."

"선생, 선생…! 입에 침 발린 소린 듣기두 싫수다. 그래, 해외 교포, 아니 외국인 재산을 대놓고 강탈하라는 방침인가유? 도당에서 이 최미화 잣 뺏으라구 결정했나 말이우다! 우린 조선과 합법적으로 거래하는 외국기업이유. 법이구 절차구, 싹 다 밟았단 말입네다. 저 사람한테 직접 물어봐유!"

최승기가 삿대질에 비실거리고 있었다.

사기꾼을 폭로하듯 "그럼… 지금껏 도장 꽝꽝 찍은 계약선 다 위조요? 공식 면담두 다 거짓이구?" 하고 따지고 든다.

김경식은 양미간을 좁힌 채 입을 봉하고 있었다.

어찌 된 판인지 최미화는 누구의 대답도 바라지 않았다. 들어봤댔자 특등 사기임을 이제는 깨달은 모양이다. 당과 국가는 다 사기의 주범이었다. 설마 사기가 아니라면 당이나 국가 자체가 사기였다.

---

282 '갱핏하다.'는 '몸집이나 생김새가 여윈 듯하고 칼칼하다.'는 뜻의 북한어.

끓일 수 없는 가마

"당신들 말대로면 말이유… 세관이구, 통검(통관 검열)이구 죄다 협작꾼들이란 소린데? 왜 잡아가지 않수? 왜? 어째서 우리 사장만 잡아가냔 말이유?"

이번엔 남궁윤을 향해 던진다. 그러고 보니 주런이[283] 둘러서 착실히 갈굼 당한다. 참말로 강령적인 훈계였다.

"외국인 투잔 어느 나라나 법적으루 보호해 줘유. 조선처럼 아래위로 무법천진 없어, 없어! 그만치 쏙히우구두[284] 내가 천치지, 바보야! 사장이 하두 아득바득하길래… 에휴…! 조선, 이래선 백 년이 아니라 천 년 가두 발전 못해! 절~대 못해!"

그냥 놔두면 어떤 험악한 소리가 더 쏟아져 나올지 몰랐다. 외국인만도 희한하지만 하는 말은 더 희귀한 것이어서 멀고 가까운 곳에 몰려선 사람들은 시국 강연을 청취하듯 새겨듣고 있었다.

안절부절못한 건 김경식 혼자뿐이었다. 무슨 수를 써서라도 그 입을 틀어막아야 했다. 문득 김명선의 모습이 시야에 들어왔다. 정문 쪽에서 사병을 뿌리치고 허둥지둥 달려오고 있다.

'할 수 없지. 꽹과릴 쳐서 북을 울릴 수밖에….'

얼굴이 온통 먼지와 눈물로 범벅된 김명선은 곧장 최미화를 붙들고 곡을 터쳤다.

"'유령'이라면서 애 아버지를… 생사람을 죽이려구… 저놈의 잣이 뭐길래… 그걸 뺏으려구 사람을 잡아요! 무고한 사람을! 흑 흑…!"

어머니뻘 되는 최미화는 가엾어 보이는 그를 꼭 안아주었다.

돈은 둘째였다. 조국에서 손실을 봐도 엎어지면 코 닿을 강 건너에 발붙일 땅, 맘 편히 살 보금자리가 있는 최미화였다. 그 땅에는 암흑과 광명의 차이라고 할 수 있는 극락의 사회, 법치국가가 있다. 허나, 이들은? 운명이 칼질을 당하면서도 이 땅에 묵묵히 뼈를 묻어야 하는 불우한 숙명들이 아

---

283 '줄을 지어 가지런히'라는 뜻의 북한어.
284 '속고도'의 뜻.

니더냐! 가긍한 생각이 아프게 가슴을 저미었다.

"진정하라구, 진정해! 하늘이 두 눈 부릅뜨고 내려다봐. 애 아버지… 절대 나쁜 사람이 아니잖니! 감히 어쩌지 못해! 그르믄야… 사람 사는 세상이 아니지! 아니야…! 흐읍, 흐읍….'

말끝이 설움에 푹 젖어 들었다. 최미화는 안경을 벗고 눈굽[285]을 훔치었다.

넋 없이 흐느끼던 김명선이 별안간 몸을 휙 돌렸다.

"당신은 뭐예요, 책임지지도 못할 주제에? 애당초 잣이란 꿈도 꾸지 않던 애 아버질 어떻게 만들었나? 그렇게 기세등등하게 강짜를 부리더니, 왜 지금은 꿀 먹은 벙어리처럼 말 한마디 변변히 못 해?"

문문한[286] 게 홀아비좆이라고 또 최승기였다. 그러나 문문해서가 아니었다. 교활하고 지저분해서였다.

"우리 세대주는 당신처럼 날아가는 돈 쫓아다니는 투기꾼이 아니야! 잡혀 갈라면 당신이 가야지. 이치가 바르자면 말이야! 애 아버진 속은 것밖에 없는, 당신한테 속히운[287] 피해자란 말이에요, 피해자! 법도 눈이 썩었지. 못난 놈 잡아들이라니 정직한 사람 잡아가구… 아! 협잡꾼, 사기꾼, 썩 사라져라, 개자식아!!"

허례허식(虛禮虛飾)으로 간신히 불구고 있던 최승기의 몸에서 사정없이 김이 빠졌다. 자세가 볼품없이 후줄근해졌다. 술집에서 쫓겨나는 주정꾼처럼 돌부리에 걸채어[288] 비칠거리며 몸 둘 바를 몰라 한다.

"대체, 누굴 믿어야 합니까? 누굴! '건강과 안녕을 위한 일'이라느니, '영예로운 사업'이라느니… 요란한 간판 들고 거들대더니… '유령' 험테기 씌우고, 마구 짓밟는데도 찍! 소리 한마디 못 지르는 얼간이들… 저런 것들을 믿고 2년 동안 생고생했으니…! 아 아!… 양심이 죄구, 일한 게 죄나요? 억울해서 미치겠어요!"

"아니여, 아니여! 절~대루 아니여…!"

여인들은 서로 질문하고 부정하며 청을 합쳐 기껏 곡을 높였다.

때는 이때였다. 기다렸다는 듯 김경식의 개개명창[289]이 불쑥 끼어들었다.

"야 야! 아무 말이나 탕 탕! 할 소리, 안 할 소리… 얻다 넋두리질이야, 넋두리질이!"

흡사 독이 오를 대로 오른 사냥개였다. 뒷발을 탕 구르며 김명선을 와락 덮칠 기상이었다.

"선생! 당 일꾼 옳긴 옳수? 누구더러 야, 자요? 중국 같으면 단판에 쳐맞어! 백성이 무섭지 않수?" 하며 최미화가 가강히[290] 막아 나섰다.

"자꾸 중국, 중국 하면 정말 좋지 않습니다. 뭘 선전하자는 겁니까?"

"선전은 내가 아니라 당신이 해구 있수다! 입 삐들어두 말은 바루 하랬다구, 한국 가서두 난 북조선 편드는 사람이에유! 조선이 〈고난의 행군〉 겪을 땐, 식량이랑 좀 작게 기증한 줄 아시우? 애국적인 상공인이라 평양 초청까지 받았구요…! 후유~!… 그러구 보니, 그것두 다 거짓인가 부네. 에유…!"

불원간 불그스레 상기된 최미화의 두 볼을 타고 눈물이 주르르 흘러내렸다. 숨을 끄억끄억 꺾으면서 "그나새나… 모국이라 찾아온 자식을… 당신처럼 박대해야 되겠수?" 하며 서러움을 이루 표현하지 못했다.

"돈두 돈이지만… 그래두 애국심 한 조각은 가슴에 묻고 무역하는 거… 당신 같은 사람은 알 수가 없지, 없어…! 더는 모욕 마시유!"

음성이 몹시 갈리었다. 진하게 그어진 물길로는 구슬같이 청렴한 눈물 방울들이 줄줄이 미끄러져 내렸다.

그 어떤 반박도 없었다. 누구 하나 그럴 염도 못했다. 다만 "모욕이라니? 선생, 선입견이 너무….." 하는 김경식의 혀끝에 게발린[291] 변명.

---

289 箇箇名唱. 하는 소리마다 어처구니가 없는 소리임을 놀림조로 이르는 말.

290 加强히. 더욱 강력하고 완강하게.

291 '게바르다.'의 피동사로, '게바르다.'는 '지지분하게 바르다.'는 뜻의 북한어.

신수 편편한[292] 허풍이 여간 놀랍지 않아 "세상에⋯! 강탈이 모욕 아니유? 쯔 쯧쯧⋯" 하고 최미화는 혀를 찼다. 그러고는 절절하게 일깨워 주었다.

"당신 마음에 조국이 있는진 모르겠지만, 해외 공민 심장엔 그나마 얼은 있다우. 조선사람이라구! 그리 하찮은 장사꾼으루 몰아붙이면 그게 모욕이 아니구 뭐유? 우리 교포 상공인들 모욕하는 게지유, 모욕!⋯ 솔직한 말루, 조선과 무역이라야 한국 가서 막벌이하는 것만 못해유! 못해!"

"그만하시오!"

김경식이 허겁지겁 소리 질렀다. 고깃덩이를 문 미친개에게 '꼬득꼬득!'이 통할 리 없었다.

"더 이상 방해하지 마시오! 다시 말하지만, 우리나라에 체류하는 외국인은 마땅히 공화국법을 준수해야 합니다. 함부로 떠들지 마시라고요! 자칫하면 정치적 발언으로 해석됩니다! 외국인답게 처신하십시오!"

"외국인?"

법에도 인정이 들어갈 틈은 있다는데 김경식의 심장은 금욕으로 매닥질[293]되어 바늘귀만 한 틈도 없었다. 일단 시작한 일에서 추호도 물러서지 않을 잡도리만 만만했다. 사실 말이지 이제는 만들어서라도 반드시 둘러메쳐야 한다는 필사의 각오가 그의 혼을 태우고 있었다.

"뭣들 하구 섰어? 뭘 들을 게 있다구! 멍청이들⋯! 빨리 싣지 못하갔나? 이것들 싹 다 내쫓아 버리라우!"

힘들게 시동 걸린 구내가 느직느직 다시 돌아가기 시작했다.

"가만, 그리고⋯ 그⋯ 창고장인지 그 여자⋯ 들어와 확인하라구 해!"

김경식은 짐짓 원칙성을 부여하여 윤활효과를 얻으려 했다.

두 여인과 하사관들 사이에는 아귀다툼이 벌어졌다. 막중에 최미화는 밀려서, 김명선은 끌려서 정문 밖으로 쫓겨났다.

---

292 '편편하다.'는 '막힘이 없이 넓고 편편하다.'는 뜻의 북한어.
293 정신을 잃고 아무렇게나 하는 몸짓.

소꼬리에 불을 단 것처럼 사병들은 분위기가 고조될 때마다 죽을둥 살 둥 모르고 잣마대를 날랐다. 어느덧 타이어가 터질 지경으로 적재함이 불룩하게 차올랐다.

김경식은 곧 강태걸을 태워 첫 차를 출발시켰다. 막아서는 최미화와 김명선 등 저항세력을 그야말로 처참하게 진압하면서 탱크마냥 정문을 돌파했다. 여인들과 노동자들에게는 항거할 기력이나 의지할 기둥이 더는 남아 있지 않았다. 그래서인지 세 차례나 실어 내도록 가냘픈 저항은 매번 여지없이 저지당하고 말았다. 주먹으로는 무장을 이길 수가 없었다.

13

발 없는 소문은 빨리도 퍼졌다. 세관 마당에 벌써 '첨단사태'가 속속들이 짜했다.

원래 김경식은 세관에 마당을 빌어 잣을 적재해 놓기로 계획했었다. 그런데 최미화나 리열의 사람됨 알고 있는 세관 측에서는 적당한 구실을 대며 거절했다. 작게나마 동경의 표시였다.

호미난방의 김경식은 이성을 완전히 잃고 말았다. 부피가 작지 않은 물동량을 한지에 적재할 수는 없는 것이다.

사람도 일단 이성을 잃으면 미친놈과 한가지다. 무서운 것도 없고 앞뒤를 재지도 않는다. 김경식은 쥐 소 대가리 격으로 냉가슴 앓고 있는 강태걸에게 주저 없이 지시했다.

"저레… 중국에 넘기구 말자우!"

"세관 수속도 못했는데…?"

"수속이 태수요?"

그 사람은 막무가내였다. 같은 패당도 대경실색게 하는 무비의 용단이었다. 그의 사고에는 정말로 법은 고사하고 제도와 질서란 개념조차 없는 것 같았다. 설사 있다 한들 안중에는 없었다. 객관적인 모습은 필시 무뢰한의 전형이었다.

울상이 된 강태걸에게서 실무적인 제약 조건들을 얻어들은 김경식은 "무조건!"이라는 말을 남기고 세관 청사로 총총히 사라졌다. 거기서 '방침'과 '결정'이라는 당의 간판을 또다시 꺼내 들고 위법적인 요구를 억지스럽게 들이대었다. 도당의 명의로 '담보서'를 쓸 테니 이제 당장 잣을 넘기고, 수출 수속은 차후에 하자는 것이다.

역시 당 세도가 효력이 있었다. 세관 측에서 입씨름 끝에 승인하고 말았으니….

법과 규정, 질서라는 것은 대체 누가 만들고 누가 지키게 하려고 늘여 놓은 거미줄인지? 가루 팔러 가니 바람이 불고, 소금 팔러 가니 이슬비 온다고 일은 그걸로 그치지 않았다. 교두로 잣 실은 차들이 연방 올라설 때였다. 세관 마당 한가운데서 중국 사람들끼리 언쟁이 터졌다. 한 명은 C무역 공사 경리인 조선족 김대광이었고, 다른 한 명은 자강도 무역관리국의 거래 대방인 한족 출신의 중국인이었다.

자기 투자가 들어간 결실이 분명할진대, 다른 돈주머니로 흘러드는 것을 눈 뜨고 지켜보는 김대광의 심정이 과연 어떠하랴! 그렇다고 중국인들끼리 다투어 해결할 문제가 아니었고, 또 해결할 수도 없는 문제였다. 그저 너무 억이 막혀서….

김대광은 조선 측의 날치기 무역에 정식 항의했다. 김현일의 말대로면 위에서 바로 잡는다더니만 하루 시일도 걸리지 않아 즉결 처리하다니…? 그것도 생뚱맞은 놈의 주머니에 버젓이 넣어 준다. 이럴 수가 있는가?

아무리 항소해도 받아주는 사람도, 받아줄 사람도 없었다. 방금 전까지 어슬렁대던 김현일마저 온다간다 말 없이 종적을 감추어 버렸다.

"쌍, 개쌔끼들!"

예순이 가까운 김대광의 입에서는 연방 이를 깨무는 소리가 튀어나왔

끓일 수 없는 가마

다. 울어도 시원치 않고 죽어도 식지 않을 울분이 머리끝까지 치밀어 올랐다. 심한 좌골신경통으로 다리가 불편한 병약한 육신에서 밑 빠진 독처럼 졸지에 맥이 쭉 쏟아졌다.

연로한 장신이 콘크리트 바닥에 풀썩 무너지고 만다.

"아이고! 이건 죽으라는 소리구나…! 중국에선 화교들한테 무역 특혜까지 주는데, 이 잘나 빠진 조국에선 제 동포 거 뺏어서 똥떼놈 주니… 아휴! 조국은 개뿔? 퉤…이, 퉤! 퉤~!"

궁상스러운 푸념질은 세관원들이 말려서야 겨우 저지되었다.

빈 차를 거느리고 교두를 넘는 김대광의 가슴속엔 민족과 조국을 타매하는[294] 피눈물이 발밑의 압록강처럼 끝없이 흘렀다.

막차로 도착한 남궁윤은 거침없이 중국으로 향하는 차들을 불안에 휩싸여 바라보았다.

저, 저런…! 점점 험악하게 번지는 걸…!

지금 상황에서는 법적으로 단속한 물품을 도당안전위원회의 결정하에 처분해야 한다. 이는 누구도 어길 수 없는 당적 원칙이고 법적 절차였다. 그런데 이제 겨우 단속한 데 지나지 않은 잣을 몰수니, 압수니 하는 당안전위원회 결정이나 초보적인 법적 합의도 없이 처분한다는 게 어디 될 말인가? 보안 제복을 입은 이래 목격한 적도, 들어본 적도 없는 엄중한 직권남용이었고 심각한 위법행위, 국가기관일꾼의 특대형 범죄였다. 설사 이후의 결정 내용이 지금과 같아진다 쳐도, 보고조차 태우지 않은 현시점에서는 명백히 시기상조였고, 난폭한 전횡이었다. 한마디로, 걸면 거는 대로 두들겨 맞을 수 있는 큰 정책적 탈선이었다.

이 탈선을 단순 착오라고 하기에는 김경식의 직분이 어울리지 않는다. 엄연한 과오였다. 부정할 수 없는! 당 7과라면, 보안은 물론 사법·검찰의 당 정책적 지도를 전담한 당 기관 부서로서 단속처리에 관한 초보적인 법적 절차를 그가 모를 리 없기 때문이다. 과연 무슨 배심에서 이런 험악한

---

[294] '唾罵하다.'는 '아주 더럽게 생각하고 경멸히 여겨 욕하다.'는 뜻.

일을 거리낌 없이 주관하는 것이냐?

남궁윤은 더럭 겁이 났다. 김경식은 어디까지나 당 일꾼으로서 몰랐다는 구실이면 그만이다. 하지만 자기는 처지가 달랐다. 아무 데나 다 들어맞는 '당 일꾼'이라는 만능모자가 아니라 각이 뚜렷한 '법 일꾼'이라는 병종모자[295]가 머리 위에 올라 있었다. 일이 잘못 기울어지는 날에는 모든 책임이 자기에게 씌워진다. 가슴츠레 비쳐오는 빨간빛이 아프게 의식되었다. 운무가 서린 뽀얀 운명길에 켜진 천만번 위험한 신호등이었다.

그는 잠시 미로에 들어선 사람처럼 어느 길로 가야 할지 갈피를 잡을 수 없었다. 숨을 깊이 들이켰다. 그제야 다소 정신이 들었다.

언제 속으로 끙끙거릴 새가 없었다. 김경식과 한배를 타서가 아니라 자신을 위해 이미 터진 사태에 둘러맞출 최상의 방비책을 강구해야 했다. 함께 노를 젓다가도 일단 조난되면 각기 제 살길을 찾아 헤덤빌 양봉음위(陽奉陰違)[296]의 무리 속에 자신이 끼어 있었다.

남궁윤은 눈에 달이 떠서 돌아가는 김경식을 서둘러 찾았다.

"'첨단'에 다시 갔다 와야겠습니다."

"그건 왜?"

"아무래도 법적 문서들을 깨끗이 갖춰 놔야 등탈[297]없을 것 같습니다."

"그래?"

김경식은 그 제의를 제꺽 음미해 보았다. 당 7과에서 다년간 일해 온 그가 남궁윤의 의도를 간파 못 할 리 없었다.

알면서 행하는 나쁜 짓이 더 위험하다. 의문스러울 정도로 무법천지로 놀아대는 김경식은 결코 공화국법에 대한 초보적인 상식조차 없는 알짜 무식쟁이가 아니었다. 알아도 너무 잘 알며, 또 더 잘 알고 법기관들을 장악·감시해야 하는 당 7과의 해묵은 일꾼이 아니더냐?

"결심대로 하오. 기초문서부터 하나도 놓치지 말고 꼼꼼히 챙기라우! 당

---

295 병사가 군대에서 어떤 일을 맡느냐에 따라 나누는 종류. 예를 들어 보병, 포병, 기갑, 공병, 통신.

296 陽奉陰違. 겉으로는 복종하는 체하면서 내심으로는 배반함.

297 '뒤탈'의 북한어.

　　　　　　　　　끓일 수 없는 가마

장은 잣 수매에 불복하기 때문에, 어쩔 수 없이 강제로 조치했다고 보고하기요. 특히 그 지사라는 게 '유령'이라는 점을 강조해서…! 그리고… 막차에 실은 잣이 얼마나 되오?"

"대략, 10톤가량…."

"좋소! 그 차는 저 골목에 틀어박소. 보고할 땐 그 수량 빼구! 부국장과도 토론이 있었소."

"그건 어째서…?"

"…이만큼 공 세웠으면 보수가 있어야지. 우리 입은 뭐, 소리통이요? 그렇게 하기요."

김경식은 의견도 물어보지 않고 돌아서 버렸다. 다르게 꾸밀 수 없는 유일한 계책이라는 결론적인 언명이기도 했다.

남궁윤은 왜인지 마음이 불안해짐을 시시각각으로 느끼었다. 현재로는 그 자신도 전도를 관망하기가 힘들었다. 터진 물살이 어느 방향으로 어떻게 흘러가겠는지…?

그럴수록 일이 어떻게 번져지든 간에 대처할 수 있게 여러 각도에서 준비를 면밀히 해 놓아야 했다. 그랬다가 빨간색 신호등이 켜지면 부정 카드를, 파란색 신호등이 켜지면 긍정 카드를 내놓는 식으로 형세에 능동적으로 대응해야 한다.

지사에 당도하니 나라 잃은 백성마냥 정문 밖에 주저앉아 통탄하는 사람들이 보여 무척 꺼려졌다. 마음이 불안한 이유가 바로 저들 앞에 떳떳지 못한 까닭에서였다.

'할 수 없는 일이야. 할 수 없어…! 당에서 하는 일인데 나라고 별도리가 없지…!'

남궁윤은 눈시울을 지그시 내리깔고 사병들이 지켜선 정문을 통과했다. 증오에 찬 눈길들이 사정없이 찔러댔다.

얼마 후 주변 마을의 두 인민반장이 불려 왔다. 그들은 가슴이 떨려 말도 제대로 못 했다. 활력 넘치던 '첨단'을 하루아침에 도륙 낸 남궁윤의 기별이 염라대왕의 호출 인양 수족을 가량없이 떨게 한 것이다.

"딴 게 아니고, 지장을 좀 받을 게 있어서…."

"지, 지장…요? 손도장 말입니까?"

남궁윤은 초조하게 용건을 기다리는 그들 앞에 종이 한 장을 내밀었다.

"읽어들 보십시오."

두 인민반장의 시야에는 글줄이 잘 들어오지 않았다. 놀랍고, 긴장해서 여느 때 같으면 쉽게 이해될 단순한 문구도 지금은 전혀 생소하게 느껴졌다. 벌건 인주(印朱)까지 꺼내놓으니 심각해짐은 더할 나위 없었다. 대체 어디에 필요한 문서길래 하필이면 우리더러 손도장을 누르래? 무턱대고 거절하고 싶었다. 잠깐 숨을 돌리니 사람 잡는 걸 도모하라는 천부당만부당한 요구로 인지되어 더욱 아연해 진다.

"이거야… 사람을…?"

남궁윤은 억지웃음을 지어 보이며 그들의 손에서 가볍게 흔들리고 있는 종잇장을 태연스레 잡아당겼다.

"아아, 심각할 건 없습니다. 이건 그저 잣을 실어 낼 때 입회했다는 '확인 조서'? 뭐, 그런 겁니다. 아주머니들이 '입회인'이라는 거죠. 지장 꾸욱! 누른다고 해될 건 전혀, 전혀 없습니다. 그저 형식이니까… 자아, 이쪽 분부터… 어서!"

그는 주춤거리는 엄지손가락에 인주(印朱)를 굴려 주고는 문서 위로 이끌었다.

"아니, 전…."

어쩔지 몰라 망설이던 손가락이 낚시코에 꿰인 메사구[298]처럼 푸들거리며 끌려갔다. 그러고는 문서장과 우직우직 입 맞추듯 한다. 강제였다.

이내 뻘건 손도장들이 이름자 옆에 큼직큼직 찍히었다.

"돼앴습니다. 후, 후! 증인 조서가 법적 효력이 있는 건 알지요? 후에 누가 묻거들랑, 잣 실을 때 처음부터 옆에서 쭉 지켜봤다고 이야기하면 됩니다."

---

[298] '메기'의 방언.

"우리… 우리가요? 그 자리에 없었는데요? 어쩜… 우리더러 거짓말하라는…? 이건 말이 다르지 않습니까?"

그중 젊은 여인이 속은 느낌이 들어 증언 아닌 증언을 철회하려는 기색으로 대들다시피 반발했다.

"아니, 아, 방금 말하지 않습니까. 만약, 만약! 뭐, 누가 물어볼 사람도 없시다!"

남궁윤이 아닌 보살 피우며 슬쩍 넘기려 했으나 그들은 호락호락 물러설 잡도리가 아니었다. 어리숙하면 미욱한 데가 있는지라 아무렇게든 둘러쳐야 했다.

"솔직히… 으음, 처음부터 입회시키는 게 맞긴 한데, 에… 일이 너무 복잡허다 보니 미처… 놓쳤다 아입니까? 양해 구합시다."

"우리도 봤습니다만, 복잡할수록 원칙이고, 떳떳한 일이야 헤덤빌 게 있시요? 죽 다 쓰구 하필 우리더러 가마 까시랄 건 뭡네까? 켕기는 게 있는 게지…." 하고 나이 지슥한 여인이 또 까박을 붙인다.

남궁윤은 속이 띠끔했다.[299] 헤덤볐다? 저들 보기에도?

"아, 이런 때 반장들이 협조해야지요? 이것두 보안사업인데…?"

"흥! 큰 소, 큰 소 하면서 꼴은 안 주구…피이!"

두 여인은 벌렸던 입을 소리 나게 찝찝 다셨다.

"다른 일 없을 테니 마음들 놓으시고… 그럼 전 이만. 시간이 바빠서…."

볼 장 다 봤으니 달아나겠는 심산이었다.

"가만! 저기, 뭐 하나만 좀 여쭤봐도 될까요?"

두 여인의 간절한 눈빛이 애원하다시피 매달렸다.

걸음을 떼며 걸써하게[300] "뭔데요?" 한다.

"여기 사장 동진… 어케 되는 겁니까?"

"으응?"

---

299 '마음에 큰 자극을 받아 따갑다.' 혹은 '찔리거나 꼬집히는 것처럼 아프다.'는 뜻.

300 '걸써하다.'는 '재빠르다.'의 방언.

남궁윤은 다시 돌아섰다.

"혹시 아는 사이?"

"그런 건 아니구… 이 동네 살다 보니 더러 와서 도와줬지요. 리사무소(가두인민반)가 동원될 때마다…."

"네에. 그래도 관심치고는? 호기심인가?"

"관심이 뭐, 나쁜가? 인민반장이라 묻는 사람이 많아서요. 입 가진 대루 주절대는데 알아야 대답하지요?"

"그럼… 반장… 아주머니 생각은 어떤데요? 그… 사장이라는 그 사람…?"

두 반장은 서로 마주 보며 잠시 머밋거렸다.[301] 염라대왕처럼 공포가 느껴지는 보안원이 어떤 의미에서 물어보는 건지…? 하지만 진심을 터놓는 데는 눈치 볼 것도, 주저할 것도 없었다.

"솔직히 초산 땅에… 그런 사람 서넛만 더 있으면, 군이 허릴 쭉~ 펼 거라고들 합니다. 일 욕심 많고, 해박하고… 여하튼 본새가 달라요. 얼굴도 모르면서 소문은 완전 판판이지요. 이구동성(異口同聲) 입 가진 사람은 절친처럼 칭찬을 줄~줄~ 늘여놔요. 아, 신기해요."

"뭔 소린지…? 얼굴은 왜 몰라요?"

남궁윤은 호기심이 부쩍 동해 꼭 짚어 물었다. 이틀 동안 리열을 상대했지만 왜인지 이 기회에 객관적인 평을 듣고 싶었다.

"늘 작업복 차림에 노동자들과 섞여 일하니 발설하기 전에야 뉘가 알갔시요? 구두 신구 호령 쳐야 제격인데… 암만 눈 빼 들어야 걸려들질 않아요. 요즘 나부랭이들과는 판판 다르지."

"말도 마요. 요전번엔 우정 물어봤더니, 아 글쎄, 영감이 하는 말이 '눈 있으면 맞춰 보시구려!' 아, 이리 놀려대질 않겠수. 아하하… 알구 보니 글쎄, 시멘트 비비며 우스갯소리 잘하던 그 사람입니다. 젊디젊은 사람이… 일하러 올 적마다 혀만 차다 간다니까요. 소문 날만 하지요."

---

301 '머뭇거리다.'의 북한어.

끓일 수 없는 가마

"집이 멀어서 대충 밥 싸 들고 온 아낙네들에게 제 점심 내다 주지 않나, 또 주인이라면서 국이라도 꼭꼭 끓여주게 하구… 그런 일꾼 쉽지 않지요. 그래서 그런지 다른 데라면 손발 시려 툴툴거리는 낸짝³⁰²들이 '첨단'이라면 할멈들까지 치마 걷고 나서지요."

"오, 신기하긴 하네요. 요즘 세월에 그런 평판 쉽진 않은데…?"

남궁윤은 두 반장의 일장 홍보를 무뚝뚝하게 끊어 버렸다.

"뭐, 겉만 보고… 모르긴 하겠지만…."

"…."

"좋은 사람이라니 잘 되겠지요."

남궁윤은 본심과 다른 대답을 천만다행으로 생각했다. 사회현실에 비추어볼 때 보통 상식으로는 납득가지 않는 민심의 찬양! 가슴속에 큰 돌덩이를 얹은 것처럼 마음이 무거워진다.

'리열? 어떤 사람인가? 쉽게 다룰 대상이 아니야!'

일종의 두려움이었다. 수탈자의, 수탈자들의!

그러나 혁명의 요구였다. 수탈이라 지탄받을지언정, 그것은 혁명적인 것이었다. 그러니 무엇이 두려우랴, 무엇을 서슴으랴!

---

302 여성을 비하하는 표현으로 주로 결혼을 한 유부녀를 이르는 대명사.

제2장

우연, 아니면 필연?

1

초산군인민보안서(당시) 마당이 떠나가도록 법석 끓으며 남궁윤이 사람들을 휘동해 떠난 지도 한나절이 지났다. 이제는 서쪽으로 향해 있는 대기실 창문가에 햇빛의 잔재만이 어슴프레 남았다. 들리는 소음들도 하루해가 넘어가고 있음을 시사해 주고 있었다.

우리에 갇힌 짐승마냥 안절부절못하고 지루한 시간과 씨름한 리열은 안타깝기 그지없었다. 그는 모든 것이 걱정스러웠다. 하지만 누구에게 물어볼 수도, 물어볼 사람도 없었다. 그런 권리마저 이미 상실했다는 것을 더욱이 깨닫지 못하고 있는 그였다. 여느 때라면 멀리서 그림자만 보아도 에돌아갔을 남궁윤을 지금은 희소식을 가져올 통신원처럼 목 빠지게 기다리게 된다.

어떻게 되었을까? 덤비는 태세로 보아 분명 지사의 잣을 실어 내려고 발광했을 것이다. 그런 경우…? 김현일과 최승기가 십중팔구 수매시키겠다고 타협안을 내놓았을 것이고… 그렇게 되면 무슨 흉계를 품었든 간에 아웅다웅할 이유를 상실하게 된다. '잣상무'는 이득을, '첨단'은 손해를 보지만 양쪽의 합의가 무탈하게 이루어진 조건에서는 둘 다 마찰을 일으키려고 하지 않을 것이다.

다만 최미화에게 미안하다. 미처 이해 못 해 몹시 놀라 허둥거릴 그의 모습이 눈앞에 선하여 리열은 가슴이 쓰려 났다.

얼마 후 대기실(유치장) 문이 열리는 기척에 혹시나 하여 고개가 번쩍 들리었다. 기다리는 딸은 오지 않고 외통눈[303] 사위만 온다고 젊은 남녀를 앞세우고 보안원이 들어섰다. 얼핏 보매 이곳에 먼저 거처를 정한 사람들이었다.

리열은 이내 자신이 수치스럽게 느껴져 마주볼 염을 하지 않고 눈길을 떨구고 말았다. 철문 여닫는 소리가 연속 울리었다.

---

[303] '외눈'을 속되게 이르는 북한말.

끓일 수 없는 가마

"아니? 이게 누굽니까? 언제 들어왔습니까?"

"…."

"접니다. 범철입니다, 범철이!"

리열이 미처 못 알아보는 줄 알고 보안원은 이름까지 덧달았다.

"허 어, 왜 모르겠나. 사람두…."

"근데…? 아하! 잣 때문에 아침에 하나 넣었다더니 바로…?"

"…."

"아니, 사장 동지네야 잣 와크(수출계획)가 있다고 하지 않았습니까?"

"…."

인민보안성정치대학을 졸업하고 감찰원이 된 지 겨우 2년이 조금 지난 범철은 아직 실무나 경험이 부족한 초학도였다. 그래서인지 언제 봐도 하는 말이 단순하고 씨알이 들여다보이지 않는 사람이다.

"'첨단'은 성·중앙기관 산하여서 잣상무 대상이 아닐 텐데…?"

"뭐, 나도 아직은… 떡인지 죽인지… 잘 몰라."

리열은 그의 진정이 고마웠으나 긴 대화가 쓸데없는 짓임을 알고 있었다. 갑자기 어색한 기운이 돌았다. 동정이 오히려 자존심만 건드린다는 걸 범철은 제꺽 간파했다.

"집에선 알고 있습니까?"

"글쎄, 누군가 알려 주겠지."

"제가 전화해 보지요. 부탁할 건 없습니까?"

리열은 대답 대신 머리를 가로저었다.

"식사는…?"

"…."

범철은 철창 안을 일별해 보았다. 점심인 듯싶은 식기(食器) 하나가 구석에 놓여 있었다. 밥과 국이 범벅 된 골슴한[304] 그릇이다.

"하긴, 여기 식사가 좀… 그럴 겁니다. 밥 가져오라고 연락하지요."

---

[304] '곰슬하다.'는 '그릇에 차지 못하고 적은 양이 담겨 있는 모양'을 가리킨다.

"그만두지. 괜히 나 때문에 말 듣지 말구…."

"참, 누가… 취급합니까?"

"취~급?…!"

리열은 예민하게 반응했다.

"아, 아니. 여기로 누가 데려왔나 말입니다."

"도… 보안국…!"

이때 문밖에서 여성의 목소리가 쟁쟁하게 울렸다.

"식사 가져왔습니다아~!"

범철은 얼른 문을 열어주었다.

둥그런 쟁반을 들고 키 작은 처녀가 들어섰다. 우리 안의 '짐승'들은 쳐다보지도 않고, 쥐구멍 같은 배식구 앞에 밥그릇을 대충 놓고는 서둘러 나가 버렸다. 숙달된 처녀는 모름지기 구역질 나는 악취를 맡지 않으려고 숨을 참고 이 동작을 수행했을 것이다.

범철은 그릇 하나를 들고 짐짓 관심을 표현했다. 한 줌 되나마나 한 강냉이(옥수수)밥이 멀건 국물 속에 몇 오리 남새와 뒤섞여 탁 풀어져 있었다. 새 밥을 뜬 건지, 아니면 먹다 남은 밥을 모은 건지 분간하기 어려울 정도로 지저분해서 기껏 고상하게 표현해야 '범벅'이었다. 위생은 고사하고 열에 열 사람이면 필경 개뜨물[305]이려니 할 것이다.

하지만 그것은 뜨물이 아니었다. 리열의 집이라면, 개도 이런 뜨물에 눈깔을 찔 빼며 물러설 것이니 어찌 개뜨물이라 하랴!

숱한 사람들을 처넣으면서도 직접 밥그릇을 들여다보기는 이번이 처음인 범철이었다. 정작 마주하고 보니 같은 인간으로서 너무하다는 생각이 들었다.

솔직히 이들이야 아직은 범죄가 확정된 게 아닌 일반 공민들이 아닌가. 초보적인 권리가 남아 있는, 한마디로 사람이 아닌가?

보안원인 그는 새삼스레 자신에게 묻고 있었다. 범철은 제사 미안한 감

---

305 곡식을 씻어 내 뿌옇게 된 물로 개에게 먹이는 물.

끓일 수 없는 가마

에 슬그머니 밥그릇을 내려놓으며 투덜거렸다.

"이런…? 숟가락도 안 주면… 어케 먹으라는 거야? 한심한 것들…!"

아닌 게 아니라 국물이 치렁한 그릇에는 수저가 보이지 않았다.

"내 잠깐…."

그가 막 돌아서려는데, 방금 들어온 총각이 철창 안에서 제꺽 입을 열었다.

"지도원 동지! 숟가락 있습니다."

"어디?"

"아, 여~기… 있슴다…! 헤 헤…."

총각은 얼룩이 새까만 손가락 하나를 국물에 첨벙 잠그더니 여기저기를 긁어댔다. 그러다 "이…거요!" 하면서 꼭지 없는 숟가락 하나를 건져냈다. 손잡이를 턱밑까지 잘라 손가락 두 개로도 겨우 쥐고 있었다. 착색한 듯이 검실검실한 게 입에 넣는 물건이라고는 믿기지 않았다.

"으… 음… 으!"

범철은 얼굴이 확 달아올라 그냥 서 있을 수가 없었다. 알지 못할 불만이 욱, 치밀어 올랐다. 보안서 입대 후 처음으로 느껴보는 이상한 감정이다.

'사람 먹는 걸 저렇게 해 주다니! 돼먹지 않은 것들…!'

그것이 마치 한두 명의 식모 탓인 듯 범철은 속으로 욕을 해대며 꽁지를 사리었다.

"식사합시다!"

총각은 걸탐스레 그릇을 끄당겨 푸접[306]좋게 리열의 앞에 놓아 주고는 자기도 하나 차지했다.

"누나! 누나두 밥묵자!"

어느새 한입 떠 물고는 옆방에 대고 소리친다.

"오. 먹자."

그리고 보니 이들은 오누이었다. 어쩌다 사람 못 올 이런 곳에 하나도 모자라 둘이 같이 온 걸까…?

---

306 남에게 인정이나 붙임성, 포용성 따위를 가지고 대함. 또는 그런 태도나 상대.

"날래 먹어야지, 깜깜해지문 먹지두 못해요. 불두 없구요."

여기서는 그가 경험자이고 선배였다. 함구무언(緘口無言)으로 사위를 감수해 보니 아닌 게 아니라 땅거미가 깃들어 대기실(유치장) 안은 얼굴이 나 겨우 가려볼 정도로 어두웠다. 총각은 부지런히 입을 놀리면서 가지고 들어온 보꾸레미[307]를 풀었다. 보자기 속에서는 올망졸망 그릇이 여러 개 나왔다.

리열은 어둠을 가르며 의문의 눈길을 던졌다.

"집에서 아부지가 가져온 겁니다. 여기 밥은 먹기 힘들거든요."

그제서야 리열은 입을 열었다.

"밥 가져오면, 받는 주나?"

"담당취급자가 말하면 대기실 근무들이 받아서 검열하구 줍니다. 쫄쫄한[308] 건 더러 숨기도 하구… 근데, 취급자가 빡세면 별수 없어요."

리열은 고개를 끄덕거렸다.

"순철아! 사장 동지랑 같이 식사해라."

옆에서 들리는 여성의 당부였다.

"오! 다 알아!"

리열은 적잖게 놀랐다. 아직 소개 한마디 하지 않은 상태에서 이들은 짐짓 "말 안 해도 구면입니다." 하는 투로 각근했다.[309]

"누이?"

"예, 체네… 헤헤… 아마 알 겁니다."

"…?"

그는 어둠 속에서 유심히 총각의 얼굴을 뜯어보았다. 어디서 본 것 같기도 했지만, 쉬이 떠오르지 않는 인상이었다.

"변변치 않지만 드십시오. 그저 먹을 수 있을 때 먹어 두는 게 좋대요. 똥칸 밥보단 나을 거예요. 어서요."

---

307 보꾸러미. 보자기로 물건을 싼 꾸러미.

308 '쫄쫄하다.'는 '실속이 있다'는 뜻.

309 '恪謹하다.'는 '마음가짐과 몸가짐을 조심하다.'는 뜻.

"사장 동지! 순철이랑 같이 좀 드십시오!"

다시 새겨들으니 언젠가 들은 적 있는 처녀의 목소리였다. 눈앞이 번쩍거리며 그 어떤 장면이 떠오를 듯 말듯 가물거렸다. 명백하진 않은데 가슴이 활랑거렸다.[310]

'뭐지? 조건반사 같은데…? 가슴이 두근거릴 정도의 처녀? 도대체 누구지?'

드물지 않은 신체 반응이었다. 순간적으로 골몰해도 통 알 수가 없었다.

하도 간청하기에 리열은 밥술을 들었다. 그러나 앞에 놓인 음식을 식별할 수가 없었다. 이미 어둠이 이곳에 둥지를 튼 것이다.

숟가락이 닿는 대로 떠서 입에 넣으면 생각과 전혀 다른 맛이 난다. 밥을 바라면 찬이, 찬을 바라면 밥이 들어온다. 짜고 싱거운 미감이 마구 흐트러져 오히려 불쾌감에 헛배가 불렀다. 몇 번 뜨는 흉내를 내다 결국은 물러나 앉았다.

"어, 흠~쑥[311] 먹었군. 천천히 많이 들라라우."

더 권하려는 총각을 리열은 애전에 밀막았다.

총각은 집밥을 먹다 말고 국물이 치렁한 유치장 밥 두 그릇을 게 눈 감추듯 해치웠다. 그러고는 집밥을 보자기에 다시 싼다. 살림을 쪼갠다는 걸 설명 없이 알 수 있었다. 물끄러미 바라보는 리열을 힐끗 쳐다본 그는 묻지도 않는데 제 편에서 주해를 달았다.

"하루에 한 번만 받아주니까 이걸로 내일까진 살아야 해요. 솔직히… 집 형편도 매끼는 어려워요."

그가 볼 수 없었지만, 리열은 머리를 끄떡거려 주었다.

"에라! 이젠 잠이나 자자. 또 하루 지났군. 누나! 내일쯤엔 나갈 수 있을까?"

"오늘이 7일째니까, 내일은 내보내겠지 뭐."

"에익!, 내 다신 이딴 데 안 들어온다! 창피하게…."

---

310 '활랑거리다.'는 '놀라거나 설레어 자꾸 빨리 뛰다.'는 뜻.

311 '배부르게'라는 뜻의 자강도 방언.

"누군 뭐, 좋아서 들어왔니? 또 걸려들면, 용빼는 수 없지…!"

"아니 누나! 솔직히 길찮어! 큰 놈들은, 차판으루 해 처먹어! 근데두 똥집 편해…! 근데 쌔비들[312]은, 잣 몇 알 만지구 두들겨 맞구, 끌려다니구, 이게 공평해? 공평하냐구?"

"야야! 걸린 놈이 머저리지! 크게 하는 놈들이 왜 끌려다녀? 그만큼 크게 고이는 거야! 같이 처먹었는데 누가 잡아? 누가?"

"우리 같은 때꾸럭지[313]들이야 고일 거나 있나? 고이구 나면 남는 게 없잖아? 더 밑지겠다? 호 홍!"

"그니까 이케 잡혀 오는 거지 뭐!"

"체! 잣 50kg라야 도제 돈이 얼만데? 하룻밤에 몇 톤씩 밀수하는 놈들 수두룩 맨천인데… 고랜 놔주구 까나리들 보구만 못살게 굴구… 난 이제 나가면, 더 크게 할 테야. 판이 커야 잡혀두 고이구, 아니 고여서 잡히지두 않구, 떨궈 먹는 거두 있어. 1대 5라더니 사람들 말 맞아. 하나 벌자면 넷은 고일 걸 타산해야 하거든. 뜯어먹자는 놈두 어디 한둘이가? 할 바엔 크게! 이걸 절실히 느꼈어. 어때, 누나?"

"뭐, 틀리진 않아. 근데 밑돈이 있어야지. 우리 주제에 그저 법관 눈을 피해서 쏠쏠이 버는 거지 뭐. 잡히고 안 잡히는 건 다 운수야! 이번엔 운이 나빴지 뭐. 여태 무탈했잖아? 많이 벌어서 남의 입에 넣어줄 거면 조금씩 벌어서 우리가 다 먹는 게 나아!"

이제는 한 치도 볼 수 없는 캄캄한 어둠 속에서 리열은 거리낌 없이 나누는 대화를 듣고만 있었다. 지금 계절에 초산군에서 보편적인 돈벌인지라 몇 마디를 듣고도 취지를 알 수 있었다. 어느 국경경비대 군인을 끼고 잣 50kg을 중국에 밀수하고 걸린 모양이다. 티꼽지만한 잣 한 마대 때문에 잡혀 왔다니 그들의 말대로 재수가 없는 편이다.

"밤중에 들어와 보는 사람 있나?"

---

312 '쌔비'는 '새우'의 방언.

313 북한에서 권력과 돈이 없는 제일 하위 계층의 사람들을 일컫는 사회적 대명사. 때가 잔뜩 낀 몰골에 비유한 표현.

끓일 수 없는 가마

"아침 8시 전엔 개미 한 마리 얼씬 안 해요. 열쇠 다 봉인하고 직일관실에 바치는 걸요. 마음 놔도 돼요!"

총각은 자기가 처음 들어왔을 때처럼 조심하는 줄로 알고 우정 목소리를 높였다. 제법 보안서 내부 질서까지 다 파악한 체했다.

"그럼… 밤새 용변은 어떻게 보나?"

"저쪽에 변기가 있어요. 소변보고 양동이 물 끼얹으면 돼요. 물은 애껴야 해요. 밖에서 긷는데 시끄럽거든요. 내일은… 범철 지도원이 근무니까 좀 편안할 겁니다. 사람마다 다르거든요. 대변은… 음… 정 바쁘면 보안원 냅다 부르지요, 뭐. 히 히… 기카문 쌍욕 한 바가지 하구, 저기 밖에 있는 변소에 델구 가요."

리열은 어둠 속에서 고개만 끄덕거렸다.

"여기 누우십시오. 밤엔 추워요. 있는 동안은… 이불이랑 들여와야지 개고생해요. 오늘은 저하고 동풍하자요. 어서요…."

총각은 손더듬으로 그를 잡아끌었다. 무슨 죽을죄를 지었는지 딱히는 모르겠으나 흘러드는 인간의 정은 따스했다.

'인지초성본선(人之初性本善)'이라던 옛글이 떠올랐다. 다사다변(多事多變) 사회생활을 모두 배제하고 인간 그 자체만을 논한다면 사람은 태어날 때부터 선한 것을 본성으로 지니고 있다. 그 선한 본성에 사회생활이라는 외적 요인이 다각적으로 작용하여 사람의 행위는 선한 짓과 악한 짓으로 구분되고, 선한 자와 악한 자로 구별되게 된다. 하지만 그 기준을 어디에 놓는가에 따라 선과 악은 거리낌 없이 탈바꿈하기도 한다. 단마디 명창으로 선과 악에 대한 정의를 내린다는 것은 자못 힘든 일이다.

각자마다 본인에게 이로우면 선으로, 해로우면 악으로 인식한다는 것이 선과 악에 대한 리열의 견해였다. 그러기에 그는 선과 악에 대해 누가 누구에게 가르치고, 교양하고, 인식시킬 필요가 없다고 생각한다. 그것 자체가 강제적인 성격을 띤 악이기 때문이다.

이들 오누이는 어떤 기준에서 평가되어 악으로 몰렸는지… 아니, 그들을 걱정하기에 앞서 바로 자신은 어떤 기준으로 측정되어 악의 무덤으로 끌려왔는지….

리열은 그가 이끄는 대로 잠자리에 누웠다. 포근한 가정의 온기가 심혼에 스며들었다. 어둠마저 칭칭 감겨 괴롭히는 악의 무덤 속에 인간의 따뜻한 정만은 여전히 흐르고 있었다. 이들이 설사 사회적으로는 악의 사자일지 몰라도 지금 리열에게는 선의 천사들이었다.

그렇지 않아도 예민해진 신경이 초저녁부터 자리에 들다 보니 리열은 쉬이 잠들 수가 없었다.

"총각네는… 날 아나? 방금 부르는 걸 보니…?"

"알다뿐이겠습니까? 제 홍순철입니다."

"홍순철? 홍순철…?"

귀에 익은 듯싶었으나 몇 번 되뇌어도 표상이 떠오르지 않았다.

"우리 누난 홍순화구요. 홍순화! 우리 아버지가 '첨단'에서 일했는데요. 홍영춘이라구…!"

"뭐라구?"

리열은 전기에 감전된 사람처럼 펄쩍 뛰며 보이지 않는 그에게 놀라운 시선을 던졌다.

'홍영춘, 홍순화…!'

옳다! 귀에 익은 목소리와 반사적인 두근거림이 그제야 이해된다. 원수는 외나무다리에서 만난다더니 바로 이런 경우를 놓고 하는 소리였다. 인간관계에서 벗은 되지 못해도 원수는 만들지 않으려는 소박한 이성으로 살아온 짧지 않은 리열의 반생. 어찌 마음대로 매끈하게 이어졌으랴만, 피가 맺히도록 대놓고 '원수'라 낙인찍은 적 있다면 바로 이들 가정이었다.

그것도 멀지 않은 바로 1년 전부터….

그런데 한 점 불티도 없는 미궁 같은 철창 속으로 죽음의 결투라도 벌이라고 운명이 이끈 것은 아닌가? 지금 그 원수들과 함께 밥을 나누고, 한 잠자리에 들어 있다는 사실이 소름이 끼칠 지경이었다. 선으로 생각해 온 그

끓일 수 없는 가마

선의에, 모르고 있는 원수에게 알고 있는 원수가 베푸는 그 아량에, 어떤 검은 독이 만연되어 있는지 그 어이 알랴!

"왜 그럽니까? 자리가… 불편해요?"

리열은 대답하지 못했다. 눈을 뜨고도 보이지 않는 모종의 눈빛을 탐색하려고 동공을 늘구었다. 그러나 허사였다. 마음의 창가에서 비쳐오는 한 줄기 빛조차 감수할 수 없었다. 이제는 오직 동물적인 감각만으로 상대의 심리를 타진해야 했다. 그런데 감각적인 느낌은 너무도 부드럽고 평온하지 않은가?

리열은 어느 책에선가 적아(敵我)도 함께 곤경에 빠지면 벗이 된다는 글을 읽은 적이 있었다. 그때는 이해가 닿지 않아 아직 기억에 남아 있는지도 모른다. 하다면 이런 경우를 염두에 둔 것은 아닌지?

현 상황은 리열만이 아니라 이들에게도 생사기로라고 할 수 있는 간두지세(竿頭之勢)였다. 여기서 앞일을 기약한다는 것은 어려운 일이다. 애오라지 석방의 빛줄기만을 누구나 갈망할 뿐이다. 이런 시점에서 본다면, 적이든 아군이든 하는 것은 다 한가하고 평온한 시기에 논하는 생활의 행복한 부분이라는 생각이 든다.

그렇다! 살겠는지 죽겠는지 기약할 수 없는 운명의 위기 속에서 언제 원수를 따질 때가 아니다. 그것은 다 사사로운 감정에 불과하고, 인간관계의 작은 문제일 따름이다. 살아서 생활이 있고야 감정이나 관계도 논할 수 있는 것이다. 오히려 적아(敵我)를 불문하고 힘을 합쳐 이 난국을 이겨 내고 곤경에서 벗어나야 한다.

이들은 불과 며칠을 먼저 거처했지만, 그 짧은 시일에 진리를 터득한 선배들이었다. 누가 가르쳐서가 아니라 현실을 통해 본성적으로 진수했고, 이렇듯 원수에게도 아량을 베푸는 것이다.

리열은 숨을 크게 들이쉬었다. 역겨운 과거사를 모두 삼킬 수는 없었지만, 말없이 자리에 다시 누웠다. 그러고는 구면지기처럼 몸을 맞붙이고, 담요깃을 파고드는 찬 기운에 함께 대항했다. 그들 사이에 더는 말이 없었다.

온종일 곤해서인지 애송이 총각도 친형의 품을 파고들듯 스스럼없이 리열을 꼭 그러안으며 이내 곯아떨어졌다.

2

괴괴한 정적이 흐르는 낯선 잠자리. 리열의 눈앞에는 생글거리는 소년의 곱상스러운 모습이 선히 떠올랐다. 망막에 남아 있는 아픔의 흔적, 리남혁의 모상이었다. 이는 운명의 희롱이다.

'필연 아닌 우연이 없다지 않는가? 하다면 하늘나라에 먼저 간 남혁이가 벌을 내린단 말인가? 설사 그렇다면 나한테는 무슨 곡해로?'

리열은 지금껏 미신이라고 믿지 않았다. 돌아가는 풍설은 많아도 잘되면 제 탓이요, 못되면 조상 탓이라고, 잘된 일은 다 제 탓이니 무방하다가도 일이 좀 뒤틀리면 다른 데 원인을 부가하려는 허황한 심리적 경향이라고 여겨 왔었다. 그런데 정작 당하고 보니 세상에 이런 우연도 있단 말인가? 우연으로 믿기에는 필연성이 너무도 강한 현실이었다.

1년 전, 비 오는 음산한 가을밤의 비통한 곡성이 금시 들려오는 것만 같았다.

리열은 눈을 슬며시 감았다 다시 떠보았다. 감으나 뜨나 캄캄한 세상은 매 마찬가지였다. 그는 뜬눈으로 꿈을 꾸기 시작했다. 이 비참한 비극의 긴 뿌리를 발견하고 돌연 캐보려는 것이다.

리남혁을 처음으로 만난 것은 8년 전이었다. 제대(전역) 후 2년을 돈과 권세의 독점으로 강직된 참혹한 현실에 도전장을 내밀었던 리열이 쓰디쓴 고배를 마시며 부모님이 계신 초산땅에 들어온 그때였다.

범람하는 탁류는 맥없는 하나의 물방울에 콧김을 불어넣어 거품으로 만들어 버렸었다. 꿈 많고 포부가 컸던 청운의 뜻은 시대의 기슭으로 밀려나

음침한 웅덩이를 빙빙 돌았다. 발길이 닿은 곳은 앞에도 산, 뒤에도 산, 눈떠도 산, 눈감아도 산인 척박한 고장이었다.

초야우생(草野愚生)이라 리열은 아픈 상처를 안고 시골에 파묻힌 '선비'가 되고 말았다. 그는 30년 인생의 모든 걸 잃었다. 낯선 이 고장에는 불알친구 한 명 없었고, 군사복무의 전우 한 명 없었다. 희노애락(喜怒哀樂)의 사진 한 장 남지 않았고, 그토록 심혈을 기울인 글 한 줄 남은 게 없었다. 그야말로 잃을 수 있는 건 다 잃고, 상처 입은 가슴과 적수공권(赤手空拳)[314]으로 생소한 산골로 왔었다. 이는 운명의 작간[315]이었다.

리열은 비관에 잠겨 부모를 탓하기도 했다. 8.15 광복 직후 북조선보안간부학교 2기 졸업생인 할아버지는 6.25전쟁 당시 수령님(김일성)으로부터 직접 파견장을 받고 충청북도 내무국 부국장으로 파견되었다고 한다. 일시적 후퇴 시기에는 상급의 지시로 그곳에 떨어졌고, 정전 이후에도 조국의 자유와 통일 독립을 위해 남쪽에서 투쟁했다고 한다.

유복자로 태어난 아버지는 23살에 청상과부가 된 홀어머니의 슬하에서 아빠 얼굴 한 번 보지 못하고 자랐다. 작은 사진마저 위에서 내려온 사람들이 모두 소각해 버렸기 때문이다.

아버지는 한평생 '리병환'이라는 이름 석 자만을 가슴에 간직하고 살았다. 조국이 통일되면 남쪽에서 얻은 색시를 데리고 꼭 찾아온다며 일생을 수절한 할머니의 순결한 마음이 심어준 고결한 넋이기도 했다. 1970년대에 들어서 난데없이 아버지를 찾아온 사람들이 있었다.

중앙당에서 내려왔다는 그들은 '애국렬사증'과 함께 '소나무'TV를 아버지에게 선물로 수여했다. 할아버지가 '조국의 통일을 위해 용감히 싸우다 전사했다'는 통지도 했다. 언제 어디서, 어떻게 싸우다 전사했다는 내용은 일언반구도 없이 때아닌 때 생사만을 알려 주었다.

당에서 책임지고 '전사자 가족'을 잘 돌봐준다고 입에 침 바른 소리를 거

---

314 赤手空拳. 맨손과 맨주먹이라는 뜻으로, 아무것도 가진 것이 없음을 이르는 말.

315 作奸. 간악한 꾀를 부림. 또는 그런 짓.

듭 늘어놓았다고 한다. 리열의 아버지는 군사복무와 노동 현장을 거쳐 기술자로 성장했고, 중앙당 산하의 어느 기관에 선발되어 올라갔다. 그래서 리열의 고향이 평양이었다. 리열은 어려서부터 신동으로 두각을 나타냈다. 11년 교육의 전 과정을 최우등으로 졸업하면서 '7.15최우등상'[316]을 수상했고, 중앙대학도 추천받았다. 게다가 아들 삼형제의 막내인 리열은 두 형이 군에 복무하는 관계로 군 면제까지 받은 '행운아'였다. 대학은 물론 앞길이 창창하다.

그런 때인 1994년 7월. 리열이 중학교 졸업을 앞둔 그 시기에, 장장 반세기 동안 조선 인민의 심장 속에 너무도 깊게 간직되었던 거성이 떨어졌다. 사회주의 조선의 시조인 수령님(김일성)이 서거한 것이다.

신적인 존재로 군림하여 숭배되던 거성이 꺼졌다는 비보는 마치 하나님이 종말을 고했다는 청천벽력과도 같은 통고였다. 온 나라가 슬픔에 잠겼고, 남녀노소가 울었다. 선전매체들은 슬픔을 힘과 용기로 바꿔야 한다며 통일을 위한 그 염원을 받들어 '미제와 남조선괴뢰도당을 쳐부시자!'라고 청을 높였다.

사람의 감각에는 오감이 있다. 그중에서 청각이 제일 중요하다. 눈은 감으면 그만이지만 귀는 다르다. 의식이든 무의식이든 만가동, 만부하[317]로 가동한다. 소연한 소음 속에서 귀는 항시 기능과 역할에 충실하다. 예로부터 '이목구비'(耳目口鼻)라고 순서를 정한 이유가 아닐까? 귀로 들려오는 천차만별(千差萬別)의 소음들 가운데서 그중 많이 반복되는 소리는 자연히 뇌리에 깊은 자국을 남기게 된다. 이는 정신 수양과 세계관 형성에 결정적으로 작용한다. 그래서 당에서는 사상교양을 순간도 멈추지 말고 다양한 형식과 방법으로 선전선동의 집중포화를 가하라고 요구한다. 눈 뜨지면 듣는 게 '위대성' 교양이고, 눈 감고 죽으면서 남겨야 할 말도 그러한 말이다.

---

[316] (북한) 뛰어난 성적으로 졸업하는 학생들을 전국적 판도에서 선출하여 수여하는 상.

[317] 滿稼動滿負荷. '만가동'은 '계획이나 규정대로 완전히 다 가동함'의 뜻을 지닌 북한어. '만부하' 는 '기계가 자기의 성능이나 능력을 완전히 내는 상태'라는 뜻.

끓일 수 없는 가마

이 사회에는 사소한 현상까지도 '위대성'을 떼어놓고는 논할 수도, 감수할 수도 없게 생동하게 꾸며져 있다. 우유 한 컵을 공급해 주면 열 컵의 눈물을 흘려야 하고, 연필 한 자루를 받고도 목 터지게 만세를 불러야 한다. 결혼식에서도 사랑이 아닌, 누군가의 은덕을 노래해야 한다. 공간에 들리는 노래는 전부 당과 수령이고, 하늘의 천지조화도 죄다 '위대성'과 엮어 미화분식(美化粉飾)[318] 된다.

"백성은 작은 거짓말보다 큰 거짓말을 더 믿는다!"

히틀러가 그랬다던가? 그 말이 옳은 것 같기도 하다. 이 땅에서 잘된 건 다 수령의 덕이고, 안된 건 송두리째 '미국놈' 때문이다. 굶으면 '미국놈'을 규탄하고, 돌 같은 사탕 한 알을 물려주면 수령을 노래한다. 이는 남녀노소를 막론하고 이 나라 인민들의 골수에 배인 정신적 신앙처럼 보인다. 그러나 실상은 최면술에 걸려 맹목(盲目)된 무지한 광대극에 지나지 않는다.

그런 토양에서 나서 자란 리열의 뿌리 얕은 세계관도 피차일반(彼此一般)이었다. 부모의 권고를 마다하고 대학 입학시험지를 백지로 낸 그는 졸업생들을 휘동하여 군대에 집단탄원했다.

사람의 인생은 선택의 연속이라고 할 수 있다. 무수한 선택의 갈림길들이 쉼 없이 가는 인생길 위에 있지만, 선택의 여지는 오직 둘 뿐, 가야 할 길과 가지 말아야 할 길이다. 일순간의 잘못된 선택은 인생을 10년 에돌게 할 수도 있고, 영영 망하게 할 수도 있다.

리열이 택한 이 길은 인생에서 처음으로 되는 잘못된 선택이었다. 헛된 사상적 세뇌에 휘말려 가야 할 길을 외면하고, 가지 말아야 할 길로 부득부득 발을 들여놓은 것이다. 잘못된 선택으로 인해 그는 인생의 가장 아름답고 활력 있는 청춘의 10년을 무의미하게 소비했다.

10년! 결코 짧은 시간이 아니다. 10년이면 강산이 변하고, 10년이면 백지 같은 아이의 머릿속에 우주가 들어앉지 않느냐. 더군다나 청춘기의 10년은 다른 연대기의 20년, 30년과 맞먹을 정도로 값진 것이다. 인생 열차의

318　美化粉飾. 낡은 것, 뒤떨어진 것을 그럴듯하게 꾸며 본질을 가림.

노선과 시간표도 이 시기에 작성되고 결정된다.

그런데 총을 들고 바친 리열의 10년은 고작 사진 몇 장 속에 있었다. 사람을 두고 세월만 10년을 앞서갔다. 총을 잡을 때와는 달리 사회는 극적으로 변했고, 현실은 가혹했다. "제대군인은 삼 년 석기[319]요, 제대군관은 종신 석기"라고 대놓고 놀려대는 판이다.

군에 탄원할 때까지만도 리열은 포부가 컸다. 선전을 고지식하게 믿은 지라 3~4년이면 대학추천을 받을 줄 알았다. 그러나 백지에 오직 '순수한 빨간 물'만을 고집했던 그의 세계관은 뒤늦게야 깨달았다. 순수한 빨간색이란 애초에 존재할 수 없다는 진리를. 심지어 그가 생각했던 그 '빨간색'조차 노란색, 푸른색, 파란색 등 다양한 빛의 스펙트럼이 어우러져 생긴 복합적인 색이었다는 것을 말이다. 지구를 통째로 새빨간 물감통에 풍당 잠그려는 유물론자들이 제창하는 사회주의사회 역시 마찬가지였다. 알고 보면 노란색, 초록색, 파란색 등 온갖 부정부패와 모순이 뒤얽힌 시뻘건 정치 합성물에 불과했다.

뼛속까지 썩어도 쌀알만 한 상처에 엷은 버케[320]를 슬쩍 씌운 종처[321]처럼 외피(外皮)적인 사회다. 꿈과 현실은 천양지차(天壤之差)이고, 이상은 망상으로 되기가 일쑤다. 각양각색의 제약조건들과 수시로 변하는 정책의 불안정은 각자의 운명을 숙명에 가깝게 강요한다. 단지 수령과 연루될 천재일우(千載一遇)의 요행수만이 운명의 기적을 선사한다. 신화적인 그 기회는 로또 이상의 기대감으로 사회를 배회한다. 그래서 코 건사도 못하는 손자, 손녀들을 기적의 수혜자로 만들기 위해 희대의 연출들을 꾸민다. 감독은 물론 할아버지인 간부들이다.

결국 대 끝에서 대가 난다고, 권세와 돈 있는 '애국충신'의 가문들에서 대를 이을 '충성동', '효자동'들이 억지스럽게 만들어진다. 하기야 조건은 의식적으로 마련하고, 기회는 주동적으로 맞이하려는 개명한 선견지명이

---

[319] 石基. 일반적으로 돌로 만들어진 기초나 기반을 의미한다.

[320] 버캐. 찌꺼기가 쌓여서 만들어진 얇은 막.

[321] 腫處. 부스럼이 난 자리.

끓일 수 없는 가마

라 해야 옳을 것이다.

말은 못 해도 궁량은 멀쩡하다고 특권적인 풍조에 박수만 쳐야 하는 일반 백성들은 누구라 없이 생각하곤 한다. '자기 운명의 주인은 자기 자신'이라고 설교하는 주체사상의 근본원리를 과연 언제, 어디에 써먹어야 운명의 그 휘황한[322] 개화를 맛볼 수 있을까? 저들에게는 과연 어떤 묘술(妙術)이 있어 대를 이어 운명의 전성기만을 걷는가? 주체사상이 '운명의 주인'을 지나치게 부각하는 건 '운명의 노예'도 있다는 사실을 감추려는 의도가 아닐까?

그렇다! 현실적으로 노예 없는 주인이 없고, 주인 없는 노예가 없다. 하다면 누구는 '운명의 주인'으로 살아야 하고, 누구는 그 주인을 위해 '운명의 노예'로 살아야 하는가? 그 차이를 좋은 말로 규정지은 게 다름 아닌 계급의 '층'이 아닌지…?

파고들수록 무서운 것이 사회이고, 생각할수록 두려운 것이 인생 같았다.

운명의 주인이 되느냐, 아니면 노예가 되느냐?

급선무는 '주인행' 열차에 매달려 흐름을 타는 것이다. 차표이자 명분은 다름 아닌 대학 추천이고.

제 딴에 이렇게 판단했지만, 군대에서 대학추천을 받는다는 게 하늘의 별 따기였다. '주인행' 열차는 그렇지 않아도 늘 만원이었다. 세도가의 자녀들이 2~3년의 복무경력만 쥐고는 위에서 꽂는 추천서를 들고 기계적으로 탑승해 있었다.

특별히 잘난 데는 없었지만, 그들은 노랑털이 보들보들한 턱을 치켜들고 우쭐해 있다. 코밑이 텁텁한 구대원(고참)들도 메지 못한 당표(당원증)까지 척 메고 말이다.

그러고 보면 그들에게는 우쭐할 만한 잘난 점이 있었다. 바로 부모를 잘 만난 거다. 대 끝에서 났으니 천치라도 마땅히 대요, 잡초 끝에서 났으면 인재라도 갈데없는 잡초다. 인간 분류의 철칙은 사회에 제도화되었고, 누

---

322 '輝煌하다.'는 '광채가 나서 눈부시게 번쩍이다.'는 뜻.

구도 부정할 수가 없다.

그를 위해 '족보'라는 꼬리를 사람마다 달고 산다. 일명 '출신성분'! 누구에게는 용의 꼬리, 누구에게는 치렁치렁한 쇠봉 추다.

겉으로는 사회의 안전과 균형을 위한 필수적인 국가적 통제인 듯 포장했지만, 권력의 비호 속에 늘어나는 건 현대판 '대청마루'뿐이었다. 세대가 바뀔수록 세도는 더 당당해져 '사회주의 양반' 가문이라면 바보도 도련님 대접이었다. 어디 가나 흔한 일이라 이제는 이상하지도 않았고, 이상해하는 것이 오히려 이상스러웠다.

사람들은 신분제도를 사회의 필연처럼 체념(諦念)했다.

시국이 이렇다 보니 위에서 먹고 남은 대학 뽄트[323]가 층층으로 아래 부대들에 할당된다. 그러면 눈이 바로 배겼다는 백성의 자식들은 뼈다귀 싸움하듯 각축전을 벌여야 한다.

리열도 그 속에서 수단과 방법을 가리지 않았다. 피타는 노력 끝에, 입대 4년 만에는 인민군정치대학을 따냈다. 간부이력문건이 완비되었고, 이제 5개월 후에 떠나는 일만이 남았었다.

하지만 운명이란 본시 결정적인 대목마다 희롱질이다. 평양 본가에서 불길한 소식이 날아든 것이다. 중앙당재정경리부 산하의 어느 기관에서 일하던 아버지가 창광분주소(당시)에 구금되었다는 기별이었다. 리열은 난생처음 운명의 요물 같은 실체와 마주하게 되었다.

당시 창광분주소는 중앙당 내부의 크고 작은 모든 사건을 독립적으로 총괄하는 특수한 법 집행기관이었다. 국가보위성과 인민보안성의 모든 권한을 행사할 수 있는 유일한 독재 기구! 명색만 '분주소'라 낮춰 부를 뿐이다. 실체는 갓 큰 양반들의 참수가 전담인 조용하나 무자비한 살수, 섬뜩하고 무서운 망나니 본부였다.

그래서 구금 소식은 별고 소식 이상으로 리열을 놀라게 했다. 당장 코앞에 무거운 차단봉이 떨어졌다는 의미였다.

---

323 대학 뽄트. 특정 대학에 입학할 수 있는 자격이나 추천권을 말할 때 쓰는 북한어.

도저히 믿기지 않았다. 중앙당 기관에서 '충성의 당세포' 비서만 20년 남짓인데…?

일인 즉 중앙당 양(성씨) 부부장이라는 사람의 횡령 행위를 창광분주소에 신고한 것이 사달(事端)이었다. 빙빙 에돌 줄 모르는 과묵한 노동계급의 순진함이 화를 자처하고 만 것이다. 창광분주소는 '신고자'에 대해 슬쩍 흘렸고, 양 부부장이 던져준 시시껄렁한 꼬투리를 물고 죄 없는 '신고자'를 역으로 끌어왔다. 어차피 죄는 그 뒤로 만들어도 충분했다.

어떻게 돌아가는 세상인가? 귀 따갑게 '선군시대'라 떠드는 때다. '선군'이 만사의 기준이고 인간 평가의 척도라는 의미다. 그런데 현실은? 선군은 고사하고, 있는 구실, 없는 구실 만들어가며 군사복무를 기피하려 든다. 간부 자식들이 앞장서 꼬부랑글을 외우며 비행기 꼬리만 따라다닌다. 그런 풍조에 비춰 보면 아들 셋을 조국에 바친 리열의 부모, 그 충정은 충분히 비웃음 받을 만큼 황당무계했다.

결국 애국은 벽에 줄줄이 걸어놓은 '조선인민군입대증'처럼 색바랜 종잇장에 불과했다. 일순의 감성일 뿐, 아무 의미도 없는 관념 같은 애국! 다 순진한 백성을 규합하기 위한 허구에 지나지 않았다. 따져보면 애국은 회유에 속은 백성들만 하고, 기만임을 아는 선전자들은 잠꼬대처럼 외우며 도용하고 있었다.

그러기에 양 부부장 같은 개인의 전횡도 국가적 조치라는 미명하에 정당화될 수 있었다. 끝내는 산간벽지로의 가족 추방! 궁극에 가해진 천인공노(天人共怒)할 결말이었다.

'민생단(民生團)'[324] 혐의자를 내쫓듯 불의에 달려든 사람들이 사정없이 내동댕이치며 집안을 뒤엎었다.

아수라장에서 리열의 어머니는 너무 억이 막혀 한마디 항변도 하지 못했다.

짐 거들어 줄 자식 하나 곁에 없는 불우한 에미! 겨우겨우 꽉 막힌 목구

---

[324] '민생단'. 1932년에 일본이 만주 간도 지역에 살고 있던 조선인들을 대상으로 만든 친일 단체.

멍에서 "아들 셋을… 나라에 바쳤는데… 받는 대접이 이게 다구나…!" 하고 새어 나오는 가냘픈 넋두리…!

3년 후, 평온한 가정을 몰락시킨 중앙당 부부장이라는 자는 '역적'이라며 제거되었다. 그자가 어떤 '역적'인지 리열은 알고 싶지도 않았다. 다만, '역적'이 그리 높이 올라간 것도, 지금에야 '역적'이 된 것도 의문스러웠다.

더더욱 기가 막힐 노릇은 피해자에 대한 아무런 회복 조치도 없는 것이다. 여기서는 난데없이 당의 권위가 이유였다. 사건의 발단은 '역적'이었지만, 결정은 당중앙위원회가 했기 때문이다. 만일 '억울한 누명'이라고 시인한다면, '역적'의 농간에 놀아난 당중앙위원회의 권위가 극도로 훼손된다. 있어도 7천만, 없어도 7천만! 대위(大義)를 앞에서는 보잘 나위 없는 창해일속(滄海一粟)이다. 옳고 그름을 떠나 결코 벗을 수 없는 '추방자'의 낙인이 특수한 충실성으로 피해자 일가에게 강요되었다.

어디선들 못 살리야 있으랴만, 부모의 가슴을 제일 아프게 허빈 것은 자식들의 전도였다.

세 아들의 앞길에 저주 같은 대못을 박았으니 죽어도 어찌 눈을 감을 수 있으랴!

첫 피해자는 13년째 군 복무 중인 맏아들 리혁찬이었다. 총참모부 직속의 직업군인이던 그가 졸지에 '가정곤란(家庭困難)'이라는 명분으로 부모가 있는 산골로 제대(전역)명령을 받았다. 처지로 보면 두 벌 추방이었다.

다음 피해자는 대학추천을 받고 들썩이던 리열이다. 간부과(인사과)에서 여러 번 찾아 집 소식을 묻더니 나중엔 아리송한 말들을 했다. 아버지 일을 더 두고 보자는 건 제 꼭지에 물러나라는 암시였다.

본인조차 모르는 고·증조부의 은밀한 사생활까지 낱낱이 기록해 놓고, 현대인의 운명을 재단하는 '족보 캐기' 놀음! 보기 드문 '빨갱이 집안'이라고 누군가 쳐줄 땐 좋게만 여겨지던 그 놀음. '백두산 혈통'은 아니어도, '지주 뿌리'나 '치안대 줄기'가 아니어서 안심이던 그였다. 형형색색의 불순딱지가 문건귀통이에 붙으면 누구인들 용뺴는 수가 없다. 당초에 출셋길은 포기해야 하며, 올라가지 못할 나무는 바라보는지조차 말아야 한다. 오히려 그것이 현명한 처사다. 쟁갑스레[325] 턱을 들려다 핵심 세력의 '타도!'에 온통 찢기지 말고, 최하층 바닥에서 묵묵히 생존하면 그만이다.

그런 절망적인 딱지가 리열의 문건에 붙은 것이다. '추방자 가족'! 자자형(刺字刑)[326]을 받은 듯 영원히 지울 수 없는 '낙인(烙印)'이 새겨졌다. 신앙보다 더 무서운 정견(政見)의 악형이었다. 애원도, 발버둥도 소용이 없었다. 그런 운명을 구원할 힘이 이곳에는 존재하지 않기 때문이다.

리열의 삶은 그때부터 도전적으로 변했다. 포기하지 않고 망망한 자습의 대하에 뛰어들었다. 무릇 자신에게 낸 도전장이기도 했다. 자습으로는 단순한 정의를 파악하는 데도 적지 않은 인내심과 시간이 필요했다. 책 속에서 운명의 열쇠(키)를 찾으려는 갈망은 리열을 의지적인 '선비'로 만들어 버렸다.

책은 나의 님, 글은 나의 사랑!

리열은 인생 최초로 연애에 빠졌다. 밤낮이 따로 없는 지독스러운 연애였다. 24살에 벌써 한 개 중대 사관장으로, 이듬해에는 전선군단을 대표하여 큰 대회의 연단에 오르기까지 그의 노력은 헛되지 않았다.

그는 말하곤 했다.

"앉아서 우느니, 일어나 걸으라!"

어디를 닿아도 뜨거운 그를 전우들은 '리열(熱)'이라고 부르기 시작했다. '리열(熱)'은 어느새 본명 아닌 본명이 되고 말았다.

피 타는 노력도 기울어진 운명을 바로 세울 수는 없었다. 칭찬이나 평가는 스치는 솔바람에 불과했다. 잘하다 잘한다, 얼려서 뭘 먹이는 격의 정치적 부추김일 뿐, 흔적도 여운도 남지 않는다.

10여 년 만에 손에 남은 것이란 제대(전역)비 6,000원이 고작이었다. 당

---

325 쟁갑스럽다. 경박하고 가벼운 태도로 행동하는 것을 나타낸다. 즉 진지하지 않고 경솔하게 행동하는 모습을 묘사한 북한 민간 사투리.

326 자자형(刺字刑). 죄명을 몸에 새기는 형벌. 얼굴이나 팔뚝에 '죄(罪)'자나 '유(流)'자를 새겨넣었다.

시 물가로 수수한 여과담배[327] 6갑을 받은 셈이었다. 청춘 10년을 담배 6갑과 바꿨다고? 누군가에게 이런 거래를 제안한다면, 미친 놈이라고 할지 미친 짓이라고 할지….

부스럭돈[328]과 함께 받은 '만기복무증'은 또 다른 '입대증'이었다. 학수고대했지만 두려운 사회생활의 시작을 의미하기 때문이다. 사회는 군대와는 근본이 다른 적자생존의 전역이었다. '조국에 청춘을 바쳤다'고 서두를 떼면 어디서나 콧방귀로 맞아준다. 전직이나 나이 따위는 전혀 무관했다. 돈 좀 있다거나 돈 벌 줄 안다면, 그게 어른이고 선배였다. 그러니 빈손인 제대군인이야말로 아무런 호구지책도 없는 사회 '신병'이 아니고 뭐란 말인가.

바친 게 바보라고 대놓고 비웃으면 오히려 편할 정도다. 익숙한 건 주먹질뿐이라 닥치는 대로 휘두르는 '반항아'들이 그래서 사회 구석구석에 터버리고[329] 있는 것이다. 일명 '군인 기질'을 떠들면서 말이다. 하지만 군대에서 묵과되던 '군인 기질'이 사회에서는 범죄로 된다.

약해서 매 맞은 자는 돈을 들여서라도 법을 끌어온다. 결국엔 앞발 때문에 뒷발이 오라 가라 고생하고, 콩밥을 먹지 않으려면 별수 없이 생쥐 같은 애송이 앞에 목을 꺾고 빌어야 한다.

제대군인을 존대해 준다던 선전은 너무 새빨간 거짓이고 회유였다. 아니, 정치적 기만이었다. 그런 명분은 어디 가도 통하지 않았고, 그저 '삼 년 석기'이니 개 굴듯이 굴러서 스스로 헴[330]이 들어야 한다는 훈시질들뿐이다. 삼 년 동안 적응 못 하면 '고만에![331]'가 붙고….

리열이 뛰어든 사회는 10년 전과는 판판 다른 세상이었다. 울타리 건너

---

327 濾過담배. '필터담배'의 북한어.

328 부스러기와 같은 돈이라는 뜻으로 쓰다 남은 얼마 안 되는 돈을 이르는 북한어.

329 '터버리다'. 일반적으로 '어지럽히고 있다' 또는 '혼란스럽게 하고 있다'는 의미로 사용된다. 이 표현은 어떤 상황이나 질서를 무너뜨리거나 사람들을 혼란스럽게 만드는 행동을 묘사할 때 쓴다.

330 '철(사물의 이치를 분별할 줄 아는 힘이나 능력)'의 함북 방언.

331 '그만'에 부사파생접미사 '에'가 붙어서 형성된 단어. '딱 그 정도'라고 특정 짓는다는 방언.

끓일 수 없는 가마

직관하던 그 세계는 더욱 아니었다. 사회 접촉이 허다하던 사관장 출신이 이 정도이니, 식당 누룽지나 넘보며 10년을 마친 수다한 쪽줄(병사 계급장) 배기 제대군인들은 더 말해 무엇하랴!

게다가 리열에게는 받아들이기 힘든 현실이 더 있었다. 배치지(제대될 때 파견되는 지역)가 본인의 의사와 무관하게 부모의 주거지로 결정되는 탓에, 자연히 산골 사람이 되고 만 것이다.

추방 내려온 살림은 위안의 말조차 아픔이 될 지경이었다. 집도 아닌 공장 음침한 구석의 작은 창고 한 칸. 고작 강냉이국수 댓 그릇 값의 돈을 쥐여 주며, 대학 시험을 보라 등 떠미는 어머니의 애써 감추시는 눈물. 아아!! 충성은 대가를 바라지 않지만, 이런 버림은 아니지 않느냐? 후회한들 행차 뒤 나발이었다.

리열의 가슴은 칼로 에이듯 아팠다. 아무런 가치와 의미도 없는 허무맹랑한 충정에 대해 그는 뼈저리게 통감했다. 혁명을 다짐하던 열혈의 가슴에 졸지에 금전의 욕구가 꿈틀거렸다. 가족이 이 치욕에서 벗어나려면 솟구쳐 일어나야만 했다.

하여 리열은 대학을 중퇴하고 다시 집을 나섰다. 그가 택한 곳은 역시 생면부지인 신의주였다. 거기서 군 시절 지휘관들의 도움으로 평안북도 국가보위성 소속의 외화벌이 기지를 서해 바닷가에 만들었다. 그때부터 타향의 산과 들과 바다를 종횡무진(縱橫無盡)하며 파란만장(波瀾萬丈)의 인생사를 헤쳐갔다.

고지식한 천품과 몸에 밴 군대식 의리심(義理心)은 군복을 벗었어도 변하지 않았다. 옛날부터 '덕인지재용(德人之在用)'이라 일러왔다. 덕이 있으면 사람이 생기고, 사람이 생기면 땅이 생기고, 땅이 생기면 재산이 생기며, 재산이 생기면 쓸쓸이가 있다는 뜻이다. 세상이 모질고 각박해질수록 '덕'은 인간이 결코 잃어서는 안 될 중요한 품성이라 여기는 리열이었다. 그런데 그는 사회생활의 첫걸음부터 그 '덕'의 덕을 톡톡히 보았다. 사기와 협잡, 이익을 위해서는 수단과 방법을 가리지 않는 '악덕'의 소굴에서 '미덕'은 그야말로 입에 떠 넣어 주는 고깃덩이였다.

믿고 진심을 주면 돌아오는 것은 배신과 손해뿐이었다. 돈으로 사들인 조개를 바다에 밀매하러 내보내면, 날씨가 나빠 헤매다가 선도가 변해 모두 수장했다고 날로 먹어 치운다. 선장이란 사람은 후불(後拂)로 가져온 배를 황해도까지 끌고 내려가 헐값에 팔고 종적을 감춘다. 상상도, 예측도 불가한 너절한 현실이 이 판에서는 일상이었다. 판은 그야말로 개판, 날강도 판이었다. 인간다운 인간이란 한 명도 없는 듯싶었다. 아니, 단 한 명도 만나지 못했다.

이는 '누구도 믿지 말라!'는 인생 교훈을 남겼다. 그러면서도 자신이 더한 '악한'이 되어야 한다는 인생 해답은 찾지 못한 리열이었다. 아직도 사람들이 왜 이렇게 변했는지, 누가 이렇게 변하게 했는지를 의문하는 천진한 심리에서 헤매고 있었다.

깊이가 없는 독은 이내 바닥이 드러나기 마련이다. 적수공권으로 기름을 짜내듯이 한 푼 한 푼 마련하던 보잘것없는 밑천이 추풍낙엽(秋風落葉)처럼 날려가 버렸다. 다시 새싹이 움트려면 엄혹한 겨울을 이겨 내야 했다. 그러나 리열은 아직 모살이[332]가 되지 못한 여린 묘목에 불과했다. 제 아니 지혜 있는 자인들 복잡한 사회관계 속에 조여드는 돈 문제를 어찌 빈주머니로야 해결할 수 있겠는가. 그는 스스로 자신을 타매하며[333] 신의주를 떠났다. 그 타매(唾罵)는 사회현실을 너무도 모르고 섣불리 헤덤빈 푼수없는 망동에 대한 자아지탄(自我之嘆)이었다.

사다리의 아랫단들을 디디지 않고 윗단으로 바로 도약하려던 무지의 용감성은 이렇게 삼일천하로 끝나고 말았다. 리열은 쓰디쓴 고배를 마시면서야, 비로소 냉혹한 진리를 깨달았다. 그저 양심과 지혜만으로는 도저히 헤칠 수 없는 아찔한 절벽이 바로 이 사회라는 것을 말이다. 무슨 일에나 절차와 과정이 있고, 축적이 필요했다. 뜻을 멀리에 두고 침착하고 주도세

---

332 '사름'의 북한어. '사름'은 모를 옮겨 심은 지 4~5일쯤 지나서 모가 완전히 뿌리를 내려 파랗게 생기를 띠는 일. 또는 그런 상태를 말함.

333 '唾罵하다.'는 '아주 더럽게 생각하고 경멸히 여겨 욕하다.'는 뜻.

밀(周到細密)하게 다시 준비할 때만이 목적을 달성할 수 있었다.

그래서 리열은 뒤엉킨 심사도 정리할 겸 힘들 때라야 그리운 부모의 품을 찾아 들었다. 그것이 자강도 초산군이었다. 당시 초산군에는 국경경비대 군관으로 복무하는 리열의 둘째 형이 살았고, 연로한 부모들을 추방지에서 모시고 왔었다.

바로 그 앞집의 맏아들이 리남혁이었다.

그때는 코털이 보들보들한 16살의 총각애였다. 사춘기가 늦은 탓인지 남혁은 나이에 비해 어려 보이고 웃을 때마다 덧니를 살짝 드러내며 귀염상스러웠다. 속세를 떠난 선비가 되어버린 리열이 초산땅에서 사귄 첫 사람이었고, 정이 나날이 깊어가는 친구였다.

백지 같은 인간 본연의 마음 그대로인 산골의 소년은 사람에게 지쳐 인세와 담을 쌓은 '선비'에게 있어서 하늘이 하사한 인간의 원종인 듯싶었다. 청신한 그의 모습에서 리열은 잃어버린 30년의 아름답고 애틋한 모습들을 보았고, 따뜻하고 짜릿한 무수한 애정들이 생동하게 느껴졌다. 그나마 세상은 무정하지만은 않았다. 위안의 대상이 절실했고, 그 대상을 선사 받았으니 말이다. 리열에게 있어 리남혁은 30년 인생사를 뭉개어 빚어놓은 아프고도 소중한 결정체가 되었다. 언젠가 눈 덮인 산야에 남혁이와 함께 오른 리열은 시구를 읊조렸다.

눈에 넣은 이슬은 한 방울도 영롱하고
돌 위에 핀 꽃은 한 송이도 아름답네
산봉우리 뜨는 해는 못 잡아 무심한데
잔 속의 둥근 달은 다 마셔도 수심고나

황야의 거친 바람 백설 안고 모대길 제
헐벗은 아지마다 흰 눈꽃 만연타
초야우생(草野愚生) 이 몸이 만권(萬卷)에 묻혔거늘

리남혁의 부모들은 이 나라 어디서나 흔히 볼 수 있는 평범한 농사꾼들이었다. 겨울이 지난 이듬해 봄, 학교를 졸업한 리남혁은 키가 작고 몸이 쇠약해 군대 초모에서 누락되었다. 기회가 있을 때마다 절대로 군대는 보내지 말라고 부채질하던 리열은 정말 다행이라고 했다. 그러나 부모들의 생각은 달랐다. 그것은 다행이 아니라 불행이었다.

남혁의 부모들은 수심에 잠겼다. 군대가 고생스럽긴 해도, 금이야 옥이야 키운 자식이 발전은커녕 교복을 벗자마자 호밋자루를 꼬나들어야 하는 꼴보다는 낫기 때문이다. 피할 수 없는 운명의 궤도 위에 속수무책으로 올려 세워야 하는 부모의 가슴은 그래서 찢어지게 아픈 것이다.

군대초모에서 누락된 농촌태생의 중학교 졸업생들은 자동으로 농장에 배치장이 떨어진다. 이는 농촌진지를 강한다는 당의 전략적 방침에 근거한 어길 수 없는 노동력 규제 제도였다.

성인으로서 사회에 내딛는 첫걸음에 호밋자루를 들면, 일생을 계급이라는 차가운 수갑에 묶여 버린다. 그 자루는 놓으려야 놓을 수 없는 숙명이 되고 만다. 농사는 평생의 직업이 되고, 고향은 벗어날 수 없는 무덤터이다. 설사 군대를 다녀와도 운명의 궤도는 바뀔 수 없다. 농촌연고자는 반드시 농촌으로 돌아오기 마련이다. 하지만 한창 시절만이라도 무릎이 나온 농포[334]바지 신세를 면하게 하려는 농사꾼 부모들의 소박한 소망이 유일하게 선택할 수 있는 출로가 다름 아닌 군대에 보내는 것이었다.

신분적 분류에서는 똑똑하든 천치이든 따위가 문제가 아니다. 농장원의 자식은 갈데없는 농장원으로, 탄부의 자식은 가타부타 없이 탄부로 살아야 한다는 것이 이 사회가 만들어놓은 엄격한 신분제도이다. 태어날 때부터 '불우한 자식'들은 이름자가 붙기도 전에 '출신성분'이라는 딱지가 먼

---

334 '농민'을 낮춰서 부르는 말.

저 붙는다. 그 딱지는 마치 저주와도 같이 죽을 때까지 괴롭히며 붙어 다닌다. '농촌연고자', '탄광연고자', '월남자가족', '처단자가족', '행방불명자', '교화출소자'….

일명 '딱지'라 불리는 시퍼런 도장들이 문서의 표지에 큼직하게 찍혀 허다한 신분과 계급을 분류한다. 본인은 볼 수 없고 알 수도 없는 '절대 비밀' 문서이다.

역사에 기록된 자자형(刺字刑)은 그래도 일개의 얼굴에서 본인 당대에만 치욕을 들씌우고 사라져 버린다. 허나, 사회주의 사회의 신분 도장은 영원히, 대대손손(代代孫孫) 지우거나 사라질 수 없는 전대미문(前代未聞)의 인권유린 도장이었다.

돌이켜보면 이 지구촌에서 봉건적인 신분제도가 사라진 지도 어언 옛일이다. 하물며 피부색이 다른 인종 간의 차별까지 종식되고 있는 현시대가 아니더냐. 그런데…? 같은 인종, 같은 민족, 같은 국민에 대해 형형색색(形形色色)의 금새[335]를 매겨놓고 이렇듯 악랄하고 잔인하게 차별하고 천시할 수 있는가?

권고하건대, 만일 구시대의 신분제도를 연구하거나 상상, 또는 체험해 보고 싶은 사람이 있다면 역사의 먼지 속에서 수고하지 말라! 지구촌에 실체로 존재하는 사회주의 조선에 와보시라! 그리고 투시해 보시라! 그러면 세태(世態)적인 흔적이 아니라, 시대의 발전과 더불어 더 조밀하게 만연되고 철저하게 위장된 폭압적이고 야만적인 신분의 쇠사슬을 직접 목격하게 될 것이다. 아울러 귀를 기울인다면 쇠고랑을 차고 숙명을 따라 끌려가는 고대 노예들의 처절한 신음을 듣게 될 것이다.

리열은 정이 들 대로 든 남혁이가, 망울진 그의 운명이 그래서 더 측은하고 불쌍하게 여겨졌다. 광복 초기에 '반제반봉건민주주의혁명'을 완수했다고 떠들더니, 결국은 봉건제도를 청산한 게 아니라 봉건적 사회주의로 개조한 거 아니더냐?

---

[335] 물건의 값. 또는 물건값의 비싸고 싼 정도.

그 자신도 잔인한 '딱지 놀음'의 피해자였다. 지금껏 당한 모든 불행과 고통의 화근이 이런 길로 잡아끈 신분제도의 악착한 코뚜레 때문이었다.

동정의 바닥에서 신분제도에 대한 반감이 끓어올랐다. '농포' 신세에 당연히 순종하려는 당사자 부모들의 고지식한 눈물에 리열은 더욱 화가 났다. 무언가 구원해야 한다는 반발심이 북받쳤다. 그때부터 그는 남혁의 부모들을 설복해 운명에 도전하는 용기를 구했고, 스스로 보호자가 되었다.

신분제도의 쇠사슬이 아무리 악착한들 마음먹기 탓 아니겠는가. '항거' 아닌 '대항'으로 끊지는 못해도 벗지야 못하랴. 생각처럼 쉬운 일이 결코 아님을 리열은 모르지 않았다.

해마다 봄과 가을이면, 마치 이적분자(利敵分子)를 색출하듯이 '농촌연고자' 색출 바람이 사회를 휩쓴다. 당, 행정, 법이 총동원된 쓰나미 이상의 재앙이었고, 인재(人災)였다. 부부 중 한 명이라도 '농촌연고자'로 판명이 되면, 가족 전부가 농장으로 쫓겨간다.

때가 그런 시국이니 농장의 청년들은 다 같은 상놈인 '농포'들끼리 혼사를 맺는 수밖에 없다. 그래야 무탈했고, 선택받거나 선택할 다른 기회조차 없기 때문이다. 그야말로 '병영식 사회'의 '병영식 사랑'이었다. 농촌의 사랑은 자연스러운 인연이 아니라, 인의적인 연결이었다. 사랑이 우연보다 필연에 가깝다면, 종 보존의 동물적 행위와 다를 바가 무엇인가?

결국, 무지렁이 같은 '농포'의 순수한 '종'은 국가의 '관리' 속에 번식하고, 보존된다. 그렇게 누군가의 고통을 기반으로 이 나라가 서 있는 것이다.

그러다 보니 한 농장 안에 따지면 누구든 친척일 정도로 혈연적으로 얽혀 돌아가는 조선 농촌의 현실이다. 찰스 다윈의 진화론(進化論)을 빌어 본다면, 근친결혼의 후과(後果)로 나날이 퇴화(退化)되는 '농포'의 유전인자에 무지와 무저항주의가 그토록 단단하게 옹이 배기는지도 모른다.

'농장진출'이라는 통고장은 때 없이 날아들어 리열을 괴롭히곤 했다. 별별 안면관계(顔面關係)를 다 동원해 리남혁의 거주지를 리열의 집으로 옮긴 후였지만, 노동자 탈을 썼다고 '농촌연고자' 딱지가 떨어지는 건 아니었

　　　　　　　　　　　　　　끓일 수 없는 가마

기 때문이다. 늘 지켜주고, 늘 돌봐줘야 해야 할 생활의 일부가 되어 버린 남혁이었다. 선보러 올 때조차 붙어 다닌 리남혁을 아내 김명선도 무척 사랑해 주었다. 흘러가는 세월 속에 그들의 정은 핏줄로 엮인 식솔처럼 한 지붕 아래 끈적하게 녹아 뭉쳤다.

어느덧 8년 세월이 흘렀다.

리열의 어깨에 겨우 미치던 리남혁의 키가 머리 위를 껑충 뛰어올랐고, 코밑의 수염도 제법 감실감실해졌다. 신체도 신체려니와 더 성숙한 것은 마음이었다. 백지 같던 그 속에는 리열만 차곡차곡 쌓여 시간이 갈수록 행동거지조차 닮아갔다.

흔히 사람들은 "지금 젊은 애들 쓸 게 하나도 없다"고 말하곤 한다. 하지만 리남혁에 대한 사람들의 평은 달랐다. 무척 사랑해 주었고, 나이가 찰수록 딸 가진 부모들은 탐을 내었다. 성품도 바르고 곱살하게 생긴 데다 덧니를 드러내며 생글거릴 때면, 간을 살살 녹여 애틋한 정이 고이게 하고, 호리호리한 몸에 눈썰미 또한 역빨라[336] 필경 참배에 꿀 바른 듯이 달콤한 총각임이 분명한 것이다.

사람들이 칭찬할 때면 리열 부부는 기쁨을 감추지 않았다. 이제는 대견하고 자랑스러운 '아들'로 그들의 가슴속에 너무 깊게, 너무 고이 묻혀 있는 남혁이었다. 그도 그럴 것이 해가 번질수록 사업과 생활에서 남혁은 많은 몫을 맡아 주었다. 초산군은 물론 평양이나 중국까지도 리열의 사회영역이라면 모르는 사람이 없었다. 인식도 모두 제 나름이었다. 설 아는 사람은 동생인 줄 알았고, 의심하기 좋아하는 이들은 한 창 때 벌어놓은 아들인 줄 짐작했고, 깊이 아는 친지들은 함께 사랑해 주었다.

남혁은 어느덧 생김이 다른 '리열'로 성장하였고, 연의 꼬리마냥 리열의 명성 뒤에는 그의 이름이 팔랑거렸다. '나'라고 말할 수 있는 '하나'를 얻은 것만으로도 리열은 충분했다. 30년을 잃은 것이 아니라, 그 '하나'를 얻기

---

336 '역빠르다.'는 '역어서 눈치나 행동 따위가 재빠르다.'는 뜻. '역다.'는 '어려운 일이나 난처한 일을 잘 피하는 꾀가 많고 눈치가 빠르다.'는 뜻.

위해 30년을 거쳐 온 것이다. '하나'만 있다면 두려운 이 세상도 발아래 있고, 두 손을 맞잡으면 사나운 세파도 뚫을 수 있었다.

성장한 리남혁은 죽음도 나눌 수 있는 '제2의 리열'이었다.

3

몽롱한 꿈결에 예배당의 웅근[337] 종소리가 실려 왔다. 성서를 낭독하는 신부의 설교도 함께 들리는 듯싶다.

> 가을밤의 빗소리 처량히도 들리누나
> 여름의 폭우처럼 시원치도 아니하고
> 봄날의 약비처럼 활력도 없으니
> 상처 입은 마음의 눈물과도 같더라
> 그래서 가을비를 가랑비라 하는지…

홍순철과 동침한 리열은 긴긴밤과 더불어 칭칭 감겨드는 악몽에 시달리고 있었다. 회억(回憶)의 창문은 을씨년스러운 빗줄기에 야금야금 젖어 들었다. 가을비는 할아버지 턱수염 밑에서 그어간다는데 웬걸, 가기는커녕 구질구질 파고드는 얼음 녹은 찬비다.

'첨단'지사 건설을 시작한 지 한 달이 조금 지난 바로 1년 전, 골조가 거의 윤곽을 드러내는 작업장에 비가 드문드문 새는 작은 박막집[338]이 있었다. 거기서 7명이 거처하며 주야로 작업하고 있었다. 그들은 자칭 '첨단'의

---

337 '웅글다.'는 '소리가 깊고 굵다.'는 뜻.
338 얇은 막을 덧대어 대충 지은 임시숙소.

　　　　　　　　　　　끓일 수 없는 가마

1세대들이었다.

생활 조건은 열악했지만, 노동강도는 돌격적이었다. 이들은 왜 여기서 고생하는 걸까? 당초에 힘든 일자리는 뇌물을 고여서라도 달아나는 게 정상이다. 하물며 신설 노동판인데도 불구하고 이들은 자진해서 '노력파견장'을 들고 왔다. 개인주의에 만연된 집단주의 정신으로는 도저히 이해할 수 없는 일이었다. 드문히 그런 경우가 있기는 하다. 강제로나, 혹은 공평하게 기간을 정하고 정배살이[339] 가듯이 순번제로 돌아가는 돌격대 노력 보장이다.

그러나 이 밤, 빗물이 줄줄 새는 막에서 마라초[340] 연기로 젖은 옷을 말리며 웃고 떠드는 이들은 달랐다. 스스로 택한 길이었고, 사서 하는 고생이었다. 그러하다면 왜?

육체는 유물론적인 실체이고, 정신은 관념론적인 존재임은 분명하다. 허나, 육체는 필시 관념에 조종된다. 공산주의 철학이 주장하는 물질의 1차성이 옳은지는 모르겠지만, 사회에 대한 인간의 작용은 정신의 1차성이 옳다고 본다. 사회주의 사회에서 상상을 뛰어넘는 행위가 종종 발휘되는 것은 이런 모종의 세뇌된 정신이 발양(發揚)된 결과이다.

이날도 아침부터 내리는 찬비를 고스란히 맞으며 이들은 축조 작업을 했었다. 이미 가을의 쌀쌀한 기세가 완연한 저녁이었다. 홀딱 젖은 몸들이 흡사 학질(瘧疾) 환자처럼 이를 잘게 맞쪼으며 떨었다. 젖은 옷가지들은 벗어 여기저기 널고는 반바지 바람에 빙 둘러앉았다.

뜨끈한 식사에 곁달아 술사발이 몇 바퀴 돌았다. 이내 알코올 기운이 얼근히 오르고, 지친 몸뚱이들은 나른하게 땅으로 잦아들었다. 그러나 진펄에 꼴깍할 때까지 "사람 살리우!" 청만은 끊지 않으려는 듯 입들은 더욱 승을 돋구었다. 말시낭[341]이라야 저마다의 걸쭉한 육담이 전부였다.

---

[339] 죄인이 지방이나 섬에 가서 귀양살이하던 것.

[340] 개인이 잎담배를 잘게 썰어 종이에 직접 말아서 피우는 '궐련'(捲煙) 형태의 담배를 뜻하는 북한어.

[341] '대화'를 가리키는 표현.

숨 막히게 좁은 공간이 시시껄렁한 익살로 후끈해졌다. 심신을 충전하려면 이런 시간이 필요했다. 그래서인지 리열은 굳이 흥을 방해하려 들지 않았다.

그 틈에 끼어 술 뒤 사발을 들이키고서야 남혁이도 이를 쫓지[342] 않았다. 이제는 23살의 홍안의 젊은이였다. 그 사이 별명도 늘었다. 친지들은 리열의 '그림자'라고 했고, 장마당(시장) 아낙네들은 '찰떡에 콩보시'라고 했으며, 상점(가게)들은 '서기(書記)'라고 불렀다. '첨단'지사 건설이 시작된 이후로는 '부사장'이라는 호칭이 더 붙었다.

그만큼 리열과 남혁은 '하나같은 둘'이었다. 서로가 살점처럼 위했고, 언제나 생명처럼 아꼈다.

얼마후 소연하던[343] 막사 안은 코를 고는 소리로 흔들거렸다. 덩달아 세지는 빗소리에 리열은 선잠에서 깨어났다. 누군가를 기다렸다는 어설픈 기억에 옆자리를 더듬었다. 담요 속이 텅 비어 있었다. 남혁이 없는 것이다.

리열은 미간을 찡그렸다.

'어디… 보냈던가…? 술을 마신 남혁이 젖은 내의까지 홀딱 벗고, 팬티 바람에 잠자리에 드는 걸 봤었다. 그러다가…!'

그제야 기억이 깨어났다.

집에서 급한 연락이 왔다며 비 오는 밤길을 나서는 노동자 정영수…

지친 모양을 지켜보다 오토바이로 제걱 태워 주고 오겠다며 귓속말로 허락받던 남혁이…

기껏 5리(2Km) 남짓한 거리지만, 각근히 마음을 기울임이 대견하여 머리를 끄덕인 리열…

팬티에 비옷만 걸치고 갑삭하게 뛰쳐나가던 모습이 선히 보였다.

'지금이 몇 시인데…? 아직 안 온 거야…? 설마…!'

전짓불을 켠 리열은 손목시계를 보았다. 작은 바늘이 11시를 막 넘어서

---

342 '아래윗니를 딱딱 마주 찧다.'는 뜻의 북한어.
343 '騷然'하다. 떠들썩하게 야단법석이다는 뜻.

끓일 수 없는 가마

고 있었다. 그러고 보니 남혁이 막사를 나선 지도 벌써 2시간은 실히 된다.

'넉넉히 잡아도 10분이면 다녀올 길을 아직도 못 올 리가…?'

어쩐지 걱정이 앞섰다. 시간관념에 익숙했고, 사회의 나쁜 물에 젖을세라 스스로 부질없는 일에 시간을 부여하지 않는 남혁이었다. 아무 데나 질펀하게 앉아 홍청거리지도 않는 성미다. 이제는 습관처럼 남혁에게 굳어졌고, 서로에게 익숙한 통상적인 시간의 기준을 훨씬 넘어선 것이었다. 여러 경우를 타산해 보아도 있을 수 없는 일이다.

생각을 굴릴수록 왜인지 안절부절 불안감만 더해진다. 자꾸 불길한 예감이 갈마들었다[344] 그 예감은 이상할 정도로 끈질기게 상상의 나래를 퍼덕이게 했다. 남혁이를 놓고 이렇게 심란한 적은 처음이었다.

'고쯤한 술에 비칠거리진 않을 텐데…? 혹시, 길이 미끄러워서? 아니, 아니야. 운전은 의심할 필요 없지. 그렇다면…?'

리열은 쓰러져 고통스러워하는 남혁의 허상을 좀처럼 털어버릴 수가 없었다. 걱정이란 쪼개면 쪼갤수록 별의별 억측이 다 나오는 법이다.

'아니면 강도? 강도 만난 거 아니야? …아, 불안해…! 이 직감은 뭐지?…'

빗방울은 별로 소란스레 박막을 두드리며 가뜩이나 초조한 마음을 들쑤셔 놓았다. 그는 더 참지 못하고 벌떡 일어나 앉았다. 그러고는 "누가 근무나?" 하고 어둠 속에 대고 가볍게 물었다. 뒤이어 전짓불이 켜졌다.

"왜?" 하고 대꾸하는 사람은 그의 형 리혁찬이었다.

"근무에요?"

"정동무가 집에 갔으니 대신…."

"남혁이 왔나요?"

"아~니… 어우~! 하품만 나간다. 오토바이 끌구… 가던데…?"

"그 정(성씨) 가 태워 주겠다고 갔는데… 도제 얼마나 멀다구… 이직 안 와…?"

"그게… 그때야 갔다 왔지 뭐. 다시 간 게 안 온 거지."

---

[344] '갈마들다.'는 '서로 번갈아들다.'의 뜻.

"가만, 가만. 왔다가… 다시 갔다구? 어디?"

"모르지~. 지시받구 가는가부다 하지… 뭐, 언젠 보고하구 다녔나? 치~!"

리열은 무엇인가 더 물으려다 그만두었다. 정말로 있어 보지 못한 비정상적인 현상이었다. 직감을 소홀히 하지 않는 리열이 잠 못 드는 원인이 거기에 있었다.

"아마 한 시간쯔음… 되갔나…? 쑥 들어왔다 쑥 나가던데…?"

심상치 않은 기미를 감촉한 리혁찬이 취한 잠기를 애써 털며 구구히 설명을 달았다.

"기래서…?"

"좀… 별나다 싶어서… 따라 나가긴 했는데…?"

"근데…?"

"사람 하나 더 있더라구. 비옷 푹 뒤집어썼는데… 줄레줄레 따라가길래 '누구야?' 했지… 근데 그 개자식, 대꾸질 하나 없더라구. 에이, 정(성씨) 가나…? 하구 말았지. 난 뭐….."

찬찬히 직시하는 눈빛이 점점 뜨거워진 듯 리혁찬의 말은 풀수록 변명조로 급급해졌다.

"저레… 뒬 잡도리였나 봐… 오토바이 저기 버드나무 밑에 세웠더라구. 끌구 오지 않구… 글구, 라이또 킬 땐 또 한 명… 있던데?"

"누구?…?"

"나야 모르지! 뭐, 이거 음… 해야 하나, 말아야 하나…?"

"뭐라는 거야…?"

"…계집아… 같던디? 딱힌 몰라두… 아마 맞을 걸…."

리혁찬은 하품을 연속 들이키며 두서없이 나열했다.

"혹시나… 혹시가 아닌지…? 아~우! 상품은 다 나가구, 하품만 남, 았, 군…. 교대 깨울까?"

"혹시… 또 뭘?"

혼자서는 생각을 종잡을 수가 없어 리열은 미안했지만 놓아주지 않았

끓일 수 없는 가마

다. 일에 치우쳐 최근에 남혁에 대해 모르는 부분들이 생긴 것 같았다.

"별건 아니구… 저녁밥 먹기 전에 순화 아버지랑 얘기하던데, 뭐, 피뜩 들리는 게 오토바이가 어드러구, 하던데….'

"홍영춘이가?"

"뭐, 새새 듣진 못했는데… 순화 잣이 이러구 저러구….'

"순화요? 건 또 뭐야?"

리열은 께름직했다. 홍순화라면 종업원인 홍영춘의 딸이었다. 건설 노력이 모자라 종업원 가족들을 며칠간 동원했었는데, 홍영춘은 20세 딸을 데리고 나왔었다. 그런데 그 며칠간 리열의 아내 김명선은 농담 절반, 진담 절반으로 이따금 남혁을 신칙하곤[345] 했다. 아직 장가갈 나이가 멀었는데, 여자라면 무턱대고 널름거리다간 총각 값이나 떨어진다고…. 하지 않던 신칙이었다.

어느 기회에 리열에게도 그러한 신호를 한 생각이 났다. 그때 리열은 "총각이 처녀 생각하지 않으면 고자"라고 퉁 쏘면서 웃어넘겼었다. 때 이르게 음욕에 꿈을 낭비할 철없는 소년이 아니라는 일종의 믿음에서였다.

그로부터 며칠 후, 리열은 예고 없는 충격에 빠져들었다.

착공 1개월도 되지 않던 9월 9일이었다.

리열은 종업원가족 모두가 지사에 나와 명절(공화국창건절) 휴식을 즐기자고 제안했다. 집에서의 휴식이라야 별식 하나 해 먹기도 힘든 노동자들은 쌍수를 들어 찬성했다.

모든 경제적 부담은 리열의 가족이 감당했다.

1시간을 정하고 팀을 갈라 벌인 축조 경기(히틀 치기)는 그야말로 볼만했다. 모두가 혼신을 쏟아낸 그 짧은 시간의 작업량만으로도, 족히 하루 작업계획을 능가하는 엄청난 성과였다. 울퉁불퉁한 데다가 자갈투성이인 건설장에서는 어디서도 볼 수 없는 희한한 경기들이 진행되었다. 구경꾼들이 늘고 웃음소리가 그칠 줄 몰랐다.

---

345 '申飭하다.'는 '단단히 타일러서 경계하다.'는 뜻.

이어서 펼쳐진 밧줄당기기 경기 또한 밧줄 대신 두툼한 나무 각자가 사용되어 이채로웠다. 치열한 승벽내기 끝에, 엄청난 힘을 견디지 못한 두꺼운 각자가 결국은 으스러지듯 끊어지고 말았다. 그 바람에 모두가 벌러덩 뒹굴며 온통 긁히고 말았다. 그러나 아픔을 느끼거나 통증을 호소하는 이는 한 명도 없었다. 그저 요란한 폭소가 터졌을 뿐이다.

그런데 유독 리남혁만은 아침부터 몸이 아프다면서 자리에서 일어나지 않았다. 놀기 좋아하고 쾌활해서 자못 사랑을 받던 그였다. 유일한 총각을 일으켜 세우려고 여럿이 시도하였지만 모두 허사였다. 오죽 아프면 이 놀이판에 끼우지 못하랴 싶어 오히려 간호 한 명을 더 붙여주었다.

후에 생각해 보면 홍순화가 대중의 부탁을 쾌히 받아들여서인지, 아니면 솔선 제기해서인지 하여튼 일은 예상외로 결국지어졌다. 싱갱이질 뒤에 리남혁은 불 때는 막사가 답답하다면서 골조 후면에 설비해 놓은 휴식용 방수포막사로 자리를 옮기었다.

세부 종목들이 이어지고 마지막 배구 경기를 앞둔 팀들은 참가인원을 뽑느라 야단법석이었다. 점수가 제일 높은 종목으로서 최종승패가 이 경기에 달려 있었기 때문이었다. 원래 리남혁이 속해 있는 리열의 팀에서도 그를 참가시키자는 의견들이 분분했다. 아침에 약을 먹었으니 이제는 열도 내렸을 것이고, 총각이 그 정도 맥은 있고도 남는다며 아낙네들이 리열을 성가시게 부추겼다. 성화에 못 이겨 리열은 벽체만 앙상한 건물을 돌아, 마당과는 판이하게 한적한 곳에 웅크리고 있는 막사로 걸음을 옮겼다.

사실 그의 마음도 다를 바가 없었다. 명랑한 남혁의 모습을 보면 만시름이 사라지고 더없이 즐거워지는 그였다. 눈앞에서 소년의 곱상스러운 얼굴이 생글거리며 까불었다.

성가신 어리광을 달래려는 듯 손을 들어 막사 출입구의 방수포를 제치려던 순간, 리열은 그만 돌처럼 굳어지고 말았다. 막 들리려는 방수포 틈새기에서 섬광이 번쩍이듯 뜻밖의 광경이 눈뿌리를 자극했던 것이다. 그것은 놀랍고도 기가 막힌 광경이었다.

마주 보이는 홍순화의 옷섶은 벗다시피 헤쳐져 있었고, 늘여서 한껏 올려 민 속내의 아래로는 말통한 젖살이 통째로 삐져나와 있었다. 더욱 놀라운 것은 밑에서 올리 뻗친 검실검실한 손이 그녀의 몸 여기저기를 마구 더듬고 문질러대는 것이다. 아프다던 남혁이 처녀의 무릎 밑에 까투리처럼 얼굴을 틀어박고 모로 돌아누운 채 행하는 짓이었다.

반쯤 끄집어 내린 반바지의 고무줄이 구릿빛 엉덩이를 꼭 동여매서 금시 구워낸 빵처럼 통통하였다. 울렁거리는 음남의 욕망을 처음 겪어 보는지라 열기를 뿜어대는 숨소리가 천막을 거칠게 펄럭이는 것 같았다.

헤덤비듯 주물럭거리는 손길에 젖가슴을 맡긴 채 어색하게 흐느적거리는 홍순화 역시, 이미 제정신이 아니었다. 모름지기 정기가 다 풀려 흐릿해진 눈에는 천장이 아득히 쳐다보이고, 그 몽롱한 틈새마다 가슴츠레한 별들이 무수히 깜박거릴 것이다.

리열은 어떻게 행동해야 할지 몰라 강직된 채로 그냥 굳어져 있었다. 몇 순간 뒤에야 불에 덴 송아지마냥 화들짝 놀라며 뒤로 흠칫하더니 다시 부동자세로 얼어붙었다. 그제야 가슴이 후끈 달아오르며 제사 심장이 쿵쾅쿵쾅 뛰었다.

성미 같아서는 당장이라도 들어가 귀싸대기를 후리고 싶었지만, 그런 몰상식한 행동에는 용기가 나지 않았다. 그렇다고 이대로 마냥 두자니, 더 흉측스럽고 음란한 작태로 이어질 터였다. 그냥 눈 뜨고 보고만 있을 수도 없지 않느냐? 동네 개가 추를 붙는다면 아이들처럼 돌팔매질이라도 해서 떼놓으련만….

리열은 주저주저 발길을 돌렸다. 마당에서 재촉하는 소리도 요란했지만, 실은 무의식성이 이끄는 행동이었다. 다만 올 때와는 달리 걸음걸이에 잡소리가 많아졌다. 신발이 끌리고, 돌이 채이면서 몹시 귀따가운 음색이 난다. 분명 앞마당의 인파가 벅적거리다 욱! 밀려들기라도 할까 두려워 공개적으로 보내는 위험신호였다.

어느 사이 음분질을 망봐주는 씁쓸한 파수꾼이 되고 말았다. 형언할 수 없이 격하면서도 제발 이 신호를 감축하고 타오르는 음기를 삭이기를 바랐다. 허나, 그게 결코 쉽지는 않을 것이다. 불이 달린 성욕은 나머지 감성을 모조리 무시한 채 탈 만큼은 타고서야 사그라드는 법이다. 그러니 저대로 타다가는 쪽 빨가벗고 개코망신을 당할 판이다. 뜨물 바가지를 뒤집어쓴 것처럼 으스스해진 리열의 걸음걸이에 인위적인 잡음이 노골적으로 부가되었다.

참으로 다행스럽게도, 숫총각의 서툴고 어설픈 생애 첫 시도였던 턱에 신호는 즉효가 있었다. 그렇지 않아도 오입질이란 신경을 도사린 음남탕녀의 저속한 놀음이어서 살짝만 건드려도 감정이 싹 사그라지는 생쥐 치즈 핥아 먹기라고 할 수 있다. 바스락 소리만 나도 치즈는 퍼자한 그대로지만 생쥐는 줄행랑을 친다.

하물며 여성과 처음으로 색정을 통하려는 애송이 소년에게는 아아한[346] 욕정의 절정에 올라설수록 그만큼 깊어지는 겁나심[347]의 나락이 있는 데야⋯. 하여 산들바람에 하늘거리는 나뭇잎 소리에도 산토끼마냥 깜짝 놀랄 발칙한 촉기가 둔탁한 인기척에 덴겁[348]을 칠 수밖에 없었다.

졸지에 양기가 빠진 남혁의 몸뚱이는 뎅강 나뒹굴었다. 마치 전원 끊긴 전자석에서 뚝 떨어지는 철덩어리 한가지였다. 홍순화의 옷매무시가 허둥거리고, 남혁은 허겁지겁 담요를 뒤집어썼다.

소시지처럼 팽팽하고 곤봉처럼 꼿꼿하던 연장도 일순에 후줄근해졌다. 아니, 아예 번데기처럼 조글조글 졸아들어 게군침만 질질 흘리고 있었다. 그러면서도 아직 남은 미련 때문인지 반바지를 올릴 염은 하지 않았다. 불덩이를 안은 담요는 요란스레 쿵쾅거렸고, 콧구멍으로는 뿜어나오는 뜨거운 화기에 그 속은 가열되었다.

허나, 남혁은 결코 변태적인 음물(淫物)이 아니었고, 추잡스러운 음남(淫男)이 아니었다. 그에게는 성교에 대한 아무런 경험이나 초보적인 표상마

---

[346] '峨峨하다.'는 '산이나 큰 바위 따위가 험하게 우뚝 솟아 있다.'는 뜻.

[347] 怯懦心. 겁이 많고 나약한 마음.

[348] 덴겁. 뜻밖의 일로 놀람.

끓일 수 없는 가마

저 없었다. 그저 두 다리 틈에서 왕성하게 뻗치는 굵직한 성목가지(成木가지)[349]에 하얀 송이구름이 몽실몽실 피어오르는 누구나의 본능 같은 거였다. 그 본능이 성가시게 부채질하는 이성에 대한 수줍은 색욕이었고, 그 호기심이 타고 타는 성란(成卵)같은 소년의 갈급증(渴急症)[350]이었다. 성교에 대한 그의 상상은 초년굴지(初年屈指)[351]의 관심사로 서둘러 파헤치고 싶은 탐욕스러운 광맥이었고, 용감히 개척할 때만이 드러날 수 있는 비무한 황무지였다.

본시 이성의 관계는, 단순히 치정 행위이기 전에 인류의 미래를 위한 인간의 고상한 장거(壯擧)라고 할 수 있다. 하지만 사회주의사회에서는 달랐다. 성(性)은 덮어놓고 나태한 패륜(悖倫)이었고, 추한 행위였다. 정책적으로는 범죄시가 되고, 사회적으로는 대놓고 박해의 대상이 된다. 성(性)에 대한 교육은 어떤 형태로든 전혀 존재하지 않았으며, 문학예술은 성(性)을 철저히 배제한 '혁명적 사랑'만으로 도배되어 있었다. 사회 전체에 성(性)은 꽁꽁 숨겨져 있었다. 성(性)을 그토록 천박하게 매도해 놓았으니, 부모들조차 자식에게 제대로 된 성(性)교육은 고사하고 말 붙이기조차 어색해한다.

오죽했으면, '위대한 수령'도 팬티를 벗고 '위대한 후계자'를 인민에게 선사했다는 지극히 당연한 사실마저도 사춘기를 넘긴 소년들이 감히 그려 보지도 못할 지경이겠는가. 언젠가 때가 되면 자기도 어느 다리 밑에서 저 비슷한 애를 주워 오면 그만인 줄로 믿고 있었다.

성(性)에 대한 모든 것이 금기시된 환경에서 청소년들의 성(性)적 정서는 발육부전을 겪을 수밖에 없었다. 그들에게 성(性)은 어디서도 접할 수 없는 상상 그 자체였다. 미지의 본능에 종잡을 수 없이 민감하고, 그래서 더 이글거리는 예민한 성감각(性感)에 시달리게 된다.

감추면 꼭 보고 싶고, 막으면 기어이 하고 싶은 것이 미숙한 청소년들의 욕망이다. 하여 'SEX'에 대한 참을 수 없는 궁금증은 결국, 무지에서 비롯

---

349 성목가지(成木가지). 다 자란 나무의 튼튼한 가지를 뜻함.

350 갈급증(渴急症). 어떤 것에 대한 목마름이 너무 커서, 간절하고 급한 마음이 드는 상태.

351 초년굴지(初年屈指). 아직 누구의 탐사도, 손길도 닿지 않은 '미개척의 땅'.

된 불건전한 변태심리로 발현된다.

음미해 보면 정서적 거세자들의 가긍함[352]이 아프게 안겨 온다.

본능이 이끄는 대로, 넘어가는 숨결에 떠밀려 겨우 처녀의 젖몸을 주물 럭거리던 남혁이. 한 짓 없이 쑥스럽고, 할 짓 몰라 창피스럽고… 올려다볼 엄두조차 내지 못해 바닥에 코를 박고 있는 가긍한 그 몰골이 이 사회 청년 들의 공통된 성결핍증세(性缺乏症勢)였다.

그래서 남혁에게는 더 이상 용기가 남아 있을 리 만무했다. 처음 올라 본 아찔한 봉우리에서 기겁해 떨어진 후로는 말이다. 아쉬움은 남아 담요 깃을 슬그머니 들고 홍순화의 젖가슴을 물끄러미 올려다보았다. 옷가지들 에 더러 가려졌어도 그 자태는 여전했다. 시야에는 뽀얀 살뭉치만 또렷이 비껴들었다. 하건만 그 둔덕은 전에 비해 더 웅장하고 더 아득해 보인다.

저렇게 가파르고, 발붙일 틈 없이 매끄러운 벼랑을 아까는 무슨 용단과 재 간으로 기어올랐나 싶었다. 겨우 봉우리 두 개를 점령하는 데 반나절이나 걸 렸었다. 전부를 타고 앉는 데는 아직도 많은 시간과 준비가 필요했다. 남혁 은 자신이 없었다. 가능성은 보았지만, 기필코 타고 앉은들 그다음은…?

처녀의 속곳을 벗겨 놓고 쩔쩔매며 부실하게 놀건 뻔하다. 도리어 망신 만 당하고. 찬반의 두려움이 쿵덩거리는 심장 위에 태산처럼 쌓였다. 미지 의 상상만으로는 현실의 공허함을 채울 수 없음을 남혁은 멋쩍게 느끼고 있었다.

생소한 일은 모든 게 모험이고 어렵기 마련이다.

그렇게 놓고 보면 남혁은 총각으로서 첫 모험을 한 셈이었다. 재미 따위 는 보잘 나위 없었지만, 그것만으로도 충분히 만족할 수가 있었다. 뜨겁고 터질듯한 강렬한 성감(性感)의 한 조각은 맛보지 않았던가. 그보다는 격렬 한 저항을 예상했던 홍순화의 몸이, 처녀의 그 뽀송한 젖가슴이 가벼운 매 달림 몇 번에 철썩덕 손바닥에 묻어 돌지 않는가. 철옹성같이 여겼던 여 자의 세계도 용감히 손을 뻗치면 얼마든지 쟁취할 수 있다는 신심이 가슴

---

352 '可矜하다.'는 '불쌍하고 가엾다.'는 뜻.

끓일 수 없는 가마

에 소용돌이쳤다. 여자가 아니라 자기를 이기는 것이 총각의 가장 어려운 심리적 고비라는 것을 남혁은 비로써 체험한 것이었다.

체육경기가 끝나고 한참이나 먹으며 노래 부를 때에야 리남혁은 끼어들었다.

음분(淫奔)[353]하려던 홍순화와 제법 신랑신부처럼 다정하게 2중창까지 부른다.

리열은 모르는 척할 수밖에 없었다. 아무리 자식처럼 여긴다 해도 인격은 존중해 주어야 했다. 더군다나 그에게도 인간의 권리는 있었다. 단지 문제라면 선택의 시기와 대상, 방법에 관한 것이었다. 리열에게는 더 깊이 빠져들기 전에 스스로 깨닫도록 일깨워 주어야 할 의무만이 있었다.

흔히 유부녀나 처녀를 억지로 쟁취한 남자는 어리석게도 자기가 그 여자를 홀려냈으니 그 여자는 더 좋아할 것이고, 또 충분히 이해할 것이라고 생각한다. 마치 얄팍한 배 위에서 온 세계를 딛고선 사내대장부가 된 듯한 몽상에 빠져든다.

사지를 쭉 펴고 사랑에 절여진 듯 착각하지만, 그것은 한낱 두엄더미에서의 일장춘몽에 지나지 않는다. 현실은 오히려 그를 인간 뒤의 자리로 밀어 던져 짐승과 인간 사이에 세워놓는다. 아무리 달콤한 봄꿈이라 할지라도 깨어나면 어리석은 자의 개꿈이라고 할 수밖에 없는 것이다.

남혁의 행동은 진정한 사랑의 분출이 아니라 이성에 대한 성욕의 폭발에 불과했다. 물론 그 나이 때면 신체적 감성을 사랑이라는 구실로 당돌하게 변명할 수도 있다. 하지만 세계를 알기도 전에 작은 치마폭에 먼저 쌓이는 그런 남자는 영원히 남성으로밖에 존재하지 못한다.

리열은 이를 깨우쳐주어야 했다. 사회와 부모가 하지 못한 성(性)과 고성관계에 대한 바른 교육도 절실했다.

이후에 알게 된 더 큰 문제는 홍순화에 대한 평판이었다. 그것도 처녀의 행실에 대한 소문이었는데, 군대 총각들과의 추문이 태반이었다. 누군가

---

[353] 음분하다. 남녀가 음탕한 짓을 함. 또는 그런 행동.

동네 할머니에게 슬쩍 물으니 "체네 못난 건 젖통만 크구, 아새끼(총각) 못난 건 동리 목기(나무그릇)나 주우러 다닌다우!" 하면서 앞뒤 없는 말로 빈정댔다고 한다.

그 말을 듣는 리열의 눈앞에는 금시 더렁더렁 젖가슴이 얼른거렸다. 처녀가슴이라고 하기에는 지내 탐스럽고, 유부녀 유방이라고 하기에는 너무 애티 나는 얼굴… 바로 막사에서 본 홍순화의 젖가슴이었다. 아마도 그 할머니는 좀 커 보이는 홍순화의 가슴을 빌어 못난 처녀의 행실을 신랄히 조소한 모양이었다.

일단 관심을 돌리니 남혁이를 낚으려고 홍순화의 부모들까지 애쓴다는 귀띔도 들렸다. 그쯤 되면 추파를 던지며 버젓이 내미는 음부천녀(淫婦賤女)의 젖가슴에 남혁이 무너질 것은 뻔한 이치였다. 음욕에 바작바작 타던 숫총각의 혼맹이[354]가 요요히 빨려들었을 것이다.

사랑 아닌 사랑은 눈을 멀게 하는 법이다. 졸지에 요녀에게 홀려 눈먼 숭어처럼 되어 버린 리남혁의 불같은 욕정을 사그라뜨리기는 생각처럼 쉬운 일이 아니었다.

리열은 우선 적당한 구실을 붙여 홍순화가 지사에 나오지 못하도록 조치했다.

4

먹물에 빠진 것처럼 캄캄하다고밖에 말할 수 없는 암흑천지의 철창 속이었다.

태질하며 자는 홍순철의 이불깃을 바로 잡아준 리열은 어두운 장막 위에 초점을 모았다. 곧 영사기를 돌리듯 맥없이 드리운 빗발 속에 남혁의 모

---

[354] '魂'을 속되게 이르는 북한말.

끓일 수 없는 가마

습이 비쳐졌다. 언제나 덧니를 드러내며 새물거리던 모습이 아니라 비와 눈물에 범벅된 가긍하고 처량한 모습이다.

리열은 회억이 바다를 거슬러 또다시 노를 저었다. 청춘남녀의 살갗이 맞닿아 첫 불꽃이 일었던 그날로부터 며칠이 지난 비 내리는 그 밤으로….

11시가 넘도록 돌아오지 않는 리남혁의 신상에 또다시 홍순화라는 요녀의 그림자가 얼른거렸다. 리열은 심사가 불안했다.

"오갔지 뭐. 애두 아니구… 자자우… 피곤해…."

리열의 다음 지시를 기다리다 못해 무거운 눈시울을 억지로 치켜들며 리혁찬이 잠꼬대하듯 권고했다.

"홍영춘이 좀… 깨워요."

"홍영춘? 밥술 뽑자 바람에 빼던데? 집에 간다나…? 뭐, 옷두 젖었구… 새벽에 늦지 않겠대. 사실 잠자리도 비좁구… 집 가까운 사람이야 좀 왔다 리갔다리 하는 거두 좋잖나 싶어서…."

리열은 더 이상 앉아 있을 수가 없었다. 분명 심상치 않은 조짐이었다. 만약 홍영춘의 부탁으로 뭔가 실어 준다 쳐도 이렇게 시간이 걸릴 수는 없었다. 설사 홍순화와 붙어 돌아도 지금이 몇 시인가? 그렇게 태평스레 뒹굴 남혁이 아니었다.

리열은 '잣'이나 '실어 나른다'는 말귀들이 별로 귀에 거슬렸다. 요즘 '잣'이라면 밤새 쌍심지를 켜고 잡아들이는 '단속품'이었고, 또 밤에 실어 나른다면 밀수를 위해 압록강으로 나가지 않는다고 장담할 수가 없었다. 혹시 혼 빠진 녀석이 지금껏 쌓은 지성을 어느 이불 밑에 묻어버리고 용감하게 나섰다가 단속에 걸려 끌려다니지나 않는지…?

리열은 오만가지 상념을 털어버리며 비옷을 찾아 입었다.

"아무래도… 좀 나가 볼게요."

"아하, 밤에 어델?… 비두 오는데…."

"글쎄, 뭐, 딱히는 모르겠는데 길이야 빤하지 않나요?"

"혹시, 저기.… 지하창고에 와 있지 않을까?"

"지하창고? 거긴 왜?"

"뭐, 그저… 그렇다는 게지….."

리열은 겨울 판매용 남새[355]를 저장할 목적으로 100톤 능력의 지하 저장고를 먼저 건설했었다. 아직 울타리도 변변치 않은 건설장이어서 리혁찬은 종종 경비 겸 그곳에 잠자리를 잡기도 했다. 그런데 생뚱같이 리남혁이 거기서 잘 수 있다는 소리는 별로 익숙지 않았다. 걔가 왜? 설마 홍순화와의 관계를 염두에 두고…?

리혁찬은 "하긴, 나한테 열쇠 있지? 흐흐…." 하며 잠꼬대처럼 투덜거렸다. 대중의 눈은 언제나 정확한 법이다. 자루 속의 송곳을 감출 수 없듯이 객관의 초점에 벌써부터 들어 있는 이상한 현상이었다.

리열은 박막을 젖히고 나섰다. 안에서 요란하던 빗소리가 밖에서는 귀간지러운 소리로 변했다.

정영수를 태우고 저녁 9시가 조금 지나 지사를 떠난 리남혁은 5분도 되기 전에 호남리에 도착했었다. 둔덕진 곳에 있는 정 가네 짚 대문 앞까지 좁고 미끄러운 진창길로 그는 재간스레 오토바이를 몰아갔다. 그러고는 '누가 기다려서 빨리 가야 한다'며 안으로 이끄는 정영수의 손을 뿌리치고선 자리에서 돌아섰다.

오토바이는 쏜살같이 내리막길을 주름잡으며 빗속으로 사라졌다.

지사에서 정 가의 집으로 가는 큰길을 따라 조금 가노라면 늙은 닥나무 한 그루가 서있다. 그래서 '닥나무동네'라고 부르는 그 마을에 홍순화의 집이 있었다. 바로 닥나무 밑의 울바자 사이로 들어가 우물 앞에 있는 일동이세대[356] 단층집이었다. 야밤에도 찾기 쉬운 집이었다.

이틀 전부터 잣을 한탕 실어달라는 홍영춘의 부탁을 받은 리남혁은 벙

---

[355] 밭에서 기르는 농작물을 일컫는 말. 주로 그 잎이나 줄기, 열매 따위를 식용한다. 보리나 밀 따위의 곡류는 제외한다. 채소를 말함.

[356] 건물 하나에 두 세대가 사는 집.

어리 냉가슴 앓듯 속을 태워 왔다. 리열에게 감히 말을 붙일 수가 없었고, 붙여봤자 그런 일에는 애당초 손끝도 들이밀지 못하게 밀막아 버릴 것은 뻔했다. 그러던 중 이날 저녁, 잠자리에 들었던 남혁의 머릿속에는 피끗 기발한 수가 떠올랐다. 그래서 정영수를 핑계로 리열에게 귓속말을 속삭인 것이다. 역시 인정에는 쉽게 넘어가는 리열이었다.

정영수를 내려놓고 홍순화의 집으로 달리는 리남혁의 가슴은 마냥 설레었다. 시원히 보지도 못하고 난생처음 만져본 처녀의 젖가슴이 전조등 앞에 광폭화상으로 현시되고 있었다. 진종일 비가 내려 미끄러운 밤길도 그는 바람처럼 내달렸다.

금방 잠자리에 들었던 홍영춘의 집에 불이 켜졌다. 용건도 말하기 전에 반가운 목소리들이 연방내기로 날아들고, 얼굴이 벌게진 리남혁이 무작정 부엌으로 끌려 들어갔다. 폭 젖은 옷에서 물이 줄줄 흘렀지만, 누구도 꺼리지 않았다.

"시간 없는데, 빨리 잣 싣자요."

홍영춘은 볶아치며 차비를 했다. 그 사이 아내는 부엌에서 술상을 차렸다. 그러나 아무리 권해도 남혁은 주안상에 마주 앉지 않았다. 비옷을 떨쳐입은 홍영춘이 부엌에 내려서며 "날두 으쓸한데 한 잔 들지 뭐?" 하고 부추겼다.

"순화가… 샀다더니?… 잣이요….”

"거럼 거럼. 걔가 봄부터 상품이랑 뿌리구, 또 송아리두 사구, 그케 한거지. 우리 앤 해마다 제 살 궁린 다 한다우. 얼마나 이악하다구.[357]"

남혁의 속내는 모르고 홍순화의 어머니는 딸 자랑만 늘어놓았다.

"근데… 순화가… 아니, 본인이 안 가도 되요 뭐?"

두 양주가 기웃거리며 마주 보았다. 그래도 노친이 역빠른지라 영감을 향해 눈을 씰룩거렸다. 그러나 홍영춘은 눈치가 곰발바닥이었다.

---

357 '이악하다.'는 '달라붙는 기세가 굳세고 끈덕지다.' 또는 '이익을 위하여 지나치게 아득바득하는 태도가 있다.'는 뜻.

"비 오는디… 내래 가야지. 걱정말라우. 난 일없어!" 하며 장화를 찾아 들었다.

남혁은 발밑으로 맥이 쭉 쏟아졌다. 한창 비를 맞은 탓인지 몸이 오슬오슬 떨려나기 시작했다. 아마 떨리는 척하는지도 모른다.

"추운데, 술 한 잔 하구 가요! 에에… 밖에선 모르겠더니 지금 막, 떨려요."

리남혁은 빗물이 뚝뚝 떨어지는 비옷 채로 제 먼저 오금을 꺾으며 앉았다. 노친이 제꺽 얼마우재[358]처럼 서있는 홍영춘을 끄당겨 상 앞에 앉혔다. 그러고는 남혁이 보지 못하게 연방 눈을 끔쩍거리며 방안으로 올라갔다.

한참 후에는 행색을 갖춘 홍순화를 앞세우고 다시 부엌으로 내려선다. 그녀를 보는 순간 남혁은 가슴이 후두둑 뛰었다. 근육들이 잔경련을 일으킨다.

"영감이야 저~언에 한 번 갔었는데… 이 깜깜세상에 찾아나 가겠수? 얘가 가야 등탈 없수다. 거럼, 거럼…!"

홍영춘은 술잔을 들다 말고 목을 빼 들며 노친을 올려다보았다.

'십 년 나마 왕래한 동생네 집을 내가 못 찾아?'

푼수없는 노닥질이냐고 댓선을 세우려 했지만, 주름살이 조골조골한 노친의 상통[359]이 아까부터 벙어리시늉으로 멱을 꼭 누르고 있었다. 갈피를 잡지 못한 홍영춘은 내키지 않아도 박자를 맞추고 말았다.

"기럼… 기러지 뭐… 오토바이 셋 타나?"

남혁은 대답 대신 머리를 까닥해 보이고는 술 고뿌(컵)을 쭉 비웠다. 제 마시는 만큼 홍영춘에게 연방 술을 권하면서… 눈치 없는 영감을 만취시켜서라도 떨구려는 심산이었다. 남혁은 원래 술이 센 축이었다. 그러노라니 자연히 많이 마시었고, 새파란 사내의 가슴에 모락모락 피어오르던 연정의 모닥불에는 기름이 실컷 끼얹어졌다. 망연한 상상에 지나지 않던 이 밤의 '거사' 계획이 이제는 확고부동한 욕망으로 활활 타올랐다. 떨리던 심

---

[358] 서양 사람의 흉내를 내면서 경망스럽게 구는 사람을 가리키는 함북 방언.

[359] 相통. 얼굴을 속되게 이르는 말.

끓일 수 없는 가마

신도 어느덧 진정되고 어디선가 뜨끈한 용력(勇力)이 꿈틀거렸다.

"출발!"

그는 자리를 털고 일어서며 홍영춘을 내려보았다.

"기러…자우…."

홍영춘은 당기고 꼬집고 하면서 신호하는 노친에게 눈알을 치떠 굴리며 지궂게 따르셨다. 주의하라고 짜증 섞인 지청구[360]를 하지 못해 그러는 모양이라고 보통 때처럼 생각하는 그였다.

밤길에 나선지도 한참이 되었지만, 담배를 붙여 문 남혁은 서두르지 않았다. 혹처럼 찰싹 붙어 우정 성가시게 구는 것 같은 홍영춘이 밉살스럽기 그지없었다. 빼빼 마른 몸에 갑삭거리는[361] 몸세로 보아서는 그 정도 눈치가 있고도 남을 성싶은데 노는 꼴이란 참, 분명 생주정을 부린다고밖에 여겨지지 않았다.

남혁의 고까운 억측과는 달리 홍영춘의 머릿속에는 온통 잣 생각뿐이었다.

각심소위(各心所爲)라고 목적이 다른 사람들의 궁량이 같을 리 만무했다.

'젠장, 얼뜬한지 얼뜬한 척하는지…?'

다 틀렸다고 단정한 리남혁은 채 타지 않은 담배를 획 집어 던졌다. 치직, 소리를 내며 불씨가 사라졌다. 수화상극(水火相剋)이라, 불은 물로 단번에 꺼 버릴 수 있지만, 흥분에 펄떡이는 총각의 욕정은 무엇으로 달랜단 말인가?

"아부지!"

일행이 오토바이에 막 오르려는데 집 쪽에서 누군가 뛰어나오며 그들을 불러세웠다. 순화의 남동생 홍순철이었다. 그는 남혁보다 한 살 아래였는데, 매형이 다 된 것처럼 남혁을 무척 따랐다.

"술 넘 많이 마셨어. 내가 갔다 올게. 아부진 들어가 쉬어!"

---

360 아랫사람의 잘못을 꾸짖는 말.

361 '갑삭거리다.'는 '고개나 몸을 가볍게 조금 자꾸 숙이다.'는 뜻의 북한어.

홍순철은 안장(시트)에 한 발 올려놓은 홍영춘을 무작정 끄집어 내렸다.

누가 가든 말든 "빨리 타라!" 하고 남혁이 재촉했다. 선수가 바뀐다고 달라질 거란 없었다. 오토바이가 호남리 방향으로 출발하려는데 등 뒤에서 홍순철의 목소리가 날아들었다.

"형! 양어사업소 쪽에 갔다 가요!"

"왜에?"

"10시에 사람 만나기로 했시요. 약속 잡고 움직이자요."

리남혁은 무람없이 방향을 틀었다. 더 묻지 않아도 '움직인다'는 취지를 대뜸 알 수 있었다. 양어사업소라면 마을을 사이에 두고 지사의 반대쪽에 위치한 작은 기업소었다. '첨단'지사와 마찬가지로 압록강 제방 둑 밑에 자리 잡고 있었다.

그 근방에는 국경경비대의 잠복초소가 있었고. 보나 마나 '만난다.'는 사람은 잠복근무 군인일 것이고, '약속 잡고 움직인다.'는 것은 실어 오는 잣을 그 길로 밀수한다는 의미일 것이다.

여느 때 같으면 펄쩍 뛰었을 리남혁이 웬일인지 아무런 반응도 보이지 않았다. 비둘기 마음 콩밭에 가 있다고, 그의 생각은 오로지 막사 안에서의 달콤한 성공과 실패에만 꽂혀 있었다.

오토바이는 "여기! 여기 세워요!" 하는 홍순철의 훈시도 아랑곳없이 양어사업소를 지나 마을 반대쪽의 큰 버드나무 밑에 이르러서야 멈춰 섰다. 먼발치에 건설장의 윤곽이 희끄무레하게 바라보였다. 막사 안에서 전짓불이 몇 번 껌벅거릴 뿐 사위는 조용했다. 모두 잠든 것 같았다.

리남혁은 의아해하는 오누이에게 기다리라고 이르고는 그곳으로 걸음을 옮겼다. 멀어지는 그의 뒤를 홍순철이 조용히 따라섰다.

여기까지 오면서 리남혁은 생각했다.

'눈요기도 못 하면서 저런 일에 발 잠그긴 싫어…!'

그래서 곧장 지사로 향한 것이었다. 리열을 구실로 이들을 좋게 물리칠 작정이었다. '리열'이라고 하면 이들도 자라목처럼 대번에 움츠러들 것이

끓일 수 없는 가마

다. 후에 기회가 생기면 그때 다시 보자고 좋게 여지를 두면 그만이었다.

막상 들어가 보니 리열은 이미 잠들어 있었다. 하지만 그것이 문제는 아니었다. 설사 리열이 자지 않아도 이런 얘기는 애초 비치지도 않을 것이다. 그저 막사에 들어갔던 흉내만 내면 그만이었다. 그다음은 남혁이 엮기 탓이다.

그런데 밖에 나와보니 공교롭게도 홍순철이 어슬렁대고 있었다. 고요한 밤에 박막 한 겹을 사이에 둔 막사 안의 대화를 그가 못 들었을 리 만무했다.

게다가 근무를 서던 리혁찬이 뒤따라 나오는 바람에 남혁은 총총히 꼬리를 사렸다. 버드나무 밑에 이른 그는 가타부타 없이 오토바이에 올랐다. 사람들의 눈에 띄면 좋을 게 없었다. 이제는 믿든 안 믿든 간에 아무 구실이나 붙여 집에 다시 태워 주고 돌아설 심산이었다.

오토바이가 양어사업소 앞을 지나칠 때였다.

"형! 여기 세워! 세우란데?"

리남혁은 이번에도 못 들은 척하고 진창길을 그냥 지쳤다.

"세워요! 난 여기 내릴 테니, 누나만 태우고 가!"

급기야 브레이크페달이 밟히고, 오토바이가 모로 지치며 급정거했다.

"야! 뭐이라구?"

남혁은 귀를 의심하며 재차 다그쳐 물었다. 홍순철은 싱글벙글 웃으면서 안장(시트)에서 내려섰다.

"11시 약속이니깐, 누나랑 둘이 천~천히 댕겨오라요. 일찍 와야 떨기나 해요."

그러면서 또 벙글거린다.

삽시에 달아오른 리남혁의 얼굴이 흑백세계에 있는 것이 천만다행이었다.

"그럼… 너언…?"

미안함인지 어색함인지, 아니면 고마움인지… 속 빈 목소리가 가볍게 떨렸다.

"나야 뭐, 이기서 사람 만난다는데? 슬~슬 댕겨들 오우. 근데, 밤엔 잣 단속 장난 아니니깐, 주의하라요!"

"별걱정! 초산땅에서 누가 날 단속해? 다 펑여우[362]야, 펑여우!"

갑자기 기분이 붕 뜬 리남혁은 뻔히 들여다보이는 속심을 가리려 위세를 돋구었다. 하지만 그의 호기는 사실이기도 했다. 어느 기관에서 누가 단속을 나왔든 간에 십중팔구는 그렇게 못할 것이다. 리열의 큰 우산이 있으니 말이다. 사나운 개도 약해 보이는 자를 가려서 무니까.

애매한 가속 손잡이(스로틀)가 뒤틀리면서 오토바이가 으르릉거렸다.

멀어져가는 빨간 뒷등을 이윽토록[363] 바라보던 홍순철은 씨익! 웃었다. 엄마가 준 임무는 여기까지였다. 왜 둘만을 보내고 꼭 떨어지라고 했는지는 몰랐다. 그저 어둠의 대해로 첨벙 뛰어드는 청춘남녀가 무엇을 할까 하고 생각하는 천진한 마음은 덩달아 설레었다.

오토바이는 정신없이 달렸다. 마치 망망한 우주를 나는 기분이었다.

홍순화의 삼촌네 집은 큰길에서 한참 들어와 산기슭에 있었다. 여기서 잣마대 하나를 넝큼 실은 리남혁은 지체없이 시동을 걸었다. 들렸다 가고 거듭 붙잡았지만, 옷이 젖었다는 구실로 그는 고집스레 만류했다.

'식솔이 오골거리는 단칸방! 거기에 대체 왜 들어가? 어느 구석에?'

5분도 걸리지 않을 길을 서둘러 돌아서는 그를 홍순화는 말없이 따라섰다.

성급히 떠난 오토바이는 울퉁불퉁한 길을 힘들게 지치며 산골의 작은 마을을 벗어났다. 서두르던 기색과는 달리 오토바이는 조심조심 돌부리들을 넘었다. 그러더니 농촌 달구지길이 감겨 도는 산기슭의 어느 구석진 곳에 앞코를 들이밀었다. 밤이 깊은 데다가 비까지 구질구질 내려 몇 걸음 앞에서도 형체를 가려보기 힘든 음침한 장소였다.

리남혁은 제 먼저 풀숲으로 들어가 자리를 잡았다.

---

362 '朋友'의 중국식 발음. 친구.

363 한참동안. 또는 얼마간 오래도록.

끓일 수 없는 가마

"한 대… 피구 가자! 좀 쉴 겸….”

홍순화는 응답이 없었다. 자리가 마음에 들지 않을 수도 있었다. 하지만 견문발검(見蚊拔劍)이라고 이런 자리나마 모기를 보고 칼을 뺄 듯이 욕을 무릅쓰고 마련한 것이 아니더냐. 그 엄청난 잡도리를 무시하고 혹 그냥 가자고 거절하면 야단이다.

리남혁은 "이리 와 앉아!" 하고 조급한 심기를 감추지 못했다. 그러다 어색한 듯 "술 좀 많아졌나 봐. 길두 개판이구. 팔이 다 뻐근하다야… 뭐, 바쁠 건 없디?" 하며 재삼 아닌 보살을 피웠다. 홍순화는 못 이기는 척 발뺌발뺌 곁으로 찾아들었다.

금시 불을 단 담뱃대가 급급히 빨리었다. 빗물이 적시고, 그걸 태우고 하느라 힘겨운 듯 숨결은 자못 거세었다.

물속의 도화선마냥 급속히 타들어가는 담뱃대, 저것이 다 타는 순간이면 굉장한 폭발이 터질 것임을 홍순화가 짐작 못할 리 없었다. 오히려 그 화광 속에 불타고 싶어 여태껏 온갖 교태를 부려온 처녀였다. 북받치는 색정으로 파르르 떨리는 눈시울, 꽉 끌어안는 사내의 넓은 가슴에서 말짱 녹아버리고 싶어 몰아쉬는 가쁜 숨….

풀잎 때리는 빗소리를 누르며 호흡들이 경쟁적으로 거칠어졌다. 남혁은 무턱대고 황홀한 무아경에 빠져 정신이 핑 돌았다. '처녀'라는 대낮의 흥미가 아니라 '여자'라는 야밤의 실체가 눈앞에 있었다. 알지 못할 우주의 검은 구멍으로 혼백이 빨려 드는 것 같았다.

이제는 사내의 용기에 모든 것이 달려 있었다. 흉중에서 "손 뻗치라! 용감하게!" 하고 타성(惰性)이 외쳐댔다. 그러나 좀처럼 움직여지지 않는다. 도리를 따지는 이성이 산악처럼 떡 버티고 있는 데야 얻다 대고…!

도화선이 다 탄 지도 이미 한참이건만 고대하던 폭발은 일어나지 않았다. 하다면 불발?

홍순화의 기다림이 오돌오돌 떨기 시작했다.

'이 바보! 뜸 들이다 말겠다. 으휴…!'

지지리 속끓이는 시간이 흐를수록 안타까움은 더해만 갔다.

'이러다 혹시 알량한 바보가 그냥 일어나기라도 한다면…?'

정말 그럴 수도 있었다. 며칠 전 막사에서도 쿵쿵 뛰는 심장을 품고만 있지 않았더냐. 안마를 핑계로 곳곳을 주무르다 못해 물큰한 젖가슴을 자주 걸채이며 자극도 주고, 나중엔 덥다면서 덧저고리의 앞섶을 풀고 가슴노리가 푹 패인 확연한 굴곡 사이로 강제로 끌어들이다시피 했으나…. 그나마 간질간질한 손더듬으로 그치고 말았었지.

'휴우~! 소시질 매달구 있냐? 못난이!'

침묵이 점점 양성되어[364] 사위가 굳어지고 있었다. 당장 이 적막을 깨지 않으면 그 속에 그대로 묻혀 죽을 것만 같았다.

"오빠!"

홍순화가 파들파들 떠는 갈린 소리를 짜냈다.

"나… 추워."

"추… 추워…?"

실오리 같은 홍순화의 목소리가 허덕이다 못해 노그라졌다.[365]

'어쩐다?'

일시 궁량하던 남혁은 '그렇지!' 하고 비옷을 와락와락 벗었다. 이런 때 제 옷을 벗어 씌워 주던 영화의 장면을 많이 보았었다. 그런데 생각 없이 홀러덩 벗고 보니 불시 쑥스러워졌다. 맨살에 비옷만 걸치고 나섰던지라 암팡진 구릿빛 상체가 말짱 드러나 있었다.

호돌호돌 떠는 신음소리는 머무적거리는 손을 사정없이 끌어당겼다. 남혁은 가까스로 마주 돌아앉았다. 옹송그린 형체에 비옷을 씌우더니 상큼한 목둘레로 한 뜸 한 뜸 깃을 더듬어 오므렸다. 풀무처럼 씩씩거리는 그녀의 열기가 코끝에 느껴졌다.

"아니, 난….”

---

364 '養成되다.'는 '실력이나 역량 따위가 길러져서 발전되다.'는 뜻.

365 '노그라지다.'는 '지쳐서 맥이 빠지고 축 늘어지다.'는 뜻.

홍순화는 누군가 목을 조여들 듯 허덕이었다. 무엇인가 상상할 수 없이 무서운 것이 드디어 오고 있었다. 고대하던 크고, 격하고, 엄청난 것이 급작스레, 그것도 소리 없이 들이닥치고 있었다.

"길다… 감기 걸리면 어칼라구…?"

"난… 일없시요."

리남혁은 헤치고 싶은 옷깃을 더 꼼꼼히 여며주려다 별안간 손바닥을 오그리었다.

"아니, 이거…?"

춥다고 호소하는 홍순화의 옷깃이 풀려 있었다. 싱싱한 목줄을 타고 어째서 빗물이 습새들고[366] 있는지 남혁은 미처 알지 못했다. 무심결에 가슴팍으로 손이 쑥 파고들었다.

"안에까지 다 젖은 거 아니야?" 하며 닿는 대로 쭉 쥐어짜 보니 물이 치럭했다.

"다 젖었구나! 속까지…!"

"어쩌문 조… 좋을까요?"

리남혁은 그 소리를 가려듣지 못했다. 입이 아니라 마음으로 터치는 가느다란 속삭임, 귀가 아니라 손으로 전해지는 미세한 파동이었는지도 모른다.

"뭐~얼?"

리남혁의 어정쩡한 물음.

"옷… 다 젖어서…"

무서운 흐느낌…!

"이… 이거…!"

동실한 가슴 등에 올라앉은 제 손을, 물큰한 살뭉치의 맥동을 그제야 자각하며 남혁도 떨고 있었다. 숨결을 꺾으며 온몸을 부르르….

정녕 사랑이란 이런 것인가? 이렇게 단순하고 유치한 것인가?

---

366 '습새들다.'는 '조금씩 스며들다.'는 뜻의 북한어.

"안 되가서…"

인두같이 달아오른 리남혁의 손이 더듬더듬 움직였다. 홍순화의 어깨며 목, 가슴에 와닿는 손은 그대로 불덩어리였다. 그 열로 말려주려는 건지, 아니면 녹여주려는 건지?

누가 먼저 대놓고 신음했는지 알 수 없었다.

"… 아, 아니… 나… 난… 나…!"

떠밀고 뿌리치는가 싶어도 더욱 힘껏 매달리는 몸부림이었다.

"난… 대체 이… 이, 이게… 뭘… 뭘, 모르가서…! 뭘…!"

타서 쪼그라드는 속삼임.

"가만, 가만… 이젠… 내 이제…."

뜨겁게 달아오른 입김.

모든 것이 활활 타 번지기 시작했다.

'좋은 꺼냈다 보구, 일은 지끌렀다 보랬다구, 에따, 모르갔다!!'

리남혁은 헉, 소리를 지르며 강직된 몸을 뒤틀었다. 그리고는 축축한 차단물들을 거칠게 헤치며 정면으로 육박했다. 가벼운 교전도 잠시 잠깐. 따끈한 젖가슴이 얼음같이 찬 손에 상큼하게 포로 되었다. '공포'에 바르르 떠는 살결과 신음….

아무런 구속도 없는 칠흑 같은 밤이었다. 있다면 어둠의 구속뿐이었다. 이는 오히려 행동이 아니라 시야를 한정하는 절묘한 속박이었다. 그러니 깜찍한 젖가슴을 그러잡은 리남혁의 흥분이 어찌 감당할 수 있으랴! 헉… 헉…!

실상은 작지 않았다. 하지만 리남혁의 손에서는 쬐꼬마하고 깜찍한 토끼 가슴처럼 느껴지고 있었다. 통통한 젖꼭지를 손바닥으로 굴려도 보고 엿가락처럼 당겨도 보고… 성차지 않은 듯 얼굴을 콱 묻고 마구 비벼도 본다. 그때마다 숨넘어가는 신음이 장단을 쳐 주었다.

"으음… 음… 음…."

가슴츠레한 홍순화의 눈앞에서 섬광이 번쩍거리고 있었다. 물과 불의 세계, 빛과 어둠의 세계가 마구 엇바뀌며 돌아갔다.

차마 마주 보지도 못하던 숫총각이 흑백의 윤곽을 피부로만 느끼는 짜릿한 쾌감은 상상 이상의 격정이었다. 종마(種馬)처럼 거침없는 남혁의 흥분은 여자의 감정 따위는 개의치도 않았다.

오직 팬티 차림에 비옷 하나만을 걸쳤던 남혁에게는 걸리적거릴 게 없었다. 윗도리는 이미 맨살이요, 아랫도리를 내리니 팬티째 묻어 돌아갔다. 곧 물기가 질펀한 풀밭에 비옷이 깔렸다. 껍질 벗긴 바나나처럼 홀랑 뽑히는 처녀의 알몸, 메치듯 눕히고는 어깨 닿기를 시도하는 레슬러처럼 무작정 올라타는 남혁….

투박하지 않은 날큰한 몸에서 유독 꼿꼿한 것이 자꾸 찌르려 들었다. 하지만 엇비슷이 맞붙이고 흉내나 피운다고 쉬이 되는 일이라더냐?

얌전해 보이던 홍순화의 손이 하늘을 마주한 갸름한 엉덩이를 살살 매만졌다. 더 숨 막히는 그 무엇에 대한 맹렬한 요구였다.

리남혁 역시 어딘가 그의 몸 깊이로 들어가고 싶은 강렬한 욕망을 느끼고 있었다. 아무리 찌르며 파고들어도 채워지지 않는 허무함이었다. 분명 빗물이 미끈거리는 다리 틈새에서 제 길을 찾지 못하고 헤매고 있었다. 불측한 꼴임에도 궁둥이를 들었다 놓을 때마다 연한 살이 제 멋대로 새큰거렸다. 짜릿짜릿한 전류가 고끝에서 방전되며 끝에서 끝까지 빳빳해졌다. 새큰하면서도 매운 고추를 씹은 것처럼 끝을 아릿아릿 찌르는 듯한 쾌감과 황홀감, 그것만도 숨이 꺽! 막히는 자극이 아닐 수 없었다.

터지기 직전의 흥분을 더 이상 자제할 수 없게 된 리남혁은 본능에만 매달렸다. 율동과 박자는 고사하고 생각대로 되는 동작이 하나도 없었다. 그야말로 욕망뿐이었다.

받고자 기다리던 홍순화가 사뭇 당황했다. 이러다가는 어설프게 거사가 끝날 수도 있었다. 더는 기다릴 수가 없었다. 이내 성난 리남혁의 성기가 앙큼한 손아귀에 꼭 물렸다.

순간 오금이 아찔해진 리남혁은 전신의 힘을 다해 냅다 밀었다. 다음 찰나, 남녀는 그만 흐느끼듯 울부짖었다.

"으~흐흑…!"

"아~으윽…!"

그 어떤 그 좁고 숨 막히던 틈이 힘겹게 뚫리는 순간, 온몸이 통째로 빨려 들어가며 무수한 별보라가 허공을 가득 채웠다. 불덩이를 안은 남자의 정욕이 젖 먹은 힘까지 다해 전력으로 질주했다. 순식간에 폭발이 일어나고, 때를 같이하여 이 세상 전부가 졸지에 사라져 버렸다. 그들은 음도(音度)³⁶⁷가 포물선을 그리는 끈적한 '부화(孵化)'가 아니라, 소리파처럼 뾰족하게 올라갔다 뚝 떨어진 따끔한 '팔딱씹'을 했다. 남혁에게는 그것이 영겁(永劫)³⁶⁸처럼 아득한 시간이었으나, 홍순화에게는 모기 한 번 물린 찰나에 불과했다. 실로, 그들의 밀회(密會)는 담배 서너 모금 들이킬 새에 결국을 짓고 말았다.

땅으로 잦아드는 나른한 리남혁의 몸이 찬비에 식어 가고 있었다.

그럭저럭 음통(陰通)하고 보니 어색하기 이를 데 없었다. 한편으로는 서투른 자신이 창피했고, 다른 한 편으로는 짐승처럼 놀아댄 행실이 멋쩍었다. 그래서 이런 짓은 밤에 하는 건가…?

게다가 주섬주섬 팬티를 챙길 때쯤에는 대체 무슨 맛이고, 무슨 재미였는지 조금의 감개(感慨)조차 남지 않았다. 오히려 왜 그랬냐 싶었다. 빗줄기 속에서 야생적으로 궁둥이를 내흔든 모양이 저속하고 유치한 색광의 지랄 같아 메사하기만³⁶⁹ 하다. 아닌 게 아니라 더 나눌 말이나 다른 볼일이 없었다. 이게 순수 수욕이나 채우려는 추잡한 짓거리가 아니고 뭐란 말인가?

'나 같은 놈을 두고 색마(色魔)라고 하는가…?'

일종의 허무함과 후회감이 남혁의 뺨을 찰싹거리며 가볍게 질책했다.

그들은 말없이 오토바이에 올랐다. 이제는 약속이나 시간이 상관없었

---

367 음도(音度). 음의 높낮이의 정도.

368 영겁(永劫). 아득하고 영원한, 끝없이 계속되는 세월.

369 '昧事하다.'는 '사리에 어둡다.'는 뜻.

끓일 수 없는 가마

다. 가야 할 길이니 가기만 하면 그만이었다.

그제야 비로소 제정신으로 돌아온 리남혁은 조바심치는 마음을 가까스로 누르고 있었다. 어쩐지 재미난 짓도 치르고 나니 후환(後患)거리였다. 리열의 모습이 떠올랐고, 진정 어린 당부가 귓전을 스쳤다. 8년을 함께 살면서 속이거나 숨긴 적이 없는 남혁이었고, 그런 일을 저지른 적도 없는 그였다.

그러나 이번 일만은 어찌할지 망설여졌다. 그냥 숨기기에는 배신감이 너무 컸다. '농포(농민)'를 벗어나기 위해 지금껏 쌓아 온 공든 탑을 와르르 무너뜨린 것 같았다. 그보다는 리열의 노고와 믿음 앞에 죄를 지은 건 아닌지…! 감성은 이미 그렇게 단정하고 있었다.

하늘이 더 짙은 먹물을 뿌렸다. 남혁은 한시바삐 리열에게 가고 싶었다. 모든 것을 털어놓고 용서를 빌고 싶었다. 그러면 부모보다 더 사려 깊게 용서해 줄 것이고, 더 따뜻이 일깨워 줄 것이다. 지금쯤 걱정하면서 기다릴지도 모른다. 남혁은 서둘렀다.

빗줄기 사이를 전조등 불빛이 살같이 달렸다. 가속이 붙은 큰길 위에서 오토바이는 언뜻 검은 형체와 지나쳤다. 남혁의 육감은 리열이라고 외쳤다.

허나, 오토바이는 멈춰 서지 않았다. 잣을 싣고, 처녀까지 꽁무니에 차고, 어떻게 세운단 말인가? 보고도 못 본 척하는 게 사람 할 짓은 아니었다. 그래서 '아니!'라고 스스로 부정하고 말았다.

얼마 후 양어사업소 앞에서 홍순철을 만난 리남혁은 사람과 짐을 넘겨주고, 지사로 줄행랑을 쳤다. 하지만 그는 리열을 만날 수가 없었다.

그 무렵, 산란한 마음을 안고 막사를 나선 리열은 스적스적[370] 명백한 목적지도 없이 큰길을 걷고 있었다.

'정가네 집 방향으로 가노라면 만나게 되겠지!'

비 오는 늦은 밤이어서 길손이라고는 한 명도 없었다. 말이 찻길이지 차

---

370 힘들이지 아니하고 느릿느릿 행동하거나 말하는 모양.

보기도 힘든 텅 빈 도로였다. 무겁게 걸음을 옮기는데, 멀리서 오토바이 불빛이 빠르게 마주 왔다. 그러더니 획, 스쳐 지나간다. 낯이 익어 보였으나, 얼핏 보매 둘이고, 큰 짐까지 실려 있었다. '예', '아니'를 놓고 리열은 혼자서 갑론을박(甲論乙駁)했다. 이렇게 무턱대고 가는 것도 일이 아니라는 생각이 들었다.

'십중팔구는 순화네 집에 있을 텐데…?'

리열은 걸음을 재촉했다. 이렇든 저렇든 홍순화의 집부터 가 봐야 결론할 수 있었다.

큰 닥나무 밑에 당도한 그는 전짓불로 길 가녘을 살펴보았다. 빗물에 질척한 땅에 오토바이를 세웠던 자리가 또렷했다. 게다가 새로 맞춘 동기용(冬期用) 타이어의 깊은 무늬가 표나게 눈찌를 긁는다.

'끌고 들어간 자리는 없는데…? 여기 섰다가 어디 간 거야?'

리열은 자석에 끌리듯 길가를 살피며 홍영춘의 집 쪽으로 걸음을 옮겼다. 온 마을이 암흑천지였는데 유별나게 그 집 창문은 밝은 빛을 발산하고 있었다.

리열은 판자로 둘러친 울바자 틈에 눈을 가져다 댔다. 환한 방안이 여실히 들여다보였다. 집식구들이 자지 않고 서성거렸고, 내의 차림인 홍영춘의 모습도 보였다.

'그런데 남혁이는?'

거듭 살펴봐도 눈에 띄지 않았다. 주인을 불러 물어보고 싶었지만, 용기가 나지 않았다. 깊은 밤에 밑도 끝도 없이 예서 리남혁을 찾는다는 것이 어딘가 엉터리없었다.

어쨌든 이 집에는 있는 것 같지 않았다. 그러니 정영수네 집으로 가 보는 것이 옳았다.

'근데 바퀴 자린 뭐지? 혹시, 갈 때 들렀나…?'

리열은 다시 큰길에 나섰다. 정확한 위치를 모르니 다그칠 필요는 없었다. 그저 노상에서 만나기를 바랄 뿐이었다.

리열이 골목으로 잠깐 들어간 사이, 호남리 방향으로 오토바이 한 대가 쏜살같이 지나갔다. 불 맞은 짐승처럼 바빠 난 남혁이 정영수의 집에 당도해 보니, 다행히도 리열은 오지 않았다고 했다.

"내일 묻거든 이기서 술 한잔 마시다가, 아니 아니… 몸이랑 녹이다가 늦게 떠났다고 말해 줘요."

잠에 취한 정영수는 불쑥 나타난 리남혁도 놀라웠지만, 앞뒤 없는 부탁에 더 얼떠름해서 "으응." 하고 고개를 끄덕였다. 제가 타고 왔댔으니 책임지는 것이 응당한 모양으로 따져 물으려고도 하지 않았다. 사람이 살아가노라면 그런 유간(有懇)쯤이야 있을 수 있지. 더군다나 한창때인데 뭘… 하고 대수롭지 않게 생각하고 있었다.

선 자리에서 오토바이를 빽 돌린 리남혁은 전보다 더 사납게 좁은 경사길을 미끄러져 내렸다. 그러고 보면 좀 전에 큰길에서 얼핏 스친 형체가 바로!! 하기야 눈감고도 그릴 수 있는 모습을 리남혁이 잘못 볼 리 만무했다. 우정 잘못 보고 만 것이지….

'알아보지 않았을까? 그럼 순화도? 아… 으!'

배꼽 밑에 털이 났을 뿐, 속대는 아직 미숙한 소년이었다. 너무도 순진하고 여린 마음이었다. 그래서 사람이 못 할 짓을 한 것 같아, 그 나태한 몰골이 밤하늘에 그대로 비친 것 같아 덜컥 무섬증에 속을 죄는 것이었다.

행인이라고는 그림자도 없는 길을 따라 오토바이는 정신없이 내달렸다. 유순한 굽인돌이를 돌아설 무렵 멀지 않은 앞에서 흔들거리는 전짓불이 보였다.

'저기다! 바로 그다!'

리남혁은 가속 손잡이(스로틀)를 더 힘껏 비틀었다. 손잡이가 고르롭게[371] 진동했다.

한편, 가벼운 오토바이 엔진음에 귀를 강구며 리열이 마주 가고 있었다. 분명 귀에 익은 엔진소리였다. 전조등 불빛이 빠르게 선회하며 리열의 정

---

[371] '고르롭다.'는 '한결같이 고른 느낌이 있다.'는 뜻의 북한어.

면으로 돌아섰다.

그는 걸음을 멈추었다. 빛을 마주해 가려볼 수 없었지만, 무턱대고 손을 들어볼 잡도리였다. 그런데 몰아대는 꼴이 남혁의 솜씨 같지 않아 짐짓 주저되기도 했다. 하지만 밑져야 본전이었다. 벌써 불빛은 20미터 전방까지 다가들고 있었다. 리열은 길 안쪽으로 뒤 걸음 들어서며 손을 들려 했다.

바로 이때, 눈 깜짝할 순간, 아니 바로 그 찰나!

곧바로 달려오던 창살 같은 빛줄기가 돌연 치쳐들렸다. 하늘 공중을 일격으로 찌르더니 그 기세로 용접하듯 땅을 지져댄다. 이어 아츠럽게[372] 짜, 짱! 하고 산산이 박산나는[373] 무시무시한 굉음이 귀청을 꽝! 하고 두드렸다.

동시에 사위가 새까매졌다. 땅이 꺼져 물에 잠긴 듯 졸지에 괴여 오른 정적. 마비된 듯한 적막에 귀가 징징 울었다.

5

불과 몇 걸음 앞이었다.

무서운 일이 벌어졌다는 예감이 불시로 가슴을 옥죄었다. 리열은 잠시 얼떠름해 있었다. 그러다 다음 순간, 머리칼이 곤두서고 등골로 짱! 하면서 전율이 스쳤다.

"사고다!" 하는 판단에 금시 심장이 멎는 것 같았다.

'이… 이게 뭐야? 대체 이건…?'

리열은 황급히 달려갔다. 무언가 발끝에 채이며 뎅그렁 뒹굴었다. 대뜸 안전모(헬멧)라고 인지하는 그때, 길 한가운데 쓰러진 거무스름한 형체가 드러났다.

---

372 '아츠럽다.'는 '보거나 듣기에 견디기 어려울 정도로 거북하다.' 또는 '소리가 신경을 몹시 자극하여 듣기 싫고 날카롭다.'는 뜻의 북한어.

373 '박살나다.'는 뜻의 북한어.

끓일 수 없는 가마

'설마…? 아니, 아니야…! 그럴 수… 설마… 그럴 수 없어…!'

리열은 덮치듯 와락 그러안았다. 그러고는 마구 흔들었다. 웬일인지 "아이고!" 비명은 고사하고 아무런 생체 반응조차 없었다. 뭐라고 부르려 했지만, 울대가 빗장을 지른 입에서는 외마디 부름도 나가지 않았다. 이내 옆구리에 매달려 건들거리던 전짓불이 바로 잡혔다.

'아니? 이런…!'

코와 입에서 검붉은 용암이 쏟아져 내리고, 쩍 빠그라진 눈언저리에서는 선지피가 뿜어 나왔다. 리열의 두 손에 피로 범벅된 얼굴이 덥석 떠 담겼다. 몇 번이고 찬찬히, 또 몇 번이고 뜯어본다.

"아악!!"

리열은 기겁하여 비명을 질렀다.

'이럴 수가 있는가, 정말 이럴 수가…! 미세한 기척도 없이 축 늘어진, 피가 낭자한 끔찍한 반 주검이 다름 아닌 남혁이라니…! 아니, 아니, 그럴 수 없어! 절대 그럴 수 없어!'

핏물을 활활 밀어내고 또 한 번 들여다보고는, "으…아악!" 절명하듯 그 위에 엎어지고 만다.

"남혁, 남혁아!"

갈 데 없는 남혁이, 찾고 기다리던 리남혁!

일인 즉, 근거리등(하향등)을 켜고 질주하던 오토바이가 도로에 누군가 부려놓은 골재 더미를 빗속에 미처 분간하지 못하고 그대로 타고 넘어 빚어진 사고였다.

"남혁아! 남혁!"

마구 흔들었지만 사소한 응대도 없었다. 겨우 몰아쉬는 숨결은 사정없이 더운 피를 퍼 올리고 있었다. 시급히 병원으로 가야 했다.

리열은 뒤쪽에서 나뒹구는 오토바이를 부랴부랴 일으켜 세웠다. 그런데 어찌 된 일인가? 손에 익은 동작을 거듭 반복해도 시동이 걸리지 않았다.

젠장! 리열은 허겁지겁 전짓불을 쳐들었다. 뒤미처 아래턱이 뚝 떨어진다. 그래서 펑, 뚫린 구멍에서 "어엉?" 하는 괴상한 부르짖음이 새어 나왔다. 그도 그럴 것이 앙상한 조향간(핸들바)만 번쩍거리지 않는가. 사치하고 요란하던 조작 장치들은 형체도 없었다. 모든 것이 산산이 부서졌고, 흔적조차 남김없이 박살 난 것이다.

리열은 분개하여 활, 밀어 내치고는 다시 남혁에게 엎어졌다.

'금시라도 눈을 뜨고 아프다고 아부재기³⁷⁴를 쳤으면… 제발 제발…! 그럼 얼마나 좋으랴마는…!'

애타게 부르고 흔들어도 그르릉가르릉 푸푸거리기만 한다.

"누가 없소? 누가 없냐구? 사람 살리오! 사람, 살, 려! 사람!"

리열은 미친 듯이 외치며 고아댔다. 잠시 후, 길옆의 강냉이(옥수수)밭 속에서, 또 도로 옆 살림집들에서 아낙네들이 나타나기 시작했다.

"어마야! 이거 어떻게 된 일임까?"

"어머, 어머…! '사장' 동지군요!"

어인 연고로 아낙네들은 리열과 남혁을 대뜸 알아보았다.

"여기, 병원 어디…? 빨리, 빨리!"

"병원? 리진료소 있는디… 지금 사람 있간나?… 밤중이라서…?"

"사람 없다니? 병원에 사람 없어? 그게 말이… 되나?"

리열은 벌써 제정신이 아니었다. 실성한 사람처럼 소리 지르며 그저 헤덤볐다. 피투성이를 그러안은 여인들 역시 안절부절못했다.

"진료소 그 꼴인 줄 몰랐슈?"

"거긴 약도 없시요! 어케든 군에 올라가야디. 야,야,야… 일다간… 어구구… 또, 또, 또 피 토해유! 어카니…! 아이고…."

맞받아치는 고함에 리열은 정신이 번쩍 들었다. 그렇다. 한시가 새롭다. 리남혁의 실오리 같은 생명이 이 손에 쥐어 있지 않는가?

그는 정신을 가다듬으며 침착하게 주위를 살폈다. '닥나무동네'의 한쪽 끝이니 초산군병원까지는 15리(6Km)가 잘 되었다.

---

³⁷⁴ 요란스럽게 악을 쓰며 소리를 지르는 일. 또는 그 소리.

리열은 지체없이 남혁을 들쳐업었다. 축 늘어진 몸이 갑절이나 무거웠으나, 그는 냅다 달리었다. 뒤를 부축하며 따라선 아낙네들이 "이케는 늦어요! 빨리 차 대던가, 아님 사람 더 부르던가!" 하며 안달복달했다.

'차? 사람?'

쾅, 쾅, 쾅!

어느 집 대문인지 부서져라 두드려 맞았다. 아닌 밤중에 홍두깨라고 화들짝 놀란 집주인이 부산을 피우며 뛰어나왔다. 삐끙, 벌어지는 대문 안에서 눈이 사발만큼 커진 홍영춘이 나타났다.

"저, 저기⋯ 남혁억⋯허⋯ 오토바이⋯ 사고⋯!"

숨이 턱에 닿은 말마디들은 마치 최후의 무전 같았다. 비록 도간도간 끊겨 내용은 명확하지 않았지만, 처절한 상황은 여실히 전달되고 있었다. 리남혁의 신상에 상서롭지 못한 일이 생겼음을 맹렬히 토로하지 않는가!

"야, 수, 순철아! 뭐하니? 당장 튀어나와! 빨리! 빠알리!"

홍영춘이 다급하게 다그치자, "나가요!" 하며 홍순철이 주저 없이 빗속에 뛰어들었다. 미리 물을 끼얹었는지 그는 이미 흠뻑 젖어 있었다.

"⋯?"

남혁이 있는 곳으로 그들을 보낸 리열은 또 뛰기 시작했다. 반대 방향인 초산읍을 향해⋯ 예전과는 달리, 이완된 근육들이 갑작스러운 과부하를 감당하기 힘들어했다. 다리가 꼬이고 목에서 피비린내가 쌉쌀하게 났다. 이렇게 읍까지 뛰며 기며 가서, 차를 얻어 다시 끌고 온다? 이거야말로 행방 없는 노릇이 아니냐! 리열은 바닥에 털썩 주저앉았다. 마구마구 가슴을 쥐어뜯었다. 그러는 그의 숨줄도 당장에 끊어질 듯 헐떡거렸다.

"시대가⋯ 지금이⋯ 대체 어느 땐데⋯! 아직도⋯ 손전화 하나 못 쓰냐? 왜 못 써? 왜?⋯ 이 미개한, 더럽구, 치사한 놈의 나라! 아⋯ 아하⋯ 세상에, 어쩜 좋아. 난, 난 어떡해? 아으흑⋯!"

하늘에 주먹질도 하고, 땅도 쳤다. 그러나 구원의 빛줄기는 어디에도 보이지 않았다. 이렇게 한탄만 하고 있을 때가 아니었다. 한 치, 또 한 치, 기어서라도 가야 했고, 사경을 헤매는 남혁을 죽음의 구렁텅이에서 건져내야만 했다. 자리를 박차고 일어난 그는 가까운 군중외화사업소가 퍼뜩 떠올라 그리로 달음박질쳤다.

사업소의 경비원들은 강 건너 불 보듯 건성건성 그를 대했다. 차는 있어도 지배인이고 운전사고 없으니 딴 데 가 보라는 식이었다. 시간만 허락한다면 머리통들을 작살내고 싶어 주먹이 부르르 떨었다.

나중에는 오토바이가 있는 집이라도 찾으려고 닥치는 대로 대문들을 두들겼다. 필사적으로 돌아치던 속에 환갑이 당장인 리분주소 소장과 맞닥뜨렸다. 몇 번째 만인지 분주소장의 집에 뛰어든 것이다. 면식 있는 사람과 마주치자 리열은 그만 무너지고 말았다. 깜짝 놀란 소장은 즉시 대책을 세우겠다며 그를 현장으로 먼저 떠밀었다.

한 가닥의 희망을 움켜쥔 채, 리열은 헐레벌떡 홍영춘의 집에 당도했다.

지적지적한 눈빛들이 "차…는?" 하고 불시에 날아들었다. 하지만 빈손이었다. 도대체 어디서 헤매다 왔는가? 혼자 덜렁 나타나면 대체 어쩌자는 건가? 모름지기 리열보다 더, 리남혁과 더 가까운 사람이 여기 있다면, 멱살을 쥐고 따졌을 것이다.

'오죽하면, 낸들 오죽했으면…!'

리열은 털썩, 무릎을 꺾었다. 피칠갑을 한 리남혁이 그 앞에 누워 있었다. 말이 부엌 마루이지 2㎡도 안 되는 좁디좁은 콘크리트바닥이었다.

온통 깨지고 찢어진 얼굴이 좀 전과는 달리 갑절이나 퉁퉁 부어 더 끔찍해졌다. 터진 명란처럼 너덜너덜 터진 입술, 도끼로 찍은 듯이 쩍 버그라진 험상한 눈두덩이, 이따금 꺼르륵거리며 핏방울을 불구는 찢겨나간 코…. 헌데, 꺼멓게 죽은 핏빛에 뻣뻣하게 아니, 꼿꼿하게 굳어져 보인다. 왜 가냘픈 신음조차 들리지 않는가? 뼈를 갉는 스산한 통증을 과연 엄살 한마디 없이 참아 낼 수 있단 말인가? 저렇듯 천연스레, 덤덤히!

'혹…시?'

리열은 다음 순간 소름이 으스스 끼쳤다. 뒤미처 무서운 공포가 칼날처

끓일 수 없는 가마

럼 등골을 휘익, 스쳐 지나갔다. 머리 위가 오싹해지더니 심장이 철렁했다. 그는 부들부들 떨리는 손으로 "남, 혁, 아⋯." 하고 조심히 흔들었다. 단잠을 깨우듯, 벌떡 일어나 기지개를 쩔, 늘리며 히쭉 웃기를 고대하는 애원의 목소리였다.

기대는 태산이었지만 응대는 조금도 없었다. 당초에 응수할 염을 하지 않는, 아니면 어차피 대답할 수 없는 엄정한 이유가 있는 것이 분명했다. 그게 무언가? 그 이유가? 설마하니 죽음⋯? 아앗!

혀가 말려들어 숨길을 막았다. 창백하게 질리는 얼굴. 처절한 눈빛만이 맹렬한 부정의 빛을 좌악! 내뿜는다. 아니, 아니야! 절대로 아니야!

강직되어 가는 심신에서 창백한 눈빛들이 무수히 쏟아졌다. 피에 절은 골과 마루들을 샅샅이 훑고 더듬는다. 격전의 여운인 듯 끈적끈적한 피딱지, 야속하고 고통스럽게 얼어붙은 정적, 안정한 고요가 아닌 영원한 정지의 안개발이 스멀스멀 피어오르는 부동의 산맥 리남혁!

"아야, 앗!" 하는 새된 비명이 표창처럼 사방으로 뿌려졌다.

거기에 찔린 가슴과 가슴들이 찌르르 아픔을 느낄 때 리남혁의 콧구멍에 불깃한[375] 핏방울이 망울졌다. 휑, 해 있는 사이에 망울은 주먹만큼 커지더니 펑! 하고 터졌다. 이어 물속에서 숨을 내쉬듯 꾸르륵, 소리⋯ 아니!

리열은 이미 제정신이 아니었다. 하지만 비로소, 소파리처럼 몸 주위를 맴돌던 사유의 일부가 육체로 찾아들었다. 저걸 보라, 저걸! 불어나고 터지는 핏방울을! 정지가 아니라 운동이다. 생명의 신호다. 살아 있다는, 살려 달라는 애절은 부름! 애원이 아니란 말이냐? 결코 구걸이 아니었다. 바로 리열, '둘'이라고 할 수 없는 '하나'에 대한 절대의 믿음이었다.

뿔뿔이 발산하던 눈빛들이 따갑게 응집되었다. 눈물, 빗물 천지인 흑갈색의 얼굴도 강심을 먹고 쳐들렸다. 낯선 모습들이 먼저 시야에 들어왔다. 저들은 누구들인가?

앞집에 사는 국경경비대 군의관 부부라고 홍영춘이 속살거렸다.

---

[375] '불깃하다.'는 '조금 불그스름하다.'는 뜻의 북한어.

별안간 리열은 "선생님, 빨리 손 좀, 어떻게 손 좀 써 주십시오." 하며 무작정 매달렸다.

"인차, 정말 인차, 차가 옵니다. 어케 그때까지만….."

매츨해[376] 보이는 손들에 그저 멍하니 바라기만 하는데, "주사는 놨습니다." 하는 홍영춘의 무미건조한 대꾸. 외면도 아닌, 거절에 가까운 대리 응대였다.

주사? 너무도 단순하고 매정하다. 어쨌든 의사의 입이, 의사의 손이, 의사의 행위가 다사분주해야 할 때가 아닌가. 어쩌면 저렇게 한가하다니? 가만가만, 그 어떤 기적의 약물을 주입한 건 아닐까? 하여 소생을 확신하는, 이렇듯 인내성 있게 기다리는 건 아닐까?

리열은 제 김에 흥분하여 "무슨, 주사길래…?" 하고 만고의 기대를 담아 낮으나 절절하게 물었다.

"저… 저…."

홍영춘이 주밋거리며[377] 군의관 부부를 번갈아 바라보았다. 저로서는 전문적인 해설이 타당치 않다는 표현이었다. 그러나 네 밀둥 내 밀둥[378] 어느 입문도 선뜻 열리지 않았다.

부지중 남자치고 아련해 보이는 군의관에게 시선이 집중되었다. 어딘가 따분한 기색이 역력했다. 뾰족한 턱이 손바닥에 슬슬 갈리고 있었다. 그래서인지 거뭇한 수염 자국은 찾아볼 수 없이 말쑥하고 반반한 턱이었다. 작은 입술은 무언가 뱉을 듯 말 듯 아물거린다.

'젠장!'

리열은 미칠 것 같았다. 선망의 눈빛에 점차 냉기가 돌았다. 하지만 그것은 어디까지나 리열의 감정이었다.

군의관에게는 그대로의 마음속 고충이 있었다. 자기 힘으로는 어쩔 수 없는 불가항력의 대상, 마지막 힘까지 다하여 끝까지 대항하건만 기필코

---

[376] '매츨하다.'는 '흠이나 거침새 없이 곧고 밋밋하다.'는 뜻의 북한어.

[377] '주뼛거리다.'의 북한어.

[378] 서로 눈치를 보며 상대에게 책임을 회피하려는 모양을 가리키는 의태어.

꺾을 수 없는 극악한 적수, 이해와 아량, 자비와 은혜란 당초에 모르는 악착한 죽음! 그런 온갖 죽음에 도전함이 그의 필생의 업무였다.

허나, 그는 단 한 번도 죽음을 타승해 보지[379] 못했다. 아니, 영원히 타승할 수 없음을 알고 있었다. 왜냐하면, 죽음을 향한 인간의 항거에는 한계가 있기 때문이다. 하여 최후의 입회, 목사 같은 추도, 노상 그런 것이 궁극의 결말이 아니더냐. 그래서 차가운 경멸의 눈총도 이처럼 묵묵히 받아들이는 것이고….

아! 사그라지는 새파란 생명을 절통함과 애석함으로 배웅해야 하는 의사의 아픔, 과연 개중에 누가 겪어 보았느냐? 어떻게든 살려 볼 수 없을까 하고 그 누구보다 골머리를 쥐어짜며 모지름 쓰는 것은 다름 아닌 그였다.

그런데도 도무지 트이지 않는 생각, 하기야 빈약한 지식은 둘째치고라도 척박한 조건임에야 천하의 박사인들 무슨 묘술이 있으랴. 약 없는 의사, 그는 칼 없는 장수 한가지였다.

"무슨 주사를 놨는가?"

거침없이 흘러가는 순간들이 대답을 기다리고 있었다. 약이나 묘방은 없어도 의사가 할 일은 아직도 남아 있었다. 적극적이고 실무적인 태도, 인간적이고 현실적인 위로, 죽음이라는 경계선에 모여든 죽은 사람과 죽는 사람, 죽지 않은 사람 모두의 심리와 심령에 대한 전체적인 관심, 하여 죽음의 우발적인 확대를 방지하고, 죽음의 공포와 슬픔에 매몰되어 지리멸렬하지 않도록 인간을 돕는 것 역시 의사의 사명이 아니던가?

예상외로 "스트로판틴(Strophanthin), 스트로판틴이에요." 하는 대답은 그가 아니라 옆에 선 여인의 입에서 흘러나왔다. 오달져[380] 보이는 군의관의 아내였다.

"스트로판틴? 그건…?"

"다 죽은 사람도 눈 뜨게 하지요. 마지막 말이라도 남길 수 있게…."

---

379 打勝하다. '승리하다.'의 북한어.
380 '오달지다.'는 '허술한 데가 없이 알차다.'는 뜻.

'마지막? 하다면, 그 마지막 말을 듣자고 이렇게 숭엄이 기다리고 있단 말인가? 죽음을 셈하면서?'

"설마… 죽지야… 않겠지요? 예에?"

리열은 시한폭탄 다루듯 조심조심 한마디씩 꺼내 놓았다. 아무도 대답이 없었다. 당장 터질까 두려워서인지 누구도 접근할 염을 하지 않는 물음이었다.

다시금 군의관의 해쓱한 얼굴에 날카로운 눈빛이 날아들었다. 옹 다문 입술을 깨고 그 구멍에서 무언가를 기어이 뽑아내려는 리열의 기세였다.

별안간 냉엄한 태도의 여인이 매끈한 군의관을 막아 나섰다. 그러고는 여전히 침묵인 남편을 비호하듯 턱을 쳐들며 설레설레 가로흔들었다. 무엇을 의미하는 경박한 몸짓인가? 건드리지 말라는? 아니면 묻지 말라는? 하여튼 무엇인가 부정하는 의미임은 명백했다.

과연 무엇을 부정하려 드는가? 어떤 부정을 인식시키려는 건가?

입안이 바질바질 말라 들었다. 먼지에 굴린 것처럼 초들초들한 혀가 닿는 대로 쩍쩍 달라붙고, 그 때문인지 말이 제대로 나가지 않았다. 대신에 두 눈이 연지 바른 여인의 납신한 입술을 박정하게 헤집고 있었다.

'바른대로 말해, 어서 바른대로!'

드디어 "심장이 참, 좋아요." 하는 얄망궂은 말머리가 툭 튀어나왔다. 뒤이어 "하도 그 덕에 아직 숨이… 쯧쯧…." 하는 지나칠 정도로 싸늘한 말마디들도 끌려 나오고…

"…?"

리열은 황급히 손바닥을 허공에 가로 세웠다. 무엇인가 저지하려는, 아니면 막으려는, 여하튼 명백지 않은 정지 신호였다.

보는 둥 마는 둥 일단 뚫린 여인의 입에서는 갱내수(坑內水)처럼 거침없는 언사가 쏟아졌다.

"차가 안 오기도 잘했시오. 뭐, 괜히 싣고 다녀 봤자…."

리열의 눈살이 점점 흉하게 이지러졌다. 짐짓 끊기는가 싶더니 "이젠…

끓일 수 없는 가마

기울었시요. 아, 늦었다니깐!" 하고 몰풍스럽게[381] 툭 뇌까리는 여인.

애써 판 우물에서 똥물이 나오다니…. 아니, 그것은 똥물이 아니라 무서운 독물이었다. 거기에 구겨 박힌 듯 귀가 멍해졌다. 변명처럼 들려오는 다음 말들이 더는 들리지 않았다. 너무 무시무시하여 리열이 애써 듣지 않는지도 모른다. 기울었다! 늦었다! 그 단마디만도 옷섶에 독뱀이 기어든 듯 몸서리쳤다.

'그러니? 그러니…? 죽는다?'

순간, "안, 돼!" 하고 벽력(霹靂)이 터져 나왔다. 앞굽을 구르는 적토마처럼 길길이 울부짖는 리열의 몸이 움쭉 솟구쳤다.

"누가! 누가 감히! 감히 그따위 수작을! 제가 뭐길래? 얻다 대구! 뭐가 어째?"

네 굽을 치달은 적토마는 허공에서 돌연 청룡으로 변하더니 눈에서 번개가 일고 입에서 불줄기가 뿜어 나왔다.

움푹 꺼진 부엌 바닥에서 여인이 기겁하여 허둥거렸다. 주변이 화들짝 놀라며 흠칫했다. 단박에 덮쳐져 갈기갈기 찢기고 말 것이다.

"으아악!"

불현듯 "이, 이게 무슨 짓이오?" 하는 고함소리. 자못 우악하고 뚝별난[382] 청이다. 양순하게 자리 지킴을 하고 있던 갈람한[383] 군의관이었다.

굴러가는 대로 돈바르게[384] 혀를 놀리던 여인은 어느새 그의 뒤에 숨어들었다.

"제발…." 하고 무겁고 진득한 목소리가 다음 공백을 이었다. 잠시 굳어진 대기를 그대로 가라앉히려는 듯 음정은 엿처럼 끈적하게 늘어 처졌다.

"그러지 마오. 제발…! 난들 어쩌겠소?"

군의관은 빈손을 내보이며 안타까운 양을 보였다. 그러나 리열에게는

---

381 '沒風스럽다.'는 것은 '성격이나 태도가 정이 없고 냉랭하며 퉁명스러운 데가 있다.'는 뜻.

382 '뚝별나다.'는 '아무 일에나 불뚝불뚝 화를 내는 별난 성질이 있다.'는 뜻.

383 '갈람하다.'는 '갸름하고 호리호리하다.'는 뜻의 북한어.

384 '돈바르다.'는 '성미가 너그럽지 못하고 까다롭다.'는 뜻의 형용사.

통하지 않았다.

"뭐라고? 그걸 내게 물어? 의사인 당신이?" 하며 내찌르는 날카로운 손가락이 미끈한 언덕이마를 매섭게 겨냥했다. 그러다가 함마(해머) 같은 주먹이 으드득 떨더니 멱살을 와락 거머쥔다.

그것도 한순간.

"아, 윽!"

뻰찌(펜치) 같던 손아귀는 풀리고, 핏기 없는 손이 앞섶을 스르륵 쓸며 무력하게 떨어졌다. 뒤늦게야 기겁한 소음들이 터졌다.

"실성했시요?"

뒷전에 물러섰던 여인의 비린 청이 살차게 대들었다.

"떡떡거린다고 일이 돼? 어디다 행패냐? 사고 친 건 누군데?"

말끝에 버르장머리들이 없어지고, 구절구절 씹어서 뱉는 게 갈 데 없는 욕지거리였다.

"뭘 주구 뺨 맞는다더니…. 내, 참! 피투성이 붙들구 이 역사질 좀 봤나? 봤어?" 하며 옷 바랜 아들을 질책하듯 남편의 주제를 끄집어 보인다. 지금껏 눈에 걸려들지 않았던, 그래서 속수무책이라고 항소했던 그 손이며 옷섶, 얼굴에 이르기까지 튀고 게발린 핏자국 천지였다. 말마따나 리열은 실성한 것 같았다. 실성했으니 또 큉해진다.

"야가 뭐, 우리 땜시…." 하며 더 매몰차고 암상스럽게 날아드는 입찬소리.

"우리 땜에 죽나? 우리 아니문, 숨 끊긴지 오래! 날~구 뛰어도 이 이상 어떻게…? 여기서 이 이상 뭘 더?… 애고고! 고작, 고작 지고 나온 게, 단명인 게지… 후유!"

푸르딩딩 올라가도 맞닿는 바람 한 점 없어서인지 제 김에 넋두리 같은 억양으로 꼬리 사리는 말끝이었다. 대신 흘게눈[385]이 쳐들렸다.

리열은 듣는지 마는지 목석처럼 굳어져 있었다. 안색마저 흑빛이었다.

---

[385] '흑보기'의 북한어. '흑보기'는 '눈동자가 한쪽으로 쏠려 정면으로 보지 못하고 언제나 흘겨보는 사람'이라는 뜻.

여인의 심중에 무등 미안쩍은 느낌이 들었다. 의사는 싫든 좋든 한 조각의 의무라도 있어 그런다 치고 이 사람은? 생김을 봐선 생판 남인 것 같은데? 하여간 쉽지 않은 사람! 헌데, 이해 먹게 말해 줘도 될 걸, 어쩌다 이렇게까지? 하등에 무관계한 사람들끼리 공허한 입 다툼이라는 후회감이 불쑥 갈마들었다. 그렇게 보니 별로 동경이 가는 리열이었다.

여인의 입놀림이 애써 고와지며 "터놓고 말하면…" 하고 설득조의 말머리가 풀려나왔다.

"이미 글렀어요. 또 어찌 보면… 그게 더 나을 수도…. 글쎄, 가족이 들으면 욕하겠지만, 사실 기적적으로 살아나도, 뭐랄까…."

뾰족한 집게손가락이 제 이마를 톡톡 두드리며 "이, 이게 온전할지…." 하더니, "그러느니 차라리…." 하며 오목눈이 쪼그라들었다. 리열의 양미간도 곁따라 찌푸려졌다. 반대로 눈썹은 털벌레마냥 찔 늘어나며 꼬리가 쳐들리고….

"차라리… 차, 라, 리?" 하고 입내를 내며 허우룩하게[386] 접수하는가 싶던 리열이 별안간 "죽는 게 낫다, 이거야?" 하고 벽을 쩡, 울렸다. 또다시 화들짝 놀란 여인의 손이 가슴노리에 냉큼 매달렸다.

신수 멀쩡해서 딴딴하기란! 올꾼이[387] 아닌가?

"어마야, 왜 고니? 맹탕 말이야! 아니, 대체 자기가 누구게?"

"나아?"

혼이 쏟아지는 소리. 기엄기엄 가슴으로 기어오르는 손.

올라 가슴팍이 아닌 심장에 황망히, 그리고 꽈악, 매달린다. 오장을 뒤집는 우악스러운 고통이 발끝까지 찌르르… 덩달아 능갈치는[388] 두려움….

'나! 남혁이! 누구인가? 나는? 과연…?'

"아버지, 아버지다!"

이는 선언이었다. 선포였다.

---

386 '허우룩하다.'는 '마음이 텅 빈 것같이 허전하고 서운하다.'는 뜻.

387 똑똑하지 못한 사람을 하찮게 이르는 말로서 북한어.

388 '능갈치다.'는 '교묘하게 잘 둘러대다.'는 뜻.

어리벙벙해진 여인과 아울러, 그에 추종한 공간들이 뭇 눈으로 껌벅거렸다.

"그래서, 아버지여서, 살기만 하면 돼! 미물이면 왜? 어째서? 살려 내! 살려만 내라구!"

리열은 노성을 토했다.

"병신도… 미물도 좋아. 좋다니까!"

리열은 동냥하듯 손바닥을 내밀었다. 인적기를 따라 빙빙 도는 그 손.

"어서, 어서…!"

어찌 보면 미친 사람 같았다. 다들 거리를 두며 경계하니 진짜 미쳤는지도 모른다.

"누구…냐구? 아버지! 아버지다! 넌 누구냐? 대체 넌!" 하고 다시금 여인을 몰아세웠다.

미친 기상은 자못 무섬증을 일으켰다. 눈썹 사이에 내천(川)자를 누빈 여인은 그래서 섣불리 응대할 염을 하지 못했다.

"동냥은 못 줘도 쪽박은 깨지 말랬는데…. 왜, 방정만 터는 거야? 왜? 네가 뭐이 돼서? 뭘 안다구…?"

여인은 웬일인지 수모를 참는 사람처럼 표표한 얼굴로 리열을 가볍게 쏘아보기만 했다. 아버지라니? 이 자리에 직계가족이 없다고 단정한 것이 큰 실책이었다.

'헌데, 아버지라는 사람이 저리 새파랗게 젊어? 젊어 보이는 건가?'

"왜 죽어? 아니, 죽길 바라는 거지? 왜서, 왜?"

침묵으로는 더 이상 배겨낼 수 없었다. 여인은 드디어 "난, 여기 진료소 의사예요!" 하고 항변하듯 고했다.

의사? 이번에는 리열이 서둘러 반응하지 못했다. 군의관 부부라기에 남편을 염두에 두었는데, 뜻밖에 아내까지 의사라니.

"듣긴 거슬려도, 막 내뱉는 훈시가 아니요."

눈썹 한 오리 까딱하지 않고 있던 군의관이 낮으나 진중하게 말을 뗐다.

끓일 수 없는 가마

"우리도… 너무… 속상해서 이러는 거요."

쏟은 물이 스며들기를 기다리듯 그는 동안을 두었다.

"이왕 터진 김에 더 숨길 것도 없지." 하며 군의관은 리남혁의 손목을 슬 며시 그러쥐었다. 숙달된 감각으로 맥을 가늠하는가 싶더니 "겉에 상처야 뭐라오. 우둘투둘 꿰매면 그만인 걸…." 하며 한숨을 길게 뽑았다.

"치명적인 건, 두개저골절(頭蓋底骨折)이요. 뒤통수가 흐물흐물해. 뇌수 에 피가 꽉 찼겠는데… 말처럼 기적이나 일면 어떨는지… 상태가 너무 험 하다는 걸 그만… 그리 표현했구려. 후유!"

의무를 다하지 못하는 그지없는 자책감이 그의 눈시울에 그렁그렁 매달 려 있었다.

"전혀… 가망 없다는 겁니까?"

계절이라면 초봄, 성인이라면 초생아! 아! 때 이른 임종을 손 털고 입회 서는 의사! 과연 무어라 대답한단 말인가?

"설마… 죽는 편이 낫다는 건…?"

"뭣이!"

호수같이 그윽하던 군의관의 눈에서 불시에 솟구친 격랑이 말허리를 뭉 텅 꺾어 놓았다.

"오해하진 마시오! 할 수 있는 건 다…했소. 글쎄, 병원에 갔더라면… 또 달리 될 수도 있지."

군의관은 한본새로 진중했다.

발밑으로 맥이 쭉 빠지고, 머리 위로 얼이 실실 날아났다. 리열은 스르르 무너졌다.

"아니, 이걸 봐요!"

누군가 소리치고 사람들이 리남혁을 에워싸도록 리열은 일어서지 못했 다. 흐려지는 초점을 이악스레[389] 모아쥐며 그쪽으로 향하려고만 했다. 한 치, 또 한 치….

---

389 달라붙는 기세가 굳세고 끈덕진 데가 있게.

남혁은 더 아득히 멀어져 간다. 도끼로 토막을 내듯 *끄*윽*끄*윽 동강 나는 숨결, 탕개를 트는 악마의 손가락 틈새로 낄끽낄끽 새어 나오는 피거품, 마비된 의식이 호소하는 임종의 고통과 공포…!

'온순하던 군의관이, 맹수처럼 달려든 저 사람이 남혁이를 더 괴롭히는 건 아닌가? 저리 타고 누르다 얄팍한 가슴이 짜악! 빠개지기라도 하면? 저렇듯 우직스러운 짓을 누구도 말리지 않다니?'

그러거나 말거나 심폐소생술(CPR)은 사력을 다해 진행되었다. 진짜인지 가짜인지 알 수 없는 꺼칠한 숨소리가, 누구 것인지 분간 못할 씩씩거림이 끊기지 않았다. 그렇다. 이들은 최후의 숨줄을 붙잡고 필사적으로 버티고 있었다. 이제 빼앗기면 영영, 이제 놓치면 다시는, 정녕 잡을 수 없는 귀중한 생명줄이었다.

실오리만 한 힘이라도 리열은 보태야 했다. 와락 그러안고, 덥석 입을 맞대고 자기의 숨결을, 자기의 생기를 송두리째 불어넣어야 했다. 그는 안간힘을 썼다. 멍청해진 몸이 좀처럼 움직이지 않아 이를 깨물며 모지름을 썼다. 맥도, 얼도, 정신도, 이제는 남은 기력조차 없는 그였다. 눈물도 나오지 않았고, 소리마저 들리지 않았다. 망막에는 뿌연 형체들이 치억치억 엉켜 돌았다.

한참 후, 소연하던 안팎이 물속처럼 잠잠해졌다. 침묵의 시간은 지겨운 틈새기에 끼운 꼬리를 기겁하여 잡아당겼다. 하여 갉히고 째지는 아픔이 가슴마다에 전가되고, 모여 붙었던 사람들이 주춤주춤 일어나 물러섰다. 가혹하고 엄연한 현실이었다.

그때에야 비로소 "남, 혁, 아…." 하는 가냘픈 외마디가 리열의 입에서 새어 나왔다. 평범하나 범상치 않은, 순하나 통절한 부름이었다.

야속하게도 남혁은 깨어나지 않았다. 밑 빠진 정적이 가증스럽게 그를 편들고 있었다.

핏빛에 홍조가 오른 해사한 얼굴에 리열은 천천히 볼을 가져갔다. 이어 힘 풀린 묵직한 팔이 리남혁의 가슴 위에 터덜썩 올라가고, 핏덩이가 끈적

끓일 수 없는 가마

한 콧구멍에서 '피익!' 한다. 가슴이 눌리어 폐부의 공기가 나오는 콧바람이었다.

아직 숨이 있는 것 같기도 하고 없는 것 같기도 했다. 아니, 분명한 반응이었다. 정말로 약존약무(若存若無)[390]하여 리열은 공중에 떠 있는 시선들을 올려다보았다. 긍정하는 빛은 하나도 없었다. 하지만 구원을 바라는 처절한 절규를 리열은 분명 들었었다. 증명하려는 듯 "남혁아…! 남혁아…!" 하고 조용조용 부르는 귓속말이 아득한 산정의 메아리처럼 울리었다.

금시 일어날 것만 같은 그 몸은 남은 온기로 포옹할 뿐 아무런 응대도 없었다. 이제는 거친 숨소리마저 그리웠다.

'아슬하고 섬뜩했던 소리, 왜 그 소리가 들리지 않는가? 왜?'

망연자실한 리열의 초점이 사람들을 일별했다.

이때 밖에서 차 경적이 요란하게 울렸다.

"좀 늦었소. 빨리, 가기요. 빨리!"

리분주소장의 거쿨진[391] 허우대가 문가에 나타나며 재촉했다.

순간 리열은 용수철마냥 뛰어 올랐다.

"고맙습니다. 고맙습니다! 자, 자, 뭣들해? 빨리빨리 움직이지 않구? 빨리!" 하며 남혁을 덥석 그러안았다. 저지하려던 홍영춘이 가슴팍 어딘가를 되게 얻어맞고 벌렁 나자빠졌다. 허겁지겁 다시 일어서더니 또 매달리며 연방 고개를 가로 털었다.

"왜, 이래? 비켜!"

리열이 악청을 질렀지만, 그는 찰거머리처럼 끈덕졌다. 그제야 상황을 식별하려 분주소장이 성큼 안으로 들어섰다.

"상태가 어떻소?"

군의관의 머리도 말없이 가로저어졌다. 이미 숨졌다는, 이제는 이 세상 사람이 아니라는 무언의 통보였다.

---

[390] '약존약무(若存若無)'는 '있는 듯도 하고 없는 듯도 하다'는 뜻.

[391] '거쿨지다.'는 '몸집이 크고 말이나 하는 짓이 씩씩하다.'는 뜻.

분주소장은 대뜸 태도를 바꾸어 리열에게 달라붙었다.

"그만, 진정하라우. 진정해!"

그는 무턱대고 신자고 버둥거리는 리열에게 "그래그래, 신자우, 실어. 우리가 실을 테니 일어나우. 어서!" 하며 얼리었다.

리열은 사람들에게 들리어 마당으로 나왔다. 도무지 꿈인지 생시인지 분간할 수 없는 비몽사몽간에 의식이 혼미해졌다. 왜 눈물은 한 방울도 나오지 않고, 왜서 머리는 텅 비어 아무것도 떠오르지 않는지. 그는 닥나무 밑의 큰길에 네 활개를 퍼드리며 쿵 넘어갔다. 차가운 얼굴에서 냉각된 듯 또골또골 굴러내리는 빗방울이 눈물을 대신했다. 어둠의 무한대한 덩어리가 숨 막히게 내리눌렀다.

죽음! 죽음이란 무엇인가? 예고 없이 들이닥쳐 소중한 삶의 어느 한순간을 뭉텅 잘라 사슬 끊어진 닻 마냥 끝간 데 없는 망망한 나락으로 졸지에 빠뜨리는 극악무도한? 아니면, 자로 재서 에누리 없이 가위질하는 야박무도한? 세월을 탕치면 그 속에 숨겨진 이 빠진 한 초, 눈 깜짝할 그 찰나를 넘지 못해 스스로 포기하는 생명의 극한점이 바로 죽음일 수도 있다.

자고로 생자필멸(生者必滅)[392]은 '우주의 대법칙'이라고 한다. 결국 생명을 가진 존재는 생을 받는 순간부터 '죽음'이라는 무서운 시한폭탄이 매몰된 외통길을 걷게 된다. 어디에 묻혔으며, 어떻게 폭발할지는 누구도 예측할 수 없다. 또 예측하려고도 하지 않는다. 그 길이 피할 수도, 에돌 수도, 멈추거나 늦출 수도 없는 절대불변의 시간으로 포석되었기 때문이다.

인간은 오직 '죽음'이라는 마지막 순간까지 세월과 줄기차게 병행한다. 마치 인생이 그 시한폭탄을 찾아가는 과감한 탐험이라도 되는 것처럼….

설사 그렇다 할지라도, 하필이면 남혁의 인생길에 매몰된 시한폭탄은 너무도 이르게, 너무도 모질게 터져 버렸다. 어찌하여 그렇듯 인생길 초엽에 묻혀 있었는지, 어찌하여 그렇듯 악착한 방법으로 터졌는지, 리열은 원통하기 그지없었다. 한 인간의 운명을 책임진다던 자신이 죽음 앞에서 얼

---

[392] '생자필멸(生者必滅)'은 '생명 있는 것은 반드시 죽기 마련이다.'는 뜻.

마나 무맥하고, 또 얼마나 보잘것없는가?

"남혁아!!"

무정한 밤하늘에 피의 절규가 울려 퍼졌다. 리열은 비분에 몸부림쳤다.

잠시 후, 길바닥이 술렁거렸다. 차 적재함에 리남혁의 시신이 실리고 있었다. 주위에서 수군거리는 소리가 어망결에 귓전을 파고들었다.

'어디로 간다는 걸까? 어디로? 분명 숨이, 넘어갔다고 했는데…?'

그러니 기필코 병원행은 아닌 것 같았다. 알아듣지 못할 숙덕공론은 왜인지 불길하게 느껴졌다. 뿌지직뿌지직 리열의 신경이 합선을 일으켰다. 그는 차와 가까워지려고 벌렁벌렁 무릎걸음을 했다. 그제야 어렴풋이 분별되는 말귀들이 그를 깜짝 놀라게 했다.

부모를 앞서는 불효자식, 처자가 없는 '애'라면서 남혁을 밤중으로 매장한다는 것이었다. 아직 식지도 않은 그 소중한 것을, 그것도 거적때기에 둘둘 말아 어느 척박한 땅뙈기에 직파하듯 매몰해 버리겠다니, 이 무슨 귀축[393] 같은 짓인가? 기가 차고 억이 막혀 말이 나가지 않았다.

그러는 사이 차는 부르릉, 하더니 움씰거렸다. 리열은 망설임 없이 바퀴 밑으로 몸을 밀어 넣었다. 무언의 항거, 처절한 저항이었다. '죽음'이라는 그 순간을 계선(界線)으로, 사람들은 모질게 돌변해 버렸다. 뒤늦게 달려온 종업원들까지 합세하여 리열을 설교했고, 나중엔 강제로 끌어내려 했다.

끝내 리열의 가슴속 뜨거운 열분이 터지고 말았다. 윤리와 관습의 잡다한 논거들에 불을 확 질러버린다.

옳다. 장가 못 간 아이, 부모에겐 자식이다. 말대로면 불효자식이다. 그런데, 사회적으로는? 우리에게는? 고락(苦樂)을 함께하던 동지(同志)가 아닌가? 부모 앞선 자식이라 천대할 거면 실컷들 하라! 제발 먼저 간 동지는, 동지는 천시하지 마! 식지도 않았어! 그걸 어쩌겠다고? 니들이 사람이야? 동지냐?

---

[393] 鬼畜. 아귀(餓鬼)와 축생(畜生)을 아울러 이르는 말. 사람으로서 도저히 할 수 없는, 비인간적이고 잔인한 짓을 하는 사람을 비유적으로 이르는 말.

고태의연한 주장들은 쉽게 타들지 않았다. 대체 어느 조상 때부터 전가되는 인습인지는 알 수 없으나, 부모보다 앞서 세상을 떠난 자식을 무작정 천대하는 그 비정하고 낡은 관습은 현세에도 여전했다. 그런 자식은 예식이나 무덤은 고사하고, 누구도 모를 곳에 매장해 버리고 만다. 이는 산 자들에게 해(害)가 미치지 않게 한다는 그릇된 미신적 관념이 낳은 잔혹하고 이기적인 악습이었다.

그토록 미화하는 사회주의 미풍양속에 이런 잔인한 악습이 공인된다는 사실이 리열은 도무지 믿기지 않았다. 제도적 묵인 속에 리열과 남혁은 지금 두 벌 죽음을 강요당하고 있었다. 이것은 삶에 대한 가혹한 모독이었다. 동시에 생명에 대한 유린이었고, 권리에 대한 박해였다.

그러나 그 어떤 열변으로도 고질적인 인습을 설득하기는 어려웠다. 죽은 사람은 죽은 사람이고, 산 사람이 먼저라며 이구동성으로 역설하였다.

나름 완고한 주장들을 향해 리열은 전횡을 부리듯 선포하고 말았다.

"하늘에서 벼락이 떨어지든, 천벌이 내리든, 모든 저주를 내가 다 맞겠다! '관혼상제'의 예식을 갖추어 삼일장을 치를 것이다! 집으로 데려가서!"

한발 물러선 사람들이 객사한 영구는 절대로 집에 들이지 않는다며 그역시 막아 나섰다.

그 와중에 "제집에서 사망했으니 오히려 여기서 장례 치르는 게 이치"라며 홍영춘이 맞받아 우겼다. 결국 장례는 홍영춘의 집에서 거행되었다.

리열은 자기의 결혼식 정장을 남혁에게 입히었다. 예장(禮狀)으로 마련해 놓았던 이불을 안고 밤길을 달려온 김명선도 목 놓아 곡성을 터뜨렸다. 이런 밤길에 왜 보냈냐며 행악을 부린다. 리열은 피 같은 눈물만 줄줄 흘리었다. 행여나 불쑥 일어나 편들지 않을까 싶어 애절한 눈빛은 굳어지는 남혁의 몸을 하염없이 어루쓸었다.

그러다 꿰진 양말에 시선이 박히자 "흐, 흑!" 하고 마음의 통증을 참아내지 못했다. 갤쑴한[394] 두 발을 꼭 부여잡고 리열은 몸부림쳤다. 양말이 꿰지

---

[394] '갤쑴하다.'는 '곱살스러우면서도 트인 맛이 나게 갸름하다.'는 뜻의 북한어.

끓일 수 없는 가마

도록 함께 손잡고 달려온 리남혁이었다. 리열은 자기 양말을 벗어 곱게 신겨 주었다. "산 사람 걸 그리 보내면, 나쁜디…?" 하는 객중의 우려도 마이동 풍(馬耳東風)이었다. 물론 새 양말도 있었다. 하지만 꼭 제 살점을 떼주듯 제 몸에 붙어 있던 그 무언가를 떼주고 싶었다. 다른 삶을 산 대도 양말이 닳도록 영원히 함께 달리고 싶었다.

리열은 술을 찾았다. 가슴이 터질 때까지 고통에 시달릴 바에는 차라리 혼몽하게 취하는 편이 훨씬 나았다. 그래서 술 한 통을 단김에 들이키고 남 혁이 덮고 있는 이불을 헤치고 나란히 누웠다. 생전처럼 솔곳이[395] 마지막 '행 복'의 단잠을 청했다.

사람들은 대경실색했다. 말리려 하였지만 김명선이 진정으로 만류했 다. 도무지 이해할 수 없는 그들이었고, 누구보다 헤아리고 있는 김명선이 었다. 이 시각, 그 역시 남편과 같은 심정이었을 것이다. 부부의 사랑 속에 그만큼 꽉 들어찬 한 식솔, 감히 베어버릴 수 없는 가정의 살점이고 생활의 한 부분, 세상이 변한 대도 변하지 않을 바로 그런 남혁이 아니었던가.

리열은 점점 식어 가는 시신을 꼭 그러안고 축축한 볼을 맞대었다. 마음 속으로 하염없이 눈물 흘리며 그는 끝없이 속삭이었다.

> 내리는 눈물이 강을 이루어
> 남혁아, 네 그 속에서
> 한 번만이라도 뛰놀 수 있다면
> 온몸의 피를 쏟아
> 눈물의 바다를 만들련만…
>
> 절망의 곡성이 산을 울리어
> 남혁아, 네 그 메아리를 듣고
> 한 번만이라도 대답할 수 있다면

---

395 솔깃이. 그럴듯하게 보여 마음이 끌리어.

온몸의 힘을 다해
강산을 울리련만…

넋을 잃은 몸부림 땅을 흔들어
남혁아, 네 그 마음을 알고
단 한 번만이라도 일어설 수 있다면
온 생을 다 바쳐
행성을 흔들련만…

아, 원통하구나!
너 고요히 잠들어 있으니
이 몸을 갈갈이 찢어
천만 갈래의 실이 되어
너를 포근히 덮어 줄 수밖에…

훗날 리열은 이렇게 피력했다.

진정한 사랑은 생사의 한계를 무시하는 고결한 행위의 자양분이다. 죽어서 귀신같은 혼백으로 배척당한다면, 생전에 나눈 정은 산 자에게서 받은 유다의 키스에 불과하다. 먼저 떠난 사람을 아름다운 추억이 아니라, 미신적인 영혼으로 멸시하고 서슴없이 배척하는 것이 진정한 인간 세상의 윤리라면, 인간은 아마 그 무엇도 사랑하지 않는 목석이나 야수로 변하고 말 것이다.

영원한 사랑, 따뜻한 애정이 금생(今生)은 물론 사후(死後)에도 변함없이 흐르는 것이 참다운 인간세계의 본성적 윤리이며, 진정한 도덕의리적 인간관계이다. 그런 정신 수양의 높이에서 사는 사람만이 뜨겁게 사랑할 수 있으며, 불같이 헌신할 수 있으며, 그 사랑을 굳게 믿기에 목숨도 초개와 같이 바칠 수 있는 것이다. 진정으로 사랑하고, 뜨겁게 사랑하며, 영원히 사랑하리라!

　많은 이들이 먹먹한 가슴을 안고 그들의 밤을 지켜주었다. 이성의 사랑에 국경이 없다는 말은 들었어도, 인간의 사랑에 사선이 없다는 철리(哲理)는 처음으로 목격하는 그들이었다.

　장례식이 끝난 후, 리열은 한 달이나 쓰러져 일어나지 못했다. 그동안 한간에서는 리남혁의 죽음을 놓고 말들이 많았다. 속일 수 없는 대중의 눈과 숨길 수 없는 여론의 입이 진실을 까밝히려 했다. 부추기는 사람은 없었다.

　그러나 격한 민심은 남혁을 앗아가고 리열을 무너뜨린 원인을 기어이 규명하려 들었다. 얼마나 아까운 사람을 잃었고, 얼마나 가슴 아프고, 얼마나 큰 손실이더냐. 진실은 보자기에 담은 물과 같았다. 궁극에는 홍영춘이 스스로 죄를 걸어 안고 지사에서 물러났다. 그 일가는 리열의 가정은 물론, '첨단'의 원수로 낙인되고 말았다.

　그런데 지금, 외면할 수도, 물러설 수도 없는 철창 안에서 리열은 그 옹이 맺힌 원수와 한자리에 누워 있었다.

　이는 기필코 운명의 희롱이었다. 미신적 관념을 빈다면, 죽은 남혁의 혼백이 벌을 내리고 있었다. 이 비극이 과연 우연이냐, 필연이냐? 보라! 신통히도 리열과 홍순철, 홍순화! 꼭 돌(1년)이 되는 때에 죽음과 엉켰던 '주범'들만 끌려오지 않았는가?

　그렇다. 각자에게는 남혁의 죽음에 대한 각각의 책임이 있었다. 그래서 밑 빠진 정적과 어둠이 꿈속에서, 그리고 꿈 밖에서 과거의 죄상을 그토록 신랄히 문책하는 것이고….

　아플지언정, 추억은 밤 깊도록 리열의 잠자리를 살펴주고 있었다. 이 세상에 정녕 혼백이 있다면, 남혁이도 그렇게 지켜주고 있을 것이다.

　리남혁에 대한 추억!

　그것은 리열에게 있어서 사랑과 우정과 의리를 지킬 수 있는 최후의 수단이었다.

제3장

'유령' 만드는 '유령'

1

밤은 쥐들이 쏠라닥거리는³⁹⁶ 시간이다.

세관 교두에서 얼마 떨어진 압록강 연선으로 전조등(헤드라이트)도 켜지 않은 화물차(트럭)가 길 아닌 길로 기우뚱거리며 살금살금 기어가고 있었다. 운전석에는 운전수 외에 김경식과 남궁윤이 앉아 있었고, 차 앞으로는 작은 전짓불 하나가 이리저리 방향을 가리키며 뛰어갔다. 그는 강 건너 중국 D시와 경계하고 있는 국경경비총국 29여단 3연대 2대대 1중대장이었다.

도당 명판을 걸고 찾아온 사람들이 노골적으로 연선을 열라고 요구할 때 처음에는 어안이 벙벙했던 그였다. 그런데 공적인 허세는 외피에 불과하고, 공정한 거래를 하자고 찾아든 일반 밀수꾼들이나 다를 바 없었다.

김경식은 계획보다 수출량이 초과되어 별수 없이 압록강으로 뽑으려 한다고 그럴듯하게 둘러대었다. 한 알의 잣이라도 자강도가 걷어쥐는 것이 곧 당의 방침관철이기 때문에 수단과 방법을 가리지 않는다고 그는 덧달았다.

"우리가 이 잣을 가만두면 말이오, 다른 밀수꾼 놈들이 다 해치우거든. 그러니 어쩔 수 없지. 우리 도당이, 미연에 대책 할 수밖에. 선손을 써서 잣을 몽땅 넘겨야 하오."

희비극적인 논리였고, 요구였다.

얼마나 충실한 혁명가인가? 범죄를 범죄로 막는다? 그야말로 독특하고 전무후무한 궤변이었다.

멀쩡한 양반들의 뻔드름한 수법이 확연했지만, 중대장에게는 상관할 바가 아니었다. 피차일반으로 중대 꾸리기를 구실로 제 몫은 충분히 챙길 수 있으니 말이다. 그 몫이란 항간에서 밀수꾼들이 말하는 '연선비(沿線費)'

---

³⁹⁶ '쏠라닥거리다.'는 '쥐 따위가 이리저리 쏘다니며 물건을 함부로 자꾸 잘게 물어뜯거나 끊다.', '남의 눈을 피해 가며 좀스럽게 자꾸 못된 장난을 하다.'는 뜻.

였다. 넘기는 물품에 따라 액수가 다르게 책정되는데, 잣은 보통 총 밀수금액의 15% 정도였다.

김경식에게도 크게 아프지 않은 흥정이었다. 공짜로 생기는 돈에서 그쯤한 '수수료'는 액풀이로 여기면 그만이었다. 오히려 빼앗은 잣을 이 밤으로 처리할 수 있다는 게 정말 다행스러웠다.

쌍방은 손바닥에 '국가일'이라고 큼직하게 써서 뻔뻔스러운 얼굴들을 가리고 있었다. '검은 잇속'이라는 공통점이 양봉음위하는 그들은 쉽게 화합시켰다. 힘 있는 사람들끼리 손을 잡으니 '밀수'라는 무섬증조차 가신듯이 사라졌다. 자기들이 진정 '애국적인 밀수꾼'인 것처럼 오히려 보무당당한 기세들이었다.

이날 밤 김경식의 패거리들은 세관에서 빼돌린 마지막 차량의 잣 10톤을 중국에 밀수했다. 세관과 달리 시끄러운 절차 없이 잣이 넘어가고, 즉석에서 인민폐 35만 위안(5만 달러 정도)이 '혁명가'들의 손에 들어왔다. 밀수가 이런 맛이구나!

아무리 강도질이라도 당사자들마저 경악할 큰 횡재였다. 그야말로 하루 새에 이뤄낸 '공화국영웅칭호' 이상의 '노벨밀수상'이었다.

흔히 사냥꾼은 잡은 짐승의 배를 갈라 사냥개들에게 보수를 준다. 마찬가지로 숙소로 돌아온 김경식은 두 측근에게 각각 인민폐 7만 위안(1만 달러 정도)씩을 나누어주었다.

주는 사람이나 받는 사람이나 일언반구도 없었다. 뭉칫돈을 쥐여 줄 때마다 음독한 상전의 삼각눈이 음비한[397] 흉계의 독샘처럼 침침하게 번들거릴 뿐이었다. 거절은커녕 사양하는 기색조차 없는 걸 봐선 아마도 돈을 싫어하는 '혁명가'가 없는 모양이었다.

하기야 그들이 말하는 소위 '혁명'이라는 것도 빠개 놓고 보면 잘 먹고, 잘 살려는 무수한 이기주의의 자실체가 아닌가! 그러니 이기주의야말로 그 혁명의 본질이고 진리라 해야 옳을 것이다. 하지만 그 당연함을 부정하

---

397 '陰祕하다.'는 '성질이 내숭스럽고 우악하다.'는 뜻.

끓일 수 없는 가마

고 감추기에 급급하다. 감추니 음험하고, 아닌 척 '타도'하니 이기주의는 개념 자체만으로도 악이 되었고, 그 양상은 늘 범죄적일 수밖에 없었다.

지금 이들도 그 모순적인 진리에 충실하고 있었다. 그들은 강요에 의한 집단적 이데올로기의 길이 아니라, 본성이 행하는 '이기주의'라는 자기 이성의 길을 가고 있었다.

본디 진리란 위협하거나 강요하지 않으며, 심지어 호소하지도, 가르치지도, 아무런 약속도 하지 않는다. 다만 느끼고 체험하며 지향하는 마음속에서, 어둠 속 등불처럼 고요히 빛을 발산할 뿐이다. 그 불빛은 소리쳐 부르짖지도 않으며 결코 꺼지지도 않는다. 그저 이성의 눈을 부단히 틔워 줄 뿐이다.

그렇다면, 약육강식의 사회에서 우리는 무엇을 진리로 보아야 하는가? 잡아먹는 것이 진리인가, 잡아먹히는 것이 진리인가? 양자 모두 각자의 주장을 지닐 것이다. 먹는 자는 '잡아먹는 것이 진리'라고 정당화하려 할 것이며, 먹히는 자는 '잡아먹는 것은 진리가 아니다'라고 규탄할 것이다.

그러나 이처럼 엇갈리는 각자의 주장마저도 처지에 따라 달라지기 마련이다. 먹을 때와 먹힐 때의 견해는 늘 다르다. 아무리 해묵고 완고한 견해라 할지라도, 만물을 일관할 수 있는 절대적이고 고정불변한 진리란 있을 수 없다. 그러므로 진리는 태양이라기보다는 그 태양을 보는 기준이라고 해야 옳을 것이다.

의연히 진리란 자기를 중심으로 빙 돌려 그은 상대적인 기준에 가깝다. 그러한 자기중심적인 기준점은 무한히 존재한다. 마치 종이 한 장 위에 무수히 많은 점을 찍을 수 있는 것처럼 말이다.

하여 어떤 진리의 기준이 언제, 어느 방향으로 이성의 눈을 틔워 주는가에 따라 현실에서는 서로 다른 목적과 방법, 수단이 결정되고 도용된다. 그 기준점은 현존 사회가 구현하는 사회적 관념의 제한된 범위 안에 놓일 수밖에 없다.

그러므로 한 사회의 유사한 시점에 근거한 개개의 진리는 어느 것이든 동일성을 띠기 마련이다. 그 동일성으로 말미암아 대동소이한 개별적 진리들은 전 사회적인 것으로 응결되며, 궁극에는 전체적 이성으로 규제되고 사회에 집단적인 실천으로 구현된다. 그러므로 진정한 진리의 기준은 오직 실천만이 될 수 있으며, 실천은 곧 그를 추동한 진리의 기준을 명확히 밝혀준다.

이런 관점에서 볼 때, '잣상무'의 실천적 수탈과 사리사욕은 사회주의 혁명의 근본 진리가 다름 아닌 '이기주의'라는 부정할 수 없는 논거였고, 더는 음멸할 수 없는 사회주의 이념의 추악한 민낯에 대한 적나라한 반증이었다. 윗물이 맑아야 아랫물이 맑다고, 위가 온통 영달과 탐욕에 썩었으니 밑에 흐르는 물이라고 어찌 청청한 샘물이겠는가?

왜인지 돈을 나눠 가진 '혁명적 밀수꾼'들은 서로 마주 보기를 꺼려했다. 절대로 드러내지 않으려는 사회주의 혁명의 속성인 때문인지 누구도 몰라야 했고, 없었던 일로 치면 더욱 좋을 것이다.

"수고들 했소. 이젠, 그만들 돌아가지. 내일도 쉽진 않을 테니."

김경식은 아무 일도 없은 듯이 태연자약하게 고삐를 풀어주었다. 당부도 신칙도 없었다. 그럴 필요조차 느끼지 않았다. 손에 쥐여 준 두툼한 돈뭉치보다 더 각성시킬 엄격한 말이 어디 있으랴! 남궁윤과 강태걸은 각자의 소임에 만전을 기할 것이다.

그들이 나간 다음 김경식은 푹신한 침대에 몸을 던졌다. 데그룩 굴더니 골을 넣은 아이처럼 두 주먹을 가슴에 모아 쥐며 푸들푸들 떨었다. "짜아!" 하고 통쾌함을 주체하지 못한다. 정말로 멋진 골이었다. 그는 말짜고 되짜듯 맵시 있게 해치웠다고 극구 자찬하고 있었다. 이때, 홍취를 깨뜨리며 문 두드리는 소리가 간간이 울렸다.

'이 한밤중에 누가?'

김경식은 얼른 손베개를 하고 바로 누우며 틀지게 응수했다.

"들어오시오."

침실문이 빠끔히 열리며 량정실의 날씬한 몸이 문턱을 살짝 넘어섰다.

끓일 수 없는 가마

당 일꾼답지 않은 사치한 차림새여서 김경식의 음달진 눈뿌리가 시큰거렸다.

'요, 앙큼한 게 무슨 냄새라도 맡고 온 게 아니야?'

도둑이 제 발 저리다고 김경식은 괜히 경계했지만, 눈길은 혼몽하게 취해 들고 있었다. 속심이 어떻든 간에 한편으로는 반갑기도 했다. 기분이 떠서 잠도 오지 않는 때에 수청을 받으며 음락을 즐기는 것도 나쁘지는 않았다.

"아침에 부탁하신 리열의 자료입니다."

내미는 대로 걸써하게[398] 받아 든 김경식은 보는 둥 마는 둥 하고는 침대 옆의 원탁 위에 훌, 올려놓았다.

"수고했어. 시시콜콜 잘 뽑았구먼. 역시, 솜씨가 있어!"

"그럼 전 이만…"

입에 꿀 바른 치사로 더 쳐 주려는데, 량정실은 고추처럼 매운 말로 싹둑, 자르고는 냉냉하게 돌아서 버렸다.

"가만! 거, 서둘긴? 이 옷이나 좀… 걸어 줘. 이틀째 뱅뱅 돌았더니 힘들어. 어휴…"

김경식은 침대에서 급히 몸을 일으켜 정장 단추를 풀었다. 량정실은 긴 눈초리를 가슬하게 내리깔고, 내미는 대로 정장이며 바지를 받아 옷걸이에 걸었다.

"에구구… 사방 쑤시는 게, 뚜들겨 맞은 거 같아. 어휴…! 거, 피곤하지 않으면 앉아서 말동무나 하지 그래. 에구 다리야…! 근데, 아까부터 와 저 기압이니?"

김경식은 엄살을 피우며 침대에 드러누웠다. 그러고는 허리며 다리를 쿵쿵 두드렸다.

나이 지숙한 상급의 불편함을 보고 차마 발길이 떨어지지 않는지 량정실은 시답지 않게 다가들었다.

---

398 '걸써하다.'는 '대수롭지 않게 여기어 소홀한 태도를 보이는 것.'을 가리키는 북한어.

"저기압이야 뭘…. 말이 쓰러져 이 모양인데, 끌려다닌 수레야 오죽하겠습니까? 그저, 좀 힘들어서…."

"말? 허허…하…! 내가 말이라?… 음…! 허긴, 틀리지두 않아. 원체 말띠니까."

"띠…? 아이유, 당 일꾼이 띠요, 뭐요, 미신 소릴 막…."

량정실은 곱상스럽게 재잘거리며 침대 턱에 뾰족한 엉덩이를 들이밀었다.

"짜, 짜… 미신이나 샜다. 애들두 줄줄 외우는 판에, 뭔 말라빠진 미신이야? 가마가 솥 더러 '검정아!' 한다구, 내 앞에서 그러믄 쓰나…? 쯧쯧… 나서서 하는 소린 선전이구. 우리끼리니 말이지 당사업이 원래 말공부 아니겠어. 그래, 정실인 무슨 띠지?"

"용! 그것도, 구름 위를 나는 용…! 근데, 7, 8월 장마철 용이라야 훨훨 난다는데, 에이씨!, 난 12월 용입니다. 틀렸죠 뭐. 이왕이면, 좀 더 일찍 낳을게지…. 그때만도 미개하다 할지, 다 어머니 탓이지요, 뭐."

"체! 그게 뭐 어미 탓인가? 아비 탓이지! 수탉 없이 알 낳는 거 봤어? 조준은 남자가 해야 돼. 허허… 하긴 뭐, CNC라구 조절하겠나. 다 제 운명이야."

"모르는 말씀. 지금 사람들은 맨들기 전에 다 계산해요. 딱, 명중해서 낳는 걸요 뭐. 첨단도 최첨단이죠."

"최첨단? 허… 허참… 그럼 우리두 한번 조준해 볼까?"

"피이, 힘들어 죽겠슴. 나 같은 건 세관에서 먼저 보냈기 망정이지, 아유… 위쪽으로 더 따라 댕겼으면, 아마 지금쯤 쓰러졌을 걸요? 끼지 않길 잘했지… 뭐 얻어먹을 게 있다구…."

"…."

김경식은 속이 뜨끔했다. 요 앙큼한 년이 낌새를 채고 요살을 피우는 게 분명했다. 흔히 여자들의 감각이란 초음파로 물체를 식별하는 음파동물의 감각보다 때로는 더 예민한 법이다. 억양과 표정에서 알미스러운 속내가 물씬 풍겼다.

량정실은 새물새물 야료하며 침대에서 엉덩이를 쏙 뽑았다. 나무에 앉

끓일 수 없는 가마

았던 새처럼 훌쩍 날아가는가 싶었다. 김경식은 얼떨결에 시들시들한 손을 버쩍 쳐들었다.

다행히 "아이고, 젊은 사람들도 힘든데… 오죽할까. 어디 좀….." 하며 량정실이 애원에 찬 손을 자제시켰다. 그리고는 안마사처럼 능란한 솜씨로 뼈 천지인 다리를 주무르기 시작했다. 그에게는 처녀 때 배워둔 안마 풍월이 조금은 있었다. 거기에 숱한 남자들을 녹여내며 제멋대로 숙달한 각양각색의 기법들이 첨부되어 제법 재간인 듯싶기도 했다.

"어구, 어이구, 어… 시원허다. 안마 재간두 있었나?"

"안마까지야 뭘… 사실 제대로 할라면야…."

"그럼… 벗지 뭐!"

"아, 아니, 그게 아니라…."

량정실은 알면서 잘못 걸려들었다.

그가 헛생색을 내기도 전에 김경식은 벌써 속옷을 훌훌 벗어던지고, 허렁청한 팬티만 남겨 놓았다. 그리고는 한물 빠진 알몸을 통째로 내맡겼다.

량정실 또한 그다지 몸 달아하지 않았다. 천연스럽게 기름 내리기 시작한 탄성 없는 신체에 애잔한 정성을 기울였다.

김경식은 헤벌쭉 풀어지고 말았다. 땅속에 잦아드는 부위가 있는가 하면, 하늘로 용솟음치는 부위도 있었다. 정강이를 물고 우물대던 손길이 점점 허벅지를 씹으며 올라올수록 말초신경이 짜릿짜릿했다. 깨물 거면 꽉 깨물던지, 삼킬 거면 꿀꺽 삼키던지… 껌 씹듯 잴근거리니 이게 더 죽을 맛이었다.

'흥!'

량정실은 꿈틀거리는 불두덩을 가로 보며 코웃음 쳤다. 장작을 많이 때서인지, 아니면 속이 달아서인지 이마에 송골송골 땀방울이 맺히더니, 끝내 옷섶을 헤치고 말았다.

그 바람에 깊이 패인 속옷의 가슴 부분이 가볍게 늘어 처졌다. 하들적거리는 살품[399]으로 참배처럼 주렁주렁 매달린 젖가슴이 또렷이 들여다보였다. 어찌 된 연고로 가슴띠(브래지어)를 하지 않아 박자 맞춰 혼돌거리는[400] 모양이 눈요기로도 흥그러웠다.

뱁새눈으로 능글스레 쳐다보던 김경식은 굴속으로 기어드는 구렁이처럼 스르르 손을 들이밀었다. 안마로 진 신세를 기껏해서 안마로 갚으려는 심산이었다.

'이잉! 꼴 보기 싫다니까… 흥!'

량정실은 물속에서 금방 나온 새끼 오리마냥 잽싸게 몸을 털었다. 하면서도 손만은 그냥 놀리고 있었다. 염치없는 구렁이는 털면 털수록 더 끈질기게 치근덕거렸다. 방종하기란 도토리 키 대보기인 그들에게는 사실 불필요한 과정이었다. 다만 양기를 돋구려는 요분질 같은 태가락[401]이었고, 흥취 나는 구걸이었다.

주렁진 젖을 만적만적 주무르는 고맛에 취해, 김경식은 능글맞게 이 참배, 저 참배를 땄다. 나중엔 음부천녀(淫婦賤女)의 옷을 발가벗겨 얄팍한 배 위에 송두리째 떠 옮겨 놓고는 아예 두 손으로 꽉 붙잡고 동동 매달리고 말았다. 규칙이고 절차고 없는 지루한 안마 교류였다.

감각이 무뎌진 꿋꿋한 육체를 한참이나 역사질을 해서야 정실은 뒤집기를 당했다. 통통 불린 콩알 같은 알몸은 겁석한 망돌 밑에 깔렸다.

"음… 음…."

위치를 바꾼 남성안마사의 무질서한 봉사에 그녀는 한껏 흥분되어 신음했다. 무슨 놈의 망돌은 히야차[402] 갈아 제끼지 않고 이리저리 굴리기만 하면서 콩알의 혼을 찔, 뽑았다. 이미 절정으로 치닫고 있는 여자의 흥분은, 증기기관차마냥 칙칙거리며 오르지 못하는 쇠진한 기력을 민망스러워하고 있었다.

399　살품. 옷과 가슴 사이에 생기는 빈틈.

400　'혼돌거리다.'는 '작은 것이 잇따라 매우 경망스럽게 흔들리다.'는 뜻의 북한어.

401　맵시를 부리는 몸짓이나 몸가짐.

402　'영차'와 같은 의미로 빠르고 힘찬 움직임을 나타내는 의성어.

유약하기 그지없는 물렁물렁한 음물[403]은 결정적인 대목에서 자꾸 구부러들었다. 전혀 뚫지 못하고 걸레질만 슬슬 해댄다.

'애고야, 간장이 잘잘 끓어 견디갔나? 굶주린 늑대처럼 이틀 밤낮 쏘다니니 이 꼴이지…! 쯧쯧쯧… 꿀에 군밤 사 먹겠다구?'

"에그… 음…!"

신음소리는 노골적으로 앙탈스러웠다. 한동안이 흘렀다.

김경식의 숨소리도 덩달아 거칠게 가속되어 갔다. 자못 오기가 잔뜩 나서 씩씩거리는 황소숨이었다.

뭐가 좀 돼 가는가 싶더니, 웬걸!

그러거나 말거나 배꼽 아래는 여전히 푸푸, 저조하기란! 수뇌의 욕심은 불같은데, 왜 내려갈수록 미적지근한지? 신경들이 모두 부식된 탓인가?

그래도 붙은 꼴은 제법이다. 오히려 겉보기에는 무척 활동적이고 박력 있어 보인다. 환한 조명 밑의 음영진 골육의 기상! 그 모양은 마치 천리마를 연상케 했다. 앞굽을 떡 디디고 뒷굽을 냅다 뻗치면서 "앞으롯!"

가관은 사타구니 밑에서 혀를 빼물고 투덜거리는 굴진공. 놀구 자빠졌다!

진물진물한 번대머리는 데렁데렁 고욕에 늘어지고 말았다. 죽이겠다면 죽는시늉이라도 하렸다고 할 수 없이 잔뜩 수그리고 숙달된 흉내만 내고 있었다.

판이한 위와 아래, 말과 행동, 겉과 속!

필시 정치만화의 멋진 모델 같았다. 작품이 완성되면 풍자나 해학의 예술적 수법을 통해 사회와 정치의 현상과 본질을 웃음 속에 간명하게 보여주는 신랄한 만화로, 보느니 처음일 걸작으로 될 것이다.

작은 제 몸조차 노상 입에 올리던 '일색화'를 하지 못하고 쩔쩔매는 당일꾼, 그토록 염불처럼 외우던 '유일사상체계'나 '절대성', '무조건성'의 기풍을 일개의 육체에서도 확립하지 못하는 주제에 제창하는 더 큰 것, 자칭 위업이라는 것은 더 말해 무엇하랴!

---

[403] '음물 (淫物)'은 음란하고 방탕한 물건.

화가 동한 김경식은 율동을 허물지 않으면서 한 손을 침대 밑에 슬그머니 들이밀었다. 가방 안에 이런 때 사용하던 성교약(비아그라)이 있었다. 그것만 먹으면 늦게나마 본때를 보여 줄 수 있었다. 그러나 미심중 끌려 나오는 가방의 묵직함이 감촉되는 순간 둔중한 몽둥이가 정수리를 호되게 내려치는 것 같았다. 그 속에는 3만 달러어치의 인민폐 위안이 감춰져 있었다. 절대로 열어서는 안 되었다. 그는 가방을 더 깊이 들이밀었다.

그러는 사이 분산된 감정은 흐물거리던 음물을 아예 가마목의 엿가락처럼 질, 늘어지게 만들어 놓았다. 도로아미타불[404]이라 더 이상 해 봤자 맥만 뽑고, 절정에 오르지 못할 건 뻔했다.

하는 수 없이 남자구실을 포기한 김경식은, 시퍼런 얼굴로 안마의 도수를 부쩍 높였다. 어찌 보면 수청을 받는 게 아니라 수청을 들고 있었다. 노골적인 불평이 터지면 그땐, 어휴! 무슨 망신이람. 계집이라 딸딸이 쳐서 될 일도 아니고…. 여하튼 더 꽁알거리기 전에….

해서 궁여지책으로 위로 아래로 오르내리고, 앞으로 뒤로 뒤집어가며 부비부비 주물러댔다. 아울러 낱낱이 감상했다. 새롭게 느껴지는 감흥이었다. 유려한 곡선이 흐르는 가슴이며, 오동오동한 엉덩이며, 사랑의 오아시스를 오감으로 애무하는 '노년식 성교'라고 하면 어떨지….

꿩 대신 닭이라고 손가락의 끈적한 희롱 또한 그대로 기예이자 멋이었다. 새하얀 이불보 위에서 숨넘어갈 듯 꼼지락대는 여인의 교태로운 자태는 비밀스러운 경관이었다. 애간장에 끓여 죽이려는 악착스러운 고문은 장시간이나 이어졌다.

끝내는 량정실의 곱슬한 배꼽이 바르르 떨었다. 무언가 물큰물큰 터져 나갔다. 폭풍이 아닌 부채바람이 언뜻 지나갔다. 나른해지고 매사사한 공허함만 남았다. 이런 '안마성교'는 정말이지 처음이었다.

반대로 김경식은 새로운 쾌감을 맛보았다. 다만, 일종의 미안함과 자신

---

404 '도로아미타불(徒勞阿彌陀佛)'은 '아미타불 부처님께 귀의하기 위해 했던 노력이 헛수고가 되었다.'는 의미.

끓일 수 없는 가마

에 대한 속물적인 의식이 찝찝하게 섞인 맛이었다.

　서먹한 분위기를 날려 보내려는 듯 김경식은 정실에게 물심부름을 시켰
다. 그러고는 가방에서 인민폐 1만 위안을 꺼내 베개 밑에 쑤셔 넣었다. 일
석이조(一夕二鳥)라고 그 돈이면 공과 사를 얼버무려 보상할 수 있었다.
더군다나 방금 혼쭐이 난 년이 다시는 품으로 기어들지 않을까 우려되어
사전에 침을 놓는 것이기도 했다. 그러니 결국 일석삼조(一夕三鳥)였다.

2

　아침 늦게 잠에서 깨어난 김경식은 머리가 고리타분했다. 침대에 누운
채 길게 기지개를 켜는데 오줌보가 불쑥한 배꼽 아래가 쩌릿했다.

　'허허 참! 서란 땐 서지 않구…? 노망줄에 들었는지 원. 에에….'

　간밤의 '안마성교'를 생각하면 기분이 나지 않았다. 주머니가 좀 풍성해
질 만하니 나이가 원수였다.

　잡념을 털어버리며 잠자리에서 일어난 그는 곧 행색을 갖추고 군당 청
사로 향했다. 량정실의 사무실에 들어서자 바람에 군검찰소장을 전화로
찾았다. 남궁윤이 벌써 거기에 와있었다. 김경식은 이미 빼앗은 잣과 후처
리에 필요한 검찰소의 영장들을 발급해 줄 것을 검사장에게 요구했다. 수
화기에서는 진중한 목소리가 울려 나왔다.

　"'수색영장'이나 '압수영장'도 명백한 근거가 있어야 발급할 게 아닙니
까? '구금신청서'도 마찬가지구요. 무턱대고 떼달라는데, 절차가 아니지 않
습니까? 검찰이 허수아비가 아니고서야…."

　"동무, 동무! 무슨 말 그렇게 하오? 뭐이 근거가 없다는 기요? 보안서가
리열을 잡아들인 거야 검찰에 통지하지 않았나. 정책감시를 한다는 검찰
이 그래, '유령회사'가 저렇게 번창하도록 뭘 했소? 동무네 책임도 커! '유

령'인데, 그게 근거가 모자라요? 에?"

"…."

"아침부터 이래서 안 됐소만, 정신 똑바로 차리는 게 좋아요. 도당이 할 일 없어 이 짓이오?"

"사실 말이지… 일은 다 쳐놓고, 지금 와서 영장을 떼달라면, 우리가 어떻게 책임집니까? 유령은 둘째 치고, 법 집행에서야 절차가 있고, 순서가 있지 않습니까? 그걸 지키지 못하면, 그것도 정책에 어긋나는 데야…."

"됐소, 됐소! 난 검사장 동무가 그리 융통성 없는 사람인 줄 몰랐구면."

"예에? 그건…?"

"우리끼리야 법 놓고 논쟁할 필요 있나? 정황이 급해 영장을 발급 못 한 거구, 압수부터 했는데, 아, 날짜야 동무가 맞추면 될 거 아니오. 그게 무슨 큰일이라구… 우리도 제 돈 벌러 다니는 건 아니잖소. 책임은 내가 질 테니 어서 발급해 주오. 시간 바빠 이만 끊겠소."

쾅! 전화통이 깨질 듯이 소리를 질렀다. 책상 맞은편의 량정실은 속눈썹을 살포시 내리깔고 속으로 빈정거리고 있었다. 양기는 사그라지는데, 객기는 더 왕성해지는걸. 홍!

"건방진 자식! 지 혼자 원칙 지켜? 저런 것들이 뒤론 호박씰 까요, 호박씰!"

김경식은 자리를 잡고 앉아 가방에서 리열의 자료를 꺼내 들었다. 어젯밤 량정실이 가져온 것이었다.

일명 '첨단사건'을 조작함에 있어, 김경식은 '유령'으로 몰아붙일 심산이었다. '유령'으로만 낙인되면 정치적 색채가 씌워져 사건의 본질이 흐려지게 된다. 검사장이 코를 드는 절차상 오류도 전혀 문제가 되지 않는다. 사상적 위배라면 법적 절차 따위는 안중에도 없이, 오직 즉각적이고 무자비한 숙청만이 독재의 속성이니까.

"이…놈이, 고장 태생 아니구먼…?"

쇠갈고리 같은 촉으로 참빗질하듯 샅샅이 훑어보던 김경식은 혼잣말로 중얼거리며 서류를 내려놓았다. 아무리 뜯어봐도 '유령'으로 몰아붙일 만

끓일 수 없는 가마

한 너덜너덜한 건더기가 없는 것이 유감이었다.

물론 있으리라고 장담하고 '유령'설을 운운한 것은 아니었다. 단지 털면 티끌만 한 먼지라도 일기 마련이고, 그러면 그것을 고이 싸서 '유령'의 그럴듯한 증거물로 만들어 제시하려던 노릇이었다. 그런데 어찌 된 영문인지, 금시 욕조에서 일어선 알몸처럼 아무리 털어도 부스러기 하나 떨어지지 않는다. 이는 예상치 못한 골칫거리였다.

유령… 유령…!

그렇다. 말 그대로 '유령'이었다.

미신적 관념에서 죽은 사람의 넋이나 형상을 이루는 말로써 실지(實智) 없는 것을 있는 것처럼 꾸며 놓은 것이 '유령'이 아니더냐. 대비해 볼 표준도 없고, 실체 또한 모호한 그것이, 있다면 있는 것이고 없다면 없는 것이 '유령'이다. 결국 '유령'은 만들어 내면 그만인 것을!

리열을 제거하려면, '유령'을 만드는 '유령'이 되어야 했다. 하긴, 처음부터 김경식은 유령처럼 기괴하게 이 일을 벌여 왔다.

"군인민위원회에서 누가 '노력파견장'을 떼 주오?"

김경식의 맥락 없는 질문에 량정실은 잠시 머뭇거렸다.

"아마, 노동부장이 돌격대 가고 없으니 부부장이 발급할 겁니다. 부장이 있을 때도 실무는 부부장이 맡긴 합니다."

"그 사람 빨리 부르오. '첨단'과 관련된 일체 문건 싹 다 가지구. 글구… 조직비서 지금 있나?"

"조회 때 있었습니다."

"내 거기 있을 테니, 그 사람 오면 제꺽 연락하오."

김경식은 가방을 챙겨 들고 서둘러 방을 나섰다. 그에게는 지금 군의 유력한 방조자가 필요했다.

조직비서 고성관은 "하, 멋지게 해치우던데…!" 하고 추어올리며, 방으로 들어서는 그를 반갑게 맞아주었다.

"뭐, 저레 홀, 넘겼다면서? 날쌔기란…!"

"소식통이 더 빠르구만요 뭐. 허허….."

김경식은 너털웃음을 지었다. 언뜻 보기에는 구김 없고 통쾌한 웃음이었다.

하지만 몸에 밴 제스처이고 가식이라는 것을 고성관이 모르지 않았다. 도둑이 도둑을 알아본다고, 지나칠 정도의 호방함을 도리어 간사한 허위로 감수하는 그였다. 그렇다고 제 좋다는데 슴슴해 있기도 멋쩍어, 그 풍에 덩달아 허허, 궁근소리를 내고 말았다.

"그쯤이야 간단히 제끼지요. 얻다 대구….."

"그래, 호락호락 굽어듭데?"

"굽어들게 뭡니까? 벌둥지 쑤신 거처럼 왕왕거리는데… 어휴, 말두 마십시오!"

"그럼 어쩔 셈이오?"

"그래서 왔습니다. 이번 주, 당생활 보고도 할 겸….."

"보고나 새나. 그런 건 다 처리해 주지 않으리. 사람이, 고지식하다구야. 참, 오늘 아침에 상록이가 책임비서 찾아오던데…? 알고 있소?"

"찾아다녀야 뭘, 어쩔 겁니까? 뱃속에 들어간 떡인데…! 위에 보고했으니, 책임 비서도 나서기 힘들 겁니다."

"도당에선 뭐라오?"

"뭐랄게 있습니까? 잘했다고 하지. 거의 60톤 아니, 40톤 남짓인데, 그게 작습니까? 여기 오기 전에 몇 개 군을 돌았지만, 별로 수확이 없었거든요. 나도 욕 꽤나 먹었구요."

고성관의 인상이 소태를 씹은 것처럼 찡그려졌다. 60톤, 40톤 하는 수작을 보면, 무슨 오그랑수를 쓰는 게 분명했다. 대략 장악하고 있던 수량과도 크게 차이가 났다. 바로 이런 걸 파는 것이 그의 직능이었다. 집게도 떼지 않고 통째로 삼킬 수 있게 섬겨준 수고를 셈에 넣지 않다가는, 그땐 정말이지 재미없게 비틀어댈 것이다.

'너 같은 거 물어 제끼는 건 간단해! 좀 더 두고 볼게!'

끓일 수 없는 가마

두 사람 모두 여우같이 역빠른 인물들인지라, 서로의 속내를 말짱 들여 다보고 있었다. 그래도 켕길 것은 역시 김경식이었다. 고성관의 인상 변화를 눈치 챈 그는 눈길을 마주하기 저어하며 담배를 꼬나물었다.

"상록이도 만만치 않아." 하고 고성관이 먼저 아량을 표하며 분위기를 주도했다.

"뺏어 삼켰다고 그거로 끝나려니 생각하면 오산이오, 오산! 충고하건대, 이왕 다쳤으면 잡도릴 단단히 하는 게 좋을 거요."

김경식은 금방 불을 단 담배를 비벼 끄더니 반색하며 다가들었다.

"사실 상록이 같은 놈은 문제가 아닙니다. 기본은 '첨단'입니다."

"첨단? 그래, 동무 생각엔? 하긴 내가 상관할 바 아니지."

"상관해야 합니다."

"왜? 내가?"

고성관의 너부적한 얼굴이 온통 눈으로 변했다. 께름직한 일에 자기를 껴들지 말라는 강한 거부 의사가 안면에 확연했다. 하물며 '첨단'은 김상록과 달리 애당초 그의 목표가 아니었다. 척진 일도 없는 데다가 들쑤시는 꼴을 보며 부추긴 걸 후회하는 그였다.

초산군의 입장에서는 그런 외화벌이 기관이 하나라도 더 있으면, 손해될 것이 없었다. 그런데 '잣상무'는 잣에 그치지 않고, 지사를 송두리째 뽑아 버리려 하지 않는가.

"참, 우리 무역부국장이 왔댔습니까?"

김경식은 시치미를 떼며 말머리를 돌렸다.

"그 사람이 여긴 왜?"

"어제 넘긴 잣이 오늘 총화가 나옵니다. 혹시, 필요한 거라도 있나 해서… 오후에 제꺽 넘겨오게 말입니다."

"홈…! 쯥!"

고성관은 쓰겁게 입을 다셨다. 거짓말이라는 걸 알면서도 속는 척하는 수밖에 없었다.

"내가 이런 때 아니면 언제 돕겠습니까? 이번에 많이 도와주셨는데, 인사도 차릴 겸….”

"허허, 허허….”

고성관은 허구프게 웃고 말았다. 하면서도 역시 거짓말을 엮어 맞장구를 쳤다.

"그러지 않아도 우리 집사람이 한번 데려오랍데. 객지밥이라는 게 잘 먹어도 살 내리지….”

술주정을 생주정으로 받아넘기는 것은 그의 상투적인 대화법이었다.

뻔뻔스러운 김경식은 미끼 주변을 빙빙 도는 능갈친[405] 메사구의 구미를 더 바짝 돋구려고 했다.

"가 본다 가 본다 하면서… 조카들이 무척 컸겠는데… 도에 있을 때 보고는 아직….”

한때 도당에서 잠시 함께 근무했던 실오리 같은 연고를 슬쩍 들먹이는 말이었다. 그 시절 우연한 기회에 고성관의 집에서 술상을 마주한 적도 있긴 하지만, 어디까지나 상례적인 주객에 불과했었다. 그런데 지금 말하는 걸 보면 마치…!

그렇게 못 잊을 유의미한 자리였는가? 조카는 또 무슨 말라빠진 조카?

어쨌든 한층 화기로운 분위기가 석상에 흐르는 듯싶었다.

"컸다는 정도겠소? 둘 다 대학엘 보냈는데… 뒷바라지에 양말 한 짝 변변히 사 신지 못해요. 평양 수준이 어디 간단하오? 눈만 잔뜩 높아져서 보는 건 다 따라 하겠다니, 정말 베차[406] 죽겠소…!”

"아이구, 벌써… 하긴, 나도 도제 아들 녀석 하나 있는 걸 대학엘 보냈는데 어휴, 말도 마십시오.”

"군대 안 가구?”

"외아들인데, 원체 약골이 아닙니까? 불합격된 거지요 뭐. 소… 솔직히,

---

405 '능갈치다.'는 '교모하게 잘 둘러대다.', '아주 능청스럽다.' 등의 뜻.
406 '베차다.'는 '벅차다.'의 평안 방언.

슬쩍… 억지로 뽑아서… 근데, 조카들은?"

항시 당적 원칙을 놓고 타인의 허물을 끄집어내는 데 습관 된 고성관의 주제넘은 트집을 맞받아 톡 찌르는 되바라진 질문이었다.

아차! 실언을 인식한 고성관은 오그라드는 혀를 뒤틀며 "대학 마치면… 기회 봐서 경력 갖춰야지 뭐. 저리 정복 입히던가. 음…!" 하고 허심하게 터놓고 말았다.

"예에. 저도 그때 가서 보렵니다."

확실히 이들은 동병상련할 수 있었다. 서로 따분한 숨바꼭질이 필요 없는 듯 대화는 소탈하게 이어졌다.

"열흘이 멀다 하고 돈 보내라는 성화에, 사겠다면 몸이라도 팔아야 할 지경입니다. 하나도 이런데, 둘이야 더 말할 나위 없겠지요."

"어느 대학?"

"두루 선 봐서, 종합대학엘 보냈습니다."

"제 궁린 다 차렸구만 뭐."

"에이구, 시작부터 끝까지 그저 돈! 안면이 따로 있습니까? 제 미처 관심 못해 미안합니다. 이거, 늦게라도 삼촌 구실 좀 해야 할까 봅니다. 허허허…."

그들은 농담 속에 진담을 묻고, 흰 속에 검은 것을 감추며 어색한 대로 막역지우처럼 어울려 돌아갔다.

김경식은 아닌 보살의 취지를 제꺽 알아차렸다. 능청스러운 고성관은 자기가 던진 작은 미끼 따위는 당초에 물려고도 하지 않았다. 자질구레한 서푼짜리 큰 물건이 아니라, 작고도 큰 지폐 뭉치를 요구하는 것이었다.

"제발 삼촌 구실 좀 해 주오. 허허허… 헌데, '첨단'문제는 어떻게 한다구?"

세상에 공짜로 먹을 것이란 공기밖에 없었다. 그걸 알기에 내적 합의를 본 그들은 지체없이 본론에 들어갔다. 백주대낮에 머리를 맞대고 불러도 보고, 그려도 보고, 빚어도 보는 속에 본 적 없는 '유령'이 온갖 잡귀의 총체로 부각되기 시작했다. 돼지똥도 농사꾼에게는 보물처럼 여겨진다지만, 이들은 스산하게 생성되는 '유령'을 황금알을 낳는 거위처럼 소중히 여기고 있었다. 이들이 바로 아비였고, 어미였고, '유령'은 이들을 봉양해야 할 친자였다.

얼마 후, 호출을 받은 군인민위원회 노동부부장이 조직비서의 방으로 곧장 불려 올라왔다.

"동무가 '첨단'에 '노력파견장'들을 떼 주었소?"

정수리가 반쯤 드러나고, 왜소한 몸이 구부정한 노동부부장은 진작에 얼떨떨해 있었다.

"예. 제가…."

기어드는 목소리. 군당 조직비서라면, 사실상 그는 고양이 앞의 쥐였다.

"동무! 왜 마음대로 발급해 주는가? 어째서?"

서두부터 언성이 여간 높지 않았다. 맞은편에 앉은 낯모를 안경쟁이도 도끼눈을 도사리고 있었다. 부부장은 금시 수족이 저렸다.

"왜 발급해 줬나 묻지 않는가?"

고성관이 다시금 소리쳐서야 그는 주섬주섬 들고 온 책갈피 속에서 문서 하나를 꺼내 책상 위에 슬며시 올려놓았다. 백문이 불여일견이라고, 대상이 안 되는 처지에서 서툰 변명보다는 명확한 자료를 제시하는 편이 낫다고 그는 생각하고 있었다.

고성관은 매서운 눈초리를 떼지 않은 채 문서를 집어 들었다. 한참 훑어보고 나서는 마주 앉은 김경식에게 말없이 넘겨주었다. 그 역시 아무 말 없이 한동안 응시해 보았다.

가벼이 받아 든 문서 한 장은 무역성 89관리국 산하 기구창설에 관한 내각의 공문이었다. 볼수록 서서히 무거워지는 국가공식문건이다. '내각결정 제315호'라는 문서발급번호가 윗부분에 또렷했고, 결정 날짜와 결정 내용이 상세하게 명시되어 있었다.

내각의 시뻘건 공인까지 가려보고 난 김경식은 그 무게를 감당하기 어려운 듯 맥없이 책상 위에 내려놓고 말았다. '유령'이 고고성 한 번 질러 보지 못하고 운명할 것 같았다.

끓일 수 없는 가마

자못 심중한 표정의 두 일꾼이 무언으로 서로를 바라보았다. 다소 주저하는 눈빛들이 진드기와 아주까리 맞부딪치는 격[407]으로 허공에서 마주쳤다. 그 순간, 음전기와 양전기가 충돌하듯 그들의 뇌리에 강한 전기자극이 가해졌다. 그 전류를 타고 운명을 앞둔 '유령'의 악다구니가 울려왔다.

승냥이의 삶은 곧 양의 죽음이다! 그 죽음 앞에서 망설이는 것은 제 죽기를 바라는 어리석은 승냥이뿐이다. 삶을 위해 삶을 찬탈하는 것, 이는 만물이 생성하고 생명이 번창할 수 있는 존재의 원리이고 생존의 권리이며, 영구적인 종 보존의 법칙이다. 약육강식의 생존경쟁은 곧 존망을 위한 싸움이며, 생태계의 필연적인 자연도태과정이다. 하기에 강자만이 살아남는 적자생존의 전역에서 주저와 동요는 쇠퇴와 몰락을 가져오며, 아량과 선량은 사멸과 멸종을 초래한다. 멸하지 않으려면 무자비하게 멸하라!

차츰 그들의 눈빛에 살기가 번뜩거렸다. 추호도 물러설 수 없다는 격려의 불길이 활활 타올랐다.

"누가 이런 걸 보재? 파견장 왜 떼 줬나 묻지 않는가? 왜?"

고성관은 기세를 돋구어 다시금 트집을 잡았다.

"저… 그건…."

노동부부장은 어딘가 모르게 억지스러운 닦달질에 등골이 오싹했다. 억지에는 흔히 악의가 깔려 있기 마련이었다.

"규정상, 노동부에서는 내각 공문을 받으면, 명시된 노력 편제를 확인하고, 절차에 따라 '노력파견장'을 발급해 주게끔 되어 있습니다. 그래서 전, 이 공문을 접수하고, 도노동부와 초산군 량정부에 조회를 했습니다. 결과, 도노동부에도 꼭같은 공문이 내려왔고, 군량정부에도 식량뽄트(배급계획)가 떨어진 걸 확인했습니다. 또 설립 주체가 무역성 89관리국 자강도지사인데, 합법적으로 등록된 회사여서 절차상 문제가 없었습니다. 그래서 전, '노력파견장'을 발급해 주었고 그 근거로 공문을 달아 놓았습니다."

---

407 '진드기와 아주까리 맞부딪친 격'은 서로 엇비슷한 것끼리 맞붙어 옥신각신하는 경우를 비유적으로 이르는 북한말.

말을 떼기 힘들어하던 사람과는 달리, 노동부부장은 준비라도 한 것처럼 거침없이 나열했다. 대학을 졸업하고 노동부에 첫 배치를 받은 때로부터 머리가 희어지도록 해오는 업무였다. 그는 이 부문의 실무자이자 경력자라고 할 수 있었다. 그러니 이런 때일수록 자기 사업에 대해 원칙적 선에서 떳떳이 논증해야 한다고 생각하고 있었다.

억지에도 한계가 있는지라 고성관은 흠잡을 데 없는 논거 앞에 전전긍긍했다. 그는 궁여지책으로 책상 위의 공문을 다시 들었다. 노당원의 청렴결백과 원칙성을 조직비서인 그가 모를 리 없었다.

"그러니 동무… 이 공문 때문에 파견장을 떼 줬다는 거요?"

때마침 김경식이 마디마디를 씹어뱉으며 바쁜 모퉁이를 모면하게 해 주었다. 낯모를 일꾼이었지만 노동부부장은 허리를 굽신거렸다.

"예에."

쾅!

김경식을 제외한 나머지 두 사람이 동시에 놀랐다.

주먹이 깨지도록 책상을 내리친 김경식은 어안이 벙벙해 있는 고성관의 손에서 공문을 와락 낚아챘다. 그러고는 서슴없이 갈기갈기 찢어, 구부정하게 선 노동부부장의 낯을 향해 힘껏 내던졌다.

"도에선, 이따우 알지도 못해! 도대체 뭘 받아 처먹구 이 지랄이야? 도장 있으면, 다 공문인 줄 알아? 아무리 매명한[408] 촌뜨기로서니, 이케 얼뜬 할[409] 수가 있나? 이건 다 위조야, 위조! 이런 무식한 사람 때문에 '유령'이 대가릴 쳐든 거야, 대가릴! 이게 얼마나 엄중한 정치적 사고인지 몰라? 머리 허연 당원이 설마, 알고 그런 건 아니겠지?"

'위조?'

정말로 엄청난 위조였다. 위조가 아닌 것을 위조로 둔갑시키는 김경식의 비열한 천재성! 음모 술수라면 따를 자가 없는 고성관조차도 경악을 금

---

[408] '매명(昧冥)하다.'는 '어떠한 일에 잘 통하지 못하여 모르는 상태에 있다.'는 뜻.

[409] '얼뜬하다.'는 '얼뜨다.'의 북한어.

치 못했다. 그래도 명색이 국가 내각의 법적 공문이 아닌가? 전혀 꺼리지 않고 쓰레기로 만들어 버리다니? 그것도 위조라고 날조해서! 이를 용기라 해야 하나 아니면, 장거(壯擧)라 해야 하나?

누구도 엄두조차 낼 수 없는, 참으로 기가 막힐 일이었다. 완전히 넋 나 간 노동부부장은 손을 부들부들 떨며, 말 한마디 붙이지 못했다. 김경식은 지금 국가, 그 자체를 부정하고 있었다. 그러나 음미해 보면, 그다지 놀라 운 일도 아니었다.

언제인가부터 사회구성원들의 인식 속에는 국가라는 존재가 노동당의 한낱 외곽기구처럼 소외되고 말았다. 현실이 그러했다. '당'이라는 배가 '국 가'라는 물 위에 떠 있는 것이 아니라, '당'이라는 배에 '국가'라는 물이 가 득 차 있었다. 자연의 이치대로면 이미 조난된 배이거나, 조난 중인 배일 것이다.

아무리 현실이 그렇다 할지라도, 김경식의 처사는 황당무계한 망동(妄 動)이었다. 본인도 모르는 바 아니어서 제 겁에 떵했다. 분명 심각한 돌발 행동이었다. "저 공문이 있으면, 내가 죽는다!"는 섬뜩한 공포가 "반드시 없애야 한다!"는 무조건 반사를 촉발시킨 것이었다.

이왕지사(已往之事) 이렇게 된 바에야, 분별없이 찢고 췌치고 내던진 그 광기가 오히려, 신통한 묘책 같기도 했다. 이미 엎지른 물이었고, 딴 도리 가 없었다. 그 방향으로 곬을 쭉 째고 넓히며, 그냥 가는 수다.

"조직비서 동지! 이제 보니 문제는, 저 사람한테 있구만요. 물론… 군당 은 모르고 있었겠지요?"

"으…음!"

고성관은 죽도 아니고 밥도 아닌 뜬소리를 냈다.

얼 나간 사람처럼 퀭하니 서 있던 노동부부장이 겨우 고개를 쳐들었다.

"군당에는 이미 전에…."

"그만하오! 일 다 지끌러 놓구, 이제 와서 어딜 걸고 들어? 동무! 또 공문 이요, 뭐요 얼빠진 수작 해 보라우! 그래봤자 동무나 불리해! 위조문서도 가려보지 못하고, 무슨 노동부부장이오? 다른 속내가 더 있는지는 파 보면 알겠구. 그 전에 처신 바로 하는 게 좋아. 오늘 중에 당장, 아니 이제 즉시, 동무가 발급한 파견장 모두 회수해서, 여기 군당에 가져와!"

김경식은 찡긋 눈짓으로 안절부절못하는 부부장을 고성관에게 넘겼다. 농구공을 주고받듯, 서로가 완벽하게 호흡을 맞춰야 비로소 골을 넣을 수 있었다.

"에, 도당부원 동무가… 지시한 대로 집행하오. 동무 사업에 대해선… 조직부에서 검토하고 처리하겠소. 그리고… 내 보기에도 말이오. 그, 공문 소린 더 꺼내지 않는 게 좋을 거 같아. 동무를 위해서 말이오. 늘그막의 과오는 벗을 기회도 없어. 가 보라우."

마른 명태처럼 꼿꼿해서 진땀을 빼던 노동부부장은 허리를 굽신거리고는 황망히 문을 나섰다. 내일이면 그의 책상 위에 해임장과 함께 초산군시멘트공장 노동자로 일명 '혁명화'를 내려보낸다는 결정 지시가 당도하게 될 것이다.

그것은 공문을 찢어 증거를 인멸한 데 이어 숨 쉬는 증인을 벙어리로 만들려는 권력의 '협박장'이었다. 아울러, 그의 '과오'를 문제시하여 '첨단유령설'을 합리화하고, 저들의 행위에 정당성을 부여하려는 모략적인 의도였다. 그 희생양으로 한 인간이 속절없이 '폐기처분'되었다.

'유령'은 윤곽을 드러내기 시작했다. 흑백을 오도하려는 이들은 흰 것에 검은 것을 발라 '유령'을 만들어 내고 있었다.

3

때마침 김경식의 전화가 왔기에 망정이지, 남궁윤은 검찰소 마당을 아직도 맴돌고 있었을 것이다. 뭐니 뭐니 해도 내리 기압이 즉효였다. 검사장

끓일 수 없는 가마

이 투덜투덜 영장들을 떼 주지 않았는가. 지금은 뜨끈한 온돌 위에 두 손을 깔고 앉아 있었다. 복도에서 울리는 철문 기척에 벙글거리면서 말이다. 이 방에서 리열을 대기실(유치장)에 구금한 후로 처음 되는 상면이었다.

펄펄 뛰던 리열이 지금은 어떤 꼴일지 못내 궁금했다. 그래서 저도 모르게 엷은 웃음기가 입가에 널름거린다. 여태 보안원 짓을 해오면서 남궁윤은 하나만큼은 장담하는 바가 있었다. 잡아 오기가 힘들 뿐, 일단 처넣으면 범도 한낱 시라소니[410]가 되고 만다는 잔혹한 법칙이었다. 하물며, 리열이라고 다를 리 없었다. 아니, 어쩌면 더 궁색한 모양일지도 모른다. 그런 상상이 익숙한 직업적 쾌감이었다.

잠시 후, 리열이 예사롭게 신발을 벗고 들어섰다. 근무 중인 범철 소위는 들어오지 않고 문만 닫아주었다.

리열의 안색이 하루 새에 무척 수척해진 듯싶었다.

남궁윤은 움쭉 일어나 낡은 의자로 자리를 옮겼다.

"그래, 맛이 어떻습데?"

내놓고 부리는 거만이었다.

리열은 입꼬리를 삐뚜름하게 당겨 올렸다.

"덕분에, 잠은 실컷 잤습니다. 오랜만에… 피곤이 쭉, 풀립니다."

"그래?"

남궁윤은 여전히 가시가 뾰족한 그가 괘씸하게 얄미웠다.

"그럼, 잠이 거덜 날 때까지 피곤 실컷 풀라구. 하루이틀에 끝날 일이 아니니까, 천천히… 식사는 했소?"

대답이 없었다.

"거기 앉아 식사 좀 하오. 저걸 가져다가."

남궁윤이 턱짓하는 곳을 얼핏 보니 낯익은 보자기가 눈에 띄었다. 다름 아닌 리열의 집에서 가져온 밥보자기였다.

"그 속에 세면도구랑 있다니까, 더 필요한 거 있으면 말하구. 대기실 춥

---

[410] '스라소니'의 북한어.

진 않은가?"

여전히 대답은 없었다. 구태여 대답을 기대하지도 않았다.

남궁윤은 책상 위에 가방을 풀어놓았다. 크고 작은 문서장들을 벌컥거리며 거듭 식사를 권했지만, 리열은 요지부동이었다.

"좋소. 하기야 밥보다 소식이 더 궁금할 테지… 저건 이따가 들어가 먹소."

남궁윤은 인정이나 베풀듯이 거드름을 피웠다.

"오늘부터 정식, 수사를 시작한다는 걸 알려 주는 바요. 그러니, 수사에 적극 임하도록! 자, 여기에, 이건 '수사시작결정서', 이건 '구금결정서', 뭐 그런 게 있소. 에, 기본은… 어제 우리가 지사를 수색하고 아, 물론 법적 절차대로, 은닉한 잣을 전량 압수해서 도무역관리국에 넘겼다는 사실이오. 이게 그, '수색, 압수결정서'요. 그리고, 이건… '인계인수증', 잣 넘겨줬다는…."

남궁윤은 잠시 말문을 닫고, 미묘한 눈빛으로 리열을 올려다보았다. 작살에 찔려 물고기가 파들거릴 때 사냥꾼의 쾌감은 절정에 이른다. 흉한 짓을 반복하는 병적인 버릇처럼, 이런 순간이면 그의 비틀린 감성이 폭주하곤 했다. 상대가 필사적으로 요동칠수록, 쾌락은 더욱 극대화된다.

그런데 지금, 예상과 달리 무참히 찔린 자가 꿈틀거리지도 않았다. 덤덤한 태도가 오히려 부아를 기껏 돋우었다.

"아니, 놀랍지 않소?"

"놀랍습니다."

"놀랍다는 사람이, 어제 같지 않구만. 이거, 벌써… 주눅 들었나?"

"허허! 강도가 내 집에 뛰어들 때야 재물이 탐나서겠지. 그냥이야 나왔겠소?"

"…!…."

"뭘 뺏긴 거보다 당신들 망탕 짓이 놀랍다는 거요, 망탕 짓이! 인민들 좋은 점이 뭔 줄 아오? 나처럼 묵새기는[411] 거! 싫으면 싫다 내색을 안 하지. 그런다고 달라질 것도 없고. 그러니 당신 같은 사람들이 대놓고 날치는 거 아

---

411 '묵새기다.'는 '마음의 고충이나 흥분 따위를 애써 참으며 넘겨 버리다.'는 뜻.

　　　　　　　　끓일 수 없는 가마

니겠소. 얼마나 좋소?"

"뭘 말하자는 기요? 그만, 됐소! 사건 수사는 내가 담당했고, 더 물을 게 없으면 여기 지장 찍소!"

남궁윤은 더 말해 봤자 속이 뒤집힐 거 같아 '수색, 압수조서'를 내밀었다.

예상보다 형세가 더 험악하게 번지고 있음을 리열은 쉽게 직감할 수 있었다. 김현일과 최승기, 최미화 등 숱한 저항 세력이 있음에도 불구하고 압수라니? 형식상의 수매도 아니었다. 무상몰수였다! 모든 것이 풍비박산 (風飛雹散) 났다고 면전에서 희롱하고 있었다.

수색, 압수조서

2014년 10월 23일 자강도인민보안국 상급감찰원 남궁윤은 형사소송법 제216조~제224조에 따라 무역성 89관리국 초산무역지사를 수색했다.
수색 과정에 압수품 목록에 밝혀져 있는 물건들을 현장에서 압수했다.
수색 및 압수에 대한 의견은 제기되지 않았다.

압수품 목록

품명	수량	형태와 특징	비고
잣씨	42t(톤)	마대 포장	지하창고에 은닉한 것.

압수품 목록 등본 1통을 받았습니다.

수색, 압수당한 사람 : 초산군 읍 3인민반 리열
립회인 : 초산군 남상리 16인민반장   서옥순 (도장)
립회인 : 초산군 남상리 17인민반장   김경희 (도장)

수사원 : 남궁윤 (도장)

"모조리 뺏들고, 이제 와 조서라…? 허…! 앞뒤 버무려서 뭐, 형식만 갖추겠다, 이 말이오? 뒤탈 날까봐?"

"말이면 다하는 줄 아오? 이게 바로 절차요! 법적인!"

"법은 몰라도 이치야 뻔하지 않소. 이걸 왜 뺏기 전에 보여 주지 않았습니까? 여기에… 이거, 이거! '수색 및 압수에 대한 의견이 제기되지 않았다.' 뭐, 이렇게 썼는데, 주인인 내가 현장에 있거나 아니면, 응했다 이거겠지요? 그게 법적 절차고? 뭐, 은닉? 의견 없다? 왜 의견 없겠소, 왜? 이게 어디 압수요? 강탈이지! 강탈!"

리열은 조서를 책상 위에 내던졌다.

"이게 정말… 여, 여! 이건 무슨 태도야? 법에 도전하는가? 그럼 성격 달라져? 엉?"

남궁윤은 눈알을 부라리며, 리열의 강한 반발에 정면으로 충돌했다.

"가랑잎으로 눈 가리고 '아옹!' 하지 마십시오. 법에 도전하는 게 아니라, 법을 준수하자는 거요. 법은 사회적 소유란 말이오. 우리 사회에서 인민이 법의 진정한 주인이라는 거야 나보다 더 잘 알 텐데…?"

"주인? 허허, 하하하…! 어리석기란! 쯔쯧쯧… 주인, 주인 하니까 뭐, 어쩔 거요? 당신이 날 걸어 넣겠소? 깎은 선비라더니, 꿈 깨라우! 당신 말이 틀리진 않아. 근데, 명심해! 책으로는 칼을 못 막거든!"

남궁윤은 더 이상 부정하려 하지 않았다. 시퍼런 칼날이 목줄에 닿았음을 리열이 인식하면 그만이었다. 목 없는 귀신이 된 다음에야 책에 있는 주옥같은 문장들이 무슨 소용이겠는가? 철창에 들어온 이상, 항변도 오늘이 마지막일 것이다. 누가 봐도 가련한 처지를 당사자가 모르는 게 가긍스러웠다. 쓰든 달든 자갈을 물 듯 운명을 물고, 고분고분 순종하는 것은 시간 문제였다.

'그래, 실컷 악써 봐라! 얼마나 가겠다고…. 책으론 칼 못 막아!'

리열은 무섭게 조여드는 심중의 아픔으로 점점 굳어지고 있었다. 정녕, 책으로는 칼을 막지 못하는 법! 지극히 당연한 이치를 모르는 이는 없었다. 그런데, 믿는 이 또한 없지 않은가? 오히려, 합리적 논리가 능히 칼을 막을 수 있다고들 착각한다. 아니, 그런 바람일지도 모른다. 그러니 칼 든 자에게 '깎은 선비'라고 조소 받을 만도 했다.

리열은 냉엄한 현실을 직시해야 했다. 그가 마주한 현실은 미래의 불확실한 상념이 아니라, 현존하는 분명한 실체였다. 부정할 수도, 배제할 수도 없었다. 뜨는 해를 멈출 수도, 지는 달을 당길 수도 없듯이 현존하는 한순간, 어쩔 수 없는 그 시공간이 바로 현실이었다. 그러기에 현실에는 오직 인정과 수용만이 필요했다. 만약 현실이 잘못된 것이라면, 마냥 손 놓고 있어서는 안 된다. 그 시점에서부터 바로 잡아야 한다.

허나, 이 순간만큼은 단순한 아귀다툼으로 해결될 일이 아니었다. 리열은 더 이상 어리석게 처신하고 싶지 않았다. 대신, 합법적인 기회를 기다려 명백한 근거로 다음 현실을 구원해야 했다. 결코 몇몇의 음모와 농간이 감히 공화국법의 눈과 귀를 막을 수는 없기 때문이었다. 다소 고생스럽더라도 공명정대한 법 앞에 한 걸음씩 다가갈수록 진실은 공정하게 판명될 것이라고 그는 확신하고 있었다.

"수사 내용은?"

"으응? 두말할 거 있나? 잣이지!"

리열의 타협적인 태도에 남궁윤은 정색해서 대꾸했다.

"다 뺏고, 뭘 더 알아본다는 거요?"

"하…! 출처부터 따질 게 많지. 사실 법 갔다 대면 시끄러운 게 많소. 그, 뭐랄가…? 성격을 규명해야 하니까. 어떤 범죄인지…!"

"범죄? 어처구니가 없어서! 아니… 에이! 그건 됐고! 범죄가 아니라고 확증되면?"

"그때야, 나가면 되겠지? 그렇게 될까?"

남궁윤은 의미심장하게 이죽거리며 '수사시작결정서'를 리열에게 내보였다.

수사시작결정서

2014년 10월 24일 자강도인민보안국 상급감찰원 남궁윤은 제기된 자료를 보고 다음과 같이 인정한다.
초산군에서 제기된 자료에 의하면 초산군 읍 3인민반에 거주하고 있는 리열은 비법적으로 일명 '첨단회사'라는 유령지사를 조직하고 대외무역회사와 계약을 맺고 비법적인 외화원천동원을 했다.
그러므로 형사소송법 제135조에 의하여 다음과 같이 결정한다.
리열의 형법 제122조 사건에 대한 수사를 시작한다.

수사원 남궁윤 (도장)

이 결정을 비준한다.

초산군 검찰소장 강철환 (수표)

"유령이라니? 비법적인 외화원천동원? 이 건 또… 대체 이건, 무슨 올가미고? 아이고, 기가 막혀 말이 다 안 나오는군! 허, 허허…!"

왜곡도 아닌 터무니없는 날조였다. 감정이 격해지기는커녕 도리어 허파가 흔들거렸다. 그 얼토당토않은 거짓을 과연 어떻게 인정시키려는 걸까? 참으로 의문스러운 일이 아닐 수 없었다. 바쁘긴 바쁜 모양이었다.

"난 여기에, 지장 누를 수 없습니다."

"아, 여긴 그럴 필요 없소. 결정은 우리가 하니까. 지장은 여기…."

남궁윤이 책상 위에 뿌려졌던 '수색, 압수조서'와 함께 빨간 인줍통을 내밀었다.

"여기에, 이 조서에나 누르오. 뺏긴 거 확인하는 거니까!"

목에 걸린 가시뭉치를 파렴치한 상판에 콱 뱉고 싶었지만, 리열은 고통을 무릅쓰고 꿀꺽 삼켰다. 감정을 거스른다는 것은 그렇듯 아픔을 능가하는 참을성이었다.

끓일 수 없는 가마

컴컴하게 색이 죽는 그의 얼굴에서 남궁윤은 다소 만족을 느끼고 있었다. 상처에 소금 뿌리듯 전날에 썼던 일반 '단속조소'를 얄밉게 쪽쪽 찢어 휴지통에 조각조각 떨군다. 마음먹은 대로 만들어, 마음 내키는 대로 처리할 수 있다는 일종의 무언극을 펼치는 것이었다. 끝끝내 그는 감추고 있던 악의를 적나라하게 내비치고 있었다. 조롱하듯 흐느적거리던 그는 손바닥만 한 종잇장을 불쑥 내밀었다.

"…?"

"이건 건사하면 되고."

"…?"

"압수품 목록 등본이오. 본인이 건사하는 거니…."

"어디다 쓰는 겁니까?"

"흐흠! 쓰기야 뭘… 그저, 법이 그런 거요."

"아니, 아 참! 내가 이 따윈 해서 뭘 해?"

리열은 결패 있게 쫙 찢어 뭉개더니 휴지통에 휙, 집어던졌다. 그러고는 눈에 불을 달고 남궁윤에게 조용히 따졌다.

"나한테 아직, 입을 열 한 조각의 권린 남아 있습니까?"

"…."

그는 대답을 바라지 않았다. 움찔거리는 남궁윤의 두 눈에 정면으로 눈살을 박은 채, 그는 낮으나 신랄하게 중얼거렸다.

> 사람을 키움은 쓰기 위함이요
> 돼지를 키움은 잡기 위함이라
> 사람을 키워서 잡으려 한다면
> 잡히는 이 돼지냐, 잡는 이 사람이냐?

남궁윤은 대뜸 미간을 찡그렸다. 뜻이 모호하여 미처 이해가 닿지 않았지만, '잡는다'는 메시지만은 쉽게 파악한 모양이었다.

"잡는다는 건?"

"제 혼자 소리…! 참, 우리 사람들이 일 나옵니까?"

"으응?"

눈먼 악의와 피로가 뒤섞인 남궁윤의 얼굴에 다시금 짙은 의혹이 멀기 쳤다. 전례와는 전혀 다른 상황이었다. 이쯤 되면, 막심한 손해로 졸도한다던가, 아니면 살려 달라고 애걸복걸 빌고, 굽신거리면서 매달리든가…. 적어도 이런 행동이 나와야 정상이었다.

'그런데 이 작자는?'

"듣자하니… 일들은 나왔다누만."

"그럼, 종업원을 한 명 만날 수 없을까요?"

"그건… 왜?"

"다들 아마 속이 타서 말이 아닐 겁니다. 겨울이 코앞인데, 기술 지도할 만한 사람이 없거든요. 많은 생명체들 겨울 나이도 그렇고, 건설도 더 추워지기 전에 마무리 짓고… 그저, 꼭 필요한 사항만 알려 주려고 합니다. 잣은 잣이고, 기본 과업이야 놓치면 안 되지 않겠습니까?"

문서들을 주섬주섬 거두던 남궁윤의 손이 잠시 주춤거렸다. 의아한 눈빛이 리열에게 날아들었다. 이런 부탁을 받아보기는 처음이었다. 많은 기관책임자들과 일꾼들을 취급해 보았지만, 자기 운명도 관망하기 어려운 처지에서 기관의 일을 걱정하는 사람은 한 명도 본 적이 없었다.

이토록 큰 손해를 당하고, 이미 낭떠러지 끝에 서 있으면서도 그는 낙관하고 있지 않는가? 영민한 사람이 운명의 경고신호를 느끼지 못한 건 아닐 텐데.

보통 사람에게서 찾아볼 수 없는 특유의 심리가 리열의 사유를 좌우지하고 있었다.

"다르게 생각지 마시고. 뭐, 말 맞춤 따위 생각은 없습니다."

"그게 아니라, 제 처지를 알아야지! 일단 법에 구금되면, 수사가 끝날 때까지 누구도 만날 수 없소. 법이 그렇다는 거요. 내가 옹졸해서가 아니고!"

끓일 수 없는 가마

"서신도 안 됩니까? 검열하면 그만인데? 돕는 셈 치고."

"이거 난처한데… 법을 어길 수도 없구."

"설사 미약한 하등 생물일지라도, 하찮게 무시하고 방치한다면, 자연은 아마 고등한 인간이 만들어 낸 오만한 그 법을 저주할 겁니다."

"허, 참! 살다 살다 희괴한 이론을 다 들어 보누만."

"희괴한 이론이 아니라, 그게 바로 공화국법의 본질이라고 보는데요?"

"점점 한다는 소리가…? 됐소, 됐어! 제 죽을 판에 언제 생명이니 뭐니? 공화국법 어디에 하찮은 생물 때문에 사람을 놔주라는 게 있소? 머리가 돌아도 단단히 돌았군! 법의 본질을 꺼드는데, 당연히 사람이 중심이지 어디 생물이 중심이오?"

리열의 사고가 정상인지 진정으로 의문스러웠다. 남궁윤은 그의 일거일동을 찬찬히 뜯어보았다. 큰 심리적 타격의 후유증은 사람마다 각양각태의 증상으로 나타난다. 혹, 리열은 증상 또한 유별난 건 아닌지. 허나, 남궁윤의 속생각은 그때뿐이었다.

리열이 논리적으로 설복하려 드는 것이었다.

"당의 '인간중시'사상은 그 자체가 '생명중시'사상이라고 생각합니다. 인간에게서 무엇보다 중시할 게 생명이고, 생명을 중시한다면 자연의 모든 생명을 중시해야 합니다. 그렇지 않으면, 필경 인간은 파멸되고 말 테니까요. 그러니 어찌 당의 '인간중시'사상을 오직 사람 하나의 중시라고 단정할 수 있겠습니까? 이는 분명 사람을 중심에 놓되, 궁극에는 모든 생명에 대한 중시가 아닐까요? 그 폭과 깊이가 위대해서 찬양받는 사상이라면서요? 버러지 같은 생명도 사랑과 손길을 기다립니다. 제가 설사 죽을죄를 지었다 해도, 저 생명들까지 벌을 받게 할 수는 없습니다. 아직은 우리나라에서 생소한 영역이지만, 그 하나하나가 조국의 재부이고, 밑천이 아닙니까? 인간으로서 티끌만 한 양심이라도 있다면 절 좀, 도와주십시오."

남궁윤은 본심과는 달리 그와 마주할수록 악한 마음이 약해짐을 어쩔 수 없었다.

"허허… 생각 좀 해 보기요. 눈에 띄면 좋지 않거든. 두루 확증 다닐 데가 많소. 밥은 꼬박꼬박 넣어 줄 테니 몸 혹사하지 말고. 나가면 일 계속해야지요. 정 필요한 거 있으면 여기 사람 통하고…."

남궁윤은 생각지 않게 리열에게 환심을 베풀어 주었다. 그것 역시 그의 복무경력에서 전례가 없는 일이었다. 이를 사리물었다가도 마주 서면 볼 근육이 자꾸 풀리는 것이 이상했다. 마치 봄빛에 녹는 눈덩이처럼…. 그렇지만 남궁윤의 호의는 리열의 기질을 어지간히 파악한 교활한 술책이기도 했다. 사건 수사가 개시된 이상 제 단계에서 리열의 신변상에 사고가 나지 않는 것이 무엇보다 중요했다.

특유한 심리에 맞게 조심스러운 얼리기 수법을 동반해야 했다. 그리하지 않으면, 제 몸을 불태워서라도 항거할 강인한 기개와 그는 대치한 것이었다. 당장은 희망이라는, 아주 작은 빛줄기라도 의도적으로 비쳐주는 것이 시급했다. 한 가닥의 희망만으로도, 리열은 절대로 자포하지 않을 것이다. 자기 행위에 대한 흔들림 없는 정당성, 그를 위해서는 칼날 위에도 올라설 특종의 각오…. 그것이 도리어 심리적 약점으로 이용될 수 있다고 남궁윤은 이미 단정 짓고 있었다.

또다시 적막한 철창 속.

리열은 밥보자기를 마주하고 앉았다. 함께 있던 홍순철과 옆칸의 홍순화는 아침 일찍부터 잡일에 동원되고 없었다.

수심에 잠긴 아내의 모습이 따끈한 밥보자기에 비쳐 선히 안겨 왔다. 첫살림 때부터 파란만장한 남편의 인생길 위에 제 운명을 고스란히 올려놓고, 수많은 고난의 봇짐들을 함께 걸머쥐고 동행해 온 아내였다.

길이 울퉁불퉁하면 수레는 들추기 마련이다. 평탄치 않은 리열의 인생길은 김명선의 운명 또한 우여곡절로 엮이게 했다. 그 길에는 시련도 곡절도 있었고, 눈물도 괴로움도 특별히 많은 듯싶었다. 어떤 때는 고생을 사서 한다고 나무람도 하던 김명선이었다. 하면서도 언제 한 번도 자신이 불행하다고 투정한 적은 없었다. 한 사내의 열정이 현 사회의 인생관으로는 도무지 지향하기 힘든 미지의 경지임을 직접 목격하고 있는 유일한 사람, 그래서 굳건한 지지자가 된 김명선이었다.

리열은 연약한 여성의 심장에 너무도 큰 돌덩이를 덧놓은 자신이 더없이 민망스러웠다. 한 남성으로써 여성의 길지 않은 달콤한 봄 시절에 꽃길 대신 험한 가시밭을 펼쳐준다는 것은 수치가 아닐 수 없었다.

그러나 아내는 나무라지 않을 것이다. 그러면서도 많은 눈물로 베갯잇을 적실 것이며, 많은 근심에 가슴을 태우고, 많은 애로에 짓눌릴 것이다. 세상 전체가 리열을 부정한대도 그만은 긍정할 것이며, 그녀만은 영원히 믿어 주기를 바랄 뿐이었다.

> 우글부글 거친 줄기
> 님이여, 슬퍼 말아
> 곧은 참대 아니어도
> 눈 속에 푸른 솔이노라

리열은 철창 너머로 후더운 마음을 떠밀어 보냈다.
이 시각 김명선의 가슴에도 그 열기가 후덥게 느껴질 것이다.
간밤에는 아내의 사랑이 깃든 포근한 이불이 피폐해진 리열의 몸을 살뜰히 감싸 주었다.

4

남궁윤은 3일 후에야 다시 나타났다. 이번에는 사무실을 하나 내어 격식을 차려 리열을 불러냈다.

"이불이랑 들여왔다면서?"

"예. 돌봐 줘서… 한 가지 물어도 될까요?"

"뭔데?"

"지사에 있던 우리 손님들은 지금 어쩌고 있습니까?"

"으음! 그 양반들…? 피식! 듣자하니, 최미화네가 10만 달러 더 주겠다고 했다던데?"

"그건, 잣 출하할 때 그러기로 약조는 했댔지요."

"그 돈 가지고 아마 세관 나왔던 모양이더만. 그 양반들이 이틀째 아주 별 지랄 다 했는데, 흐음… 사장 아니면 누구도 믿지 않는다고 딱 잘라맸다나. 휘발유 1kg 못 얻어먹었다더군. 완전히 메사해졌지, 흐흐….'

"그럼, 올라갈 휘발유 없어 못 움직일 텐데…?"

"어제 아침에 동무 처가 넣어줘서 올려보냈대요. 흉내는 그럴 사 해도 다 돈 따먹으러 다니는 '사기팔단'들이지. 그 주제에 뭐, 갔다 다시 온다고 큰소리쳤다던데, 두고 봐야 알지."

리열은 내색하지 않았지만 어이가 없어 기절할 정도였다. 제 사람을 철창에 넣고 돈 따러 다닌다고? 남궁윤의 말대로 '사기팔단'이 아니면, 불난 집에 가서 바가지를 말리는 파렴치한들이 아니고서야. 정말로 날아다니는 돈을 덮치려 여기저기 사기행각을 벌이는 현대판 '무역쟁이'들이었다. 그런 너절한 자들을 믿고 기대했던 자신이 어리석기 그지없었다. 이제는 오직 자기 하나만이 남았다는 자각이 뇌리를 파고들었다.

"자, 슬슬 시작해 볼까요? 우선은 잣 수량! 누구누구에게서 언제, 어떤 관계로, 얼마나 받았는지, 그걸 세세히 밝혀야 하는데, 어쩐다? 그 많은 걸 생각해 내긴 힘들 거구. 한두 사람이 아닐 테니 말이지….'

"또 뭘 해명해야 합니까?"

"기본은 그거요. 그게 제일 중요한 거지!"

"그게 확인되면, 끝입니까?"

"끝? 그럴 수도… 근데, 그거 맞춘다는 게 좀….'

"간단하군요. 종이나 한 장 주십시오. 제격 맞출 테니….."

"응?"

남궁윤은 선뜻 믿기지 않았지만, 군말 없이 내주었다. 종이를 받아 든 리열은 거침없이 써 내려갔다. 주춤거리지도 않는 손세를 넘보며 남궁윤은 머리를 기웃거렸다.

한참 후에는 원주필(볼펜)이 딱 소리를 내며 책상 위에 엎어졌다.

"됐습니다. 뭐, 소수점 아래 숫자는 더러 맞지 않을 수도 있습니다. 그러나 전체 수량은 차이가 없을 겁니다."

남궁윤은 의아해하며 내미는 대로 종잇장을 받아들었다. 아니, 이런! 그는 놀라지 않을 수 없었다. 족히 30명이 넘는 거래에 대해 대상별로 날짜와 수량, 품질, 선금과 잔금 내역 등을 소수점 셋째 자리까지 밝힌 데다가 심지어, 운송 차량의 행적도 참고로 첨부되어 있었다. 그야말로 일목요연하게 도표화하지 않았는가? 미리 암기하자고 해도 여간 품이 들 일이 아니었다.

더욱이 평범한 한순간을 뭉텅 잘라 데려온 리열이었다. 갑작스러운 조건으로 미루어 보건대, 이는 순수 잠재적 두뇌로 풀어야 할 난해한 문제였다.

흔히 수사에서 이런 숫자 맞추기는 제일 중요하면서도 골머리 아픈 시간이었다. 혐의자 또한 둘러맞추느라 진땀을 빼기는 매한가지였다. 왜냐하면, 그 숫자 안에 밝혀야 할 진실과 숨겨야 할 흔적이 다 있기 때문이었다. 보통의 경제 사건들은 으레 거기서 들통이 나고, 뒷덜미가 잡히곤 한다. 그래서 수사관과 혐의자가 승패를 놓고 맥을 뽑는 심리전이기도 했다.

그런데 리열은? 그토록 숨 가쁜 시간을 일사천리로 통과해 버렸다. 마치 숨길 것도, 숨길 의도조차 없는 듯이 아무런 거리낌이 없었다.

이런 경우에는 열에 아홉 수사관이 패할 확률이 높았다. 그런데도 남궁윤은 감탄부터 앞세웠다. 설사 진실이든 거짓이든 그 비상함에 탄복하지 않을 수 없었다. 지금껏 보았던 이런 유형의 종잇장들과는 차원이 달랐다. 게다가 수정하거나 지운 흔적조차 없이 깨끗하기까지 했다. 아래에는 '5%

수분 감모 허용!'이라는 전문 기준치까지 명시되어 있었다.

경영상의 숫자들을 이렇게 시시콜콜 통찰하고 있는 일꾼을 본 적 있던가?

남궁윤은 리열의 IQ 검사지를 받아 든 것처럼 착잡한 감정으로 혀를 차고 있었다.

"이거 이거, 보통 머리가 아니구만요! 막 쓴 거 같진 않구?"

리열은 그가 신빙성을 의심하는 줄로 생각했다.

"계산해 보면 될 텐데? 총수량 때려서, 뺏든 수량에 맞춰 보면, 끝!"

남궁윤은 시키는 대로 큼직한 계산기를 꺼내더니 수판을 누르기 시작했다. 그런데 좀처럼 총계를 내지 못했다. 도중에 헷갈리는가 하면, 어방 없는[412] 결과가 난처하게 만들기도 했다.

"제가 한번 해 볼까요?"

"에이! 장사도 못 해먹을 지랄이오. 자!"

리열은 계산기의 수판을 장난치듯 마구 두드렸다. 손 푸는가 싶었는데 탁, 하고 소리가 끊겼다. 그는 빙긋 웃더니 계산기를 내밀었다. 액정판에는 '55.653'이라는 숫자가 게시되어 있었다.

남궁윤은 어깨를 으쓱거렸다. 수를 놓고는 쉽게 이해가 닿지 않는 모양이었다.

리열은 계산기를 끌어다 다시 때렸다. 또 잠시 잠깐. 남궁윤의 눈앞에는 '55.653'이라는 수가 재차 게시되었다.

"55t 653kg입니다. 여기서 5% 감모를 한산하면… 실어 낸 수량이 대략, 52t 900kg 정도 될 겁니다. 옳습니까?"

남궁윤은 미처 대답하지 못했다. 분명 외우고 있었는데, 몇 개의 수가 얼른거리는 통에 어느 망각의 우물에 빠져버린 모양이었다. 하는 수 없이 안주머니에서 수첩을 슬그머니 꺼내 들었다. 창피를 무릅쓰고 꼭 보고 확인해야만 했다. 그런데 남궁윤은 이렇다 할 대답도 없이 수첩을 도로 넣었다. 남은 것은 멍청한 눈길뿐이었다. 으 음…!

---

412 '어방없다.'는 '어림없다.'의 평안, 함남 방언.

정말 놀라운 일이었다. 수첩에는 '52t 970kg'이라는 수량이 몇 겹으로 그려놓은 동그라미 속에 큼직하게 적혀 있지 않는가?

리열이 지루하게 기다렸지만, 대답은 여전히 없었다.

"틀립니까?"

참다못해 물었지만 그래도 침묵이다.

"수량이 좀 차이 난다면, 아마 감모 문제일 겁니다." 하고 주해를 덧달며 리열은 머리를 기웃거렸다.

"비슷이는 맞을 텐데…?"

이 시각 남궁윤은 감탄부호(!)를 꽃다발처럼 묶어서 콱 안겨 주고 싶은 심정이었다. 하지만 그러면 안 되었다. 사실 말이지 그는 오늘 조사에서 정확한 수량을 기대하지 않았다. 아니, 애초부터 바라지도 않았다. 리열이 수량을 못 맞출 건 뻔하고, 또 그래야만 했다. 저들이 꿀꺽한 10여 톤의 잣을 그에게 얼버무려 씌우자면 말이다.

김경식과도 이미 그렇게 작당했었다. 예상을 뒤엎은 정확한 진술이 남궁윤을 난감하게 만든 것은 그 때문이었다. 긍정도 부정도 할 수 없는 처지가 무척 괴롭게 느껴졌다.

남궁윤은 애써 아닌 보살을 피웠다.

"그 수량이, 방금 계산한 총수량 말이오. 그게, 정확하다는 걸 어떻게 증명할 수 있소?"

"예에? 그럼… 실량이 차이 나는가 본데? 혹시 남는지, 모자라는지…?"

"음…음… 좀 차이 나는 정도…! 어쨌든, 이거만으론 신빙성이 부족하거든."

남궁윤은 종잇장을 가볍게 흔들어 보였다.

"물적 증거가 필요하다, 이겁니까?"

"이를테면…!"

예상하지 못한 억지여서 어딘가 모르게 남궁윤의 언행은 부자연스러웠다.

리열은 "별로, 어렵진 않지요." 하고 또 쉬이 받아들였다.

"어케?"

쉽게 풀릴수록 못마땅한 남궁윤이었다.

"당사자들 만나 확인하면 그만 아닙니까? 증인이든 증거든 다 생길 텐데?"

남궁윤은 대번에 말문이 막혔다. 마주 앉을 때마다 시원히 이겨보지 못한다.

"물론, 만나야지… 음… 그건 그렇구, 안에선 담배 못 피우지요?"

'뚱딴지같이 담배는 또 뭐야?'

아닌 게 아니라 뻔한 걸 묻는 남궁윤은 당장 할 말이 없었다. 그는 가방에서 담배 한 갑을 꺼내더니 라이터까지 받쳐 내밀었다.

"들어가 피우소. 주의해서!"

"…."

리열은 권하는 대로 받아들었다. 하면서도 서둘러 주머니에 넣지는 않았다.

대기실(유치장)이라면, 말 그대로 단순 혐의자들을 잠시 가두는 곳이라 규율이 그리 세지는 않았다. 하긴, 그것도 안면 있는 사람에게나 그렇다. 일단 대기실에 들어오면, 앞에는 오직 두 길뿐이었다.

초기 수사와 당안전위원회를 거쳐 요행 세상 밖으로 풀려나거나, 아니면 더 깊은 지하실로 들어가 혹독한 예심을 받거나…. 그래서 대기실은 다양한 안면관계가 암암리에 작용하여 낯내기 좋은 회색 지대였다. 그곳에서는 눅거리 담배 한 대로도 큰 환심을 살 수 있었고, 밥 한 그릇으로도 후한 대가를 뜯어낼 수 있었다. 모든 도움에는 건건이 인사가 따랐으며, 이곳을 나간 뒤에는 사채처럼 장기간 신세 갚음에 시달려야 했다.

이러한 세태 탓에, 구두 반들거리는 대상이 들어오면 알든 모르든 쉬파리 떼처럼 주위를 윙윙 맴돌며 기회를 엿보는 자들이 수두룩했다. 어떻게든 궁둥이를 들이밀고 쉬(구더기)를 쓸려는 셈속은 피차일반이었다.

게다가, 그럴 만한 과장급들이 규정 위반에 앞장서는 터라, 웬만하면 못 본 척하기가 일쑤였다. 물론 재간껏 쪼아먹으라는 본위주의적인 경향도 없지 않았다. 하지만 그보다는, 뒷간 기둥이나 방앗간 기둥이나 더럽기는 매일반이라, 누가 누구를 통제한다는 것 자체가 꼴 같지 않은 노릇이었다.

그 더러운 덕에 리열은 구금 첫날부터 각종 특혜를 받을 수 있었다. 지금도 침구 속에는 고급 담배가 몇 갑이나 묻혀 있었다. 곁불에 살고 난 것은 함께 있는 구금자들이었다.

홍순철의 말에 따르면, 리열이 들어오기 전에는 보안원들이 되게 못살게 굴었다고 한다. 금연이 규정이니 노상 개코를 벌름거리며 기를 쓰고 밝혔다고 한다. 드나들 적마다 몸을 뒤져서는 땅에서 주운 꽁초까지 빼앗았고, 요행 통과해도 몰래 냄새나 맡아보는 게 고작이었다.

그런데 지금은? 그 개코들이 모두 마비되었는지 냄새는 고사하고 대낮에 연기가 뿌옇게 서려도 못 본 척했다. 제 편에서 오히려 담배를 권하든가 피우라고 부추기기도 했다. 리열에게만 특별하게 말이다. 결국, 구금자 모두의 입이 리열의 것이 되고 말았다.

이중적인 처우가 불만스럽긴 해도 세상이 다 그런 판인데야. 고급 담배에 기름진 음식을 늘 나눠주니, 어떤 이는 바깥보다 낫다고도 했다. 그런 이들에게는 말마따나 '좋은 때'의 감금 생활이라고 할 수 있었다.

리열은 남궁윤의 선심을 받고 싶지 않았지만, 성의를 무시 못 해 담배를 받고 말았다.

"몸 뒤지기 전에 쭉, 들어가오. 내 처리할 테니…."

굳이 나서지 않아도 그런 일은 없을 것이다.

"오늘은 이만하기요. 더 알아보고, 다시 오겠소."

남궁윤은 황급히 자리를 물리었다. 보안서를 나선 그는 곧장 김경식의 숙소로 향했다.

점심상을 갓 물린 김경식은 눈 좀 붙이려다 말고 남궁윤과 마주 앉았다.

"식사는?"

"일없습니다. 방금, 리열을 만나고 오는 길입니다."

"어떻습데?"

"어휴, 좀 놀랍기도 하고…."

남궁윤은 말로는 설명할 수 없는 듯 가방에서 종이 한 장을 꺼내 보여 주었다. 좀 전에 리얼이 낸 '시험지'였다.

원탁의 안경을 찾아 든 김경식은 한참이나 유심히 뜯어보았다.

"그걸 다 총계 때리면 55t 653kg인데, 우리가, 실지 실어 낸 잣은… 약 52t 970kg입니다."

남궁윤은 어느새 꺼내 든 수첩에서 여러 번 네모가 쳐진 부분을 곁들여 보여 주었다.

"3t 정도, 비누만 뭐!"

"그 밑에 보시면, 그, '5% 감모!'. 여기 말입니다. 여기!"

그의 손가락 끝에 꼭 눌려 있는 '5% 감모!'라는 문구가 김경식의 시선을 쏘았다.

"감모? 감모라는 건?"

"잣은 말입니다, 원래 수분이 빠져서 질량이 하루가 다르게 쑥쑥 준다고 합니다. 국가허용 수치도 감모율 5%! 이건 제가 직접 확인한 겁니다."

남궁윤은 속계산해 보라는 듯 동안을 두었다가, "40일 넘게 보관한 데 비하면 5%는 사실 감모도 아닙니다. 고 영민한 놈이 그래서 지하창고에 보관한 거고. 습도를 우정 높였다 이겁니다. 그리 감안하면… 얼마가 나오는지 아십니까?" 하고 물었다.

"얼마요?"

"52t 900kg입니다. 실어 낸 실량은 52t 970kg이고…! 야, 하!"

그러는 그를 향해 턱을 지쳐 든 김경식의 노란 눈알이 꼿꼿해졌다. 계획이 뒤틀리는 이유를 꼭 짚어 듣고 싶어서였다.

별로 사기가 난 듯 수다 떨던 남궁윤은 눈 자리가 나도록 바라보는 바람에 억양을 한 풀 낮췄다.

"상대할수록 여간내기가 아닙니다. 글쎄, 그 오골오골한 수들을 휘딱 써 갈기더니 계산길 댑다 두드려 척 내대지 않습니까? 설마설마 수첩을 꺼내

　　　　　　　　　　　　　　　끓일 수 없는 가마

보고는, 와! 놀라지 않을 수 없었습니다. 게다가, '감모로 이만큼 차이 날 수 있다' 뭐, 이렇게 제사 먼저 침을 놓더군요. 기억으로 대충 써낸 수량이 도제 70kg 차이 난다는 게 그게 어디…? 허참! 거야 100% 맞춘 거 아닙니까? 후!"

"보고 베낀 건… 아닐 테지?"

"네에? 절 의심… 하 이거, 참! 제가 지켜봤고, 하긴 그 자리에 없었더라면 저도 믿기가 어려울 겁니다. 보고 베끼기는커녕, 버젓이 드러내놓고 썼습니다. 암송한 거 같진 않던데…?"

김경식은 머리를 절레절레 저으며 부정하려 했다. 이것이 리열의 지적 능력이라면, 예측할 수 없는 미지의 함정과 맞다 든 격이었다. 일종의 불안감이 그의 온몸을 휘감았다.

"우리 중에 동무가 그중 많이 다뤄 봤는데, 그놈 말이오. 솔직히 말해 보오. 이게 믿어지오? 아니면, 그 사이… 외부와 접촉한 건 아닐까?"

"무슨 그런 말씀을? 물론, 초산군 사람이니 밥 같은 건 몰래 들어갈 수 있습니다. 그런데, 연통까지는 어림도 없습니다. 여차하면 별 떼울 짓을 누가 합니까? 감히…! 절대로! 이 바닥에도 나름 선이라는 게 있습니다."

"다행이구만. 동무 보기엔, 어떻소? 그가?"

"이 사람, 순진하다고 해야 할지…? '난 잘못 없으니 해볼 테면 해 봐라!' 이런 배짱입니다. 세상 물정 꽤나 아는 것 같으면서도, 지나친 원칙주의자라 코가 셉니다. 빈틈을 거의 보이지 않고… 솔직히 현재로서는 뾰족한 궁량이 떠오르지 않습니다."

"서둘러야겠소. 그 망할 회사 것들이 평양 올라가 사방 들쑤셔놓는 통에 아이구… 말도 마오. 내리 전화가 줄줄이오. 노동부부장 입을 제때 막았으니 망정이지, 크게 경칠 뻔했소. 흐흠… 공문 같은 건 들어본 적도 없다고 뻑, 쓸구 말았지!"

가죽이 밀리도록 턱을 슥 가로 쓸며, 김경식은 계속 주절거렸다.

"게다가, 그 양반, 그, 그… 노동부부장인지 뭔지 말이오. 얼뜬해서, 제가 떼준 파견장 하나도 회수 못 했더구만. 미물이라구야… 아직 증거들이 시퍼렇게 살아 있는 셈이야. 그래서 말인데, '유령'으로만 몰아붙여선 찜찜하거든… 아무튼, 동문 동무대로 다른 건덕질 반드시 찾아내야 해! 밀수라든가 개인 사취, 뭐 이런 거면… 흐지부지 없이 끝난 거지!"

남궁윤은 함구무언으로 듣기만 했다. 마음속에는 점점 불만이 불어나고 있었다. 그가 그럴 만도 했다. 먹기는 다 같이 먹고, 잡고 각을 뜨는 일은 자기보고만 하라지 않는가. 이러다 먹고 탈이 나면 뒤 청소까지 시킬 잡도리였다.

이런 더러운 꼴 봤나, 강태걸 그 자식은 입 다문 값으로도 한몫 챙겼는데, 왜 나만 개고생…!

김경식은 그의 심정이 이해되는 듯 짐짓 미안한 내색을 했다.

"어쩌겠소. 제복을 입었으니, 동무 부담이 크오. 좀 더 수고해 주오. 내 다 생각 있으니…."

남궁윤은 두툼한 입술에 힘을 준 채 무겁게 고개를 찧었다.

"참, 동문 좀 알겠구만. 원래, 자강도에 거주 붙이기 힘들지? 특히 여기 초산군 같은 국경연선은 아예 승인되지도 않는다고 들었는데, 절차가 어떻게 되오?"

별로 중요치 않은 질문 같아 남궁윤은 기계적으로 대답했다.

"규정대로라면, 거주 붙이기가 하늘의 별 따기입니다. 자강도 자체가 격폐지역인데다가, 그 속에서 국경연선의 군들은 절차가 더 복잡합니다. 사실 강계시보다 거주가 더 힘듭니다. 퇴거나 거주 사유가 명백하다고 해도, 리분주소와 군보안서 도장을 찍어서 〈거주등록신청서〉를 내고, 그 신청서가 도보안국 경유를 거쳐서, 저기 평양 보안성까지 올라가 비준돼서, 또 내려와서…."

"어이구, 답답하오. 결론만 말하오, 결론만!"

"뭐, 타지에서 온 경우는 거의 불가능? 솔직히, 절차가 복잡한 정도가 아닙니다. 제대로 밟아도 빨라서 6개월… 그 이상인데, 누가 제 일처럼 뜁니까? 군에서 몇 달, 도에서 반년, 성에서 1년… 이러다 보면, '서울에 감투 부탁' 되고 맙니다. 아시다시피, 서류 올려보낸다고 그저 됩니까? 웬만한 빽 없으면 무조건 부결입니다. 원래 규정이란 게야 왼새끼 꼬기가 아닙니까?"

들고 있는 김경식이 오히려 더 답답함을 이기지 못해 "허 허…." 하고 말았다.

"규정?…! 왼새끼라!… 흐흐… 그러니, 규정대로 해선 불가능하다! 그 말 맞지?"

"네에! 제 알기로는….'

"혹시, 말이오. 규정상 무슨 예외 조항 같은 건 없고? 그런 특별한 방법이 없다면야… 복잡한 절차를 거치지 않고… 가령, 말하자면 그…."

김경식의 두 손이 나풀나풀 가슴 사이를 오가며 교류나 교환의 의미를 은근히 표시했다. 그 손짓을 따라 남궁윤의 초점이 흔들거렸다. 그러다 어지러운 듯 두 눈이 무겁게 덮였다 열렸다. 그러더니 "누구… 도와줄 사람 있습니까?" 하고 물었다.

"하하하…! 뭐, 그런 셈 치고! 방법 좀 대주오."

체! 그걸 몰라서 물어?

진짜 속내를 알 수 없는 남궁윤은 "도당부원 동지가 나서면야, 식은 죽 먹기지요!" 하고 면박을 주었다.

김경식은 "내가?…!" 하고 딴전을 피웠다.

"거럼요! 방법이랄 게 뭐, 따로 있습니까?"

남궁윤 역시 질세라 능청을 부렸다.

"규정은 복잡해도 퉤퉤, 를 찔러 주든, 전화 한 통이든, 그게 만사지본(萬事之本)이지요."

그는 두 손가락까지 살살 비벼 가며 돈 세는 시늉을 보였다.

'자식, 씨벌씨벌 대긴 젠장!'

"불법 아닌가? 규정 위반이구…."

"아, 절 더러… 규정 외 방법 대라더니?"

이번에는 남궁윤이 뺨치듯 너털거렸다.

"갑자기, 중앙당 검열성원처럼 그러십니다? 별스럽게스리… 요즘, 규정대로 되는 게 하나나 있습니까? 또 규정 위반으로 안 되는 것도 없구요. 다아시면서…."

무심결에 삐죽한 상통에 비끼는 삶의 웃음 같은 싸늘한 미소를 보는 순간, 그는 입을 다물고 말았다.

"그래, 그렇지…! 안 될 거두 없지. 그러니 규정대론 불가능하고, 근데도 거주했다 치면, 분명 '유령거주'겠다! 그렇지? 하하… 으하하!"

"…?"

남궁윤의 얼굴에는 금세 웃음기가 걷히고 정색이 돌았다. 누가 들어도 터무니없는 주장이었다. 그러나 '유령'이라는 말마디만큼은 이들에게 시대어 이상으로 의미가 있었다. 그런데도 어딘가 귀에 거슬리는 것은? 그건 '거주'라는 단어가 뒤에 붙어 '유령거주'라는 생경하고 이상한 조합이 되었기 때문이었다.

"돼앴어! 됐다구!"

김경식은 탄성을 지르며 원탁을 쳤다.

"'유령거주', '유령거주'요…! 그런 자가 한 일이야 100%가 '유령'이지, '유령'! 안 그래? 거, 보안서 공민등록과장, 그 사람 빨리 부르오. 당장!"

무엇인가 짚일 듯 말 듯한 촉감으로 남궁윤은 시계를 들여다보았다.

"점심이어서 퇴근했을 겁니다."

"그럼, 오후 첫 시간에 군당 7과로 오라고 하오. 리열의 거주문건을 몽땅 가지구… 글구 동문, 동무대로 계속 파오. 뭐든 나올 때까지!"

"알았습니다."

그제야 어렴풋이 의도를 알아차린 남궁윤은 힘을 얻고 돌아섰다.

'교활 무쌍하기란 구미여우(九尾狐) 쩜 쪄 먹겠군!'

김경식은 낮잠도 물린 채 새로 발견한 미끼를 어떻게 삼킬지 궁리했다.

끓일 수 없는 가마

그러다가 일찌감치 군당청사로 나갔다. 그는 공민등록과장이 출근하기도 전부터 연거푸 전화로 재촉해댔다.

얼마 후, 보통 키에 어깨가 쩍 버그러진 보안원이 군당 7과 사무실로 들어섰다. 세로보다는 가로의 표상이 더 강한 그는 조심스럽게 문을 닫고 돌아섰다. 멋지게 거수경례를 했지만, 어딘가 부자연스러운 구석이 있었다.

"동무가, 공민등록과장이오?"

"옛! 군보안서 공민등록과장 소좌 박동수!"

마디마디에 힘을 넣어 정확히 씹어 바치는 대답이었다.

김경식은 머리를 끄떡거리며 턱짓으로 앞자리를 가리켰다.

"앉으라는데…." 하고 다시금 재촉해서야 박동수는 "고맙습니다." 하며 공손스레 의자에 앉았다.

"연락받았소?"

"옛. 출근하자 바람으로 곧장 오는 길입니다."

어투에 엷은 아첨기가 가득 실려 왔다.

"리열의 거주문건들은? 가져왔겠지?"

"예. 여기 있습니다."

박동수는 벌떡 일어나 크라프트지로 표지한 문건철을 고여 바치듯이 정중히 내밀었다. 그 속에는 리열의 거주와 관련된 일체 문서들이 들어 있었다.

김경식은 문서철을 뒤적뒤적 꼼꼼히 살폈다. 그러나 그것은 겉치레에 불과했다. 실무에 까막눈인 그에게는 말 그대로 소경 책 보기 격이었다. 문서들마다 크고 작은 도장들이 여기저기 찍혀 있었다. 대체 어떤 갈고리를 어디에 걸어야 할까?

도저히 어쩔 도리가 없었다. 방법은 오직 하나였다. 남궁윤에게서 귀동냥한 어설픈 풍얼 몇 마디로 몰아대는 수다.

"문서는 그쯘해[413] 보이는데…? 으음…."

가시눈이 박동수를 툭툭 찔러 보았다.

---

[413] '그쯘하다.'는 '빠짐없이 충분히 다 갖추어 놓다.'는 뜻의 북한어.

"제대로 거주 절차 밟은 건가…?"

어딘가 모르게 빈정거리는 말투였다.

뒤이어 무슨 벼락이 떨어질지, 어떤 대답을 바라는지 박동수는 전혀 가늠이 가지 않았다. 항상 살얼음을 걷듯 조심스러운 그로서는 심중하지 않을 수 없었다.

대체 무슨 일 때문일까? 실없는 말이 송사 간다고, 입부리 잘못 놀렸다간 우환거리가 될 수도 있는데… 어쩐다?

잠시 망설이더니, "그렇…다고, 할 수 있습니다." 하고 건성으로 대답이 나갔다. 목적이 뭐든 간에 당 일꾼이 요해하는 이상 무한정 원칙, 정확, 이런 걸 증명하는 게 낫다고 그는 판단했었다. 자신을 위해서도 더더욱 그래야 했다. 괜히 어리어리하다가는 눈먼 돌에 맞기가 일쑤였다. 그래서 깐깐히 따져보고 가져온 게 아닌가. 자못 의기양양하게 턱을 들려는데 "그러니…." 하고 여전히 빈정대는 말투가 꾀바른 생각을 바싹 긴장시켰다.

"거주가… 합법이라는 기요?"

박동수는 말속을 채 알아듣지 못하고 "예. 제보기엔, 다른 게 없…." 하고 얼버무렸다.

"동무! 그건 무슨 태도요? 제보기라니? 누가 동무 견해 따위 물었나? 법규 놓구 옳다, 그르다, 선을 쭉 그어야지! 뭐가 이리 씨알 없어 보여? 말이야…!"

챠, 이런! 대체 어떤 장단을 치라는 거야? 좋다는 건지, 나쁘다는 건지 분간할 수가 있나? 박동수는 바빠 났다. 멍청이처럼 속으로 다시 따져보았지만, 절차나 규정상 너무 완벽했다. 혹시, 날 떠보는 게 아니야?

"언제 거주했소? 2007년, 옳소?"

"예. 거기 밝힌 대로…."

"그런데, 왜 〈거주등록신청서〉가 없소?"

"거주 사유와 근거도 거기에…."

문서들을 이것저것 뒤적거리던 김경식은 어느 한 대목을 읽었다.

"거주 사유, 부모 따라! 2007월 5월 15일 방침에 근거하여 거주?… 이건 또 무슨 방침이오?"

박동수는 미처 대답하지 못했다. 접수하고 집행할 사이도 없이 수시로 변경되어 내려오는 허다한 방침! 쌓으면 산을 이룰 그 속에서 표 뽑듯 꺼내든 8년 전의 방침을 어떻게 안단 말인가? 말마따나 방침 사태여서 오늘은 이쪽이다, 내일은 저쪽이다, 와와 밀려다니는 깜빠니아[414] 시국이었다. 때가 그러할진대 언제 적 방침을 즉석에서 대라니, 품 놓고 찾자고 해도 그런 고역은 없었다.

어이구야, 이런… 고걸 딱 놓쳤네. 넨장…!

박동수는 고개를 떨구며 자책감을 내색했다. 이런 땐, 구구한 변명보다는 무언의 반성적인 태도가 현명한 처사인가 싶었다. 그러나 웬걸! 처세술처럼 드러낸 주눅이 그만에야 상어를 자극하는 피 냄새가 될 줄이야!

때는 이때다! 이 시각 김경식은 마음속에 울리는 자지러진 자명종 소리를 듣고 있었다. 상대가 얼떨하게 수그러드는 이 틈을 놓쳐서는 안 되었다.

"왜 답변이 없소?" 하고 말머리를 뗀 그는 대번에 "동무!" 하고 언성을 높였다.

"자강도가 격폐 지역이라는 걸 몰라? 격폐! 그게 방침이란 말이야! 자강도를 우리 혁명의 근거지로 만들라는 것! 그건 어제나 오늘이나 같은 장군님의 유훈 방침이고 원수님의 현행방침이야! 이런 어중이떠중이들이 기어들지 못하게 모기장을 든든히 치라는 거란 말이야!"

목에 핏대를 돋구며 들썩들썩 몸을 일으키더니 덮칠 듯이 허청거렸다.

앉아서 훈계받기가 죄스러워 박동수도 후닥닥 일어섰다. 그러나 어찌나 쭈그러들었는지 앉아 있을 때와 별반 차이가 없었다.

"아무 데나 방침인가? 얻다 대구 방침 타령이야? 동무 책임질 수 있어? 이 자가 내일 당장 중국에라도 뛰면, 책임질 수 있나 말이야? 뭘 받아먹었어? 응? 뭘 먹구, 그것도 연선지역에? 어디 말해 보오!"

박동수의 이마에는 일각에 비지땀이 바질바질 돋아났다.

---

[414] '캠페인(campaign)'의 북한말.

'아니, 이거! 뭐이, 문제라는 거야? 잘못된 거 없는데…? 왜 저러지?… 아우, 이런 생트집도 있구나…. 세상에! 에이 씨, 빌어먹을!'

그로서는 시시하기가 비 오는 날 소똥 같았다.

그렇다고 엇서는 것은 미욱한 짓이었다. 이제야 어림짐작으로 취지가 가늠되었다.

'또 잡으려는가 보군? 그게, 리열이라고?'

박동수는 휘말리고 싶지 않았다. 어떻게든 빠져야 했다. 그래서 용기를 내어 "변명 같습니다만, 전 사실… 작년에 임명받아서…." 하고 웅얼거렸다.

"응? 동무 건이 아니요? 그 전에 사람은?"

"제대되었습니다. 평성에 있는 아들이 모셔 갔다던데…."

"그래? 천행 중 요행이구만!"

"예에?"

"동무보고 해볼 것도 아니구만 뭐." 하고 김경식의 언사가 누그러지는 듯싶었다.

"하지만…." 하지만 그렇지도 않았다.

"동무도 책임 있어! 후열사업(후속조치)이 달래 있나? 당의 신임으로 새 직무를 맡았으면, 전반사업을 요해하고, 잘못된 건 바로 잡았어야지. 이게 뭐요, 이게! 응? 아직도 이런 '유령거주자'가 버젓이 돌아가니, 동무 사업에 빈구석이 많다는 게 아닌가?"

오랫동안 신분등록과장으로 사업하던 박동수는 작년에 신분등록과와 공민등록과가 합쳐지면서 신임공민등록과장으로 임명되었다. 그런데 어째서인지 '유령거주자'라는 표현이 실무적으로 무척 설게 들렸다. '미거주자'라면 몰라도 '유령거주자'? 참 이상한 낱말인걸….

그렇다고 암둔하게 까박을 붙일 그가 아니었다. 실체가 사슴이어도 '중대장이 노루라면 노루'라는 식이 상전에 대한 그의 예종 의식이었다. 박동수는 지금 맹목적으로 뉘우치는 자세를 취하고 있었다. 마치 허심하게 반성하는 엄한 훈장 앞의 착실한 학생 같았다. 그러한 처신은 상급의 분을 쉽

끓일 수 없는 가마

게 가라앉히고, 일종의 동정을 불러일으키곤 하는 자기만의 처세술이기도 했다. 효과가 있었는지, 그에게 알량한 아량이 베풀어졌다.

"앉소, 앉소. 앉으라니까."

박동수는 체통에 어울리지 않게 머리도 변변히 들지 못했다.

"본인 건이 아니라니, 이해는 좀 가는데⋯." 하며 김경식의 좁쌀눈이 힐끔 건너다보았다.

"그렇다구, 책임에서 벗어날 수 있을까? 동무 문제가 참 걱정되누만⋯."

"예에? 그건, 무슨 말씀이신지⋯?"

박동수는 반발하듯 머리를 쳐들었다. 사발만 한 눈에는 김경식이 그대로 들어앉았다.

날벼락을 피하려고 있는 감정, 없는 애교를 다 피웠는데? 이건 절대로 못 빠진다는 암시? 아니면, 꼭 끌어들이겠다는 경고인가?

"보아하니, 아직 깜깜이구만. '첨단' 사장 잡혀 온 걸 모르나? 리열이 말이야!"

"알고 있습니다. 헌데, 전⋯ 그 사람 얼굴도 모르거니와, 저와 관계될 일은 쥐꼬리만큼도⋯ 없습니다."

"없다? 허허⋯ 허! 이렇게 암둔하다구야. 쥐꼬리가 아니라, 범꼬리가 동무 손에 쥐어 있어. 범꼬리가!"

반쯤 몸을 일으키는 박동수의 눈이 점점 커졌다. 얼마나 놀랐던지 눈꺼풀이 껌뻑거리지도 않았다.

김경식은 담배를 꼬나물며 손짓으로 그를 눌러 앉혔다.

"생각해 보오. 그놈이 장성택이랑 다른 게 뭐요? '유령지사'까지 척 만들어 놓구⋯ 이번에 적발 소탕했기에 망정이지. 도당이 끓으면서 밑뿌리째 파 버리라고 야단인데, 따져 보면 그놈이 여기 어떻게 발붙였소? 바로 동무네, 공민등록과가 불법거주 시킨 거야, 불법 거주! 사건의 시발이 동무네라 이거요, 바로 동무! 상상해봐, 그 엄중성을! 이젠 감이 오나?"

"아니⋯ 장, 성, 택? 그, 그럼 전? 아⋯ 이게 무슨⋯!"

박동수는 아예 넋을 놓은 듯싶었다. 장성택! 그 부름은 운명에 종말을 고하는 굉음이었다. 책상에 닿을 듯이 머리가 아예 축 늘어졌다. 이번에는 처세술이 아니라 정말로 목이 뚝 꺾인 것이었다. 나이와 직분에 어울리지 않게 데굴데굴한 눈이 슴뻑거리고[415] 있었다. 입술을 질근거리며 절망감을 애절하게 표하기도 했다. 그러다가 항변하듯 다시금 고개를 번쩍 쳐들었다.

"애매한 두꺼비 맷돌에 치운다고, 사실 전⋯ 아직 제대로 파악할 시간도 없었습니다. 후열사업 하느라 했지만, 이건 구실이 아닙니다."

"됐소, 됐소! 만나보니 사람은 성실해 보이누만 뭐⋯ 워낙 업무 부담이 큰 부서긴 하지. 모른 척 넘어갈 테니, 이제라도 빨리 대책 하오. 괜히 애매하게 찢기지 말구⋯ 한 명이라도 묶어 세우는 게 당사업이야! 잡아떼는 게 원칙이 아니니 더 늦기 전에 서둘러!"

이거야말로 사막의 오아시스 같은, 왕가물의 단비 같은 백골난망의 은혜가 아니고 무엇이란 말인가.

"정말, 정말 고맙습니다."

자리를 박차고 일어선 박동수는 거듭 머리를 조아렸다.

"그럼 전, 어떻게 해야 합니까?" 하고 떡판 같은 비위까지 내댔다.

"어쩔 거 있나? 이따위 자질구레한 문서들은 다 없애버리구, '거주해 준 적 없다!' 하고 딱, 잘라매면 그만이지. 동무가 한 것도 아닌데, 전자에게 밀면 만사가 다 무탈하지 않을까?"

"예에! 그렇긴 한데⋯? 개인 자료가 있는 주민대장은 어떻게? 그건 망탕 소각할 수도 없고⋯?"

비루먹은[416] 자식! 그만큼 튕겨 주는데, 생긴 그대로군! 쯔쯧쯧⋯.

"답답하구만. 답답해! 그런 거야 동무가 알아서 처리하구려. 실무야 동무가 알지 내가 알갔나?"

박동수는 어줍게 머리칼을 쓸어 넘겼다. 당황해서인지, 둔해서인지 머

---

415 '슴뻑이다.'는 '눈꺼풀이 움직이며 눈이 자꾸 잠겼다 떠졌다 하다, 또는 그렇게 되게 하다.'는 뜻.

416 '비루먹다.'는 '개, 말, 나귀 따위의 피부가 헐어서 털이 빠지고, 이런 현상이 차차 온몸에 번지는 병에 걸리다.'는 뜻.

리통이 장독에 구겨 박힌 듯 생각이 캄캄절벽이었다. 종이에 불과한 거주 문서들은 당장에 찢어버릴 수도 있었다.

그러나 태고적의 족벌까지 다 기록해 계급을 가르는 주민대장의 개인 자료는 문제가 달랐다. 사람이 죽어도 개인 자료는 '종근문서'로 남아 있을 명분이 충분하지만, 정작 문서가 사라지면 사람은 숨을 쉬어도 발붙일 작은 권리마저 상실하게 된다. 그토록 중요한 문서를 쉽게 소각해 버릴 수도, 감출 수도 없으니, 그게 정말 난사가 아닐 수 없었다.

김경식은 낯을 찡그렸다. 물속에 빠뜨리고, 그리고 살려주겠다고 지푸라기를 던져 주고…. 그런데도 뭣이 모자라 시러배[417] 자식은 허우적거리기만 했다. 꼴이 몹시 실망스러운 듯 그는 역겹게 말 주머니를 털고 말았다.

"과장 동무! 지내 복잡하게 생각하진 말구…! 보통, 미거주자 뭐, 그러루 한 대상은 어떻게 처리하오?"

"먹고 살기 힘든 떠돌이 '미거주자'가 전국적으로 많다 보니… 6.27대상 이라고, 최근엔 말뚝 박고 살면, 자동으로 거주시켜 주라는 방침이 내려왔습니다만…."

"여보, 여보! 또 방침 타령이요? 그걸 누가 모르나? 지금은 지금이고, 그 땐 그때지! 방침이 뭐, 개나 소나 다 풀어주는 사면이요?"

"에… 원래 '미거주자'는, 보안서에서 잡아서 본적지로 쫓아 보냅니다. 그건, 지금도 마찬가집니다. 하긴, 방침에도 조건이 많기야 하지요."

박동수는 답안을 외운 구두시험처럼 생각을 더듬으며 느릿하게 대답했다.

"주민대장, 그 개인 자료 말이오. 그건?"

"원체가 '미거주자'면 우리한테 주민대장이 없습니다. 간혹가다가 '미거주자' 주민대장이 여기로 날아오기도 하는데…."

"그땐 어떻게 처리하오?"

"'미거주자'는 내쫓고, 문건은 보안서 통신으로 다시 본적지에 발송합니다."

---

417 실없는 사람을 얕잡아 이르는 말.

"아, 그럼…! 이것도 본적지 발송하면 그만이구만 뭐. 간단한 걸 가지구…!"

"예? 예에! 옳습니다! 규정상 본래 살던 곳에 문건을 반송하면… 내가 왜 미처… 헤헤헤…!"

씨알없어 보이는 그가 탐탁지 않아 김경식은 그루를 박았다.

"내 생각엔… 동무가 문제를 발견하고, 이미 몇 달 전에 본적지로 문건을 반송했다! 이게 좋을 거 같애. 어드래? 그래야 후환 없을걸? 그렇게 보고 태우기요. 리열인지 뭔지, 그 사람 당초에 '유령'이었단 말이야, 유령! 알 만하지?"

"정말, 고맙습니다. 이거 어떻게 인사를 올려야 할지…."

"인사는 무슨. 앞으로 다신 이런 일 없게 잘해야겠소. 알겠지? 또 제기되면, 그땐 나도 융화 없어! 오늘 일은 우리 둘만! 말이 더 나가야 동무한테 불리해! 나도 따분해지고… 알겠소?"

"알겠습니다!"

박동수는 만사를 제치고 그날 오후에 곧바로 리열의 개인 자료가 든 주민대장을 황해북도 평산군으로 발송했다. 당사자에게는 일절 알리지도 않았다. 본래 평산군은 리열의 부모들이 평양에서 추방되었던 바로 그곳이었다.

얼굴이 파랗게 질려 갈피를 못 잡고 허둥대던 박동수는 돌이킬 수 없는 큰 실책을 저지르고 말았다. 원칙적으로 출가한 자식은 주민대장이 분리되어 별도의 독립 가구로 취급된다. 하지만 심각한 직무유기로 제때에 분리시키지 않은 두꺼운 주민대장이 그대로 날려 보내진 것이었다.

그 어처구니없는 망동으로 리열은 물론, 부모와 형제들, 심지어 고향이 초산군인 김명선의 개인 자료까지도 함께 엮여 돌아갈 곳 없이 떠돌게 되었다. 졸지에 네 가정에 '미거주자'라는 떠돌이 딱지가 붙어버렸고, 당사자들은 알지도 못하게 초산 땅에서 쫓겨날 위기에 처하게 된 거였다. 이는 단순한 생계의 위험을 넘어, 삶 자체를 뿌리째 뒤흔드는 무서운 사회적 위협이었다.

예로부터 "나라 잃은 백성은 상갓집 개보다 못하다."고 했다. 허나, 상갓

끓일 수 없는 가마

집에는 개의 안정된 보금자리가 있었다. 하다면 나라는 있어도 살 곳이 없는 땅, 조국이라 일컫는 이 나라는 상갓집보다 못한 더러운 예토[418]란 말인가? 나라 잃은 백성조차 겪어보지 못한, 나라 있는 백성의 피눈물 나는 가정사가 세월을 빌어 또박또박 새겨지고 있었다.

5

하루하루 날씨가 추워지고 길가에 낙엽이 날리기 시작했다. 사람마다 더 부지런해졌건만 군보안서에 다녀오는 김명선의 발걸음은 무거웠다.

사람의 인생길에 어찌 좋은 날만 있으랴! 허나, 철창을 사이에 둔 가깝고도 먼 이별은 보일 듯, 잡힐 듯 못 견디게 괴롭히는 생이별이었다. 세상에 이런 아픔보다 더한 아픔, 슬픔이라면 이보다 더한 슬픔이 또 있을까?

그는 세상에서 자기가 제일 괴로운 사람이라고 생각하고 있었다.

흔히 사람이 겪게 되는 슬픔과 괴로움에는 여러 가지가 있다. 그중에서 제일 가슴 아픈 슬픔과 괴로움은 죽음이 가져다주는 상실의 아픔일 것이다. 그것은 폭풍처럼 들이닥쳐 산산이 짓이겨 놓은 다음 시작되던 것처럼 갑자기 멀리로 사라져 버린다. 그러면 사람은 무서운 통곡과 몸부림 끝에 새로 모습을 달리하고 일어선다. 어느덧 상처는 아물고 생활에 부대끼며 바삐 살아가게 된다. 그러나 그와는 전혀 상반되는 유형도 있다.

지금 김명선이 겪고 있는 슬픔과 괴로움이 바로 그러한 것이었다. 마치 가을밤의 이슬비처럼 음산하고 눅눅하게 지속되었다. 끝을 기약할 수 없는 그 슬픔과 괴로움은 가슴을 짓누르며 어느 한순간도 덜어지거나 잊히지 않았다. 결국에 그는 무시무시하게 울려오는 원성에 뜯기어 무너져 가고 있었다. 차라리 죽음이라면, 존재의 종말이라 실컷 태질하고 나서 시간

---

418 예토(穢土). 불교에서 더러운 국토라는 뜻으로서 이승을 이르는 말.

과 어울려 미련 없이 털어 버리련만… '생죽음'이 강요하는 이 슬픔과 괴로움은 가슴에 못을 쾅쾅 박아 모진 고통 속에 피를 깡그리 말리고야 말 가혹한 것 아니더냐.

천근 같은 걸음을 멈춘 김명선은 멀리 하늘가를 하염없이 바라보았다. 천고마비의 계절이라 청청히 높은 무정한 하늘가에 리열의 모습이 선히 어려 왔다. 언제나 비관과 주저를 모르던 그의 강인한 눈빛이 비분강개함에 떨고 있었다. 온 천지에 맹수의 울부짖음 같은 호곡(號哭)이 가득했다.

다만, 한적한 읍내 거리의 행인들은 그 소리를 듣지 못하고 있었다. 아니, 들으려고도 하지 않았다. 그렇다. 그들은 그들대로의 길을 가고 있었다. 누가 쓰러지든, 사라지든, 슬퍼하든, 괴로워하든, 설사 죽어 나가도 상관치 않았고, 그럴 필요조차 느끼지 않았다. 그 호곡은 바로 운명의 노를 함께 저어 가는 아내를 부르는 소리였고, 무너지는 연약한 여성의 심신을 각성시키는 뇌성이었다.

김명선은 피가 나도록 입술을 사리물었다. 슬픔이 망망대해라 하여도 절대로 수장되어서는 안 되며 기어이 헤쳐야 한다는 반려자의 사명감이 가슴을 후덥게 달구었다.

여성은 약하다. 하지만 슬픔과 괴로움은 여성을 강하게 만들어 준다. 남편과 자식, 가정을 위하여 악착같이 이겨 낼 것이며, 어떻게든 가정을 지켜 낼 것이다.

집으로 돌아온 김명선은 칭얼대는 3살배기 아들을 품에 꼭 안고, 솟구치는 눈물을 씹어 삼켰다. 지금은 눈물을 흘리며 한탄할 때가 아니었다. 그는 급기야 전화기를 당겼다. 집을 비운 사이에 전화가 온 것이 없는지 깐깐히 살펴보았다.

어찌 된 일인지, 평양으로 떠난 회사 사람들은 감감무소식이었다. 진종일 전화기를 지켰지만, 큰소리치며 떠난 김현일과 최승기는 오늘도 소식이 없었다. 철석같이 믿었던 약속은 시간이 지날수록 가치를 잃어 가고 있었다. 혹시 고장이 아닌가 싶어 김명선은 몇 번이고 수화기를 귀에 대 보았

끓일 수 없는 가마

다. 나중에는 죄 없는 전화기만 야속한 매를 맞았다.

'마음이 간절하면 뭐 하나. 아무것도 할 수 없는데.'

평범한 가정에서 태어난 일개 아녀자로서, 어찌할 방도가 없는 게 또 하나의 괴로움이었다. 그녀는 끝내 겨우 잠들려는 어린애의 보동보동한 뺨에 밤알 같은 눈물을 떨구었다. 참으려니 더 북받쳤고, 삼키려니 더 큰 소리가 나왔다. 집이 떠나가도록 곡성을 올리고 싶었다.

달래는 사람도, 위로하는 사람도 하나 없는 공기마저 썰렁한 집이었다. 이렇다 할 가산이 눈에 띄지 않는 좁은 방안에서, 보물처럼 치부되는 각양각색의 책들만이 한쪽 벽을 채운 책장 속에서 물끄러미 내려다보고 있었다.

그 감촉이 마치 사람의 눈길처럼 느껴져 김명선은 고개를 들었다. 리열의 체취가 어린 책들이 나약해지는 그를 힐난하게 질책하고, 비난하고, 항의하는 듯싶었다. 유독 철부지 아들애만이 가슴을 더 깊이 파고들어 꼭 안기며 역성을 들어주었다. 그녀는 아이가 볼 새라 감정을 추스르며 눈에 띄는 전화번호 수첩을 집어 들었다. 아내로서 무엇이든 해야 했다.

한 장 한 장 수첩을 번져가던 그녀의 눈길이 무심중 '서인준'이라는 이름 자에 못 박혔다.

'서인준… 서인준…?'

김명선은 급히 수첩에 적혀 있는 전화번호를 눌렀다. 얼마 전 리열이 "만일 언제건 나에게 무슨 일이 생기면 그때는 즉시 도보위부 서인준 지도원에게 전화하오." 하고 미심쩍은 말을 한 적이 있었다. 평온한 생활 속에서 밑도 끝도 없이 하던 남편의 그 말, 당시로는 전혀 의미를 알 수 없었다. 생각해 보니 오늘을 미리 암시한 것 같았다. "더 묻지 말고, 내 말 꼭 명심하오." 하고 리열은 거듭 강조했었다.

긴 호출음이 여러 번 가더니 수화기에서 중음의 굵은 목소리가 울려 나왔다.

"서인준, 전화받습니다."

분명 그 사람이었다. 리열의 집에도 이따금 오고, 올 적마다 저까지 내보내고 조용히 마주 앉아 식사하곤 하던 그 목소리였다.

리열은 웬만해서 집에 손님을 꺼들이지 않는 성미였다. 더군다나 때 없이 술상 차리는 걸 질색했다. 그러나 유독 예외가 있다면, 바로 그 사람이었다.

다년간 한 지붕 아래 사는 아내인지라 김명선도 차츰 그들의 관계를 지레짐작하고 있었다. 사적으로든 공적으로든 그들 관계는 남달랐고, 어떤 때는 앞뒤 모르고 도와준 적도 있었다.

"안녕하십니까? 저… 제 초산군….."

"가만!"

서인준은 번호를 확인하는가 싶더니 "이거, 초산 제수님이시군요. 옳지요?" 하고 반색했다. 리열보다 나이가 썩 위인 서인준은 서글서글하게 '제수님'이라고 부르곤 했다.

"예… 흑!"

왈칵 쏟아지는 눈물을 김명선은 억지로 참았다. 대신 목소리가 떨렸다. 자강도보위부의 노회한 반탐(방첩)일꾼인 서인준은 대뜸 정색해졌다.

"왜 그러오? 무슨 일이 생겼지? 남편한테?… 말해야 알지?"

마음을 다잡은 김명선은 전후 사연을 요약하여 이야기했다.

"그 사람 자존심에 십 분 그럴 수 있지. 워낙… 곱게 흐를 판이 아니었구만그래."

잠시 수화기에서는 소음만 가볍게 들렸다. 전문가의 두뇌는 상황을 분석하고 있었다.

전화가 끊길까 두려운 듯 "오늘 말하는 걸 들으니…." 하고 김명선이 솔선 소음을 쫓아버렸다.

"수량만 확인이 되면 내보낸답니다…!"

상대방은 아무런 응대도 없더니 전혀 다른 실무적인 어조로 변했다.

"하나 묻기요. 어떻게 나한테 전화하게 됐나?"

"네에… 저…?"

끓일 수 없는 가마

묘하게 섭섭한 생각이 든 김명선은 주춤거렸다.

"누가 귀띔해 줬나?"

"…전화… 걸라고, 그랬습니다."

"누가?"

날카로운 목소리가 울림판을 찢었다. 김명선은 더럭 겁기가 들었다. 잘못 전화했나 싶어 당장에 끊고 싶었지만, 예의상 그럴 수도 없는 노릇이었다.

"저… 얼마 전에…."

어떻게 대답했으면 좋을지 몰라 그녀는 자꾸 말을 갑잘랐다. 남편을 도우려던 노릇이 더 난처하게 만든 것 같은 예감이 괴어올랐다.

서인준은 그제야 "아차!" 하고 본의 아닌 실책을 깨달았다. 그도 어지간히 충격을 받은 모양이었다. 그래서 무심코, 평소 습관처럼 냉담한 태도가 툭 튀어나와 단조롭던 대화 분위기를 깨뜨렸다. 노련한 탐정이 어떻게 이런 과잉 반응을 보였는지, 스스로 민망함과 창피함이 느껴졌다.

"아, 미안하오, 미안해. 내 생각에만 빠지다 보니, 허허… 이거, 안 됐소. 내 종종 이래서 말 듣는 편이라오."

서인준이 본래의 친근감을 표하자 김명선의 가슴에 맺혔던 옹이가 쑥 빠졌다.

"실은 애 아버지가… 일 생기거들랑 바로 알리라고 곱씹어 당부했습니다. 며칠 전에요. 그래서 이렇게…."

"그래? 난 또… 어허…! 잘했소!"

어찌 된 연고인지 서인준의 언사에는 대번에 희색이 돌았다.

요즈음 주위에서 벌어지는 모든 일들이 김명선에게는 모호한 감투끈[419]들이었다.

왜 리열과 연관된 사람마다 직관적인 현상 하나에도 다면적인 감정들을 드러내는지.

"아까… 그, 내보낸다는 건 누구 소리요?"

---

[419] 감투끈. 까닭을 모르거나 갈피를 잡을 수 없는 상태를 비유적으로 이르는 북한어.

"도보안국에서 내려온 감찰원입니다. 남궁윤라고… 뭐, 이 사건… 맡았다면서…."

"내보낸다… 내보내?" 하고 입속에서 굴리더니 "감도가 썩 좋지만은 않아 보여. 인차 못 나올 것 같기도 하구. 내 직감이긴 하지만… 만약, 만약에 말이오…." 하고 덧붙였다.

"그럼… 일이 좋게 안 끝난다는 겁니까?"

김명선은 설마 설마 하면서도 아직은 좋은 방향으로만 치우치던 미련을 스스로 일축하고 말았다.

"흥분하지 말구. 좋게만 생각할 일이 아니다, 그 거지. 최악의 경우라는 게 있지 않나. 내 좀 알아볼 테니, 그래도 속 준비는 미리 하구. 지금은 먼저 손쓰는 게 상책이에요?"

통화가 끝난 후에도 김명선은 수화기를 놓지 못하고 우두커니 앉아 있었다.

믿고 기대한 사람이 오히려 더 험악한 소리를 했다. 차라리 전화하지 않은 것만 못했다. 아니, 꼭 그렇다고만 할 수도 없었다. 진심만이 진실을 말할 수도 있지 않은가?

언젠가 서인준의 직분에 대해 슬쩍 비추던 리열의 말이 무심중 떠올랐다. 일반 보위원이 아니라 닭알의 노란자위라고, 반탐 속의 반탐인 '대열보위', 뭐 그런 거라고 했다. 그래도 못 알아들으니 "보위원 잡는 보위원이야!" 했었지! 그게 서인준에 대한 김명선의 표상이었다.

그의 말이 틀리지 않았다. 국가보위성의 대열보위국은 보위부 내의 불순 적대분자들을 색출하고 숙정하는 것을 기본 사명으로 하고 있었다. 언뜻 일반적인 개념의 방첩 활동이라고 할 수 있었지만, 일명 '대열보위'라 불리는 이 부서는 보위부를 감시하는 보위부로서 독보적인 특권을 가진 조직이었다. 국가보위부의 핵심인 반탐, 그 핵심의 핵이 바로 '대열보위'였다.

그러니 조직의 역량은 두말할 것 없이 절대 검증된 최고급 탐정들로만 이루어져 있었다. 사업체계는 종선이었고, 사무공간조차 청사와 별개로 분

끓일 수 없는 가마

리된 외부에 위치해 있었다. 심지어 보위원은 물론 보안원, 검사, 판사에 이르기까지 모두 과녁에 넣고 있었으니, 법이라는 영역에서 칼자루를 쥐고 있는 자라면 가장 꺼리는 최상위 포식자였다.

그런 조직인 도보위부 대열처에서 서인준은 다년간 근무했다. 얼마 전에는 도인민보안국 대열처로 승급 이동하여 도보위부와 도보안국 중좌라는 두 개의 직분과 두 가지 제복을 가지게 되었다. 이 사회에서는 도무지 있을 수 없는 일이었다.

겉보기에는 소탈하고 무던했지만, 그의 속은 깊이를 알 수 없이 음침했다. 겉으로 드러나지 않는 예민한 촉수가 늘 돋아 있고, 말에는 항상 신중과 무게가 실렸다.

'하긴, 가볍게 억측할 사람은 아니지…!'

생각이 여기까지 이른 김명선의 머릿속에 예제 없는 의문이 꼬리를 물었다.

'대체, 어떻게 번진다는 걸까? 언제까지? 속 준비는 건 또 뭐고? 아…! 어쩜 좋아!'

땅으로 잦아드는 기력을 붙잡고 모대겼지만, 아무런 대답도 할 수 없는 자신이었다. 이 참혹한 비극의 근원을 이해조차 할 수 없는 순진한 백성의 사고로는 언제 가도 그 답을 찾지 못할 것이다. 남편이 없는 집, 아버지가 없는 가정을 단 한 번도 상상해 본 적 없는 그녀가 과연 얼마 동안이나 버텨 낼 수 있을까….

김명선은 눈앞이 새까매졌다.

"여보…! 흐흑…."

쓸쓸한 방안의 숨 막히는 정적을 간간한 흐느낌이 흔들었다. 알알이 응결된 눈물방울이 솔곳이 잠든 아이의 연한 볼 위에서 유리알처럼 부서졌다. 그러자 이슬을 머금은 꽃망울처럼 얇은 눈시울이 살포시 피어나더니, 그 속에서 머루알같이 까만 눈동자가 반짝 빛을 냈다. 아아, 저 맑은 눈동자가 흐려질까 봐, 그 희디흰 동심에 얼룩이 갈까 봐 그토록 참고 참아왔던 모성의 눈물이 아니더냐!

김명선은 들먹이는 가슴으로 소중한 눈동자를 가리며 오열을 터뜨렸다. 속 시원히 소리도 내지 못하고, 꺽꺽 토막 내어 삼키면서.

초산에서 전화를 받은 후로 서인준은 일이 손에 잡히지 않았다. 리열이 구금된 소식은 그로 하여금 갈피를 잡을 수 없게 했다.

우연인가, 필연인가?

특대형 마약 사건 수사가 마무리 단계에 들어서면서, 혹시 모를 만일의 상황에 대비하여 리열에게 주의 신호는 주었었다.

어쩌면 최악의 경우도 각오해야 한다. 뜻하지 않게 불리한 정황에 빠지면 수단과 방법을 다해 연락하라고. 천 번 중 한 번이라고 우려했던 그 연락이 오고야 만 것이었다.

현재 도보위부 대열처에서 수사 중인 마약 사건의 규모는 전국적인 조직범죄형이었다. 수사선상에 오른 다양한 혐의자들의 지위 또한 상상을 초월할 정도로 막강했다. 이들이 리열을 공격할 능력은 얼마든지 있었고, 최근 들어 리열이 주요 표적이 된 정황들이 여러 차례 포착되었었다. 음모적 양상을 전혀 예측할 수 없는 형편에서 리열에게 단순한 '주의!' 신호만 주었던 것이었다. 바로 이러한 때 리열의 신상에 발생한 변고!

과연 이를 어떻게 봐야 하는가? 사건의 전말은 억지스럽고 강제적임이 확연하다. 그렇다면, 의도적인 공격? 일반 단속이 아니라, 정말로 인위적인 보복이라면? 그때는, 그때는 문제가 심각하다. 그물에 걸린 맹수들의 발악이기 때문에, 사생결단의 공격이기 때문에!

서인준의 심장이 점차 싸늘해졌다.

요행, 우발적인 단속이라면? 그래도 위험성은 피차일반이다. 이를 기회로 검은 마수가 뻗칠 건 당연한 이치가 아닌가? 그런 경우, 시기상 구원은 불가능하다. 수사가 결속되기 전엔 절대로! 자칫하다간, 참혹한 결과를 초래할 수도 있다!

끓일 수 없는 가마

서인준은 머리를 싸쥐었다. 철창 속의 리열을 그려 보는 가슴은 몹시 아프고 쓰리었다. 이제 무더기로 들씌워질 불소나기를 그는 홀로 이겨 내야 했다. 공개적이든, 비공개적이든 아무런 도움도 받지 못할 것이다. 의심하기 시작한 검은 세력의 초점이 항시 주시할 것이고, 이런 때 섣불리 나서는 것은 기존원칙에도 어긋났다. 사소한 인간성은 오히려 리열을 탄로 시켜 더 큰 위험을 초래하고, 수사마저 돌이킬 수 없는 난관에 빠뜨릴 것이었다.

추이를 보며 고도의 신중성으로 대책을 모색해야 했다. 현재 상황으로는 리열이 찢기든 부서지든, 그저 내버려두는 것 외에 다른 대응책이 없었다.

알면서 맞아야 하는 매가 있고, 말 못하고 당해야 하는 죽음이 있는 것이 바로 보위사업이었다. 그래서 일찍이 체카(CK/KGB)[420]의 제르진스키[421]가 "큰 나무를 찍으려면 작은 나무가 상하기 마련"이라고 변명했었고 그래서, 바로 그래서 리열이 겪는 난은 필연인 것이었다. 자기 능력으로 살아나라! 보낼 수만 있다면 그것이 유일한 지령이었다.

서인준은 마음으로 힘을 주고, 마음으로 믿을 수밖에 없었다.

6

서인준이 리열을 처음 만난 것은 6년 전이었다.

초산군보위부에 지도사업 용무로 내려갔던 어느 겨울밤, 그는 군보위

---

420 체카(CK) : 소련에 존재하던 정보기관으로 일련의 소련 공안기관들로 이어지는 첫 번째 정보 기관이다. 정식 명칭은 반혁명 방해공작 대처를 위한 전 러시아 국가특수위원회이다. 1917년 12월 20일 블라디미르 레닌과 볼셰비키들에 의해 설립되었으며, 폴란드 출신 공산주의 혁명가 펠릭스 제르진스키가 이 조직을 이끌었다. 1922년 2월 6일 체카는 국가정치총국으로 승격되었다.

421 펠릭스 제르진스키(Feliks Dzierżyński, 1877~1926) : 소련 최초의 비밀경찰조직의 우두머리이자 볼셰비키 지도자. 소련의 정치가. 소련 자체뿐만 아니라 이후 생긴 수많은 공산국가들이 운용한 공산권 비밀경찰, 정치경찰의 아버지라 봐도 무방한 인물이다.

부 경리과장 한봉구에게 끌려 쏠쏠이 식당[422]에 갔었다. 규정상 보위원들은 외출 시 절대로 군복을 입지 않았다. 그래서 민간에서는 쓸쓸한 사복을 입고 연기처럼 배회하는 보위원들을 잘 가려보지 못했다. 이날도 두 보위원은 수수한 차림으로 구들목 술상을 마주하고 있었다.

시간이 흘러 술기운이 건하게 오를 무렵 한 무리의 남자들이 좁은 방 안으로 욱 밀려들었다. 좁은 방 한편에 상을 펴고 빙 둘러앉은 그들은 매우 호기 있고 쾌활하게 흥청거리며 술을 마셨다. 리열이 저녁 늦게 집에 들어선 두 형을 식당으로 이끈 것이었다. 그 외에 리열의 그림자인 리남혁이 무람없이 끼어 4형제처럼 보였다. 그렇지 않아도 가정적으로는 넷째라고 부르기도 했다.

그들이 방에 들어설 때부터 서인준의 직업적 감각은 본능적으로 발동하기 시작했다. 특히 유머 감각이 넘치게 좌중을 주도하는 한 젊은이에게 무척 호감이 갔다. 어두침침한 속에서 번뜩이는 어떤 빛을 본 것이었다. 분명 범상치 않은 영채였다. 이 시각, 자기의 일거일동 역시 그 비슷한 섬세한 주시에 들어 있음을 서인준은 감측하지 못하고 있었다.

옆좌석의 손님들이 일반인이 아니라는 것을 리열이 대뜸 직감한 것이었다. 더군다나, 인격이 잘난 서인준의 거동은 색이 특별했다. 그만큼 '감시'는 하는 놈이나 받는 놈이나, 다 같은 고질적인 습관이 되고 말았다.

늘 그러했지만, 리열은 말과 행동을 더 주의해야 했다. 어느 벽에 귀가 있고, 어느 천정에 눈이 있을지 몰랐다. 초산군에 온 지 겨우 1년이니 아직은 조심스러운 때이기도 했다.

술병이 두어 번 돌았다. 다른 구석에서는 서인준이 경리과장 한봉구에게 수신호 같은 눈짓을 보내고 있었다.

누구들? 초산 사람들이면 당연히 알고 있을 것이었다. 그런데 한봉구는 자연스레 도리머리를 쳤다. 그럴수록 서인준의 호기심은 점점 흥미진진하게 동했다.

---

[422] 쏠쏠이 식당. 크거나 요란하지 않고 뒷골목 방을 이용한 작은 식당을 가리킨다.

술기운까지 부추기는 바람에 서인준은 말마따나 제 먼저 걸치며 나섰다. 하, 그랬더니 이것 봐라? 아예 옮겨 앉으라고 무작정 잡아끄는 게 아닌가? 과격한 데가 있는 둘째 리혁준의 돌발행동이었다.

예상외의 반응에 짐짓 놀란 그들은 못 이기는 척하며 요구에 응했다. 좀 지나쳐도 의도에는 부합되니 그럴 수밖에….

잔들이 분주히 오고 가자 술이 섞이듯 분위기 또한 이내 맛이 들었다. 소탈하고 통속적인 언변으로 서인준은 거침없이 대화를 주도했다. 자리의 사람들은 그가 던지는 화젯거리를 따라 자연스럽게 흐름을 탔다. 한참이나 말머리를 이리저리 끌고 다니던 서인준은 "모두들, 무슨 일 하십니까?" 하고 넌지시 주제를 바꾸었다.

"습니까는 무슨! 그저 야, 자 하구레!"

리혁준이 시원시원하게 박자를 맞춰 주며, "형님 보기엔, 우리가 뭘 하는 사람들 같나?" 하고 구면지기처럼 물었다. 비록 사복 차림이었지만, 그도 국경경비총국 소속의 군관, 그것도 책임보위지도원이었다. 어쩌면 인민군보위사령부 계통의 보위원이었기에, 일부러 흥청거리는지도 모른다.

리열의 형제 중에 부모들의 피해를 덜 받은 자식이 있다면, 바로 둘째인 리혁준이었다. 부모들이 평양에서 쫓겨나던 시기, 인민군 '김혁보위대학'에서 재학 중이던 그는 몇 차례의 중앙당 담화 끝에 천행으로 살아남을 수 있었다. 너무도 끌끌한[423] 세 자식을 모두 난도질하려니 악한 마음에도 손이 떨렸던 모양이었다. 하지만 그의 전도는 그다지 밝지 못했다. 이유를 알 수 없게 번번이 승진이 어려웠다.

"글세… 겉 보고야 알갔나? 여기 사람들 같진 않은데…."

서인준은 리혁준의 반문에 어리숙한 표정을 지어 보였다.

"하하하… 잘도 맞춘다. 여기 사람 아니문? 체! 다 초산 사람이우다."

리혁준이 놀리듯이 비아냥거렸다.

그러나 서인준은 탓하는 기색이 없었다. 인자하고 소탈한, 한마디로 상

---

[423] '끌끌하다.'는 '마음이 맑고 바르고 깨끗하다.'는 뜻.

대의 마음을 온화하게 만들어주는 아량 있는 자태였다.

"초산 사람? 허허…허! 근데 왜, 본 낯이 없지…?"

서인준은 아랫입술을 약간 내민 채 머리를 가로저어 의문을 배포했다. 그러면서 어느 틈에 한봉구를 쏘는 눈빛.

한봉구도 기다렸다는 듯이 "글쎄 말입니다. 손바닥만 한 초산 땅에서 이리 낯설 순 없는데… 전혀…?" 하고 맞장구를 쳤다.

"그럼, 거짓말이다, 이거요?"

어지간히 술기가 오른 리혁준의 과격함이 별안간 불끈했다.

"술맛 없게시리! 뭐이?"

하긴, 그가 공손할 수가 없었다. '군복'이라는 갑옷은 어떤 천성을 가진 사람이든 도를 넘는 거만함에 가깝게 변화시키니까. 두세 마디 안밖에 '개새끼!' 욕설이 나가고, 벼락 치듯 주먹을 날리는 게 보통인 진짜 군인을 그들이 건드린 셈이었다.

그러거나 말거나 "술맛은 왜 또? 내가 뭐 어쨌게? 동생 성격 참 좋소?" 하고 서인준은 능청을 떨었다. 사람 다루는 데 능갈친[424] 솜씨가 있는 그였다. 누구나 그 앞에서는 불 앞의 엿가락처럼 되고 말았다.

"보자 보자 하니까, 이거, 걸치는 거요?"

가속 패들을 밟은 듯 리혁준은 더욱 부르퉁거렸다.

리열은 서인준의 속내를 대뜸 간파했다. 붙는 불에 일부러 기름을 끼얹어 스스로 본색을 드러내게 하려는 교활한 술책! 모름지기 휘발유 같은 리혁준의 성격을 역이용하려는, 부채질하는 대로 활활 타서 말짱 드러나게 하려는 흉측한 심보! 고약하기란!

리열은 멀쩡한 신사들의 흉심이 괘씸했다.

'더 말려들지 말고 잘라 버려야 해! 아예 쫓아 버리던가… 취흥 깨뜨리는 게 거슬리기도 해!'

"실례 아니라면, 참례 좀 할까요?"

---

[424] '능갈치다.'는 '매우 능란하다.'는 뜻의 북한말.

　끓일 수 없는 가마

무심한 표정으로 일언반구도 없던 리열이 그제야 입을 떼자 "실례는 무슨, 어서…!" 하고 서인준은 쾌히 받아들였다. 속으로는 무등 반가운 제안이었다.

자제하라는 동생의 만류임을 넘겨짚고 리혁준은 술잔을 들며 물러났다.

"그쪽이 더 평범해 보이지 않은데…?"

서두만 가볍게 던진 리열은 관상이나 보려는 듯 무례할 정도로 새새 뜯어보았다. 비수처럼 번쩍이는 눈빛이었다.

서인준은 속으로 긴장해졌다.

'이건, 무슨 느낌이지?'

"큰, 간부처럼 보이나? 그럼, 좋은데. 허허…."

"에이, 그만하자요. 초면에… 버르장머리 술 바꿔 먹은 줄 알갔시요."

서인준은 빙긋거리며 "형, 동생 하자면서 버릇은 무슨, 그다지나…." 하고 서두를 받아주었다.

리열은 성수가 난 듯 "그럼, 형님네 수준에 어울리게 한마디 할까요?" 하며 까불거렸다.

"에, 우리더러 초산 사람이 아니라고 이야기하는 데는, 두 가지 원인이 있을 수 있습니다. 계속할까요?"

허공에 들린 손가락 두 개가 모두의 시선을 모았다. 누구의 동의도 기다리지 않고 그는 "첫째!" 하며 말을 이어갔다.

"자, 그건 정말로, 우리가 초산 사람이, 아닌 경우! 에, 둘째! 바로 형님이, 초산 사람이 아닌 경우! 근데 어쩌나, 우린 전부 초산 사람인 걸요… 그러니 원인은 단 하나! 형님이 초산 사람이 아니라는 거지요. 안 그래요?"

서인준은 놀라웠다. 마치 논리학의 정의를 증명하는 것 같았다.

유능한 탐정은 조금도 내색 없이 대화에 임했다.

"그런가? 음…! 그래도, 내가 초산 사람이 아니란 논거는 좀 부족하지… 그치?"

리열이 다시 입을 열었다.

"첫째로, 형님은 손님으로 초청됐고, 저쪽 형님이 대접하고 존대하는 걸 보면, 함께 일하거나 자주 만나는 사이일 거고, 손님이라면… 타지방에서 왔을 가능성이 크지요."

힐끗 건네보고는 "둘째로…." 하고 더 확신하는 어조가 흘러나왔다.

"저녁 식사가 늦은 걸 보아 형님네는 기관 사람들이고, 모름지기 퇴근 후 예견 없던 자리겠지요. 제대로라면, 저 형님이 집이 아니라 이런 누추한 골방에 모셨겠나요? 쯧, 내 보기엔 형님이 오후 대여섯 시쯤에 초산에 도착한 모양입니다. 셋째로…."

리열은 말허리를 자르고 술잔을 들었다. 그러고는 누구에게라 없이 권했다. 모두가 그를 따라 잔을 비웠다. 유독 서인준 일행만이 쳐든 잔을 만지작거렸다.

어딘가 모르게 코가 꿰어 조롱받는 감이 들었다. 그렇다고 딱히 인상을 찌푸릴 빌미도 없었고… 어방이 직방인지는 모르겠지만, 하여튼 근사하게 들어맞지 않는가?

"셋째로, 잡도리를 보니 식사나 하자고 온 건 아닌가 봅니다."

간지럽다니 겨드랑이 밑을 파고든다고 리열의 익살은 계속되었다.

"지루한 겨울밤을 객지에서 보낼 손님을 동무해서 겸사겸사 시간을 보내는 그런 자리? 솔직히, 막 술꾼이 아니고서야 지체도 있는데 이런 곳에 오래 앉아 있지 않지요. 특수한 사정이 있겠지요. 그래서 결론은 뭐다? 형님은 십중팔구, 초산 사람이 아, 니, 다!"

리열은 어깨를 으쓱해 보이며 "직감으론, 장담!" 하고 끝을 맺었다. 추측이라고는 하지만 "넌 속일 수 없어!" 하고 비웃는 듯한 내심이 강하게 풍겨 왔다.

서인준은 내심 감탄하지 않을 수 없었다. 직업적 견지에서 보면, 미행당한 게 아닌가 싶을 정도로 그의 논거는 정확했다. 조금 전보다 기분은 냉랭해졌지만, 그래도 안색은 여전히 유순했다. 호기심도 호기심이려니와 이제는 지고 싶지 않은 술 심리가 점점 더 승해졌다.

"고참, 재밌는걸! 그런데… 이자 특수한 사정이라는 건 무슨 소린가? 혹시, 우리가 무슨 일을 하는지도 알 수 있다, 그런 건 아니지…?"

"헤헤… 얼굴에 다 쓰여 있잖나요?"

"하하하… 이거, 정말 재밌는 친구야. 어디, 이왕지사 말 난 김에 맞춰 보지."

리열은 창살을 비껴들고 노려보는 눈빛을 조금도 꺼리지 않고 마주했다. 마치 그의 얼굴에서 무언가를 읽어내려는 것 같았다.

"이히! 일없갔시오? 빵짝[425]나면 메사[426]할 텐데…? 자 그럼, 첫째로…!"

리열은 왼손 엄지손가락을 꼽아 보이며 오른손의 술잔을 권했다.

자기도 모르게 경쟁심이 우러나는 서영준도 어쩔 수 없이 잔을 들었다. 별 같지 않은 녀석의 "첫째로, 둘째로…." 하는 훈시질에 속이 불끈거리기도 했다. 그러나 술잔을 기울이며 떠는 너스레는 자못 즐거운 색이었다.

"어, 술맛 좋다! 계속하지, 첫째로…."

"첫째, 형님은 우릴 첨부터 주시했시요. 뭐, 우리가 좀 눈에 튄 것도 있고, 형님 관찰력이 특출한 것도 있는데, 그보다는 고질적인 습질[427]이라 할까… 둘째, 형님은 우리한테 일부러 접근했시요. 그건, 일반적이지 못합니다? 너~무 일반적이지 않지요."

"술자리에 청하구, 끼우고, 그게 일반 아니면, 2반인가? 호호…."

"청하기야 했지요. 그 전에 유도는 형님이 했구요. 뭐, 닝큼 돌아앉은 거도 형님이고… 솔직히, 거절이 일반적이지요. 형님 같은 분들은 더, 더, 더, 거절이 정상입니다. 복잡계층에 전혀 꺼리는 거 없다? 그러니 형님들은…?"

"으…음! 어험! 그래서…?"

리열은 얄미울 정도로 서인준의 턱밑을 파고들며 속닥거렸다.

"한밤중에, 굵직굵직한 젊은 패거리가, 우르르 밀려다니니, 수상쩍었지요?" 하고 말이다.

---

[425] '빵짝나다'. '어떤 일이 아주 산산조각이 나거나, 걷잡을 수 없이 완전히 망하는 것'을 뜻한 북한말.

[426] '메사하다'. '큰 망신을 당하다, 궁지에 몰리다.'는 뜻의 북한말.

[427] '습질'. '오래되고 고착된 습관이 가진, 고유한 성질이나 본질'이라는 뜻의 북한말.

불에 달군 인두를 들이대는 듯 서인준은 몸을 젖히며 "별걸 다 신경 쓰겠군. 우린 뭐, 낮에 온 손님들인가?" 하고 딴청을 피웠다.

"옳습니다. 바로 그거! 그게 답입니다. 밤이 깊어도 서두르지 않고, 밤에 밀려다니는 무리를 꺼리지 않고, 결국 밤을 무서워하지 않는 사람! 옳지요?"

"바암?"

시원스레 쌍꺼풀진 서인준의 눈이 숯불처럼 이글거렸다.

"무서워 안 하지. 그렇다고… 그게…?"

"하하하…!"

리열은 통쾌하게 웃었다. 왜인지 서인준의 언행이 궁여지책에 몰린 한갓 빈말로 느껴졌다.

"모르쇠도 참! 아, 세상 이치야 뻔한 건데… 꼭 '장훈!⁴²⁸' 소릴 듣고 싶습니까?"

서인준의 진중하던 얼굴색이 서서히 균형을 잃었다. 그러거나 말거나 그냥 깔깔깔….

그 바람에 술상의 취기가 웃음기로 변해 버렸다.

무안을 느낀 서인준은 마음을 자제하며 태연해지려고 애썼다.

"허 어, 이거, 마음 착한 형님 놀리는 건 아니지? 난 원체가 좀 얼뜬해요. 흐흐… 빙빙 돌지 말구, 뚝 찍어 말하라구, 찍어서!"

"네에! 좋습니다." 하고 리열도 정색을 했다.

"터놓고 말하면, 지금 세월에… 밤 무섭지 않은 사람, 누구들 같습니까?"

파르무레한 광대뼈가 두드러진 얼굴에서 속살거리던 기운이 가셔졌다.

"군대를 빼면, 법관! 여기, 겨드랑이에 총 찬 사람들…!"

리열의 날렵한 손이 어느새 서인준의 겨드랑이 근방을 툭, 건드렸다. 얼결에 반응하는 서인준의 두툼한 손…! 자못 흠칫, 놀라는 기색이었다. 그 모양이 우스운 듯 콧소리를 흐흐 내며 "문젠, 어떤 법관인가 하는 건데…?" 하고 리열이 눈살을 꼿꼿이 세웠다.

---

428 '將軍'의 평북 방언.

"사법? 검찰?… 아니고!"

서인준은 기분이 언짢았다. 그러면서도 "왜?" 하고 바짝 따지고 들었다. 하기야 그럴 수밖에 없었다. 스르스르 빠져드는 궁지에서 다르게는 대처할 수가 없었다.

"에 헤… 그 사람들은 이딴 세세한 잡사엔 전혀 끼우지 않지요."

"…?"

"입에 넣어주면 씹기만 하면 되는데, 질 낮게 이런 덴 왜 삐칩니까? 누구처럼 촉각이 예민하지 않다 이겁니다. 돌아 방귀도 안 뀌지요. 그러니 아닌 거지요!"

리열은 의연 장담하고 있었다.

"흠! 그럼 뻔하구만 뭐, 보안원이라는 거지?"

서인준은 각지게 어깨를 높였다.

상을 둘러싼 눈들이 대화가 이어질 때마다 차츰 커졌다.

리열은 살살 채머리를 흔들었다.

화가 동한 듯 "총 찬 법관이라며?" 하고 어딘가 신경질적인 반문이 날아들었다.

"총 차면 다, 보안원인가 뭐?"

더욱 부아통을 부풀리는 막말이었다.

"보안원 아니다?"

"거럼요! 보안원은 웬만해서 사복 차림 안 해요. 글구 매사에 무게가 없지요. 어디서든 드러내길 좋아하고, 대놓고 대접을 바라니까요. 형님이 보안원이라면, 벌써 슬그머니 윗단추 풀었을걸요? 이렇게…!"

리열은 갑자기 말허리를 뭉텅 자르고 슬쩍 곁눈질 해 보았다.

"왜? 계속하지 않구."

"에이! 그만둡시다. 취 주는 대로 주절거려야 헐뜯는 소리로 번지겠습니다. 자, 자, 술이나 마시자요."

리열은 거개를 향해 술잔을 들어 올렸다. 너나없이 따라 들었지만, 활기 있는 쪽과 시무룩한 쪽이 대조되었다.

이때 다람쥐 눈을 반들거리던 리남혁이 리열에게 찰싹 붙었다.

"왜 단추 푸나요? 보안원은?"

"…?"

"아씨! 왜 푸나요? 보안원이 단추 풀믄?"

물음표가 한껏 불어나 진정으로 궁금해하는 꼴이 참 사랑스러웠다. 리남혁은 리열의 옷섶을 이리저리 살피며 "에이, 풀믄 어케 되요?" 하고 성화를 먹었다. 받아 줄 수밖에 없는 순진함이었다.

"자, 이렇게 풀면, 그럼 뭐가 보여?"

"쇄골! 요거, 쇄골!"

일행이 웃음을 참지 못했다.

리열은 그러는 남혁의 이마에 딱밤을 갈겼다.

"이케 헤치면, 어깨 총집, 하긴 그거 알 게 뭐야. 여기 겨드랑이에 총집이 있는데, 그걸 메는 끈이 여기, 어깨에 보여. 쇄골 있는데 말이야. 알가서?"

"아하…! 나 이거 있어, 누군 줄 알아라… 챠! 헛가다구나! 맞지요?"

"와하하…!"

통쾌하게 잔을 비우는 리열을 뚫어지게 응시하던 서인준은 끈덕지게 매달렸다.

"용두사미라더니, 결말이 없어."

"흥! 용의 머리에 뱀의 꼬리라…. 혹시, 뭐라 하진 않겠지요?"

"술자리에서 안 할 걱정!"

"사실, 보안원들은 먹을 알 없으면, 절대 삐치지 않습니다. 물론 총이야 찾지요. 이상하건 겁도 있는 겁니다. 이런 데 함부로 끼어들지 않지요. 근데… 형님들은 좀 다르지요? 하오니 보안원은 아니다, 이거지요."

"호호호…! 그러니 우린 법관이 아니구만, 뭐…!"

"내가 뭐랬지요? 밤 무서워 안 한다고. 그런 사람들!"

서인준의 얼굴이 대번에 쌀쌀해졌다.

끓일 수 없는 가마

"아까부터 그건, 무슨 소리야?" 하고 더는 참지 못하고 속통을 터쳤다.

"소린 왜 치시우?" 하려다 리열은 해사한 표정을 짓고 말았다.

"밤, 밤 하면서 요살스레…?"

"요살? 내 참! 그럼 형님들, 보위원 아니라는 거요? 그렇게 꼭 짚어야 맛이지요?"

보위원?

당사자들은 물론 술꾼 모두가 놀랐다. 서인준 일행은 세 살 난 아이에게 팬티를 벗어 보인 것처럼 창피스러워 놀랐고, 나머지는 보위원이라는 감시카메라를 스스로 끌어들인 실책에 놀랐다.

"틀립니까?"

재삼 달구었지만 아무런 대꾸도 없었다. 그럴수록 먹구름처럼 흐려지고 수수떡처럼 검붉어지는 안색들이었다. 반대로 입이 귀밑까지 올라간 얼굴들 속에서 "에에, 농으로 받아주십시오. 술맛 돋구자구 무람없이… 자자, 또 듭시다!" 하는 리열의 쟁쟁한 목소리가 울려 나왔다. 잔들이 줄줄이 따라 오를 때 서인준은 슬그머니 자리를 털었다.

"지내 마셨군. 피곤해서 먼저… 천천히들 즐기구, 응?" 하며 황망히 방문을 향했다. "건배!" 하는 쾌재가 벌기우리한 뒷덜미에 작살처럼 날아와 푹 박혔다. 불한당 같은 시러배 자식들!

망신이었고, 수치였다. 허나, 교훈도 없지 않았다.

1년 후, 서인준은 초산군보위부에서 올라온 한 통의 문건을 받게 되었다. 군보위부행정부부장 송두성의 종합보고서였다. 거기에는 근 1년에 걸친 리열에 대한 요해 자료가 서술되어 있었다.

사람의 실체를 파헤치는 게 전업이기도 하거니와, 어딘가 묘하게 끌리는 데가 있어 서인준이 정식으로 의뢰한 것이었다. 부지불식간의 의뢰가 차후에는 깊이 있는 검토까지 지시하는데 이르렀다.

군급 보위부에서는 행정부부장이 대열보위사업을 감당하고 있었다. 하여 송두성이 이 지시를 집행하게 되었었다. 그는 어렵지 않게 뒷골방에 동석했던 리열을 찾아냈다. 그때로부터 리열에 대한 면밀한 조사가 진행되었다. 이상하게도 아무리 들춰 보고, 투시해 보아도 거의나 흑점이 없었다. 렌트겐 촬영(엑스레이 촬영)이 정상이면, 의사나 좋아할는지….

아쉽게도 그는 의사가 아니었다. 오히려 검은 병조가 뚜렷이 드러날 때 그 무슨 발견의 희열감에 들뜨곤 했다. 이번만큼 문제가 없는 게 문제인 적은 없었다. 그도 그럴 것이 사회생활에 부대끼는 사람치고 보위부가 일단 초점을 맞추면 걸리지 않을 이란 사실상 없었다. 그만큼 지금의 생활은 너나 할 것 없이 부정 수입으로 유지되기 때문이었다.

그런데 리열은 전혀 달랐다. 흐름은 뻔한데 도저히 흔적을 찾을 수가 없었다. 꼬리가 항상 오리무중 속으로 사리지 않는가.

당시 초산군에 갓 들어온 리열은 결혼 1년이 겨우 되는 30대 초반이었다. 누구나와 같이 생업에 열중하고 있었는데, 말이 생업이지 책대로 따지면 위법이 아닌 게 없을 것이다. 그러지 않고서는 돈 한 푼 벌 수 없는 것이 부정할 수 없는 현실이었으니… 다만, 도를 넘지 말아야 한다는 자각이라도 있다면, 그나마 양심적인 견해였다.

문제는 한다하는 보위부의 촉수가 리열의 그 양심의 자취마저 감촉 못한 것이었다. 문제가 없는 것이 리열의 제일 큰 문제였다.

보위사업에서는 모자라는 것보다는 남는 것이 더 위험하고, 더러운 것보다는 깨끗한 것이 더 의심스럽다. 홍청대는 것도 문제이지만, 지나치게 청렴한 것은 더 큰 문제이다. 그만큼 굶주리지 않으면서 청렴하다는 것은 시대적인 큰 모순이었다.

안달이 난 송두성은 여러 번 책략도 꾸며보고, 트집을 만들어 보기도 했었다. 나중에는 밑도 끝도 없이 불시에 두 명의 보위원을 그의 집으로 보낸 적도 있었다. 어마어마하게 보위부로 호송해서는 위압을 주며 툭, 건드려보기도 했다. 그때에도 공손히 동행한 리열이 도리어 멋지게 역습하는 통에 송두성은 부하들로부터 '송오새'[429]라고 말밥에 올랐다. 하지만 보이는 게 전부가 아니었다. 이러한 억지스러운 과정은 리열과 맥을 긋기 위한 모종의 계획에 따른 것이었다. 송두성에게 남은 마지막 방법은 이렇듯 자기가 직접 발을 담그고, 뜨물인지 흙물인지 가려내는 것뿐이었다.

그렇게 인위적으로 엮인 가식적인 인과관계가 시간이 흐를수록 깊어졌다. 송두성은 불순한 목적을 초월하여 언제부터인가 리열에게 빠져들고 말았다. 의리심이 강했고, 세상 물정에 약은 데 비해 매우 양심적이었다. 시작은 어려웠지만, 의외로 초과 이상으로 리열을 파악한 송두성은 만족한 보고서를 제출할 수 있었다.

보고서에는 리열의 공민적 양심과 '수뇌부보위'라는 사명감에 호소하여 이뤄낸 성과자료들도 들어 있었다. 다르게 말하면, 가장 효과적인 현장 검토 결과였다.

그것을 보는 서인준은 더욱 놀랐다.

중국산 손전화기 적발 3대를 6개월 사이에 송두성의 책상 위에 가져다 놓았다고 한다. 이게 사실이라면, 웬만한 보위원들도 가당치 않은 실적이 아닌가? 공개적인 권한이나 수단, 보호장치조차 없는 그가 어떻게 탐색하고, 어떤 방법으로 탈취했을까? 그것도 대상의 의심을 회피하면서 말이다. 이건 정말이지 전문가 수준을 능가했다.

원래 중국산 손전화기는 심각하고 위험한 물건이었다. 이유를 불문하고 소유나 사용은 곧 적과의 직결 내통이라는 절대적인 견해를 바탕으로 치부가 된다. 그것은 수뇌부의 안전에 기상천외한 위기를 초래할 수 있고, 국가의 안전에 직접적인 위협을 가할 수 있는 적대적 수단으로 보기 때문이었다.

이렇게 엄중시하다 보니 중국산 손전화기의 위험성은 너나없이 모르는 바가 아니었다. 간혹, 밀수를 목적으로 감추고 있는 사람도 집식구들에게 조차 절대 비밀로 했다.

---

[429] '오새'는 '사물의 속내를 분간하는 능력이나 분수'를 나타내는 북한어.

이토록 들추려는 자와 숨기려는 자의 대립이 격렬한 데 비해 이를 밝혀낼 수단은 첨단 장비가 아닌 재래식 탐문수사가 고작이었다. 실태가 그러하니 중국산 손전화기를 적발해 낸다는 것은 말처럼 쉬운 일이 아니었다. 만약 어느 보위원이 중국산 손전화기 한대를 들춰냈다면, 2~3년 동안은 사업총화보고서의 성과 부분에 고정으로 이름이 오를 정도였다.

그런데 보위원도, 수사원도, 심지어 공작원도 아닌 리열이 양심의 사명만으로 단 반년 사이에 손전화 3대라. 리열을 본 적이 없다면 서인준은 단마디로 부정했을 것이다.

문건에는 그 외에도 여러 건의 중요한 내용들이 언급되어 있었다. 전체적으로 제공되는 자료들의 질뿐 아니라 분석과 판단이 일반 보위원의 수준을 훨씬 능가한다고 송두성은 평가했다. 특히 주목할 점은 임기응변이 아주 뛰어나고, 무슨 일이든 용의주도하며 판단 능력이 남다르다는 것이었다. 또 인간적으로 진실하고 열정이 있으며, 정의감이 강하고 자존심이 세며, 남을 속이거나 빙빙 에도는 것을 제일 질색한다는 것….

장점만 골라서 나열한 형식적인 당생활자료처럼 보이기도 했다. 하지만 보고자의 만족감과 자부심은 그보다 더 강하게 느껴졌다. 완전한 '통과!'라는 검토 결과를 확신하며 결론을 내리지 않았는가.

이렇게 되어 서인준은 거의 1년 만에 리열과의 접촉을 예사롭게 다시 마련했다. 이번에는 송두성의 집에서였다. 일반손님 행세로 틀고 앉은 서인준은 자연스럽게 유도해 온 리열과 깔끔한 인사소개는 피하고 초면의 몸가짐만으로 마주 앉았다.

그런데 일도 참! 리열이 얇은 가면을 살짝 잡아당겨 그를 당황케 할 줄이야.

술이 서너 잔 바닥나도록 모르쇠를 피우는 서인준의 귓가에 "밤을 무서워하지 않지요?" 하는 속살거림이 울린 것이었다. 그만에야 그는 얼음판에 자빠진 황소처럼 눈알을 데굴거렸다. 얼굴색은 졸지에 수수떡처럼 변해 버리고….

끓일 수 없는 가마

"밤…이라니?" 하며 무슨 말이냐 싶은 듯 어줍게 얼버무리는 그를 송두성은 의아한 눈길로 바라보았다. 갑자기 왜 저래?

"아하! 누군가 했더니?" 하고 서인준은 그제야 알아본 듯이 생색을 했다. 애초 천연스레 이끌어 가려던 초기 계획은 이미 집어던졌다. 한번 맛본 쓴 교훈도 있거니와 송두성의 견해를 존중한다면 자신의 신분을 털어놓고 접어드는 것이 상책이었다.

이날의 만남에서 서인준은 미리 파악한 리열의 개성을 극력 유의했다. 이후 마음을 더욱 굳힌 그는 여러 통로로 검질긴 해설과 설복을 들이댔다. 양심과 의무를 겨냥한 호소는 마침내 리열의 마음을 움직일 수 있었다. 보위사업에 인입(리入)하겠다는 동의를 했고, 일정한 교육과 강습을 거쳐 서약도 했다. 리열은 이 일이 누군가의 뒤나 파는 너절한 행위라고 생각지 않았다. 사회의 안전과 수뇌부의 안녕을 위해 양심과 희생을 각오해야 하는 의로운 사명으로 간주했다. 그것은 새빨간 종자에서 싹터 자란 인간 본연의 사회적 의무감에 지펴진 불길이었고, 달리는 살 수 없다는 새빨간 인생관이 가리키는 길이었다.

리열의 차후 활약과 실적은 기대를 훨씬 능가했다. 그는 대중의 동향을 예민하게 통찰하였고, 때로 평범한 현상에서도 귀한 가치를 도출해 내는 뛰어난 안목과 수완을 보여 주었다.

얼마 지나지 않아 그는 도보위부장의 안중에까지 든 A급 요원이 되었다.

3년 동안 리열의 실적은 실로 혁혁했다. F청년광산 보위부장 상좌 차영철의 마약 사용 및 대형밀수사건, 초산군 금정협동농장 5작업반장 공현석의 중국 가족 월경과 대형밀수사건, 초산군 F노동자구에 주둔한 국경경비총국 29려단 3연대 2대대 2중대 3소대 부소대장 상사 김남진의 마약 제조 원료 페닐초산(페닐아세트산) 250kg 밀수사건 등을 적발해 냈고, 법의 준엄한 심판 앞에 세웠다. 근래에는 초산군인민보안서 예심과장 소좌 신준호의 빙두(필로폰, 메스암페타민) 500g 밀수 기도를 포착하고 자수를 유도해 도보위부장이 직접 감사를 주기도 했다.

개개의 사건들이 보위원조차 선뜻 엄두 내기 어려운 중대 사건들이었다. 공적인 권한도 없는 일개 요원이 그런 사건들을 들춰낸다는 것은 기존의 상식으로는 도무지 납득하기 어려운 사실이었다. 리열을 만난 것은 서인준의 행운이었다. 덕분에 평가는 앞에서 다 받을 수 있었고, 승진의 문은 거침없이 열리게 되었다.

반면에 리열에게 차례진 건 동전 한 잎 없었다. 이따금 낯모를 전화에서 보이지 않는 지하 전선에서 수고가 많습니다."라는 틀에 박힌 격려 한 마디면 고작이었다. 그러나 그는 오직 의무에 충실했다.

이번만 보아도 그렇다. 얼마나 위험천만한 행동에 자신을 내던졌는가? 오죽했으면 뒤늦게 보고 받은 서인준이 "너무 위험한데…."라는 외마디 우려만 곱씹었으랴. 그때 리열은 또 뭐라고 했던가.

"굴이 크니 아마 범도 클걸요?"

배포가 있다고 해야 할지, 겁이 없다고 해야 할지….

아무런 안전담보도 없었다. 위험한 만큼 국가보위성이 중시하는 특대형 사건임은 분명했다. 원인 모를 죽음의 항시적인 위협을 리열이 모르지 않았다. 하면서도 그 아슬아슬한 대결에 스스로 뛰어들었다. 끝내는 범죄를 입증할 수 있는 확고한 물적 증거들을 거머쥐었고, 사건 수사가 미로에서 벗어날 수 있었다. 그런데 문제는 그 후, 바로 지금이었다.

흔히 적수(라이벌)라고 하면 힘이 비등비등하게 견줄 만할 때 타당한 말이다. 하지만 리열이 상대한 적은 턱없이 막강한 세력이었다. 그 앞에서 리열은 대비조차 할 수 없는 한낱 최약자에 불과했다. 보위, 보안의 수사나 반탐[430]의 쟁쟁한 현직자들도 가담된 검은 세력! 그 마수가 묘연한 리열의 일거일동을 수수방관할 리 만무했다. 아무리 교묘하게 정체를 숨기려 해도 의심과 추적은 그 이상으로 검질기고 악착스럽지 않은가. 이미 과녁에 들었다는 판단이 옳을 것이다.

리열의 능력에도 한계는 있었다. 지금이야말로 그에게 가장 위험한 시

---

430 反探. 적의 간첩, 밀정, 탐정 따위에 반대함.

끓일 수 없는 가마

각이 닥쳐왔음을 서인준은 싸늘하게 느끼고 있었다. 그는 지그시 눈을 감았다. 험난한 싸움의 그 행적들을 다시금 떠올려 보았다.

이번 행동을 위해 리열은 무려 1만 3,000달러의 막대한 손실을 기꺼이 수용했다. 이는 누구의 강요나 지시 때문이 아니라, 오롯이 자신의 판단과 결심에서 비롯된 것이었다. 망설일 시간조차 없이 정황이 그만큼 긴박했었다. 그야말로 선전용 영웅의 고상한 심리가 아니고서는 도저히 발휘할 수 없는 투신이었다. 마치 수류탄 묶음을 안고 적진으로 돌진하는 '육탄정신'과 같은 미친 짓이었다. 그 희생적인 노력으로 사건이 진척되었고, 1호 방침(김정은방침)까지 받게 되었다. 국가보위성에서 '방침사건'이라고 하면 그 무게를 능히 가늠하고도 남을 특대형 사건을 뜻했다.

사건은 결속단계에 이르러 현재는 일망타진을 준비하고 있었다. 체포 작전을 앞둔 바로 그 마지막 계선에서 리열이 타격받은 것이었다. 설사 우연이라 할지라도 서인준의 입장에서는 오직 필연으로 단정되었다. 그런데도 그는 속수무책이었다. 분개했다. 그럴 수밖에 자신이 더없이 원망스러웠다.

시간이 흐를수록 적수들은 뜯어 맞춰서라도 법적 근거를 만들 것이다. 만일, 보위부 사건과 무관한 일반범죄로 엮는다면 서인준은 정말로 어찌할 방도가 없게 된다. 그건 엄연히 개인에 극한 된 형사사건이기 때문이었다. 물론 원칙적으로 본다면 방법이 영 없는 것은 아니었다.

일반 형사사건으로 형기를 받고 노동교화소 정문 앞에 이른 막다른 처지라 할지라도 말이다. 국가보위성은 자기의 특권으로 선 자리에서 가로채 올 수 있었다. 그러나 그것은 부득이한 경우만이었다. 그렇게 되면 정체가 노출되고, 더 이상 보위사업은 할 수 없기 때문이다. 단, '요원'에게 담보한 책임이라는 한낱 싸구려 보상에 지나지 않는 것이었다.

이러한 보상은 일선 요원이라면 누구나 받게 되는 일종의 정치적 보험이었고, 국가보위성이 약조하는 최대의 담보조건이었다.

그나마 현실적으로는 천에 하나도 지키기 힘든 빛 좋은 개살구 같은 기만적인 담보임을 서인준은 잘 알고 있었다. 새우든 고래든 돌 던져 맞는 게 일명 정보원(요원)인지라 너도나도 다 건져 주다 나면 보위부의 흑막은 물론, 여실히 드러나는 국가의 취약성은 어찌한단 말인가? 하여 특출한 공로가 있기 전에는, 또 그보다는 부모 같은 '주인'이 있기 전에는 절대로 실현 불가능한 담보조건이었다.

도보안국청사를 나선 서인준은 오토바이에 성큼 올라앉았다. 그러다 별안간 주춤거린다. 쩌릿한 감흥에 다시금 가슴이 젖어 들었다. 왜 그렇지 않으랴! 깔고 탄 오토바이 역시 리열의 숨결이 깃든 물건이 아니더냐.

몇 달 전, 서인준은 도보안국으로 승진하자 초산에 행차했었다. 그는 도보위부와 달리 도보안국의 수준이 높다면서 외상 오토바이라도 수소문해 달라고 미리 부탁했었다.

요즘 세월에는 외상은 무상이고, 꾼 돈은 번 돈이라고들 한다. 그러니 공짜로 달라는 거북한 청탁을 듣기 좋게 포장한 거나 다름없었다. 누가 외상줄 사람도 없거니와, 지금 돈이 없는 사람에게 두석 달 후에 큰돈이 생긴다고 누가 믿겠는가? 더군다나 똥집이 서너 개인 법관을 말이다.

전화하고 이틀 만에 날아온 서인준은 다짜고짜 리열의 오토바이를 타고 올라갔다. 리남혁의 가슴 저미는 사고 이후 다시 구입한 오토바이는 먼지도 오르기 전에 그렇게 떼이고 말았다. 가을에 돈을 물겠다는 뻐꾸기 같은 약속만 남아 있었다.

그때 리열의 마음 한구석에는 어딘가 섭섭함이 꾸역꾸역 피어올랐었다. 사실 말이지 요즘 윗사람들은 가까워질수록 두렵고 짐스러운 존재였다. 관계가 깊어질수록 금전적인 요구는 제곱으로 커지니까… 그런 유형의 사람들과 조금은 다른, 그래도 존경할 만한 형님이라 여겼던 서인준! 그의 물욕이 더 엉큼한 데가 있지 않은가?

스위치(버튼)를 슬쩍 누르니 시동이 보르릉 걸렸다. 서인준은 여러모로 미안하고 죄스러운 마음에 쫓기듯 도보위부로 향했다.

'대가를 마다하고 구원해야 한다! 반드시…!'

끓일 수 없는 가마

가물에 콩 나듯 차들이 다니는 강계시의 대도로 오토바이는 질주했다. 오토바이가 옛 주인을 그리며 승질을 부리는지도 모른다.

얼마 후 서인준은 본부청사의 자기 사무실에 들어설 수 있었다. 그는 곧 사건혐의자들의 동태를 분석하는데 달라붙었다. 밤이 깊어 가도록 불빛이 꺼질 줄 몰랐다.

하늘에 총총한 별들이 무던히 애쓰며 반짝거렸다. 그 불빛을 반사하여 리열에게 비쳐주려는 것이었다. 그런데도 철창 속은 왜 그리 음침하고 깊은 것이냐. 별들마다 안타까이 가물거릴 뿐 도무지 그를 찾지 못했다.

그럴 수밖에 없다. 성글성글 엮은 철근은 보통의 철창이 아니었다. 인간이 인간을 구속하기 위하여 만들어 놓은 방사선도 뚫지 못할 불모의 인권 장벽이었다.

그 장벽은 형리들만이 자유로이 드나들 수 있었다.

7

코 베어 가도 모를 암흑 속으로 자물쇠 긁히는 소리가 쟁쟁하게 울렸다.

며칠째 대기실 안에 있으면서 한밤중에 문을 따기는 처음이었다.

어둠 속에서 리열의 귀 근방에 대고 홍순철이 속닥거렸다.

"또, 누굴 끌어온 모양이에요. 글지 않으면 밤중에 문 딸 수가 없어요. 시끄러우니 자는 척하라요."

리열은 시키는 대로 눈을 대충 감고 까딱하지 않았다.

환한 전짓불이 철창 안을 마구 찔러댔다. 모욕스러워도 아프지는 않았다. 그동안 인원이 불어나 4명이 나란히 누워 묵묵히 당하고 있었다.

누구도 기척이 없자 전짓불은 "야, 임마!" 하고 홍순철을 꿰고 감때사납게[431] 소리쳤다.

'흥! 큰 소, 큰 소, 하면서 꼴은 안주고… 왜 또 지랄이야?'

그중 오래 있었다고 자질구레한 일마다 홍순철을 불러대곤 한다. 그는 천연스레 눈을 비비며 일어나 앉았다.

"야, 임마! 정신 차려! 거, 사장 좀 깨워. 빨리!"

'아닌 밤중에 왜?'

리열은 잠시 긴장되었다. 게다가 자는 척하던 구금자들까지 모두 일어나 앉았다. 술렁거리는 속에서 "형님! 나가누만요!" 하고 홍순철이 중얼거리는 통에 마음이 가볍게 떨리기까지 했다. 그는 때아니게 열린 철문을 조용히 나서며 당직 보안원의 안색을 살펴보았다.

전혀 무관심한 태도였다. 리열에게는 그것이 온화하게 느껴졌다.

"같이 갑시다!" 하고 대하는 투도 각근한 측이었다.

리열은 그를 따라 청사의 감찰과 사무실로 들어섰다. 낯익은 방이었다. 작은 배터리 조명 하나가 책상을 희미하게 비치고 있었다. 아마도 정전인 모양이었다.

그 앞의 형체가 "정말 고맙네!" 하고 반색하자, 당직 보안원은 "빠빨리 해야 돼! 목 나가지 않게…!"라고 당부하고는 방을 나섰다.

"고생 많겠네…! 나야, 원남이, 오원남! 이리 와 앉게!"

"난 또 누구라구! 난데없이… 자네가 어쩐 일로…?"

리열은 무등 놀랐다. 내미는 대로 의자에 허물없이 앉으며 어깨를 툭 쳤다. 그들은 동년배로서 '야, 자' 해도 무방할 만큼 막역한 사이였다.

씨알이 배기고 똑똑하기로 소문난 오원남 소좌는 생김새부터가 오뚝이처럼 올롱한[432] 눈에 작달막한 키로 암팡져 보였다. 감찰과에서는 실무가 쟁쟁하여 상관들의 신임과 안중 속에 있는 그였다.

"자는 걸 불러내서 미안하이. 놀랐지?"

---

431 '감때사납다.'는 '사람이 억세고 사납다.'는 뜻.
432 '올롱하다.'는 '유별나게 휘둥그렇다.'는 뜻의 북한어.

끓일 수 없는 가마

리열은 그제야 당직 보안원의 온순한 태도가 이해되었다. 매사에 꼼꼼한 그가 미리 일러두었을 것이다.

"놀라기야 뭐… 하긴, 놀라지 않은 거도 아니지. 곁가마들이 더해! 허허… 뭐, 당장 나간다나…! 내, 참!"

"에그, 쯧쯧! 그럴 만도 하긴 해. 이케 꺼내는 건 견장을 떼놓고 하는 짓이거든. 남자니까…."

오원남은 어깨의 견장을 툭툭 치며 들썩거렸다.

오랜만에 스며드는 따뜻한 정이 리열의 마음을 정갈하게 해 주었다.

"여전하네. 소좌씩이나 달구 갱신된 게 없으니 말이야. 까불대면서…."

"남자니까! 소좌 달았다고 이 오원남이, 육원남이 될까? 남자니까!"

하하하…!

그들은 오원남의 손시늉에 눌려 큰 소리로 웃을 수 없었다. 하지만 리열은 속이 시원하게 웃어봤다. 여느 때처럼 그대로 위로하려는 친지의 사려 깊은 마음이 무척 고마웠다.

오원남은 예견 없던 상면이어서 간식 하나 준비하지 못했다고 거듭 미안해했다.

"말만 해도 고마우이. 아직 일없어! 미안해할 거 없네."

"무슨 소릴. 남자라는 게 내가 안 됐네. 철창 안에선 뭐니 뭐니 해도, 요코 아래 구멍하고, 이놈 뱃집이 제일 고생이야. 내 잘 알지 뭐…! 에익, 담배라도 실컷 피우라구. 그다지 안 좋아하는 건 아네만, 주머니 뒤집어야 이거밖에 없어. 남자니까…."

"하하하… 됐네, 됐어. 밥은 매끼 들어와. 이젠 됐나?"

"음…! 정말 다행일세. 이런 데선 몸 관리가 첫째야! 안 할 말로 육신이 꺼꾸러지면, 안 한 짓도 했다고 인정할 판이거든. 자넨 아직 내 말이 이해 안 될 수 있네만, 꼭! 알겠지? 남자니까…."

"고맙네. 근데, 견장 떼놓고 만나는 게… 오원남이 남자다, 이걸 보여 주자구? 남자니까, 남자니까 그만하고, 본론 말하게, 본론!"

오원남은 심문하듯 해야 하는 제 처지가 따분하여 담배를 권했다.

"좋아 안 해도 이건 피우게. 이 남자가 좀 편하게 얘기할 수 있게⋯ 어서!"

리열은 그가 켜는 라이터에 담배를 가져다 댔다. 오원남은 그제야 마음이 편안해졌다.

"사실, 보안서장이 불러서 나도 조금 전에 나왔네. 서장이 자네한테서 꼭 알고 싶은 게 있다누만. 여기 물정 알지 않나. 서장이 직접 만날 순 없거든. 규정은 둘째치고, 도보안국 대상 아닌가. 자칫하다간⋯ 알지? 그래서 내가⋯."

오원남은 목소리를 한결 낮추며 주위를 두리번거리더니, "까나리를 대신 이 뱅어가 밥상에 오른 거지. 남자니까⋯." 하며 입을 다물었다.

"흐흐, 까나리 대신 뱅어라! 음⋯ 그렇군. 서장이 뭘 알고 싶다나?"

살랑거리는 오원남과는 달리 늠실거리는 리열의 응수였다.

"'첨단'회사 건설 동기와 그 과정에 대해서. 구체적으로!"

뿌연 LED 빛 속에서 리열의 안색이 더 어두워지나 싶어 오원남은 서둘러 뒤를 달았다.

"이유는 나도 몰라. 정말이야!" 하는 말투는 변명조에 가까웠다.

"다만, 친구로 말한다면⋯ 나쁜 마음 같진 않아! 이거, 직업이 고약하니 어쩌겠나. 날 따분하게 하진 않겠지? 그쯤 넘겨짚게. 자네나 내나 그게 후환 없어. 혹시 모르니⋯."

"그래! 그런 말은 그만두세. 자넬 이해하지, 남자니까⋯!"

"고맙네!"

오원남은 벌떡 일어나 출입문가로 향했다. 그러고는 안으로 쇠(시건장치)를 절컥 채웠다. 꼼꼼히 확인까지 하고 돌아서더니 "내 말 듣기만 하게!" 하며 심중한 표정으로 변했다. 조금 전보다 목소리는 움츠러들었지만, 농조가 사라진 말마디들은 더 또렷하게 들려왔다.

"지금 밖에선 '첨단'이 유령인가, 아닌가를 놓고 논의가 분분해. 듣기만 하라니까⋯!"

끓일 수 없는 가마

그는 입을 떼려는 리열을 급기야 손짓으로 저지했다.

"중요한 건, 무턱대고 '유령'이라고 해서, '유령'이 될 수 없다는 거야. 툭 찍어 말하면, 나 아니, 우리 견해라고 할 수 있지."

우리? 우리란 대체 누구들인가?

말한 사람이나 듣는 사람이나 눈빛이 한번 부딪친 외에는 다른 반응이 없었다.

"결과에는 반드시 원인이 있거든! 그러니 시초부터 모든 경위를 다 따져 봐야 해. 옳게 결론하자면 말일세. 근데 문제는 뭔가? 그 경위를 아는 사람이 없다는 거야? 우리에 갇힌 자네밖에…! 아무리 갑론을박 해 봤자 결판날 수 없는 아귀다툼이지. 나중엔 센 쪽이 이기겠지…."

오원남의 목소리는 어느새 탄식조로 갈려 있었다.

"내 직방 말하네만… 이런 식으론 아무리 천부당만부당(千不當萬不當) 해도… 바로 잡기가 힘들걸세. 자네 처지가 취급자만, 이거 미안하네… 그, 도감찰원만 만날 수 있는… 그런 구금자라서 말이야. 자네가 갇혀 있는 한은, 자세한 내막이 공개될 수 없지 않나? 그러니 결말이 불 보듯 뻔한 거 아니갔나? '유령'이라면 '유령'이고, '소굴'이라면 '소굴'일 판이지…! 난 하기 힘든 말을, 해서는 안 되는 말을 자네한테 털어 놔어. 우린 남자니까…."

오원남은 담배에 불을 달아 볼이 꺼지도록 빨았다. 괴로운 심사가 뭉게뭉게 피어올랐다. 이윽고 자욱한 연기는 그들 사이를 갈라놓았다. 넘을 수도, 헤칠 수도 없는 아픈 경계였다.

하지만 리열은 무엇으로도 가를 수 없는 친우의 정을 담아 오원남의 손을 덥석 잡았다. 오원남도 두 손으로 맞잡고 싶은 충동을 겨우 억제하며 힘주어 말을 꺼냈다.

"난 믿어, 자넬! 자네한테 해되는 일이라면, 여기 오지도 않았지! 하내비 지시라도 말이야! 남자니까… 자네 애길 싹 다 서면으로 묶어서 서장한테 전달하지. 혹시 알갔나? 이게 기회일지도 몰라. 시간이 없어."

"고맙네." 하고 벌리는 리열의 입에서 후더운 열기가 새어 나왔다.

"내가 고맙지. 이해해 주니 말이야. 자, 그럼 시작해 볼까?"

오원남은 정색하여 조사 용지를 꺼내놓았다.

"들으면서 저리 요약할게. 장황하게 풀진 말고, 물음에 답하는 형식으로! 어떤가?"

리열은 눈을 끔쩍하여 찬동을 표했다.

"우선, 동기인데… 그, 처음에 시발이 어떻게 되나? 자네부턴가, 아니면 위부턴가? 그, 무역성 말이야?"

"시작은 물론 나부터지. 꼭 그렇다고 할 순 없지만."

"응? 죽도 아니고 밥도 아니구…."

"그저, 적절한 때 적절한 사람들이 만났다고 할까…."

리열은 잠시 눈을 감고 깊은숨을 내쉬었다. 흐르는 시간을 되돌리려는 듯, 두 해 전 어느 차가웠던 겨울의 이야기를 천천히 꺼내기 시작했다.

바야흐로, 2012년의 끝자락인 12월이었다.

초산군보위부 원천부원으로 일하던 리열은, 연간 사업총화보고서와 새해 사업계획서 작성하여 상급에 제출했었다. 대책안의 기본 내용은 외화벌이의 규모를 확대하는 것이었다.

리열은 계획서의 서두에 구태의연한 토법[433]에 매달리는 외화벌이는 매국 행위라고 신랄하게 지탄했다. 나라의 자원을 마구 동원하여 원료 그대로를 헐값에 팔아버리는 것은 무역이 아니라 파괴이며, 약탈이라는 논리였다.

그도 그럴 것이 '외화벌이'라는 간판을 들고 나날이 늘어나는 '약탈자'들 때문에, 국토의 산림자원은 물론 지하자원, 수산자원까지 무참히 도륙 나고 있었다. 가관은 그 도륙에 전 군중이 동원되고 있는 것이었다. 전 인민적 소유라는 큼직한 금덩이를 뜯어내어, 부스러기 같은 개인적 소유와 맞바꾸는 어리석은 짓거리에 불과했다. 이는 단순히 파괴를 넘어, 매국에 더

---

433 土法. 현대적인 방법에 상대되는 재래적인 방법, 공업적인 방법에 상대되는 수공업적인 방법, 과학적인 방법에 상대되는 경험적인 방법을 각각 이르는 북한어.

가까운 망동이라 하지 않을 수 없었다.

실리적이니 관점에서 따져 봐도 마찬가지였다. 온갖 그럴싸한 명분을 든 구매자들이 득실거릴수록, 원천가격(구매가격)이 치솟는 것은 지극히 합당한 이치였다. 그 대신, 나락으로 떨어지는 건 품질이었다.

그러거나 말거나, 품질 따위는 안중에도 없는 무역쟁이들은 그것들을 버젓이 세관 마당에 올려 밀었다. 무역이랍시고 흉내는 내지만, 수출가격은 바닥을 치다 못해 원천가(구매가)보다 못한 헐값이 책정될 수밖에 없었다.

그런 밑지는 장사를 왜 하냐 싶지만, 무역쟁이들에게는 나름의 전략이 있었다. 적자가 끔찍하게 불어나도 그것은 어디까지나 장부상의 개념일 뿐이었다. 중국 측에서 받은 대부금은 이미 국가계획이나 개인 사취로 치부되고 난 뒤였다. 이미 그들은 볼 장은 다 본 셈이었다.

"무역에선 적자가 애국이고, 빚쟁이가 영웅이다!"는 말이 결코 풍설이 아니었다. 이는 당의 공개적인 부추김이었고, 국가의 노골적인 묵인이었다.

그러기에 무역쟁이들의 목표는 한결같았다. 실리보다는 온갖 권모술수로 후불이나 대부를 따내는 것! 후불은 무상이고, 대부는 공짜이니, 달아나면 빚이 아니었다. 그런 능력과 수완이 평가의 기준이었다. 그래서 사기와 협작은 무역일꾼의 필수적인 소양이 되어버렸다.

실태가 그러하다 보니, 조선과 거래하는 외국인치고 돈을 떼이지 않았다면 거짓말일 정도였다. 허위에도 한계는 있는 법이었다. 외국인의 투자가 아예 흔적도 없이 사라져 버리면, 그 당사자를 다른 지역으로 슬쩍 빼돌리거나, 위로 승진시켜 모든 추악한 진실을 조직적으로 감싸고 은폐시켜 주었다.

하기야 그것도 운수 좋은 공신들에 한해서였다. 판 자체가 사기판이라 와중에 대다수는 법정에서 결말을 맞이하게 된다. 마치 먹다 버린 뼈다귀처럼 모든 빚을 걸머쥔 채 팽개쳐지는 운명이었다. 국가는 개인 회사 간의 거래에 아무런 책임이 없다고 딱 잡아떼며 외부의 인 모든 항의를 무시해 버리고 만다.

개인소유가 인정되지 않는 사회주의에서 무역이 어떻게 국가의 행위가 아니란 말인가?

수치도 모른 채 말도 안 되는 논리를 들이미는 그 뻔뻔함에 외국인들은 질려서 물러나고 만다. 그러니 떼 운 놈만 멍청이라는 교훈만 남게 된다.

사람은 사회적 관계 속에서도 면역이 생기는 법이었다. 조선을 상대하는 지금의 중국인들은 '후불'이라는 말만 나오면 천 길을 뛰었다. 차라리 돈을 못 벌면 말았지, 조선에 돈을 대는 어리석은 짓은 죽어도 하지 않겠다는 입장이 단호했다.

리열과 같은 후자가 아무리 '신용'을 외쳐도 먹혀들지 않는 것은 이 때문이었다. 또 신식 사기꾼 하나가 등장했다고 중국인들에게 무시당하기 일쑤였다. 이때부터는 신용과는 무관한 굽신거림과 구걸질에 익숙해져야만 했다. 어떻게 하든 이 판에서 살아남아야 하니까.

리열은 그 마당에 올라선 첫날부터 자존심이 꿈틀거렸다. 빈궁함 때문인가, 아니면 열등함 때문인가? 그리 당당해 보이던 민족의 존엄은 어디 가고, 개인의 자존마저 찾아볼 수 없었다. 그 모든 걸 회사하여 돈 몇 푼과 바꾸려는 저열한 극성분자들만 욱실거렸다.

자신도 그 속에 끼어 있다는 수치감과 혐오감이 리열의 온몸을 휘감았다. 그런들 어찌하랴! 가난이 원수라고 꿰진 바지를 입고 존엄을 논한다는 것 자체가 격에 어울리지 않는 광대놀음에 지나지 않았다. 혼자서 부정할 수 없는 참으로 비굴한 현실이었다.

형국이 그렇다 보니, 리열은 중국 대방(거래처)를 잡는 데 여간 애를 먹지 않았다. 세관이나 통검까지 나서 두루 알선해서 만난 것이 다름 아닌 김대광과 최미화였다. 그들 내외는 보위부라는 명색에 못 이겨 응하기는 했지만, 그게 그놈이라는 거만한 태도는 버리지 않았다.

리열은 참았다. 또 참을 수밖에 없었다. 그러나 무턱대고 참는 것은 아니었다. 인내는 곧 지혜였다. 참을 줄 안다는 것, 기다릴 줄 안다는 것은 시기를 판별할 줄 안다는 것이었다. 이는 자기만의 신조이기도 했다. 그는 서둘지 않고 침묵으로 대응하기로 작정했다. 그럴수록 우스운 생각이 들었다. 이렇게 막눅거리인 조선의 존엄을 국가는 왜 그리 막대한 외화를 탕진하며 지키려 하는지? 미사일을 쏘고, 핵을 만들고….

세관에 올라가면 더러 턱을 들고 다니는 거물들도 있긴 했다. 그렇다고 그들에게 남다른 이념이나 특출한 능력이 있는 것은 결코 아니었다. 일명 독점지표를 획득하여 특정한 자원을 통째로 홍정판에 올려놓을 수 있는 특수기관의 전권을 가진 큰 머슴일 뿐이었다.

김대광 부부는 달라는 말 한마디 없는 리열이 점점 의문스러웠다. 새로 시작하는 거래는 통상 달라는 애걸로 시작되곤 했다. 그런데 리열은 만날 적마다 알지 못할 기술자료나 시약 목록을 내보이며 구매처를 알아봐 달라는 부탁이 고작이었다. 게다가 제 돈으로 구매하겠다고 매번 오금을 박았다. 30년 넘게 조선과 무역하면서 이런 유형은 처음이어서 그들의 호기심은 차츰 커져만 갔다.

부담을 끼치지 않겠다고 담담히 말할 때면 오히려 양주가 옹색해지곤 했다. 상대할수록 느껴지는 남다른 인품에 호감이 끌려 언젠가는 "선생은 왜, 달란 부탁하지 않수?" 하고 제 편에서 먼저 물은 적도 있었다. 꼭 떠보기나 하는 듯이 말이다.

그때 리열의 대답 또한 의미심장했다.

"전 선생들이 주겠다고 할 때까지, 절대로 달라는 소릴 하지 않겠습니다."

그렇다! 리열은 지금 "안 달라!" 전술을 쓰고 있었다. 국적은 달라도 그들은 지구촌에 생존하는 다 같은 사람들이었다. 희로애락의 감정과 그 감정의 샘인 정을 지닌 인간들이었다. 인간이 인간을 알게 되고, 정으로 통하는 길이 열리게 되면, 그 길을 따라 별의별 것이 다 오갈 수 있었다. 그러자면 시간이 필요했고, 섣부른 접근은 도리어 저해가 되었다.

리열은 침묵을 선택했고, 그 특유의 책략이 상대의 심기를 건드린 것이었다.

첫 출하 때 리열은 세관에서 좋은 평가를 받았다. 각종 산나물 절임의 질이 뛰어나 다른 회사 제품에 비해 2.5배의 가격으로 거래된 것이었다. 선도, 색채, 크기, 포장에 이르기까지 전례를 깨뜨리는 신용이었다. 이구동성으로 찬사가 쏟아졌다. 들자니 중국 내 판매가격도 밝히지 못할 지경으로 계약이 되었다고 했다. 그래서인지 리열과의 가격이나 결산도 옥신각신할 것도 없어 의좋게 진행되었다.

김대광 부부는 무등 기뻤다. 여러 중국인들이 저마다 거래하자는 의향을 내비치며 유혹할 때 "전 손이 둘이면 됩니다. 그 이상 필요했으면야 이미 셋, 넷으로 진화했겠지요. 대광 선생네가 요구하지 않는 지표에 한해서는 얼마든지 용의가 있습니다." 하고 선을 쭉 긋는 것이었다. 대쪽 같은 그의 성품에 노년의 가슴들이 어찌 뭉클하지 않았으랴!

"단둥서 온 사람이 질 보더니만, 뭐 가타부타 안 해유. 여태 조선 거 팔면서 내레 그리 떵떵거려보긴 처음이야유. 어뜨케나 잘 절였는지, 특등품이유, 특등품!"

기쁨을 감추지 못하는 최미화에게 리열은 가벼우나 무겁게 대답했다.

"기술이지요. 절인다고 그저 소금만 잔뜩 뿌리면 되는 줄 아셔요? 괜히 소금만 낭비하지."

김대광 부부는 그제야 자료요, 시약이요 시끄러울 정도로 파고들던 리열이 그때 벌써 오늘을 보고 있었음을 깨달았다. 경험에만 매달리는 저들과는 차원이 달랐다. 시간이 흐를수록 정이 폭폭 들고 믿음이 가는 젊은이였다.

"처음치구 정말 대단한게유. 이담엔 경험 살려서라니 양을 들입다 늘이자구요."

"허허… 불가능합니다. 할 수 있는 것만 답하는 성미라서…."

"어째 불가능하다는 기요?"

"음… 좀 거북합니다만… 그만한 돈이 없습니다. 양은 늘리지 못해도 질은 담보하지요. 작아도 이윤은 크지 않습니까?"

불만조로 둥그스름하게 커졌던 최미화의 눈이 곁으로 힐끗 쏠리었다.

　　　　　　　　　　　　　　　　끓일 수 없는 가마

때마침 김대광도 고개를 마주 돌리고 있었다.

"아하…! 제 말, 오해하지 않으시길 바랍니다." 하고 면담실 탁자에 마주 앉은 리열이 두 팔을 내저었다.

"돈 달라는 게 절대 아닙니다. 서로 숨김없이 통보하는 정도로 여기시면 됩니다. 그게 신용의 기초기도 하니까요."

"아니, 아니! 그런 게 아니에유."

최미화 역시 제사 손을 내저었다. 남편과 눈빛으로 속결론 내린 듯 호기 있게 말을 이었다.

"미안해요. 조선 형편 뻔히 알면서 내레 영감이 좀 주겠다는 걸 막, 막았지 뭐요. 더 벌 걸 놓쳤수다. 인정해유. 세월 탓이라 어찌겠수? 좋게 넘기우다."

노부부는 진심으로 사과했다.

"솔직히 중국 사람 이리 쪼물짝하게 만들구, 게다 거짓말까지 배워준 건 다 조선사람이라오. 호호호… 필요한 건 말하세유. 여름에 버섯절임부턴 좀 크게 해 보자요. 어때유?"

천만근의 기대와는 달리 리열은 씁쓸한 표정으로 응수가 없었다. 아마 다른 사람 같으면 "만세!"를 부르고도 남았을 텐데 그에게서는 달가워하는 기색조차 엿볼 수 없었다.

어색해지는 분위기를 깨뜨리려 김대광이 입을 열었다.

"하긴, 우리가 너무한 건 사실이지. 젊은 분이 많이 섭섭했겠는데… 어쨌든 미안하이!"

"아, 이러지 마십시오. 그래서가 아니라… 전, 제힘으로 일어서고 싶습니다. 뭐, 옹졸하게 섭섭하고 말고가 있습니까?"

당돌하고 자신만만한 대답이었다.

"그래 하는 소리지. 한 발 한 발 어느 세월에? 우리레 밀어주면 그냥 쭈욱!"

"허허… 사실, 묶이기 싫어서요. 여기 올라서면서부터 생긴 유별난 감정이랄지… 그저, 작은 걸 쥐고도 당당하고 싶습니다."

"당당? 모르긴 하겠소만, 돈 많이 버는 게 기본 아닌가?"

"두말하면 잔소리지요. 선생은 잘 먹는 노예와 자유로운 거지 중에 어느 쪽을 선택하시렵니까?"

"그건…?"

"선생은 아마 잘 먹는 노예들을 여기서 노상 보셨을 겁니다. 어쩌죠? 전 자유로운 거지를 택하렵니다. 쓰레기통 뒤져서라도 제 노력으로 벗어나려는… 그런 거지?"

"허허허허… 아이구, 뭐랄까…? 이거… 참!"

"그렇게 생겨 먹은 걸 어쩌겠습니까? 하하하…."

두 남자의 대화를 신중해서 듣고 있던 최미화가 말귀 뜬 남편을 도와 냉큼 참례했다.

"선생은 정말, 쉽지 않은 분이네유. 글지만, 투자라는 거야 어느 거래나 꼭 필요한 거 아니겠수? 묶이구 뭐구 할 거나 있수?"

"외람되도 정확한 선은 필요할 거 같군요. 터놓고 말함면, 조선사람한테 주는 거야 말이 투자지 고리대지요. 이자를 받든, 가격을 인하하든 어떤 형식으로든 고리윤을 전제로 깔아놓지요. 말이 투자지, 고생은 내가 하고 이윤은 그쪽으로 흐르는 구조가 아닙니까? 좋은 말로 묶인다고 했지, 이게 예속이나 다를 게 뭡니까? 제 말이 지나쳤다면 양해해 주십시오."

자극적이지만 예리하고 놀라운 언사였다. 그 놀라움에는 경탄의 빛도 어려 있었다.

"아, 아닐세. 그저 좀, 놀랐소. 우리가 뭘 잘못 생각했나 보우. 기니까 체면 차린 게 아니였군 그래?"

리열은 정을 담아 깨끗한 미소를 지어 보였다.

"남의 공작새 깃을 꼬리에 달고 흔드느니, 제 닭털을 머리에 꽂고 다니겠습니다. 본래 내 성격에 못된 점이 많으니 어쩌겠수? 차차 때가 되면… 그럼 되는 거지요?"

귀에는 좀 거슬렸지만 청객은 흔연히 고개를 끄떡거렸다. 여태껏 저런 사람이 있었던가? 거의 없었다. 그저 말끝마다 "선생, 선생!" 발라맞추면서

끓일 수 없는 가마

수선을 떨기가 일쑤지 않았던가.

어찌 된 영문인지 달래지 않아도 리열에게만큼은 주고 싶은 이상한 마음 샘솟았다.

"이러구 저러구 정치 타령 같은 오해 안 생기게, 돈 버는 일인데. 잘 논의해 보자구요. 어떻수?"

"영감 말이 옳아유. 투자구 뭐구 할 게 없어요. 다 제 돈 벌자구 하는 노릇이지. 우릴 돕는 셈 치라구. 에그, 무역이구 새구, 내 젊었을 때 저리 한국 다녔으면 이꼴 데꼴 안 보지…."

"짜, 짜! 정신 차려! 아무 말이나… 쯧쯧!"

김대광이 황급히 줄줄 새는 물주머니 같은 최미화의 말 구멍을 틀어막았다.

"에그구! 이거, 주책없이 또 실수 했나 보이…."

양주는 얼른 한편에 삐둘서하게 앉아 입회하고 있는 통검(통행검사소) 검사원의 안색을 넌지시 살폈다. 담화에는 끼어들지 않고 면담에 동석하여 전 과정을 감시하는 검사원은 "노친넨 갱신 못 하누만! 고놈의 입!" 하고 외면하고 말았다.

다행이라는 듯 김대광이 제꺽 본론으로 돌아왔다.

"제 돈처럼 생각하슈. 정확한 걸 바라면, 그저 원금 반환으로 약속합시다. 그 외 조건은 없수다. 어떻수?"

그리하여 개암버섯 등 지표별 버섯 절임이 대대적으로 진행되었다. 특히, 새 기술을 도입하여 품종별로 최적화된 절임 방법을 개발하고, 필요한 시약을 비롯한 물자와 인력까지 원만히 갖춘 토대 위에서 시작한 사업은 성공적인 결과를 이끌어냈다. 자강도 전체 생산량을 모두 합친 것 이상으로 엄청나게 많은 물량이 확보되었고, 품질 또한 대외적으로 좋은 평가를 받았다. 중국 측 구매자인 단동시 버섯가공공사 총경리는 다음 해에 300t의 제품 선주문과 그에 상응하는 투자를 미리 확약할 정도였다.

조선과의 무역에서 쓴맛만을 골라 가며 보았던 김대광 부부는 이제야 하늘이 좋은 사람을 하사했다고 환성을 지르고 싶은 심정이었다.

그러나 리열은 더욱 확대되는 투자를 쉬이 받아들일 수가 없었다. 군보위부 원천부원의 명분도 빠개놓고 보면 공식적인 무역 권한을 가진 직분은 아니었다. 말이 무역이지 내막에 있어서는 세관이나 통검(통행검사소)이 보위부와 사촌인지라 눈감아주는 날치기에 불과했다.

이번만 놓고 보더라도 물량이 많아지자 세관으로 넘기는 일이 수월하지 않았다.

세관 측이 의아한 기색을 숨기지 못하고 의문을 제기하고 나섰다. 전문 무역회사도 아닌 일개 기관에서 그만한 물량을 생산하는 것은 불가능하다는 것이었다. 이는 분명 개인들의 물량을 모은 것이 아니냐고 따지고 들었다.

그런 판에 아마 300t을 넘기겠다고 하면, 어떤 반발이 일어날지 불 보듯 뻔한 일이었다. 어디까지나 비법이었고 날치기에도 분수가 있었다.

사회적 환경의 제약, 그에 속박된 리열의 고충….

이를 알 리 없는 최미화는 투자는 걱정하지 말라고 거듭 강조했다. 물론 투자도 중요했다. 하지만 양동이로 물을 퍼부어도 손에 쥔 게 고작 작은 종지라면, 결과는 그것뿐이 아니겠는가. 아직은 모든 것이 미약했다. 기회를 주동적으로 맞이했다면 조건 역시 의식적으로 마련해야 한다는 결심이 리열의 가슴을 세차게 두드렸다.

방도를 모색한 끝에 리열은 대책안을 세워 군보위부에 제안한 것이었다. 이 대책안에는 중국 측의 투자 의도가 명시되었고, 그를 수용하기 위한 실무적인 방안이 기술되었다.

1. 투자와 수출·수입의 합법적 무역 경로를 개설하기 위해 성·중앙급 무역회사와 국내합영계약을 체결한다.
2. 국토자원을 보호하는 원칙에서 자연 원천에 매달리지 않고 인공 재배 및 인공양식의 방법으로 생산의 수요와 품질, 수익성을 보장하기 위한 상설적인 생산기지를 건설한다.

끓일 수 없는 가마

3. 해당한 노력편제와 외화계획을 재설정하며 전망성있게 그 규모
   를 확대해 나간다.

리열이 제출한 대책안은 도식적인 계획이 아니라 혁신적인 발상이었다. 틀에 박힌 사회주의 병영 안에서, 이런 새로운 발상을 실천한다는 것은 좌경과 우경이 맞붙은 칼날 위를 맨발로 걸어가야 하는 아찔한 모험으로 취급된다. 그러기에 모든 과정은 시작부터 끝까지 혁명적인 셈이었다. 그는 이제 자기 힘으로 자기의 운명을 창조하려는 혁명적인 비약을 일으키려 했다.

대책안은 군보위부의 전적인 지지를 받았다. 리열의 사업 능력과 책임성은 이미 검증된 기정사실이었다. 그런 조건에서 규모를 확대하여 수입금이 늘어나면 덮어놓고 좋은 일이 아닐 수 없었다. 보위사업은 경제실무와는 거리가 먼 분야라며 일꾼들은 리열에게 모든 것을 방임했다.

8

부상(浮上)한다는 것은 억누르는 힘을 이겨 낼 뿐 아니라 초과한다는 의미다. 때문에, 시련과 난관을 참고 견뎌내는 것만으로는 승자가 될 수 없다. 딛고 일어설 때만이 비로소 승자라고 할 수 있는 것이다. 그러자면 선각자적인 높은 각오와 희생정신이 필요하다.

인생길은 누구에게나 전인미답(前人未踏)의 길이며, 하여 누구든 자기 운명의 선각자라고 할 수 있다. 그러나 운명에 대두한 사람들의 각오는 하나같지 않다. 그래서 각이(各異)한 운명의 그 모든 선각자들 가운데서 높은 각오와 희생성을 발휘하는 사람만이 사회와 혁명의 여러 각도에서 선각자로 두각을 나타내는 것이다. 리열은 그런 정신으로 기약할 수 없는 운

명의 초행길에 발을 내디뎠다.

국내합영계획을 실현하기 위해 리열은 그해 12월 리남혁과 함께 평양으로 올라갔었다. 기본 목적지는 국가과학원 생물분원 산하의 조선첨단생물공학기술교류사였다. 이미 전에 국가과학원 생물분원과는 깊은 연계가 있는 리열이었다.

생물공학적 방법으로의 재배와 양식으로 외화벌이의 낡은 틀을 마스고[434] 국토를 보호하는 참신한 과학기술형 생산기구를 내오려는 그의 지향은 결코 맹아가 아니었다. 오랜 기간의 탐구와 현장에서의 많은 경험과 기술이 이미 축적되어 있었다. 그 과정에 국가과학원 생물분원 클론연구사 백광명을 알게 되었고, 그의 주선으로 생물분원과의 연이 이어졌었다.

얼마 전에는 생물분원에서 방문을 희망한다고 여러 차례의 초청이 있었다. 일이 될세라 그들의 초청 목적도 리열과 일맥상통하였다. 연구 기술을 도입한 수출품 생산기지를 내오기 위해 리열을 적임자로 택한 것이었다. '과학중시'를 운운하는 시기여서 유리한 환경이 마련될 수 있다고 리열은 타산했었다. 하여 님도 보고 뽕도 딸 겸, 평양행에 오른 것이었다.

십여 년 만에 태를 묻은 고향 땅을 밟은 리열의 작은 가슴 속에 감회의 파도가 일렁였다. 서평양역사를 나선 그는 저녁노을이 비낀 평양의 하늘가를 우러러 고고성마냥 마음껏 소리 지르고 싶었다.

생물분원의 원장과 당비서는 리열을 여러 차례 만나 담화하는 과정에 저들이 찾던 적임자임을 어렵지 않게 간파할 수 있었다. 그들은 산하의 조선첨단생물공학기술교류사 사장 리정환을 주인 격으로 붙여주며 어떻게든 리열을 끌어당기려고 노력했다. 서로에게 서로가 절실한 만큼 생물분원과의 국내합영은 순조롭게 기초 합의로 이어졌다.

생물분원에서는 리열의 요구를 전적으로 수용하였다. 모든 투자와 생산, 무역은 리열이 담당하고, 기구편제와 기술지원은 생물분원이 보장하도록 합의했다. 당장은 국내합영 형식으로 시작하며, 때를 보다가 방침을 올

---

[434] '마스다.'는 '(무엇이 사물을) 짓찧어서 부스러뜨리다.'는 뜻을 가진 '마다'의 함북 방언.

끓일 수 없는 가마

려 독자적인 기구를 만들어 승격시킬 계획을 세웠다.

리열은 열흘 간의 일정을 성공적으로 마치고 아쉬움 속에 평양을 떠났다.

시간은 흘러 다음 해인 2013년 5월 초, 사장 리정환은 무역과장을 비롯한 3명의 인원을 수행하고 초산군에 내려왔다. 오랫동안 꿈꿔왔던 계획 실현의 첫걸음이었다.

리열을 통해 국내합영의 필요성에 대하여 사전에 인지하고 있던 군보위부 책임 일꾼들과 중국 측 김대광 부부 또한 긍정적인 지지를 천명했다.

바로 그러한 때, 예견치 못한 문제가 발생했다. 사장 리정환이 국내합영 계약서를 정식으로 군보위부에 제출한 것이었다. 계약서 초안을 받아 든 보위부 책임 일꾼들은 일각에 난감해졌다. 경제기관이 아닌 국가보위성의 공인을 이런 계약서에 섣불리 찍을 수 없기 때문이었다. 외화벌이가 전업이 아닌 특수기관이 그 정도 규모의 상설 기구를 내올 명분도 없었다. 큰 우산 밑에서 어부지리나 챙기려던 그들은 몹시 당황하여 허둥거렸다.

더욱 난처해진 것은 리열이었다. 사전 협의 때에는 거침없이 결정할 것처럼 장담하던 이들이, 어깨의 큰 별이 무색하게 어이없게 처신하고 있었다. 말끝마다 훈시를 일삼던 그들이 기본적인 원리조차 모른 채 이득에만 눈이 멀어 리열을 추겼던 것이었다.

처음 하는 일이어서 사회적 제약을 다 예견하지 못한 잘못도 있었지만, 리열의 더 큰 실수는 학벌과 경력을 앞세워 박식해 보였던 어르신들의 무지함을 꿰뚫어 보지 못하고 맹신한 데 있었다. 선보러 등 떠밀 때가 언제인데, 사돈을 청해 놓고 파혼하라니 아이들 놀음인들 이보다야 유치하랴! 깨진 사발은 사발이고, 우선은 낯이 뜨거워 도저히 들 수가 없었다.

리열이 안절부절못하는데, "요즘 일이라는 게 다 그렇지. 쉽게 되는 게 하나나 있나. 미안할 것도 없시오. 잘되지 않을라구." 하며 쉰 줄을 갓 벗어난 리정환은 의외로 담담했다. 그에 비하면 리열은 풋내기였다. 대외관계의 먼 길을 걸어온 원로가 무슨 일인들 겪지 않았으랴.

현지에 내려와 직접 상황을 파악한 후로 리정환의 입장은 오히려 확고하게 굳어졌다. 그에게 이 정도의 일은 대수롭지 않은 듯했다. 그는 경영상 유리한 조건이 많이 내포되어 있다고 분석적인 소감을 내놓았지만, 내심으로는 이 좋은 사람 조건을 놓칠 수 없다는 추잡한 욕심으로 들떠 있었다. 사업보다도 인생 말년에 의지할 돈줄을 확보할 절호의 기회였으니, 어찌 맏아들과 동갑인 리열을 쉽게 포기할 수 있었겠는가. 자식 하나 키우는 데 오만 공수가 든다지만, 남이 키운 자식을 부려 먹는 데는 한 공수도 넉넉할 테니 말이다.

군보위부와의 합영이 불가능한 조건에서, 리정환은 초산군과 협의하겠다고 주장했다. 리열은 호미난방이었다. 결정적인 대목에 속수무책인 보위부 책임 일꾼들이 야속하기도 했다.

생각 끝에 그는 리정환의 제의에 비추어 타협안을 내놓았다. 일꾼들이 나서서 초산군의 명판을 빌려 명색상의 계약을 체결하고 수속을 밟자는 것이었다. 보위부 일꾼들은 그 제안에 적극적으로 호응해 나섰다.

초산군보위부 정치부장 리금철은 전화로 군당 책임비서 김태호에게 조심스레 문의했다. 김태호는 길게 말하지 않았다. 그는 리열을 직접 만나보고 싶다고 요구했다.

이에 리열은 간단한 보고자료를 준비하고 김태호의 방을 찾아갔다. 김태호는 보고내용을 묵묵히 들었다. 그는 줄곧 자기 군에 이런 인재가 숨어 있었다는 사실에 의문을 품었다. 군의 수장이 왜 이를 모르고 있었을까? 새롭고 독특하면서도 현실성이 있었다. 시대적 요구를 민감하게 반영한 그 경영 방안은 그로서는 처음 들어보는 기발한 착상이자 기도였다.

김태호가 리열을 따로 만나자고 한 데는 그만의 목적이 있었다. 잘 익은 열매를 남의 입에 넣어주기 싫었던 것이었다. 그는 가능한 한 그 열매를 제 입에 집어넣어야 한다고 궁리하고 있었다.

김태호는 설득과 회유를 섞어 가며 장황한 설명을 늘어놓았다. 평양 회사든 군 보위부든 할 것 없이 초산군에 속해서 해 보라는 심보였다. 무역조건이나 기구편제는 군에서도 얼마든지 보장해 줄 수 있는데, 왜 입만 잔뜩

끓일 수 없는 가마

늘리겠냐며 그는 강조했다. 갈수록 험산이라더니… 리열의 심리는 참으로 착잡했다.

"정 불가피하다면 보위부에서 나오는 문제는 생각해 볼 수 있습니다. 그러나… 생물분원은 배제하지 못합니다."

"그건 왜? 군에도 무역 권한은 얼마든지 있소. 구태여 남의 손 빌릴 게 있나…?"

"권한이라고는 하지만 지방무역의 테두리는 벗어날 수 없지 않습니까?"

"그래도 할 건 다 해!"

"그럼, 제가 요구하는 시약이나 기구들을 군에서 수입해 줄 수 있습니까?"

"시약? 무슨 시약?"

"양식, 재배업 자체가 고도 집약형이라 기술적 요구가 높습니다. 국내에서 구입이 힘들 뿐만 아니라 시약은 대다수가 국가 통제품이어서 특정한 기관이 아니고서는 국외에서 들여오기도 곤란합니다."

"별걱정! 밑에 깔고 넘기지 않으리! 그딴 건 염려 마라!"

"비법 아닙니까? 소나기 피하겠다니 물에 뛰어들라고 권고하는 격입니다."

"?"

"수출도 마찬가지입니다. 군이 받을 수 있는 수출계획이라야 농토산물이나 위생 젓가락이 고작인데, 뱀독이나 기름개구리 같은 생물공학제품들을 생산한들 어떻게 하겠습니까? 그것도 밑에 깔고 넘기겠습니까? 터놓고 말씀드리면 보위부도 그렇게는 얼마든지 할 수 있습니다."

"수출계획 받으면 될 거 아닌가?"

"다 아시면서도… 받고 싶다고 주는 게 국가 수출입계획이 아니지 않습니까? 새 지표를 허가받자면 방침 근거가 있어야 하는데, 군에 그런 게 있습니까?"

김태호는 자신의 욕망에 들떠 경솔하고 두서없이 허세를 부린 것을 후회했다. 막강하다고 으스대는데 습관이 된 권력의 그림자가, 한낱 풋내기 따위의 말 한마디에 흔들리며 조롱당하는 듯싶었다. 이제라도 체면을 보존하려면 신중할 필요가 있다고 그는 생각했다.

"동무 말대로면 생산한댔자 괜한 짓이구만 뭐. 논할 여지도 없구⋯."

"그래서 적절한 무역회사 간판을 빌리려는 게 아닙니까?"

"빌린다고? 누구한테서?"

"합영 목적이 거기에 있습니다."

"생물분원에 그런 권한이 있다는 거요?"

"예. 전문 과학연구기관이어서 시약이나 설비 수입에 제한이 없습니다. 더욱이 2012년 3월 방침으로 발족 된 무역회사가 연구와 생산을 결합하여 얻은 생물공학 제품들을 수출할 수 있는 권한을 가지고 있습니다. 자금 문제로 아직 이렇다 할 생산기지를 내놓지 못하고 본사만 덩그러니 있는 형편입니다만⋯ 우리에겐 기회라고 봅니다."

김태호는 건성으로 듣는 둥 마는 둥 입을 열지 않았다. 짧은 목이 움츠러들며 의자 등받이에 기대어 처진 불룩한 뱃속까지 희멀건 얼굴을 끌어들이려 했다.

리열은 그러거나 말거나 수돗물처럼 줄줄 이어지는 말을 멈추지 않았다.

"그보다 생물분원을 배제할 수 없는 근본적인 이유는 기술 때문입니다. 제게 설령 열성과 경험이 있다 한들 전문기술에는 비할 수 없습니다. 저는 다만 기술을 인정하고 남보다 먼저 활용하려는 것뿐입니다. 안할말로, 생물분원을 떼버리자는 건 기술을 거세하자는 소리나 같습니다. 뭘 떼놓고 장가가면 구실을 어떻게 합니까?"

"허, 뭘 떼어 놓구 장가간다? 그럴듯하군⋯."

"기술을 경시하면 뒤탈이 큰 정도가 아니라 하루아침에 쫄딱 망할 수 있습니다."

리열은 어른의 기분 따위는 아랑곳하지 않고 당돌하게 훈계했다.

담배를 피우지 않는 김태호는 원주필(볼펜)을 다독이며 명상에 잠겼다.

군주처럼 상좌에 군림한 자신에게 제 아니 옳은 문제라 할지라도 저렇듯 야무지게 논박해 본 사람이 여태 있었던가? 하룻강아지 범 무서운 줄 모른다고 세상 물정 모르는 얼뜨기인가? 아니야! 물정에 지내 밝아 부리 사나운 새! 틀림없어! 군의 약점과 무맥함을 꼭꼭 짚지 않는가? 너무 뾰족하고 너무 예리해!

김태호는 마치 비난처럼 느껴져 악습대로 큰소리를 터쳤다.

"동무가 뭘 안다고 그래? 무역 지표 같은 건 우리도 문제가 아니야! 글쎄… 기술이라는 점에선 좀… 그렇다고 못할 건 또 뭐요? 자강력이 제일이야! 당의 요구도 그렇고! 지나친 의존심은 버리는 게 좋아!"

"의존심요?"

리열의 눈매가 불시에 오므라들었다. 경멸에 가까운 싸늘한 빛이 거리낌 없이 뿜어져 나왔다.

왜인지 김태호는 기가 찔리는 느낌이 들었다. 군주로서 당해 본 적 없는 이상한 주눅이었다.

"동무가 더 열성을 발휘하고, 우리가 도와주고, 하면 안 될까?"

리열은 자제하며 "물론, 그럴 수도 있습니다" 하고 진취적인 태도를 보였다.

"대신에, 시간이 낭비됩니다. 자체로 터득하고, 그걸로 돈 벌자면 그만큼 많은 실패와 시간이 필요할 테니까요. 그러느니 생물분원과 손잡는 편이 군의 견지에서는 오히려 유익하다고 생각합니다."

"구체적으로 어떤 점에서?"

김태호는 언짢은 기분에도 불구하고 끝까지 들어보기로 작정했다.

쌀쌀해지는 그의 태도가 눈에 아른거렸지만, 리열 역시 가로지나 세로지나 꼭지를 뗀 이상 중간에 그만두고 싶지 않았다. 그래서인지 언사는 더 박력이 있었다.

"우선, 건설부터 생산에 이르는 일체 투자를 전적으로 회사 측이 담당하게 됩니다."

사실은 그렇지 않았다. 경영상 모든 투자를 리열이 맡기로 회사와 사전 약속이 되어 있었다. 하지만 현재로서는 어쩔 수 없이 회사 측을 비호할 수 밖에 없는 리열이었다.

"군은 노력과 토지만 대주면, 품 들이지 않고 재산을 늘리게 됩니다. 더 중요하게는, 기술이 군으로 양도되게 됩니다. 공짜로!"

리열이 어깨를 으쓱해 보이자, 김태호는 "어떻게?" 하며 탐욕스러운 본색을 드러내고 말았다. 글쎄, 그러면 그럴 테지!

"생물분원의 기술자들이 초산군 사람들을 양성하게 될 테니까요. 이를테면 생산을 위한 기능공 양성은 필수라는 겁니다. 아마 빠른 속도로 기술이 이전될 것이고 경험도 축적될 것입니다. 말마따나 공짜로 말입니다. 이것만도 큰 이득이라고 생각합니다만⋯."

"음, 그렇군⋯."

김태호는 일부러 긍정도 부정도 아닌 미적지근한 표정으로 속내를 감추려 했다.

리열은 그의 깊은 욕구를 채워 주려는 듯 "일단 기술 인력이 마련되면, 순수하게 군의 것을 새롭게, 더 크게 만드는 건 식은 죽 먹기가 아니겠습니까?" 하며 방향까지 제시해 주었다.

"이윤은? 투자를 그 양반들이 하는데 군을 셈에 넣을까?"

염치도 뻔뻔스럽기 짝이 없었다. 슬쩍 비치는 김태호의 본심이 치사스러워 리열은 콧김을 홍! 하고 붉었다. 김태호에게는 미래의 이득보다 목전의 소득이 더 관심사였다. 사실 말이지 자기 대가 아닌 이후라는 관념은 그의 사고에 전혀 없었다. '내일을 위한 오늘에 산다'는 것은 멋지게 걸치고 있는 혁명관일 뿐, 그 속에는 '오늘을 위한 오늘에 투신한다'는 인생관만이 가득 차 있었다.

"서둘러 단정하고 싶지는 않습니다. 구태여 말씀드린다면, 군이 손해 볼 일은 절대 없을 겁니다."

"지금껏 장담하더니?"

"그런 논의도 순서가 있는 법 아니겠습니까? 지금은 큰 그림을 볼 때입니다.”

리열은 초면인 김태호를 설득하려는 듯 침착하게 말을 이었다.

“제가 하려는 일은 아직 국내에서 경험이 청소한[435] 분야입니다. 그만큼 위험성도 자못 큽니다. 더군다나 생물공업은 다른 분야와 달리 더 많은 위험성을 내포하고 있습니다. 한마디로 성공하는 데는 10년이 걸리지만 실패하는 데는 순간이라는, 모험적인 성격이 짙습니다. 이런 조건에서 군에서는 성공하든 실패하든 손해 볼 것이 없다는 게 첫 번째! 잃어야 할 때 잃지 않는다면 그게 이윤이지요.”

리열은 잠시 김태호의 기색을 살폈다. 그 시선을 느꼈는지 김태호는 “잃지 않으니 이윤이라. 잃지 않으니…” 하고 염불 외듯 중얼거렸다. 눈길을 내리깐 채 “둘째로는?” 하고 늘어지게 물었다.

“일이 어떻게 결말이 나든 건설된 건물은 초산 땅에 존재하게 됩니다. 양도받은 기술도 포함해서 말입니다. 그게 두 번째 이윤입니다.”

“허허허… 셋째가 또 있나?”

보고 듣자 하니 점점 엉뚱한 논거들만 쏟아져 나와 김태호는 그렇게 응수할 수밖에 없었다.

“세 번째 이윤은 몫에 따라 차려지는 진짜 이윤입니다. 그저 나무 밑에 입 벌리고 척 누워 떨어지는 사과를 받아먹는, 좀 거북스러운 이윤이지요. 이건 폭리입니다. 생물분원을 배제하는 건 굴러온 복을 제 발로 걷어차는… 그리고 처음부터 군이 떠맡는 것 역시, 호박 쓰고 돼지우리 들어가는 격이라고 봅니다.”

리열이 투자와 기술을 전제로 생물분원을 내세우는 데는 목적이 있었다. 실질적으로 투자 능력이 없는 생물분원에서 기대할 것이라곤 오직 기술뿐이었다. 그나마 전문적인 기술 협조도 그리 사활적인 것은 아니었다. 의존심이 없는 그는 이미 축적한 자체 기술과 경험에 토대하여 생산은 물론 판매에서 승산 있는 지표들만 정한 것이었다. 그리고 보면 나무 위에 올

---

435 ‘靑少하다.’는 ‘역사가 짧고 경험이 적다.’는 뜻.

라가야 할 사람은 리열뿐이고, 초산군과 마찬가지로 생물분원도 나무 밑에 눕혀 놓고 봉양해야 할 부모나 다름없었다.

그렇다면 리열이 그런 '입귀신'들을 굳이 끌어들이려는 진의도는 무엇인가? 그것은 한마디로 사회적 환경을 구축하는 것이었다. 다시 말해, '국가'라는 큰 부뚜막에 걸어야 할 가마를 마련하는 일이었다. 그 가마의 재질상 문제가 중요했으며, '군'이라는 작은 등급의 가마를 오막살이에 걸기보다는 '중앙'이라는 큰 등급의 가마를 기와집에 거는 편이 여러모로 유리했다. 가마가 크고 든든하기만 하다면, 입이 하나 늘어나는 손실은 큰 것이 아니었다. 작은 가마가 끓을 때보다 큰 가마가 설설 끓으면 잔파리들이 감히 범접하지 못해, 오히려 실질적인 이득이 발생하는 것이다.

가령 군에 종속된다면, 날마다 회의나 학습, 행사나 사회동원에 일할 새 없이 끌려다녀야 했다. 그리고 미칠 지경으로 부가되는 사회적 과제를 짊어지고, 똥 진 오소리처럼 허덕여야 했다. 더군다나 가마 끓는 기미만 보이면, 죽 가마에 파리 꼬이듯 크고 작은 입들이 온갖 송곳니들을 드러내고 달려든다. 그 입들이 개미가 뼈다귀를 갉아내듯 물어간 것이 소뼈다귀만 하다면, 생물분원이 뭉텅 한 입 떼가는 것은 닭뼈다귀만 했다.

그러니 리열로서는 크게 한몫을 떼어주는 편이 실리적이었다. 큰 가마 덕분에 잔파리들의 시달림에서 벗어나면 경영활동에 전념할 조건도 얻을 수 있었다. 뿐만 아니라, 전망적으로도 중앙급 노선에 발을 들여놓아야 독자적인 기구로의 발전이 급진적일 터였다. 달구지도 큰길에 들어서야 속도가 붙기 마련이 아니겠는가. 바로 그것이 리열의 환경적 지향이었고, 그래서 여러 갈래의 이해관계가 공통분모를 찾아내도록 생물분원 편에 서서 극구 노력하는 것이었다.

그 노력이 헛되지 않아, 마침내 초산군과 조선첨단생물공학기술교류사 간의 국내 합영 문건이 조인되는 결실을 맺게 되었다. 초산군에서는 김태호의 지시로 초산군인민위원회를 '가' 측으로 하여 당시 위원장 김호영이 서명했다. 생물분원에서는 조선첨단생물공학기술교류사를 '나' 측으로 하

　　　　　　　　　　　　　끓일 수 없는 가마

여 사장 리정환이 서명했다. 큼직한 공인 명판들이 나란히 찍힌 두 통의 계약서 원본은 각기 계약당사자들에게 나누어졌다.

'가' 측과 '나' 측은 계약서에서 책임 분담을 명확히 했다. 노력과 토지, 전력은 초산군이 감당하고, 건설과 생산, 무역에 이르는 경영상 투자와 업무는 회사 측이 감당하기로 했다. 또한 계약서에는 '조선첨단생물공학기술교류사 초산수출품생산사업소'로 명명하여 기구를 설립하고, 리열을 지배인 직책으로 임명하여 생산 및 무역의 모든 경영업무를 총괄하도록 명시했다. 이윤 분할은 5:5로 제정되었다. 계약체결 후 실무적 토론에서는 그해 가을까지 합법적인 기구편제와 수속을 회사 측에서 완비하기로 합의했다. 그 기간 동안에는 초산군인민위원회에서 군 외화벌이 사업소에 노력을 배치하여 필요한 인력을 보장하고, 리열이 군 인민위원회 무역부 지도원 직책으로 회사 측 수속이 완료될 때까지 필요한 무역 거래를 군에 의거하여 진행하도록 했다.

시간이 흐르자 수속은 수속대로 밀고, 계절을 놓치지 말고 건설과 생산을 시작하자는 일꾼들의 오합지졸식 사업 욕심이 서로 맞장구를 쳤다. 이는 마치 어른 꼴도 잡히지 않은 아들을 서둘러 장가보내 놓고 빨리 손자를 내놓으라고 억지를 부리자는 수작이었다.

홍! 만사가 욕심대로라면 하늘에다 집도 짓겠다….

입만 가진 자들에게 입씨름을 붙여놓고, 주심처럼 주위를 빙빙 돌던 리열은 입맛이 썼다.

열이 오른 그들은 곧장 현지에 나가 건설부지를 확정했다. 건설부지라야 장마철이면 강냉이(옥수수)깨꼬리까지 물이 철렁인다는 압록강 침수지역의 폐기된 공업용 토지였다. 어느 고망년 적에 무너진 건물의 기초자리가 듬성듬성 눈에 띄었다. 건설을 하려면 배보다 배꼽이 더 클 황량하기 그지없는 땅이었지만, 일꾼들은 희색이 만면하여 확정을 지었다. 차후의 고생은 리열의 몫이었기에 그들에게는 무방한 것이었다. 요즘 일꾼들의 일본새가 다 그 모양이었다.

큰소리들은 쳤지만 어딘가 석연치 않아, 리열은 8월 초까지 석 달 동안 아무 일도 시작하지 않고 동향을 살폈다. 아니나 다를까, 말은 말대로 흩날려가고 계약은 계약대로 서류 속에 파묻혀 있을 뿐, 실무적인 조치는 어느 하나 강구되지 않았다. 그저 위아래로 불같은 독촉만 쏟아졌다. 무턱대고 빨리 시작하라는 터무니없는 강요였다.

나중에는 삽도 박기 전에, 다문 얼마만이라도 당해 외화계획을 책정할 수 없겠냐며 어이없는 요구까지 들이댔다. 그것도 5월에 왔다 가면서 담보금처럼 리열의 주머니를 털어갔던 리정환의 입에서 나온 염치없는 소리였다. 미물 같은 돼지도 때를 맞춰 꿀꿀거리련만, 하물며 사람이….

리열은 뭐라고 말이 나가지 않았다. 사람의 정은 시간에 정비례한다고들 한다. 함께 지내볼수록 가까워지고, 두고 볼수록 두터워지고, 나누어볼수록 애틋해지는 것이 정이다.

그런데 어찌 된 영문인지 현대의 일꾼들은 지내볼수록 멀어지고, 두고 볼수록 진저리치고, 나누어볼수록 구역질이 나는가? 그러면서도 악취 풍기도록 역겨운 일꾼들을 한사코 두루마기 속에, 그것도 공경스럽게 껴안아야 하는 것은 무엇 때문인가? 왜 너도나도 그들을 껴안는 것인가? 비극은 바로 거기에 있었다.

온전한 기둥 하나 없는 불안정한 사회 속에서 두 다리 뻗고 서 있으려면, 더러운 것이 무슨 대수랴. 끈적끈적한 게 얼마나 필수적이라고….

리열은 용단을 내렸다. 먼저 선코를 떼고[436] 어른들을 끌고 가자! 그들의 탐욕을 부단히 계발시켜 꽁무니를 졸졸 따라다니게 하자! 물이 거꾸로 흐르는 듯싶지만, 세상이 그렇게 흘러가는데야….

그러자면 조건이 성숙되기를 기다릴 수도 없었다. 누구를 바라볼 것도, 믿을 것도 없었다. 오직 제 손으로 자신을 깎는다는 각오로 운명을 조각해야 했다.

하여 그해 8월 15일, 리열은 군에서 보장해 준 단 3명의 인력으로 용감

---

[436] '선코를 먼저 떼다.'는 '어떤 일을 여럿 가운데서 남보다 먼저 시작하다.'는 뜻의 관용구.

　　　　　　　　　　　　끓일 수 없는 가마

하게 건설의 첫 삽을 떴다. 그 과정에서 얼마나 많은 재정적 난관과 사회적 난파를 헤쳐 왔는지는 그만이 알고 있었다. 세월이 퍽이나 흐른 뒤에야 리열은 스스로 진상을 터놓으며 타매하게 될 것이다. 하지만 아직까지는 친구인 오원남에게도 "투자는 중국인이, 건설은 리열의 발상과 계획에 따라"라는 사회의 일반적인 인식과 다를 바 없는 설명을 덧붙이는 것이 전부였다. 현재로서는 그 이상의 것을 설명할 시간적 여유도 부족했고, 구체적으로 나열할수록 일꾼들에 대한 비난으로 이어지기 십상이었다.

"가만, 가만… 그러니까, 군과 회사의 계약에 따라 시작한 일이다 그 소리지?"

잔뜩 몰입하여 리열의 이야기를 끊지 않고 기록하던 오원남이 교통보안원처럼 빠르게 흐르던 대화를 뚝 멈춰 세웠다.

"그렇지 않구."

"건설도 군에서 승인했다는 소리겠네?"

"누굴 세 살 난 애로 아나? 바늘 깎는 일도 아닌데 어떻게 내 결심으로 해? 군에선 눈감고 가만히 있겠나? 지금껏 건설을 문제 삼은 사람은 아무도 없어! 왜? 자네가 말해 보게."

"승인했으니까!"

"그럼 됐구만 뭐."

오원남은 히죽 웃어 보이고는 "계속하세!" 하며 길을 열어주었다.

9

머릿수가 인적자원은 될 수 있지만 결코 승패와 성패의 기본요인이 될 수 없다는 심리적 부정으로, 리열은 끊임없이 압박해 오는 인력 고갈이라는 난관을 이겨오고 있었다. 같은 목적이라 하더라도, 인원을 수단으로 활용하는 전략과 전술에 따라 달성 방식은 물론, 승패와 성패의 궁극적인 결과가 달라진다는 자신만의 신념을 말뚝처럼 가슴에 박은 것이었다. 그때부터 리열은 시기에 따라 필요한 인력을 건설자재를 구입하듯 보장했다.

우후죽순처럼, 건설은 하루가 다르게 진척되었다. 허풍이 아닌가 싶어 비방하던 군의 일꾼들이나 입이 뾰족한 사회여론이 시끄럽게 들끓었다. 작업 속도가 얼마나 전격적이고 체계적이었으면, 이름 없던 리열이 졸지에 초산 일대의 신화적인 인물로 세간의 주목을 받았다. 남녀노소를 불문하고 각양각색의 계층들이 어떤 인연으로 얽혔는지 알 수 없을 정도로 건설에 동원되었다.

회사 측에 대한 불만으로 반신반의하던 김대광 부부도 체면상 얼마간의 건설자재를 보장해 주었고, 초산군은 군중외화사업소의 명의로 수입 통로를 열어주었다. 점차 민심은 '첨단'이라는 별호로 불리는 이곳을 주시하기 시작했고, 물질적 관계를 초월하여 동경하고 공감했다. 언제부터인가 김태호 책임비서까지도 회의 때마다 군 소속도 아닌 '첨단'에 빗대어 기관책임자들을 추궁하곤 했다.

더운 날이 짧은 고산지대에서 건설을 시작한 지 두 달이 조금 지났을 때 벌써 눈꽃이 날렸다. 길지 않은 70여 일 동안 리열은 남혁을 잃은 가슴 아픔을 겪었고, 헤아릴 수 없는 애로와 난관을 홀로 이겨 냈다. 3,000m^3의 토량을 성토하여 침수 수위보다 높게 다짐한 4,000m^2의 부지 면적에 하부 구조를 건설하고 주요 건물들을 세워 사업소의 윤곽을 드러냈다. 그 사이 인력도 8명으로 늘어나고, 하루하루 기업 자산이 불어나 화물자동차도 마련했다.

토목 공사로 진행되던 건설은 계절 관계로 일단 중단되었다. 리열은 겨울 한 계절을 생산계획에 따른 기술 전습 기간으로 활용했다. 그와 동시에 다음 해 건설과 병행할 생산적 토대를 마련했다. 국가과학원 생물분원 클론 연구사 백광명이 현지에 내려와 그 사업을 적극적으로 도왔다.

리열을 형처럼 존경하고 인간적으로 따르는 백광명은 공적이 아닌 사적 명의로 내려온 것이었다.

리열을 생물 공학이라는 무한한 세계로 이끈 것은 백광명이었다. 그는 김일성종합대학 생물 공학부를 졸업하고 대학 박사원을 거쳐, 20대에 석사 학위를 취득하여 국가과학원 생물분원 클론 연구사로 배치된 전도유망한 청년이었다.

강계시가 고향인 그를 리열이 알게 된 것은 전 해인 2012년, 강계시에서 유치원 원장으로 일하고 있는 그의 어머니를 통해서였다. 당시 리열의 4살 난 딸이 별다른 교육도 없이 자릿수가 많은 사칙 연산을 척척 암산하고 응용 능력까지 뛰어나 자강도 내에서 수학 신동으로 화제를 일으킨 것이 주된 인연이었다. 뒤늦게 남다른 소질을 발견한 리열 부부는 탁아소에 다니던 딸아이를 군 유치원으로 데리고 갔었다.

놀라울 정도로 뛰어난 재능의 싹을 목격한 유치원 교사들은 어찌할 바를 몰라 했다.

낙후한 교육 환경으로는 도저히 불가능하니 난감할 수밖에… 그보다는 아무리 귀중한 싹이라도 키워서 꽃피우기까지 얼마나 많은 사회적 제약이 존재하는가?

철부지 자식을 두고 부모들은 생각이 많았다. 갓 시작한 살림에 쪼들리지 않을 정도로 생활을 유지해 가는 그들이 어찌 그렇지 않으랴.

자식을 내세운다는 것은 결코 조련한 일이 아니었다. 돈이 있으면 TV에도 출연해 노래할 수 있지만, 돈이 뒷받침되지 못하면 신동(神童)조차 속절없이 묻히고 마는 엄혹한 사회 이치를 그들이 모를 리 없었다.

첫 자식의 재능이 기쁘고 대견하기만 하던 리열은 부모의 책임감을 처음으로 절감하게 되었다.

돈이 없으면 자식에게도 죄를 짓게 되는구나… 이 세상에 태어난 것이 죄가 아닌, 부모를 잘못 만났다는 죄 아닌 죄에 자식이 짓눌리게 할 수는 없다!

리열 부부는 경제적 타산을 무시하고 700여 리(280Km) 떨어진 강계시로 나갔다. 결국 경험이 많다는 유치원 원장을 소개받게 되었고, 그가 다름 아닌 백광명의 어머니였다.

이후 김명선이 4살 난 딸을 데리고 강계시에서 공부를 시작했다. 태어난 지 6개월밖에 안 된 젖먹이까지 안고 말이다.

유치원의 냉방에서 그들은 1년 반이나 고생하며 그야말로 고학을 했다. 리열은 리열대로 장기간의 홀아비 생활에 시달렸다. 그러면서도 뒷바라지에 동분서주하며 뛰어다녔다.

이에 누구보다 감복한 것은 백광명이었다. 원장인 어머니를 통해 많은 이야기를 듣게 되었고, 여러 기회에 직접 목격할 수 있었다.

요즘 세상엔 대학 공부시키기도 쉽지 않은 일인데, 핏덩이 같은 자식들과 연약한 아내까지 객지로 내보낸 아버지라는 사람은 과연 어떤 사람일까? 범상치 않게 엿보이는 지능지수(IQ), 고급스럽게 느껴지는 지적인 감정….

차츰 얼굴도 모르는 미지의 인물에게 존경이 가고 마음이 끌렸다. 마치 어둠 속의 등불을 본 것만 같았다. 대학 졸업 후 사회에 뛰어들어 그토록 고대하고 찾아 헤매던 소중한 빛이 아닐까? 진정으로 그런 사람이라면 따르고 싶었고, 운명을 함께하고 싶었다. 그래서 백광명은 어머니에게 소개를 청했었다.

아들의 고민을 아는 원장은 강계시에 면회 나온 리열에게 뜬금없이 "아들 녀석이 꼭 만나보고 싶다고 자꾸 조르는데… 시간 있으면 집에 한번…." 하고 어렵게 말을 건넸다.

그렇게 마련된 백광명과의 상봉이었고, 지금까지 이어지는 그들의 유대였다.

백광명은 리열을 통해 사회와 현실에 눈이 텄고, 리열은 그를 통해 생명공학이라는 전문 분야에 매료되고 말았다. 백광명이 사업소에 내려온 후, 리열과 종업원들은 그의 도움으로 많은 기능을 익혔다.

다음 해 봄까지 사업소에서는 생산의 기초공정인 황분충(밀웜) 양식과 닭 사육, 불로초와 숭숭갓버섯을 비롯한 특종 버섯들의 원균 채취 및 계대

끓일 수 없는 가마

배양, 우량종 기름개구리를 육종하기 위한 종자확보, 우량종 오미자와 은행나무 묘목심기, 뱀독 추출 및 가공설비와 생물질연료탄 생산설비제작 등 많은 생산 실무적인 사업들이 진행되었다.

귀가 생겨 처음 듣거나 눈이 생겨 처음 보는 희한한 광경을 목격하는 이 지방 일꾼들과 주민들의 놀라움은 '첨단'이라는 고유명사를 만들어 낼 정도였다.

그렇게 한 해가 지나도록 생물분원에서는 기구 수속을 하지 못했다. 아이는 태어나 스스로 크는데 부모도, 이름도 없어 출생신고조차 못하고 있는 웃지 못할 비극은 그때 벌써 막을 올린 것이었다.

군은 군대로 클 만큼 크라고 내버려두고는 웅큼하게[437] 지켜만 보았다. 애초에 리열이 말했던 것처럼 생물분원이 떨어져 나가면 초산 땅의 열매는 고스란히 김태호의 입에 들어오기 마련이었다. 단지 그 시각이 너무 빨리, 예상보다 덜 익었을 뿐이었다.

리열의 걱정은 점차 불안으로 바뀌었다.

마라톤 주로(走路)에서 속도를 내고 싶어도, 낼 수 있다 해도 국적이 없었다. 무엇을 위해 왜 달려야 하고 누구를 위해 왜 이겨야 하는가? 오직 자신을 위해서라면 당초에 주로에 올라서지도 않았을 것이다. 보신을 위한 으슥한 길이 얼마든지 있는데, 천치가 아닌 이상 깡통을 두드리며 뛰겠는가?

종당에 겨울이 다 지난 3월경, 생물분원 당비서가 전화를 걸어왔다. 그것이 마지막 연결이자 허망한 결말이었다.

자강도가 격폐 지역이라 새 기구를 내오기가 어렵다는 것, 방침을 받아야 해결될 문제인데 방침은 아무 때나 올리는 게 아니어서 시일이 얼마나 걸릴지 예측할 수 없다는 등 맥 빠진 넋두리가 수화기에서 줄줄 흘러나왔다.

리열은 어이가 없었다. 그런 기형적이고 편파적인 사회상을 책상머리에 앉아 이제야 깨달았단 말인가? 그러니 입만 쩍 벌리면 돈이 저절로 들어오는 줄 알고 큰소리를 탕탕… 허허, 참! 눈뜬장님들 같으니. 가소롭기란!

---

437 '엉큼하다.'의 방언.

일이 이 지경이 되고 보니 귀가 항아리만 했던 자신이 어리석었다. 그러니 결론은 하고 싶어도 할 수 없고, 할 수 있어도 할 수 없다!

조건을 빙자하는 구차한 변명은 그저 발뺌에 불과했다. 제 발 빼기에 급급하며 그 무엇도 책임지려 하지 않았다. 그도 그럴 것이 애초에 손해 볼 것이라고는 털끝만큼도 없는 그들이었다. 있다면 기껏 통화료나 있을까. 그나마 따진다면 초산에서 긁어간 돈에 비해 빙산에 일각이라, 끓는 물에 던진 얼음덩이처럼 삽시에 공제될 치사한 손해!

말이 났으니 말이지, 초산에 내려왔던 리정환 사장은 차 휘발유는 물론 숱한 진상품을 싣고도 모자라, 수속하려면 식사라도 한 끼씩 대접해야 한다며 500달러의 돈을 뜯어 갔었다. 수도 평양에서 한다하는 직위를 등에 지고 개명함과 고정함을 자처하는 그가, 그의 처사가 생각할수록 너절하기 짝이 없었다.

리열은 분한 김에 술잔을 찾아 들었다. 명목상 주주행세를 하던 그들이 철면피하게 손 털고 나앉으니 이를 어쩌면 좋단 말이냐? 사업소 안의 숨 쉬고, 숨 쉬지 않는 모든 것이 졸지에 사회적 고아가 되지 않았는가? 간상배들!

잊으려고 애쓰던 과거의 열물[438]까지 덩달아 올려 밀어 리열은 긴 밤 사람멀미에 시달렸다. 폭주형인 그는 안주 없는 술을 사발째로 연거푸 들이켰다.

김명선이 공손히 시중을 들어주었다. 남편의 고충을 누구보다 잘 알고 있는 그는 아무런 위안도 주지 못하는 자신이 안타까워 자주 눈시울을 붉혔다. 아내로서 최선을 다했건만… 후한 대접만 받고 주머니를 챙겨 날아간 손님들은 흰소리조차 남지 않은 사기협잡의 항아리를 몇 마디 말로 어물쩍 닫아버리지 않는가. 깔고 앉은 권좌의 무게는 천만 근인데 왜 뱉는 소리는 연기보다 가벼운 것일까? 권좌마다 저런 추물들이 득실거리니 사회가 이 꼴일 수밖에….

---

438 '쓸개즙'의 북한말.

안주인의 사고에서 비롯된 탄식도 리열과 다를 바 없었다. 믿은 것이 잘 못인지, 속은 것이 잘못인지 그 까닭을 깨달으려 리열은 밤새도록 모대겼 다. 옳은 대답은 끝내 찾을 수 없었다. 왜…?

 당에서 내세운 일꾼들을 믿은 것이 잘못이라면, 궁극에는 당을 믿은 것 이 잘못이라는 정치적 결론에 떨어지게 된다. 그것은 무서운 결론이다. 그 러하다면 속은 게 잘못인가? 그러자면 자신이 바보임을 스스로 시인해야 한다. 아니, 아니야!

 전자는 인정하면 안 되는 사회적 문제였고, 후자는 인정할 수 없는 개인 적 문제였다. 그는 모순의 진펄에 빠져 허덕였다. 명확한 대답을 찾으려면 아직도 멀고 험한 가시덤불을 헤쳐야 했고, 아프고 괴로운 운명의 희롱을 허다하게 당해야만 했다. 하지만 그것은 앞날의 일이었다. 당장 마주한 것 은 현재가 아니던가. 그래서 사유는 오늘에 뿌리내리는 것이다.

 고고성 터친 생명은 쉽게 꺼지지 않는다. 제 아니 고아라도 깨끗하고 참 신하게 크노라면 혹 좋은 양부모를 만나 운명의 전환점을 맞을는지 어이 알랴! 그래그래, 체모를 갖추면 주인은 얼마든지 있을 것이다….

 리열은 이렇게밖에 자신을 위안할 수 없었다. 또 위안이라기보다는 주저 앉으면 안 되는, 주저앉을 수 없는 필연성이 그를 부추기는 것이기도 했다.

 왜냐하면 그는 이미 혼자 몸이 아니었다. 믿고 바라보는 순결한 기대의 눈빛들이 있었고 그에게 견인한 운명의 짐들이 있었다. 태동하는 창조물 과 생명의 싹들이 있었다.

 리열은 사색이 되어 바라보는 아내에게 선언하듯 말했다.

 "여보, 속 쓰지 마오. 내 나라 내 땅에 우리 걸 짓고 우리 걸 창조하는데 두려울 게 뭐겠소?"

 "그래도….'

 "내 손으로 꼭 날 깎고야 말 테요. 두고 보오. 아무렴 다 익은 열매에 임 자가 없을라구. 저저마다 기어들 때가 있을 게요. 더는 어리석게 찾아다니 지 않아!"

마디마디 기백이 당당한 그 말은 자신에 대한 고무였다.

리열은 심중의 고충을 조금도 내색하지 않았다. 오직 신심과 낙관으로 대중을 인도했다. 그러나 현실은 냉철한 법이다.

봄에 들어서면서 작업을 계속하려니 자금이 결정적으로 걸렸다. 봄 계절이 늦게 찾아오는 고산지대여서 사람들의 활동도 계절적 경향을 강하게 띠는지라 아직은 침체기였으니 어디가 둘러칠 데도 없었다. 도무지 변통할 방도가 떠오르지 않아 리열은 고심했다.

이러한 때 30리 떨어진 F광산에 살고 있던 맏형 리혁찬이 전전긍긍하고 있는 그의 손에 얼마간의 돈을 쥐어주었다. 부모까지 모시고 있는 형네 부부가 살던 집을 눅거리[439]로 팔았다는 것이다. 천만뜻밖이었다.

"형이라는 게 동생이 고생하는 데도 도와줄 게 어디 있더라구…." 하고 리혁찬이 어줍게 입을 열었다.

"부모님들 의향도 그래, 형수 의견도 그래… 급작스레 팔다나니 눅거리야. 이러구저러구 말고 시작을 떼! 끝장을 봐야지…."

리열은 목이 꽉 메여 응수할 수가 없었다.

F광산보위부장 운전수를 하던 그가 직업을 버리고 30리 떨어진 이곳에 와서 객지생활을 하며 동생을 도운 지도 거의 일년이 되어 온다. 내색하지 않고 혼자 모대기는 답답하고 안타까운 사정을 핏줄 이은 형제만은 알아차렸던 것이다. 하물며 그런들 집까지 팔다니….

사람의 생활에서 집은 가장 귀중한 생의 보금자리이며 필수적인 생계의 터전이다. 그런데 그 보금자리를 하루아침에 털어버리고 한지에 나앉는다? 말도 되지 않을 일이다.

리열은 무작정 마다했다.

"내 말 마저 들으라는데…." 하고 리혁찬이 진정으로 얼리었다.

"우리 걱정은 안 해도 돼! 이 동네에 단칸짜리 집을 하나 수소문했어! 이 건 나머지 돈이니 마음 놓고 써도 되는 거야! 얼마 되진 않아도 일이야 시

---

439 싼거리. 싸구려의 방언.

작할 수 있지 않니. 말마따나 돌아가기 시작해야 돈이 생기지… 그리고 형수도 광산병원일 그만두고 여기서 일하기로 작정했어. 언제부터 의사 경력 있는 사람을 타문하지 않았니. 집사람이 자진한 거야."

리혁찬의 아내 박혜영은 사리원의학대학을 최우등으로 졸업한 유능한 의사였다. 광산병원에서도 의술뿐 아니라 인술이 높아 신망이 있었다. 더군다나 처녀 시절에 입당까지 하고 병원초급당 부비서를 겸하고 있던 그가 이 신설판에 뛰어든다는 것은 고생을 사서 하는 무례한 결심이라고 할 수 있었다.

일가에 흐르는 고상한 가풍과 형제간의 의리심이 따스한 처녀의 손마냥 리열의 경련이는 입술을 꼭 막고 있었다.

이를 알게 된 종업원들은 감동을 금할 수가 없었다. 현존 사회생활은 제 아니 핏줄을 이은 부모형제(#확인/부모·형제)라도 너 아니면 나라는 관점과 입장만을 요구하고 있었다. 헌데 이들 일가는… 놀랍고 아름다웠다.

감복한 종업원들은 제 일처럼 뛰어다니며 두 칸짜리 집을 수소문하고 절반 값을 먼저 물기로 주인들을 설복했다. 이렇게 다시 시작된 2014년의 건설이었고 전투였다.

그때 김대광과 최미화는 그들대로 속을 썩이고 있었다. 언제부터 내려온다는 면담수속은 종무소식이고 번지르르하게 역설하던 사장이라는 사람은 더 이상 얼굴 기우뚱도 안 하고… 더욱이 제대로 만날 수도 없는 암담한 처지가 아닌가? 작년까지는 그래도 군보위부 명판을 빌어 세관에 올라와 만나곤 하였는데 올해에 들어서서는 그 신세마저 질 수 없는 모양이었다.

그도 그럴 것이 군에서 임명한다던 군인민위원회무역부 부원의 직제도 빈말로 그쳤으니 리열은 오히려 절해고도처럼 안팎으로 고립되어 있는 상태였다.

리정환 사장과 같은 유형의 무역일꾼들은 허다하게 상대해 본지라 그가 어떻게 놀아대든 김대광 부부는 모기 물린 만큼도 간지럽지 않았다. 허나 인간상이 끌리는 리열이 그들 풍진에 고생하는 것은 가슴이 아팠다. 도와주고 싶었지만 주고 싶어도 주지 못하는 안타까움이 괴로움으로 응결되었다.

김대광 내외는 토론 끝에 사사여행으로 조선에 건너가 리열을 돕기로 작정했다. 개인장사 명목으로 조선이 환영하는 식량과 농업물자를 가지고 건너가 리열에게 넘겨주자! 후에 누가 걸고 들면 위탁으로 판매거래를 했다고 하면 그만이다.

그래서 6월 초순경 최미화가 사사여행으로 조선에 넘어왔다. 개인 장사 명분에 어울리게 그는 세관에서 제한하지 않는 60여 톤의 밀가루와 50여 톤의 비료 등 많은물자들을 가지고 왔다. 리열에게 현금을 가져다주면 정식 무역관계가 아닌 조건에서 후과가 좋지 않다는 것을, 조선을 제집 드나들듯 하는 그들이 모를 리 없어 그런 방법을 고안해 낸 것이다.

최미화는 이때부터 조선에 거처해 있었다. 하루가 다르게 변모되고 나날이 생산면모를 갖춰갈수록 그의 대견함은 남달리 컸다.

이제는 시험생산용 특종버섯들이 온실마다 만연하였고 개량육성된 기름개구리들이 20만 마리나 변태되어 햇순이 오르는 오미자밭 속에 이주했다. 살모사를 위주의 8,000마리의 각종 뱀들도 살림을 펴고 새끼를 낳고 있었다. 건설 중이라 어려운 속에서도 뱀독을 추출하고 가공하는 등 생산의 일부 지표들은 궤도에 들어서기 시작했다.

그즈음 최미화가 가져온 밀가루를 싣고 강계시에 나갔던 김명선이 또 다른복잡한 일이 휘말렸을 때 서인준의 소개로 처남이라는 무역성 89관리국 자강도지사책임부원 최승기를 알게 되었다. 그것이 무역성 89관리국과의 관계에서 시발점이었다.

척 보기에는 무역일꾼치고 검박하고 진실해 보이는 최승기였다. 더욱이 서인준의 주선한 것으로 하여 김명선은 다소 믿음을 안고 마음을 기울였다. 목마른 사람이 우물 판다고 그의 갈망은 생물분원에 속은 상처보다 더 가슴 저리고 강렬한 것이었다.

파산 직전의 자강도지사를 부여안고 유명무실한 사장을 대신해 골머리

끓일 수 없는 가마

를 앓던 최승기 역시 호박이 넝쿨째 굴러떨어진 격이었다. 그 길로 최승기는 김명선을 따라 초산으로 내려왔다.

초면부지인 리열의 앞에 체면을 불구하고 나선 그는 놀라움을 감추지 않았다. 총각 시절부터 다년간 무역에 빠져 돌아간 그로써도 엄두조차 내지 못한 일을 초학도에 불과한 리열이 완강하게 단행하고 있었던 것이다.

예상했던 것보다 대단히 폭넓고 깊은 잡도리라는 것을 그는 대번에 감촉할 수 있었다. 이거야말로 넝쿨째 떨어진 호박에 비기지 못할 노다지가 아닌가?

그런데 문제는 리열이 사람멀미를 내놓고 내색하면서 빌붙기는커녕 곁도 주지 않는 것이었다. 오고픈 대로 온 불청객이니 가고픈 때 가라는 심산으로 제 일에만 몰두한다. 김명선은 그러는 남편의 거동을 보면서 속으로 흥그러워했다.[440] 한쪽으로는 최승기가 오해하지 않도록 나직이 변호하기도 했다.

여기저기에서 기어들 때가 있을 거라던 리열의 말을 음미해 들으며 최승기는 십분 그럴 수 있다고 인정했다. 이 기름진 광경을 보고 누군들 군침을 흘리지 않겠는가? 먼저 집어삼키는 사람이 정말 복이지… 그 행운을 다름 아닌 나에게, 궁지에 몰려 허우적거리는 나에게 하늘이 선사하지 않는가. 이런 감지덕지라구야….

별로 받은 대접은 없었지만 그는 만족하다 못해 붕 떠서 강계로 올라갔다. 얼마 후 최승기의 보고를 받은 도당의 89호담당부부장이 초산군으로 내려왔다. 현장을 돌아보고 역시 감탄한 그는 즉시 초산군당책임비서 김태호에게 '건강과 안녕을 위한 일!'이라는 명분을 내대고 '첨단'을 89호생산단위로 만들겠다고 제기했다. 다 익은 열매를 가로채겠다는 억지였지만 '건강과 안녕을 위한 일!'이라는 위엄에 옴짝하지 못하고 김태호는 울며 겨자 먹기로 승인했다.

이렇게 되어 무역성 89관리국 산하의 초산무역지사가 창설하게 되었

---

440 '흥그럽다.'는 '흥이 나서 마음이 들뜬 상태에 있다.', '마음에 여유가 있다.'는 뜻.

다. 국가내각의 결정에 따라 기구창설이 결정되고 내각공문과 편제가 충층으로 떨어졌으며 무역을 위한 면담 수속과 국가수출계획도 해당 기관에 합법적으로 내려왔다.

리열이 구금되기 불과 두 달 전부터 복잡한 행정절차들을 거치며 기구 수속이 진행중인지라 현재는 모든 면에서 체모가 성숙되지 못했다. 바로 그것이었다. 물어뜯어도 반항하지 못한다는 젖비린내가 승냥이들로 하여금 피비린내를 느끼게 한 것이었다.

10

신사연(紳士筵)하고 앉아 있는 김경식의 속은 겉보기와는 달리 마구 뒤틀리고 있었다. 사실을 왜곡한다는 것은 손바닥으로 태양을 가리는 것만큼 힘든 일이었다. 공문은 전혀 모른다고 뻗대며 '유령'이라고 사실을 발칵 뒤집으려던 그의 계획은 지금 궁지에 몰렸다. 리열의 윗기관만이 아니라 군보안서까지 구체적인 사실자료들을 제시하며 변론에 나섰던 것이다.

어디서 그런 자료들이 생겨났는지 생각할수록 의문스러웠다. 더더구나 먼 곳의 전화 따위는 무섭지 않은데 우방이라고 오판했던 가까운 곳의 입심은 위험한 역습이 아닐 수 없었다.

가재는 게 편이려니 군보안서를 방심한 실책을 김경식은 뒤늦게야 깨닫고 있었다. 관내에서 '유령'이 색출되면 군보안서가 두들겨 맞을 것은 뻔한 이치여서 그토록 반발해 나오리라는 것을 미처 타산하지 못한 것이 후회되었다.

이제라도 '유령'타령을 철회하고 사태를 바로잡으라는 '첨단'측의 강력한 항의에 그렇지 않아도 견디어낼 것 같지 못해 불안하던 그로서는 설상가상이었다.

끓일 수 없는 가마

그렇다고 '유령'이라는 멱살을 순순히 놓아줄 김경식이 아니었다. '유령'을 만들어 내려는 그에게는 형형색색의 '유령' 벙거지가 얼마든지 있었다. 이 '유령'이든 저 '유령'이든지간에 '유령'이면 그만이었다.

똑똑똑….

문두드리는 소리가 음험한 그의 명상을 깨뜨렸다. 김경식은 까치다리를 하며 건드러지게 자세를 바꾸었다.

누군가 열어주는 출입문으로 리열이 들어섰다. 모색은 이전 같지 않았지만 그멋대로 단정한 갖춤새였다.

팔장을 낀 몸을 뒤로 한껏 제치고 맞아들이는 김경식의 쪼프린 삼각눈에서 비양기[441]가 날름거렸다. 상대방을 무시하고 모욕하는 데서 우월감을 찾는 치사스러운 행습이었다. 철창 안에 넣으면 정승도 개처럼 되는 판에 햇병아리를 놓고 남궁윤이 왜 그리 과대평가를 할까. 회의심이 난 그는 어디 보라는 식으로 리열의 인격을 넝마 취급하려 들었다.

"앉아도 될까요? 몸이 좀 불편해서…."

"…."

한참 세워놓고 올리내리 뜯어보며 수치심으로 야질야질[442] 태우고 싶었는데 리열이 입바람 한 번으로 그 기미를 꺼 버렸다.

김경식은 별수 없이 턱짓으로 허락했다. 그러고는 의자 등받이에 몸을 기대고 체현하게[443] 앉아 사색이나 머리쉼을 하는 사람처럼 평온한 자세를 연출했다.

자리를 틀고 앉은 리열은 어울리지 않는 거드름에 픽 웃고 말았다. 더는 거들떠보지도 않는다.

자식! 얼굴은 퍽 축이 갔는데 기(氣)는 여전한 걸….

그 태도에 화가 동한 김경식은 법이 아니라면 참대 같은 그의 속대를 와

---

[441] '비양하는 기운이나 기분'이라는 뜻의 북한어.

[442] '가만히 있지 못하고 몸이나 궁둥이를 방정맞게 내어 흔들거나 휘젓는 모양'을 나타내는 북한어.

[443] '體現하다.'는 '사상이나 관념 따위의 정신적인 것을 구체적인 형태나 행동으로 표현하거나 실현하다.'는 뜻.

작와작 씹어먹고 싶었다. 그러나 그는 모르고 있었다. 아마 법이 아니었다면 리열이 먼저 그를 뱀무지 속에 묻어놓았다는 걸.

"꼴이 말이 아니로구만."

"예. 세면할 물 한 바가지 없습니다. 이왕 말이 난 김에 대책해 주면 고맙겠습니다."

"나 더러 세면물을? 허허 참! 허물이 없구만, 허물이…."

"법 감시를 하는 당 7과에서 응당 관심해야 할 인권문제라고 보는데요?"

"건방지게 인권이요, 뭐요. 누구한테 헌수작이야!"

흐들적거리며 조롱하려 들던 김경식의 언사가 대번에 꼿꼿하게 곤두섰다.

"세면물을 보장해 달라는데 혈압은 왜 올립니까? 말이 났으니 말이지 그거야 인권 중에서도 초보적인 인권이 아닙니까? 상스러운 말투까지 고치라고 요구하지는 않겠습니다. 제 주제를 저도 알지요. 당신 눈에 뭐이 사람처럼 보이겠습니까?"

"뭐야? 으음…."

김경식은 속에서 불이 이글거렸지만 토할 때가 아니었다.

"내 아직은, 그만하면 널 존중해준다는 걸 명심해. 이제 더 처참한 걸 맛볼 때 그때 가서 뭐라고 하는가 두고 보자!"

"어이구… 바닷물은 한 숟가락 먹어봐도 짠 줄 알지요. 처참해야 그 맛이 그 맛이겠지 다른 거겠나요? 누가 들으면 지금은 특별히 잘해 주는 줄 알겠습니다."

"너, 그 말 꼭 후회하게 해 주지. 똑바로 들어 둬. 후에라도 너에게 남다른 고통이 더해진다면 그건 오늘 네 말값을 받아내는 거라는 걸. 알겠어?"

"기다리지요."

김경식은 쓴입을 다시며 자세를 바로 가졌다. 책상 위의 문서들을 벌컥거리는 잡동작은 이제 가해지는 타격의 신빙성을 사전에 암시하려는 일종의 심리전이었다.

"깊이 요해한데 의하면 넌 거주부터가 유령이야. 국경연선에 어떻게, 무슨 목적으로 들어왔는지 바른대로 말해 보지?"

"흥! 여긴 뭐 조선 땅이 아닙니까?"

"그건 무슨 소리야?"

"제 나라 사람이 제 나라 땅에서 사는데 거기에도 무슨 이유가 있고 목적이 있습니까?"

"이유구 목적이구 거주하자면 규정이 있고 절차가 있단 말이야!"

"물론 그렇겠지요. 헌데… 색은 다르게 느껴지는데요? 설마 제 입에서 파괴암해(破壞暗害) 책동을 하려고 국경연선에 잠입했다는 대답을 기대하는 건 아닙니까?"

"허, 그러면야 더욱 좋지. 내 찍어서 말해 주네만 자넨 '유령거주인'이야. 네가 한 모든 일은 그래서 유령이란 말이야."

"하하하… 그놈의 유령 딱지 못 붙는 데가 없구만요. 그러다간 동지도 '유령부원'이 되겠습니다. 주의하셔야지…."

"누굴 놀리는 거야?"

"놀리는 건 제가 아닙니다. 거주가 무슨 애들 놀음이오? 보안원 한둘이 얼렁뚱땅해서 되는 일인가 말입니다. 뭐 유령? 쳇! 여태 초산에 거주하고 살아온 8년 동안 거주지만도 세 번을 옮겼고 여기서 결혼등록을 하고 자식 둘을 낳아 출생증까지 발급받았습니다. 그래 출생증에 기입된 주민대장번호가 한갓 인구누계번호가 아니겠지요? 바로 이 리열의 주민대장번호에 연달린 번호란 말입니다. 그걸 누가 대주었습니까? 제가요? 천만에! 보안서가 달아준 겁니다. 거주가 인정되지 않으면 어떻게 그럴 수 있습니까? 어떻게?"

리열은 뜻밖에 날아드는 모함의 올가미를 삽시에 태워버리려는 듯 기염을 뿜었다.

"그래서 유령이라는 거야! 달래 유령인가?"

이제는 김경식의 입에서 '엄마' 소리 다음 제일 많이 외우는 말이 있다면 '유령'일지도 모른다.

"이거 유령, 유령… 사람을 야료하겠소?"

리열의 눈에서 벼락이 쳤다. 하늘의 벼락이라면 순간 지지고 사라지련만 그 벼락은 용접불마냥 김경식의 몸뚱이를 다 녹일 때까지 꺼질 성싶지 않았다.

"현실이 그렇지 않나. 누군 뭐 아름답지 못한 유령 소릴 입에 올리고 싶어 그러는 줄 알아? 유령을 유령이라고 하지 않으면 '수령'이라고 불러달라나? 수령, 어때?"

야죽거리는 김경식의 말투는 "야료하면 어쩔 테야? 실컷 아부재기[444] 쳐보지 뭐. 난 그게 더 좋아!" 하는 듯했다.

리열은 바르르 떨리는 눈동자를 얇은 눈까풀로 덮어버렸다. 저 자는 나의 이성을 헐어버리려 한다. 나의 혼에 분노를 일으켜 그 어떤 논거도 세울 수 없게 사고를 맹목시키려는 술책이다. 자제하자! 폭발해야 할 순간까지는 최대로 자제하자!

리열은 무겁게 눈시울을 들어 올렸다. 줄기차던 번갯불은 사라지고 눈은 멀리를 꿈꾸는 듯 광채로 빛났다. 그 광채에 실려오는 목소리 또한 높아질 만큼 깊어진 억양이었다.

"제가 모르는 셈치고 물어도 될까요?"

"물어봐!"

"선거에는 어떤 사람들이 참가합니까?"

"선거? 우리나라에서의 선거는 일반적, 평등적, 직접적 선거원칙에 의하여 비밀투표의 방법으로 진행되는 가장 민주주의적인 선거로써 공화국 공민이라면 누구나 다 참가할 수 있어. 공민의 가장 신성한 정치적 권리니까."

김경식은 자기의 정치성을 시위하려는 듯 유창하게 해설했다.

"만일 공민이 아니라면?"

"공민 아닌 사람이 어떻게 선거에 참가해? 선거라는 거 자체가 저들의 이익과 의사를 대표할 사람을 투표해서 선출하는 일인데 외국인더러 추천

---

444 요란스럽게 악을 쓰며 소리를 지르는 일. 또는 그 소리.

해 달래겠어? 이제 보니 엉터리구만!"

"그렇군요. 그럼 공민인지 아닌지는 어떻게 구별합니까? 뭘 보고 선거할 권리를 주는가 말입니다."

"공민증이 있지 않나. 그래서 선거위원회가 몇 달 전부터 공민증 대조사업을 진행해서 선거자 명부를 발표하는 거야."

"공민증 대조는 본인들과 합니까?"

"챠 이런, 대체 뭘 말하자는 거야? 왜, 이담에 선거에 못 참가할까봐?"

"좋을 대로 생각하십시오. 그저 알고 싶어서…."

"하긴 정치를 알면 얼마나 알겠어. 역시 백성은 갈 데 없는 백성이야."

김경식은 마음 놓고 비꼬았다. 그러느라니 거동은 정치가의 풍모나 갖추려는 듯 의젓하고 으쓱하게 변해갔다.

"공민증 대조라는 건 본인과 하는 게 아니야. 당일날 현장 확인만 하면 그만이지. 하나 묻자구. 공민증은 어디서 발급해 주나?"

"보안기관에서 발급해 줍니다."

"더 정확히는 거주지 보안서에서 발급해 주지. 공민증이라는 건 나라의 공민임을 밝히는 법적인 증명문건이거든. 그래서 이 땅에 사는 사람임을 확인한 그 지역 보안기관에서 해 주는 거야. 한마디로 국적이나 같아. 그러니 공민증을 대조한다면 누구와 하겠어? 바로 보안기관과 한단 말이야."

"예에. 이젠 알 만합니다. 그러니 선거에 참가하는 사람들은 다 보안기관의 신원확인을 받은 사람들이겠습니다."

"그야 물론."

"하지만 거기서도 농간질이 있겠지요."

"하하하… 자네 이제 보니 돈 버는덴 첨단인지 모르겠지만 정치엔 암단이구만! 생각 좀 해봐. 이건 심각한 정치문제야. 그래 최고영도자를 선거하는데 불순분자들이 끼어들 수 있겠어? 정치강국인 우리나라에서 반대투표 하나가 튀어나오는 날엔 여간 큰 정치적 사고가 아니야! 그쯤 되면 선거위원회가 공민증 대조사업에 어떤 각도로 임하겠는지 짐작하고도 남을 텐데… 안 그래?"

"정말 많이 배웠습니다. 결국 선거에는 단 한 명의 유령도 새어들 수 없겠구만요?"

"뭐, 뭐… 유령?"

김경식은 불쑥 튀어나와 대화를 원점으로 돌려놓는 '유령'이라는 말에 와뜰 놀라기까지 했다. 그에 비해 보면 리열의 안색은 평온하게 밝기되고 있었다.

"더 다른 설명이 필요 없다고 보는데요. 제 기억에는 8년동안 초산 땅에 살면서 최고인민회의 대의원선거 2차, 지방주권선거 2차 모두 참가해서 투표했습니다. 찬성이요. 한 번도 아니고 네 번이나 말입니다. 결국 전 유령일 수가 없습니다. 물론 유령이 아니기에 그런 엄엄한 신분대조에서 튀지 않은 거지요."

"으음…."

김경식은 피나도록 입술을 깨물었다. 얼려 엿 먹인다더니 잘한다, 잘한다 취 주는 바람에 제 손으로 제 뺨을 치다니… 부아통이 불어나 눈알까지 팽팽해졌다.

"설마 역대 선거를 주관한 선거위원회를 모두 유령조직이라고 몰아대진 않겠지요?"

꿀 먹은 벙어리처럼 눈만 부릅뜨고 씩씩거리는 김경식을 아예 약 올려 죽이려는 듯 리열은 깔깔거리는 웃음을 밑에 가득 깔고 들이댔다.

"너, 너 이 자식…."

김경식은 혀를 곱디며 강직온 듯 빳빳한 손가락을 지쳐들고 리열을 겨냥했다. 리열은 그러거나 말거나 어깨를 으쓱해 보이며 싱글거렸다.

텅!

들었던 손을 그냥 놓을 수 없어 김경식은 책상을 무겁게 때렸다. 이렇다 할 논거는 없었지만 이렇다 할 논거를 만들어 납짝하게 눌러놔야 할 그였다.

"내 말 똑똑히 들어! 다시 말하지만 그래서 유령이라는 거야. 어제는 얼려 넘겼지만 오늘은 안 돼! 내 눈은 못 속이니까!"

"그러니 자기 눈은 보석이고 남의 눈은 다 썩은 동태눈깔이라는 거요?"

"깊은 물 속에 숨은 고기는 아무 낚시로나 잡을 수 없거든! 그래서 지금 껏 걸려들지 않은 거야. 내 말이 틀려?"

"고견입니다. 가만, 이거 정신이 다 떨떨해집니다구려. 분명 당 일꾼이 옳지요?"

"왜, 신기할 정도나?"

"이젠 보위부도 필요 없겠습니다. 당이 찜쪄먹는구만요. 보위부도 잡지 못한 나를 순간에 낚아내니 참… 대단합니다."

"보위부도 붙었댔어?"

개 귀엔 쯔쯔 소리만 들린다더니 김경식은 메사구 미끼 덮치듯 말꼬리 를 덥석 물었다.

"보위부가 붙었다는 정도가 아니라 똥집까지 다 파봤는걸요. 그게 아마 일 년 전인지…."

"그래? 무슨 일 때문에? 보위부가 붙는 정도면 보통 문제가 아닐텐데?"

"그럼요. 보통 문제가 아니지요. 국가의 안전상 문제라고 할까…."

"헹, 그런데 어떻게 살아났어. 보나 마나 퉤퉤를 쓴 게로군. 일하는 꼴들 보면… 쯧쯧…."

"제 속옷이 더러우면 남도 그런 줄 아십니까?"

"여! 입 뾰족하게 놀리지 마! 일단 보위부에 걸리면 그래, 쉽게 풀려나올 수 있어?"

"그럼요. 깨끗하니까!"

"뭐, 뭐이…?"

리열의 얼굴이 또다시 싱글싱글 벌쭉거렸다.

"그 연줄로 보위부에 입직까지 했습니다. 보위부에서 입직은 국가의 안 전과 직결된 신중한 문제로 치부됩니다. 출생지, 거주지, 사회정치적 환경, 직업, 품행 등 등 8촌까지 캐거든요. 그 첫 공정이 바로 군보안서 공민등록과에서 거주를 확인하고 주민등록문건을 사본하는 겁니다. 그걸 근거로 신원조회가 진행되지요. 티끝만 한 흑점이라도 있으면 국가보위성에서 비준될 수 없다는 것쯤은 알고 계실 테지요? 헌데 섭섭하게도 덜컥 비준됐습니다. 지금 와서 보면 보위부라는 것도 허울 좋은 허재비구만요. 당 일꾼이 지나가다 척 잡아내는 걸 품 놓고도 못 잡아내니 말입니다."

"으, 으윽!"

이번에는 김경식의 이빨이 부드득 갈렸다. 갈기갈기 찢은 리열의 살코기가 그 이발에 피를 뚝뚝 떨구며 씹히고 있었다. 그러나 리열은 여전히 태연자약하다. 오히려 아이의 잘못을 타이르듯 진정으로 권고했다.

"이쯤 하지 않겠습니까? 이러다간 보위부도 유령, 보안서도 유령, 아예 초산군을 유령으로 만들겠습니다. 우리 당 역사 속에 치욕스러운 '반민생단' 투쟁이 교훈으로 남아 있지 않습니까? 좌경이 다른 게 좌경입니까?"

"그만 닥쳐! 입이라구 망탕 놀리지 마! 도대체 무서운 줄 모르는 놈이야! 좋아! 내 품놔서 하나하나 빠개주지. 널 거주시켜 준 놈이 누구야? 말해!"

"아직도…?"

"그래! 다른 건 몰라도 널 거주시켜 준 놈이 나쁜 놈이야! 그게 누구야?"

"정 알고 싶다면 말해 주지요. 보안서 접수실에 가면 공민등록과 접수구가 있지요. 쬐꼬만 유리엔 커튼을 쳐서 전혀 들여다보이지 않습니다. 고 아래 쥐 드나들 만한 작은 구멍이 있는데 거기로 퇴거를 들이미니 거주시켜 주고 공민증이 나옵디다. 날 거주시켜준 건 바로 그 구멍입니다. 이젠 됐소?"

"야, 이 새끼야! 누굴 놀려? 야! 놀리나?"

"뭐, 새끼?"

리열의 격분이 치솟아 용마냥 허공에 서렸다. 으스러뜨리는 주먹은 뼈마디를 뚝뚝 꺾으며 돌덩이로 굳어졌다. 단매에 편포짝[445]을 만들어놓고도 남을 억센 주먹이었다.

수족이 편편한 리열과 단둘이 대치한 좁은 방안에서 김경식의 겁기가

---

445 片脯짝. 칼로 짓두들겨 반대기를 지어 말린 고기.

떨리기 시작했다. 더 이상 야기시키지 말아야겠다는 위구심이 그의 입을 통제하려 들었다. 허지만 그는 악질이었다. 자기가 리열에게 맞아 죽어서라도 죄를 만들어 씌우고야 말려는 극악무도한 악한이었다.

경련이 인 것처럼 푸들거리던 그의 볼편이 또다시 입술을 마구 늘구어 댔다.

"바른대로 말해, 이 새끼야! 누구야?"

격노한 침묵이 그 악다구니질을 되받아쳤다. 그럴수록 김경식은 기광[446]이 뻗쳐서 더욱 날뛰었다.

"야! 임마. 못 들었어? 내 말 못 들었나?"

당장 핏줄이 터져 머리 위로 피가 콸콸 꼴아오를 것처럼 그는 연방 소리개를 질렀다.

"흥!"

기껏 대답이 돌부처의 방귀 소리 같은 것이었다. 불에 덴 망아지처럼 펄펄 뛰는 꼴이 하도 가관이어서 부처님이 참다못해 실수를 했던지 더 이상 그런 소리나마 울리지 않았다.

김경식은 화가 치밀어 마치 발작을 일으키는 아편중독자처럼 지랄발광을 쳤다.

"야! 너 좀 일어나라, 일어나! 덜 돼먹은 자식!"

"누가 덜 돼먹었다는 거요?"

대포구멍마냥 부릅떠진 두 눈이 포체같은 몸에 실려 정말로 일어섰다.

그 눈에서 대구경 포알이 당장 날아드는 환각에 김경식은 제풀에 뛰쳐 일어나 뒤로 주춤거렸다. 그래도 입을 열게 했다는 용맹이 그를 뻗쳐주었다.

"야! 그래 윗사람이 물어보는데 왜 대답하지 않아? 그게 돼먹은 태도야?"

"이건 심문이오? 돼먹은 심문인가?"

"…!"

김경식의 입이 졸지에 무너진 굴아구리처럼 뚝 막혀 버렸다. 심문! 그것

---

446 氣狂. 극성스레 마구 날뛰는 행동이나 기세.

은 아무나 하는 담화가 아니었다. 김경식의 입을 뻗치고 있던 동발목[447]들이 그래서 와당탕 꺾인 것이었다.

법물정을 지내 잘 아는 그에게는 악한이라도 무시할 수 없는 계선이 있지 않는가? 굴 무너진 여운만 떠돌 뿐 방안에는 잠시 정적이 깃들었다.

김경식은 태도를 바꾸었다. 제 먼저 자리에 앉으며 리열을 손짓으로 늦잦췄다.

"아니, 심문은 아니야. 담화라고 해두지. 그래도 대답이야 해야지."

"담화라면 전 대답할 필요를 더 느끼지 않습니다. 말 자체로 담화니까요. 내용이 불손한 데다가 형식 또한 졸렬합니다. 마음 내키지 않는 담화가 성립될 수 없지요. 지금처럼 강압적인 담화는 담화라기보다 심문이라고 해야 제격인데 그건 또 아니라지…."

리열은 난처하다는 듯 두 손을 옆으로 벌리며 어깨를 으쓱 끌어올렸다. 머리까지 한쪽으로 기울어지며 입술이 쑥 삐여져 나오니 김경식은 뭐라고 대꾸를 못했다.

"말하기는 좀 거북합니다만…." 하고 리열은 그의 속통을 슬쩍 침질하고는 이내 뒤를 이었다.

"이 좌석부터가 규정 위반이라고 보는데요. 전 지금 수사 단계에 있는 구금자가 아닙니까? 수사원 외에는 누구도 만나거나 이야기할 수 없게 격리되어 있지요. 괜히 후에라도 시끄러워질 게 있습니까? 서로를 위해 우정 담화를 피한다고 생각하십시오. 전 몸이 불편해서 이만 돌아갔으면 합니다."

김경식은 영원히 벙어리로 살려는 듯 신음소리 한마디 내지 않았다.

허락하지 않았지만 리열은 움쭉 일어나 문가로 향했다.

꽃이 곱다 꺾지 말어라
줄기에서 떨어진 꽃 시들고 마니
기쁨에 겨운 너의 모습에

---

447 '동발목'은 '갱도 따위가 무너지지 않게 받치는 나무 기둥'을 가리키는 '坑木'의 북한말.

염불을 외우듯 중얼거리는 모습이 김경식의 눈앞에서 서서히 사라졌다.

문밖에 대기하고 있던 보안원이 군말 없이 그를 호송했다. 귀가 보배인지라 그도 다 듣고 나머지일 것이다. 그래서인지 그는 리열과 간격을 유지하면서 올 때보다 더 신중하게 모시고 갔다.

언제부터였는지 대기실로 향하는 리열의 걸음은 집으로 가는 마음처럼 편안한 감정에 젖어 들곤 했다.

11

김상록은 연 삼 일째 군당에 출입했다.

잣을 실어 간 소식을 산속에서 전해 들은 그는 알고 있는 쌍말은 다 퍼부어 대며 천막을 들었다 놓았다. 누구를 욕하는 것인지 주변의 사람들은 알지 못했다. 그러나 그 악다구니질 속에서 잣을 빼앗아 갔다는 말마디만은 모두를 격동시켰다. 웅성거리던 100여 명의 자유 군중이 그 진실성 여부가 확정적인 것임을 인식하자 김상록 이상으로 치를 활활 떨었다.

최미화에게서 받은 선불금으로 먼 곳에서 온 사람들과 딱한 사정이 있는 사람들만 먼저 수당을 주어 보낸 터였다. 뒷일을 마무리하며 남아 있던 이들에게는 잣을 빼앗겼다는 게 명줄을 끊겼다는 소리나 다름없었다. 빈손으로 어떻게 돌아가며 돌아가서는 또 어떻게 살아간단 말인가?

온 산판이 일조에 나쁜 말 전시장으로 변하고 말았다. 온갖 개새끼에 열두 간나가 합쳐져 '개간나새끼!'로 중폭되었고 치사한 구멍마다 가붙어 '밑구멍 같은 개간나새끼!'소리가 온 산판에 메아리쳤다. 과연 어느 누구에게 차례지는 영예로운 호칭인지…?

군당책임비서 김태호는 핑계를 대며 피하다 못해 삼 일 만에야 김상록을 만나주었다. 넓고 길죽한 방에 번들거리는 책상이 길게 놓여 있었고 맨 윗자리에 김태호가 멋적게 앉아 있었다.

방에 들어서자 바람으로 굽인돌이 돌아가는 수돼지 눈처럼 치뜨고 바라보는 김상록이 두렵기도 한 그였다.

"언제 내려왔나?"

김태호의 태도는 무사태평해 보였다. 연 삼 일을 찾아다녔는데 아예 그런 티라고는 찾아볼 수 없는 천연스러운 자세였다.

김상록은 가까스로 마음을 다잡으며 큰 숨을 몰아쉬었다. 원래 그는 직통 배기[448]였고 배짱과 기질이 있는 사내였다. 헛가다피우는 일꾼들을 보면 그는 쥐를 본 고양이처럼 참지 못하는 성미였다. 하물며 지금은 가슴에 불덩이를 안고 온 상태여서 목전의 아닌 보살에 철추(鐵椎)를 내리고 싶었다.

"책임비서동지, 이 김상록이 맞아 죽으랍니까?"

"그건 또 무슨 소리야? 누가 때리겠대?"

"때리겠다는 정도가 아니라 때려서 각떠 죽이겠답니다."

"대체 누가 그따우 망동을 부려?"

"산에 있는 사람들이, 바로 이 김상록이한테 매달려 있는 그 백 명이 넘는 사람들이 말입니다. 그들이 뭐 저한테 빚졌습니까? 아니면 내 머슴입니까? 죽느냐, 사느냐 하는 판에 이 김상록이 같은 건 아예 털도 남기지 않고 찢어 죽일 사람들이란 말입니다."

김상록의 입에서는 열변이 쏟아졌지만 김태호는 뜨끔도 하지 않았다.

"그걸 그냥 놔둬? 버릇 가르쳐 줄 게지…."

"그들은 맨손으로 그냥 돌아가도 죽고 날 때려죽여도 죽는 사람들입니다. 무서울 게 없지요. 책임비서동지, 절 홍길동으로 생각지 마십시오. 전 그들을 당해내지 못합니다. 모두 떨쳐나 내려오겠다는 걸 제가 억지로 막

---

[448] 直通배기. 에두르거나 숨기지 아니하고 솔직하게 말하거나 행동하는 사람. 또는 그런 말이나 행동.

았습니다. 막바지인 그들이 주저할 게 뭡니까?"

"그럼 총화해서 빨리 보내라우! 나한테 와서 이럴 필요가 있나? 그거야 동무가 할 일 아닌가?"

"내 일?"

김상록은 눈을 가슬하게 쪼프렸다. 이제는 그에게 돈과 도덕의 잔고가 조금도 남아 있지 않았다.

"아니, 책임비서동지. 이거 어리숙한 체합니까, 아니면 정말 어리숙합니까? 김상록이 무슨 은행총재나 되는 줄 아십니까? 돈이 어디 있어서 총화해준단 말입니까? 이거 정말 생각되게 놀지 마십시오. 그래 잣을 통째로 뺏긴 걸 모르고 그런 훈시를 저한테 하는 겁니까. 예? 헹!"

김상록은 치미는 분을 삭이지 못해 머리를 좌우로 흔들어대며 씩씩거렸다. 다른 사람 같으면 엄두도 내지 못할 불손한 행동이었지만 김태호는 어째서인지 아량 있게 받아주었다.

"진정하라구. 나도 미처 몰랐던 거야. 우리가 조직한 게 아니거든! 보고가 늦게 올라온 걸 어쩌겠나?"

김상록의 엇드레질은 여전했다.

"발뺌하지 마십시오. 그래도 군주인 책임비서동지의 값이 그렇게 눅거리인 줄은 몰랐습니다."

"뭐요? 동무 점점… 여! 무슨 말 그렇게 해?"

"말 못 할 것도 없지요. 책임비서동지를 믿다가 이 꼴이 됐는데 뭘 주저할 게 있습니까? 로더를 먹을 땐 지금처럼 말하지 않았지요? 군에서 책임질 테니 마음 놓고 내밀라! 내 참, 더러워서… 퉤이!"

김상록은 꺼리김없이 책임비서의 방에 건침을 뱉었다. 무슨 말로 그를 저지해야 할지 몰라 김태호는 쩔쩔매기만 했다. 변명도 어지간히 타당한 이유를 대고 꾸밀 수 있는 것이다.

"에돌 것도 없지요. 전 이젠 어떻게 하면 좋습니까? 솔직히 말해 주십시오."

김상록의 단도직입적인 물음은 그를 더 깊은 궁지에 몰아넣었다. 저도 모르게 튀어 나간 말이 "내 좀 알아보겠소."라는 얼토당토않은 대답이었다.

"뭐, 알아보겠다구요? 이제야? 아니….."

"가만, 가만. 좀 자중하라구. 내 말 좀 들어보라니….."

김태호는 군당청사가 떠나갈 듯 터질 것같은 김상록의 입을 막으려 급기야 설레발치며 다가들었다. 그러고는 꽁지대가리 없는 변명을 어떻게 해야 할지 몰라 끙끙거리다가 살이 보동보동한 손을 식칼마냥 비껴들고 자기 목을 썩둑 가로 벴다.

"?"

삽살개처럼 수선을 떨던 몰골이 '천황만세!'를 부르며 일본도로 배를 가르는 사무라이 기상처럼 비장하게 변하자 김상록은 부릅뜬 눈알만 떼룩거렸다.

그러는 그의 눈앞에 김태호는 제 목을 더 바투 들이대며 위협이나 하려는 듯이 또한번 썩둑 손칼질을 해댔다.

누굴 죽이겠다는 소리인지, 자기가 죽는다는 뜻인지 그 의미를 가늠할 수 없는 괴상망측한 동작이었지만 어쨌든 목 자르면 죽는 것은 뻔한 이치라 김상록은 응수 없이 멍청히 바라보기만 했다.

초절임 되었다고 생각한 김태호는 괜히 여기저기를 살펴보는 흉내를 피우고는 고기순대 두 개를 붙여놓은 것처럼 뭉틀두툼한 입술을 그의 귓가에 가져다 붙였다.

"잣보다 당장은… 자네 목이 위태롭네."

"?"

큰 비밀이나 선심 쓰는 것처럼 속살거리는 김태호에게 가증스러운 눈살이 날아 들었다. 누굴 죽이거나 제 죽는다가 아니라 다름 아닌 김상록의 목이 덜컹한다는 친절한 예고가 아닌가?

"에익, 퉤이!"

발길에 문짝이 물러나고 김상록은 그 속으로 총총히 사라져 버린다.

"아니, 여…!"

끓일 수 없는 가마

그를 왜 붙잡으려는지 김태호 자신도 모르고 있었다. 이거야말로 벙어리 냉가슴앓이였다. 분명 어떤 놈이 도당에 쏠라닥질거려[449] 이런 막 다른 처지에 몰렸다는 걸 그는 알고 있었다. 보나 마나 능구렁이같은 조직비서 고성관의 소행이라는 것도 불 보듯 뻔한 일이었다. 그렇다고 내놓고 해볼 수도 없고 어디다 항소하며 논박할 수도 없는 자신이었다. 얇은 얼음장 위를 걷듯이 백번을 두드려보며 살금살금 톺아오른 이 자리가 돈 몇 푼 관계 때문에 흔들릴 수 있었고 김상록을 두둔하다가 고성관이 놓은 덫에 걸려 아예 무너질 수도 있었다. 지금은 청렴하고 원칙적인 입장의 아주 결백하고 충실한 자태를 형상.

그러자면 김상록이 뱉은 가래침 같은 것도 더러 묻을 수 있었다. 허나 그게 태수랴. 살아 있기만 하면 더러워진 옷은 갈아입으면 그만이다. 그래서 하잖은 백성의 모욕도 인민적인 풍모로 참아내는 것이 아닌가?

고성관이 지독스레 쫓아오며 부리는 메스꺼운 야료도 마찬가지였다. 위아래로 뻗친 빨랫줄 같은 연줄과 지반을 턱대고 무지하게 놀아대며 양봉음위하는 그를 현재로서는 건드릴 힘이 없는 김태호였다. 거꾸로 내리아첨을 해서라도 관계를 악화시키지 말아야 할 비굴한 처지이다.

그런 그였기에 참는 것은 가장 괴롭고 힘든 전투였다.

알릴 듯 말 듯 한 인기척이 김태호의 고뇌를 흔들었다. 어느 사이 방으로 들어선 고성관이 공경스레 깊이 머리 숙여 인사하고 있었다. 죽은 사람 생각하니 꿈자리에 귀신이 나타난다고, 갑자기 들어선 고성관을 보며 김태호는 화들짝 놀랐다.

"오, 조직비서동무구만!"

친근한 양으로 떠는 가살과는 다르게 내심은 흑흑 독기로 흐느꼈다.

목구멍까지 똥이 꽉 들어찬 더러운 자식!

"어떻게? 어서 여기 와 앉소."

김태호는 반가운 내색을 하며 그를 맞아들였다. 그에게 자리를 권하고

---

449 '쏠라닥거리다.'는 '남의 눈을 피해 가며 좀스럽게 자꾸 못된 장난을 하다.'는 뜻.

는 윗자리에서 물러나 그 옆에 나란히 옮겨 앉기까지 한다. 자기를 낮추어 상대방을 올려주는 일종의 제스처였다.

고성관의 거동 또한 체통에 어울리지 않게 지나칠 정도로 갑삭갑삭했다.[450] 양봉음위는 그들의 다같은 특기였다. 속에는 칼을, 겉에는 미소를….

"상록이 그 녀석이 오지 않았댔습니까?"

"응? 오, 이자 방금 왔댔소."

"어떻게 하렵니까? 그래도 군에서 좀 나서야 하지 않습니까?"

"이건 누굴 떠보는 거요?" 하는 말이 입안에서 뱅뱅 돌았지만 김태호는 쉬이 내뱉지 않았다. 네가 왼눈을 깜짝거리면 자기는 바른 눈을 껌뻑거린다는 식이었다.

"군에서 나설 게 뭐 있소? 우리야 로더를 받고 잣밭을 떼줬으면 그만이지! 떼우든 말든이야 상관할 바가 뭐요? 특별히 연관된 게 없으면 내버려두기요. 도당이 하는 일인데 끼어들어봤자 좋을 게 없지. 조직비서동무 생각은 어떻소?"

"저야 다른 게 있습니까? 책임비서동지 결론이면 다지요. 그럼 그런 방향으로 조처하겠습니다. 참, '첨단'사장도 걸려들었다고 합니다. 듣자니 유령이라면서 쉬쉬한 소리들이 돌아가는데 책임비서동지가 자꾸… 말밥에 오르는 것 같습니다?"

"뭐요?"

김태호는 채찍에 얻어맞은 말처럼 펄쩍 뛰었다.

"나하구 무슨 상관이라구?"

"지사를 내올 때 책임비서동지 승인을 받았다고 뻗댄다는지…."

"아, 그거야… 조직비서동무도 알지 않소?"

"도당에서 유령이라고 야단치는데 거기다 대고뭐라겠습니까?"

도당이라는 소리에 김태호는 입을 다물고 말았다. 순수 도당이 아니라

---

450 '갑삭갑삭하다.'는 '고개나 몸을 가볍게 자꾸 조금 숙이다.', '채신없이 매우 자꾸 가볍게 걸어가다.', '눈을 가볍거나 자꾸 내숭스럽게 감았다가 뜨다.'의 뜻을 가진 북한어.

고성관의 연줄들이 건너간 산 같은 배경을 염두에 둔 수작인지도 모르는 것이었다.

고성관은 올가미에 이어 끊을 수 있는 칼도 함께 던졌다.

"내 그래서 그런 문제가 상정된 적은 있지만 책임비서동지가 승인하고 비준한 적은 없다고 딱 짤라 보고했습니다. 제 보기엔 책임비서동지도 정식 기구가 떨어지면 그때 가서 해 보라는 정도로 말했다고 회피하는 게 상책일 것 같습니다."

김태호는 진실인지 가식인지 알 수 없는 고성관의 침 발린 편역에 기가 눌리었다. 마치 조직비서의 따뜻한 보살핌 속의 행복한 책임비서 같았다.

"도에선 지금 어떻소?"

"잣은 둘째치고 그 '첨단'이라는 게 들출수록 뭐이 꿍장히 나오는 모양입니다. 한창 수사 중인데 도당이 직접 관심하는 걸 봐선 보통사건으로 끝날 것 같지 않습니다."

"그렇소? 하긴 그 사람이 군과 유리되어 당적 통제를 덜 받아왔지. 그런 어스룩한 곳에서 범 나오기 마련이요. 당성이라고는 도무지 없는 무풍지대였으니까…."

고성관은 속으로 코웃음을 쳤다. 잡아끄는 대로 코 꿴 송아지처럼 끌려오는 주제에 제법 당성을 논하며 마르크스의 수염을 내리쓰는 것이다.

고성관이 방을 나간 후에도 김태호는 머리가 뗑하여 일이 손에 잡히지 않았다. 병 주고 약 주는 격으로 실컷 우롱질을 해도 뾰족한 핀잔 한 마디 주지 못하고, 보신을 위해 허위에 굴종한 자신이 가련하기 짝이 없었다.

공적으로는 제쳐놓고 인간적으로만 보더라도 리열과 김상록은 끝까지 책임져서 측근으로 만들어야 할 인물들이었다. 그런 유력한 측근들이 주위에 성새처럼 둘러설 때 고성관과 같은 적수들에게 당당히 대항할 수 있는 것이다. 그런데 그는 모처럼 주워 왔던 성돌마저 제 손으로 팽개치고 있었다.

책임질 수 있는 명분이나 권한도 부족한 없는 그였다. 지나칠 정도로 소심한 그는 제 그림자도 경계하는 소인이었고 철저한 보신주의자였다.

김태호는 전화로 교환수를 찾았다. 적중한 방비책을 강구하려면 리열과 김상록의 일이 어떻게 번져지는지 어지간히 침질해 보아야 했다.

곧 남궁윤의 숙소와 전화가 연결되었다. 별로 각근한 사이처럼 김태호는 사근사근하게 말을 붙였다. 물론 화제에 올린 것은 리열과 김상록이었다.

그런데 남궁윤은 따분한 기색을 감추지 못하고 슬슬 에돌다 못해 나중에는 "저… 좀 있다 제가 다시 전화하면 안 되겠습니까? 지금 김상록이와 담화 중이어서…." 하고 말끝을 얼버무렸다.

김태호는 흠칫 놀라며 인사말도 없이 수화기를 놓고 말았다. 군당을 나서는 길로 김상록이 남궁윤을 찾아간 모양이었다.

그도 그럴 것이 불나면 바쁜 것은 주인밖에 없다고 제 발등의 불은 제가 꺼야 한다고 김상록은 단정했을 것이다. 양반들의 손을 바라보느니 사회풍조를 따라 '뉴튼의 제4법칙'을 적용하는 것이 제일 효과가 빠를 것이었다.

지금 김상록의 첫째가는 고심은 수매했다는 잣값을 언제, 어디서, 누구한테 받아야 하는가조차 불투명한 것이었다. 누가 찾아다니며 어서 돈을 가져가라고 채근할 리 만무했다. 시비를 따지는 것은 차후의 일이었다. 우선은 꿀떡 먹히기 전에 명색상 수매라며 주겠다던 그 돈이나마 손에 넣어야 한숨을 돌릴 수 있었다.

법관들과 허다하게 꼬리잡기를 하며 터득한 묘리대로 김상록은 남궁윤을 목표로 정하고 주저 없이 찾아간 것이었다.

소문은 많이 들었지만 대면하기는 처음인 남궁윤도 별로 싫어하는 기색은 없어 보였다.

그런 사람들의 속통에 열두 번은 들어갔다 나온 김상록이었다. 중 경 읽듯 속심을 훤히 꿰뚫고 있는지라 다짜고짜 인민폐 1만 위안을 내놓았다.

"일언이폐지하고 도와주십시오."

남궁윤은 돈도 돈이려니와 그의 당돌한 단마디 명창이 더욱 놀라왔다.

그래서 김상록을 향한 눈길에 짐짓 냉정한 기운이 돌았지만 탐욕은 어쩔 수 없이 흐뭇한 돈뭉치를 물끄러미 내려다보고 있었다.

"뭘 도와달라는 거요? 나한테 무슨 힘이 있다구…?"

"빙빙 에돌 거 없습니다. 수매시킨 잣값을 받도록 도와주십시오."

"수매했으면 받으면 되는 거지, 내게 부탁할 거나 있소?"

"허!, 이 김상록이 머저리가 아닙니다. 솔직히 이제 잣에 대한 수사보고를 태우겠는데 거기에 어떻게 규명하는가에 따라 수매로 안될 수도 있지요. 세상만사야 만들기 탓이 아닙니까? 하물며 다 먹고 난 상에 돈 내기가 아플 건 뻔한 거구…."

남궁윤은 마음속으로 영민한 그의 사고를 인정하며 궁리했다.

녀석이 듣던 바대로 여간 명물이 아닌 걸. 그런 돈이라면야 먹어도 등탈 없지. 헌데….

돈을 놓고 하는 흥정인데야 숨바꼭질이 필요 없음을 인식한 남궁윤은 "초산에 물이 좋나?!" 하고 너부죽한 얼굴에 푸접 좋은 미소를 지어 보였다. 그 미소는 용의가 있다는 의향이 아니라 벌써 초벌합의가 이루어졌다는 의미를 담고 있었다.

그러나 김상록은 미처 알아차리지 못했다. 정치익살꾼들 속에서 너무 농락당하다 보니 살이 다 빠진 가시같은 신경만 살아 있었다.

"무슨 소립니까?"

"지내 똑똑한 사람들이 많거든…."

"예?"

성격이 자극됨을 느낀 김상록이 대뜸 까박[451]을 붙이려 이맛살을 찌푸릴 때 문밖에서 인기척이 났다. 남궁윤은 날쌔게 돈뭉치를 집어 깔고 앉은 방석 밑에 쓸어 넣었다. 불의의 정황에 민첩하게 반응하는 숙달된 전문가의 솜씨를 김상록은 멍하니 목격하고만 있었다. 모름지기 모든 신경이 돈뭉치에 집중되어 있은 남궁윤의 조건반사가 전문가적 기교처럼 보였는지도

---

451 '말대꾸'의 평북, 함남 방언.

모른다.

김상록은 그제서야 소화제를 먹은 것처럼 얹힌 속이 쑥 내려갔다. 그가 파악했다고 자처하는 권력자들의 내적 심리란 바로 이런 것을 염두에 둔 것이었다. 돈 앞에서는 천변만화(千變萬化)로 농간을 부리고 추호의 양보를 모르는 것이 시대적 양상이다. 오히려 권하지 않는 것을 질책하는 권력자들의 공통된 심리는 직위나 직무를 막론하고 차이가 없다.

돈이 모든 걸 결정한다!

김상록은 얼른 전화번호를 쓴 수첩장을 찢어 던지고 자리를 털었다. 물정이 밝은 그가 어색한 처지에서 남궁윤을 건져주려는 것이었다. 이것 역시 없던 것으로 치면 피차 좋은 일인지라 배웅하고 떠나는 인사말조차 들을 수 없었다. 김상록의 말마따나 그들의 상담은 일언이폐지로 결국을 지었다.

그가 사라지도록 돌부처처럼 앉아 있던 남궁윤은 사위가 조용해진 다음에야 한쪽 엉덩이를 지쳐들고 돈뭉치를 끄집어 냈다. 그러고는 냇가의 돌을 뒤지는 곰처럼 벌겁벌겁 세어보았다. 이내 만족이 근근하여 가방 안에 쓸어 넣는다. 이미 둥지를 튼 돈묶음들이 자리를 좁히느라 역정을 부렸다.

이젠 어떻게 한다…?

그는 생각을 골몰했다. 돈뭉치를 삼킨 배가 뒤탈 없자면 머리가 좀 더 고생을 해야 했다. 그 고생이라야 곡괭이로 산을 허무는 일도 아닌, 기껏해서 아이들 작문 짓기 비슷한 신사적인 사무임에야 그리 어려울 것도 없었다. 김상록이 말하지 않았는가? 만사는 만들기 탓이라고….

비록 글짓기나 보수는 산을 허문 것에 비길 수 없이 크다. 남궁윤은 문득, 권력의 그 오묘한 멋에 취한 직권욕이 사람들 속에 만연되어 붉은 사회를 시퍼런 곰팡이처럼 뒤덮는 진실을 새삼스레 느꼈다.

두루 궁량해 본 그는 김태호에게 전화를 걸었다. 방금 전엔 김태호가 침질하려 전화를 했다면 이번에는 남궁윤이 중 떠보려 전화통을 든 것이었다.

끓일 수 없는 가마

예상외로 김태호는 리열과 김상록의 일에 도피적인 입장을 취했다. 이것은 남궁윤에게 절호의 기회였고 유리한 환경이었다. 말은 그럴사하게 하였지만 자기 보신을 챙기려는 김태호와의 대화는 더 이상 의의가 없었다.

지루한 통화를 마친 남궁윤은 가뿐한 마음으로 행색을 갖추었다. 무게와 가치가 증가된 서류가방을 들고 밖에 나서니 시원한 마가을 바람이 심기를 붕 띄워 주었다. 이전과는 달리 주위 세계의 이모저모가 행복상으로 감성있게 감수됨이 이상스러웠다. 하기야 만복감에 겨운 그의 망막에서 여과되고 나면 모든 사물이 배부른 상으로 보일 수밖에 없었다.

때아닌 산책 걸음으로 느적느적 걷던 남궁윤은 왁자지껄대는 소음에 주의가 끌렸다. 한 무리의 아낙네들이 크고 작은 막대기들을 쳐들고 아파트 벽에 송충이처럼 붙어 돌아갔다. 그러고 보니 3, 4층짜리 낡은 아파트가 고작인 읍거리의 여지저기가 전부 그렇게 벅적 끓고 있었다. '문명' 바람에 울긋불긋 색칠하며 곳곳에서 떠들어대는 꼴이었다. 그것도 외장재가 아닌 알지 못할 색감을. 칠감 아닌 대용색감을 곰보투성이인 외벽마다 게바르는 형식적인 깜빠니아(캠페인)였다.

"에그, 백메터 미인이라더만 이런 걸 보구 하는 소리구마!"

"그러게 말이우다. 비 한 번 오문 오줌싼 기저귀처럼 얼룩덜룩해질텐데…."

누굴 들으라고 하는 비판인지, 비평인지 모를 아낙네들의 주책없는 입살이 남궁윤의 기분을 싹 가져버렸다.

아파트 뒤에서 진하게 단장한 젊은 여인이 튀어나오며 아낙네들을 질책했다.

"또 또… 무슨 쓸데없는 입추념들이에요. 저녁에 검열하겠다는데 일손들 다그쳐요!"

"반장이요, 색이 어디 먹어야 말이지?"

"그럼 진흙을 좀 더 진하게 풀어요."

"에그, 옛적에 이런 걸 발라보긴 했네만 지금이야 꼴불견이 아닐까?"

"무슨 소릴 해요? 이게 바로 자력자강이에요! 없는 외장재 타발하느니 이렇게 불그스레한 건 진흙물로, 푸른 계통은 유산동,[452] 검은색은 석탄물, 그리고 새하얀 석회물까지 자체로 해결해서 거리와 마을을 꾸리니 얼마나 좋아요."

"좋기두 하겠시다. 얼럭덜럭한 게 딱 어리광대촌 찜쪄먹겠시다 원!"

머리에 세면수건을 질끈 동여맨 여인들이 시까스럽게 인민반장에게 익살을 부렸다. 오구잡탕 같은 반원들이 일손은 부지런한 걸 보아 가두일에 찌들이 먹은 반장이 나이에 비해 통솔력은 있는 듯싶었다.

남궁윤이 못 들은 척하고 그 옆을 지나려는데 옹알옹알 궁상맞은 노파의 넋두리가 귀청을 간지럽혔다.

"속곳에 때가 째질째질해가지구 치장이나 쉈다. 쯔쯔쯧…."

"아니, 할머니!" 하고 역증을 내려던 인민반장이 곁을 지나는 보안원 행색의 남궁윤을 힐끗 가려보고는 "무슨 말 그렇게 해요? 당에서 인민들 잘 살라고 그러는데 할머닌 정말…." 하고 곱게 나무랐다. 그러나 노친은 안하무인이었다.

"저런거나 자꾸 처발라 뭘 한다는 기요? 강냉알두 없어 변변히 못 먹는 주제에 다 쓰끄럽다이…!"

"할머닌 무슨 말을 그렇게…."

지나가는 보안원이 들겠다고 반장은 온갖 시늉을 다 하며 제사 바늘방석에 앉은 것처럼 송구스러워 했다.

"들으면 뭘 하나? 잡아 갈라면 가라지! 난 다 살았으니 무방하이. 데려다 굶기지 않으면 아들 녀석보다 낫다니!"

칼도마에 부득부득 목을 들이대는 노친의 용감한 생노망에 젊은 아낙네들은 웃음집이 건들거려 겨우 참았다. 아마 주위에 남궁윤이 없었더라면 폭소를 터쳤을 것이다. 하지만 시국이 시국이니만치 그들은 반장의 역성

---

452 硫酸銅. 구리를 묽은 황산과 함께 가열하여 얻는 푸른색 결정으로, 천연으로는 담반으로 산출된다. 전기 도금액, 매염제, 안료, 구충제 따위로 널리 쓴다.

끓일 수 없는 가마

을 들어 짐짓 정치성있게 훈계하려 들었다.

"할머니! 문명하게 살라는 거예요."

"야야, 너들이나 문명인지 개명인지 해라! 가마 밑 새까매두 끓일 게나 많으문 좋갔다. 때 안 씻구 화장이나 치바른다구 문명이냐? 이걸 봐라, 이걸! 올각질이 다 난다!"

노친이 금시 바른 벽을 솔 달린 장대기로 스윽스윽 긁어대자 더덕더덕한 각질이 부실부실 떨어졌다. 호호, 하하, 까르르… 저마끔 칠하며 돌아가던 아낙네들이 끝내 배를 그러안고 포복절도했다.

남궁윤은 얼굴에 핏빛이 돌아 걸음을 재촉했다. 시부모에게 역증나서 개 옆구리 찬다고 어느 간부를 향한 삿대질을 애꿎은 자기에게 퍼붓는 것 같아 줄행랑을 놓고 싶었다. 제 보기에도 과히 엇선 비방 같지는 않았다. 단지 지내 노골적이라 듣기가 거북했다.

누가 조직했는지 미친놈 아니구서야….

곁달아 뒷욕을 퍼대려던 그는 보나마나 책임비서라는 생각에 "무슨 판인지…." 하고 투덜거리고 말았다.

그는 될수록 아낙네들이 몰려있는 곳들을 멀찌감치 피하면서 길을 걸었다.

12

남궁윤은 저녁 늦도록 리열이 써준 사람들을 불러 만나보았다. 약속이나 한 것처럼 누구에게 물어봐도 말귀가 맞아 돌아갔다. 자정이 넘어 그는 지친 기색으로 군보위부 경리과장 한봉구의 집에 전화를 걸었다. 똑같이 호출했지만 유독 아직까지 나타나지 않은 대상이었다.

권능상 보안원이 보위원을 취급할 수 없는 사정으로 부득불 그의 안해를 불렀었는데 내용을 모른다면서 잘라매더니 끝내 출두하지 않았다.

전화를 받은 한봉구는 서로 따분하지 않게 집으로 와달라고 부탁했다. 괘씸한 생각이 들었지만 남궁윤은 하는 수 없이 그의 집으로 향했다.

보안원이 보위원을 이길 수는 없었다. 국가보위성과 인민보안성 사이에는 넘을 수 없는 벽이 엄연히 존재했다.

생각과 달리 그는 밤늦도록 한봉구의 집에서 융숭한 술대접을 받았다. 한봉구는 간판 좋은 보위부화물차(트럭)를 끌고 3일이 멀다 하게 강계시를 드나들었다. 좋은 소리로 운송업을 하는 한봉구의 살림은 그래서 부유한 측이었다.

어느 단속기관의 구속도 받지 않는 보위부의 특수성을 악용하여 한봉구는 온갖 밀수품들을 실어 나르고 있었다. 초산군에 시간을 맞춰 들어서는 길로 군보위부 앞의 압록강 연선으로 풍을 씌운 화물차(트럭)는 거침없이 나가곤 했다. 하여 지금 같이 좋은 계절에는 탕당으로 목돈을 버는 그였다. 그런 걸 보고 사람들은 직업이 돈을 벌어준다고 부러워했다.

그러던 10월 1일, 한봉구는 중국국경절을 계기로 밀수가격이 인하되자 손해를 보지 않으려고 이전 상급의 면목으로 인정이 무른 리열에게 무작정 잣을 맡기며 애걸했었다.

"언제든 좋으니 무역가격으로 좀 처리해 주게! 이러단 거덜나겠어. 좀 도와달라구!"

그만큼 한봉구는 돈이라면 이악한 정도가 아니라 악우였고 사회 물계[453] 또한 발그라져[454] 쉴 대로 쉰 곱새크였다. 그것도 법망치조차 깨지 못할 방탄모를 쓴 사회주의 희귀종 돈벌레였다.

그에 비해 차원이 낮은 보안제복을 입은 남궁윤은 그래서 주접이 들지 않으려고 애써 대범한 생색을 내고 있었다. 헛생색이 지나쳤던지 진술을 받아야 할 수사원은 아예 허리띠를 풀어놓고 한봉구의 풍진에 손벽을 마

---

453 어떤 일의 처지나 속내.
454 '발그라지다.'는 '지나치게 당돌하고 되바라지다.'는 뜻의 북한어.

주쳤다.

그들은 건하게 술을 마시며 서로 통하는 듯싶었다. 밤늦도록 쟁강거리 더니 나중엔 술에 절임된 혀들이 까드라들고 말았다.

"사실… 아까운 새끼야… 갸가 우리… 보위부에서 나거지 않았스문… 당신 절대 못잡아… 웬간하문… 살려주라우… 아까운 새끼란데…."

"아니, 아니… 그건 안 돼… 살려주문? 살려주문 내가 죽게? 천만에!"

"죽는단 건? 누가 또 죽어? 갸가?"

"아니, 이거… 과장 취했구먼. 내가 죽는단데…."

"체, 제가 잡아놓구선… 제가 뒤진단 건 또 뭐야…? 네가 취했구나 뭐…."

"자자… 아무튼 살아나기 힘들어… 한 잔 또 들자구요"

그들은 맹물처럼 맛도 모르고 술잔들을 비웠다.

한봉구는 넋두리를 하듯이 계속 칭얼거렸다.

"어쨌든 아까운 놈이야… 아까워… 머리가 얼마나 좋은지 알아? 체! 아마… 이 두 통을 합쳐두 안 될 걸…."

그는 남궁윤과 자기의 머리를 뚝뚝 소리가 나게 엇바꾸어 두드렸다.

"또 얼마나 괜찮은 새끼라구… 욕하는 놈 없어… 없다니까…."

"나두, 머린 인정해…!"

"쳇, 인정해? 인정한다는 게 잡아? 갸 수준 알문… 조심하는 게 좋아요… 기질 있다구… 사실 너네 보안서가 사람 망탕… 잡으문 안 되지 뭐! … 우리 보위분 그러진 않는다구…."

"보안서가 뭐 어쨌다는 기요? 귀에 거슬리우다레… 망탕은 무슨 망탕! 다 근거 있지 않으리…."

"아하, 이것 봐라. 내가 누군 줄 알아? 경리과장두… 원판은 보위원이야! 당신네가 저 다리 밑으루 감쪽같이 나간 거… 이 한봉구는 다 안단 말이야…! 그 주제 뭐 망탕이 아니야? 체, 말 못 하지?"

"!"

남궁윤은 술이 말짱 깨며 일각에 정신이 말뚱해졌다. 이건 무슨 심장 떨리는 소리인가? 더 따져 물을 용기조차 나지 않았다.

혹 어방이 직방이라고 술기운에 떠보는 말이 바로 들어맞은 건 아닌지… 설령 떠보는 소리라도 문제가 다르다. 어쨌든 퀴퀴한 냄새를 맡았으니 그럴 게 아닌가?

그때에야 비로소 보위원과 마주 앉았다는 생각이 섬하게 남궁윤의 뇌리를 쳤다. 혹시 이 좌석이 함정?

그는 대번에 긴장해졌다. 그러면서도 쉽게 단정하지는 않았다. 보통은 유도해서 떠보기가 법관들의 상투적인 수법이었다. 그런 수법을 수사의 절대적인 수단으로 빈번히 써온 그였지만 직접 당해 보니 여간 숨 가쁘지 않았다.

남궁윤은 그런 얕은수에 넘어갈 풋내기가 아니라고 자신을 다잡으려 했다. 다음 찰나 한봉구는 "왜? 내 말이 미덥지 않나? 떠보나 해서? 체!" 하고 그나마 마구 헤집어 놓았다.

"보위분 보안서 같질 않아! 풍월 가지고 뜨는 줄 알어? 그기야 소경 낚시질이지! 눈먼 고기 새끼나 걸리겠지…."

혀 꼬부라지던 사람 같지 않게 한봉구의 언사는 도리어 유창했다.

가면을 벗어던지고 정면으로 접어드는 불한당을 남궁윤은 막아내기가 베찼다. 발가벗기기 전까지는 부정하다 보려는 처녀의 가냘픈 심리만 그에게 남아 있었다. 정조를 티 내려는 그가 가소로운 듯 한봉구는 너털거렸다.

"이거 아닌 보살 할 거요? 정 들고 싶수? 27일, 밤 11시, 세관다리 밑, 중대장, 10톤, 차는…."

"아아! 됐소, 됐소! 됐수다!"

남궁윤은 더 이상 견딜 수 없어 두 손을 엇갈려 내저었다. 더 뻗대려다가는 심장이 아예 터질 것만 같았다.

이건 함정이다! 어쩌다 이런 함정에 빠졌는가? 혹시 리열이 때문에 보위부가 반격하는 건 아닐까? 그럼 난 끝장이다, 끝장! 아!

그는 겁에 질려 주위를 두리번거렸다.

끓일 수 없는 가마

소파 위에 벗어놓은 정복 밑에 불룩한 가방이 숨어 있었다. 그 안에는 검은돈이 그득했다. 여기가 정말로 함정이라면, 하여 이들이 예서 손을 쓴다면 물적증거까지 있는 성공적인 체포 작전으로 될 것이다. 입이 열 개라도 변명할 여지도 없이 운명은 고하고 말 것이다.

남궁윤은 생각할수록 몸서리쳤다. 당장 출입문이 열리며 보위원들이 쓸어 들어와 수족을 결박하는 환영이 현실처럼 느껴졌다.

하지만 그것은 병적 증세였다. 죄를 지은 자들만이 앓게 되는 불치의 병이 이미 남궁윤의 몸에서 발병하는 것이었다. 특별히 면역이 강한 그가 처음으로 증상을 체감할 뿐이었다.

한 절반 얼이 나가 허둥거리는 몰골을 게슴츠레 지켜보던 한봉구는 상위에 놓여 있는 그의 술잔에 쨍, 하고 잔을 쫓았다.

"갑자기 뭘 그리 심각해 그래? 술맛 없게시리… 자, 또 한 잔 들어야지?"

남궁윤은 불씨마저 사그러진 썰렁한 눈으로 퀭하니 바라보기만 했다. 법관이라면 서로가 비슷할지 몰라도 속은 판판 다른 것이 보위부 족속들이었다.

도대체 이 사람은 뭘 바라는 걸까? 깜짝 놀래키고는 또 잔을 쫓구… 어느 게 진담이고 어느 게 농담인가?….

귀신한테 홀린 것처럼 갈팡질팡하던 남궁윤은 잡아끄는 대로 무심중 말려들고 말았다.

"너무 긴장할 건 없수다. 우린 알고만 있는데 습관된 사람들이니까… 당신네와는 근본이 다르지! 당신넨 알면 못 참지? 흥!"

너나들이하던 술상은 어느덧 벙어리 학생을 놓고 훈시하는 훈장의 책상이 되고 말았다. 망두석처럼 우두커니 자리를 지키는 남궁윤은 일언반구도 없었다.

다시 혀가 말려 돌아가는 한봉구의 일장 훈시만 계속 되었다.

"충고하건대… 리열일 얕잡아보다간 큰코다쳐! 당신네 일에 상관할 바는 아니지만… 글구 이번에 당신들 덕에 나도 톡톡히 손해 봤다는 거! 이

거, 이걸 유의하라구! 내 잣이 얼만지 알기나 하나? 아참, 당신은 알지! 그
니까 확인하러 온 거구… 에휴! 공짜도 목에 걸리지 않게 야금야금 먹는
게 좋아요!"

한봉구는 제 돈을 가로채 먹은 남궁윤을 고양이 먹잇감 장난치듯 했다.
야료하고 조롱하며 아예 질려 죽일 잡도리였다.

미칠 지경이어서 더는 견딜 수 없게 된 남궁윤은 적으나마 보상하겠다
고 제 먼저 흰 수건을 던졌다. 화증을 덜어주어 어떻든 한봉구의 입을 틀
어 막아야 했다.

"보상? 어떻게? 날더러 빈좆 빨라는 거유?"

한봉구가 여전히 빈정대자 남궁윤은 속궁량이 있다는 듯 구구절절 엮어
댔다.

"리열이 영치품에 인민폐 8,000 위안이 있는데… 우선은 그걸 꺼내주리
다. 그리고… 이제 뺏드는 잣으로 최대한 도와주겠소! 손해를 줄여야지
요…."

말투가 너나들이하던 좀 전과는 달랐다. 말끝들이 매우 부자연스러웠다.

"이제야 들을 만한 소리가 나오는군! 헌데, 난 자네들처럼 공짜는 좋아
안 해!"

한봉구는 태가락을 부리듯 뒤로 자빠졌다.

"그러니… 싫다는…?"

"싫기야 뭘! 세상에 돈 싫다 할 사람 있을라구… 그저 공평하게 거래하
자는 걸세!"

"거래?"

"당신은 뺏구 난 팔구. 어때?"

급작스러운 흥정에 남궁윤은 어안이 벙벙했다. 미처 깨도가 들지 않아
입 다물고 있는데 한봉구가 깔따구처럼 연속 쏘아댔다.

"벌자는 속내야 다 같은데 괜히 우둔하게 소리 낼 게 있나? 나한테 주면
깨끗하지! 맞돈도 줄 수 있어! 그저 돕는 셈 치고 가격을 좀 늦추면 돼!"

　　　　　　　　　　　　　　끓일 수 없는 가마

역시 한봉구다운 보상방식이었다. 공인된 밀수꾼인 그가 잣을 어디로 밀고 갈지는 두말하면 잔소리였다.

"자네네 형님들한테도 이르게! 채신머리없이 압록강 헤매지 말구 이 한봉구를 통하라구! 그럼 만사화의(萬事和義)야! 이번 일은 나만 알고 있으니 맘놔두 되고…."

남궁윤의 턱에서는 혹이 붙었다 떨어졌다 했다. 범죄수사를 왔던 그는 더 큰 범죄와 결탁하고 새벽녘에야 숙소로 향했다. 그가 초산 땅에 있는 동안, 그가 인민들의 잣을 빼앗는 족족 그들의 밀약은 신용 있게 실행될 것이다.

남궁윤의 이마 위에 빛나는 검과 방패가 새겨진 모표에 찬이슬이 맺혔다. 알알이 맺힌 그 이슬은 특급범죄자를 수호자라 비호해야 하는 금빛오각별의 절통한 눈물이었다. 그 별을 만들어 머리 위에 얹어 준 인민의 통탄 소리가 새벽안개를 몰아와 눈물은 방울방울 커지더니 주르르 흘러내렸다.

출근하자 바람에 공민등록과장 박동수는 진땀을 빼고 있었다.

"무슨 얼빠진 소리요? 주민대장을 날려 보내다니…?"

푸르딩딩한 보안서장이 기도 펴지 못하게 달구어 댄다.

박동수는 대답은 고사하고 숨소리조차 시원히 내지 못했다.

"언제 보냈소. 언제?"

"3월달에…."

박동수는 주밋주밋 거짓말을 했다.

"왜?"

"유령거주여서…."

"동무 무슨 얼빠진 소릴 자꾸 해! 유령거주라는 건 대체 어느 나라 법전에 나오는 말이오. 에? 어떻게 서장 비준 없이 제 마음대로 처리하는가? 어떻게? 교만 방자해도 분수가 있지…."

박동수는 쥐구멍에라도 쑤시고 들어가고 푼 심정이었다. 터놓고 말할 수도 없고 그렇다고 엎지른 일을 변명하자니 더 난감했다.

보안서장은 여간 격하지 않았다.

"돼지 망신 꼬리가 시킨다구 동무 같은 사람이 초산보안서 망신 다 시킨단 말이야! 그럼 거주문건에 수표 해준 이 보안서장도 유령이야? 유령, 유령하니까 나중엔 별것들이 다 유령타령이야! 덜 돼먹게스리… 여, 임마! 리분주소들이 욱욱해! 갸들은 뭐 숙맥이라구 앉아서 두들겨 맞겠대?"

쏟아지는 불소나기에 박동수는 정신을 차릴 수 없었다. 다리가 후들거리고 이마에는 비지땀이 삐져나왔다. 욕설은 언제 끝날지 모를 방사포(다연장로켓포)의 일제사격같이 그를 아예 혼비백산하게 만들어 놓았다.

"왜 읍보안소에랑은 알아보지도 않았나? 만일 문제가 생기면 관할 담당 보안소에서부터 층층으로 정확히 요해하는 게 옳지 않아? 공민등록사업이 뭐 너 혼자 되는 일이야? 밑에는 다 규정대로라는데 어떻게 동무한테서만 유령소리가 나오는지 통 이해가 안 된단 말이야, 이해가! 그것도, 8년이 지난 오늘에 와서! 그럼 지금까지 다른 사람들은 눈감고 놀았다는 거야? 대답해 봐!"

"저…."

"문건을 발송하기 전에 본인들은 만나봤나?"

"만나보지 못했습니다."

"만나보지 못했는가, 만나보지 않았는가?"

그렇지 않아도 웅얼웅얼한 서장의 목소리가 너렁청한 방안에 쩌렁쩌렁 울리었다.

"…."

"허참, 여! 과장동무! 동무 연한이 얼마게 그 따우 철딱서니 없는 소리 줴쳐, 엉? 여! 본인도 만나보지 않았다면 대체 넌 뭘 했어? 애초에 알아보려고도 안했지? 그러니… 본인들은 여직 모르고 있겠다?"

"예, 미처 알려 주지… 못했습니다."

서장은 책상을 쾅 치며 자리를 박찼다.

"그것도 말이라구 하는가? 문건을 날린지 반년이 지났는데두? 대체 어

　　　　　　　　　　끓일 수 없는 가마

쩔 잡도리였어? 거주는 됐는데 주민대장은 날려 보내고 사람은 또 살게 그냥 놔두고… 야! 유령은 네가 만들구 있어, 네가! 이제 보니 문제 있는 놈은 너야, 너! 당장 그 문건 다시 빨아오고 직접 보고해! 알가서?"

박동수는 구두뒤축을 딱 소리 나게 붙이며 꼿꼿하게 몸을 폈다.

"다시 유령소리가 내 귀에 들렸다간 널 유령으로 만들어 버리가서! 나가!"

비실비실 방을 나선 박동수의 눈앞에서 복도가 빙글빙글 돌아갔다.

하루이틀 새 어느 여우귀신에 홀렸는지 뜨거운 뜨물 바가지만 연속 뒤집어쓰는 돼지 신세가 되고 말았다. 급기야 보내고는 또 급기야 찾아온다? 한쪽은 보내라, 한쪽은 찾아오라… 젠장, 죽을 신수 붙었나…? 후유….

보낼 때부터 께름칙하다 했더니 숨돌릴 새 없이 벼락이 떨어져 도무지 어느 장단에 춤을 춰야 할지 갈피를 잡을 수가 없었다. 당장은 코 맞대고 내리누르는 서장의 말을 따르는 것이 상책일 것 같았다. 게다가 '유령거주'가 아니라는 것을 누구보다 잘 알고 있는 그로서는 일이 이렇게 복잡해진 이상 무턱대고 옳은 쪽으로 기울어지고 볼 판이었다. 그것이 그중 살아날 확률이 높다는 생각이 불쑥 머리를 쳐들었다.

박동수는 담벽을 더듬다 말고 사무실로 걸음을 다우쳤다. 더 멀리 날아가기 전에 빨리 돌멩이를 매단 끈을 올리던져야 했다. 사무실에 들어서는 길로 전화통을 끄당기려는데 때마침 전화 종소리가 울렸다. 손이 내친김에 수화기를 들어 귓가에 가져가던 그는 흠칫 놀랐다.

"여보시오. 여보시오!"

거듭 불렀지만 박동수는 고리 뽑은 수류탄을 쥔 사람처럼 수화기를 두 손에 움켜쥐고 어쩔 바를 몰라 했다. 개 짖듯 사납게 불러대는 김경식의 목소리를 그는 제꺽 가려들은 것이었다.

박동수는 심장이 후두둑 떨렸다. 내 신수가 왜 이렇게 사나워졌담! 언제부터…? 바로 저 김경식이라는 요물을 만난 그 순간부터다. 여우귀신은 갈 데 없는 저놈이다!

박동수는 침을 꿀꺽 삼키며 마음을 진정했다. 이제라도 정신을 차려야 했다.

"예. 공민등록과장 박동수 전화받습니다."

"왜 이제야 전화받소?"

울림판이 찢어지게 떨렸다.

수화기에서 흠칠 귀를 떼던 박동수는 뜨직뜨직 대답했다.

"누가 찾아서 잠깐…."

"무슨 일을 그렇게 하오? 왜 보안서장은 유령거주가 아니라고 우기는가? 왜?"

"…."

"동무 그날로 문건 보내긴 보냈소?"

"…."

"여보시오. 여보시오!"

"예. 듣습니다."

"어째서 유령거주가 아니라고 나보구 해대가 말이오? 일처릴 어떻게 했게? 그래야 동무한테 불리하다는 걸 모르는가?"

박동수는 왜인지 빈 입을 쩝쩝 다시더니 마뜩지 않게 변명했다.

"본적지 보안서에서 문건을 받지 않겠다고 합니다. 2007년 5월 15일 방침은 최고인민회의 대의원선거와 관련하여 〈고난의 행군〉의 후과로 여기저기 미거주자로 정착한 사람들을 모두 거주시켜 현 선거에 참가하도록 할데 대한 내용인데 그에 따라 규정대로 퇴거를 뗀 사람이기 때문에 책임질 수 없다는 겁니다. 물론 거주도 그 방침에 근거해 조직적으로 한 것입니다. 해당 리분주소들에 거주종근문건들이 규정대로 보관되어 있습니다. 저도 다시 따져보았는데 거주가 정확히 유령이 아니라…."

"그만하오! 동무 이제 보니 줏대 없는 맹물단지구만! 이제 단단히 책임질 줄 아오. 어디 두고 보기요!"

쾅, 하고 폭탄 터지는 소리가 수화기에서 울렸다. 박동수 역시 맞받아 수화기를 쾅 놓았다.

끓일 수 없는 가마

이건 협박이야, 뭐야? 날 위한 일이라고 살살 꼬이더니 뭐 맹물단지?

그는 빼빼 마른 김경식의 상판이 얄밉게 눈앞에 얼른거리자 퉤! 하고 건침을 뱉았다.

'유령'을 만드는 '유령'들이었다!

제4장

모난 돌

1

쾌청한 날씨였다.

수확 계절의 뒤끝이라 그런대로 마음들도 마냥 흥그러웠다. 그러나 남궁윤은 술기운에 지끈거리는 머리를 두드리며 리열과 마주 앉았다.

'유령' 타령에 맥 빠진 김경식이 남궁윤의 방향에 총력을 집중하라고 독촉이 불같았다.

그러지 않아도 이제는 더 이상 빠질 수 없게 사활적으로 말려 든 남궁윤이었다. 어떻게든 범죄를 만들어 내야 했다. '잣상무'를 위해서도 리열을 잡아야 했고 김상록을 위해서도 초점을 리열에게 몰아야 했다. 그뿐이 아니었다. 한봉구의 입을 막기 위해서도 리열의 주머니를 털어야 했다. 그것을 다 합친 것보다 더 중요한 이유는 자강도와 나아가서 국가의 이득을 위한 것이다.

이제는 리열과 일 대 일로 한 몸을 내대야 하는 남궁윤이었다. 모두를 위하여, 자신을 위하여 타협할 수 없는 적수가 된 리열. 잠재한 권모술수를 총동원하여 그의 흑점을 찾아 줘어야 했다. 미운 놈 떡 하나 주듯이 지금은 슬슬 얼리며 안정시키고 있었다. 이제 약점만 발견하면 그때는 비로소 둘러메칠 작정이었다. 미처 눈치 챌 사이도 없이 말이다. 그게 가능할지는 아직 장담할 수가 없었다. 하지만 네가 죽지 않으면 내가 죽을 사생 결투에서 그는 결코 죽고 싶지 않았다.

리열이 아직은 천진하게 대응하는 이 때가 기회였다. 이를 놓친다면 떡을 물 수 있는 절호의 기회가 다시는 없을 것이다. 시간은 그에게 불리하게 흐르고 있었다.

"아픈 데는 없나?"

남궁윤은 친근감이 흐르게 관심을 표했다.

"덕분에 그럭저럭. 그런데 아직 오래 걸려야 합니까?"

"왜? 지사 일 때문에? 내 바삐 돌다 보니 미처 관심 두지 못해 안됐소. 들어갈 때 종이와 원주필(볼펜)을 줄 테니 오늘 중에 쓰라구. 내일 아침 가지러 올 테니까. 아무래도 나가서 계속할 일인데 지사 일이 잘돼야 나도 신세 지지. 절대 여기 보안원들 눈에 띄면 안 돼!"

"고맙습니다."

남궁윤은 그에게 담뱃갑을 밀어놓고 문서장들을 들추었다.

리열은 그가 진정으로 고맙게 생각되었다. 물론 그도 이 일에 직접적으로 참여한 사람이었지만 주도적이라기보다는 싫든 좋든 집행해야 하는 막다른 처지의 법관이 아닌가. 다소 동정의 마음 한 조각은 품고 있는 사람으로 리열은 오판하고 있었다.

사람들을 자기 마음처럼 생각하고 쉽게 믿는 것, 이것은 리열의 치명적인 약점이었다. 쓴맛을 보기 전까지는 누가 뭐라고 하든 한량없이 마음을 쏟아붓고 믿음을 앞세우는 헌신적인 성품, 나쁜 억측보다 좋은 생각을 항상 위에 올려놓고 귀중히 여기는 고결한 인간미는 고칠 수 없는 그의 '고질병'이었다. 그 때문에 겪은 우여곡절이 많아도 지어먹은 마음 삼 일 못 간다고 달라질 수 없는 리열이었다.

"에익, 빨리 끝내고 내보내면 나도 시원하겠소. 헌데 요놈의 수량이 골아프거든. 명단에 있는 사람들을 더러 만나보긴 했는데 아직 못 만나본 사람이 태반이야. 호출해도 뭐가 무서운지 나타나야 말이지. 듣자니 대피 먹은 사람도 다 있대. 그러니 제 발로 나타나길 기다린다는 게 막연한 일 아닌가? 미안한들 내라구 어쩌겠나?"

그는 새빨간 거짓말에 제법 진정을 담았다. 모든 연루자들을 다 만나본 뒤여서 그로 인해 수량 확인이 완전무결하게 끝난 것은 이미 전이었다. 두말할 것 없이 에누리 없는 수량이었다.

그러나 수선을 떠는 그의 흑심을 리열은 알지 못했다. 증거자료들을 수집하고 확정하느라 고생이 여간 아닌 모양이라고 마음은 도리어 미안함에 젖어 들었다. 당초에 믿는데 버릇된 그는 도와줄 방도를 모색하고 있었다.

"신빙성이 있는 물적 증거물에는 어떤 것이 속합니까?"

끓일 수 없는 가마

"그건 왜?"

"가만 앉아 밥이나 축내자니 미안하구만요. 제가 도울 게 있겠는지."

남궁윤은 한동안 눈알을 굴리며 타산해 보았다. 예측할 수 없는 그의 머리에서 또 어떤 놀라운 제안이 나올지 두렵기도 했다. 더욱이 자기에게 유리할지 불리할지가 기본이다.

"물적 증거물에는 여러 가지가 있을 수 있지. 에, 기본은 사건 해명에 어떤 의의가 있는가, 이 게 중요하오. 책대로 말하면 증거물이란 증거로 되는 물건을 말하는데 증거라는 건 사실을 증명할 만한 근거나 표적을 의미하지. 에, 그러니 증거물에 딱히 어떤 것들이 속한다는 제한은 없소. 가령 땅에 굴러다니던 돌도 살인에 이용되었다면 유력한 증거물로 되는 거지."

"그렇다면 잣을 지사에 들여올 때 쓰인 물건들은 다 증거물로 될 수 있겠구만요. 말하자면 사건 해명에 의의가 있는… 그렇게 이해해도 됩니까?"

"물론 그렇다고 할 수 있지. 가령 저울도 증거물은 증거물이니까. 단지 결정적인 의의가 없을 뿐이지. 설마 '그때 수량이 얼마요!' 하고 말하는 저울을 쓰는 건 아닐 테지?"

"제가 말하게 한다면?"

"엉? 그건 또… 무슨?"

"절 지사에 데려갈 수 있습니까? 제가 명백한 증거자료를 내놓을 테니…."

남궁윤은 냉각된 듯 굳어지고 말았다. 저울이 말을 한다?

"달리 생각지 마십시오. 믿지 않으면 이런 말을 꺼내지도 않습니다. 서로 더 고생하지 말고 빨리 결속하자는 겁니다. 제가 증명하지요."

리열이 자기를 믿는다는 건 정말 좋은 징조였다. 남궁윤은 그 감정을 깨뜨리고 싶지 않았다. 그러나 말하는 본새로 보아 아직 공개하지 않은 의의 있는 증거를 내놓으려 한다는 것을 직감한 그는 정확히 가늠해 보고 긍정 또는 부정이라고 유리하게 입을 놀려야 했다.

즉석에서 엉뚱한 리열의 궁량을 추적하려던 남궁윤은 인차 기권하고 말았다. 그게 생각처럼 쉬운 일이 아니었다. 그러느니 자기 견지에서 타산해 보는 것이 더 현실적이었다.

이대로는 백날 가도 뾰족한 수가 나올 수 없어. 그럴 바엔 한 장쯤 더 펼치고 경과를 볼까? 도박꾼처럼 말이지. 혹시 좋은 패가 나올지도 몰라….

"직접 나가기는 힘든데… 나한테 말하면 안 되겠나? 내가 대신 가서…."

"그건 안 됩니다. 저만 알거든요."

"그래…?"

리열은 따분해 보이는 그의 심정이 십분 이해되었다. 숱한 범죄자들을 다뤄오면서 그는 별일을 다 겪었을 것이다. 노상 기름이 반질거리는 거짓말들과 기회를 엿보는 도주심리와의 신경전이 그의 일상일 것이다. 그러니 리열의 말이 제 아니 진실이라고 해도 그로서는 믿기 어려울 것이고 있을 수 있는 정황들을 여러 각도에서 예상해 볼 것이다.

리열은 일단 진실을 내비쳤으니 결심은 그쪽에 달렸다는 심산으로 담배를 붙여 물었다.

그를 마주하고 앉은 남궁윤도 덩달아 입에 불을 달았다. 지금 그의 사고는 착잡했다. 담배가 타는 짧은 시간에 유리한 방향을 다시금 따져보고 선택을 해야 했다.

분명 저 사람에게는 자기가 진술한 잣의 수량을 명확히 증명할 수 있는 증거물이 있다. 보나 마나 무죄 증거로 쓰일 물건일 것이다. 그렇다면 잣수량이 선명하게 드러나는 것을 바라지 않는 우리 심리에서는 불리하지 않은가? 가만, 가만… 다르게도 생각해 보자! 그것이 정말 법적 증거로 될 수 있는 유력한 증거물이라면…?

생각의 각도를 빽 돌리자 뜻 모를 공포가 남궁윤의 사대각신에 엄습해 들었다. 그 증거물이면 무죄를 증명할 수도 있다. 그런데 언제? 우리가 메친 다음에?

남궁윤의 안색이 창백하게 질렸다. 메친 다음에 리열이 그 증거물을 공개한다면 거꾸로 저들이 한판으로 메쳐질 것이다. 결국 무시무시한 시한탄이 지금껏 목에 걸려 있지 않았는가? 시한탄은 언제든 터질 수 있는 폭탄이었다.

항시적인 위험을 뒤늦게 발견한 사실이 남궁윤의 공포를 더해 주었다.

천만다행으로 솔선 시한탄을 떼주겠다는 리열이 얼마나 고마운가? 훗날은 어떻든 당장은 그걸 손에 넣고 무조건 없애버려야 한다! 누구도 모르게 감쪽같이….

남궁윤은 용단을 내렸다. 삼자를 개입시키지 않고 리열을 데려가 조용히 빼내 오는 것이 합당한 방법이라고 판단한 그는 담뱃불을 비벼 껐다.

"좋소. 그런 방향으로 토론해 보자우. 웬만큼 믿지 않고는 취급자가 데리고 다니지 않아. 그거 알고 빈 걸음이 되지 않길 바라네. 들어가 기다리라구."

"고맙습니다."

잣수량만 확인되면 당장이라도 넓은 하늘을 향해 조롱문을 활짝 열어주리라 믿고 있는 리열은 진정으로 사의를 표했다. 하긴 그의 견해에는 형식상 잣수량을 따지는 것 외에 법에서 찧고 까불고 할 아무런 빌미도 없다는 게 전부였다. '유령' 딱지를 들고 김경식이 검질기게 괴롭혔지만 무방하게 생각하고 있는 그였다. 설사 김경식이 물고 늘어지려 발광을 쳐도 한두 명이 관여된 일이 아니어서 진상은 오도될 수 없다고 그는 믿고 있었다. 그래서 리열은 남궁윤의 동의를 큰 도움으로 생각하는 것이었다.

하지만 그것은 하느님의 사도로 가장한 악마의 아가리에 스스로 머리를 들이미는 천추의 실책이었다. 리열은 제 손으로 제 무덤을 파고 있었다.

2

오후 늦은 시간에 리열을 태운 곤남색 반짐차(픽업트럭)는 지사로 향했다.

차창 밖으로 흘러가는 평범한 정경이 리열에게는 이상할 정도로 감미롭게 느껴졌다. 인간 세상에 다시 환생한 듯이 모든 것이 새롭게 보였다.

지사에 들어서는 반짐차(픽업트럭)를 증오스럽게 무시하던 종업원들은 차에서 내리는 리열을 보자 허겁지겁 달려왔다. 그러나 만날 수는 없었다. 남궁윤의 몰인정한 손세가 그들을 저지하려고 너펄거리고 있었다.

그래도 노동자들은 막무가내였다. 두세 걸음을 사이에 두고 무작정 에워쌌다. 다시는 빼앗길 수 없는 듯, 더는 빼앗기지 않으려는 듯 눈에 눈마다 화염이 활활 타오르고 있었다.

"내 들어갔다 올 테니 너무 그러지들 마오."

리열의 말 한마디가 남궁윤의 수고를 덜어주었다.

리열은 총총히 사무실로 향했다. 창고장 격인 박혜영이 그에게 열쇠를 가져다주었다.

리열은 서류함에서 길쭉하고 두툼한 종이 묶음을 꺼내 들었다. 그것은 리열만 가지고 있는 물자 입출고 전표철이었다.

"이건 사실 보여 주면 안 되는 장부입니다. 통째로 가져갈 필요는 없고 잣에 해당한 부분만 골라서 가져가지요 뭐."

남궁윤은 머리를 기웃거리며 책상 위에 놓인 전표철을 내려다보았다.

아직 경영상 관리체계가 정연하지 못한 신설조건에서 이렇다 할 관리문건들이 없을 거라 판단했던 자신이 또 틀렸다.

전표철에는 원본들이 있었는데 반쪽은 아마 입출고 당사자들한테 있는 모양이었다. 객관적으로 본다면 누계번호까지 있는 의의 있는 입증 자료였다. 전표마다 리열의 결제와 창고장 박혜영의 도장, 입출고 당사자들의 수표(사인)나 도장이 명백했다. 잣을 입고한 전표들에도 수량과 품질, 포장단위, 결제방식, 실어 온 당사자의 이름과 직업, 차번호나 소속까지도 구체적으로 명시되어 있었다. 이것이야말로 유력한 증거자료였다.

남궁윤이 한창 전표철을 뜯어보고 있는데 리열이 박혜영에게 물었다.

"잣상무에서 잣을 실어 낼 때 출고전표를 뗐겠지요?"

역시 매사에 빈틈이 없는 그였다.

"예. 복새통에 계량하느라고 했는데 어떨런지… 그따위는 모른다고 야단치는 걸 제가 막 지랄 부려서 인수증에 수표들을 받아놓았습니다."

"잘했군!"

박혜영은 두말없이 뽀르르 방을 나갔다. 눈치 빠르게 가지러 가는 것이었다.

남궁윤은 그제야 잣을 실어 내던 날 난장판 속에서도 저울추에 이악스럽게 매달리던 일이며 꼬리 사리는 무역국 수매원들을 붙잡고 수표(사인)를 받아내던 일들이 삼삼히 떠올랐다. 그때는 다 망한 판에 미친 짓이라고 놀려댈 정도로 그럴 경황이 아니었다. 그런데 지금에 와서 보니 박혜영의 행동이 얼마나 옳은 것인가?

박혜영이 가져온 인수증에는 차량마다 실어 낸 수량과 포장 마대 수, 인계 인수자들의 수표와 차 번호, 시간까지 밝혀져 있었다.

범한테 물려가도 정신은 똑바로 차리랬지만 그 수라장에서 끝까지 책임을 다했다는 것이 믿기 어려울 정도였다. 그 미친 책임성이 이렇듯 적수들을 전율케 하는 위험한 무기로 될 줄이야! 과연 누가 상상이나 했으랴!

남궁윤은 리열처럼 하나같이 여돌찬[455] 이곳 사람들이 갈수록 두려워났다. 이제 또 어떤 상상치 못한 날창을 꺼내 들고 무섭게 위혁하겠는지?

남궁윤은 여기로 온 것을 백번 잘한 일이라고 생각하며 잣과 관련된 전표들을 모두 골라냈다. 몇 번이고 확인한 후에야 그는 조서 하나를 작성하여 박혜영과 노동자 두 명의 수표를 받았다. 수사를 도와 자발적으로 증거 자료를 제출했다는 증인 조서였다.

"이런 게 앞으론 큰 도움이 돼! 이런 주동적인 자백은 긍정적이거든!"

마치 사람을 건지려 뛰어다니는 좋은 보안원처럼 남궁윤은 티를 내었다. 거개가 거뿐한 마음으로 청사를 나서는데 기다리던 종업원들이 리열을 빙 둘러막았다.

"이건 뭐야?"

---

455 '여돌차다.'는 '똑똑하고 매우 쟁쟁하다.'는 뜻의 북한어.

남궁윤이 대번에 매정하게 소리쳤다. 그러나 매정한 것은 그만이 아니었다. 그 이상으로 표표한[456] 노동자들은 물러설 잡도리가 아니었다.

운전수가 슬그머니 남궁윤의 곁으로 다가갔다.

"어떻게 그냥 갑니까? 좀 만나구 가게 합시다."

밖에 있으면서 들썩거리는 노동자들의 정상을 목격한 그는 차에 오를 수가 없었다. 마음을 다잡으며 미소를 짓는 리열의 눈가에도 절절한 빛이 축축히 젖어 들었다.

'인지초성본선'이라, 인간의 마음은 본래 선한 것이었다. 하여 남궁윤이 비록 적아로 첨예한심리에 빠져있지만 인간으로서의 한 토막 인정만은 남아 있기를 그토록 모두가 애원하는 것이었다.

"필요 없는 말은 말구. 잠깐 만나보우."

리열의 인식 속에 아직은 선량함을 심어주어야 하는 남궁윤은 본의든 본의 아니든 무뚝뚝하게 허락했다.

세상을 다 준대도 리열은 그렇게 고마울 수가 없었다. 사랑의 대해에 선뜻 뛰어들지 못하고 주춤거리는 그를 인정의 파도가 격랑을 일구며 덮쳐버렸다. 얼마나, 그 얼마나…!

목이 꽉 메여 누구도 말하지 못했다. 흘러가는 시간이 안타까웠고 하많은 이야기가 뒤엉켜 꺼낼 수 없어 안타까웠다.

이윽토록 손잡고 바라보기만 하는데 "이젠 가기요." 하는 남궁윤의 재촉이 그들의 머리칼을 곤두세웠다. 물을 뒤집어쓴 모닥불처럼 졸지에 사그러진 감정들이 그제야 황황히 입들을 열었다.

"또 가야 합니까?"

"몸은 일없습니까?"

"뱀들이 야단입니다."

"식사는 어떻게…."

---

[456] '표표하다.'는 '얼굴 표정이 몹시 꼿꼿하고 날카롭다.', '태도나 행동이 눈에 띄게 몹시 사납다.'는 뜻의 북한어.

"여기 걱정은 마십시오."

이구동성으로 쏟아지는 말소나기에 리열은 한마디 대답도 할 수 없었다.

평범한 날에는 다 몰랐던 귀중하고 소중한 투박한 손길들에 심신을 푹 맡기고 영원히 잠들고 싶었다. 뿜으려는 눈물을 억제하고 목구멍을 알알히 허비는 아픔도 내색하지 않으며 리열은 따스한 미소만 지어 보였다.

설사 형장으로 가는 길이어도 그는 이런 모습을 보였을 것이다. 평온한 그 미소가 노동자들에게는 힘이었고 의지였고 희망이었기 때문이다. 그러하기에 그는 수백 마디 위로와 수천 마디 격려를 무언에 담는 것이었다.

대들보가 꺾이면 서까래도 아우성치며 무너지기 마련이다. 무너지지 않으려면 리열이 꺾이지 말아야 했고 저들 또한 주저앉지 말아야 했다. 서로가 꿋꿋이 서 있는 굳센 모습만이 서로가 의지할 수 있는 유일한 힘이었다.

리열은 안간힘을 다해 화산을 뿜듯 분화구를 터쳤다.

> 승자의 걸음엔 고난이 기초되고
> 기쁨의 화원엔 슬픔이 거름되네
> 불타는 저녁노을 새 아침 불러올제
> 피젖은 깃발이 축배잔에 비껴드네

거개가 흠칫하더니 한 덩어리가 되고 말았다. 넘어온 고행의 언덕 위에서 승리를 확신해 온 마음과 심장들이 활화산마냥 터져 올랐다. 승리를 위해 바쳐진 삶과 승리를 위해 싸워온 생이 어깨곁고 열화의 심장을 합치었다.

만세도 없고 구령도 없었다. 그러나 그들은 새로운 돌격선에 나선 용사들이었다. 차가 떠나면 그들은 작업복의 흙먼지를 털며 마음을 다질 것이다.

리열은 떠나야 했다. 무한한 인력을 그만이 떼어놓을 수 있었다. 발길을 떼려니 무엇인가 더 위해 주지 못한 아쉬움이 골수를 파고들었다.

"집수리 못한 동무가 누구요?"

겨울이 가까워 오면서 리열은 종업원 한 세대씩 집수리를 조직했었다.

생활이 구차한 노동자들의 살림집은 말이 집이지 한심하기 짝이 없었다. 울바자나 담벽은 고사하고 엉덩이 붙일 구들목이나 부뚜막도 변변한 집이 드물었다. 겨우 입에 풀칠하며 연명하는 살림에 시멘트 한 삽 살 만한 여유가 돌아갈 리 만무했다.

겨울이 다가오자 노동자들의 살림살이를 헤아린 리열은 그래서 세대별로 돌아가며 집수리를 조직한 것이었다. 목재나 시멘트, 노력 등 일체 조건을 리열이 보장해 주는 조직적인 혜택이라고 할 수 있었다. 지금 사회에서는 전례를 찾아볼 수 없는 희한한 일이었다. 그러나 이곳 노동자들에게는 물속에서 물맛을 모르듯이 만성화될 정도로 예사로운 일이었다.

부모나 형제도 줄 수 없는 그런 사랑과 정으로 이어진 날과 달들이 이들을 이렇듯 일심동체로 묶어놓은 것이 아닌가?

"언제 그런데 신경 쓸 경황이 됩니까?"

주먹으로 눈확을 뻑뻑 문지르며 박영수가 나무람을 했다.

"경황이 뭐 어때서? 내 늘 말했지. 개는 짖어도 행렬은 간다구! 언젠 뭐 남의 눈치 보면서 일했나? 당장 죽는 것도 아닌데 왜 그리 쭉지가 늘어져 그래? 설사 내가 죽는다고 칩세. 그래도 약속이야 지키고 죽어야지! 설마 죽은 다음에 뒷손가락질하려는 건 아니지? 그럼 나빠! 허허…."

"아니, 무슨 말을… 허허… 참!"

"내 기억엔 신아바이네 집하고 한 집이 더 있었는데…."

모진 고통 속에서도 노동자들이 주눅들세라 한줄기 괴로움도 내색하지 않고 오히려 예전처럼 소탈하게 웃는 모습을 차마 마주볼 수 없어 모두가 고개를 외로 비틀었다.

"현철이네 집…."

보다 못해 리혁찬이 갈린 대답을 한 토막 내쉬었다.

"아, 맞아 맞아. 그렇잖아도 노상 '아차, 현철이!'라고 불평이 많은데 또 두두벌대겠구만[457]… 날이 차지는데 내일부터 시작해서 집수리를 마무리

---

457 '두두벌대다.'는 '중얼거리다.'의 함경 방언.

지웁시다. 한 삼 일이면 충분하지요?"

"그렇긴 한데 어제부터 시멘트가 떨어졌습니다."

"시멘트? 그럼 또 사 와야지. 왜 그러구들 있나?"

"글쎄… 어떻게 해야 할지…."

그 일을 놓고 의견들이 분분했었다. 더 말하지 않아도 지사에 엄습한 저조한 분위기를 리열은 알고 있었다.

"그게 다 패배주의야! 누가 가든 한 사람이라도 남으면 결승선까지 가야 한다는 각오! 몰라? 이게 우리 정신 아니었나?"

리열은 잠깐 동안을 두고 뜨거운 침을 꿀꺽 삼켰다. '패배주의!'라고 말은 쉽게 했지만 지금 같은 곤경에서 신심을 잃지 않는다는 건 노동자의 심리로는 그리 쉬운 일이 아니었다.

"우리가 하는 일이 역적질은 아니지. 누가 뭐래도 절대로 중도반단하면 안됩니다. 창고장은 돈을 지급해 주고 영수동무는 오늘 중에 시멘트를 대책 하오. 내가 없는 동안은 박영수동무가 지사를 책임져야겠습니다. 일체 모든 사업을… 당면한 월동계획과 기술적인 문제들을 서면으로 보낼테니 그걸 참조하고. 우리가 다루는 건 생명이라는 걸 명심합시다. 생명에는 사랑이 필요합니다. 첫겨울인데 꼭 이겨 내도록 최선을 다합시다. 수고들 해 주십시오. 그럼 전…."

리열은 대중을 향해 경건히 머리 숙여 인사하고는 결연히 돌아섰다. 출장 가는 길처럼 길게 작별하다가는 감정이 더는 견뎌낼 것 같지 못했다.

돌발적인 결별에 노동자들은 황망히 따라서며 어쩔줄 몰라했다. 잘 가라고 해야 할지, 수고하라고 해야 할지 적중한 인사말이 그들에게는 없었다. 절절한 마음을 무엇이라 표현해야겠으나 불을 단 기구처럼 따갑게 불어나기만 할 뿐 좀처럼 터지지 않는 마음들이었다. 거기에 매달려 모두가 흠씰흠씰[458] 뜰 것처럼 한 발자국씩 따라섰다.

어쩌면 좋단 말인가? 과연 어쩌면… 아무것도 할 수 없는 이 민충이들

---

[458] 무거운 물체가 크게 잇따라 흔들리는 모양을 나타내는 북한어.

아! 괜히 사는 식충들아! 그들은 무맥한 자신들이 사무치도록 저주스러워 꾹꾹 흐느끼고 있었다.

"언제 옵니까? 흑, 흑⋯."

애어린 성혁이의 울먹거리는 부름만이 리열의 발길을 붙잡았다.

뚝 굳어졌던 리열은 천천히 몸을 돌렸다. 억지로 미소를 지어 보였지만 뿌옇게 흐려진 망막에는 정다운 모습들이 비쳐 들지 않았다.

"가지 마십시오!"

동생 또래 패들이 와락 안겨들었다. 마치 부모 잃은 설움을 터치듯 참고 참던 눈물을 리열의 가슴에 왈칵 쏟아놓는다.

엉⋯ 엉⋯ 엉⋯.

리열은 까딱하지 않았다. 눈시울이 한번 움직이면 찰랑거리는 이슬이 폭포를 이끌고 미끄러져 내릴 것이다.

"자식들. 사내라는 게 울긴⋯ 인차⋯ 와⋯."

리열은 그들을 뿌리치고 냉정하게 돌아서 차에 올랐다.

차는 이미 떠났으나 애절하게 찾는 '어린 자식'들의 부름 소리는 여전히 그의 가슴을 갈기갈기 찢고 있었다.

하늘도 무심쿠나! 무슨 죄를 지었다고 내게 이런 벌을 내리는가? 아!

차 문을 닫는 순간부터 리열은 하염없이 쏟아지는 눈물을 걷잡지 못했다. 이 세상에 인간이 인간을 갈라놓는 것보다 더한 악행은 없을성싶었다. 그만큼 이별의 고통은 죽음에 못지않게 악착스러웠다.

찌글거리는 반짐차(픽업트럭)의 소음이 더해 가는 오열을 고이 품어주었다. 앞좌석에 앉은 남궁윤과 운전수는 후사경으로 리열을 번갈아 넘겨다보았다.

운전수는 눈물을 씻을 염도 하지 않고 슬피 우는 리열을 보느라니 불쌍한 생각에 눈물이 쿡 솟았다. 제길! 하필 사람을 도살장에 실어가는 너절한 차를 끌 건 뭐람! 새삼스레 치사한 직업으로 여겨졌다.

지사를 벗어나 얼마간 달렸을 때 그는 큰길 옆에 차를 비켜 세우고 고장

끓일 수 없는 가마

이 아닌가 싶어 바라보는 남궁윤에게 무뚝뚝하게 말했다.

"한 대 피우고 갑시다. 바쁜 것도 없는데….”

엎디면 코 닿을 델 쉬고 간다는 건 또 뭐야?

남궁윤은 곁불에 울적해 있는 운전수에게 담배를 권했다. 그러나 운전수는 본 척도 하지 않고 제 담배를 꺼내 물었다. 남궁윤은 무안했지만 모르는 척하고 뒤쪽으로 담뱃갑을 내밀었다. 리열 역시 만류했다.

별수 없이 제 입에 한 대 무는데 운전수는 몸을 꾸부리고 발밑의 어딘가를 뒤적거렸다. 한참 후에는 해면 그물로 포장한 큼직한 병배[459] 한 알을 꺼내더니 리열을 돌아보며 쑥 내밀었다. 남궁윤의 허락은 고사하고 눈치조차 보지 않는 기색이었다.

"좀 드오. 식사랑 변변히 못 하겠는데… 어서!”

중년이 썩 지났을 운전수는 진심 어린 동정을 숨기지 않았다.

"고맙습니다.”

"종업원들이 사장에 대해 끔찍하더구만. 쉽지 않은 일인데… 어서 들라는데… 몸이 건강해야 또 일할 게 아니요.”

운전수는 멋쩍게 앉아 있는 남궁윤을 올갑지 않게 흘겨보았다. 그의 눈치를 보느라 리열이 주밋거리는[460] 줄로 생각하는 것이었다.

"어서 드오. 속 시원히 만나 봤으니 계속해야지. 지나친 감정은 해로워.”

"흥!”

운전수는 뭐가 마뜩지 않은지 콧바람으로 빈정거리며 아예 리열에게 돌아앉고 말았다.

운전수들이란 원래 행습이 개고기인 데다가 바스락별[461]이 세 알씩이나 어깨 위에 올라 있는지라 남궁윤 따위를 어려워하지도 않았다. 하물며 직속상관도 아니거니와 무턱대고 굽신거릴 성격도 아닌 운전수였다.

'잣상무'에 동원된 일원으로 처음부터 모든 상황을 목격한 그는 아무런

---

459 목이 잘룩한 병 모양으로 생긴 배나무의 과실.

460 '주밋거리다.'는 '주뼛거리다.'의 북한어.

461 급이 높은 장교의 계급을 나타내는 견장에 붙은 작은 별.

불소득도 보지 않은 청렴한 입장에서 리열을 동경하고 있었다. 바로 그것이 공정한 사회적 양심이 이번 '거사'를 바라보는 시각이었다.

차는 다시 달렸다. 실어 가지 말아야 할 사람을 실어 가고 싶지 않은 사람이 실어 가야 하는 원과 한이 가속패달462에 산처럼 쌓여 토사길에 흙먼지가 타래쳐463 올랐다.

대기실에 들어온 리열은 산란한 마음을 다잡으며 규격지(A4용지) 묶음을 꺼내놓았다. 서리의 대군이 눈앞에 닥쳐온 지금 사사로운 감정에 쌓여 울적해 있을 때가 아니었다. 많은 생명들이, 많은 기대와 마음들이 그를, 그의 지식을 기다리고 있었다.

리열은 펜을 달리기 시작했다. 머릿속의 지식을 담을 수 있는만큼 담아 내보내는 것이 그가 해야 할 양심의 일이었다. 설사 자기가 죽을지언정 넋이 깃든 창조물만은 살아 숨쉬기를 바라고 있는 그였다.

그러나 초지의 생각과는 달리 시간이 흐를수록 유서를 쓰는 것 같은 위구심(危懼心)이 성에처럼 가슴에 엄습해 들어 마구 위혁했다. 그 위혁은 황혼이 어둠으로 화하는 것은 시간의 법칙이라고 을러메고 있었다.

그렇다. 그 어둠을 몰아오려고 남궁윤은 밤새 전표와 씨름하고 있었다.

리열과 헤어져 일찌감치 숙소로 돌아온 그는 그때부터 골을 싸쥐고 여직 따지고 또 따졌다. 진술한 대상들에 대해 한 명 한 명 전표와 대조해 보며 고리를 걸 만한 미세한 흠이라도 잡으려 각방으로 모지름 쓰는 노력은 모두 허사였다.

아귀가 면밀히 들어맞아, 따지면 따질수록 리열의 진술을 여지없이 입증해 주는 유력한 증거자료라는 부정할 수 없는 사실이 밤 깊도록 남궁윤을 괴롭혔다.

추적하던 군견이 냄새를 놓치고 어방으로 코를 벌름거리듯 사고는 이미 행방을 잃었다. 심사가 뒤틀린 그는 무심결에 전표들을 번지며 잘 돌지

---

462 加速踏板. '가속 페달'의 북한어.
463 '타래치다.'는 '바람이나 먼지 따위가 빙빙 맴돌아 솟구치다.'는 뜻.

않는 손가락으로 계산기의 수판을 눌렀다. 한참 후에는 액정판을 느닷없이 내려다본다. 그런데 예상외로 눈에 선 숫자들이 주런히 드러나 있었다.

"?"

남궁윤은 머리를 기우뚱거렸다. 총계가 오차 나다니…? 그러나 별로 놀랍지는 않았다. 자신의 서툰 솜씨를 그는 의심하지 않고 있었다.

그래서 무방하게 처음부터 다시 눌러본다. 역시 낯선 숫자들이 출현했다. 단지 이상한 것은 몇 번이고 반복했지만 같은 수가 연속해서 나오는 것이었다. 그렇다면 계산이 옳다는 게 아닌가? 하다면…?

남궁윤은 리열의 진술서를 찾아 들었다. 그의 견해대로 있을 수 있는 감모까지 사사오치[464]하여 대략 속구구해 봐도 차이는 분명했다. 어떻게 되어 전표의 총량과 진술한 총량이 4t가량 차이나는가? 진술서에 올라 있는 사람들의 개별적 수량들은 전표와 맞아 돌아가는데 왜 전표의 총수량은 4t가량 불어나는지 그는 선뜻 납득이 가지 않았다.

남궁윤은 몰려오는 졸음을 털어버리며 정신을 바싹 차렸다. 어떤 실마리가 날름거리며 숨바꼭질하고 있는 것이 분명했다. 그것을 찾아내야 했다. 바로 그렇게 차이 나기를 학수고대해 온 그였기에 기를 쓰고 밝혀내야 했다.

남궁윤은 입고전표를 한 장 한 장 번지면서 리열이 쓴 명단의 이름들에 하나씩 밑줄을 그어갔다. 30여 개의 전표들을 모두 대조하고나니 한 장이 남았다. 4t짜리 입고전표였는데 결국은 리열이 쓴 명단에는 올라있지 않았다.

그 이유는 알 수 없었지만 남궁윤은 눈앞이 탁 트이는 것 같았다. 고심하던 연구결과가 나온 학자처럼 그는 환성이라도 지르고 싶었다. 그에게 있어서 이것은 큰 발견이 아닐 수 없었다. 리열이 제출한 총수량보다 전표의 입고수량은 무려 4t이나 더 많았다. 결과적으로 저들이 실어 낸 실제 양을 빼고도 창고에는 잣 4t이 남아 있어야 정상이었다.

그렇다면 그 4t은 어디로 사라졌는가? 리열은 그걸 왜 숨겼을가?

---

464 사사오입.

여간 비상하지 않은 리열의 머리로 총수량을 헷갈려 4t이나 차이 나게 집계 낼 수는 없었다. 실수도 아니고 망각도 아니었다. 분명 의도가 깔린 숫자맞추기라고 그는 확신하고 있었다.

이게 혹시 형세를 역전시킬 비장의 카드가 되지 않을가?

3

어둠이 깃들기 시작한 강계시 거리에 사람들의 행렬이 늘어났다. 교차적으로 주민용 전력을 보장하는 관계로 어둡고 밝은 아파트지구들이 서로 대조되어 얼럭덜럭하게 보였다.

다니는 차가 어설픈 대도로에는 짐 실은 인력거들만 줄을 지어 왕래했다. 마치 20세기 초엽을 방불케 하는 인력거 풍경이었다.

겨울이 박두한 계절이어서 대다수의 인력거들은 석탄을 나르는 짐수레들이었다. 폐기된 자동차 타이어를 재생해 맞춘 수레들은 소달구지 찜쪄먹게 크고 실은 짐 또한 만짐이었다. 달구지와 다른 점이 있다면 소 대신 사람이 끄는 것이다.

사람에게도 소 못지않은 근력이 있는 모양이다. 더 정확히는 소보다 월등한 정신력이 있었다. 적자생존의 세계에서 반드시 살아나야 한다는, 소를 능가하는 정신력이 그 수레들을 끌고 있었다.

개중에는 여성들이 적지 않았다. 남자들도 감당하기 힘든 짐수레를 여인들이 끈다는 것은 그리 수월한 일이 아니었다. 하지만 여성들에게는 소를 능가하는 정신력 외에도 남성을 능가하는 이악성이 더 있었고, 직접 밥주걱을 쥔주부로서의 피할 수 없는 책임감이 더 있었다.

수십 년 전 남녀평등권법령이 발포될 때 여성들도 남성들과 꼭같은 권리를 가진다고 했다. 여성들도 모두 사회에 나가 일하면 노동자, 사무원들

끓일 수 없는 가마

의 가정수입이 늘어나니 좋고, 그들이 정치적으로 단련되니 더욱 좋다고 사회주의 우월성에 대하여 극구 찬양했었다. 그런데 지금 와서 보면 얼려 굴레 씌운다고 저런 짐수레의 멍에를 그때 벌써 여성들의 어깨 위에 얹어 준 건 아닌지….

말은 바른대로 가정의 절대다수는 여성들의 피타는 노력에 의해 유지되고 있다. 그야말로 간부집에서나 마나님 행세를 하며 호의호식했지 이 나라의 대다수 여성들은 사회생활 전역에서 무비(無比)의 강인성을 발휘하고 있다. 그들은 쪼들리는 가정사를 걸머지고 멀기치는 사회의 난파를 용감히 헤쳐가고 있었다.

바로 짐수레를 끄는 여성들의 행렬은 그런 사회상을 대변하는 시대적 풍경이었다. 사회라는 조직체의 첫 태동기가 어찌하여 모계씨족공동체로 시작되었는가를 재현 해 보이려는 듯 차림새는 왜 또 그리도 남루한지… 정신력은 찬탄 받을지 모르겠지만 외모는 시대의 영상을 심히 흐려놓아 비난받을 정도로 꼴불견이었다. 하지만 그것 역시 시대가 빚어낸 어쩔 수 없는 결과였다.

문명국의 체모를 갖춘다고 전 사회에는 '치맛바람'이 일고 있었다. 가는 곳마다 각양각색의 '규찰대'들이 생겨나 전례없는 '치마단속'을 했다. 여성들은 일률적인 '문명선풍'에 이유를 불문하고 치마를 입고 다녀야만 했다. 게다가 치마가 무릎 위로 올라서도 안 되고 폭이 너무 팽팽해서도 안 된다고 줄줄이 엮은 조항들이 나닥나닥했다.[465] 통속적으로 조선치마저고리 형의 풍덩 치마가 다름아닌 '문명치마'의 기준이었다.

치마는 여성들에게 있어서 고통스러운 옷가지로 변해 버렸고 길거리 증명서가 되고 말았다. 그 증명서를 지참하지 않으면 골목골목에서 단속되어 종일 끌려다니며 교양을 받는다. 그러다나면 어느 하가[466]에 끼닛거리를 번단 말인가?

---

465 '나닥나닥하다.'는 '작은 조각으로 여기저기 고르지 아니하게 깁거나 덧붙인 데가 있다.', '작은 물건 따위가 촘촘히 붙어 있다.'는 뜻.
466 何暇. '겨를'의 뜻.

누려보지못한 '문명'이 정말 좋을는지는 모르겠지만 당장은 홀아비 시아버지를 공대하기보다 더 시끄러운 고역이 말라 빠진 '문명'이라고 여성들은 개탄했다. 때리면 우는 척하렜다고 하는 수 없이 꿰진 치마라도 내걸어야 석탄 수레나마 그럭저럭 굴러갈 수 있는 참말로 희비극적인 시국이었다.

자고로 치마라는 옷가지는 어디까지나 때와 장소에 어울려야 하는 일종의 의복이다. 그러니 치마를 너펄거리며 석탄을 다루는 꼴이 소가 웃다 꾸러미 터질 망측한 노릇이 아닐 수 없는 것이다.

"저걸 좀 봐! 시원은 해도 탄가루가 홈테기마다 더덕더덕할 거야. 새까맣게 말이야. 으으…."

기름독에서 금방 나온 생쥐들처럼 반질거리는 총각들이 치졸하게 빈정거렸다. 언뜻 보기에도 젖꼭지를 곰시[467] 물린 비린내나는 애송이들이었다.

"알긴 잘 안다. 더덕이 뭐야. 하도 비벼서 반질반질할 거야. 탄삽 옆은 것처럼 말이야! 하긴 구멍엔 버케[468] 껐을 수 있지 뭐."

"그냥 좆 넣었다간 깜둥이 될 거다."

"야, 막장(갱)의 정대가 탄 새까만 걸 탓하겠니? 그래서 굴진[469]이지 뭐."

"여여… 스산해, 스산해! 차라리 숫돌에 비비는 게 낫겠다."

"그건 또 그 재미겠지 뭐. 우리도 한번 해볼까?"

키득키득….

듣기 좋은 모욕이 어디 있으랴만 모욕치고도 더러운 모욕이었다. 수레를 끌고 땀을 뻘뻘 흘리며 지나가던 흑인 같은 여인이 졸망스러운 불한당들을 힐끗 흘기고 나서 발아래를 내려다보았다. 앞으로 경사지게 몸을 뻗친 허리춤에서 풍덩한 치마가 드리워 바닥에 질질 끌리고 있었다. 언제 또 내려왔누. 빌어먹을….

---

467 '금세'의 황해도 방언.

468 버캐. 액체 속에 들었던 소금기가 엉겨 생긴 찌끼.

469 掘進. 굴 모양을 이루면서 땅을 파 들어감.

삼십 대 미만의 젊은 여인은 배허벅470을 파고들던 수레를 쿵 내려놓았다. 길게 한숨 돌리더니 느적느적 치마를 말아 올린다. 남의 것을 빌려입은 것처럼 어울리지 않게 헤자자한 치마였다. 혹시 '문명' 성화에 밤새 거무틱틱한 이불 거죽을 뜯어 대강 손바늘로 꾸민 것인지도 모른다.

이렇다 할 형식이 없는 치마 아닌 치마를 둘둘 말아 올리니 그 밑에서 석탄 때가 반질반질한 바지가 드러났다. 사실 치마랍시고 바지 허리춤에 건성 말아 올렸다가 '규찰대'가 앞에 보이면 제꺽 내리우고 지나가곤 했다. 한마디로 검열용 행사치마였다. 지나서 한참 가다가는 에그, 하고 탄식하며 다시 말아 올리고….

"꼬투리에 털두 안난 것들이… 퉤이! 비린내 난다. 얼마나 쌔타얀471 구멍에서 삐져나왔다구 주둥이질이야! 속통 검은 것들이 누굴더러 탄삽? 그건 꽁꽁 감싸서 백합같다야!"

여인은 누구에게라 없이 두덜거리며 수레를 끌어올렸다.

"야, 뭘 하니? 냉큼 밀지 않구!"

수레 뒤에서 탄덩이 같은 아이의 얼굴이 빠끔히 앞을 내다보다가 자라목처럼 사라졌다. 10살이 겨우 지나 보이는 철부지 소년은 영악스러운 에미의 등살도 탓함 없이 석탄으로 매닥질한472 애리애리한 몸을 전기맞은 개구리처럼 빳빳히 펴며 바들바들 떨었다.

가난은 자식들을 일찍 철들게 한다. 궁핍한 생활은 응석받이로 부모의 보호속에 있어야 할 애어린 생명들에게 생존의 위협이 무엇인가를 말없이 조기터득시켰다.

소년은 고운 옷을 입고 사탕알을 깨무는 아이들도, 컴퓨터 가방을 메고 으스대며 지나가는 동갑또래들도 부러워하지 않았다. 세상에 하느님의 손길 같은 자비란 존재하지 않음을 누가 그 어린것에게 가르쳐주었는가? 오직 고사리 같은 두 손으로 우유병만한 배를 지키고 실오리 같은 생명을 연

---

470 허벅다리 쪽에 가까운 아랫배.

471 새하얀.

472 '메닥질하다.'는 '반죽이나 진흙 따위를 아무 데나 함부로 뒤바르다.'는 뜻.

명해야 한다는 자력의식을 누가 굳지 않은 골수에 꽉 채워 주었는가?

노상 보아오던 풍경이 오늘은 왜인지 새삼스럽게 느껴지는 서인준이었다.

자식을 낳은 부모의 탓인가, 태어난 자식의 잘못인가? 수령을 지키고 혁명을 지키고 인민을 지킨다고 제창하는 투쟁이 바로 저 석탄 덩이 같은 수레소년의 처량한 숙명이 고스란히 제 명을 살도록 지켜준다는 것인가?

오늘따라 일찍 퇴근길에 오른 서인준이 예사로운 현실을 스치지 못하는 데는 그럴만한 이유가 있었다. 지금 그의 집에는 평양에서 대학공부를 하는 오누이 자식이 '잣방학'이라고 와 있었다.

'잣방학'이란 특별히 만들어진 방학이다. 대학마다 별의별 오구랑수로 돈을 걷어들이다 못해 나중에는 교육강령에도 없는 '잣방학'이라는 것을 고안해 냈다. 이는 잣계절이면 무작정 학생들에게 시간을 주고 제정한 잣을 받아내는 방학 아닌 방학이었다. 그래도 법이라는 것은 있다 보니 명색상 '잣'이라는 현물계획을 제정했을 뿐 실제로는 야매가격에 준한 현금을 거둬들이는 헌납 비슷한 강납운동이었다.

돈 많은 집 자식들은 소가 모기 물린 만큼이나 여기며 좋아할지 몰라도 한 푼 두 푼을 쪼개며 고학하다시피 하는 학생들은 모기가 소발통에 짓눌린 것만큼 베차서 허덕거렸다.

등살을 벗기다시피 아득바득 자식들을 뒤바라지 해 오던 서인준이었다. 허나 이번만큼은 말라버린 젖가슴을 쥐고 서러이 한숨짓는 애기엄마의 안타까운 심정이었다. 8월 방학에 겨우 꿍져보내고 숨 고를 틈도 없이 빈손을 내들고 또 달려든 자식들이 저 깜둥이 아이보다도 못한 철부지들처럼 느껴졌다. 잣돈은 말할 것도 없고 딸은 손전화기를, 아들은 노트북을 사내라고 막 성화를 먹인다.

서인준은 부모로서 궁색한 처지를 내색하고 싶지 않았고 남보다 더 잘 내세우고 싶기도 했다. 부모된 마음이야 누군들 다르랴만 문제는 돈이었다. 돈이 있어야 부모의 구실도 할 수 있었고 부모의 사랑도 베풀 수 있었다.

서인준은 모색하던 끝에 초산에 전화를 걸었었다. 탐정의 머리에 그만한 갑작수는 어렵지 않았다. 다만 남의 피를 뽑아 제 새끼의 입에 넣어야 하는 파렴치한 인간이 되는 것이 힘들었을 뿐이었다. 하지만 일단 너절해지고 보니 그것도 결코 힘든 일은 아니었고 그 멋대로의 보람도 있었다.

서인준은 리열에게 세상의 이치가 '종보존의 원리, 생보존의 원리'에 기초한다고 역설한 적이 있었다. 아마 자기의 종과 생을 보존하기 위해서는 설사 동지나 친우의 피도 서슴없이 빨아내야 한다는 그런 세계관의 원리를 제창했던 모양이었다.

바로 그 피로 배를 채우며 자라는 새끼들이 서인준에게는 한생의 보람이었다. 집으로 향한 그의 손에는 노트북가방이 들려 있었고 안주머니에는 신형 손전화기가 안테나를 뻗치고 있었다. 그뿐이 아니었다. 걸을 때마다 먼지밖에 없던 그의 주머니가 돈뭉치를 물고 건들거렸다.

서인준에게 별안간 뭉칫돈이 생긴 것은 리열의 아내 김명선이 돈을 올려보냈기 때문이었다. 돈 때문에 고심하던 서인준은 리열의 소식을 접하는 그 짧은 순간에 벌써 "미리 속준비를 하고 있으라!"는 민첩한 예령으로 사리사욕의 돈길을 제 주머니 쪽으로 깊게 그어 놓았었다. 그 후에는 "미리 손을 써야 한다!"는 긴박한 발령을 떨구어 김명선으로 하여금 급기야 돈을 올려보내도록 유도했다. 순박하고 천진한 김명선은 얼마 되지 않는 집 돈을 털어 인민폐 8,000 위안을 장사꾼들을 통해 이관해 주었다.

아침에 돈을 받은 서인준은 발에 날개라도 달린 듯 한나절을 돌아 물건들을 마련하고 흐뭇한 기분으로 일찌감치 퇴근길에 오른 것이었다. 그러던 그의 기분이 석탄 수레를 끌고 가는 모자를 목격하는 순간 그만에야 잡쳐 버렸다.

돈을 버는 방식에는 여러 가지가 있다. 그 가운데서 목돈을 버는 방식은 차원이 높은 고급한 수법이라고 할 수 있다. 그런데…?

그런데 대신 최하층 짐꾼의 원시적인 수법에 비해 볼 때 서인준의 난이도 높은 수법은 치사하고 너절하기 그지없었다. 저 짐꾼은 겉은 더러워도 속은 고상했고 서인준은 겉은 고상해도 속은 더러웠다.

겉과 속! 그중에서 인간은 어느 것을 중시해야 하는가? 어느 것이 인간을 참되게 하고 어느 것이 인간을 속되게 하는가?

서인준은 양심에 묻고 있었지만 대답이 없었다. 그도 그럴 것이 쓰레기장에 핀 꽃은 꽃이라도 더럽기 마련이었다. 더러운 세계관과 치사한 인생관이 비쳐진 양심의 거울이 깨끗하고 아름다울 수 없는 것이었다.

다음날 김명선에게는 필요한 대상들에게 돈을 찔러주었다는 흔적 없는 거짓말이 전화선로를 타고 내려갔다. 반면에 그 돈으로 수욕을 채운 서인준의 자식들은 기차를 타고 행복에 겨워 평양으로 올라갔다.

올망졸망 자식들의 생계를 막론하고 남편을 위해 가산을 털어낸 김명선은 이제나저제나 어디서 뻗쳐올지 모르는 구원의 손길을 기다리고 또 기다렸다.

가정사의 번뇌에서 벗어나 사업으로 돌아온 서인준은 리열의 문제로 고심했다. 궁여지책으로 물에 빠진 리열의 돈주머니부터 당겼지만 그렇지 않아도 절대로 수수방관할 수 없는 그였다.

정황을 종합해 보면 어디서 날아오는 화살인지 아직 결론 내리기 힘들었다. 형세로 보아서는 그냥 끝날 것 같지 않았다. 좋게 분석해서 보위부 수사건과 연관되지 않았다 쳐도 현재 관여된 사람들과의 사회적 관계가 복잡하게 얽혀 있었다. 한마디로 사건의 바탕에는 돈이 깔려 있었다. 모든 관계가 돈으로 엮인 것이 가장 무서운 인의적인 근거였다.

서인준은 최대한 객관적인 시점에서 상황을 분석해 보았다.

만약 리열이 무죄로 나온다면 잣을 압수할 법적 명분이 사라진다. 그러면 하다못해 수매가격이라도 지불해야 하며 도에서는 순수 부스럭돈에 불과한 무역 이득금만 챙겨야 한다.

결국은 큰 떡과 작은 떡을 놓고 큰 놈이 큰 떡을 양보하는 것이나 마찬가지다. 재정난에 허덕이는 도가 과연 큰 떡을 양보할 수 있겠는가? 아마 양보는커녕 큰 떡이든 작은 떡이든 통째로 먹겠다고 덤빌 것이다. 더군다나 연관자들이 천치가 아닌 이상 리열을 내놓는 날에는 큰 떡이든 작은 떡이든 먹기는 고사하고 되려 역습을 받을까 우려할 것은 뻔하다. 때문에 리열은 반드시 법으로 처리해야 한다는 결론에 떨어지게 된다. 하여 수사에 의한 결론이 아니라 결론에 의한 수사가 진행될 것이다.

서인준은 누구를 내세워야 효과가있을지 줄곧 생각했다. 무턱대고 도움을 청한다면 사례가 크게 드는 것은 둘째 치고 웬만한 사람이 나서서 쉽게 무마시킬 수 있는 사건이 아니었다. 리열에 대한 파악이 어지간히 있으면서 권한도 있는 대상이어야 적중했다. 그는 처음에 도보위부 부장을 점찍었었다.

그러나 이내 도리머리를 저었다. 리열의 무게에 대해서는 잘 아는 사람이었지만 '잣상무'에 동원된 도무역국부국장 강태걸이 그의 사위였기 때문이었다. '공(公)'이 아무리 무게가 있어도 '사(私)'보다는 밑에 깔릴 수가 없었다. 사위의 주머니에 들어간 돈을 장인더러 털어달라면 어리석다고 코웃음 칠 것이다.

다음 적임자로 본 것은 도보안국대열부 부장이었다. 보안기관 내에 존재하는 대열부는 국가보위성의 공개적인 방첩기관이었다. 하여 보안제복을 입은 보위원들은 보안기관 내에서 무시할 수 없는 영향력을 행사하고 있었다. 도보안국의 규모에 맞게 대열부는 한 개 부서급 편제로 상주하고 있었으며 대좌인 부장이 최고 상관이었다. 그의 말이라면 도보안국국장도 쉬이 거절하지 못할 것이다.

대열부장은 서인준이 담당한 사건을 통하여 리열의 실상을 알게 되었으며 사업상 용무로 그를 직접 만나본 적도 여러 번 있었다. 리열의 수고와 실적에 대해 그는 진정으로 평가하고 있는 사람이었다. 아무 모로 보나 그가 적절한 대상이라고 서인준은 선정했다.

도보안국 대열부장은 연로보장을 코앞에 둔 노회한 보위원이었다.

작은 키에 뚱뚱한 몸이 책상을 마주하고 앉아 서인준의 보고를 신중하게 접하고 있었다.

"언제 억류됐소?"

"열흘이 지났습니다."

"그런데 왜 이제야 보고하는가?"

목소리는 높지 않았으나 선들선들한 대선이 번뜩거렸다.

"일반단속일 수도 있다고 판단하고 좀 더 지켜보려고 했습니다."

"지켜본다? 그러다 행차 뒤 나발이 되면? 우리 일이 언제부터 뒤쫓아가며 청소나 하는 빗자루질이 됐소?"

서인준은 연로한 상관 앞에서 장신의 몸을 건사하기 힘들어했다.

"동무야 그래도 인정받는 실력이 아니요. 그런데 뭐 지켜본다? 적들은 지켜보는 게 아니라 손 쓰고도 남았어! 이제는 리열이 탄로 났다고 봐야 아니, 탄로됐어!"

"그럼 부장 동지는 그가…."

"동무, 우리 사업에서 만약이란 요행수가 있을 수 있는가? 설마라는 개념을 버리고 현상이 어드렇든 간에 리열에게 가해지는 반격으로 판단하구 대응해야 옳지!"

"그런 방향으로도 분석해 보았습니다. 하지만 리열의 능력은 부장 동지도 잘 아시지 않습니까? 물론 탈출이 완전무결하다고 볼 수는 없지만 그래도…."

"그만하오! 리열이야 잘 알지! 능력도 있고… 그런데 난 말이요. 적들의 능력도 잘 알고 있소. 지금 리열은 단신이고 적들은 무리요. 그래 걔들이 어떤 자들인지 몰라서 그러오? 식은 죽 먹기야, 식은 죽 먹기! 다 잡아먹은 다음에 유물 놓구 장례식하겠는가? 리열이 과녁에 들었다구 사건협의 때 주장한 건 동무가 아니요? 대책을 강구해야 돼!"

서인준은 추궁을 받으면서도 속으로는 쾌재를 올렸다. 흔히 책임져야 한다고 직선적으로 문제를 제기하면 사적인 측면으로 억측하고 비꼬기가 일쑤여서 우회적으로 슬쩍 삐쳤던 그였다. 그런데 부장은 제 먼저 대책 해야 한다며 격해하지 않는가? 그만큼 이번 작전에서 리열의 역할은 의의 있

끓일 수 없는 가마

는 것이었다.

　서인준은 기회를 놓칠세라 도보안국의 수사방향과 내용에 대해 구체적으로 보고했다. 아직 비공개적인 남궁윤의 수사내용을 그는 속속들이 장악하고 있었다.

　"그 사람들 강짜루 잡을 잡도리구만!"

　서인준의 보고를 주의 깊게 청취하던 부장은 쓰거운 표정을 지어 보였다.

　"그런 감도 없지 않습니다."

　"없지 않은 게 아니라 있소! 그게 문제란 말이오! 두 가지 경우가… 있을 수 있지…."

　부장은 갑자기 쿨럭쿨럭 천식기침을 짖었다. 서인준은 얼른 보온병의 물을 고뿌에 따라 앞에 놓아주었다. 질긴 기침 뒤에 물 한 모금을 마신 다음에야 부장은 다시 입을 열었다.

　"첫 번째 경우는 적들의 공격이오. 리열이 아무리 노련해도 눈치 못 챌 머저리들이 아니니까. 보안서 계통의 유력한 기반을 이용해 옆구리 칠 수도 있지. 두 번째는 동무 말처럼 악의가 없는 일반사건인 경우요. 그렇다면 위험할 게 없다고 봐야지. 그 사람 능력으로 보안서 손탁에서 벗어나는 건 땅 짚고 헤엄치기니까. 청렴결백하다면 더할 나위 없지. 헌데… 한 가지가 우려되거든."

　"그게 뭡니까?"

　"만약 적들이 개입한다면? 그게 더 위험해! 붙는 불에 키질하는 격으로 남의 칼 빌려 제 원수를 갚는 거지."

　"예…."

　서인준은 자기의 분석과 일치한 데 대하여 일절 내색하지 않았다. 그런 행동은 상급의 견해에 대한 지지보다도 자기를 내세우려는 소총명으로 인식되기가 쉬웠기 때문이었다.

　"잣문제가 너무 복잡하게 얽혀 있습니다."

　"그야 그럴 테지. 돈이니까…."

"만약 리열이 벗어나기 힘든 처지에 빠지게 된다면 그땐…? 물론 일반적인 두 번째 경우에 말입니다."

"그런 건 문제가 아니야! 보안국장에게 한 마디 삐치면 그 양반 눈치있게 처리하지 않으리… 현재는 적들의 의도를 정확히 판단해야 돼! 실제 사전조작이 있었는가, 아니면 이제라도 끼어들려 하는가? 도당이나 도보안국의 동태도 놓치지 말구…."

"알았습니다!"

서인준은 힘 있게 대답하고 방을 나섰다. 유력한 삼자를 끌어들였으니 이제는 마음 놓고 어부지리를 삼킬 수 있었다. 아울러 리열이나 김명선에게 다소 체면을 세울 수 있게 되었다.

피치 못해 그들의 돈을 꿀꺽했지만 그만한 대가를 보상한다면 양심에는 먼지만 살짝 앉았다 날아간 것이나 다름없지 않은가? 그래서인지 그 양심의 거울에는 버릴 수 없는 친우로 여전히 리열의 모습이 비껴 있었다.

자체위안을 하며 사무실로 향하던 서인준은 누군가 막아서는 바람에 걸음을 멈추었다.

"무슨 생각을 그렇게 하나? 한참 지켜보는 것도 모르고…."

"…."

같은 부서에서 일하는 김성철 중좌였다. 그는 서인준과 동년배 비슷했지만 대열부 사업연한으로는 대비할 수 없는 선배였다.

"참, 자넨 알겠구만?"

멈춰 세운 까닭을 설명하려는 듯 김성철은 밑도 끝도 없는 화젯거리를 던졌다.

"…?"

제 생각에 옴해 있던 서인준은 미처 깨도가 들지 않아 복도 한쪽으로 나서며 눈빛으로 되받아 물었다.

"리열이 일 말일세?"

"무슨 일?"

　　　　　　　　끓일 수 없는 가마

서인준은 바싹 긴장해짐을 느끼며 모르쇠를 피웠다.

같은 일을 하는 그들이었지만 자기 사업 외에는 당초에 알려고도 하지 말아야 한다는 철칙이 그들 사이에 높게 담을 치고 있었다. 때문에 경솔하게 호기심을 내비치는 것은 이상스러울지 모르나 섣불리 드러내지 않는 것은 정상이었다. 내부의 적을 색출해야 하는 사명에 비추어볼 때 마주 선 같은 부류의 동업자가 바로 때에 따라 혐의자로 될 수 있는 상대적인 적이라고 할 수 있었다.

게다가 서인준과 김성철은 능력과 실적을 놓고 야심적으로 질투하는 경쟁자들이었다. 그렇지 않아도 여러모로 탐탁치 않은 김성철을 서인준은 늘 경계하고 있었다. 김성철의 몸에서 물씬물씬 풍기는 역한 보안서 냄새가 그런대로 고지식한 형인 서인준의 감각을 항상 자극하는 것이었다.

양심과 책임을 놓고 견주어볼 때 그래도 보위원이라면 보안원과는 현저한 차이가 있어야 한다. 조선의 사회주의가 국가보위성라는 보이지 않는 기둥에 의해 유지된다는 내적인 인정은 다름 아닌 보위원들의 헌신적인 투쟁과 청렴결백성에 대한 평가이기 전에 절박한 정치적 요구였다.

책임이 무거운 만큼 보위원이 양심을 저버리면 사명은 고사하고 보안원보다 더 무서운 종양으로 번지게 된다. 그런 경계심이 한층 예리해진 것은 김성철이 서인준의 마약사건에 끼어든 때부터였다. 교묘하게 사건에 손을 뻗친 그는 음으로 양으로 혼란을 야기하고 있었다.

이론적으로는 리열에게서 교차점이 이루어진 듯싶었지만 근거적으로는 인의적인 개입이라는 표상이 강하게 안겨 왔다. 마치 자기의 수사선에 리열이 걸려든 것처럼 마구 휘저어대는 바람에 서인준은 하는 수 없이 리열의 본색을 밝혔었다.

이렇게 되어 김성철은 억지다시피 리열을 파보았고 직접 만나보는 기회까지 얻을 수 있었다. 나중엔 석연치 않은 서인준의 인맥상 비호에 불과하다고 비양거리며 일단락 물러났었다.

이런 연고로 하여 서인준은 아리송한 감정이 깔려 있는 김성철의 질문에 긴장하게 반응하고 있었다. 리열이 위태로워진 데는 같은 반탐일꾼으로써 그의 무례한 간섭에도 책임이 있다고 서인준은 보고 있었다. 그래서 조심스럽게 외면하고 싶었다.

"망책이 모를 수 없겠는데…?" 하고 어딘가 모르게 야료하는 말마디로 김성철은 심기를 건드렸다. 그러지 않아도 과묵스러운 서인준은 여전히 무표정이었다.

"하긴, 우리 보안국이 한 일을 자네가 모를 리 없지!"

"우리 보안국?"

흔히 대열보위원들은 보안제복을 입고 보안기관에 출근하면서도 '우리'라는 대명사를 쓰지 않는다. 엄연하게 그들은 타기관에 상주하는 보위부 소속의 파견직들이었다. 그런데 이 사람은? 무람없이 "우리"라고 부르지 않는가? 그만큼 김성철은 지나치게 보안기관에 깊이 빠져있었다.

서인준은 속에 끓는 열을 망막으로 냉각하여 온화하게 직시하면서 가식적으로 그의 관심을 받아주었다.

"난 또 무슨 소릴 하나 했지? 솔직히 어제야 알았네."

"그래? 좀 늦었구만."

"경영하는 사람이니 있을 수 있는 일이지… 큰 문제는 아니겠지."

"내 알건대는… 정반대! 역시 행동 폭이 큰 사람이어서 큰 그물에만 걸리더구만. 손 좀 써야 하지 않나?"

"그 정도로 심각해?"

"귀띔해 주네만 아까운 사람 잃지 말게."

"역시 선배가 빠르구만."

"감찰작전이야 내 담당이 아닌가? 행차 뒤 나발이 되지 않게 미리 조처해야 될 걸!"

김성철은 제가 불러세운 사람을 혼자 남겨놓고 총총히 멀어져 갔다.

행차 뒤 나발?

서인준은 오늘 벌써 두 번째로 듣는 훈시였다. 큼직한 구두를 무겁게 옮

끓일 수 없는 가마

기며 그는 곰곰이 다시 따져보았다. 김성철의 말마따나 도보안국이 한 일을 대열부장이 모를 수 없다는 점에 뒤늦게 신경이 집중되었다.

공식적인 보고선은 제쳐놓고라도 거미줄 같은 정보선을 늘어 놓은 늙은 왕거미가 열흘 전에 벌어진 일을 모르고 있다는 것은 말도 되지 않는다. 그러면서도 금시초문인 것처럼 행동하지 않았는가? 왜…?

복도에 연막이 뿌려진 듯 서인준의 눈앞이 허옇게 막혀 버렸다. 회칠을 한 담벽이 방향을 꺾지 않고 그냥 다가오는 그를 완력적으로 막아 나섰다.

서인준은 떴다 앉았다 하는 기분을 뒤섞어가지고 사무실로 돌아왔다.

4

믿음을 목적을 위한 수단으로 이용한다면 그것은 인간에 대한 혹독한 우롱이고 모욕이다. 하지만 지금 리열과 마주 앉은 남궁윤은 그 믿음을 악용하려 했다. 리열의 순박한 마음을 믿음이라는 허구로 우롱하여 덫으로 유인하려는 것이다. 리열에게서 찾으려던 약점이 다름 아닌 믿음에 만연된 솔직성이라고 그는 단정했다. 위구(危懼)를 느낀 범죄자의 막다른 토설이 아니라 떳떳하고 결백한 주도적인 자백이 그에게는 치명적인 약점이었다.

자기만 알고 있는 전표를 느닷없이 내놓은 것만 보아도 그렇다. 리열은 전표의 총량과 창고의 실제량이 4t이나 차이 나는 것도 알고 있을 것이다. 그러면서도 주저 없이 내놓는 걸 봐서는 숨길 필요가 없는 정당한 사유가 있는 것이 분명했다.

하지만 남궁윤에게는 사유가 어떻든 당장은 침체되었던 수사에 한 번의 여지가 추가된 것이 정말 다행스러웠다. 그 4t이 아니었더라면 그는 법이 제정한 시간의 올가미에 목 매달릴 때까지 속수무책으로 앉아 있었을 것이다. 이제는 전표를 근거로 수사기일을 연장했으니 안도의 숨이 나갔다. 덕분에 심리와 행동에 얼마나 큰 여유가 생겼는가?

"거… 쓴다던 건 다 썼나?"

"예. 가져왔습니다. 미안한 대로 부탁합니다."

리열은 품속에 감춰서 가지고 나온 규격지(A4용지) 묶음을 꺼내 놓았다.

"이렇게 많아?"

20장 나마 되는 규격지(A4용지)를 받아 든 남궁윤은 한 장씩 번져가며 대강 살펴보았다. 가필한 자리 하나 없이 깨끗했다. 그것은 조명도 없는 대기실 안에서 하룻밤 사이에 저술한 소논문이나 같은 것이었다.

"작업지시는 두 장밖에 안 되는데 나머지는…." 하고 리열은 미안쩍어했다.

"나머진 뭐요?"

혹시 무슨 신소(伸訴) 편지가 아닌가 싶어 남궁윤은 서둘러 몇 줄 읽어보았다.

"노동자들 수준으로는 솔직히 그걸 본다고 해도 이해하고 주도할 만한 사람이 없습니다. 그래서…."

"그래서 어떻게 하겠다는 거요?"

남궁윤은 그의 말꼬리만 자꾸 물고 씹었다.

"제가 이렇게 말한다고 욕하지 마십시오. 만약의 경우라는 것도 있지 않습니까? 간혹 쉽게 결속되지 않을 수도 있지요. 그럼 지사는 어떻게 되겠습니까? 설령 제가 늦어져도 누구든 성사시키기를 바랍니다. 국가적 입장에서 말입니다. 그러니 추궁받더라도 이걸 군당에 전달해 주면 고맙겠습니다."

남궁윤은 염통을 찔린 것처럼 놀라지 않을 수 없었다. 마냥 천진하고 순박하게 관망하며 법과 법관의 공정함만을 기대하고 있다고 여겼던 그였다. 그렇다면 리열은 이미 각오하고 있다는 소리가 아닌가?

얼리워서[473]가 아니라 청렴결백과 솔직함을 무기로 주도적으로 대항해

---

473 얼리우다. 누군가 다른 사람에 의해 속아 넘어가는 상황을 말한다.

끓일 수 없는 가마

왔다는, 또 앞으로도 그리하리라는 강한 의지로 남궁윤의 고막은 번역하고 있었다.

그는 짧은 순간에 장기전으로 넘어간 전 인민적인 항거에 부닥친 침략자의 두려움을 체험했다. 쉽게 결속되지 않을 수 있다는 말은 쉽게 결속할 수 없게 하겠다는 리열의 선전포고와 같았다. 정말로 수사원의 의도대로 쉽게 결속되지 않는다면 끝간데없이 무연한 그의 사고를 감당해 낼 심리적 잠재력이 남궁윤에게는 부족했다. 장기전에 말려든다면 기필코 파멸의 구렁텅이에 빠져들 것이다.

남궁윤은 종이 뭉텅이와 리열을 번갈아 보며 흐리멍덩해지는 사유를 수습하려고 애썼다.

"욕 좀 먹더라도 전달해야지. 힘들게 쓴 건데… 헌데 극단하게 생각할 필요가 있을까? 뭐 크게 죽을 일이라구. 너무 예민해진 거 같아."

"아닌 게 아니라 그렇기도 합니다. 하지만 과부가 아이 낳는 데도 원인이 있지요."

"허허… 과부가 아일 낳다니. 어떻게?"

"서방질 했으니까요…."

"서방질?"

"원인 없이 세상사가 존재합니까? 그래서 저도 예민해졌겠지요."

남궁윤은 내용 없이 고개를 쪼아렸다.

"한 가지 알려 줄 게 있는데… 수사기일이 열흘 연장됐소. 이건 수사를 연장한다는 검찰의 동의를 받은 신청서요. 읽어 보겠나?"

리열은 머리를 가로저었다.

"제 뭐랬습니까? 원인이 있다구…."

남궁윤은 허심한 기색으로 변명을 늘여놓았다.

"사실 오늘쯤 결속하려 댔는데… 그 전표에서 한 가지 문제점이 발견됐거든! 그게 뭐고 하니…."

"4톤!"

리열이 제 먼저 결론을 내렸다.

쐐기 박힌 석수구멍처럼 남궁윤의 입이 뚝 막혀 버렸다. 밤새 갈고 벼린 칼끝으로 리열을 살짝 건드려보고 흠칫하는 순간에 맞구멍이 나도록 찌르고 마구 헤집어놓으려던 타산이 졸지에 망상으로 되고 말았다.

리열이 방패를 미리 들고 칼을 내준 것 같아 남궁윤은 별안간 분이 치밀어 올랐다. 그러나 면전에서 놀리려 든대도 아직은 감정을 억제해야 하는 그였다.

"맞아! 4톤. 4톤이 비더군."

"비다니요. 절대 비지 않습니다."

"4톤짜리 전표 하나가 남는데두?"

"정확히는 4톤짜리 입고전표가 남았겠지요!"

"아니, 빵이나 흘레브나 뭐가 달라?"

"다른 점이 많지요. 소리부터가 다르지 않습니까? 입고전표가 남았으면 출고전표도 하나 남았을 겁니다. 바로 4톤짜리가…."

"응?"

남궁윤은 기억을 더듬으며 즉석에서 가방을 열었다. 진술이 아니라 거짓에 몰두하다 보니 입고 수량에만 집착했었다. 그런데 생뚱같이 출고전표를 걸고 든다.

도깨비 기왓장 번지듯 전표들을 이것저것 뒤적거리던 그는 한참 후에야 "음! 있구만!" 하고 전표 하나를 골라 들었다.

"출고전표 하나가 남았어… 4톤짜리… 헌데 그게 무슨 상관이게?"

"왜 상관없습니까? 넷 덜기 넷이면 영(零)이거든요."

"넷 덜기 넷?"

남궁윤은 베아링 같이 뱅뱅 돌아가는 리열의 변론에 미처 분석을 따라 세우지 못했다.

.넷 덜기 넷?

취급받는 사람 같지 않게 싱글거리던 리열은 이내 해석을 달았다.

끓일 수 없는 가마

"4톤의 잣이 입고되었다가 4톤의 잣이 출고되었으니 0이 아닙니까? 잣 상무가 실어 낼 당시엔 이미 창고에 없었던 수량이기 때문에 빈다고 말할 수 없지요. 단속한 실제량에 한해서 따지려는 것이지 저의 경영활동 전반을 파고들려는 건 아니겠지요? 그건 수사 방향에도 어긋날 게구…"

남궁윤은 또 말문이 막혔다. 맥 풀린 항문처럼 헤, 하고 벌어진 입에서 저도 모르게 새는 방귀처럼 푸, 하고 흘러나오는 탄식 소리.

"그래그래… 그런데…?"

뜻 없이 긍정하면서도 그는 재빨리 부정의 이유를 꾸며대야 했다.

왜, 왜 잣 4t이 풀 수 없는 매듭으로 되는가를… 그럴사하든 그럴사하지 않든 수사내용과 한 조각이라도 비슷한 점이 있다면 한데 버무려 우기고 볼 판이었다.

"에… 그 4톤이 뭐요?"

"예? 아직 이해되지 않습니까?"

"아니, 이해돼! 오히려 내 말을 이해하지 못하는 것 같군."

"…"

단순한 이치도 쪼개기 시작하면 복잡해진다. 마치 철학의 정의처럼….

리열은 4t 문제를 이치상 사건 수사에 의의가 없는 것으로 보고 있었다.

만일 문제시하려고 해도 문제 될 것 없는 명명백백하고 정당한 사실이 아닌가? 단지 주저가 있다면 꺼들고 싶지 않은 인맥 관계가 깔려있었다. 그런 우려마저 막론하고 전표를 내놓은 것 자체가 떳떳한 양심의 표현이 아닐까? 그런데도 남궁윤은 그 4t을 낚시코에 꿰어 휘두르려 했다.

"법에선 말끝마다 현행, 현행하던데 현행으로 단속한 잣 외에 더 확산시킬 근거가 없다고 보는데요?"

"왜 없겠나? 있지!"

"근거는?"

"잣이기 때문에!"

"잣?"

남궁윤의 얼굴에 와닿는 리열의 초점이 그제야 뾰족하게 모아졌다.

이런 미치광이를 봤나….

잣이라면 아이 때 얻어먹은 한 줌까지도 옭아낼 그야말로 잣미추광이[474]가 아니고서는 제창할 수 없는 미친 근거였다.

"흥! 어불성설이라더니….."

"'잣상무'가 잣문제를 파는데 뭐이 사리에 맞지 않나?"

"어사리[475]도 봐가면서 해야지요."

"어사리?"

"태평양의 고기를 통째로 걷어낼 잡도리다 그 소립니다."

"어불택발(語不擇發)이라는 말 들어봤나? 말이라구 가리지 않구 함부로 하면 안 돼!"

"놀린다고 생각지 마십시오. 그저 좀 놀라워서… 현행은 둘째 치고 말 속의 잣까지 호물랑[476] 들춰내겠다니 초산사람 모두가 걱정되는데요. 남녀노소 할 것 없이 잣 만져보지 않고 이 계절 넘기는 사람 있는 줄 아십니까? 그래 그들은 다 어쩔 셈입니까? 출처를 모두 파헤칠 수 있을까요?"

"못할 거야 없지!"

"하하하… 그러니 어불택발이 아니라 어불성설(語不成說)이지요. 그러다간 그물이 터지고 맙니다. 옛날부터 지족이면 불욕이라 하지 않습니까?"

"그만하오! 으음."

남궁윤은 속이 불끈거렸지만 참을 수밖에 없었다. 완력으로 될 일이면 얼마나 좋으랴 싶게 그는 말이 모자라는 것이 안타까웠다.

"누구의 욕심 때문이 아니라 당정책의 요구이기 때문에 태평양을 통째로라도 거덜 내야 되는 기요!"

"지나간 일을 들춰 인위적으로 범죄를 만들라는 게 당정책입니까? 어디까지 현행과 증거를 중시하는 게 당적 원칙이라고 보는데요?"

---

474 '미치광이'의 평안 방언.

475 그물을 쳐서 한꺼번에 많은 물고기를 잡는 일.

476 '홀랑'의 황해 방언.

끓일 수 없는 가마

"물론 객관적으로는 옳다고 할 수 있소. 하지만 일단 법에 물리면 현행 뿐 아니라 그전의 일까지도 시시콜콜 다 캐봐야 하는 거요! 범죄의 성격을 규명하기 위해 필요한 과정이라고 할까… 가령 초범인가, 상습범인가. 의식적인가, 무의식적인가. 주동인가, 피동인가 등등 말이오."

"그러니 순수 성격 규명을 위해서…?"

"좋도록 생각하라구. 중요한 건 그 문제만 해명되면 내일이라도 당장 나갈 수 있다는 거지! 에… 언제, 누구한테, 왜 출고했는가 등등…."

리열은 한동안 말이 없었다. 어삽하게[477] 엮어대는 남궁윤의 진짜 속내는 알 수 없었지만 내일이라도 당장 나갈 수 있다는 말마디는 이제껏 으쓸한 감방 속에 갇혀있는 울결한 심기를 날카롭게 자극했다. 어디선가 신선한 공기가 밀어들어 얼굴에 부딪치는 감도 들었다.

'하긴, 전표를 따져보고 누군들 물을 수 있지… 감추려던 것으로 잘못 생각하고 더 승악을 부릴 수도 있고….'

리열은 꺼리는 것이 없었지만 최대한 이런 상황을 피하려고 노력했었다. 그러나 지금에 와서까지 더 이상 숨길 필요가 없었다. 그 누구의 체면 때문에 짐승 같은 처우를 계속 당하고 싶지도 않았다. 부처님도 이런 따분한 처지는 이해하리라!

"그럼 말하지요. 대신 한 가지 조건이 있습니다."

남궁윤은 정색하여 "조건?" 하고 마뜩지 않게 반응했다.

"진술에 조건이란 없어!"라는 소리개가 입 밖으로 튀어나오려는 찰나에 솥뚜껑 같은 손이 입술을 깔아뭉겠다. 으음!

리열은 개의치 않고 "잣 4톤은…." 하고 말줄을 이었다.

"순수 인간적인 문제여서 망설였습니다. 다소 믿고 말하려는데 필요 외에는 누설되지 않도록 유의해 주십시오."

"음… 참작하기요."

"에… 그 잣은…."

---

477 '語澁하다.'는 '혀가 잘 돌아가지 않아 말이 잘 나오지 아니하는 상태이다.'는 뜻.

리열은 몇 번이고 입안에서 갑자지르며 힘들게 혀를 굴리었다.

"한 달 전에… 정치부장 아주머니에게, 보위부 말입니다. 꿔주었습니다."

"꿔주었다? 가만가만, 다시 정확히?"

"작년까지만도 제가 보위부에 있었다는 걸 알겠지요? 구태여 인간관계를 설명할 필요는 없다고 봅니다. 그저 생활상 도움을 청하기에 준 겁니다."

"보위부 정치부장에게?"

"아니, 아주머니에게…!"

"꿔줬다면… 여즉 받지 못했다는 거요?"

"천만에! 일주일 후에 현금으로 받았습니다."

"현금?"

남궁윤의 안면은 어디에 지접할 수 없는 시궁창처럼 닿는 대로 변하곤 했다.

"원래 약속은 출하하기 전까지 전량 현물로 가져오는 거였는데 그만에야 잣값이 뛰어올랐지요. 다시 그만한 잣을 사자고 보니 밑진다나요… 이왕지사 깨깨 도와달라고 하두 매달려서 이전 가격대로 현금을 받고 말았습니다. 눈뜨고 손해 봤지요. 솔직한 말로 그렇게라도 받았으니 망정이지… 전말은 이게 답니다."

남궁윤은 리열을 찬찬히 뜯어보았다. 아무리 인맥관계를 운운해도 적지 않은 양을 선뜻 꿔주었다는 것 자체도 놀라웠지만 뻔히 알면서 손해 봤다는 것은 더더욱 현실감이 느껴지지 않았다.

"그러니… 순수 인간적인 도움이었다 그거겠소?"

"도움까지야 뭘. 흔히 있을 수 있는 관계지요."

"손해는 어느 정도요?"

"글쎄, 딱히… 상대적으로 보면 대략 4,000딸라 정도…."

"4,000딸라? 흥! 그게 말이 되는가? 그런 바보가 세상에 어디 있나?"

"여기 있지요. 내가 있지 않습니까?"

"그러게 믿어지지 않는다는 거요. 타산 밝은 사람이 4,000딸라? 여보, 여

끓일 수 없는 가마

보! 내라도 그런 머저리 짓은 안하겠소."

"타산 밝다고 곱새크가 아니지요. 글쎄 인정 타산이 밝다면 몰라두… 남 돕는 데선 야박하지 못해 탈입니다. 말마따나 물이 지내 맑다면야 고기가 욱실거릴 수 없지요. 믿든 안 믿든은 제 소임이 아니니 알아보시든지…."

남궁윤은 갈수록 깊어지는 리열의 인간상에 통째로 빠져 허우적거렸다. 어디로, 어떻게 노를 저어야 할지 그는 행방이 없었다. 그저 은연중 내키는 대로 물어보며 난감한 기색을 감추려는 것뿐이었다.

"음, 알아봐야지… 헌데, 그 여자는 잣을 빌려다 뭘 했나? 돈으로 환산하면 적지 않은데…?"

"굴렸겠지요. 처음엔 돈을 대부해 달라는데 형편이 어디… 나중에 잣을 꿔달라더군요. 하긴 잣이 곧 돈이니까!"

"그걸로 되거리장사⁴⁷⁸를 했다는 거요?"

"보지 못한 일이야 어떻게 알겠습니까? 자식들 장발에 힘들다구 우는 소릴 하는데… 별 수 있습니까, 수하병졸로 있은 탓에 거절 못 했지요."

"보나 마나 뻔하지! 지금 계절에 많은 돈을 들여 뭘 하겠나? 보위부간판 두 좋겠다, 단속될 염려도 없구. 잣을 날렸겠지! 그치?"

"말하지 않았습니까, 보지 못했다구! 상관할 필요도 없었지요. 난 받으면 그만이니까!"

"하기야 그 양반들이 보이게 움직일 리 없지. 전탕 돌아앉아 그따우 짓하구 자빠졌으니… 꼴사납기란, 쯔쯧…."

남궁윤은 불현듯 올가미를 조였다 늦췄다 하던 보위부경리과장 한봉구의 밉살스러운 모상이 눈앞에 얼른거려 혀를 털었다.

그렇지 않아도 보위부와 보안서는 개와 고양이처럼 앙숙인지라 서로 헐뜯기가 일쑤여서 리열은 더럭 걱정되었다.

"간부들은 처신문제를 중시하지요. 하지도 못하고 피칠만 한다구 전문 장사꾼도 아닌데 웬만하면 조용히 조처해 주십시오."

---

⁴⁷⁸ 되넘기장사를 말함. 물건을 사서 곧바로 다른 곳으로 넘겨 파는 장사.

남궁윤은 대답 대신 물속에서 나온 금붕어처럼 입만 쩝쩝 다셨다.

그의 생각은 딴 곳으로 흐르고 있었다. 언제 남의 체면 따위나 염려할 경황이 없었다. 크게 기대했던 잣 4t 문제도 물에 물을 탄 것처럼 투명하지 않은가? 아무리 리열의 얼굴에 줴발라도 어지럽히기는커녕 오히려 깨끗이 씻어주기만 한다.

에익! 이러다간 내가 질려 죽겠군!

실컷 매 맞고 "잘못했네." 하고 사과하듯 시들시들한 목소리로 "의견을 참작하지…" 한다.

"어쨌든… 수량 문제가 완결되어야 끝나! 긴장하진 말구 피곤풀이나 하라구. 애로는 없나?"

"애로? 후…."

저녁녘에 리열이 쓴 서면자료는 군당 7과사무실에서 이 사람, 저 사람에게로 회람마냥 돌아갔다. 지금은 김경식을 거쳐 량정실의 손에 들려 있었다.

"이거 눈물이 다 나누만요!"

무성한 솔숲의 격전을 생의 수단으로 삼고 있는 량정실의 어조에는 짙은 비양기가 깔려 있었다. 습배여 있는 한 인간의 고결한 넋과 정열을, 외치고 있는 애타는 양심의 절규를 그는 한갓 함정에 빠진 자의 애걸로, 어리석은 충신의 넋두리로 여기고 있었다.

아직까지 공개하지 않았던 경영전략들이 빠짐없이 나열되고 그걸 안받침 하는 기술적 요소들까지 구체적으로 서술된 글은 리열의 심장을 통째로 오려놓은 것이나 다름 없었다. 제 못 먹으면 남도 못 먹게 하려는 저속한 심술에 젖어 있는 사회현실에 비추어 볼 때 리열의 행동은 사실상 상상할 수 없이 고상한 인생관의 발현이라고 해야 옳을 것이다.

그러나 악녀의 손에 쥐어진 거울에는 악녀밖에 비쳐질 수 없었다.

자고로 속된 인간들은 다른 사람들도 다 자기처럼 생각할 것이라고 잘못 생각하고 있다. 강도는 강도대로, 색광은 색광대로, 량정실은 또 그대로….

끓일 수 없는 가마

그것은 자기의 행위를 정당화하고 그 분야에서 특출한 실력을 가진듯이 자화자찬하려는 파렴치한 생각이다. 그런 속물들은 남보다 뛰어나고 특별한 자질이 있어서 누가 이루지 못하는 욕망을 쟁취한다고 자부한다. 그러니 도둑의 눈에는 모두가 저 같은 욕망에 허덕이는 도둑으로 보이고 그중 자신이 월등한 도둑으로 허영에 뜨는 것이다.

　지금 량정실도 자기의 지론에 비추어 리열의 글을 대하고 있었다. 그러니 개가 열 번 짖어도 컹컹 소리밖에 더 나올 것이 없었다.

　"본인은 군당에 전달해 달라는데 어쨌으면 좋을지…?"

　"사서 욕보구 싶나? 그쯤 얼렸으면 되는 거지 심부름까지야 뭘… 말 나면 좋을 건 없어."

　똥 묻은 개나 겨 묻은 개나 더럽기는 매일반이었다.

　김경식은 량정실의 손에서 자료를 낚아채더니 한쪽으로 밀어 던졌다.

　"정실 동무도 일절 발설하지 말아야겠소. 당 7과라는 게 대기실에서 이런 글이 나오도록 눈 편히 뜨구, 말이 됐소?"

　남궁윤은 화제를 바꾸어 리열을 취급한 내용과 군보위부 정치부장의 처 최송애를 만난 사실을 보고했다. 그의 보고에는 수사원다운 정확성과 증거적인 분석이 충분했다. 단지 김영식이 바라는 의도는 조금도 반영되지 않았다. 그래서 보고를 청취하는 그의 얼굴은 점점 어두워졌다.

　"뚝 찍어 말하면 리열을 무죄로 내봐야 한다는 결론밖에 나오지 않누만 뭐. 옳소?"

　"아니, 그게 아니라…."

　매수된 첩자가 망책의 독촉을 받는 것처럼 남궁윤은 바빠했다.

　"전 현상을 그대로 보고할 뿐이지 결론을 내리진 않았습니다. 사실이 그렇지 않습니까? 상적인 목적이나 이해타산은 물론 이득도 챙긴 게 없습니다. 순수 생활상 관계라는데 어디다 코를 걸겠습니까, 어디다?"

　"참 천진하오! 세월이 어떤 때게 이해타산이 없다는 기요? 그게 될 번이나 한 말인가? 그래, 법 앞에서두 그렇게 보증하겠소? 물건이 움직였으면야 이해관계가 깔려 있기 마련이지! 그렇게 선을 쭉 긋구 진속을 발가놔야 할 게 아니요. 본인이 아니라면 단가! 동무 이제 보니 다시 생각되누만!"

"…."

남궁윤은 뭐라고 대꾸할 수가 없었다.

사실 말이지 김경식의 요구는 시작부터 강짜였지 사실의 증명이 아니었다. 불가피함을 누구보다 잘 알고 있는 남궁윤이 마치 망각하기나 한 것처럼 푸르딩딩 몰아세우지 않는가?

먹은 돈만 아니라면 남궁윤도 할 소리는 많았다. 아니, 먹은 돈을 낯짝에 콱 게워놓고 다시 생각되는 건 당신이라고 면박을 주고 싶었다. 아무리 강짜라도 어지간히 발붙일 턱이야 있어야지 누군들 매끈한 바람벽[479]을 오르라면 오르겠는가?

김경식은 또 제 나름대로 어색해졌다. 단물인 줄 알고 입 댔던 병에서 열물이 쓸어나와 '유령' 나발이 개나발로 되어 너리먹은[480] 주제에 누굴 책망하려 드니 부하 된 사람이라고 어찌 성근(誠勤)히 접수하랴!

피장파장의 간생배(奸生輩) 무리들은 다 같이 궁여지책에 빠져있었다.

"거 누구더라…. 정치부장의 처… 오, 송애. 최송애! 그 여자 진술서 좀 보자구."

남궁윤은 시답지 않게 가방을 열었다. 이왕 뚜껑을 제친 김에 함께 꺼내던지고 싶어 권투(복싱)치던 손아귀에 돈뭉치가 으스러지게 움켜잡혔다.

돈 버는 건 둘째 치고 여태 받아보지 못한 훈시질을 울뚝밸로 그냥 묵새기기[481]가 참 죽을 맛이었다. 당장 이 일에서 손을 떼고 싶었지만 어인 일로 끌려 나온 것은 진술서 한 장뿐이었다.

한 자 한 자 뜯어보는 주름 천지인 김경식의 얼굴, 자주 살펴 스치는 두 눈길.

마치 제 밑 핥는 수캐처럼 점점 고개를 파묻으며 기웃거린다. 그러다가

---

479 방이나 칸살의 옆을 둘러막은 둘레의 벽.

480 '너리먹다.'는 '잇몸이 헐어서 헤지다.'는 뜻의 방언.

481 '묵새기다.'는 '마음의 고충이나 흥분 따위를 애써 참으며 넘겨 버리다.'는 뜻.

끓일 수 없는 가마

불측스러운지 "정실동문 제 일 보오." 하고 자리를 피해 달라 귀띔한다.

량정실은 냉큼 일어나 출입문으로 다가갔다. 뾰르퉁한 구둣발 소리가 야무지게 울렸지만 김경식은 들을 염하지 않았다. 문 닫기는 소리를 감촉한 후에야 그는 뜨직히 입을 열었다.

"다시 묻기요. 동문… 그 4톤 문제를 어떻게 보오?"

"봐서 아시겠지만 진술들이 일치합니다. 터놓고 말하면 걸고들 근거가 없습니다."

"없다? 하나 더 묻기요. 동문 초산군 잣이 다 어디루 간다고 보오?"

"거야… 보나 마나 중국이지요. 하지만…."

"됐소! 하나만 더… 중국으론 어떤 방법으로 넘어가게?"

"아니, 몰라서 묻습니까?"

"그러지 말구 대답하라니까?"

"두말하면 잔소리지요. 무역은 양이 제한된 데다가 가격도 눅지, 밀수밖에 다른 방법이…."

탕!

김경식은 깨지도록 책상을 내리쳤다.

"그것 보오, 밀수! 밀수란 말이오!"

남궁윤은 얼음판에 자빠진 황소처럼 눈만 슴뻑거렸다. 리열을 잡으려다 아예 미쳐버린 듯한 그를 면바로 주시했지만 정신이상으로 보이는 다른 증상은 없었다.

"최송애의 잣이 가면 어디로 가겠는가? 바로 중국, 밀수로 갔단 말이오. 밀수로! 따라가 보면 불 보듯 뻔해! 헌데… 왜 그 처리관계가 진술서에 없는가? 왜?"

"그건 따질 필요가 없습니다. 리열의 진술은 그것만으로도 입증되고… 설사 그 잣이 몇 다리 걸쳐 밀수됐다 쳐도 리열과는 거리가 너무 멉니다."

"이거 정말 날강도 보살 흉내 내겠소? 진실성 여부나 따지자구 우리가 이 역사질인가? 우리끼리니 말이지 어떻게든 만들어 내야 하지 않나? 엇

비슷하면 뒤집어씌울 판에 이껏데껏 타발은 젠장…! 이게 얼마나 좋은 기회요? 엉!"

남궁윤은 정신이 번쩍 들었다. 그의 말이 옳았다. 언제 앉아서 옳거니 그르거니를 책대로 따지다가는 걷어칠 게 쥐뿔도 없었다. 만들어 내야 한다는 초지에서 탈선되었음을, 그래서 김경식이 저토록 안타깝게 훈계함을 그제야 어렴풋이 뉘우쳤다.

4t의 잣이 다시금 남궁윤의 뇌리에 독수리 둥지를 틀기 시작했다. 그가 고대하던 사막의 오아시스 같은 '밀수'라는 샘줄기가 4t의 잣에서 퐁퐁 솟아나니 둥지 틀기에는 그저 그만이 아니겠는가?

역시 김경식의 날조는 차원적으로 여간 높은 난이도가 아니었다. 아마 그쯤되니 상급이랍시고 구실을 하는지도 모른다. 속으로 인정한 바에는 미두리째 전수받을 잡도리로 남궁윤은 수강생처럼 강의를 청했다.

"만약, 최송애의 잣이 밀수됐다 칩시다. 물론 손에 손을 거쳐서… 그다음은 어떻게 리열과 엮겠습니까?"

"답답하오, 답답해! 내가 동무라면 그런 건 묻지도 않겠소! 동무야 능력을 자처하는 수사원이 아니요? 내 참…."

"글쎄… 나도 뭐가 뭔지 모르겠습니다. 어떤 측면에서 논하는 능력인지… 솔직히 제 머린 포화 정도가 아니라 막 뒤범벅입니다. 이건 발뺌이 아닙니다. 저야 한 두름에 꿰인 몸이 아닙니까?"

"한 두름? 이러구 저러구 할 거 없지! 밀수가 정확하다면 그땐 공모야, 공모!"

"공모? 누구와? 리열과 공모했다는 겁니까?"

"또 또… 누가 공모했대? 공모루 만들라는 거지!"

"?"

"유령은 다 틀렸어. 이제 공모루 올가밀 매지 못하면 우린 완전히 패해! 완전히!"

드디어 약육강식의 진수가 남궁윤의 몸에서 무서운 환각을 일으켰다.

끓일 수 없는 가마

공모! 그것이 승패를 판가름하는 마지막 패었다. 리열에게는 죽음을, 저들에게는 삶을! 양의 죽음은 곧 승냥이의 삶이었다. 모두는 너 아니면 나라는 약육강식의 생존권에 명줄을 걸어놓고 있었다.

5

생계로 분주하던 시공간이 어둠의 아가리에 먹히기 시작했다. 어느 끝부터 씹히고 있는지 어느새 피가 낭자하여 하늘 천지가 온통 붉게 물들었다.

야만적인 어둠은 빛줄기가 남아 있는 시간을 한 토막도 남기지 않고 모조리 삼켜버릴 것이다. 이제는 황혼이 어둠으로 화하는 것은 시간문제였다.

꺼져가는 광명의 처절함이 가슴 아픈 듯 리열은 쇠살창 너머 창문가의 피빛을 하염없이 바라보았다. 자연계와 인간계에는 공통된 원리와 법칙들이 작용한다는 철학적인 사색이 그로 하여금 선지피를 쏟으며 쓰러지는 자신을 비추어보게 하는 것이다. 비분강개함에 터진 가슴이 저 하늘을 피로 물들이고 있으리라….

올가미는 악을 물고 조여들고 있었다. 그런데 그 올가미에서 순수 일반적인 힘만 느껴지지 않았다. 그래서인지 요즘은 시도 때도 없이 불길한 예감이 리열의 심사에 뛰어들어 몹시 갈개었다.[482] 마치 쉽게 끝나지 않을 수 있다는, 쉽게 끝날 수 없다는 직감의 요동일 수도 있었다.

때 없이 서인준의 의미심장한 예고가 떠올라 불안을 한층 더해 준다.

최악의 경우를 각오해야 한다던 주의 신호가 이런 때를 염두에 둔 것은 아닌지…

그럴수록 리열은 마음을 굳게 먹어야 한다고 자신을 각성시켰다. 그러나 각성 하나만으로는 인간을 통제할 수가 없다.

---

[482] '갈개이다.'는 '찢어지다.'는 뜻.

인간은 어디까지나 감성적인 존재이다. 각성이 묶어 놓은 정신이라면 감성은 풀어놓은 정신이다. 육체가 사멸되지 전에는 각성에 못지않는 감성이 항시적으로 정신을 지배한다. 수류탄 같은 감성을 고리 같은 각성이 억제하고 있다면 터치고 묶고의 관계에서 묶기 위해 터치는 것이 아니라 터치기 위해 묶는 것이다.

인간이 감성으로 특징지어지는 것은 바로 그 때문이다. 그런데 흔히 감성을 따르면 배신자나 변절자로 어느 한 계급이나 계층, 몇몇 무리의 타매를 받는다. 신념도, 의리도, 양심도, 의지도 없는 인간추물이라고…. 하지만 죽음의 공포를 느껴보자면 누구든 단두대에 매달려 보아야 한다. 그 공포를 모두가 체험해 본다면 그때에는 아마 변절이란 개념이 다르게 분석될는지도 모른다. 그만큼 이겨 내야 한다는 각성이 이겨 내기 힘들다는 감성을 억제한다는 것은 조련치 않은 일이다.

리열은 그런 감성을 누르려고 시시각각 각성하는 것이었다. 왜 그토록 견뎌내야 하는지 자신도 딱히는 알 수 없었다. 자신을 위해서인지, 아니면 그 밖의 것을 위해서인지….

"쿨럭, 쿨럭…."

난로에 불을 지피며 홍순철이 연방 기침을 짖었다.

군당안전위원회결정을 기다리는 그들 오누이도 여직 나가지 못하고 대기실에 있었다. 그 결정에 따라 그들의 차후 운명이 정해진다.

"어휴, 빌어먹을!"

날씨가 추워지자 방열 장치가 없는 대기실(유치장)에는 난로가 설치되었다. 좁은 복도 한쪽에 설치한 난로는 몇 년을 썼는지 온통 챗구멍 투성이였다.

저녁이면 철창 속의 구금자 한 명을 꺼내 불을 때게 했다. 그럴 때면 챗구멍들이 굴뚝을 대신하여 내굴을 뿜어댔다. 한 가닥의 온기를 얻자면 철창 속의 생명들은 역한 가스에 시달려야 했다. 하지만 타발할 수도 없었다.

보안서에서 땔나무를 보장해 주는 것도 아니고 그래도 감찰과가 자체

끓일 수 없는 가마

로 부담하는 형편에서 정상이라면 도리어 미안해야 할 판이었다.

사방에서 폐병 환자들처럼 쿨럭거렸다.

"오늘은 그만두는 게 낫지 않아? 별로 추울 것 같지 않은데…."

리열이 넌지시 권고했다.

"이제 불 댕기면 좀 나아요."

홍순철이 부지런히 입으로 풍구질하는 틈에 돌아보지도 않고 대꾸했다.

"난로라는 게 파철더미에서 줘온 게 아니야? 너무하구만!"

연유공급소 부기원이라는 체소하고 까무잡잡한 사람이 홍보듯이 참견했다.

"뭐야?"

공중에 쳐들었던 엉덩이를 바닥에 철썩 깔고 앉으며 홍순철이 낯을 돌렸다. 얼마 남지 않은 잔광 속에 온통 눈물범벅인 그의 이지러진 얼굴이 어렴풋이 안겨 왔다.

"이자 들어온 주제에 뭘 안다구 개소리야!"

"뭐, 뭐…?"

몇 손아래 조카벌이나 됨직해 보이는 놈이 단판에 면박을 주자 그 사람은 얼쳐버렸다.

하긴 여기는 나이가 아니라 순서로 선후배를 구별하는 곳이었다.

"모르면 입방정 털지 말구 점잖게 앉아나 있구려! 보안서에서 이 계절에 불 때는 방이 있기나 한 줄 알아! 허나 새나 인권을 보장해 준다구 특혜를 베푼 건데…."

"…."

그렇지 않아도 어수선한 환경에 참률하던[483] 부기원은 애써 겁기를 감추었다. 물정 모르고 끼어들었던 자신을 반성하듯 곰상스레[484] 또 입을 열었다.

"좀 있으면 물기가 날아 붙을 테니 성급하지 말라구. 젖은 나무야 실실

---

[483] '慘慄하다.'는 '두려워서 몸이 벌벌 떨릴 만큼 끔찍하다.'는 뜻.

[484] 성질이나 행동이 싹싹하고 부드러운 데가 있게.

거리며 타는 거지."

"챠, 이런! 그 집 아궁인가? 순사가 당장이라도 걸어 넣으면 그만이야!
말이 난로지 나무 한 단 변변히 때보는 줄 알아? 연기만 나면 불 땠다는 명
목은 선단 말이야! 떨면 우리 고생이지 순사들 고생인가?"

홍순철은 이러구 저러구 할 새가 없는지 쥐구멍 들여다보듯 넙적 엎드
려 입바람을 계속 불어댔다.

"인권이라니깐… 후-, 진짤 줄 알아? 밥통! 후… 다 형식이지! 후… 나무
한 가치 아까워 발발 떨어요! 후… 후…"하고 호흡하는 틈마다 두덜거린다.

불어넣는 만큼 내굴이 뿜어나왔다. 저러단 밑구멍 빠지겠군!

장작이 푹 젖은데다가 이날따라 기압이 낮은 탓인지 별스레 불이 당기
지 않았다. 그런데 모락모락 연기 몇 줄기가 피어오르자부터 "야! 아직 안
됐나?" 하고 당직보안원이 무작정 다그어댔다.

홍순철은 바빠 났다. 겨우 불씨 앉기 시작한 난로통에 있는 나무를 몽땅
쑤셔 넣는다. 아궁이가 꽉 멨다.

이내 불냄새만 실컷 쏘인 홍순철이 감방으로 쫓겨 들고 복도의 철문까
지 모두 봉인되었다. 대기실은 바람 드나드는 틈새를 내놓고는 밀폐되었다.

금시 빠갠 젖은 장작이 아궁에서 시름시름 앓음소리를 냈다. 밀폐 된 공
간을 온통 차지하는 고달픈 소음이었다.

이제나저제나 불길이 타오르기를 기대하는 수개의 초점들이 철창을 건
너지르고 있었다. 그런데 화재 난 아파트의 창문들처럼 챗구멍마다에서
진한 연기만 뿜어나올 뿐 도무지 불 당기는 기미가 없었다. 그나마 광명의
여운마저 어둠이 모두 삼켜버려 잠시 후에는 아궁이의 희미한 화광만이
복도에 엷게 깔렸다.

사람들은 조명 없는 암흑 속에서 아무것도 가려 볼 수 없었다. 다행스러
운 것은 인체의 감각기관에 눈 감고도 구실 할 수 있는 후각이 있는 것이었
다. 차츰차츰 공기 중의 변화를 감촉한 후각들이 무언가를 예고하려 말초
신경들을 냅다 찔러댔다.

끓일 수 없는 가마

사람들은 설마, 아니하며 그러다 말겠거니 했다. 물속에서 물맛을 모른다고 노상 맡는 내굴냄새에 그들은 만성화되었다.

잠간 사이에 전체 공간이 가스에 포화되고 말았다. 일산화탄소는 생명을 앗아가는 무서운 독성가스였다. 야박스러운 환경이라 보지 못하고는 서둘러 말하기를 저어하는 속에서 리열은 감방선배인 홍순철을 부추겼다.

"안 되겠어! 문 열어 통풍시켜야지 이러단 큰일 나!"

"문 열다니요? 다 봉인했는데….""

"불러야지!"

"허유, 쌍욕이나 얻어먹어요… 볼래요? 에헴, 음!"

홍순철은 목청을 몇 번 준비하더니 고래고래 소리쳤다.

"보안원 동지! 보안원 동지!"

담벽 하나를 사이에 둔 근무실에서 인기척이 났다.

그러면서도 좀처럼 반응은 없었다.

일단 내친 김에 "보, 안, 원, 동지!" 하고 홍순철이 개고기를 피운다. 더럭 두려워하던 사람들이 담찬 어부재기[485]를 키득거리며 부채질했다.

한참 후에야 "왜 그래?" 하는 건드러진 청이 맞받아 울려왔다. 먹칠한 망막들에 수양버들 밑의 낮잠 자는 소몰이꾼처럼 구들장에 찔 늘어져 뒹구는 인몰이꾼의 모상이 그려졌다.

"문 좀 열어주십시오! 연기 굉장히 찼습니다!"

"참으라우…!"

"막 죽을 지경입니다!"

"개, 새끼들… 열쇠 없어! 내일부터 불 때나 보라!"

인몰이꾼이 잠기를 잡쳤는지 짜증을 섞어 내까리는 왜가리청이었다.

홍!

"들었지요? 돌아 방귀두 안 뀌는 걸… 목만 아프다, 씨!"

곧 훈련 아닌 실전이 발령없이 개시되었다. 저마다 옷깃이나 수건으로

---

[485] 어떤 행동이나 상태에 거슬러 맞서거나 엇나가는 일. 또는 그런 행동이나 마음.

숨구멍들을 가리웠다. 신변기재를 이용하여 독가스를 여과하려는 것이었다. 전쟁을 가상한 이런 놀음을 아이 때부터 많이 해왔지만 이렇게 실전에 대응해 보기는 누구나 처음이었다. 하지만 그것은 오염구역을 빨리 벗어날 때의 임시대책일 뿐 오염구역에서 살아날 수 있는 안전대책은 아니었다.

리열의 잔소리로 몇 번 더 소리쳐 본 홍순철은 아예 단념하고 담요를 뒤집어썼다. 그러고는 바닥에 코를 쿡 박고 납작 엎드렸다.

"돼지비방이 최고야요! 히로시만지, 나가시낀지 돼지만 살았다질 않나요."

"히로시마? 허참…!"

엉터리없는 소리에도 일리는 있었다. 자연히 홍순철을 따라 너도나도 마루에 코를 박는다. 아닌 게 아니라 시원한 감이 들었다. 그러나 그것도 몇 순간.

"순철아…! 나… 골아퍼…!"

도간도간 끊기는 여자의 가느다란 목소리였다.

응…?

홍순철이 담요 밖으로 머리를 쑥 빼들었다. 그러고는 전파탐지기처럼 귀박죽을 펴들고 목을 뻑뻑 비틀었다.

"골… 쑤셔…!"

분명 옆 감방에서 울리는 홍순화의 애처로운 호소였다.

"누나! 누나두 바닥에 코 박으라, 빨리!"

"오… 박아서… 근데… 막 빠개져….."

머리가 쑤시기는 매일반이었다. 하지만….

"나… 못 견… 디… 가….."

불찌마냥 사그러지는 신음소리에 홍순철은 "누나!" 하고 부르짖으며 후닥닥 뛰쳐 일어났다. 별안간 통나무처럼 둔중한 것이 쿵! 그 바람에 들리는 아이쿠! 신음소리.

폭격 맞은 듯 밑에 깔린 사람들이 덴겁을 쳤다.[486] 연습이 아니었다.

오싹한 느낌, 나름대로의 공포! 모두가 손더듬으로 모여들었다. 그러고는 홍순철의 아무데든 찌르고 문질렀다.

파편에 맞은 것처럼 나자빠졌던 그가 "누나! 누나! 일없나? 누나!" 하며 여기저기를 향해 정신이 들었음을 알렸다. 그 소리에 모두가 귀를 실어 보냈다. 허나 맹인노릇이 서툴러서인지 들려오는 대답은 한마디도 없었다.

사태가 심상치 않았다. 죽든 살든 손안에 있는 사람은 한결 마음이 놓였다. 문제는 그 어떤 손길도 닿을 수 없는 옆 감방의 홍순화였다.

리열은 움쩍 일어서려 했다. 머리가 빠개지는 것처럼 아프고 메슥메슥한 기운이 아래위로 빠졌지만 그는 일어서야 했다.

홍순철이 미친 것처럼 목청을 돋구었다.

"복잡하게 놀지 말구 좀 참으라우! 열쇠 없다는데…" 하는 한가한 대꾸질뿐이었다.

이러다간 너나 나나 맥없이 죽을 수도 있었다. 한갓 체면 때문에 목구멍까지 올리미는 울기를 억지로 묵새기고 있던 리열은 더는 참을 수가 없었다. 지옥 지옥해도 세상에 이런 생지옥이 또 어디 있단 말인가?

"야! 문 열라! 이 새끼 너, 이러다 사람 죽가서! 문 안 열갔나!"

싸이렌 소리처럼 감방 안이 통째로 꺼떨었다. 홍순철의 애걸복걸과는 음조부터가 전혀 달랐다. 빌붙어 살려달라는 구걸이 아니라 내리깔고 죽이겠다는 호령이었다.

리열은 사정없이 쪽철문을 걷어차기 시작했다. 고리에 매달린 자물쇠가 당장 족살날 듯 요동을 쳤다. 저마다 불맞은 황소마냥 덩달아 발길질을 해대며 악악거렸다.

"사… 람… 죽… 어… 서…! 아…흐흐…"

철창에 매달린 홍순철은 몸부림치며 곡성을 터뜨렸다. 그제야 와뜰 놀란 당직보안원이 급급히 복도로 뛰어나오는 것 같았다. 이어 복도 철문이

---

[486] '덴겁하다.'는 '뜻밖의 일로 놀라서 허둥지둥하다.'는 뜻.

꽝꽝 울리더니 이번에는 그쪽에서 변이난 것처럼 고아댔다.

"야야! 무슨 짓들이야! 혼나기 전에 조용 못 하갔나!"

서너 걸음 되는 거리상에서 쪽철문과 큰철문을 사이에 두고 쩽쩽히 들려오는 이를 사리문 호통소리가 리열의 기질에 숨어 있던 완력을 건드렸다.

"야, 임마! 내가 좀 혼나볼 테니까 너 빨리 문 열어! 내 죽기 전에 네놈 새끼 대갈통 박살 내주마! 이따우 헌바지가 다 보안원이랍시구… 야, 이 새끼야! 너 문 빨리 열라! 야, 안 열어?"

쾅, 꽈쾅!

리열은 쪽철문이 부숴지게 사정없이 들이찼다. 조용한 밤에 그 소리가 무척 요란스러웠다.

몇 번 차보고 발 아파 물러난 사람들의 눈이 다 같이 퀭해졌다. 보여서 퀭한 것이 아니라 들려서 반사적으로 퀭해진 것이었다. 짐작컨대 리열의 맨발이 쪽철문보다 먼저 박산 날 것 같았다. 더욱 놀라운 것은 길길이 날뛰는 소음이 좀처럼 잦아들지 않는 것이었다. 오히려 광란하다시피 더 사납게 기승을 부렸다.

거개의 눈앞에 얼른거리는 환영이 고양이상으로부터 이리의 상으로, 다시 사자의 상으로 변했다. 다는 보이지 않았지만 그야말로 철창 속에 요동치는 맹수의 시퍼런 눈빛만은 확연히 볼 수 있었다.

그도 그럴 것이 쉽게 물그러질[487] 리열의 발이 아니었다. 원수를 격멸한다며 10여 년을 올리차고 내리쳐서 수족에 남은 것이란 굳은살뿐이었다.

잠시 후 자물쇠가 벗겨지더니 복도 철문이 으악스럽게 열렸다. 그리로 보안원 세 명이 우르르 밀려들었다. 그들은 뽀얀 연기를 애당초 느끼지조차 못했다. 오직 난동을 진압하기 위해 헐레벌떡 달려온 그들은 짓뭉갤 대상을 식별하기에 급급했다.

"누구야, 누구? 어느 자식이 악다구니질이야? 나서라! 죽여치우기 전에!"

---

487 '물그러지다.'는 물체가 물처럼 흐르거나, 물의 성질을 가지게 되는 상태를 의미하는 동사로 무너져 내린다는 뜻의 북한식 표현.

끓일 수 없는 가마

목소리로 보아 당직보안원인 듯싶은 거무스름한 형체가 잡아먹을 기상
으로 날뛰었다. 이쯤 되면 철창 속의 존재는 선뜻 나서기를 주저하기 마련
이다.

"너야? 너 새끼야?"

전짓불이 찌르는 곳마다에서 비실거리는 몰골들만 얼른거렸다.

"나야! 밖에서 지껄인 건 너 새끼야?"

철창을 뜯고 나가 당장 박살 낼 듯이 리열이 성큼 불줄기를 막아 나섰다.

제 나름대로 리열의 인간상을 인식하고 있던 구금자들은 놀라운 나머
지 수족을 부들부들 떨었다. 서당의 훈장처럼 어려우면서도 부드럽고 수
양 있는 유머가 넘치던 그에게 어찌 보면 저런 기상이 어울리지조차 않았
다. 그보다는 그로 인해 초래될 후과가 두려움을 훨씬 능가할 것이라는 공
포가 그들을 사로잡았다. 그러나 놀란 것은 그들만이 아니었다.

세 개의 전짓불이 일시에 리열에게 집중되었다. 그것도 정면으로 얼굴
을 마구 지져대는 무참한 직시였다.

"당장 못 치워! 이 안에 사람 다 짐승으로 보여?"

"뭐, 뭐야? 이 자식이….'

"이 새끼가 얻다 대구, 보안원이면 다야?"

"야!"

악청이 터지려는데 뒤쪽에 섰던 보안원이 팔소매를 나꿔채며 끼어들었다.

"가만있게!"

때를 맞추어 옆에 섰던 다른 보안원은 기침을 짖으며 뛰어나갔다.

"어어, 곰 잡겠다!"

넉살 터는 소리가 밖에서 들려오고 전짓불들이 아래로 떨어졌다.

"사장 동지가 이게 뭡니까? 애들처럼….'

리열을 알아 본 다른 보안원이 야유하듯 훈계하려 들었다.

"여보, 여보. 메스껍소! 개우리 안에서 사장은 무슨 말라빠진 사장이오?
사람이 당장 죽게 된 판에… 죽었는지도 모르지! 당신들도 사람이오? 이

내굴이 보이지 않나 말이야?"

"우리 누나… 살려달라요… 흑, 흑….”

홍순철이 뚝 그쳤던 울음을 다시 터뜨렸다.

"뭐라구?"

그제야 깨도가 든듯 전짓불들이 사방을 누벼댔다. 시선들이 그 불빛을 따라 돌다가 그만에야 까무라칠 뻔했다. 어떤 사람은 풀썩 무너지기까지 한다. 전짓불에 드러나는 광경은 백설광야를 방불케 하며 뽀얗다 못해 새하얀 운무 속에 잠겨 있었다.

난로와 가까운 홍순화 쪽은 험악한 정도가 이루 말할 수 없었다. 그쪽으로 우르르 밀려가더니 "뭘 해! 빨리 열쇠 가져와! 아, 빨리!" 하는 아부재기가 터졌다. 졸지에 이리 뛰고 저리 뛰고 복새통이 일었다.

쪽철문을 열고 들어간 보안원들은 시체처럼 축 늘어진 홍순화를 복도로 들춰 내왔다. 그리고는 어쩔 줄 몰라 헤덤벼쳤다.

"이런 풋내기들이라구야! 꾸물대지 말고 밖에 내다 눕히라, 밖에! 땅 냄새 맡아야 돼!"

리열의 지시가 험한 반말이어도 그들은 개의치 않고 즉시 집행했다. 정신 차릴 새 없이 지시는 연방 떨어졌다.

"여! 우린 다 죽으라는 거야? 당장 문 열어!"

급히 자물쇠가 열리고 8.15해방 때처럼 조건부 없이 철문이 개방되었다. 그때는 만세를 부르며 뛰어나왔으련만 지금은 저마다 엉기적엉기적 기어 나왔다. 그러나 해방의 그날처럼 이 길로 정말 석방되었으면 하는 간절함은 한결같았다. 그래서인지 마당에 나서는 족족 사람들은 큰절을 올리듯 땅에 코를 박았다. 어울리지 않는 것은 먹이를 찾는 개처럼 너도나도 코를 벌름거리는 것이었다.

리열도 마찬가지였다. 말로만 들어오던 비방을 직접 써 보기는 이번이 처음이었다. 그는 살아생전에 그렇듯 상쾌한 공기를 마셔 본 적이 없었다.

땅은 어머니의 부드러운 젖가슴처럼 향긋하고 평온했다. 철창 속의 못난

끓일 수 없는 가마

자식도 탓하거나 차별하지 않고 따뜻이 안아 애무해 주고 안정시켜주었다. 한숨 돌리고 난 리열은 사람들 걱정에 눈길을 들려다 미간을 찌푸렸다.

일시 감정의 세계에 꽉 차 있던 어머니의 젖가슴을 더러운 구둣발이 코 앞에서 짓밟고 선 것이 아닌가? 바로 그것이 회피할 수 없는 현실이었다.

초겨울에 들어선 쌀쌀한 밤공기에 흠뻑 젖어 있는 싱큼한 땅 냄새를 맡더니 홍순화 역시 정신을 차렸다. 불상사가 날까 덜컥 겁이 난 보안원들은 이 사람 저 사람을 건드려보며 돌아갔다. 와중에 누군가의 다급한 발자국소리도 들려왔다.

"어떻게 됐나?"

"전화 걸었네."

"의사가 오겠대?"

웬일인지 대답이 들리지 않았다. 하긴 발밑의 사람들이 들을까 우려되어 설레설레 도리질하는 대꾸가 들릴 리 만무했다.

어둠에 가려 그 의미가 뚜렷치 않았는지 "오겠대, 안 오겠대?" 하는 짜증이 거푸 뒤따랐다.

"안 오는 게 아니라 못 오겠대!"

네 떡이 하나면 내 떡도 하나라고 오는 짜증에 가는 역증이였다.

"왜?"

"핑계 대더군. 김칫물 먹이라나….."

"김칫물? 그게 단가?"

"달세."

유일한 처방이 김칫물이라니 누군가가 또 부리나케 뛰어갔다.

한참 후에는 골슴한 김칫물 사발이 개물그릇마냥 무리의 한가운데 뎅그링 놓였다.

"마시라구!"

흔하디흔한 김칫물이 소생약이라니 고개들이 들렸다. 그러나 다섯 쌍의 눈까풀에도 게바르기[488] 빳빳한 김칫국물을 보고는 횡, 헹하는 콧바람들만 쓸어나왔다.

"이거, 김칫물 한 종지 주고 쌈 구경 하시려우?"

"무슨 말을 그렇게…?"

"이걸 누구 코에 바르라는 거요? 힘센 놈이 마시라는 거요?"

리열이 역스러운 감정을 감추지 않고 통을 주었다.

"개똥두 약에 쓰자면 없다구 김칫물이 없는 걸 어쩌겠소?"

"그럼 우리 집에 전화하구레. 천 리요, 만 리요?"

보안원들은 더 건드리지 말라는 듯 서로 눈짓하며 입을 다물고 말았다.

리열은 움쭉 일어나 김칫물사발을 손에 들었다.

"순화한테 먹입시다!"

서 있는 사람들이 아니라 쭈그리고 엎드린 사람들에게 청하는 동의였다. 그들은 말없이 홍순화에게 몰려가 조금씩 입에 넣어주었다.

김칫물사발이 잠간사이에 밑창나자 그들은 다시 본래의 자세로 돌아갔다. 다른 처방이 없는 이상 군말 없이 땅 냄새만 열성스레 들이킨다.

세 보안원은 혼쭐이 났던지 씩씩거리며 간격을 두고 빙 둘러섰다. 일단락 위험한 고비를 넘겼으니 이제는 도주를 방지하는 것이 그들의 임무였다. 그 꼴을 올려다본 리열은 어이가 없었다.

"내가 도망치면 셋이서 꽤 잡아낼까?"

"?"

"흥! 생각들은 똥그래서…."

리열은 쓰겁게 중얼거리며 코를 떨구었다.

사이에 쇠살창을 끼웠을 때와는 달리 보안원들은 얌전해졌다.

리열은 미어지게 가슴이 아파 났다. 저런 허재비들의 감시 속에 방목을 당하다니… 비참하기란…!

별이 총총한 망망한 하늘이 모래알 같은 중생을 내려다보며 껄껄거렸다.

---

488 '게바르다.'는 '지저분하게 바르다.'는 뜻의 북한어.

그런 인생은 있어도 뚱, 없어도 뚱이야….

수차와 모멸감이 당장이라도 까 제치고 자유의 세상으로 나가고 싶은 강한 충동을 불러일으켰다. 하지만 그것은 삶에 대한 포기를 의미했다.

리열은 이를 사리물었다. 세상에 난 생명치고 쉽게 삶을 포기할 존재가 어디 있으랴! 최후의 마지막 순간까지도 생명은 삶을 열렬히 지향한다.

그를 위해 참고, 기다리고, 이겨 내야 하는 것이다. 끝은 반드시 있을 것이다.

실토리 길다 해도 끝은 있고
산이 높다 해도 하늘 아래 뫼거니
밤이 깊다 한들 해는 뜨리라

리열은 억세게 일어나 스스로 철창 속에 들었다.

6

2층짜리 아파트의 위층에서 살고 있는 군보위부 정치부장의 처 최송애는 다시금 나타난 남궁윤을 시답지 않게 맞아들였다. 그래도 체면을 존중해 보안서로 호출하지 않고 직접 걸음을 한 남궁윤에게는 푸대접이라고 할 수 있었다.

요새 간부댁들이란 영락없이 작은 간부 행세로군…! 뭘 믿고 그러는지 최송애는 오히려 제 편에서 시끄러운 내색이었다. 남궁윤은 심기가 뒤틀렸으나 억지로 자세를 낮추고 접어들었다.

"또 찾아와 미안합니다. 알아볼 문제가 더 있어서…."

가는 말이 고우면 오는 말도 고우련만 최송애는 유순하게 날아오는 그의 말을 탁구공처럼 강타로 받아쳤다.

"뭘 또 알아본다는 거예요? 우리 남편이 펄쩍 뜁디다. 만나지도 말라구… 보안서가 어떻게 보위부를 취급해요? 그런 문제라면 돌아가 주세요!"

남궁윤은 돌발적인 언사에 어안이 벙벙해졌다. 물론 달가와하지 않을 것이라고 예견은 했었지만 이렇게까지 몽매하게 거절당하리라고는 생각지도 못했다. 보위부경리과장 한봉구와 마주 앉았을 때에도 보위부의 '특수성'이라는 갑옷 때문에 변변히 찔러보지도 못하고 온통 찔리기만 했던 그였다. 울며 겨자먹기로 삭일 수밖에 없었던 그날의 분기가 아직도 속에 맺혀 내려가지 않았다. 그런데 이젠 그 끄나물들까지 보위원 행세를 하려 들었다.

우습게 알아도 분수가 있지…!

남궁윤은 울뚝밸이 불끈 치밀어 견딜 수가 없었다.

"좋습니다. 호의를 마다하니 정식 호출할 수밖에… 그럼 만족하겠지요? 오후 2시까지 군보안서로 오십시오. 만약 오지 않으면 강제를 동원하겠습니다."

"뭐라구요? 강제?"

"이해가 안 가시는 모양인데 사건이 종결될 때까지 법적으로 구속하겠다 그 뜻입니다."

"어머, 절 잡아간다구요? 보안서가? 무슨 권한으루…? 제발 웃기지 말아요."

"왜, 믿어지지 않습니까? 명백히 말해두는데 사건에 관여된 대상인만큼 저에게는 그럴 만한 법적 근거가 얼마든지 있습니다. 물론 권한두…!"

"아유, 사람 놀리지 마세요. 제 남편이 누군지 뻔히 알 텐데… 보위부예요, 보위부!"

"갑옷 입은 그림자가 장수야 아니지요!"

"예?"

"아주머닌 공민증이 있지요?"

"있어요."

"남편은?"

"남편은… 없어요."

"그것 보십시오. 공민증의 유무가 현저한 차이를 말해 주지요. 말하자면 장수와 그림자라 할까… 일반과 특수가 그렇게 구별됩니다. 그래 공민증 있는 공민이 법의 통제권 밖에 있을 수 있다고 생각합니까?"

"그건 저…."

"하하하…."

대번에 주눅 드는 최송애의 꼴을 보며 남궁윤은 호기 있게 웃어댔다.

"저보다는 아마 남편이 더 잘 알 겁니다. 전화로 물어보시지요?"

최송애는 반사적으로 전화통을 멀끄럼히 바라보았다.

"물론 보위원을 취급 못 하는 건 사실입니다. 하지만 가족이야 다르지요. 특수성이 가족에게까지 해당되는 건 아니니까. 우리 보안서에서 언제든지, 마음 내키는 대로 다룰 수 있지요. 그래두 정치부장 동지의 체면을 봐서 걸음한 건데… 섭섭한데요."

최송애는 모처럼 좋은 맘을 먹고 온 사람에게 너무 박하게 군 것 같아 안절부절못했다. 이제라도 웃는 낯을 보여 볼까?

그러거나 말거나 남궁윤은 조용한 곳에 단둘이 있기도 거북했던지라 자리를 털며 일어서고 말았다.

"시간을 꼭 지키기 바랍니다. 그럼 전…."

씨엉씨엉 출입문으로 향하는 그의 앞을 최송애는 무턱대고 막아 나섰다.

"아니, 저…."

"왜 그럽니까? 응하지 않겠다는 겁니까?"

"아니, 아니. 그런 게 아니라… 수고로이 오셨다가 이렇게 훌쩍 일어나시니… 그러지 말구 안으로 들어가십시다. 아, 수사도 국가일인데 힘 자라는껏 도와야지요."

급작스레 상냥해진 최송애의 아양에 남궁윤은 속웃음을 쳤다.

막무가내로 잡아끌고 못 이기는 척 끌려가서 그들은 다시 마주 앉았다. 좀 전과는 달리 담배며 당과류들이 남궁윤을 곰살곰살 접대했다. 한 손님을 놓고 대접이 손바닥 뒤집듯 발칵발칵 달라졌다. 섬겨주는 대로 배포 있게 담배를 빨고 난 남궁윤은 앉음새를 바로 가졌다.

어색한 분위기는 다소 가셔졌다. 눈치 빠른 최송애가 먼저 서두를 뗐다.

"더 알아볼 문제라는 건… 대체 뭡니까?"

"리열이한테서 잣을 가져온 건 인정했지요?"

"예. 전에 진술서에 밝히지 않았습니까?"

"묻는 말에만 대답하면 됩니다."

"현물로 꿨다가 현물로 물어주기로 약속한 것도 사실이구요?"

"예. 사실입니다."

"그런데… 현금으로 물었다지요?"

"예. 그렇습니다."

"그런데…."

남궁윤은 뻔한 사실들을 빙빙 돌리면서 기회를 유도했다.

"또 무슨 문제예요?"

"그… 에헴, 잣 말입니다. 꿔갔다는…."

"예."

"처리는 어떻게 했습니까?"

"어떻게라니요?"

"가령 누구에게 직접 팔았다던가, 혹은 어떤 방법을 써서 간접적으로 처리했다든가… 그에 대해 알아야겠는데요? 구체적으로…."

최송애의 낯빛이 알릴 듯 말듯 파리끼리하게 질렸다. 주저하는 기색을 눈치 챈 남궁윤은 재차 주해를 달았다.

"이 집에 문제 될 건 없습니다. 수사 내용이 잣인 것만큼 행처를 밝히면 그만입니다. 조금도 숨기지 마십시오! 그래야 뒤처리하기 편하니까요."

"예에…."

왜인지 최송애의 목소리에는 힘이 없었다. 아픈 곳을 자극받은 것처럼 바르르 떨리는 것 같기도 했다.

뒤처리까지 해 주겠다고 여지를 넉넉히 준 남궁윤은 재촉하지 않았다. 대답이 선뜻 나오지 않을수록 심리는 오히려 안정을 느끼고 있었다. 흔히 꺼리는 사람들이 우물쭈물 망설이는 법이다. 불안해하는 눈빛, 아울러 깨끗지 못한 행처, 남궁윤이 학수고대한 것이 바로 그런 게 아니었던가?

남편인 군보위부 정치부장 리금철의 흰소리에 뱃심이 든든하여 댕댕거리던 최송애는 완전히 궁지에 몰리고 말았다. 그런 면에서는 꿈에도 말준비를 해둔 것이 없는 그녀였다. 둘러치기에는 너무도 때가 늦었다. 소외적인 아낙네의 사고로 예리한 수사의 촉수들을 어떻게 즉석에서 맹목 시키고 얼려 넘긴단 말인가?

거짓말도 지적으로 따져보면 고도의 능력이라고 할 수 있었다. 앞말을 진실하게 구사하고 동시에 뒷말을 이치적으로 엮는 것을 순간적인 사유로 자연스럽게 해야 하는 고도의 지능지수가 아무 사람의 두뇌에 잠재된 것은 아니었다.

유창하던 최송애가 그래서 갑자기 말을 더듬었다.

"그, 그 잣은… 파, 팔았습니다."

"물론 팔았겠지요. 누구에게 팔았습니까?"

"음… 조카에게, 조카에게 팔았습니다."

날아온 배구공을 쳐내듯이 최송애는 "조카에게!"라고 콱 밀쳐버렸다.

"조카라니? 읍에 삽니까?"

"저… 남상에…."

"오, 남상리… 멀지 않구만요. 그래, 맞돈을 받았습니까?"

"예… 아니, 아니… 삼 일 후에…."

"삼 일 후에? 왜서?"

"…."

최송애는 진땀을 빠질빠질 뺐다.

남궁윤은 어지간히 동안을 주었다. 이쯤 되면 서두르지 않아도 그물에 걸린 고기가 달아날 수 없었다. 그는 김경식이 과녁을 옳게 선정했다고 속으로 감탄하고 있었다. 삼 일 후! 삼 일 후에 돈을 받았다면 들어보나 마나 밀수였다.

일반적으로 밀수라고 하면 중국인들과의 비법거래로 항간에서는 통한다.

흔히 조선 쪽에서 밀수품(자원)이 나가는 형식이 태반인데 선밀수, 후지불이라는 굴욕적인 방식이 적용된다. 그러한 것은 조선인들의 난이도 높은 사기와 협잡에 대응한 중국인들의 방비책이 절대적으로 강요된 후과였다.

하물며 합법적인 무역거래에서조차 서슴없이 협잡을 일삼는 조선인들이었으니, 비법적인 밀수에서 신용을 지킬 리 만무하기 때문이었다. 하여 최송애와 같이 밀수꾼에게 밀수품을 주었다면 빨라서 삼사일 후에야 현금을 지불받는 게 상례였다. 밀수의 이런 원리를 밀수꾼 이상으로 터득하고 있는 남궁윤은 다름 아닌 수사원이었다. 그럼에도 불구하고 세상 물정 모르는 꼭자[489]처럼 천연스럽게 최송애의 이야기에 말려든다.

"요즘 같은 세월에 맞돈을 안 받다뇨? 적은 돈도 아닐 텐데… 아무리 조카래두 이해가 잘 안되는데요."

"아니, 뭐… 나쁜 사람은 아니구. 그저 양이 좀 많아서 맞돈 지불하겠다는 사람도 없고 해서…."

"그래서 조카에게 줬다…? 능력이 있는 게지요?"

"그저 좀…."

"정확히 말해 주십시오. 조카에게 어떻게 부탁했습니까? 조카가 사라구, 아니면 팔라구?"

"팔아 달라고 부탁했습니다."

"팔아 달라?"

남궁윤은 의미 있게 고개를 끄떡거렸다. 학생이 스스로 결론에 도달하도록 깨우쳐주려는 교원처럼 그는 차근차근 틔워 주었다.

---

[489] 성질이 매우 차분하고 고지식한 사람을 놀림조로 이르는 북한말.

"맞돈 지불할 대상이 없어 팔지 못 했다고 했는데… 조카는 어떻게 팔았습니까? 혹시….

남궁윤은 '밀수'라는 결론을 섣불리 꺼내지 않았다. 그 결론은 어디까지나 예민하고 심각한 말이었다. 철두철미한 최송애의 입에서 나와야 할 고백이기도 했다.

"조카야 아무래두… 집구석에 배겨 있는 저보다야 면이 넓지요."

"그래요? 조카는 무슨 일을 합니까?"

"에햄, 엣햄….

최송애는 몹시 당황했다. 숨길 수만 있다면 숨기고 속일 수만 있다면 속이고 싶은데 어찌 된 영문인지 옷 벗듯이 하나하나 벗다 못해 제 손으로 명주속곳까지 내리꾸어야 할 막다른 곤경에 처한 것이었다.

솔직히 토설하면 말도 채 끝나기 전에 모든 것을 알아차릴 것이다. 여지없이 드러날 것은 불 보듯 뻔하고….

낚아챌 때가 되었음을 직감한 남궁윤은 "알아보는 건 간단하지요. 그래두…." 하고 넌지시 그녀를 막다른 궁지로 몰았다. 크고 두툼한 손이 한가로이 잠자고 있던 빨간 전화통을 보란 듯이 올라탔다. 마치 에미가 보는 앞에서 딸을 겁탈하려는 색광처럼 소름 끼치는 망동을 부리려는 것 같았다.

"저… 국경경비대… 초소장을….

더는 지탱할 수가 없어 최송애는 투항하고 말았다.

"예에?"

의식적으로 강하게 반응을 보이자 그녀는 "어마나!" 하며 벌렁 나뒹굴 뻔했다. 옥죄이던 죄의식이 오라를 지우려 기다리는 나졸들을 부르는 착각에 그만에야 기겁한 것이었다.

각자는 제 나름대로 가슴이 활랑거렸다. 벗은 사람이나 벗은 것을 보는 사람이나 어쨌든 드러난 데로부터 오는 흥분이었다.

경비대 초소장! 일명 밀수의 왕초를 혁명적으로 부르는 그 칭호가 사타구니 털마냥 여실이 드러났는데야 무슨 말이 더 필요하랴! 더 따지나 마나 남은 것은 음남과 음녀의 밀회뿐이었다.

밀수! 드디어 남궁윤은 그 더러운 실체를 실컷 주무를 수 있게 되었다. 조국의 자원이 누출된 것은 꿈만했지만 그것이 밀수된 것은 천만번 기쁘고 다행스러운 일이었다.

남궁윤의 허영에 작전지도의 화살표처럼 공격 방향이 쭉쭉 그어졌다.

리열의 잣 → 최송애 → 초소장 → 밀수 → 중국 → ?

석연치 않은 것은 리열에게서 점점 멀어져 가는 것이었다. 하지만 '밀수'라는 털을 한 움큼 잡은 이상에야 뭉청 뽑아 아무 데나 붙여 놓으면 그만이 아니겠는가? 그때까지 수사는 계속될 것이다.

7

"읽어 보오. 구체적으로! 이것으로 결속 짓자구!"

리열은 남궁윤이 내미는 두툼한 진술서를 받아 들었다.

최송애의 조카인 국경경비총국 29여단 소속 초소장 상위 김혁은 이미 낌새를 채고 출장을 핑계로 달아났었다.

보위부와 마찬가지로 군부도 마음대로 다룰 수 없는 보안서의 미약한 권능으로 인해 툭 삐어진 방도가 없었다. 최송애를 통해 억지로 전화 연계를 가졌지만 상면을 거부하는 김혁을 얼리고 위협도 하면서 겨우 형식상 구두진술을 받아낸 게 고작이었다. 그나마 다행이었다. 남궁윤은 꼬박 사흘동안 머리를 싸쥐고 진설서를 꾸몄다.

하긴 얼버무리기에는 김혁이 없는 것이 더 유리했다.

이렇게 작성된 시나리오는 최종적으로 김경식의 전적인 지지를 받았다.

끓일 수 없는 가마

"잘못된 게 없나 잘 보오. 본인진술과 모든 증인진술을 그대로 반영하느라 했는데…."

리열의 반박을 예견하며 남궁윤은 단단히 잡도리하고 있었다. 그러나 리열은 한마디 의문도 표현하지 않고읽고 있었다.

진술서에는 기본적으로 정확한 사실들과 대화까지 구체적으로 서술되어 있었다. 척 보기에는 입증자료들에 근거하여 공정하고 원칙적으로 꾸며진 듯싶었다.

그런데 진술서를 내려놓는 리열의 안색은 무거웠다.

"왜 그래? 사실과 맞지 않는 게 있나?"

"아니요. 모두 사실입니다. 헌데…."

"사실이면 됐구만 뭐! 아마 총수량이 좀 차이 날 거요. 10t쯤 줄구었으니까. 아무튼 한 알이라도 덜면 좋은 거야. 내 힘이 그게 단 걸 어쩌겠나. 앞으론 어떤 경우에도 숫자를 그렇게 맞춰야 해! 다 자길 위한 거야."

남궁윤은 날치기로 꿀꺽 해치운 10t이라는 수량을 도움이라는 보자기로 곱게 싸서 리열의 사고에서 빼내려 했다. 큰 도움이나 주듯이 묘사한 데 비하면 리열의 반응은 무뚝뚝했다.

"오, 참… 그리고 김상록이 잣도 빼 버렸어. 그러니 수량을 거의 절반 줄인 셈이지. 그게 뭘 의미하는지 알 테지?"

여전히 리열은 진술서의 어느 한 곳을 뚫어지게 주시하며 남궁윤의 화제에 말려들지 않았다.

"많이 염려해 주어 감사합니다. 그런데 서두의 이 단어만은…."

"뭐이게?"

남궁윤은 그의 손가락이 짚고 있는 진술서의 한 부분에 초점을 모았다. 뾰족한 손끝이 '공모'라는 단어를 작살마냥 꿰찌르고 있었다. 솔직한 말로 남궁윤은 진술서에 모든 내용을 사실 그대로 그렸었다. 그러한 것은 10장나마 되는 두툼한 진술서를 쭉 쥐어짜면 남게 될 '공모'라는 두 글자를 위장하기 위해서였다. 진실로 위장된 덫은 좀처럼해서 발견되기 힘든 법이다.

그런데 스쳐 버리기 쉽게 진술서의 머리말에 교묘하게 감춰 놓았던 딱 하나의 덫, 바로 '공모'라는 함정을 리열은 탐지능력을 타고 난듯 단번에 적발해 내지 않는가?

진술서의 서두에는 "조선민주주의인민공화국 형사소송법 제119조에 따라 잣 4t을 중국에 밀수하는데 공모한 리열에 대한 사건 수사를 진행하였다."라고 언급되어 있었다.

리열의 눈길이 아무런 반응 없이 넘어가는 것을 긴장하게 지켜보며 안도의 숨을 쉬었던 남궁윤은 짐짓 당황했다.

"난 또 무슨… 그건 큰 문제가 아니야. 에이, 가슴이 다 덜컥했군."

"공모라고 썼는데?"

"공모라구 쓰지 않으면, 뭐라고 쓰겠나? 이건 법적 문서야. 일반 작문이 아니거든."

"문서든 작문이든 간에 공모라는 거야…."

"말 짜른다고 나빠 말라구. 심정은 알만하이. 하지만 법적 술어에 '공모'라는 문구밖에 없는 걸 낸들 어쩌겠나? 다르게 표현할 방법이 없거든!"

"말이 모자라 공모라는 게 도대체 말입니까?"

"챠챠, 이런, 이해 못 한다구야…."

"내가요? 허참!"

때 이르게 목소리를 높이고 싶지 않아 리열은 냉랭하게 직시해 보았다.

"몰라서 그럴 수도 있지. 법적으로 따지면 공모도 갈래가 많아. 그래서 장황하게 해석해 주지 않았나. 내용엔 틀린 게 없을 테지?"

가능한 리열의 날카로운 주의를 무성한 위장숲으로 이끌려고 남궁윤은 내용을 많이 강조했다. 그러나 꽃에 붙은 꿀벌처럼 숲에는 도무지 관심하지 않는 리열이었다.

"갈래가 많아도 그 물이 그 물이겠지요. 공모라면 공모지 좋은 공모, 나쁜 공모 따로 있겠습니까?"

"자꾸 뾰족하게 말하지 말라구. 법은 어디까지나 객관적이고 현실적이

끓일 수 없는 가마

야! 객관적으론 공모라고 할 수밖에 없거든. 다음에 현실적으로 분석해서 결론만 옳으면 되는 거야."

"이왕이면 이해를 바로 합시다. 공모라면… 사전 토론이 있을 게구… 임무분담이나 그에 따르는 행위, 뭐 그러루한 결탁 관계가 아닌가요?"

"물론 개념적으로는 비슷이… 그러나 인간관계요, 도움이요, 그런 일반 용어를 '형사소송법에 따라'라는 말과 어울러 수사 근거를 밝힐 수는 없거든. 왜냐면 법적 문서니까. 말하자면 도식이 있지. 그래 서두에 한 번만 쓰지 않았나. 그게 문제로 되진 않는다는데. 내용이 기본이야, 내용이! 형식엔 신경 끄게!"

"한 번이든 두 번이든지 간에 '밀수공모'라는 수사 근거 자체가 이해되지 않습니다. 제가 그 때문에 들어온 거야 아니지 않습니까?"

오늘따라 남궁윤은 별스럽게 침착해 보였다. 관건적인 이 시각에 리열의 심리를 최대한 자극시키지 않으면서 그의 집중점을 헝클어 놓아 얼렁뚱땅 넘기려니 그럴 수밖에 없었다. 당초에 이 좌석을 속전속결이 아니라 흐지부지한 한담으로 지루하게 이끌어 두루뭉술하게 매듭짓기로 작정한 그였다. 그래서 최송애를 만난 후로는 마주 앉기도 처음인 것이었다. 수사 내용을 미리 알면 리열이 사색을 정립할 수 있기 때문에….

"그럼 묻기요. 요사이 글 쓰느라 만나지 못했는데 지금 묻는 걸 양해하라구. 물어봤자 뻔한 일이어서 그저 빨리 끝내는 게 도움이라 생각했지."

"뭔데요?"

"난 그 사이 최송애와 김혁을 만나봤소."

"최송애? 김혁? 누구들입니까?"

"정치부장의 처와 조카 말이오. 경비대소대장을 하는… 아, 거 있지 않나, 잣 가져간 사람!"

"예, 알 만합니다. 조카라더군요. 그런데요?"

"최송애는 꿨다는 잣을 김혁에게 줬구 김혁은 또 중국에 밀수했소. 전형적인 공모라고 할 수 있지! 밀수한 걸 알구 있었나?"

"알았다기보다 그저 짐작으루… 현금 받을 때 느껴지더군요."

"그건 상관없고… 문제는 그 잣이 밀수됐다는 데 있어. 전에도 말했지만 잣 문제는 사건의 골자야. 특히 그 4톤이 제일 골칫거리거든. 우리 손에 들어온 현물은 다른 게 없겠지만 4톤은 달라. 그래서 공모가 들어앉은 거야. 알든 모르든 꿔준 잣이 밀수됐으니 그렇게 포획을 긋고 하나하나 쪼개는 거지. 그러니 '공모'라고 쓰지 않으면 '도움'이라고 쓰랴?"

"그럼 저도 하나 물읍시다. 내용은 정확합니다. 수량을 내놓고는… 단지 '공모'라는 문구가… 불가피한 표현이라는 걸 인간적으로 장담합니까? 무례해도 할 수 없지요. 어쩌겠습니까, 법을 모르는 평민인 걸…."

"하하하… 그럴 수 있지, 그럴 수 있어… 장담하오, 장담해! 사실 말이지 법 문서 하나 꾸미기가 조련치 않아. 말이라구 망탕 쓸 수 없거든. 애매한 문구들이 수두룩하다니…."

리열은 석연치 않았지만 더 부정할 수가 없었다. 일반 글이라면 몰라도 이번만은 사정이 달라 보였다. 써 본 적도, 파본 적도 없는 생소한 부류의 진술서는 법의 운무 속에 은폐된 특이한 작문이었다.

그렇지 않은들 전문가와 비전문가 사이의 논쟁에서 논리적 승부는 명백한 것이었다. 리열은 그래서 인간의 양심에 물었다. 그에게 남은 믿을 만한 것이란 누구나 깨끗하다고 자처하는 양심밖에 없었다.

남궁윤은 그가 수그러드는 기회를 놓치지 않았다.

"아니면, 또 열흘 연장하자나? 내일모레가 도보안국 사건협의회 날인데 오늘내일 이 문건을 발송 못하면… 빨리 사건 협의회에 올려 밀어야 삼사일 내로 끝날 수 있어!"

리열의 귓전에는 그 말이 진심으로 들려왔다. 함께 갇혀 있는 홍순철의 오누이를 봐도 그렇지 않은가? 수사는 끝났지만 군당안전위원회 날을 기다리며 애간장을 말리고 있었다. 보안서 사건 협의회 또한 마찬가지로 월간일정계획에 따라 지정된 날에 진행되는 것이 사실이었다.

"이게 도까지 올라가야 합니까?"

끓일 수 없는 가마

"거럼! 내가 도보안국 사람이니 결론도 도에서 받아야지."

인식이 어설픈지라 리열은 머리를 기웃거리며 망설였다.

"모름지기 좋게 결론될 거요. 개인 사취나 탐오, 이윤관계가 없거든. 국가일하는 사람치고 그쯤 한 건 새발의 피지. 험한 사건 보지 못해 그래! 도에 올라가면 이런 건 사건두 아니야! 참, 전에 그 자료는 군당에 보이고 지금은 도당에 올라가 있소. 듣자니 도당의 호기심이 여간 아니더구만. 아, 일 그만치 했으문 무서울 것두 없지 뭐…."

남궁윤의 양심은 어떻게 돼먹은 물건인지 건드리기 무섭게 진실 같은 거짓을 무더기로 쏟아냈다. 하기야 근본이 어스크레한[490] 데다가 리열의 심리만 유도할 수 있다면 그 어떤 사기와 협작도 마다하지 않을 그의 양심이었다.

철창 속에서 내보낸 자료가 도당에 올라갔다는 거짓말은 그중 감동적으로 리열의 마음을 둔장질했다. 제 곬으로 흐른다면 남궁윤의 말처럼 호기심을 불러일으킬 정도가 아닌 실용성 있는 자료라고 그는 믿어 의심치 않았다. 설사 과오가 더러 있다 하더라도 사회와 혁명의 이익적 견지에서 어느 일꾼이나 살려 주자고 할 것이다.

리열은 끝내 '공모'라는 문구 따위에 겁먹지 않는 '장사'로 자찬하는데 이르렀다. 끈질긴 하마에 허파는 팽팽하게 불어나 그 속에서 이성이 질식되고 사고가 강직되었다. 마침내는 "이 조서를 읽어본바 내가 진술한 내용이 정확히 쓰였습니다."라고 부르는 대로 자필로 쓰고는 지장까지 장마다 꾹꾹 눌렀다.

이제는 기다리기만 하면 끝난다는 것이 리열의 단순한 생각이었다. 하지만 끝은 곧 새로운 시작을 의미한다. 그 끝이 어떤 시작을 산생할지는 두고 봐야 할 일이지만 자식이 부모를 닮듯이 시작은 끝을 닮기 마련이다. 하여 영예로운 끝은 영예의 시작으로, 저주로운 끝은 저주의 시작으로 이어진다.

---

490 '어스크레하다.'는 '무질서하거나 통제가 미치지 못하여 혼탁하다.'는 뜻의 북한어.

그러하다면 리열이 기다리려는 끝은 과연 어떤 끝일가…?

대기실(유치장)로 돌아온 리열을 감찰과지도원 오원남이 접수했다. 아는 내색 없이 유치장문을 열어준 그는 남궁윤이 나가자마자 다시 들어왔다.

"어찌 된 건가? 아침엔 딴 사람이 근무더니?" 하고 리열이 반색을 했다.

"색시가 아프다구 조퇴. 내가 교대했지, 남자니까… 그건 그거구, 아직 멀었나? 날짜가 없겠는데…."

"끝났네. 이자 방금! 이젠… 기다리기만 하면 돼. 남자니까…."

리열은 오원남의 입말까지 흉내내며 기쁜 듯 기지개를 켰다.

"그래? 어떻게 됐나?"

"어떻게 되긴 잘 됐지. 도보안국 사건협의만 통과되면 나가!"

"나간다는 건 또 무슨 잠꼬대 같은 소리야? 결론이 어떻게 날 줄 알구… 남궁윤이가 그러던가?"

무거운 짐을 내려놓은 사람처럼 몸을 이리저리 놀리면서 리열은 머리만 끄떡거렸다.

"허허… 정신 좀 차리게. 남자라는 게… 그 양반이 얼마나 쉰 줄 알아? 능구렝이야, 능구렝이! 모를 소리다… 법조는 뭔가?"

"백십… 몇조던지… 십팔인지, 십군지, 좌우간 그래."

태평스러운 대답에 오원남은 어이가 없었다. 어떻게 침을 놨게 강철같던 사람이 물렁팥죽처럼 헤자자해졌는가?[491]

"던지가 뭔가, 던지가? 119조겠지! 조항을 알기나 해?"

"그걸 내가 어떻게 알아? 자네 같은 법관들이나 알겠지…."

"아니, 취급받으면 법조부터 따져야지. 여태 뭘 했나? 법조가 목을 붙였다 뗐다 하는 걸 몰라? 던지, 던지 할 수 있냐 말이야? 아무리 남자래두 그렇지… 한심하이, 한심해!"

---

[491] '헤자자하다.'는 어떤 것이 흩어지거나 분산되는 상태를 나타내는 사투리로 느슨해지다 못해 멍청해진 것처럼 보이는 모양을 가리키는 말.

끓일 수 없는 가마

영민한 오원남의 지청구[492]는 마비된 리열의 신경들을 하나하나 회복시켜 주었다. 차츰 정색해지면서 요강 뚜껑으로 물을 퍼마신 것처럼 께름한 생각이 머릿속에 갈마들었다.

"119조는 밀수법조야, 밀수법조! 살인사건 다음에 무거운 법조에 속한단 말이야! 알구나 덤벼? 망탕 지장 눌러선 안 돼!"

"다 눌렀는데 뭐, 이자 방금…."

"뭐-라구?"

그렇지 않아도 올롱한 오원남의 눈이 사발만큼 커졌다.

"이… 더러운 자식! 께끈한[493] 수법 쓴 게구나… 전번에 내 귀띔해줬어야 하는 걸… 에익…!"

당사가 무안할 정도로 제 편에서 격해하던 오원남은 급기야 주변을 두리번두리번 살폈다. 잡다한 작업에 모두 끌어내고 감방이 텅 비었다는 것을 모르지 않는 그가 이상스럽게 행동했다. 그러더니 좀 전보다 퍽 기어든 목소리로 "묻는 말에 간단히 대답하게." 하고 쏙살거렸다.[494]

"무슨 근거로 밀수법조를 붙인다고 하던가? 밀수했나?"

"밀수했다는 게 아니라 밀수됐다는 거야."

"무슨 뻐꾸기 같은 소리야?"

"챠, 이런, 내가 밀수한 게 아니라 꿔준 잣이 밀수됐대!"

"꿔준 잣은 또 뭐야?"

리열은 짤막하게 자초지종을 이야기했다.

"그래서 공모래?"

"공모가 아니라 공모라구 표현할 수밖에 없대. 법조도 그래서 붙은 거겠지. 솔직히… 법조에 대해선 신경 쓰지 못했네."

아닌 게 아니라 오원남의 말을 들어보면 후회되는 것이 한둘이 아니었다.

---

492 아랫사람의 잘못을 꾸짖는 말. 까닭 없이 남을 탓하고 원망함.

493 '께끈하다.'는 사물이나 장소가 지저분하고 더럽거나, 또는 행동이 단정치 못하고 보기 흉할 때 쓰는 북한말

494 '속살거리다.'는 '남이 알아듣지 못하도록 작은 목소리로 자질구레하게 자꾸 이야기하다.'는 뜻.

"…."

오원남은 말이 다 나가지 않았다. 문맹자를 놓고 가짜 편지를 읽어주는 연극은 보았지만 식견이 멀쩡한 사람을 놓고 진짜 조서를 꾸미는 날조극은 상상조차 할 수 없었다.

한참이나 알아듣지 못할 욕설을 입안에서 굴리던 오원남은 처량한 눈빛으로 리열을 쓰다듬었다. 사람이 이다지도 순진할 수 있는가? 총명하다 일컫고 박식하다 소문나고, 돈 번다고 뛰어다니는 사람의 마음에 어쩌면 동심 같은 순결함만 꽉 차 있는가? 권모술수가 없는 총명, 얼러 넘기기가 없는 박식, 진때가 없는 돈이 이 사회에 정녕 존재할 수 있단 말인가?

오원남은 눈굽이 핑 젖어 들었다.

"바보! 그래가지구 돈은 어떻게 버나? 글 모르는 천치보다 글 아는 바보가 더 어리석네 구려… 세상에…!"

동정에 앞서 그런 "좋은 바보!"와 친우의 정을 나눠왔다는 행복감이 심장을 먼저 감싸 안았다. 속은 자는 바보라 치고 속인 자가 더 나쁘다는 것을 모르는 바 아닌 오원남은 갈리는 음조를 애써 바로 잡았다. 내놓고 말해 줄 수는 없었지만 에둘러 일깨워라도 줘야 했다.

"돈으로 받았다면… 이윤도 있었겠구만?"

"이윤이 다 뭔가? 손해만 봤는데…."

"이윤도 없으면서 밀수를 공모해?"

"내 말을 왜 이해하지 못하나? 꿔준 잣이 밀수됐지 내가 밀수했대? 공모해서가 아니라 법적 술어로 표현하자니 별수 없이…."

"이 사람아, 이해 못 하는 건 자네야! 말 모자라 두리뭉실 묶는 게 진술서가 아니야! 법적 처분이 따르는 형사소송문서가 그리 두리뭉실할 수가 있는가? '공모'라고 버젓이 쓰고 밀수법조까지 쩍 붙였는데 그거면 다지 그 뒤에 뭐이 또 있겠나? 정신 차리게, 정신 차려! 이 정도도 목 내놓고 말해 주는 거야. 남자니까, 새끼니까 말이야… 뭐, 뭐 문구가 없어 공모? 어처구니가 없어서…."

끓일 수 없는 가마

리열은 제 일처럼 안타까워하는 오원남의 심정이 십분 고마웠다. 하지만 선뜻 믿기가 어려웠다. 그의 말대로라면 남궁윤이 함정을 파놓고 살살 얼려 밀어 넣었다는 소리가 아닌가? 설마, 설마 그가…?

"인간적으로 다짐을 받았네. 만약 속였다면 살아 있는 한 용서치 않겠어! 근데 아직은… 너무 속단할 필요가 있을까? 솔직히 예서 쓴 자료도 그 사람이 군당에 전달했어. 지금은 도당에 올라가 있구."

"천진하다고 해야 할지 얼뜬하다구 해야 할지… 난 더 할 말이 없네. 말할 수도 없구. 어이구, 똥칸밥 며칠에 이렇게 어리석어지다니. 남자라는 게… 실망이네. 걱정이야."

오원남은 나가려다 말고 다시 돌아섰다.

"친구로서 충고하네만 주변의 모든 걸 진실이라고 생각하다간 무서운 구렁텅이에 빠져! 지금은 뭐나 의심하는 방향으로 사고하는 게 좋아. 아무데나 쩍쩍 지장 누르지 말구. 일단 법적 성격을 띤 다음엔 후에 가서 발버둥 쳐도 소용없어! 손지장 누르기 전에 이 조서를 읽어 보니 뭐라 뭐라 하고 썼겠지? 남자라면 그 의미를 잘 따져보게. 운명이 칼도마에 올랐어! 칼도마! 이제라도 정신 차리고 매사에 신중하이!"

마지막 말을 남긴 사람처럼 오원남은 가타부타 없이 나가 버리고 말았다.

숨 막히는 정적이 흘렀다.

오원남의 절절한 충고를 되새겨보니 진정이고 뭐고 논한 것부터가 천부당만부당한 일이라는 생각이 들었다. 그렇다! 칼도마 위에 올려놓고 아프지 않게 칼질하겠다면 그게 어찌 진정일 수 있겠는가? 품고 있으면서도 줄곧 부정하였던 의심이 오원남으로 하여금 기정사실화되었다.

아! 진실과 거짓을 가리는 리트머스지는 없는가? 있다면 남궁윤의 입에 쓸어 넣어 순간에 판별할 수 있으련만… 보나 마나 뻔뻔스러운 거짓말들이 새빨갛게 색변화를 일으킬 것이다. 아니, 아니야! 너무 속단하진 말자!

실오리 같은 한 가닥 희망이게 남아 있다면 믿었던 바에 조금 더 두고 보는 것뿐이었다. 리열은 숙명에 매달리는 자신의 가련한 처지를 서서히 인식하기 시작했다.

모순적인 번뇌 속에 이틀이 지나갔다. 그사이 구금되었던 홍순화와 홍순철은 저주로운 철창을 벗어났다. 군당안전위원회는 그들에게 군노동단련대 6개월이라는 교양 처분을 결정했다. 다행히 형사사건으로 넘지 않아 그들은 법적 제재를 모면할 수 있었다.

군노동단련대는 법적 형벌이 아니라 강한 무보수노동으로 행정 처벌을 가하는 군급 교양장소였다. 그래서 대기실(유치장)에서 지하의 구류장이 아니라 지상의 단련대로 가는 이들은 야영 떠나는 아이들마냥 자못 즐겁게 떠나간다.

그동안 리열은 아내인 김명선도 만나볼 수 있었다. 부부의 마음을 안정시키기 위해 수사가 결속되었다는 자연스러운 명분으로 남궁윤이 마련해 준 자리였다. 하지만 그럴만한 까닭이 있는 면회였다. 효과는 예상을 초월했다. 고립무원하던 철창문이 반쯤 열렸다는 안도감이 리열부부에게 최대의 진정 작용을 한 것이었다. 더군다나 김명선의 이야기 속에 등장하는 남궁윤의 새로운 모습이 효력을 더해 주었다. 돈을 찔러주라는 서인준의 독촉이 있었던지라 인민폐 3,000위안을 담뱃갑 속에 넣어주었는데 즉석에서 마다했다지 않는가? 일이 잘 되면 그때 가서 받겠다고 했다니 지금 같은 세월에 주머니로 흘러드는 돈을 마다한 법관을 '돼먹은 사람'이라고밖에 평할 수 없지 않겠는가!

면회 후 남궁윤에 대한 리열의 믿음이 다소 회복되고 여전히 자제력을 발휘하고 있는 것은 그 때문이었다.

그러나 남궁윤은 제 딴의 궁량이 있었다. 눈앞의 돈을 마다하자니 죽기보다 싫었지만 김경식과 김상록이 쥐어준 돈은 그에 비길 바 없이 큰 것이었다. 큰 돈과 작은 돈을 놓고 큰 쪽으로 엎어지는 것은 당연한 이치였다. 큰 것을 위해 작은 것은 싫든 좋든 마다해야 했다. 그러면서도 뭉텅 잘라버리기는 아쉬워 후에 인사받겠다고 여지는 남겨두었다. 일이란 모른다. 혹시 도 단계에서 사회적 교양으로 리열이 풀려나게 된다면 제 공로처럼 찾아가서라도 꼭 챙겨 삼키리라!

　고지식한 믿음을 품고 리열 부부는 이제나저제나 초조하게 결론을 기다렸다. 그런데 하루이틀 후면 자유롭게 되리라던 그들의 몽상은 얼마 못 가 산산이 깨어지고 말았다. 리열을 강계시로 올려오라는 지시가 떨어졌다니 말이다.

　철창을 사이에 두고 남궁윤은 리열이 긴장하지 않도록 제 먼저 불평을 늘여놓았다.

　"이거 너무 특이한 사람 걸어 안다 보니 고생은 내가 하누만. 올려보낸 자료나 보고가 통 이해되지 않는대. 초산 땅에 이런 사람도 있는가 하는 거지."

　"제가 도에 올라가선 뭘 한다는 겁니까?"

　"위에 있는 사람들도 마찬가지겠지. 나처럼 직접 보고도 믿기 어려울 일인데 말만 들어서 쉽게 믿어지겠나? 자꾸 본인을 만나고 싶다는 거야. 도당도 그렇고 또 우리 정치부장도 호감이 여간 아니야."

　"사건 전말이야 뻔한데 만나고 말구 할 게 있습니까?"

　"내 말은 사건을 염두한 게 아니구 지사 일에 관심들이 크다는 거요. 전화통 잡고 땀만 뺐어. 이것저것 묻는데 대답할 수가 있어야지. 보긴 봤는데 말로 번질 수가 있더라구."

　남궁윤은 의도적으로 사건을 멀리 차버리고 지사 일을 바싹 끌어다 화제에 올렸다. 마치 리열을 놓고 윗기관의 관심이 요란한 것처럼 멋지게 구사하는 것은 이미 짜놓은 각본에 불과했다. 그의 말처럼 관심사가 큰 것은 사실이었지만 지사 일보다 거꾸로 사건 때문이었다.

　리열은 이렇다 할 반응을 보이지 않았다. 운명이 칼도마에 올랐다고 경종을 울려 주던 오원남의 절절한 목소리가 귓전에 쟁쟁했다. 바로 오늘을 내다보고, 아니면 더 멀리 내다보고 종을 쳤을 것이다. 옳다. 운명은 이미 칼도마에 올라섰다. 리열의 운명과 지사의 운명, 아울러 많은 사람들의 운명이 미역마냥 줄줄이 끌려 칼도마에 올라선다. 리열은 형형색색의 그 운명들과 동떨어진 자기 운명에 대해 따로 생각해 본 적이 없었다. 그러하기에 지사는 공생하는 존재처럼 리열과 하나의 운명으로 엮어져 가슴을 아프게 괴롭히고 있었다.

설사 몸이 살아난대도 당장은 지사를 구원할 적실한 방도가 그에게는 없었다. 철창을 나서자 바람으로 지사를 걸고 드는 숱한 마수들이 각방에서 뻗쳐올 것이다. 그때는 고아의 신세가 된 지사의 운명이 또다시 벼락 맞은 소고기처럼 닥치는 대로 뜯길 것이다.

철창 속에서 기껏 모색한 방도라야 어느 참된 일꾼에게 맘껏 양심을 터놓아 심금을 울리는 것뿐이었다. 권력과 권한이 보호의 우산을 펼칠 때라야 지사는 구원될 수 있었다. 하지만 그것은 소박한 소원일 따름이었다.

과연 어디에 있는 누가 천사 같은 은총을 베푼단 말인가? 그런 참된 일꾼이 있기나 한 걸 고대하는지 리열은 자신도 확신하지 못하고 있었다.

그런데 남궁윤이 그런 사람들이 있다는 데 대하여 암시하지 않는가? 하다면 다시 못 올 길이라 해도 가야 했다. 설사 그 길에서 운명이 곡절을 겪는대도 깨끗한 이념을 멸망의 구렁텅이에서 구원하자면 주저 없이 가야만 했다. 그것이, 그것만이 유일한 방도가 아니더냐! 지사의 운명을 구원하는 것이 나의 운명을 구원하는 것이다. 어느 하나도 포기할 수 없다! 세월이 아무리 어수선해도 '만록총중일점홍(萬綠叢中一點紅)'이라고 그 속에 진실과 양심을 알아줄 단 한 명의 일꾼이라도 있을 것이라고 리열은 믿고 싶었다. 그 한 줄기 빛을 찾아 기어이 가야만 하는 길이었다.

"정확히 누가 만나자고 합니까?"

"우선은 우리 도보안국 정치부장동지! 보안국외화벌이는 그가 맡아보거든. 아마 정치부장동지 마음만 울리면 하루아침에 처지가 돌변될 수도 있어. 혹시 정복을 입을지도 몰라. 그때 가서 모른다면 안 돼?"

"…."

"내 생각엔 도에 올라가는 게 과이 나쁠 거 같진 않아. 화가 복이 된다고, 이 기회에 지사 문제까지 쭉 풀릴지 알겠나? 잘만하면 도당책임비서동지도 만날 거 같은데… 어쨌든 큰 인물이야. 나 같은 건 먼 데서 얼굴 한 번 보기도 힘든데 말이야…."

리열은 어줍게 웃음을 짓고 말았다. 칭찬해 주면 여든에 난 늙은이도 좋아한다고 올려 줘 주는 바람에 허영심이 불어나지 않을 수 없었다. 닫힌 철창 속에서는 사색의 폭도 그만큼 줄어들었다. 외곬으로 단순하게…

그래서인지 남궁윤이 몰아가는 대로 리열은 빠질 수 없는 골짜기로 몰려갔다.

"허튼 데 신경 쓰지 말구 이제부터 미리 준비하라구. 어떻게 그들을 뭉클 시키는가에 달렸어! 그게 생큼한[495] 작용을 한다니…."

남궁윤은 가 버렸지만 리열은 좀처럼 움직이지 않았다. 이것은 운명이 하사해준 절호의 기회일 수도 있었다. 이를 마다한다면 소생할 기회가 다시는, 다시는 없을 듯싶었다.

크고 작은 수개의 운명들과 구만리 같은 미래가 그를 지켜보고 있었다. 내일이면 늦을 것이다. 설사 앞에 놓인 것이 죽음이라 할지라도 주저하면 안 된다. 반드시 오늘에 매진해야 한다. 내일이면, 내일이면 늦을 것이다!

그는 바로 오늘에 서 있었다.

설사 내 앞에 당한 일이 기쁨이라 해도
지나치게 만취되지 말라
내일이면 늦으리
오늘에 더 박차를 가하라!

설사 내 앞에 당한 일이 슬픔이라 해도
넋을 잃고 쓰러지지 말라
내일이면 늦으리
오늘에 자신을 이기고 일어서라!

---

[495] '생큼하다.'는 '보기에 시원스럽고 좋다.'는 뜻.

설사 내 앞에 당한 일이 죽음이라 해도

주저하며 물러서지 말라

내일이면 늦으리

미래를 위해 오늘에 도전하라!

8

퍽 익숙한 대기실(유치장) 근무실에서 리열은 군보위부경리과장 한봉구를 만났다. 남궁윤은 왜인지 그와의 상면을 마련해 주었다.

그래도 옛 상관이 잊지 않고 예까지 찾아왔다고 리열은 고맙게 생각했다. 사실 한봉구는 그가 보위부에서 일할 때에도 공보다는 사에 더 치우치려던 사람이었다. 그것은 한봉구가 보위원치고 돈에 각별히 신경쓰며 리열의 활동에 늘 관심을 가지고 끼우려 했기 때문이었다. 이득만 있다면 막무가내로 비위를 내대고 도움을 청하기가 일수였고… 지사에 가져다놓은 잣도 마찬가지였다.

리열은 그래도 반갑고 고마웠다. 도움을 받고 잊지 않는 사람이라면 진짜배기였다.

인사말을 주고받으며 리열은 용케 남궁윤을 구슬렸다고 속으로 감탄했다. 서로 무람없이 대하는 걸 보면 전부터 알고 지낸 사이처럼 보이기도 했다. 하긴 한봉구라면 장사차를 끌고 강계시에 살다시피 하는 사람이어서 그쯤한 면은 있고도 남을 것이다.

몇 마디 인사말이 오가자 분위기는 어딘가 모르게 서먹서먹해졌다. 사건에 대한 말을 할 수 없는 조건에서 서로 옹색한 자리로 될 수밖에….

낡은 의자에 기대앉아 아량을 베풀듯 지켜보던 남궁윤이 불쑥 끼어들었다.

끓일 수 없는 가마

"이젠 차만 있으면 떠나자구. 빨리 올라가야 시원히 결속돼! 그리고… 떠나기 전에 하나 토론할 문제가 있는데… 그 돈 말이여…"

그는 말꼭지를 떼놓고 리열과 한봉구를 엇바꾸어 살폈다.

뜬금없는 말에 리열은 의문스러워하는 표상이었고 한봉구는 철면피함을 감추려는 어색한 안색이었다.

"그 돈… 어떻게 할까?"

리열은 무슨 돈을 염두에 두고 남궁윤이 빙빙 도는지 짐작이 가지 않았다. 혹시 집사람이 줬댔다는 돈? 다시 필요하다는 뜻이 아닐까?

남궁윤이 꺼낼 돈소리라면 그것밖에는…?

"무슨 말인지… 직방 말하십시오."

"그러지! 경리과장이… 꽤 힘들어하누만. 가능하면 도와줄 수 없을까? 난 상관없는 일이네만 과장이 만나보고 싶다구 너무 조르기에…."

남궁윤은 차마 제 입으로 뱉기 어려웠던지 한봉구에게 슬쩍 넘기고 말았다. 리열의 시선이 그쪽을 따랐다. 한봉구는 따분한 기색으로 애전에 낮추 접어들었다.

"이거… 곤경에 빠진 사람한테 이런 말하긴 좀 그렇네만… 사실 이번 일 때문에 막 죽을 지경이야. 그 잣 말이야… 강계에서 외상에 들었거든. 눈 뜨고 목격한 초산사람이라면 몰라도 강계 사람들은 그렇지 않아. 내가 다 처먹구 협작친다는 거야. 강계 나오면 차까지 뺏들겠대! 옴짝 못하고 있는데 부에선 자꾸 돈만 내라지, 젖 짜는 염소라구 낸들 어디서 돈이 나서 부르는 대로 처넣겠나?"

군보위부의 실정을 어지간히 알고 있는 리열은 미안한 감이 들었다.

한봉구가 도와달라고 강짜를 부려 발족된 일이지만 결과가 나쁘게 초래된 이상 책임을 느끼는 것은 응당했다. 그렇다고 철창 안에 있는 사람에게 하소연한들 무슨 뾰족한 수가 있겠다고 저러는지 원…?

게다가 한봉구의 돈주머니가 그쯤한 손실에 꿰질 정도가 아니겠는데 지내 우는 소리하는 양이 더럭 의심스러웠다.

"저 때문에… 미안하게 됐습니다. 조금만 참아 주십시오. 인차 결속되겠지요. 나오자 바람에 잣이 어떻게 처리되든 최선을 다해 보상하겠습니다. 아무튼 제 손에서 사달이 났으니… 리열일 알지 않습니까? 절대로 책임을 회피하지 않습니다."

그것은 잣을 찾지 못하는 경우에도 손해를 보상하겠다는 자존심의 대답이었다. 그런 담보를 받자고 찾아온 것 같은 역빠른 장사치에게 주는 면박이기도 했다.

"역시 듣던 바 그대로구만. 과장이 별루 칭찬 늘여놓는다 했지…."

남궁윤이 가살을 떨며 한봉구를 빗대고 리열을 올려췄다. 그들은 농구공을 주고 받듯이 서로 보조를 맞추며 간교를 부렸다. 결정적인 슛은 각본대로 남궁윤의 몫이었다.

"그래서 그 돈이라도… 금시 바쁜 대목 넘기게 도와달라는 거요. 검사해서 과장이… 어쩌겠나?"

리열은 눈을 크게 떴다. 일개 말 담보라도 받아서 후에 손해를 보상받을 수 있는 근거를 마련하려는 치사한 이기심 정도가 아니었다.

"대체 아까부터 돈, 돈 하는데… 이 빈 주머니에 무슨 돈이 있다구?"

리열은 좋게 보았던 좌석에 더러운 사심이 깔려 있음을 느끼며 바지주머니를 왈칵 뒤집어 보였다. 언행도 좀전과는 달리 온당치 않았다.

"아아… 목소리 높일 필요는 없구. 그… 들어올 때, 들어올 때… 아, 거… 보안서에 영치시킨 돈! 인민폐 8,000위안! 거라두 먼저 주면 어떨까?"

"예에?"

리열은 그제야 깨도가 든 모양이었다. 물에 빠진 사람에게 옷을 벗어놓고 죽으라고 손을 내미는 격이었다. 일순에 결이 욱 치밀어 올랐다. 죽이려 달려드는 놈보다 죽는 사람 주머니 털려는 놈이 몇 곱절 혐오스러웠다.

"왜? 이 리열이 살아날 가망없다는 소린데… 부스럭지라도 못 먹으면 영영 못 받는다는 거지? 똑똑히 알라우! 이 리열이 그렇게 맥없이 죽진 않아! 죽어도 그런 간상배들 손엔 안 죽는단 말이야! 내 절로 불타 죽고 말지!"

끓일 수 없는 가마

리열은 남궁윤의 정면으로 무섭게 돌아섰다. 눈꼬리가 우로 치째지며 초생달처럼 가늘어졌다.

"흥! 이번 길이 돌아올 수 없는 길이라… 그거겠소? 그러고도 뭐, 일이 잘될 거라구? 하하하… 여보! 당신한테 얼리어 끌려다닐 사람 아니니 써클(연기) 작작 피우오. 명백히 말해두건대 도에 올라가는 건 내 스스로 택한 길이야! 그러니 죽고 사는 것도 선택권은 나한테 있단 말이오! 이제 알게 될게요. 기질, 기질, 어떤 게 기질인지! 난 죽음으로도 승리를 선포할 수 있는 사람이야!"

추상같은 호령이 남궁윤의 간담을 서늘케 했다.

이게 무슨 폭탄선언인가? 간사를 부려 굴레를 씌웠다고 자찬하지 않았던가? 그렇다면 언제, 어디서 그 죽음이라는 시한탄을 터뜨리겠는지… 그것도 남궁윤의 정수리에서… 생각만 해도 끔찍하다.

정말로 수사단계에서 죽음이라는 항거에 부닥친다면 호강스럽던 제 팔자에 졸지에 궁줄이 들게 된다. 아직도 리열을 다 모른다는 것이 무서운 일이었고 한봉구를 여기로 끌어들인 것이 천만번 후회되는 일이었다.

잠자는 범을 놀래웠으니 이젠 어쩌면 좋단 말인가?

태풍이 번져지듯 한봉구에게로 삿대질이 이어졌다.

"사람보다 돈을 중시하는데 돈 버는 묘리가 있긴 하지요. 잣 떼운 사람은 한둘이 아닌데 당신처럼 너절하게 노는 사람은 유독 하나구려. 당신더러 잣 가져오라고 언제 빌었소? 돈 꽤나 있다는 사람이 치사합니다!"

"그런 게 아니라….''

변명이라도 해 보련만 리열은 도무지 틈을 주지 않았다. 창살 같은 손가락이 찌를듯이 번갈아 두 사람을 겨냥했다.

"언젠 내 승인받고 잣 뺏들었소? 꿍꿍이 했을 텐데 참으라면 참겠나? 이빨쌈에도 끼우지 않을 돈 놓고 물어보기나 새나! 별로 원칙있는 나리들처럼… 다신 그런 지저분한 일로 날 건드리지 마오! 천도가 무심하지 않으면 급살 맞지 않나 봐라!"

리열은 더 논할 염을 하지 않고 출입문으로 향했다. 비열한들을 마주 보기조차 역겨운 듯 담벽에 대고 타매하는 소리가 울려왔다.

"멸치 한 마리는 어쭙잖아도 개 버릇이 사납도다!"

리열은 제 발로 철창 속으로 찾아들었다.

멸치 한 마리를 개에게 주는 것은 아깝지 않으나 그로 해서 개 버릇이 사나워질까 봐 걱정이라는 신랄한 야유만이 방안에 오래도록 고패쳤다. 경망스럽게 변죽을 울려볼 심산으로 접어들었던 두 사기꾼은 뜻도 이해하지 못한 채 서리맞은 떡잎처럼 후줄근해 있었다.

"야하, 고 못돼먹은 놈!"

남궁윤은 그렇게밖에 표현하지 못했다.

"내 뭐랍데, 기질 있는 아라구! 주의해야지 큰코다쳐요!"

한봉구의 훈시조에 그렇지 않아도 신경이 살아난 그는 마뜩지 않게 흘겨보았다. 그러나 멋에 치어 중 서방질한다고 별수가 없었다.

남궁윤은 그 길로 보안서 재정과에 입고시켰던 리열의 영치품을 찾아 돈을 고스란히 넘겨주었다. 한봉구는 팁은 고사하고 고맙다는 말 한마디 없이 사라져 버렸다.

남궁윤은 밤새 악몽에 시달렸다. 잠들 만하면 리열이 머리맡에서 굵은 구렁이로 목을 사정없이 조여댄다. 눈을 뜨면 이 밤이 제발 리열에게 별고 없이 지났으면 하는 불안이 가슴에서 활활 타 번진다. 독종같은 리열이 오늘 일로 기미를 차리고 예상치 않던 항거로 나온다면, 만약 정녕 죽음으로 승리를 선포한다면 남궁윤은 여지없이 망하여 시궁창에 처박히고 만다. 눈 감기도 무섭고 눈 뜨기도 두려워 그는 온 밤 지끈거리는 골을 움켜쥐고 뒤치락거렸다.

이 해의 첫눈이 내렸다. 속절 없는 시름이 쌓이듯 캄캄한 밤하늘에서 보이지 않는 흰눈이 펑펑 내려 산천을 덮었다. 11월 11일 깊은 밤이었다.

예년에 없이 일찍 내리는 첫눈은 리열이 가는 앞길에 흰 주단을 펼쳐주

끓일 수 없는 가마

었다. 마치 사그라지지 않은 육체를 이끌고 승천하는 그의 혼백을 인도하려는 듯싶었다. 끝간데없이 아득한 미궁 속으로 그 길은 하염없이 이어졌다.

강계시로 향하는 화물차(트럭) 안에서 남궁윤은 편지 한 장을 리열의 손에 쥐어주었다. 함께 내미는 손전지를 느닷없이 받아 든 리열은 편지를 읽어 보았다.

중국인 최미화가 도보안국 앞으로 보내는 공개 편지였다.

> … 꽁다리 연필도 버리면 오물이 되지만 다듬어 쓰면 보배가 됩니다.
> 나는 리열이가 조국을 위해 그 누구보다 불같이 사는 금싸래기 같은 사람임을 직접 목격했기에 설사 그에게 사소한 잘못이 있다한들 제발 버리지 말아주시길 간절히 바랍니다.
> 리열이는 반드시 일어나 사회주의 조국을 위해 큰일을 할 것입니다.
> 나는 끝까지 그를 믿고 기다릴 것입니다. …

리열은 볼을 타고 내리는 눈물을 닦으려 하지 않았다. 사나이의 눈물이었지만 부끄럽지 않았고 구속된 몸이었지만 창피하지 않았다.

하물며 국적이 다른 심장이 이렇듯 뜨거울진대 하나의 대가정이라 일컫는 사회주의 처마 아래 뛰고 있는 심장들은 왜 그렇듯 차가울까? 강 건너 타향에도 흘러드는 인간의 진정이 제 나라, 제 땅에는 왜 흐르지 못할까?

"과연 모난 돌이야! 모난 돌…."

남궁윤의 중얼중얼… 긍부정을 종합한 공정한 총평이었다.

모난 돌! 그래서 정을 먼저 맞는 것이다. 아니, 맞아야 한다. 예가 다름 아닌 사회주의 사회가 아니더냐! 특수가 많은 사회이지만 특출한 것은 허용하지 않는 사회! 뾰족한 창발성[496]보다 뭉특한 몽매성을 절대시하는 사

---

496 '창의성'의 북한말.

회! 그것이 바로 사회주의 사회임을 이 총명한 바보는 왜 모를까?

가도 가도 끝없을 성싶은 600여 리(240km) 눈길에 자신에게 묻고 대답하는 리열의 고뇌가 차바퀴 자리처럼 깊게 새겨졌다. 가고 갈수록 고뇌는 더 큰 모순에 빠져 시달렸다. 이 밤, 그런 고된 모순에 허덕거리며 엄습해 드는 추위 속에 눈물짓는 사람이 그 길 위에 또 있었다.

불현듯 떠나 버린 리열의 소식을 접한 김명선이 잠자는 철부지 아이들을 그냥 남겨둔 채 무작정 노상에 몸을 올린 것이었다. 요행 강계시로 가는 화물차(트럭)를 만나 적재함에 올랐지만 허둥지둥 준비없이 내짚은 걸음인지라 추위를 이겨 내기란 조런치 않았다. 몸은 점점 얼어들었지만 리열이 꽉 들어찬 가슴만은 후끈후끈 뜨거웠다.

생눈길을 따라 차들은 달렸다. 기약할 수 없는 인생의 초행길을 뜨겁고 억센 마음들이 달리고 있었다. 이 길이 끝나는 어둠의 저 바닥에 지옥의 기름가마가 끓고 있을지라도 순결한 양심을 지녔기에 그들은 주저하지 않았다. 고결한 사랑으로 고동치는 심장들은 두렵지도 않았다.

세상이 버린대도 그들은 떳떳하고 그들은 죽지 않을 것이다.

양심이 있기에 사랑이 있기에…

2017.10.6. 북변에서

끓일 수 없는 가마

작가 인터뷰

북한 북부 지방에서 이 책의 집필을 시작했다고 말씀하셨습니다. 당시 어떤 계기로 집필을 결심하게 되셨나요?

저는 원래 작가가 되려던 사람이 아니었습니다. 북한에서는 일기조차 마음대로 쓰기 힘든 현실이라 글을 쓴다는 건 언제나 위험한 일이었죠. 그럼에도 제가 이 책을 쓴 이유는 제 삶을 자식들에게 설명해 주고 싶었기 때문입니다.

한평생 사회에 충성하며 살아왔지만 어느 순간 권력의 희생양이 되어버렸다는 사실을 깨닫고 제 삶은 크게 변했습니다. 이때를 계기로 제가 겪은 일들을 곱씹다 보니 제가 알던 사회가 전부가 아니라는 생각이 들더라고요. 또 제가 직접 느낀 억울함과 부조리를 단순히 말로는 다 전할 수 없다는 생각도요. 그래서 언젠가 자식들이 성장해 세상을 바라볼 눈이 생겼을 때, 아버지의 삶을 이해하고 스스로 평가할 수 있도록 기록을 남겨야겠다고 결심했습니다. 결국 자식들 앞에 떳떳하고 싶은 마음, 그것이 이 책을 쓰게 된 가장 큰 동기가 되었습니다.

원고를 품고 압록강을 넘어 탈북했다고 알고 있습니다. 이 원고가 목숨을 걸고 가져올 만큼 작가님께 소중했던 이유는 무엇인가요?

처음에는 제 삶을 정리하는 개인적인 기록에 불과했습니다. 그런데 글을 쓰다 보니 제 경험이 북한 사회의 구조적인 문제와 맞닿아 있다는 사실을 깨달았어요. 그 순간 이 이야기는 제 개인적인 기록을 넘어서 북한 사회 전체를 고발해야 한다는 사명감으로 바뀌었습니다.

탈북 전 이 원고를 믿을 만한 몇몇 사람들에게 보여주었더니 "정말 이 정도였냐"라며 놀라더라고요. 북한에서 평생 살아온 사람들마저 그렇게 반응하는데, 외부의 사람들은 얼마나 더 모르고 있을까 하는 생각이 들었습니다. 바로 그 지점에서 이 원고를 반드시 세상에 알려야겠다는 마음이 생겼고요.

증언록이나 회고록이 아닌 장편 실화 소설로 쓴 이유는 무엇인가요?

이 책을 저만의 이야기로 한정하고 싶지 않았기 때문입니다. 물론 제가 겪은 사실이지만 '나'라는 일인칭 시점으로는 저와 얽힌 수많은 사람들의 삶과 그들이 겪는 고통을 온전히 담아내기 어렵다고 생각했어요. 소설이라는 형식으로 국가와 사회, 그리고 개인의 삼각관계를 더 깊이 있게 조명하고 싶었고요. 궁극적으로 북한 사회의 총체적인 문제점을 까밝히려고 했습니다.

'가마'를 국가와 인간의 관계에 비유하셨습니다. 이 상징적 표현을 선택하게 된 특별한 이유가 있나요?

제목에 대해 굉장히 오랜 시간 고민했어요. 제가 말하고자 하는 핵심을 제목에 모두 담고 싶었기 때문이죠. 그러던 중 '물'과 '불', 그리고 '가마'라는 세 가지 개념을 떠올렸습니다. 물은 인간을, 불은 국가를, 가마는 이 둘의 관계를 유기적으로 결합하는 사회를 상징하는 관계로요.

본래 가마는 서로 상극적인 물과 불이 만나 조화를 이루도록 하는 위대한 발명품입니다. 하지만 북한이라는 사회는 구멍 나고 깨진 '끓일 수 없는 가마'와 같아요. 국가와 국민의 모순적인 관계와 현실을 상징적으로 표현하고 싶었습니다.

주인공 리열은 단순한 개인을 넘어 북한 사회 전체를 상징하는 듯합니다. 인물 설정 배경에 대해 더 구체적으로 설명해 주신다면.

리열은 북한에서 제 본명이자 제 분신입니다. 단순한 허구의 인물이 아니라 1인칭과 3인칭 시점의 차이만 있을 뿐, 제가 직접 겪고 느꼈던 모든 사실과 생각을 기반으로 한 인물입니다. 특별한 의도는 없었지만, 불공정한 사회에서 살아남기 위한 치열한 노력과 경험이 역설적으로 북한 사회 전반의 다양한 계층과 그들의 삶을 포괄적으로 담아내는 배경이 되었습니다.

끓일 수 없는 가마

결국 '리얼'이라는 한 사람이 북한이라는 특수한 현실을 살아가는 수많은 이들의 초상이 된 거죠.

소설에서 법이 억압의 도구로 등장하는데요. 한국 사회의 법과 비교했을 때 북한 사회의 법과 가장 다르다고 느낀 점은 무엇인가요?

가장 큰 차이점은 '무죄 추정의 원칙'과 '유죄 추정의 원칙'입니다. 대한민국에서는 "열 명의 범인을 놓치더라도 한 명의 억울한 죄인을 만들어서는 안 된다"라는 원칙이 있어요. 하지만 북한은 정반대입니다. 일단 혐의가 생기면 무조건 죄가 있는 것으로 간주하고 수사를 시작해요.

또한 북한의 법은 당의 정책을 집행하기 위한 통치의 수단으로 존재합니다. 법 위에 당이 있고, 당의 결정에 따라 법의 잣대가 수시로 바뀝니다. 결국 북한의 법은 사람을 보호하기 위한 장치가 아니라, 체제를 유지하고 인민을 억압하기 위한 정치적 도구라는 점이 가장 큰 차이라고 생각합니다.

한국에 정착하면서 가장 크게 체감한 문화적 차이는 무엇인가요?

한국 사회의 역동성과 다양성에 놀랐습니다. 북한은 모든 것이 단일화되고 통제된 사회이지만, 한국은 각자의 개성과 생각이 존중받으며 자유롭게 경쟁하는 사회라는 점이 인상 깊더라고요.

또 하나는 한국 사람 중에는 인정할 줄 아는 사람들이 많다고 느꼈어요. 시기와 질투보다는 인정하고 공감하는 문화였습니다. 잘못된 것과 잘 된 것을 모두 인정하고 나아가는 모습을 보면서 배워야겠다고 생각했습니다.

반대로 조금 아쉽다고 느낀 부분이 있다면요.

모든 것이 빠르게 지나가고 숨가쁘다고 느낄 때가 있었어요. 도시의 복잡함과 높은 빌딩들 때문이기도 하지만, 무엇보다 사람들의 마음속에 여유가 없다는 점이 크게 다가옵니다. 물론 그 덕분에 대한민국이 빠른 속도로 성장한 것도 사실이지만 한편으로는 북한에서의 느긋한 순간들과 그 안에서 느꼈던 여유로움이 종종 생각나더라고요.

북한에서는 여전히 옆집에서 반찬을 하면 나누어 먹기도 하고, 이유 없이 건너와 술 한 잔 기울이며 담소를 나누기도 해요. 자연을 마주할 기회도 많고요. 그런 일상적인 여유로움을 느끼기가 어려운 게 조금 아쉬워요.

독자들이 북한의 현실을 이해할 때 흔히 오해하거나 잘못 알고 있는 부분이 있다면 무엇인가요?

많은 분이 북한을 아직 30년 전의 모습으로 기억하고 계신 것 같아요. 하지만 그 사이 북한 사회도 적지 않은 변화를 겪었습니다. 특히 젊은 세대들의 생각과 가치관은 이전 세대와는 완전히 다릅니다. 그들은 더 이상 체제의 선전에 맹목적으로 따르지 않아요. 외부 세계에 대한 동경과 변화에 대한 갈망 또한 매우 크고요.

그래서 저는 독자들이 북한 주민들을 단순히 억압받는 수동적인 존재로만 바라보지 않았으면 해요. 북한에 사는 사람들 역시 각자의 자리에서 치열하게 살아가고 있는 '사람'이라는 점을 이해해 주셨으면 합니다.

이 책을 '절규이자 고발'이라고 표현했습니다. 독자들이 반드시 기억했으면 하는 단 하나의 핵심 메시지를 꼽는다면.

북한 문제는 결코 먼 나라의 이야기가 아니라는 점과 같은 언어를 쓰고 같은 역사를 함께 해 온 우리 민족의 이야기라는 점을 꼭 기억해 주셨으면 좋겠어요. 나아가 그들의 아픔에 공감하고, 인권 개선에 작은 관심을 기울이면서 한민족으로서 서로를 잊지 않았으면 좋겠습니다. 이 책이 그런 계기가 되기를 진심으로 바랍니다.

끓일 수 없는 가마

앞으로 도전하고 싶은 새로운 목표나 계획이 있으신가요?

이 책의 다음 이야기인 2부는 북한에서 미완성 원고를 가지고 탈출했습니다. 1부에서는 주인공인 리열이 사회의 부조리에 눈을 떠가는 과정을 그렸다면, 2부에서는 더 깊은 곳에서 감행되는 권력의 전횡과 국가보위성 '블랙 요원'으로 활동하며 겪는 아슬아슬하고 치열한 이야기를 담을 예정입니다. 이 장대한 서사는 3부까지 이어지는데, 지금으로서는 2부 집필을 마무리하는 것이 가장 큰 목표입니다.

또 하나의 계획은 시집 출간입니다. 소설의 함축본이라고 할 수 있습니다. 펜과 종이, 사색의 자유마저 없는 철창 속에서 기억에만 의존해 200여 편의 시를 짓고 700여 일을 외웠습니다. 그 원고 역시 북한에서 가지고 탈출했고, 한 권의 시집으로 세상에 내놓고 싶습니다.

마지막으로 독자들에게 한마디 부탁드립니다.

이 책에 담긴 한 개인의 이야기가 특수한 경우라고 생각하실 수도 있습니다. 하지만 이것은 분명히 존재하는 북한의 현실입니다. 이 책을 통해 북한이 단순히 뉴스 속 이상한 나라가 아니라, 우리와 같은 사람들이 살아가는 땅이라는 것을 느껴주셨으면 합니다. 여러분의 작은 관심과 사랑이 그곳에 있는 사람들에게는 따뜻한 위로와 큰 힘이 될 것입니다.

작가 홈페이지

끓일 수 없는 가마

북한이라는 하나의 폭력에 관한 자전적 실화 소설

초판 1쇄 2025년 10월 14일
4쇄 2026년 2월 24일

지은이 이도건
펴낸이 마형민
기획 페스트북 편집부
편집 곽하늘 이은주 김현우
디자인 김안석 표진아
펴낸곳 주식회사 페스트북
홈페이지 festbook.co.kr
편집부 경기도 안양시 동안구 관악대로 488

ⓒ 이도건 2025

ISBN 979-11-6929-913-8 03810
값 20,000원